D1705017

Ursula Großmann

AM ENDE DAS
NICHTS

Impressum

© 2012
Einhorn-Verlag+Druck GmbH

Herausgeber
Einhorn-Verlag+Druck GmbH
Sebaldplatz 1
D-73525 Schwäbisch Gmünd

Gesamtherstellung
Einhorn-Verlag+Druck GmbH

Druck
Fischer Druck, Schwäbisch Gmünd

Titelbild
pixabay.com

Die Handlung und die in dem Roman vorkommenden Personen sind frei erfunden. Ähnlichkeiten mit realen Ereignissen oder Personen sind rein zufällig.

Alle Rechte, insbesondere das Recht der Vervielfältigung, Verbreitung und Übersetzung, vorbehalten. Kein Teil des Werks darf in irgendeiner Form ohne schriftliche Genehmigung reproduziert oder unter Verwendung elektronischer Systeme verarbeitet, vervielfältigt oder verbreitet werden.

ISBN 978-3-936373-72-1

1. Auflage November 2012
Printed in Germany

Widmung

Für meine geliebte Tochter Evelyn

Prolog

Eiskalt. Der Regen. Die Tränen.
Kälte ist die einzige Empfindung, die es vermag zu mir durchzudringen.
„Asche zu Asche, Staub zu Staub..." Die Worte des Pfarrers erreichen mich nicht. Sie prallen an mir ab wie die Regentropfen auf den Schirmen der Trauergäste und zerrinnen im Nichts.
Unaufhörlich stelle ich mir dieselbe Frage.
Warum? Warum stehe ich hier? Warum geht das Leben so seltsame Wege? Warum musste es an diesem Ort enden? Warum? Ich kann nicht denken, finde keine Antworten.
Alles scheint erstarrt zu sein. Die Trauernden, die ihre Schirme krampfhaft festhalten, meine Gefühle, das ganze Leben.
Ich spüre, wie mich jemand ansieht. Für ein paar Sekunden verfangen sich unsere Blicke, fressen sich aneinander fest. Das Unausgesprochene lässt mich frösteln: Es gibt kein Zurück, keine Möglichkeit das Vergangene zu ändern. Was bleibt ist Erinnerung, Qual und der Blick in eine ungewisse Zukunft.

KAPITEL 1

Verhängnisvolle Ereignisse kündigen sich nicht an. Sie kommen langsam, schleichend, unbemerkt. Eine einzige Entscheidung kann genügen, um sie ins Rollen zu bringen. In meinem Fall war es der Entschluss wieder ins Berufsleben einzusteigen.

Die Idee, meinem beschaulichen Leben als Hausfrau und Mutter den Rücken zu kehren, kam mir eines Tages beim Zubereiten des Abendessens in den Sinn.

„Immer das Gleiche!", dachte ich, während sich eine Tomate durch mein scharfes Messer in kleine Stücke verwandelte. „Ich mache immer das Gleiche, seit neun Jahren. Haushalt, shoppen, Freundinnen treffen, Babs in der Galerie helfen, mich um Sascha kümmern. Und der braucht mich auch immer weniger. Er verbringt mehr Zeit mit seinen Freunden als mit mir."

Mit Schwung landeten die Tomatenstücke auf den Salatblättern.

„Ich brauche eine Herausforderung, eine eigene Aufgabe. Vielleicht sollte ich ja wieder unterrichten", überlegte ich.

Voller Energie zerkleinerte ich eine Salatgurke. Je länger ich darüber nachdachte, desto größer wurde das Verlangen, wieder mit Schülern zu arbeiten, bis der feste Entschluss fiel, mich für den Schuldienst zu bewerben. Ich schob die Gurkenstücke vom Schneidebrett in die Schüssel und konnte es kaum erwarten, bis Alex, mein Mann, von der Klinik nach Hause kam, um ihm mein Vorhaben mitzuteilen. Während ich Olivenöl über den Thunfischsalat verteilte, stellte ich mir bildlich vor, wie er begeistert meinem Ansinnen lauschen und erfreut zustimmen würde, so wie er bisher mit fast allen meinen Ideen einverstanden gewesen war. Mein Mann liebte mich so sehr, dass er mir kaum etwas abschlagen konnte.

Ein Lied aus dem Radio mitträllernd, durchmischte ich alle Zutaten und dachte keine Sekunde daran, dass es dieses Mal anders sein könnte. Ich hörte, wie die Haustür aufgesperrt wurde, und ließ alles liegen, um Alex entgegenzulaufen.

„Hallo Liebling!", rief ich und umarmte ihn.
„Hallo meine Süße", antwortete er mit müder Stimme und gab mir einen zärtlichen Kuss.
Ich blickte in sein Gesicht und erkannte darin nur grenzenlose Erschöpfung.
„Harter Tag?"
„Unglaublich hart. Ich brauche jetzt erst einmal etwas zum Trinken und dann muss ich mich kurz hinlegen, sonst kipp' ich um!"
Ich streichelte bedauernd seinen Oberarm und zog ihn untergehakt in die Küche. Zähneknirschend musste ich mir eingestehen, dass der Zeitpunkt, ihm meinen folgenreichen Entschluss mitzuteilen, ungünstig gewählt war. Doch ich brannte so sehr darauf, ihm die Neuigkeit mitzuteilen, dass ich den fatalen Satz „Übrigens, ich habe beschlossen wieder als Lehrerin zu arbeiten!" trotzdem aussprach. Alex setzte sein Trinkglas ab und warf mir einen verständnislosen Blick zu, als ob ich chinesisch mit ihm gesprochen hätte.
„Wie bitte? Darauf muss ich jetzt hoffentlich nicht antworten. Ich bin hundemüde", meinte er nur und ging wortlos ins Wohnzimmer.
„Jetzt bleib doch hier! Ich möchte nur deine Meinung dazu hören!", rief ich und lief ihm nach.
„Schatz, ich habe heute zwei wirklich lebensgefährliche Operationen am offenen Herzen absolviert! Ein Patient wäre beinahe gestorben. Denkst du tatsächlich, ich wäre jetzt in der Lage, mich mit so einem Thema zu beschäftigen?" Er sah mich verdrießlich an.
„Versuch es wenigstens", bettelte ich.
„Na gut, du willst es ja nicht anders. Die Idee, wieder als Paukerin zu arbeiten, solltest du schnellstens vergessen oder willst du etwa auch zu den 60 Prozent an Burnout-Syndrom leidenden Lehrern gehören, und irgendwann mit psychosomatischen Herz- und Kreislaufbeschwerden bei mir in der Klinik landen?"

Erschöpft ließ er seine 1,90 Meter große Statur in seinen ledernen Lehnsessel fallen und kippte ihn in Schlafposition. Ein unumstößliches Zeichen, dass er nicht gewillt war, länger über dieses Thema zu reden. Ernüchtert setzte ich mich auf die Couch. Alex' stressiger Berufsalltag an einer großen Münchner Klinik machte die Momente, in denen er Kraft und Zeit genug hatte, sich mit unliebsamen Themen zu beschäftigen, ziemlich rar. Ich musste mich aber bald bewerben und konnte deshalb den richtigen Moment nicht abwarten.

„Alex", sagte ich in beschwichtigendem Ton, „ich möchte es aber. Ich habe wieder Lust zu unterrichten! Ich möchte endlich etwas Sinnvolles tun und nicht immer nur im Haushalt arbeiten, die Familie organisieren und Freundinnen treffen. Ist auf Dauer nicht gerade erfüllend."

Alex öffnete seine schwarz bewimperten braunen Augen und sah mich stirnrunzelnd an.

„Wer oder was hat dich eigentlich darauf gebracht, dass dein Leben sinnentleert sei?"

„Da muss mich niemand darauf bringen, das habe ich ganz alleine herausgefunden", entgegnete ich pikiert. Mit einer ungeduldigen Bewegung fuhr er sich durch seinen kurz geschnittenen schwarzen Haarschopf, in den sich schon ein paar graue Exemplare eingeschlichen hatten.

„Na schön, ich habe ja nichts dagegen, wenn du deine imaginäre Sinnkrise bekämpfen willst. Aber muss es ausgerechnet die Schulmeisterei sein? Dich hat der Job doch schon ohne Kind gestresst, und außerdem bist du schon so lange weg vom Metier. Ich habe jedenfalls keine Lust darauf, dich wieder Tag und Nacht wegen der Schule herumrotieren zu sehen", sagte er und schloss die Augen als Signal, dass er sich nicht weiter mit diesem Thema befassen wollte.

Ich betrachtete ihn verärgert. Was er da von sich gab, war vollkommen übertrieben. Während meiner Referendarzeit und in den fünf Jahren als fest angestellte Lehrerin war ich sehr engagiert und dementsprechend ausgelastet gewesen.

Aber ich hatte nichtsdestoweniger Spaß an meinem Beruf gehabt.

„Natürlich wird es anfangs nicht leicht sein. Aber das ist in jedem Beruf so, wenn man nach längerer Zeit wieder einsteigt. Ich schaffe das, so wie ich es auch damals geschafft habe", versuchte ich noch einmal die Diskussion anzuheizen.

„Lass uns bitte ein anderes Mal darüber reden, okay?", entgegnete er mit gereiztem Unterton.

Nein, das war nicht okay. Seit wir zusammen waren, hatte immer eitel Harmonie geherrscht, hatten wir Entscheidungen stets gemeinsam getroffen, indem wir alle Für und Wider gegeneinander abwogen und unterschiedliche Meinungen ohne Streit austauschten. Wir hatten gemeinsam beschlossen eine alte Villa zu kaufen und zu renovieren. Wir hatten auch gemeinsam beschlossen kein weiteres Kind zu bekommen, nachdem die Geburt unseres Sohnes vor neun Jahren für mich sehr riskant verlaufen war. Und jetzt sollte es nicht möglich sein, über meinen Wiedereinstieg in den Beruf zu sprechen?

„Ich will aber *jetzt* darüber reden!", sagte ich eigensinnig. Alex gab einen tiefen Stoßseufzer von sich und kippte seinen Sessel in die Sitzposition zurück.

„Also gut, diskutieren wir es zu Ende. Was ist mit Sascha? Meinst du nicht, dass er dich noch braucht? Er ist doch erst neun."

„Und ich schon 39. Ich will doch nicht erst dann wieder einsteigen, wenn andere anfangen an ihre Pensionierung zu denken!"

„Deine Eltern wohnen in Landshut und meine Mutter erträgt wegen ihrer Migräne kein Kindergeschrei. Du hast also niemanden, der auf ihn aufpasst, wenn du mal keine Zeit hast. Vernachlässigte Kinder geraten schnell auf die schiefe Bahn mit falschen Freunden, Drogen etc." Von Alex' Müdigkeit war plötzlich nicht mehr viel zu bemerken.

„Also du übertreibst maßlos! Sascha hat seine Freunde, Leon und Max, bei denen er auch jetzt schon die meiste Zeit ist. Er

ist sehr selbstständig geworden und braucht mich nicht mehr rund um die Uhr. So viele Frauen gehen arbeiten, auch mit zwei und drei Kindern. Stellen wir doch eine Haushaltshilfe ein, dann habe ich Zeit für Sascha und kann ihn vor dem sicheren Absturz bewahren!", triumphierte ich und freute mich über meinen genialen Einfall.
„Haushaltshilfe!?", rief Alex empört. „Das wird ja immer schöner! Die kramt dann in meinen Sachen, bringt meinen Schreibtisch in Unordnung und tunkt womöglich meine wertvollen Mercedesmodelle zum Abstauben in ein Seifenwasserbad!"
Ich bedauerte, dass ich ihm nicht seine verdiente Ruhe gegönnt und einen entspannten Moment abgewartet hatte. Die Diskussion würde ad absurdum geführt werden, wenn ich sie nicht schnellstens beendete.
„So ein Unsinn! Das macht doch niemand!"
„Doch, meine Oma hat es getan, mit meinen Segelschiffsmodellen. Schatz, du musst nicht arbeiten, ich verdiene genug Geld und ..."
„Himmel noch mal!", unterbrach ich ihn die Beherrschung verlierend. „Es geht doch hier nicht um Geld. Du hast mir überhaupt nicht zugehört! Ich will nicht mehr nur zu Hause sein, sondern wieder arbeiten gehen, Kontakt zu Kollegen haben. Ich habe nicht vor, wegen deiner Haushaltshilfephobie meinen Beruf aufzugeben. Ich werde genaue Anweisungen geben, was sie beim Saubermachen tun und bleibenlassen soll, dann klappt das alles wunderbar, du wirst sehen."
Alex sank resigniert in die Sesselpolster zurück. „Ich glaube, für heute gehen mir die Argumente aus. Aber einen Vorschlag hätte ich noch: Warum fragst du nicht deine Freundin Babs, ob sie dich zur Teilhaberin ihrer Galerie macht! Du verbringst ohnehin einen Großteil deiner Zeit dort, um bei den Vernissagen zu helfen. Na, das wäre doch was, wo du so kunstbegeistert bist!"

Sein angeblicher Geistesblitz zauberte ein triumphierendes Lächeln auf sein Gesicht.

„Alex, du musst wirklich sehr müde sein, sonst kämst du nicht auf solche Schnapsideen. Ich werde wieder als Lehrerin arbeiten, das ist Fakt, und jetzt schlaf den Schlaf des Gerechten!"

„Morgen finde ich das schlagende Argument, das dich vor dem sicheren Untergang bewahrt", murmelte er und schloss die Lider.

Es dauerte keine zwei Minuten, bis er ins Reich der Träume abgedriftet war. Nachdenklich beobachtete ich, wie sich sein Brustkorb regelmäßig hob und senkte und seine Gesichtszüge sich immer mehr entspannten.

Da lag er, der Mann, der mich in himmlische Sphären katapultiert hatte, als ich ihm vor siebzehn Jahren auf einem Rockkonzert begegnet war. Manchmal empfand ich es beinahe als Wunder, dass wir uns nach all diesen Jahren immer noch innig liebten und nicht ohne einander sein konnten. Es war damals die sagenumwobene Liebe auf den ersten Blick gewesen und zwischen uns hatte sofort eine tiefe Vertrautheit geherrscht, als hätten wir uns schon ein Leben lang gekannt. Ich war so verliebt gewesen in diesen gut aussehenden, sportlichen und humorvollen Medizinstudenten, dass ich kurz entschlossen meine ohnehin angeschlagene Beziehung zu meinem damaligen Partner löste. Bald darauf waren wir zusammengezogen, studierten und heirateten, nachdem er sein Studium beendet hatte. Als dann unser Sonnenschein Sascha geboren wurde, hatte ich mich beurlauben lassen, um Alex beruflich den Rücken zu stärken.

„Hallo Mama!", riss mich eine Kinderstimme aus meinen Gedanken. Ich drehte mich um und sah Sascha, der fröhlich auf mich zugelaufen kam. Ich legte den Zeigefinger auf die Lippen.

„Pssst! Papa schläft!", flüsterte ich, als Sascha auf meinen Schoß kroch.

„Och, schade. Glaubst du er hilft mir heute noch bei meinem Baukasten?", flüsterte er zurück. Ich zuckte mit den Schultern.
„Ich fürchte, dazu ist er heute zu müde. Morgen ist Samstag, da hat er bestimmt Zeit."
„Papa wird sich freuen, wenn er sieht, wie weit ich schon gekommen bin!", wisperte Sascha mit strahlenden Augen, die denen von Alex so ähnlich waren.
„Ganz bestimmt wird er das, mein Liebling", meinte ich lächelnd und strich zärtlich mit der Hand durch seine schwarzen Locken, die er von seinem Opa väterlicherseits geerbt haben musste, denn sowohl ich als auch Alex waren mit so genannten Schnittlauchlocken gesegnet. Sascha wich mir aus.
„Mama, ich bin doch keine Ziege aus dem Streichelzoo!", protestierte er.
Es passierte in letzter Zeit häufiger, dass er sich gegen zu viel Bemutterung und zärtliche Zuwendungen meinerseits wehrte. Als ausgebildete Pädagogin verstand ich das natürlich, hatte aber nichtsdestotrotz Schwierigkeiten mit dem beginnenden Abnabelungsprozess.
„Sag Papa, dass ich ihn ganz arg lieb habe. Ich gehe wieder basteln", tuschelte er mir ins Ohr und lief davon. Ich musste lächeln und freute mich wieder einmal darüber, welch gutes Verhältnis die beiden zueinander hatten. Auch dafür liebte ich Alex. Man konnte ihn getrost als guten Vater bezeichnen. Obwohl seine Karriere viel Zeit in Anspruch nahm, hatte er sich in seiner Freizeit immer intensiv mit Klein-Sascha beschäftigt, Er war mit ihm auf den Spielplatz gegangen, Fahrrad gefahren, hatte ganze Burgen aus Legosteinen mit ihm gebaut. Aber nur unter der Voraussetzung, dass das Kind in bespielbarem Zustand war, sprich gewaschen, gefüttert, gewickelt und angekleidet. Ich zeigte Verständnis dafür, denn sein Job an der Klinik war mit viel Verantwortung und körperlicher Anstrengung verbunden. Auch für häusliche Tätigkeiten zeigte er wenig Talent und Interesse. Mein Mann

verhielt sich eher so, wie die Evolution es für ihn vorgesehen hatte: in die raue Welt zum Jagen hinauszugehen, abends in die Höhle an das gut behütete Feuer zurückzukehren und freudestrahlend seinen Beutezug zu präsentieren. Sein größter Beutefang war die Ernennung zum Chefarzt vor knapp einem Jahr gewesen. Ich hatte bis dato immer Rücksicht auf ihn und seine anstrengende Karriere genommen, doch nun sah ich keine Notwendigkeit mehr, meine Bedürfnisse weiterhin zurückzustecken. Am nächsten Tag gab ich ein Stellengesuch für eine Haushaltshilfe auf. Gleichzeitig schickte ich den Antrag zur Wiederaufnahme in den Schuldienst weg, womit die dramatischen Verwicklungen unaufhaltsam ihren Lauf nahmen.

Auf das Geschehene zurückblicken, die Fehler erkennen, das Unabänderliche annehmen müssen – der Schmerz drückt mich fast zu Boden.

Entspannung, ich sehnte mich nach Entspannung! Langsam sank ich auf die Liege und schloss die Augen. Das gleichmäßige Meeresrauschen, die leichte, warme Brise, die über meinen Körper strich, der salzige Geruch in der Luft, das entfernte Lachen und Reden der anderen Badegäste waren Sinneseindrücke, die ihre Wirkung nicht verfehlten. Ich konnte endlich innerlich loslassen.
Schon seit drei Tagen befand ich mich mit Alex und Sascha in Spanien an der Costa Brava, einquartiert in einem schönen Ferienhaus mit Pool, und dennoch war es mir nicht gelungen, die Unruhe zu unterdrücken, die beim Gedanken an meinen beruflichen Neuanfang immer wieder aufflammte. Freudige und bange Gefühle hielten sich dabei die Waage.
Sei nicht dumm, hatte mich meine innere Stimme ermahnt, *hör auf zu grübeln und genieße gefälligst die letzten drei Wochen vor dem Sturm!*. Und genau das tat ich jetzt. Ich atmete tief ein und gab einen wohligen Seufzer von mir. Kaltes Wasser platschte auf meinen Bauch und riss mich aus meiner Verzückung.
„Iiiiiieh, Alex, du Fiesling, na warte!" Lachend jagte ich ihn über den wenig belebten Strand und warf ihn im seichten Wasser zu Boden. Spielerisch kämpfend wälzten wir uns in den sanften Wellen, bis ich mich schließlich Alex' innigen und überaus salzigen Küssen ergab.
„Ist das herrlich hier!", schwärmte dieser in einer Kusspause. „Kein Stress, keine Pflichten, kein Piepsgerät weit und breit, viel Zeit zum Küssen …"
Seine Lippen verschmolzen wieder mit meinen.
„Ihr seid ja sooo peinlich! Immer die blöde Küsserei. Spielt lieber Frisbee mit mir!", ertönte Saschas Stimme plötzlich. Seine Hände in beide Hüften gestemmt, stand er als personifizierte Empörung vor uns. Lachend setzten wir uns auf.

„Ach, Moralapostel Sascha! Schon gut, wir kommen!", gluckste Alex amüsiert und zog mich schwungvoll mit sich in die Höhe.

„Die Peinlichkeiten müssen wir wohl auf heute Nacht verschieben, meine Süße", raunte er mir neckisch zu und lief dann hinter Sascha her.

Es musste eine dunkle Vorahnung gewesen sein, die mich diese kostbaren Augenblicke vollkommenen Glücks bis in die letzte Faser auskosten ließ. Der Zauber der Unbeschwertheit, die während des gesamten Urlaubs zwischen uns geherrscht hatte, verflog schneller, als mir lieb sein konnte. Übergangslos ergriff der Alltag nach unserer Rückkehr von uns Besitz. Schon am nächsten Tag war ein Termin mit unserer neuen Haushaltshilfe Magdalena festgesetzt, um ihr alles Notwendige zeigen zu können. Lena, wie sie genannt werden wollte, war eine hübsche, dreißigjährige Spanierin, lebte seit ihrer Kindheit in Deutschland, war seit einem Jahr geschieden und hatte zwei Kinder im Grundschulalter.

Dass sie auch zwei Gesichter besaß, musste ich erschrocken feststellen, als ich sie höflich bat, das Rauchen in unserem Hause zu unterlassen. Beim Vorstellungsgespräch war sie die Freundlichkeit in Person gewesen und ich hatte sie sofort sympathisch gefunden. Doch heute erfuhr meine angeblich gute Menschenkenntnis einen enormen Tiefschlag.

„Heißt das auch nicht auf dem Balkon?", schnarrte sie mich an. Ihr Zahnpastalächeln war augenblicklich verflogen und ihre Miene verfinsterte sich derart, dass ich unweigerlich zurückschreckte.

Ich war noch zu perplex, um souverän gegensteuern zu können, und stammelte nur: „Ähm, ich meine ja nur, ähm, wissen Sie, wir sind beide Nichtraucher und mein Sohn ..."

„Kann ich jetzt oder nicht?", unterbrach sie mich ungeduldig und in ihren Augen war mühsam unterdrückte Wut zu erkennen.

Ich raffte mich innerlich auf und sagte so selbstbewusst wie

möglich: „Ich möchte nur, dass Sie während der Arbeitszeit gar nicht rauchen. Nach getaner Arbeit gerne, meinetwegen auch auf dem Balkon, Hauptsache außerhalb des Hauses."
Ich lächelte sie dabei tapfer an, doch Lena fixierte mich immer noch mit zusammengezogenen Augenbrauen und gab schließlich einen knurrenden Laut von sich.
„Wenn es unbedingt sein muss. Kann ich jetzt gehen?"
„Aber sicher. Kommen Sie am ersten Arbeitstag bitte um sieben Uhr, damit ich Sie noch einweisen kann. Also bis dann! Ich hoffe auf eine gute Zusammenarbeit."
Lena reichte mir unwillig die Hand und verabschiedete sich brummelnd. Ziemlich ernüchtert schloss ich die Haustür und schenkte mir erst mal einen Orangenlikör ein. Hatte Lena mir die Superfreundliche nur vorgespielt, um diese Stelle zu bekommen? Wie hatte ich mich nur so täuschen können? Vor meinem geistigen Auge sah ich eine wütende Lena, die beim Staubwischen meine Designervase fallen ließ und genussvoll sämtliche Mercedessterne an Alex' Automodellen abknickte. Schweißperlen bildeten sich auf meiner Stirn, wie immer, wenn ich mich aufregte.
Das geht ja schon gut los, dachte ich und ahnte zu diesem Zeitpunkt noch nicht, dass dieses unfreundliche Gespräch nur ein winziger Keimling dessen war, was mich noch erwarten sollte.
Mit einem Schluck Likör spülte ich die unangenehmen Gedanken hinunter und begab mich an meinen Schreibtisch. Schließlich hatte ich Wichtigeres zu tun, als mir darüber Gedanken zu machen, wie man rebellierende Haushaltshilfen in Schach halten konnte. Doch kaum hatte ich begonnen, den Unterrichtsverlauf für den ersten Schultag zu planen, läutete das Telefon. Es war Babara, meine Freundin, die mir aufgeregt ins Ohr kreischte: „Isabel, wo bleibst du?"
„Hallo Babs! Was heißt hier, wo bleibst du?"
„Aber du wolltest mir doch helfen, Josefs Vernissage vorzubereiten! Das hast du mir fest zugesagt!"

Mir wurde abwechselnd heiß und kalt. Wie hatte ich das nur vergessen können?!
Babs war die Frau eines Kollegen von Alex und besaß eine Kunstgalerie in der Innenstadt. Vor genau zehn Jahren hatten wir uns kennengelernt, als Alex ein paar Kollegen samt Frauen zu uns nach Hause eingeladen hatte. Seitdem pflegten wir eine enge Freundschaft, die auch bestens funktionierte, weil ich mich ebenfalls für Kunst interessierte. Wie oft hatte ich ihr schon bei der Gestaltung von Vernissagen geholfen und nicht einen einzigen Termin versäumt. Bis auf heute.
„Entschuldige vielmals! Ich habe es vor lauter Gedanken an den ersten Schultag total verschwitzt!"
Babs schnaubte entrüstet: „Erster Schultag? Aber ich habe auf dich gezählt! Du musst unbedingt noch kommen, sonst schaffe ich es nicht mehr!"
Sie klang so verzweifelt und vorwurfsvoll, dass ich ihr spontan zusagte, in einer halben Stunde bei ihr zu sein, obwohl es für mich die reinste Zeitverschwendung bedeutete.
In Windeseile tauschte ich meinen Jogginganzug gegen ein Kostüm, schminkte mich in weniger als zwei Minuten mit dem Ergebnis, dass ich danach aussah wie eine Zwölfjährige, die ihre Weiblichkeit entdeckt und sich an Mamas Schminktiegel vergriffen hatte. Nach einer notdürftigen Korrektur sagte ich Sascha Bescheid, dass wir zu Babs fahren mussten. Er protestierte lautstark, doch ich ignorierte sein Gezeter, drückte ihm ein Buch über Dinosaurier in die Hand und zog ihn mit zum Auto.
„Ich kann Ausstellungen nicht leiden und Babs und diesen doofen Maler auch nicht!", rief er keifend vom Rücksitz nach vorne, als ich anfuhr.
„Ich weiß, Schätzchen, aber ich kann dich doch nicht alleine lassen!"
„Da sind nur Erwachsene, nichts darf man anfassen und hundert Mal fragen mich die doofen Leute, wie ich heiße und wo meine Mami ist. Das ist so blöd dort, Manno!"

Saschas Nörgelei begleitete mich, bis wir bei der Galerie ankamen. Bevor wir das Gebäude betraten, legte ich meine Hände auf seine Schultern und sagte: „Wenn dir wieder jemand eine dumme Frage stellt, dann sagst du einfach: ‚Bitte sprechen Sie mich nicht an, ich bin ein Kunstobjekt.'"
Saschas Gesicht hellte sich auf. „Du bist echt cool, Mama!"
Als wir den Ausstellungsraum betraten, hielt ich sofort Ausschau nach Babs. Ein paar Angestellte vom Catering-Service liefen geschäftig hin und her, um das Buffet aufzubauen, und wir mussten aufpassen, dass wir ihnen nicht in die Quere kamen.
„Hallo, da bist du ja!", hörte ich plötzlich Babs rufen. Ich drehte mich zu ihr um. Sie sah blendend aus, gekleidet mit einem weinroten, figurnahen Kostüm, die mittellangen, glatten schwarzen Haare an den Seitenpartien perfekt in Stufen geschnitten und mit einem Make-up, von dem ich heute nur träumen konnte. Man sah ihr das Alter von 41 Jahren nicht an und niemand, der sie zum ersten Mal sah, würde vermuten, dass sie schon ziemlich harte Zeiten mit ihrem ersten Mann, der spielsüchtig war, hinter sich hatte. Ihr Leben hatte sich erst zum Besseren gewendet, als sie sich scheiden ließ und ihren jetzigen Mann Hugo kennenlernte. Er hatte sie nach Kräften unterstützt und den Aufbau ihrer Galerie in der Münchner Innenstadt ermöglicht.
„Hallo, da bin ich wie versprochen!", sagte ich und umarmte sie.
„Na Sascha, wolltest du deine Mami begleiten?", sagte sie mit Blick auf ihn und wuschelte ihm durch das Lockenhaupt. Ich wusste natürlich, dass sie mich in ihren heiligen Hallen lieber ohne Anhängsel empfing. Sie selbst hatte keine Kinder und auch nie den dringenden Wunsch gehabt, welche zu bekommen, wie sie mir einmal im Vertrauen gestand. Das Verständnis für kindliche Allüren hielt sich deshalb in Grenzen.
„Von wollen kann gar keine Rede sein!", entgegnete ich schnell,

bevor Sascha den Mund aufmachen konnte. „Ich habe alles liegen und stehen lassen, um zu dir zu kommen. So schnell hätte ich niemanden gefunden, der auf Sascha aufpasst."

„Na das sieht man. Dein Make-up und deine Frisur! Du hast auch schon mal besser ausgesehen."

Babs' direkte Art, die Dinge beim Namen zu nennen, war manchmal nur schwer zu verkraften.

„Vielen Dank für die Blumen. Ich kann auch wieder gehen, wenn ich nicht hierher passe. Ich habe sowieso keine Zeit", meinte ich deshalb beleidigt.

„Aber nein, so habe ich das doch nicht gemeint. Wieso hast du denn keine Zeit?"

Bevor ich dazukam ihr vorzuhalten, wie ignorant sie zuweilen sein konnte, kam ein schlanker, groß gewachsener Mittvierziger mit ergrautem, aber gewelltem vollem Haar und einem charmanten Lächeln auf seinen geschwungenen Lippen auf uns zugesteuert. Er umarmte Babs und begrüßte sie mit englischem Akzent.

„Darf ich vorstellen, das ist Henry Thompson, ein bedeutender Galerist aus London und guter alter Bekannter", sagte sie zu mir gewandt, und auf mich deutend: „Isabel Seland, Grundschullehrerin und trotzdem meine beste Freundin."

Mr Henry Thompson ergriff galant meine rechte Hand und lächelte mich dabei noch galanter an, so dass ich gar keine Zeit fand, mich über das ‚trotzdem' aufzuregen, geschweige denn etwas zu entgegnen.

„Freut mich sehr, Sie kennenzulernen!", sagte er mit nach hinten gerolltem R, verneigte sich andeutungsweise und ließ seinen Blick wohlwollend auf mir ruhen. Aus welchem Film war der denn entsprungen? Solch ritterliches Verhalten konnte nicht real sein!

„Ganz meinerseits", entgegnete ich mechanisch und lächelte zurück. Bevor er etwas sagen konnte, umarmte mich Sascha von hinten so heftig, dass ich beinahe auf Mr Thompson gefallen wäre. Er wich einen Schritt zurück und bedachte

Sascha mit einem amüsierten Blick.
„Na junger Mann, nicht so stürmisch, sonst bleibt deine Mama nicht standhaft", sagte er mit belustigtem Unterton in der Stimme. So viel Zweideutigkeit hätte ich diesem Gentleman gar nicht zugetraut.
Sascha legte sofort los: „Josef ist so gemein zu mir. Ich wollte ihm nur helfen!"
Mir schwante Schreckliches. „Wobei?!"
„Die Bilder wegräumen, die eh kein Mensch kauft."
Bevor ich ihn zurechtweisen konnte, ergriff Babs das Wort.
„Saschaschätzchen, was habe ich dir letztes Mal gesagt, was mit bösen Buben passiert, die Bilder anfassen?"
Mit Entsetzen registrierte ich Saschas zitterndes Kinn als Zeichen eines nahenden Tränenausbruchs. So etwas passierte ihm nur in Extremsituationen. Die Löwenmutter in mir erwachte und ich fuhr Babs unwirsch an.
„Was hast du letztes Mal zu ihm gesagt?"
„Ähm, so schlimm war das gar nicht gemeint …"
„Was?!!"
An ihrer Stelle antwortete der schluchzende Sascha: „Fffp, dass mir die, ffp, Hände abfallen!"
Ungläubig starrte ich Babs an und vernahm gleichzeitig ein leises Lachen von Mr Thompson. Ich konnte in diesem Augenblick wahrhaftig nichts Lustiges daran finden, dass mein Kind mit übler Struwwelpeterpädagogik zur Räson gebracht worden war. Empört warf ich ihm einen Blick zu.
„Ich kann darüber nicht lachen. Kinderseelen sind so verletzlich. Mein Sascha weint so gut wie nie und jetzt das! Komm, Sascha, wir gehen!", sagte ich pikiert und streckte meine Hand nach ihm aus, doch ich griff ins Leere. Sascha hatte sich umgedreht und lief grinsend zu einer Angestellten vom Catering-Service, die ihm irgendein Schnittchen reichte.
„Siehst du, alles halb so schlimm!", rief Babs erleichtert.
„Kinder vertragen mehr, als man glaubt. Das weiß ich von meinem Sohn aus erster Ehe", bestätigte Mr Thompson. Ich

gab mich geschlagen bei so viel geballter pädagogischer Überzeugungskraft. Als Sascha mir dann auch noch lachend zuwinkte, musste ich mir eingestehen überreagiert zu haben.
Henry Thompson verwickelte mich in ein Gespräch über zeitgenössische Künstler, die er für seine Galerie an Land zog, während wir Babs halfen ein paar von Josefs Bildern aufzuhängen. Anschließend tranken wir zusammen noch ein Glas Sekt. Ganz Gentleman erkundigte er sich zunächst nach meinem Leben, ohne dabei neugierig zu wirken, und hörte interessiert zu. Als er schließlich von sich erzählte, war es die etwas selbstverliebte Art, die mich störte. Sie versetzte meiner anfänglichen Sympathie für ihn einen empfindlichen Dämpfer. Ich sah auf meine Uhr.
„Oh, schon nach acht Uhr. Jetzt wird es aber Zeit zu gehen!"
„Wie schade, ich fand unsere Unterhaltung sehr angenehm", meinte Henry und sah mich mit einem Ausdruck an, der das Gesagte noch unterstrich. So viel konzentrierter Charme war schon fast unheimlich und ich fragte mich, wo der Haken dabei war. War es vielleicht nur bodenlose Heuchelei?
„Tja, leider, die Pflicht ruft! War nett Sie kennenzulernen. Auf Wiedersehen!"
Ich reichte ihm die Hand. „Ganz meinerseits. Vielleicht können wir uns einmal wiedersehen. Ich bin für eine Weile in Deutschland. Wäre wirklich schön!"
Mit den Schultern zuckend sagte ich nur: „Ja vielleicht!", und ging dann ins Nebenzimmer Sascha holen, der sich dort mit Babs' Malutensilien künstlerisch verausgaben durfte.
Inzwischen hatte sich die Galerie mit den ersten Gästen gefüllt, die mit einem Sektglas in der Hand in Gruppen zusammenstanden oder Bilder betrachteten.
Babs kam eiligen Schrittes herbei, um uns zu verabschieden.
„Geht ihr schon? Du hast dich doch so prächtig mit Henry unterhalten."
„Ja, aber ich muss noch Kreisspiele für den ersten Unterrichtstag heraussuchen!"

„Kreisspiele!? Und dafür lässt du diesen Ausbund an Charme einfach stehen?"
„Ich muss!"
„Aber er war offensichtlich ganz begeistert von dir. Wie findest du ihn denn? Wäre der nicht eine Sünde wert?"
Sie hatte sicherlich schon zu viel Champagner intus, sonst würde sie nicht solchen Unsinn reden.
„Wie bitte? Ich bin glücklich verheiratet! So etwas kommt für mich niemals in Frage! Und schon gar nicht mit diesem Obercharmeur!"
„Sag niemals nie! Es gibt Männer, die die standhaftesten Frauen zum Wanken bringen", meinte sie augenzwinkernd.
„Niemals!", versicherte ich noch einmal mit Nachdruck. Und glaubte auch daran.

KAPITEL 3

Mein Blick wandert unter dem Schirm hervor in Richtung Himmel. Rabenschwarze, tief hängende Wolken ziehen über den Köpfen der Trauergäste hinweg. Eine Sehnsucht erwacht in mir, eine dieser Wolken möge mich umfangen und wegtragen in eine andere Welt. Denn jede andere Welt wäre erträglicher als diese hier auf Erden.

Am Ende des ersten Schultages war mir eines klar geworden. Mein bisheriges ruhiges und harmonisches Leben hatte ich eingetauscht gegen einen mit Hektik und Konflikten bestückten Alltag. Schon am Morgen begann das organisierte Chaos, weil Sascha sein Schreibmäppchen nicht finden konnte. Er wollte keinen Ärger mit seinem strengen Klassenlehrer bekommen und rannte deshalb hysterisch „Wo ist mein Mäppchen?" schreiend im oberen Stockwerk umher. Mein Vorsatz, mich trotz des Lampenfiebers nicht aus der Ruhe bringen zu lassen, kam bei dem Geschrei zum Erliegen. „Keine Ahnung! Warum hast du auch nicht auf mich gehört und deine Schultasche schon gestern Abend gepackt!", rief ich laut zurück.
„Ich brauche es aber!", hallte es zurück. Entnervt holte ich Luft, um ihn wegen seiner Schlampigkeit zu rügen, als es klingelte. Lena! Auch das noch, dachte ich und öffnete die Haustür. Ich sah gerade noch, wie sie eine Zigarette zu Boden warf und auf dem Fußabstreifer austrat. Hatte sie es wirklich so nötig oder wollte sie mich auf Grund unseres letzten Gespräches provozieren?
„Guten Morgen, Lena. Kommen Sie herein, aber nehmen Sie die Zigarettenkippe mit, bevor mein Sohn sie findet. Außerdem gibt das Flecken auf der Fußmatte."
Lenas Lächeln erlosch von einer Sekunde zur anderen. Sie sah mich trotzig an, hob dann mit provokant langsamen Bewegungen die Kippe auf und ging vor mir ins Haus.
Ein weiterer Grundstein für das Missverhältnis zwischen uns war damit gelegt worden. Ich fragte mich ernsthaft,

wie ich es schaffen sollte, dieser Person vertrauensvoll meinen Haushalt zu überlassen.

„Hier ist der Abfalleimer", sagte ich ziemlich unterkühlt und öffnete den Küchenschrank unter der Spüle. Als sie sich wieder umdrehte, nachdem sie die Kippe hineingeworfen hatte, kam Alex frisch geduscht, nur mit einem Handtuch um seine schlanken Hüften geschlungen, zur Tür herein. Erschrocken blieb er stehen. „Um Himmels willen, Isabel, Besuch zu so früher Stunde?"

„Mama, mein Mäppchen!", schallte es von der Treppe herunter.

Es fiel mir sehr schwer, Ruhe zu bewahren.

„Vielleicht in deiner Spielkiste!", rief ich ungeduldig zurück und sah mit Entsetzen, wie Lena ihren Blick wohlwollend über Alex' Körper schweifen ließ. Über das ganze Gesicht strahlend, die lange schwarze Lockenpracht über die Schulter werfend, ging sie auf ihn zu und streckte ihm ihre rechte Hand entgegen.

„Guten Tag, ich bin Magdalena, Ihre Haushaltshilfe, aber nennen Sie mich ruhig Lena!", sagte sie mit leicht rauchiger Stimme. Dabei setzte sie ihr Lächeln und ihren Augenaufschlag so perfekt in Szene, dass es mir die Sprache verschlug. Wieso hatte ich bei der Entscheidung, sie einzustellen, nicht bedacht, dass eine rassige Erscheinung wie Lena für einen attraktiven Mann wie Alex die Versuchung par excellence bedeuten konnte? Und umgekehrt genauso!

Ich gab ihnen nur so viel Zeit, dass sie sich kurz die Hände schütteln konnten, und entführte Lena dann eiligst in den Hauswirtschaftsraum. Es galt dafür zu sorgen, dass Lena so wenig wie möglich mit Alex in Kontakt geriet. Obwohl ich sie noch nicht richtig kannte, traute ich ihr inzwischen zu, meinen Mann verführen zu wollen.

Nachdem ich ihr erklärt hatte, was sie erledigen sollte, schickte ich Sascha samt dem im letzten Augenblick gefundenen Mäppchen in die Schule und nahm danach mein Frühstück hastig im Stehen ein. Während ich in meine Anzugjacke schlüpfte, gab ich Alex einen flüchtigen Kuss auf die Wange. „Tschüss, mein Liebling, und guten Start in der Schule!", rief er mir noch hinterher, da ich im nächsten Augenblick schon an der Haustür war. Ich wollte heute möglichst früh in der Schule erscheinen. Die Verspätung bei der Lehrerkonferenz am Tag zuvor war peinlich genug gewesen. Beim Telefonat mit Babs hatte mein ausgeprägtes Quasselbedürfnis dafür gesorgt, dass ich wie üblich nicht auf die Zeit achtete. Als unangenehme Konsequenz erlitt ich die Schmach, die Rede von Rektor Bausch empfindlich stören zu müssen. Die Augen der gesamten Lehrerschaft, bestehend aus 60 Grund-, Haupt- und Realschullehrern, waren auf mich gerichtet gewesen, als ich leise die Lehrerzimmertür geöffnet hatte und dann mit rotem Kopf eine Entschuldigung murmelnd zu einem leeren Stuhl geschlichen war. Als ich meinen Blick in die Runde hatte schweifen lassen, sah ich, dass Grundschulkonrektor Ahlers mich mit unverblümter Verachtung musterte. Als er mich im Laufe der Sitzung vorgestellt hatte, konnte er sich eine humorvolle und in gleichem Maße spitze Bemerkung in Bezug auf meinen Fehltritt nicht verkneifen. Zu allem Übel war ich dann auch noch gezwungen, nach der Konferenz sofort nach Hause zu fahren, um meine Eltern rechtzeitig zum Flughafen zu bringen. Ich hatte somit keine Gelegenheit gehabt, auch nur ein einziges Wort mit den Kollegen und Kolleginnen zu wechseln. Das wollte ich heute unbedingt nachholen, um mir nicht gleich den Ruf einer Außenseiterin einzuhandeln.

Der Weg zur Schule dauerte nur eine Viertelstunde, wenn der Verkehr so reibungslos verlief wie heute. Langsam bog ich mit meinem schwarzen Cabrio auf den großen Parkplatz des Schulzentrums und erntete einige neugierige Blicke von gelangweilt herumstehenden Schülern. Zwei Lehrer, die ihre braunen, verknautschten Ledertaschen mit einem Riemen um die Schulter hängen hatten, sahen ebenfalls zu mir herüber. Gewillt, mich guten Mutes in das Berufsleben zu stürzen, stieg ich aus dem Auto, strich meine Anzugjacke glatt, holte meine Aktentasche aus dem Kofferraum und ging beschwingten Schrittes auf die beiden zu. Angesichts der verbeulten Cordhosen und der farblich nicht unbedingt dazu passenden Karohemden der Herren fühlte ich mich in meinem beigefarbenen Hosenanzug mit edlem T-Shirt und passenden Pumps etwas overdressed, doch ich ließ mich dadurch nicht verunsichern.

„Guten Tag, ich bin Isabel Seland!", stellte ich mich vor. „Bei der Lehrerkonferenz hatten wir leider keine Gelegenheit, uns kennenzulernen."

Sie reichten mir artig die Hand und nannten ihre Namen, die ich im nächsten Moment schon wieder vergessen hatte.

„Willkommen im Hexenkessel!", meinte der mit den grau melierten Locken grinsend, während wir ins Hauptgebäude gingen. Dort befanden sich schon ziemlich viele Schüler. Einige begaben sich schlendernd zu ihren Klassenzimmern, andere standen laut miteinander scherzend auf dem Flur, so dass man ausweichen musste, um nicht angerempelt zu werden. Der Lärmpegel und die Vorstellung, bald mit den Problemen pubertierender Hauptschul-Achtklässler konfrontiert zu werden, die ich zusätzlich zu den Grundschülern im Fach Englisch bekam, ließen ein mulmiges Gefühl in mir aufkommen. Ich war froh, als wir endlich das Lehrerzimmer erreicht hatten. In dem großen Raum, Rückzugsgebiet für 60 Lehrer, gab es viele Tischgruppen. An der Wand befand sich ein Regal, in dem jeder Lehrer sein eigenes Fach besaß. In der linken Ecke des Raumes gab es eine Kaffeeküche, in der sich schon zwei Kaffeesüchtige aufhielten, jeder mit einer Tasse in der Hand. Einige Lehrer standen in Grüppchen zusammen und unterhielten sich angeregt, andere saßen an einem Tisch, mit einem Stapel Bücher vor sich. Ich stand etwas verloren da, als ich leicht von hinten angerempelt wurde.

„Verzeihung, aber könnten Sie freundlicherweise den Weg freimachen!", brummte eine männliche Stimme. Ein Lehrer,

schätzungsweise Anfang 40, mit hellem, schütterem Haar und einem Bauchansatz, der sich unter seinem Pullover deutlich abzeichnete, schob sich an mir vorbei und blieb dicht vor mir stehen. Seine kleinen wässrigen Augen blickten mich übellaunig an.
„Oh, Entschuldigung!", sagte ich, trotz dieses unflätigen Benehmens um einen freundlichen Ton bemüht. „Ich bin neu hier. Isabel Seland mein Name. Und wer sind Sie?"
Meine Hand, die ich ihm entgegenhielt, wartete vergeblich darauf von seiner gedrückt zu werden, stattdessen erntete ich einen weiteren sauertöpfischen Blick.
„Ich weiß. Sie sind die Neue, die das Kunststück schafft, gleich bei der ersten Konferenz zu spät zu kommen. Nicht gerade die beste Art, sich hier einzuführen!", sagte er in abfälligem Ton. Ärger stieg in mir auf. Ich öffnete den Mund, um ihn zu fragen, was für ein Problem er eigentlich damit habe, doch er ließ mich nicht zu Wort kommen.
„Ich bin Hans Stiegl, Klassenlehrer von der 8a, in der Sie übrigens Englisch unterrichten. Ich hoffe nur, Sie lassen sich nicht genauso schnell unterkriegen wie Ihre Vorgängerin. Dieses ewige Geflenne, wie schlimm die Schüler doch seien, ging mir mächtig auf die Nerven. Mit der nötigen Autorität kommen auch Frauen mit Pubertierenden zurecht. Wenn Sie mich jetzt entschuldigen, ich muss mit meinem Parallelkollegen noch etwas besprechen."
Sprach's und ließ mich einfach stehen. Verdutzt sah ich ihm zu, wie er auf einen schlanken, hoch gewachsenen, blonden Lehrer zuging. Bis dato war mir noch nie jemand so überaus unfreundlich begegnet. Die Aussicht, in der Klasse dieses offensichtlich hochgradig frauenfeindlichen und unkooperativen Kollegen arbeiten zu dürfen, erteilte meinem Enthusiasmus einen empfindlichen Dämpfer. Ich verdrängte schnell diesen unangenehmen Gedanken und sah mich im Raum nach Grundschulkollegen um. Dabei bemerkte ich, wie mich eine Lehrerin meines Alters interessiert und

eingehend musterte. Als sich unsere Blicke begegneten, lächelte sie. Im nächsten Moment verließ sie die Gruppe Frauen, bei der sie gestanden hatte, und ging auf mich zu. Nach der unerquicklichen Begegnung mit Hans Stiegl war es eine Wohltat, wie sie mir freudestrahlend die Hand entgegenstreckte und sich in jovialer Art vorstellte.

„Guten Tag, Frau Seland! Willkommen im Grundschulteam! Ich bin Sabine Grunert von der Klasse 3a. Wir sind Parallelkolleginnen. Gestern hatten wir ja keine Gelegenheit gefunden, miteinander zu sprechen. Sie waren nach der Konferenz wie vom Erdboden verschluckt."

„Guten Tag! Ja, ich wäre gerne noch geblieben, aber ich musste meine Eltern zum Flughafen fahren und war schon verdammt spät dran."

Sie nickte verständnisvoll und strich dann ihre mittellangen brünetten Haare hinter die Ohren. Ihr Gesicht war nicht im üblichen Sinne als schön zu bezeichnen, aber höchst interessant. Die hohen Wangenknochen und die kleinen, leicht schrägen bernsteinfarbenen Augen verliehen ihr etwas Indianisches. Verstärkt wurde dieser Eindruck durch den bronzen schimmernden Teint. Ein Anblick, der einen auf eigenartige Weise fesselte.

„Wenn Sie wollen, zeige ich Ihnen nach dem Unterricht den Lehrmittelraum und die Kopierecke mit den zwei lausigen Kopiergeräten für 60 Lehrer. Da ist Organisationstalent gefragt, wenn beide verrückt spielen. Ach eigentlich könnten wir uns gleich duzen, das tun ja fast alle hier. Ich bin die Sabine!"

„Freut mich! Ich bin Isabel!" Ich strahlte sie an, erleichtert darüber, dass mir die Kollegin, mit der ich am engsten zusammenarbeiten würde, auf Anhieb sympathisch war. Eine Männerstimme riss mich aus meiner Verzückung.

„Jetzt stehen Sie ja immer noch mitten im Weg und haben sich auch noch Verstärkung dazugeholt!", monierte der unfreundliche Herr Stiegl und drängte sich demonstrativ so

knapp an mir vorbei, dass er dabei meine Schulter streifte.
„Hans, jetzt sei zu unserer Schulanfängerin ein wenig netter, sonst verlässt sie uns ja gleich wieder!", meinte Sabine scherzhaft.
„Wäre auch nicht so schlimm. Unser Bedarf an besserwisserischen Emanzen in unserem Kollegium ist reichlich gedeckt", antwortete er dreist grinsend und verließ das Lehrerzimmer. Ich sah Sabine fragend an.
„Ist der immer so?"
„Tja, unser Hans! Ein Meister der Charmeoffensive! Nach den Ferien ist er besonders nett, wie du gerade gesehen hast. Aber nimm es nicht persönlich. Er hat wahrscheinlich irgendein Problem mit Frauen und kann gar nicht anders."
Sie sah sich kurz im Raum um. „Wo Jan bloß bleibt? Bestimmt hat er wieder einmal vergessen sein Handy aufzuladen, mit dem er sich immer wecken lässt. Das ist so typisch für ihn. Ein liebenswerter Chaot eben."
„Wer ist Jan?"
„Unser Kollege aus der 3c. Gestern war er in einen Auffahrunfall mit viel Blechschaden verwickelt, weswegen er bei der Konferenz nicht dabei sein konnte. Er ist zum Glück das ganze Gegenteil von Hans. Aber du wirst ihn ja bald kennenlernen. Komm, wir gehen schon mal zu unseren Klassenzimmern."
Wir durchquerten unzählige Gänge und stiegen eine breite Treppe hoch, bis wir den Grundschultrakt erreichten. Dabei erfuhr ich, dass Sabine seit fünf Jahren geschieden war, keine Kinder hatte und sich vor kurzem von ihrem letzten Partner getrennt hatte. Als sie hörte, dass ich mit meiner kleinen Familie glücklich war, meinte sie mit einem Seufzer in der Stimme: „Schön, dass es so perfekte Lebensentwürfe noch gibt. Bei den meisten herrscht heutzutage doch der Ausnahmezustand wie bei mir oder Jan. Der ist auch seit ein paar Jahren geschieden. Aber bei so einem tollen Typen wie ihm kann man überhaupt nicht verstehen, dass es in der Ehe

nicht funktioniert hat. Nun ja, man blickt eben nicht in die Leute hinein."
Ihren Äußerungen nach zu urteilen, schien dieser Jan ein sehr sympathischer Mensch zu sein und ich brannte inzwischen darauf, ihn persönlich kennenzulernen. Doch zuerst musste ich die Feuerprobe in der Klasse 3b bestehen.

Vier Schulstunden später, als alle Schüler nach dem Klingelzeichen aus dem Klassenzimmer strömten, sank ich ermattet auf meinen Stuhl und streckte die Beine von mir. Der Unterricht war besser gelaufen, als ich erwartet hatte, aber nichtsdestoweniger hatte ich auf Grund fehlender Routine die ganze Zeit über unter hoher Anspannung gestanden. Und Janina Müller, ein groß gewachsenes braunhaariges Mädchen, hatte mir mit ihrem Verhalten den Einstieg ins Schulleben zusätzlich erschwert. Trotz meiner Zurechtweisungen hatte sie immer wieder spontan dazwischengerufen oder losgeschimpft, wenn sie etwas „oberblöd" fand.
„Na wie ist es dir ergangen?", unterbrach Sabine gut gelaunt meinen Gedankengang, als sie mein Klassenzimmer betrat. Sie setzte sich mir gegenüber auf einen Schülertisch. „Siehst ein bisschen geschafft aus, ehrlich gesagt. Aber nach so langer Berufspause ist das auch nicht verwunderlich. Dir fehlt eben noch die Routine."
„Ja, ich bin wirklich ziemlich erledigt. Diese Janina kostet einen den letzten Nerv, sag ich dir."
„Janina Müller? O je! Mit der hatte Frau Timmler auch so ihre Schwierigkeiten. Aber ihr Vater ist noch schlimmer. Der Mann flippt immer ziemlich aus, wenn man seinem Herzchen zu nahe tritt."
„Was für rosige Aussichten! Ein Alltag mit verhaltensgestörten Schülern und ausflippenden Vätern! Da kriegt man doch Kuchen und Aufläufe besser gebacken!"
Unser Gelächter drang bis auf den Flur hinaus.

„Lustig ist das Schulleben! Darf man mitlachen?", ertönte plötzlich eine männliche Stimme.
Ich sah zur Tür. Gegen den Holzrahmen gelehnt und amüsiert grinsend, stand da ein schlanker, dunkelbraun gelockter Mann, mit Jeans und schwarzem T-Shirt bekleidet, eine Hand in der Hosentasche vergraben. Sein Anblick elektrisierte mich förmlich. Aus einem jungenhaften braun gebrannten Gesicht mit einer sehr männlichen Note, die der dunkle Bartschatten noch unterstrich, strahlten mir zwei helle, von schwarzen Wimpern umrahmte Augen wie leuchtende Sterne entgegen. Das Lächeln seines sinnlich geschwungenen Mundes, das auf den Wangen kleine Grübchen erzeugte und seine weißen Zähne blitzen ließ, wirkte unglaublich sympathisch. Mit einer unnachahmlich lässigen Art zu gehen kam er auf mich zu und streckte mir seine Hand entgegen.
„Hallo, ich bin Jan Fenrich, Chef in der 3c. Willkommen im Club! Dem Gelächter nach zu urteilen ist die Feuerprobe ja gelungen." Er hatte eine angenehme tiefe Stimme.
Ich stand auf und reichte ihm lächelnd die Hand.
„Hallo, ich bin Isabel Seland. Alles nur Galgenhumor, Herr Fenrich. So lässt es sich leichter ertragen."
Die Art, wie er mich ansah, forschend, interessiert und warmherzig zugleich, jagte mir einen wohligen Schauer über den Rücken. Sein interessantes Gesicht zog mich in einen so eigentümlichen Bann, dass ich vergaß seine Hand wieder loszulassen.
Erst Sabines lautes „Hey Jan, ich bin auch noch da!" ließ mich erschrocken aus meiner Versunkenheit auftauchen. Ihm schien es genauso ergangen zu sein, denn er ließ abrupt meine Hand los und drehte sich zu Sabine um. Ziemlich vertraut begrüßte er sie mit einer Umarmung und Küsschen auf beide Wangen.
„Hallo Bienchen! Wie könnte ich dich je vergessen! Alles klar bei dir?"
„Ja, ich denke nach ein paar Tagen wird sich die Klasse an

mich gewöhnt haben. Bei dir muss man wahrscheinlich gar nicht nachfragen. Du mit deinem unschlagbaren Charisma machst das sowieso mit links."

„Ja, ich muss zugeben, die lieben Kinderchen spuren einwandfrei. Ich kann aber gar nicht sagen, woran das liegt. Wahrscheinlich bin ich ein grandioses pädagogisches Naturtalent!"

Er lächelte verschmitzt und ließ den Blick von Sabine zu mir gleiten, ließ ihn einen Augenblick auf mir ruhen und dann wieder zu Sabine wandern.

„Wir müssen noch einiges besprechen. Wie wäre es mit einem Tässchen Cappuccino im Café Seidl gleich um die Ecke?", fragte er.

„Ja, gerne, ich habe Zeit!", stimmte sie sofort zu.

„Und wie ist es mit dir, äh, Ihnen? Ach, was soll das förmliche Getue. Ich bin Jan", meinte er spontan und lächelte dabei auf seine gewinnende Art.

„Ich bin Isabel. Ähm, ich würde gerne mitkommen, aber mein Sohn kommt bald heim und unsere Haushaltshilfe hat heute zum ersten Mal gekocht ..."

„Verstehe!", meinte er mit einem viel sagenden schnellen Blick, den er abschätzend von Kopf bis Fuß und wieder zurück über mich schweifen ließ. Darin lag die Aussage *Verstehe, Familienarbeit war dir zu langweilig* und *Verstehe, du gehörst zu der Schicht, die sich den Luxus einer Haushälterin leisten kann* und *Verstehe, wir haben es hier wohl mit einem Paradiesvögelchen zu tun.* All dies glaubte ich in diesem einen Blick lesen zu können. Ich konnte nicht sagen, welches Gefühl überwog – Verärgerung, Enttäuschung oder Verunsicherung.

„Tja, schade, aber wir werden sicher noch mehr Gelegenheiten für einen gemütlichen Plausch finden!", sagte er. Es war nicht die geringste Spur von Geringschätzung in seiner Stimme und seinem Lächeln erkennbar. Ich war erleichtert. Meine Sensoren für negative Schwingungen waren wohl zu fein

eingestellt gewesen, weswegen ich seine Reaktion falsch interpretiert hatte.
Wir verabschiedeten uns und ich fuhr beschwingt nach Hause. Ich war froh, dass meine Parallelkollegen überaus liebenswürdig waren. Immer wieder tauchte vor meinem geistigen Auge Jans sympathisches Lächeln auf, das unwillkürlich ein wohliges Gefühl in mir auslöste. Was war los mit mir? Derartige Gefühlsregungen hatte ich nicht mehr verspürt seit, ja, seit ich mich damals in Alex verliebte. Verliebtheitsgefühle?! Unsinn!! Nach der unerfreulichen Begegnung mit Hans Stiegl waren Jans liebenswerte Art und sein gefälliges Äußeres einfach nur Balsam für die Seele gewesen.
Zu Hause angekommen, sank meine Laune sofort wieder gegen null, als ich statt Lena und gut duftendem Essen nur einen Zettel mit fast unleserlicher Schrift auf dem Küchentisch vorfand. Nach einigen Entzifferungsbemühungen erfuhr ich, dass sie schon früher nach Hause musste und ich in der Thermoschüssel ein paar Pfannkuchen vorfinden würde. Zum Glück hatte sie dem Inhalt derselben eine Bezeichnung gegeben, denn der zerfledderte Teighaufen, teils schwarz angebrannt, teils käsig weiß, wäre nicht als Pfannkuchen zu identifizieren gewesen.
Konnte Lena etwa nicht kochen? Oder wollte sie mich damit ärgern? Das wäre ihr gelungen. Es klingelte. Wütend ging ich zur Tür, um Sascha zu öffnen, der mich gleich mit „Hallo Mama, ich habe sooo Hunger. Was gibt es denn?" überfiel.
„Pfannkuchen!", murrte ich.
„Cool, können wir die gleich essen?", fragte er und rannte voraus in die Küche. Gleich darauf ertönte das erwartete „Iiiiih, was ist das denn? Mama, muss ich das essen?"
Bevor ich antworten konnte, öffnete sich die Haustür und Alex kam herein.
„Du? Wieso bist du schon hier?"
„Netter Empfang! Ich wollte mich vor der nächsten Operation noch ein wenig zurückziehen und gemütlich mit meiner

Familie essen. Aber das scheint ja nicht so willkommen zu sein."
„Papa, schau mal, das sollen Pfannkuchen sein!"
Sascha stand in der Küchentür und hielt Alex die Schüssel entgegen. Dieser warf einen kurzen Blick hinein und sah mich mit angewidertem Gesichtsausdruck an. Ich zuckte nur resigniert mit den Schultern und sagte: „Lena."
„Lena? Wer ist Lena?"
Mein vernichtender Blick half seiner kleinen Amnesie sofort auf die Sprünge. „Ach so ja, Lena! Na das fängt ja gut an. So viel zum Thema ‚Es wird sich nichts ändern, Schatz'."
„Ach hör auf zu meckern, alter Chauvi. Es ist ihr erster Tag, das gibt sich schon noch. Wahrscheinlich war sie wegen ihrer Kinder in Eile."
„Huuuunger! Was essen wir denn jetzt, Mama?"
„Pfannkuchen, und zwar meine."
Kurz entschlossen und ziemlich wütend warf ich Lenas kulinarischen Supergau in den Biobehälter und rührte einen neuen Teig an. Dabei schaltete ich das Rührgerät auf die höchste Stufe, um Alex' Kommentare im Sinne von *Ich habe dich frühzeitig gewarnt* und *Erwarte jetzt bloß keine Unterstützung* allzu deutlich hören zu müssen.
Prinzipienreiter, dachte ich und kämpfte gegen den Drang an, die gebackenen Teigplatten gegen die Wand zu klatschen. Wie schön wäre es gewesen, am gedeckten Tisch leckere, von Lena liebevoll zubereitete Pfannkuchen, beim angeregten Gespräch mit Alex zu verspeisen und mich noch nebenbei um das Wohlergehen unseres Sprösslings kümmern zu können. Stattdessen stand ich entnervt am Herd und scheuchte Sascha in der Küche herum, damit er den Tisch deckte.
Leider sollte das missratene Mittagessen noch nicht der Höhepunkt meiner Frustration sein. Als ich ins obere Stockwerk ging, musste ich mit Entsetzen feststellen, dass weder die Betten gemacht worden waren noch das Bad eine gründliche Reinigung erfahren hatte und auch der

Staubsauger war nicht zum Einsatz gekommen. Was hatte diese Person eigentlich den ganzen Vormittag gemacht, außer ungenießbare Teigmansche anzurühren?
Beim Gedanken, mich mit der übellaunigen Person auseinandersetzen zu müssen, wurde mir ganz flau. Wie hatte mich mein Gespür für Menschen so im Stich lassen können? Als ich sie eingestellt hatte, war sie eine vollkommen andere Person gewesen als die, die ich jetzt erlebte. Sie sollte mich entlasten und nicht belasten!
Erschöpft sank ich auf das zerwühlte Bett und ließ meinen Tränen freien Lauf. Es war der erste Arbeitstag und ich hatte das Gefühl, dass alles über mich hereinbrach. Eigentlich sollte ich schon längst zur Unterrichtsvorbereitung am Schreibtisch sitzen. Stattdessen saß ich untätig auf dem Bett und heulte wie ein Schlosshund. Wie jämmerlich! Zu allem Überfluss hörte ich auch noch Schritte auf der Treppe. Hektisch wischte ich die Tränen mit dem Ärmel weg. Alex sollte mich nicht als Häuflein Elend vorfinden, das schon am ersten Tag dem Nervenzusammenbruch nahe war. Dieses Wasser würde ich nicht auf seine Mühlen geben! Zum Glück war es aber nur Sascha, doch als er mein verheultes Gesicht sah, rief er gleich lauthals in den Flur hinaus: "Schnell, Papa, komm! Die Mama weint wegen der Pfannkuchen!"
Blitzschnell zog ich das kleine Plappermaul zu mir her und hielt ihm den Mund zu.
"Pst, Papa braucht seine Mittagsruhe. Es ist gar nichts passiert."
Doch Alex hatte etwas gehört und rief hinauf, was denn los sei. Ich antwortete schnell: "Alles in Ordnung, Schatz, ich habe nur Seife in die Augen bekommen."
Nur eine kleine Lüge. Es sollte nicht die einzige bleiben.

Beten, denken, nichts denken, nichts denken können.
Langsam wird der Sarg ins Grab hinabgelassen, das Ende eines Lebens besiegelt. Tränen der Fassungslosigkeit fließen über meine Wangen. Wird es je ein Verstehen geben? Was ist die Rettung? Vielleicht nur der Glaube. Der Glaube an Vergebung. Es fällt schwer.

Die Nacht brachte leider nicht die gewünschte Erholung. Ich lag bis fast zwei Uhr wach und überlegte, wie das Gespräch mit Lena verlaufen würde, und als ich endlich eingeschlafen war, plagten mich wilde Träume. Ich träumte, dass Lena mich in unserem Schulgebäude mit halb verbrannten Pfannkuchen verfolgte und wütend damit bombardierte. Ich flüchtete und wusste plötzlich nicht mehr, wo ich mich befand. Verzweifelt suchte ich nach einem Ausgang, doch es gab nur Fenster und Wände. Ich fing hysterisch an zu schreien. Jan kam mir plötzlich entgegen, umarmte mich ganz fest und sagte leise: „Alles wird gut, mein Liebling!"
Hatte er tatsächlich mein Liebling gesagt? Und klang seine Stimme nicht wie die von Alex? Allmählich kam ich zu mir und begriff, dass ich in Alex' beschützenden Armen lag.
„Was ist denn los, mein Schatz? Du hast so jämmerlich geschrien. Sind die Schüler so schlimm oder hast du von deinem Chauvigatten geträumt?"
Seine zärtliche Stimme brachte mich zum Weinen und ich begann hemmungslos zu schluchzen. Augenblicklich schaltete er das Licht ein und sah mich besorgt an.
„So schlimm? Was ist denn passiert?"
Ich erzählte ihm stockend von den Schwierigkeiten mit Lena und ihrer Haushaltsführung und schilderte ihm meinen Traum – die Stelle mit Jan ließ ich weg.
„Aber warum hast du mir heute Abend nicht gesagt, dass du so große Probleme mit ihr hast?"
„Ich wollte dich nicht belästigen. Schließlich ist das Ganze meine Angelegenheit, wie du selber immer so schön betonst."
„Tut mir leid, aber ich konnte ja nicht ahnen, dass es so

schlimm ist und dich so sehr belastet. Ich kann ja mal mit ihr reden. Aller Anfang ist schwer, aber das spielt sich schon noch ein. Und jetzt versuch noch ein bisschen zu schlafen."
Er küsste mich zärtlich und ich fiel bis zum Weckerklingeln noch für zwei Stunden in einen tiefen Schlaf. Das war natürlich viel zu kurz, um sich zu erholen, was mir der Blick in den Spiegel bestätigte. Die Lider waren dick geschwollen, tiefe schwarze Ringe zeichneten sich unter den Augen ab und mein Teint hob sich kaum von den weißen Fliesen ab. So konnte ich mich unmöglich den Schülern präsentieren! Und Jan wollte ich in diesem Zustand erst recht nicht begegnen ... Den Gedanken an eine Krankmeldung verwarf ich sofort wieder. Es war unmöglich, schon am zweiten Tag der Schule fern zu bleiben, nur wegen Schlafdefizit und dessen sichtbare Folgen. Also übertünchte ich die Spuren der vergangenen Nacht, so gut es ging, und verließ das Haus, noch bevor Lena auftauchte.
Ich betrat das Lehrerzimmer, das menschenleer war. Erleichtert, in meiner Übermüdung keinen Smalltalk führen zu müssen, setzte ich mich an einen Tisch. Doch meine Freude sollte nicht lange währen. Nur ein paar Minuten später öffnete sich die Tür und Hans Stiegl kam mit einem Stapel Blätter herein. Sein Blick verdüsterte sich sofort, als er meiner ansichtig wurde, und die passende Bemerkung hatte er auch gleich parat.
„Na, heute haben Sie ja einen gewaltigen Frühstart hingelegt, ganz im Gegensatz zum Konferenztag!", sagte er spöttisch und ging dabei zu seinem Tisch, auf den er die Arbeitsblätter knallte. Warum musste ausgerechnet dieser Ausbund an Unverschämtheit so früh hier sein! Warum nicht Jan? Mit ihm wäre es zum reinen Vergnügen geworden, doch mit Hans war Kampf angesagt.
„So etwas kann doch jedem mal passieren, auch Ihnen. Das liegt eben in der Natur des Menschen."
„In der Natur schusseliger Menschen vielleicht!" Er lachte höhnisch.

Ich musste an mich halten, um nicht entnervt aufzustöhnen. War es diesem Kerl denn nicht möglich, in normalem Ton zu kommunizieren?
„Sie haben heute Englisch in meiner Klasse. Ich möchte Sie vor Patrick warnen, ein unguter Geselle. Er kommt aus schwierigen Verhältnissen. Die Mutter ist schon zum dritten Mal verheiratet, hat vier Kinder von drei Männern und sein Stiefvater hat Probleme mit dem Alkohol, was auch schon auf Patrick abfärbt. Von Frauen lässt er sich übrigens ungern unterrichten."
„Aha", antwortete ich kurz angebunden.
Ich war nicht gewillt, mich mit diesem Widerling weiter zu unterhalten. Leider handelte ich mir damit die nächste Klatsche ein.
„Mehr fällt Ihnen nicht dazu ein?! Oder war das zu viel Information auf einmal zu so – für Sie zumindest – ungewöhnlich früher Stunde?"
Wie konnte man diesem fiesen Lästermaul bloß wirksam Kontra geben? Mir fiel nichts ein, also wedelte ich nur verärgert mit meiner Kopiervorlage vor seiner dicken Nase herum und antwortete in schroffem Ton: „Ich habe jetzt keine Zeit mehr für Ihre Belehrungen. Sie entschuldigen mich!"
Ich warf ihm einen vernichtenden Blick zu und eilte davon.
Während ich dem Kopiergerät zusah, wie es die Blätter nacheinander ausspuckte, dachte ich darüber nach, mit welcher Strategie ich mich gegen ihn wehren konnte. Am besten war es, mich nicht provozieren zu lassen. Wenn ich ihn mit seiner Boshaftigkeit auflaufen ließ, würde es irgendwann reizlos für ihn werden, mich zu ärgern, und ich hätte meine Ruhe. Die Theorie war gut, fragte sich nur, wie die Praxis aussah. Ich muss mich jetzt auf den Unterricht konzentrieren, dachte ich, packte entschlossen meine Blätterstapel, drehte mich um und wurde unsanft von einem männlichen, mit brauner Lederjacke bekleideten Oberkörper gerempelt. Ich ließ vor Schreck mein gesamtes Kopiergut

fallen, das sich gleichmäßig über den Boden verteilte.
„Oh Verzeihung, Isabel, ich bin dir wohl zu nahe getreten!", rief Jan lachend und ging gleich darauf in die Hocke, um die Blätterflut einzusammeln.
„Ach du bist es! Ich dachte schon …", stieß ich erleichtert hervor.
Er sah zu mir hoch. „Was dachtest du?"
„Nichts weiter."
Ich ging ebenfalls in die Hocke und scharrte die Blätter zusammen.
„Was hat dich denn schon so früh aus dem Bett gejagt? Schlecht geschlafen?", fragte er und sah mich prüfend an. Nur dieser eine kurze Blick in mein Gesicht hatte ihm genügt, um die richtigen Schlüsse zu ziehen.
„Unsere Haushälterin macht gerade Ärger, und der Gedanke an sie hat mir den Schlaf geraubt. Aber Alex wird das schon regeln."
„Alex?"
„Mein Mann."
Für ein paar Sekunden verfingen sich unsere Blicke auf seltsame Weise. War es Neugierde, die ich in seinen Augen erblickte? Hastig fuhr ich fort die restlichen Blätter einzusammeln.
„Hier!" Er reichte mir lächelnd seinen Stapel und streifte dabei meine Hand. Es war nur eine unbedeutende, zufällige Berührung, und doch war es, als hätte ich einen Stromschlag erhalten. Irritiert stand ich auf und presste den Blätterstapel wie ein Schutzschild an meine Brust.
„Gut, ich muss dann los. Wir sehen uns in der Pause", sagte ich nur, drehte mich auf dem Absatz um und verließ eilig, ohne eine Antwort abzuwarten, das Lehrerzimmer.
Im Klassenzimmer angekommen, ließ ich mich auf den Stuhl am Lehrerpult fallen. Ich dachte an die Begegnung im Kopierraum und musste mir eingestehen, dass Jan eine sonderbare Anziehungskraft besaß. Was war nur in mich

gefahren, dass mich seine Anwesenheit dermaßen aus dem Gleichgewicht bringen konnte? Er war doch nur mein Kollege und zufällig ein sehr sympathischer.
Die ersten Kinder betraten den Raum und begrüßten mich lautstark. Ich grüßte freudig zurück, dankbar, dass ihre Anwesenheit mich vom Weitergrübeln abhielt. Der Verlauf des Unterrichts tat sein Übriges, um keine Sekunde mehr an die morgendliche Begegnung mit Jan denken zu müssen. Es war Janinas Verhalten, das meine gesamte Konzentration abverlangte. Ständig störte sie mit Zwischenrufen die Besprechung eines Lesestückes, bis ich sie aus dem Stuhlkreis entfernte, sie an der Schulter packte und auf ihren Platz zwang. Dort sollte sie zehn Mal den Satz *Ich muss mich melden, bevor ich spreche* schreiben. Ihren Protest unterband ich sofort mit einem harschen „Kein Wort mehr, schreib!" und fuhr mit angespannten Nerven im Unterricht fort. Erst als das erlösende Klingelzeichen zur großen Pause ertönte, ließ die Anspannung nach. Ich begab mich zum Lehrerzimmer, das schon ziemlich bevölkert war. Sabine, die neben Jan stand, winkte mir zu.
„Hallo Isabel! Na wie war der zweite Tag?", rief Sabine.
„Hallo! Frag lieber nicht! Diese Janina ist so anstrengend!"
Während wir uns an den Tisch setzten, wagte ich einen scheuen Blick zu Jan. Er erwiderte ihn prompt mit einem angedeuteten Lächeln. Es war nicht zu leugnen. Ich war erleichtert darüber, dass er meinen übereilten Abgang am Morgen nicht übel genommen hatte. Befreit von allen Zweifeln, erwiderte ich sein Lächeln und erzählte von meinen Erlebnissen mit Janina.
Inge Stadlmeier, eine etwas füllige Kollegin aus der 50-plus-Riege, nahm meine Schilderungen interessiert zur Kenntnis, taxierte unverhohlen mein lindgrünes Chanelkostüm und sagte frostig: „Tja, da kommen harte Zeiten auf Sie zu. Sie dürfen auf gar keinen Fall Unsicherheit zeigen! Wenn ich da an die Schwierigkeiten mit Maximilian vor zwei Jahren denke!"
Und dann folgte eine ausführliche Schilderung ihrer negativen

Erfahrungen, die mich noch schlechter fühlen ließen, als ich es ohnehin schon tat. Während sie mich mit ihren Ausführungen quälte, ließ ich den Blick zu Jan schweifen. Wohl wissend, wie ich mich gerade fühlte, zwinkerte er mir verständnisvoll zu. Dieses kleine Zeichen der Verbundenheit empfand ich als sehr tröstlich. Zum Glück unterbrach bald Inges Parallelkollegin Renate ihren Redeschwall.

„Das ist ja unglaublich hilfreich, mich mit solchen Schauermärchen zu traktieren!", monierte ich, als Inge und Renate sich entfernten.

„Mach dir nichts draus!", tröstete mich Jan. „Sie ist dafür bekannt, dass sie Neulinge gern mit solch übertriebenen Erzählungen verunsichert. Hast du übrigens heute Nachmittag Zeit? Sabine und ich erstellen zusammen den Stoffverteilungsplan. Du kannst gerne mitmachen, wenn du willst."

„Wirklich? Euch schickt der Himmel! Ich habe zwar schon damit angefangen, bin aber noch nicht weit gekommen. Wir könnten auch bei mir zu Hause arbeiten. Was haltet ihr von 15 Uhr? Ich wohne in Grünwald."

Jan pfiff leise durch die Zähne. „Noble Adresse. Was machst du eigentlich hier?"

Irgendjemand hatte mir einmal gesagt, dass meine Blicke Bände sprechen würden. Genau diese Wirkung musste ich soeben auf Jan gehabt haben, denn als ich ihn anblickte, hob er sofort abwehrend die Hände und meinte grinsend: „Kleiner Scherz. Vergiss es, okay!"

Sein herzerwärmendes Lächeln versöhnte mich gleich wieder und ich schrieb ihm meine genaue Adresse auf sowie meine Handynummer. Der Schulgong zum Ende der Pause ertönte.

„Nur für den Fall, dass etwas dazwischenkommt", sagte ich und reichte ihm den Zettel.

„Handynummer ist immer gut. Hier ist meine. Ich sage Sabine Bescheid."

Er kritzelte etwas auf ein kleines Blatt und drückte es mir in die Hand, wobei er seine einen Tick zu langsam zurückzog, als dass man es als rein kollegiale Geste hätte deuten können. Wieder verspürte ich wie heute Morgen diesen Stromschlag, der durch meinen Körper fuhr. Und wieder verwirrte mich meine unerwartete Reaktion.

„Gut, bis heute Nachmittag, und halt mir die Daumen für meine erste Englischstunde in der Achten! Hoffentlich komme ich mit diesen pubertierenden Wesen zurecht", sagte ich schnell und stand auf.

„Na klar, du schaffst das schon!", meinte er aufmunternd.

Leider sollten sich aber meine Befürchtungen bestätigen. Schon beim Betreten des Klassenzimmers empfing mich ein Durcheinander an schrillen Mädchen- und dunklen, teils im Stimmbruch befindlichen Jungenstimmen. Ich konnte gerade noch einem nassen Schwamm ausweichen, was von einem Mädchen mit lautem, kreischendem Lachen quittiert wurde. Ohne diesem Vorkommnis Beachtung zu schenken, ging ich zum Pult und wünschte mir sehnsüchtig, 45 Minuten älter zu sein.

Nachdem ich alles Nötige für den Unterricht aus meiner Tasche herausgekramt hatte, positionierte ich mich mit verschränkten Armen in der Mitte des Raumes und wartete, bis alle 24 Schüler an den in Hufeisenform angeordneten Tischen Platz genommen hatten. Irgendjemand pfiff leise durch die Zähne, doch ich blieb bei der Devise Ignorieren und stellte mich ungerührt vor. Danach ließ ich von einem Schüler leere gefaltete Kärtchen verteilen, auf die sie ihre Namen schreiben sollten. Ein hoch gewachsener, dunkelhaariger Junge, der ganz vorne in der Nähe meines Pultes saß, murrte laut und rührte keinen Finger.

„Würdest du bitte deinen Namen darauf schreiben!", forderte ich ihn mit Nachdruck auf.

„Das ist ja wie im Kindergarten."

Er sah mir frech ins Gesicht.

„Da könntest du schon Recht haben, aber das liegt dann nur an deinem Verhalten. Du weißt genau, dass jeder neue Lehrer das so macht, um die Schüler schneller kennenzulernen. Also, darf ich bitten!"
Er fixierte mich und machte keinerlei Anstalten meiner Aufforderung nachzukommen.. Noch keine fünf Minuten waren seit Betreten des Klassenzimmers vergangen und ich befand mich schon im Clinch mit einem Schüler. Kein verheißungsvoller Einstieg. Ich ging in die Offensive.
„Wie heißt du?"
„Patrick."
Patrick! Kollege Stiegl hatte also nicht übertrieben, als er mich vor ihm gewarnt hatte.
„Sieh dich um, Patrick. Keiner hat ein Problem damit, seinen Namen aufzuschreiben, nur Kindsköpfe wie du."
Um seinen zusammengepressten Mund zuckte es kurz, dann nahm er endlich gequält einen Stift zur Hand und schrieb seinen Namen. Gewonnen, triumphierte ich innerlich und sah mich veranlasst, etwas Grundlegendes klarzustellen.
„Also, liebe Leute, damit hier keine Missverständnisse aufkommen. Ich bin hier, um mit und nicht gegen euch zu arbeiten. Ich bin ein Mensch, mit dem man gut auskommt, aber ich kann auch verdammt ungemütlich werden, wenn ihr nicht mitzieht oder unverschämt werdet. Ist diese Botschaft angekommen?"
Die meisten nickten zustimmend, nur Patrick murmelte: „Das werden wir ja sehen."
Ich überging die Bemerkung, um nicht schon in der ersten Stunde einen Kleinkrieg heraufzubeschwören. Dieser Bursche würde mich noch sehr viel Kraft kosten, das stand fest. Während der gesamten Unterrichtsstunde lümmelte Patrick demonstrativ gelangweilt auf seinem Stuhl und beteiligte sich in keiner Weise am Unterricht. Entweder spielte er mit seinen Stiften oder schaute unbeteiligt zum Fenster hinaus. Alles war auf Provokation getrimmt, doch ich ließ mich nicht auf dieses

Machtspiel ein und ignorierte ihn.

Die schönsten Töne, die ich an diesem Tag wahrnahm, waren das Ding-Ding-Dang-Dong der Schulglocke. Die lärmenden Stimmen der Schüler entfernten sich immer weiter, bis endlich eine friedliche Stille in das Schulgebäude einzog. Meine innere Anspannung fiel mit einem Mal ab. Ich konnte wieder klar denken und freute mich plötzlich auf den heutigen Nachmittag. Jans Besuch war zwar mit harter Arbeit verbunden, aber dennoch freute ich mich darauf. Ich vermied es tunlichst, über den Grund zu sinnieren, und fuhr beschwingt nach Hause.

Zu meiner Überraschung fand ich dort einen schön gedeckten Tisch, eine aufgeräumte Wohnung und ein blitzblank geputztes Badezimmer vor. Allem Anschein nach hatte Alex heute Morgen Lena klarmachen können, was wir unter ordentlicher Hausarbeit verstehen. Gut gelaunt betrat ich die Küche, in der Lena gerade eine Auflaufform mit Lasagne aus dem Ofen nahm. Sie begrüßte mich mit einem erzwungenen Lächeln, doch der Ausdruck in ihren Augen war kalt, eiskalt. Ich lächelte sie trotzdem an. Es musste doch möglich sein, ihr zu zeigen, dass ich nichts gegen sie persönlich hatte, sondern nur mit ihrer nachlässigen Haushaltsführung nicht einverstanden gewesen war.

Ich lobte deshalb ihr Essen, das mir wirklich sehr gut schmeckte. Selbst Sascha war ganz begeistert und jubelte lauthals: „Die Lasagne schmeckt ja lecker. Viel besser als bei dir, Mama!"

Lena vernahm diesen Ausruf mit Freuden, während ich vermied zu zeigen, wie sehr mich dieser Vergleich wurmte. Doch die gute Laune, die sie daraufhin zeigte, entschädigte mich für die Geringschätzung meiner Kochkünste durch meinen Sohn.

Nachdem der Tisch abgeräumt war, holte ich die Dose mit der Gebäckmischung, die ich immer für unangekündigten Besuch in der Speisekammer auf Lager hatte. Als ich sie

öffnete, erschrak ich zutiefst. Die Dose, die ich vor zwei Tagen gekauft hatte, enthielt nur noch einen Bruchteil des gesamten Inhaltes. Sascha! Das konnte nur er gewesen sein, denn Alex mochte dieses Gebäck nicht.
„Sascha! Komm mal her!", rief ich empört.
„Was ist denn, Mama?", rief es vom Treppengeländer zurück und gleich darauf näherten sich eilige Kinderschritte.
„Warum isst du ohne zu fragen fast die ganze Gebäckdose leer, du Fresssäckchen?"
Ich hielt ihm die Dose entrüstet unter die Nase.
Mit großen, entsetzten Augen sah er mich an. „Das war ich nicht. Großes Indianerehrenwort!"
„Wer bitte schön soll es dann gewesen sein? Ein Kobold?"
„Ich habe nichts gegessen, ehrlich, Mama!"
„Sascha, lüg mich jetzt nicht an. Das ist nicht schön von dir."
„Aber Mama, glaub mir doch!"
Ich war am Ende meiner Weisheit. Wieso konnte er es nicht zugeben? Er wusste genau, dass er keine drakonischen Strafen zu erwarten hatte. Er wusste aber auch, dass ich größten Wert auf Ehrlichkeit legte und dieses Vorkommnis nicht einfach hinnehmen konnte.
„Sascha, bitte. Das kannst nur du gewesen sein!"
„Ich war es aber nicht!! Du bist so gemein!"
Seine Stimme klang schon ziemlich zittrig, weshalb er schnell davonlief. Auf keinen Fall sollte ich ihn weinen sehen. Ziemlich ratlos stand ich mit der vermaledeiten Gebäckdose in der Küche, als Lena mit Mantel bekleidet hereinkam.
„Ich gehe jetzt heim. Ist etwas nicht in Ordnung?", fragte sie süßlich wie eine Dessertcreme, ganz gegen ihre sonstige Art.
„Sascha hat wahrscheinlich in aller Heimlichkeit die Gebäckdose fast leer gefuttert. So etwas hat er bisher noch nie gemacht!"
„Regen Sie sich nicht auf. Vielleicht hat er sie seinen Freunden mitgebracht. Mein Sohn hat das auch schon mal gemacht."
Diese einfühlsame Art war zu übertrieben, um echt zu sein.

Ich konnte mich auch des Gefühls nicht erwehren, dass sie sich an meinem Entsetzen ergötzte. Wieso sollte mein süßer Sascha, der gelernt hatte nichts ungefragt zu nehmen, einfach ein Pfund Kekse aus dem Haus schleppen, um sie an seine gefräßigen Freunde zu verteilen? Vielleicht ein Protestakt, weil ich nicht mehr so viel Zeit für ihn hatte? Oder war es eine Bosheit von Lena?
Ich sah ihr misstrauisch zu, wie sie leise summend ihre Schürze in den Küchenschrank hängte. Natürlich, sie hatte es getan, um Missstimmung zu provozieren! Sie packte ihr Handy und eine Tube Handcreme in ihre Umhängetasche und für einen kurzen Moment war ich versucht, ihr meinen Verdacht ins triumphierend lächelnde Gesicht zu schleudern, aber ich hatte keinen Beweis. Alles, was ich erreichen würde, wäre den Graben zwischen uns noch mehr zu vertiefen.
„Also bis morgen, Frau Seland. Und seien Sie nicht zu streng zu Sascha. Das ist nur ein Lausbubenstreich!", säuselte sie.
Die Unschuldsmaske war perfekt. Zu perfekt, als dass ich in irgendeiner Weise hätte reagieren können.
„Bis morgen, tschüss!", erwiderte ich deshalb nur mürrisch und stellte die Dose geräuschvoll auf den Tisch.

Zwei Stunden später bereitete ich im Esszimmer alles für unser Treffen vor. Ich deckte den Tisch zum Kaffeetrinken, stellte noch Gläser, einen Saftkrug und Mineralwasser dazu. Ich sah mich kurz um, ob alles in Ordnung war, und betrachtete meine Wohnung plötzlich mit den Augen einer Person, die sie zum ersten Mal betrat. Und es gefiel mir, was ich sah. Das Esszimmer war in mediterranem Stil eingerichtet, bestehend aus einem langen Holztisch und karminroten Lederstühlen. Dazu passend stand an der Wand ein Sideboard, auf dem ich eine große rote Vase mit drei knorrigen Zweigen drapiert hatte. Darüber hing ein Bild von Josef, das er während eines Italienaufenthaltes gemalt hatte und eine Stadt am Meer abbildete. Das Panoramafenster wurde von roten Vorhangschals aus durchsichtigem Chiffon gerahmt. Im Wohnzimmer, das rechtwinklig an das Esszimmer angrenzte, standen helle Ledersitzmöbel, Alex' Relaxstuhl und eine moderne Schrankwand aus Buche und Stahlelementen.

Ich war sehr gespannt auf Jans Reaktion und wurde nicht enttäuscht. Als er den Wohnbereich betrat, sah er sich kurz um und nickte anerkennend.

„Sehr geschmackvoll eingerichtet. Ist das dein Werk?"

Ich strahlte wie ein Honigkuchenpferd und nickte eifrig. „Ja, Alex verlässt sich da ganz auf mich und ist auch meistens einverstanden. Komm setz dich doch."

„Du solltest mal zu mir kommen. Da könntest du dein Gespür für optimale Raumgestaltung in vollem Maße ausleben", meinte er und setzte sich auf einen Stuhl.

Lässig lehnte er sich, die Beine von sich streckend, zurück und sah mich lächelnd an. Der Ausdruck in seinen Augen vermittelte mir, dass er die Idee eines Besuchs meinerseits wirklich gut fand, nicht nur wegen der Möbel.

„Tja, dann musst du aber vorher dein Budget prüfen, denn ich krempele alles um, wenn ich mal an der Sache dran bin", antwortete ich leichthin und hoffte, damit meine aufkeimende Verlegenheit kaschieren zu können.

„Du schaffst das sicherlich auch mit einem Low Budget. Ich würde jedenfalls sehr gerne mit dir kooperieren."

Kurz blitzte es bedeutungsvoll in seinen Augen auf, was seiner Äußerung eine andere Dimension verlieh. Ich war froh, als die Haustürklingel ertönte. „Das wird Sabine sein", sagte ich und entfernte mich sofort Richtung Diele.

Sabine hatte heute sehr gute Laune und steckte Jan und mich ziemlich bald damit an. Nach zwei Stunden intensiver Arbeit hatten wir unser Ziel erreicht und ließen uns, zufrieden mit der erbrachten Leistung, ein Gläschen Sekt schmecken. Die Freude währte leider nur so lange, bis das Telefon läutete. Kaum hatte ich meinen Namen genannt, wurde ich auch schon von einem lauten Wortschwall überfallen.

„Frau Seland, meine Tochter Janina kam heute weinend nach Hause. Sie haben sie ja beinahe misshandelt! Was fällt Ihnen eigentlich ein, sie aus der Gemeinschaft auszuschließen, mit Gewalt auf den Stuhl zu zwingen und sie zudem noch zu einer derart idiotischen Strafarbeit zu verdonnern. Das sind gewiss keine Methoden nach neuestem pädagogischem Erkenntnisstand. Das sind Methoden aus Urgroßmutters Zeiten, fehlt nur noch der Rohrstock!"

Im ersten Moment wusste ich nicht, was ich antworten sollte. Ich war auf diese Situation nicht im Geringsten vorbereitet. Höchst verunsichert begann ich Herrn Müller den Sachverhalt zu erläutern und meine Maßnahmen zu verteidigen. Ich bemerkte, wie Sabine und Jan mich dabei mitleidig beobachteten.

„Geben Sie sich keine Mühe, das Ganze pädagogisch begründen zu wollen. Tatsache ist, dass Ihre Methoden vollkommen veraltet sind und beinahe an seelische Grausamkeit grenzen. Sollte das noch einmal vorkommen, werde ich rechtliche Schritte gegen Sie einleiten. Einen guten Tag noch, Frau Seland!"

Klack! Entsetzt starrte ich das Telefon an und konnte nicht fassen, was ich gerade vernommen hatte.

„Rechtliche Schritte!? Dieser Herr Müller droht mir tatsächlich mit rechtlichen Schritten, wenn ich sein Herzchen in Zukunft nicht mit Samthandschuhen anfasse. Der spinnt doch!", rief ich bestürzt und blickte die beiden Hilfe suchend an.

Jan erhob sich sofort von seinem Stuhl und kam eilig zu mir. Tröstend legte er den Arm um meine Schulter.

„Lass dich von diesem Choleriker nicht verunsichern. Deiner Vorgängerin hat er auch mehrmals mit dem Rechtsanwalt gedroht, aber unternommen hat er dann doch nichts. Der Angriff ist also nichts Außergewöhnliches."

Jans beruhigende Worte und seine Umarmung hatten etwas so Tröstliches, dass meine verzweifelten Gefühle sofort im

Nichts verschwanden.
„Jan hat Recht. Mach dir keine Sorgen. Herr Dr. Müller leidet unter einer Profilneurose und braucht diese Machtspielchen für sein Ego wie der Hibiskus das Wasser zum Wachsen. Also lasst uns auf den pädagogischen Freiraum der Lehrer trinken", meinte Sabine.
Wir prosteten uns zu, sprachen über Dr. Müllers Verhalten und lachten über Jans witzige Strategien, mit solchen Exemplaren überengagierter Elternteile fertig zu werden.
„Schade, aber ich muss jetzt gehen! Friseurtermin. Kommst du mit, Jan?", sagte Sabine eine halbe Stunde später und sah ihn auffordernd an.
„Nein, lass mal, ich möchte Isabel noch kurz etwas über Online-Lernspiele zeigen", erwiderte er.
„Wie du meinst. Also bis morgen."
Zwei Wangenküsschen später verließ sie eilig das Haus und rief mir noch im Gehen scherzhaft zu, dass wir uns nicht überarbeiten sollten. Doch davon konnte keine Rede sein. Wir klickten zwar seine Geheimtippinternetseite an, unterhielten uns aber über alles Mögliche, nur nicht über schulische Angelegenheiten.
Als er kurz auf die Toilette ging, stellte ich erstaunt fest, dass fast eine Stunde vergangen war, seit Sabine weg war. Es fühlte sich aber eher wie eine Viertelstunde an, so kurzweilig war die Unterhaltung mit ihm gewesen. Ich musste mir eingestehen, dass ich mich in seiner Nähe sehr wohl fühlte und froh war, dass er nicht schon mit Sabine gegangen war.
„Na jetzt bist du aber bestens über Lernspiele informiert oder willst du noch etwas wissen?", sagte er scherzhaft, als er wieder zurückkam.
Ich lachte kurz auf. „Nein danke, alle Klarheiten sind beseitigt. Die Schüler werden sich freuen."
Er setzte sich wieder an den Tisch und sah mich warmherzig lächelnd an. Ich konnte es in diesem Augenblick kaum fassen, welches Glück ich hatte, diesen liebenswerten und zudem

überaus attraktiven Kerl zum Kollegen zu haben. Das Läuten des Telefons ließ mich zusammenzucken. Ich hob ab.
„Hello, Henry is calling. Wie geht es Ihnen?"
Henry?! Oh nein, Gentleman Henry aus der Galerie!
„Henry, was verschafft mir die Ehre?", fragte ich überrascht.
„Ich wollte Sie zum Essen einladen. Ich kenne ein gutes Lokal für Gourmets. Haben Sie Lust? Am Freitagabend?"
Für einen Augenblick verschlug es mir die Sprache. Dieser Kerl konnte sich wohl nicht im Geringsten vorstellen, dass es für eine Frau mit Familie äußerst schwierig sein könnte, eine Einladung zum Candle-Light-Dinner mit irgendeinem Charmeur zu erklären. „Das ist sehr nett von Ihnen, danke, aber ich kann nicht. Ich fahre mit meiner Familie nach Landshut zu meinen Eltern", log ich, um ihn möglichst schnell loszuwerden. Schweigen am anderen Ende der Leitung.
„Hallo, haben Sie mich verstanden?", hakte ich nach.
„Ja, natürlich. Ich habe nur kurz nach einem anderen Termin gesehen."
Ich wollte keinen anderen Termin! Manche Leute waren wirklich schwer von Begriff!
„Bemühen Sie sich nicht, ich habe auf unabsehbare Zeit keine Möglichkeit für irgendwelche Verabredungen. Tut mir leid."
Vielleicht kam diese Botschaft an.
„Schade, aber ich würde Sie gerne wiedersehen. Vielleicht treffen wir uns einmal in Barbaras Galerie. Sie besuchen sie doch sicherlich öfter." Mr Henry Thompson war ein Exemplar der hartnäckigen Sorte.
„Schon möglich. Also bis irgendwann vielleicht. Goodbye."
Ich ließ ihn noch „Goodbye" sagen und drückte ihn weg, als er weiterreden wollte.
Jans Gesichtsausdruck verriet, dass er gerne gewusst hätte, wer der Anrufer war.
„Ein Bekannter meiner Freundin, der mich unbedingt treffen will. Dabei kenne ich ihn kaum", antwortete ich auf seine stumme Frage.

„Er will dich eben näher kennenlernen." Er sah mich nachdenklich an. „Ist doch verständlich", fügte er nach einer kurzen Pause hinzu.

Ich wusste nicht, was ich darauf antworten sollte, und war froh, dass Sascha in diesem Moment vom oberen Stockwerk nach mir rief. „Ich komme gleich zu dir, Schatz!", rief ich zurück.

Jan stand auf. „Tja, dann will ich mal nicht länger stören. Es hat Spaß gemacht, mit dir zu arbeiten. Bis morgen."

Ich reichte ihm förmlich die Hand. Er drückte sie fest, zog mich dabei gleichzeitig in seine Arme und hauchte zwei freundschaftliche Küsse auf meine Wangen. Wie gut er roch! Erschrocken über diesen unpassenden Gedanken löste ich mich schnell aus seiner Umarmung.

„Vielen Dank!", sagte er dagegen nur lächelnd und verließ das Haus. Verwirrt sah ich ihm nach. Vielen Dank? Wofür? Für die Einladung, für die Bewirtung oder für die unfreiwillige Erwiderung seiner unkollegialen Gefühle? Tja, vielen Dank, Jan, dass du es geschafft hast, mich aus dem Konzept zu bringen! Zu meinem Leidwesen musste ich mir eingestehen, dass er, der Pauker, obendrein meine Probleme besser nachvollziehen konnte als Alex, der Vollblutmediziner.

„Mama, ich habe die Kekse nicht geklaut!" Saschas Stimmchen riss mich aus meinen Gedanken. Ich drehte mich zu ihm um. Mit hängenden Schultern und flehendem Blick stand er da und ich konnte nicht anders, als ihn in die Arme zu nehmen.

„Tja, dann müssen wir eben Sherlock Holmes und Dr. Watson spielen und der Sache auf den Grund gehen, was meinst du?"

„Coole Idee, aber ich bin Sherlock Holmes."

Er gab mir einen Kuss auf die Wange und lief, als Flugzeug verwandelt, mit ausgebreiteten Armen und lautem Gebrumm davon.

Abends bekam ich eine kleine Kostprobe von Alex' grandiosen Problemlösungsstrategien. Ich erzählte ihm von den verschwundenen Keksen, während ich die Spülmaschine füllte.

„Und du bist dir ganz sicher, dass Babs nicht inzwischen hier war und ihr sie euch als Frust- und Stresskiller einverleibt habt?"

Hatte ich ernsthaft etwas anderes von meinem Gatten erwartet? Solche banalen Ereignisse interessierten ihn natürlich nicht.

„Also hör mal! Trotz Stress bin ich noch bei Verstand und weiß genau, dass weder Babs noch ich welche gegessen haben. Sascha glaube ich auch und du magst diese Kekse nicht. Bleibt also nur noch Lena!"

„Lächerlich! Wieso sollte sie heimlich deine Kekse essen? Heute Morgen wirkte sie recht einsichtig und entgegenkommend. Hat es denn mit der Hausarbeit geklappt?"

„Ja, schon, aber als ich mir Sascha wegen der Kekse vorknöpfte, hat sie sich regelrecht an unserem Disput ergötzt."

„Siehst du die Dinge nicht etwas überspitzt? Es fehlen nur ein paar Kekse. Vielleicht hatte sie ja Heißhunger."

„Mensch Alex, es geht doch darum, dass Lena sie heimlich genommen hat und seelenruhig zusieht, wie ich Sascha beschuldige!"

Meine Stimme war lauter geworden. Alex sah mich an, wobei er die linke Augenbraue gefährlich hochzog.

„Sag mal, außer diesen blöden Keksen hast du wohl keine Probleme!"

„Doch, die habe ich! Aber vermutlich würden sie dich sowieso nicht interessieren. Begreifst du nicht, dass Lena mit dem Verschwinden der Kekse gegen uns intrigiert?", fauchte ich ihn an.

„Jetzt mach mal halblang! Ich glaube, du siehst wirklich Gespenster, und jetzt geh mir bitte nicht weiter auf den Keks mit diesen verdammten Keksen. Ich brauche meine Ruhe. Wahrscheinlich ist alles ganz harmlos und wird sich bald aufklären."

Er gab mir einen flüchtigen Kuss und verschwand im

Wohnzimmer. Es hatte keinen Zweck, weiter mit ihm darüber zu sprechen. Die Angelegenheit war für ihn erledigt, ganz im Gegensatz zu mir. Ich war fest davon überzeugt, dass Lena es aus purer Boshaftigkeit getan hatte, um sich zu rächen und Unfrieden in der Familie zu stiften. Und sie hatte ihr Ziel erreicht. Alex und ich sprachen an diesem Abend kein Wort mehr miteinander.

KAPITEL 5

Die Trauergäste entfernen sich langsam vom Grab, stecken die Köpfe zusammen und unterhalten sich mit gedämpfter Stimme. Ich bleibe stehen und sehe ihnen dabei zu. Unzählige Fragen bohren sich quälend tief in meine Seele und schreien nach Antworten. Sie können jetzt noch nicht gehen! Wie soll ich damit alleine fertig werden? Ich möchte hingehen, möchte die eine Frage stellen, doch zugleich weiß ich, dass es sinnlos ist, dass ich niemals eine Antwort darauf bekommen werde.

Am nächsten Tag bekam ich Ärger mit Hans Stiegl. Kaum hatte ich mich in der großen Pause zur verdienten Ruhe an den Tisch im Lehrerzimmer gesetzt, stand er auch schon neben mir.
„Na Frau Kollegin, schmeckt das Pausenbrot", sagte er in seiner unnachahmlich schleimigen Art.
„Jetzt nicht mehr. Gibt es etwas zu besprechen?", antwortete ich genervt.
„Allerdings!" Er setzte sich und fixierte mich mit seinen kleinen, wässrigen Augen.
„Frau Seland, ich schätze es gar nicht, wenn ich morgens vor dem Unterricht erst einmal eine mit englischen Vokabeln voll geschriebene Tafel säubern muss, bevor ich etwas darauf schreiben kann. Wenn Sie die letzte Stunde in meiner Klasse haben, müssen Sie gefälligst dafür sorgen, dass die Schüler ihren Tafeldienst einhalten. Freiwillig tun die das nämlich nicht!"
Es war einfach nur widerlich, wie er mich in seiner schulmeisterlichen Art von oben herab behandelte. Ich hatte große Mühe, freundlich zu bleiben.
„Verzeihung, ich habe gestern nicht darauf geachtet. Ich musste erst die Auseinandersetzung mit Patrick verkraften. Der hat mir unmissverständlich zu verstehen gegeben, dass er mich als Respektsperson ablehnt."
Er gab einen kurzen Stoßseufzer von sich. „So musste es ja kommen. Sie dürfen sich auf keinen Fall verunsichern lassen,

sonst haben Sie gleich verloren. Ersparen Sie mir bitte das gleiche Theater wie bei Frau Schiester letztes Jahr. Mein Bedarf ist wirklich gedeckt. Also denken Sie trotz Stress daran, die Tafel *sauber* zu hinterlassen", sagte er und verschwand im nächsten Augenblick.

Kleingeist! Als ob es im Moment nichts Wichtigeres gäbe als die Einhaltung des Tafeldienstes! Dass ich schon in der ersten Stunde Ärger mit Patrick bekommen hatte, interessierte ihn nicht im Geringsten, obwohl meine Vorgängerin aus demselben Grund in massive Schwierigkeiten geraten war. Unterstützung konnte ich nach diesem Auftritt jedenfalls nicht erwarten. Warum verhielt er sich so feindselig und unkooperativ? Als er Frau Schiester erwähnte, war mir sein verächtlicher Unterton aufgefallen. Ich nahm mir vor, mich mit seinem Parallelkollegen zu unterhalten. Vielleicht erfuhr ich ein paar aufschlussreiche Dinge über Hans, um sein Verhalten besser verstehen zu können. Sicher war er das klassische verklemmte Muttersöhnchen, das zum Frauenhasser mutierte, weil Mutti keine anderen Frauen neben sich duldete. Womöglich war sein Hass auf Frauen inzwischen so groß, dass er sogar Mordgedanken hegte, und ich wäre die erste, die er ...

„Worüber denkst du denn so angestrengt nach?" Jan ließ sich auf den Stuhl neben mir fallen und betrachtete mich neugierig. Wie gut er aussah in seinem dunkelblauen, eng anliegenden T-Shirt!

„Och, nur daran wie ich die achte Klasse für Englisch begeistern kann", sagte ich leichthin.

Ich konnte ihm unmöglich meine absurden Gedankengänge mitteilen! Außerdem wollte ich die Differenzen mit Hans für mich behalten, um bei Jan nicht den Eindruck zu erwecken, dass ich ständig in Schwierigkeiten steckte.

„Spiele kommen gut an. Schieb immer wieder ein Lernspiel dazwischen, das lockert auf und die Schüler sind mit Begeisterung dabei."

Während er mir eifrig Vorschläge machte, kamen die übrigen Grundschulkolleginnen nacheinander an unseren Tisch und nickten uns grüßend zu. Während ich mich weiterhin angeregt mit Jan unterhielt, bemerkte ich, wie die eine oder andere unser Gespräch beobachtete. In ihren Blicken war eindeutig erkennbar, wie befremdend unser vertrauter Umgang auf sie wirkte. Es war höchste Zeit, mich intensiver um meine Kolleginnen zu bemühen, um keinen falschen Eindruck zu erwecken.
„Du kommst doch am Donnerstagabend um 20 Uhr zum Lehrersport?", fragte Jan eindringlich.
Dieser Vorschlag war absolut der falsche Ansatz, mich in den Kolleginnenkreis einzuschleichen! Die Lehrervolleyballgruppe bestand überwiegend aus männlichen Kollegen, nur drei Frauen waren dabei, Sabine inklusive. Mir schwebte eher vor, zu den monatlich veranstalteten Kaffeekränzchen eingeladen zu werden. Das konnte ich jedoch nur erreichen, wenn ich sie auch zu mir einlud, aber dazu verspürte ich wiederum wenig Lust.
„Hallo, jemand zu Hause?" Jan klopfte mit seinem Teelöffel gegen meine Stirn.
„Aua! Willst du, dass ich mit einem Hörnchen herumlaufe und zum Gespött der Schüler werde?", empörte ich mich in scherzhaftem Ton. Jan verzog bedauernd sein Gesicht und strich sanft mit dem Fingerrücken über meine Stirn.
„Oh Verzeihung, ich wollte nicht, dass es weh tut. Wie kann ich das nur wieder gutmachen?", gurrte er und lächelte charmant. Ich musste unwillkürlich zurücklächeln. Gleichzeitig bemerkte ich, dass Inge uns im Visier hatte. Pure Missbilligung sprach aus ihrer Mimik angesichts unseres beinahe turtelnden Verhaltens. Ich sprang auf.
„Schon verziehen! Vielleicht komme ich zum Sport. Jetzt brauche ich aber eine Tasse Kaffee! Bis dann!", sagte ich schnell und flüchtete in Richtung Küchenecke.
Wenn wir so weitermachten, wären wir auf dem besten Weg,

die Gerüchteküche zum Brodeln zu bringen. Neutralität war jetzt das Schlagwort. Niemand sollte denken, wir könnten mehr als kollegiale Gefühle füreinander hegen. Auch ich selbst wollte mir diesen Gedanken nicht zugestehen. Konsequenterweise blieb ich deshalb bis zum Klingelzeichen in der Kaffeeküche und ging danach alleine zu meinem Klassenzimmer.
Der restliche Vormittag verging ohne größere Probleme, da Janina heute ziemlich ruhig war.
Auch zu Hause lief alles erstaunlicherweise reibungslos. Es erwarteten mich eine aufgeräumte und geputzte Wohnung, ein an seinen Hausaufgaben sitzender Sascha und ein schmackhaftes Gulasch mit Nudeln und Salat.
Als ich mich nach dem Essen an den Schreibtisch setzte, machte ich innerlich Luftsprünge, weil alles so gut klappte, und konnte mir ein gewisses Triumphgefühl beim Gedanken an Alex' Vorbehalte nicht verkneifen. Er würde zugeben müssen, dass das Chaos der ersten beiden Tage nur der Umstellung zuzuschreiben war. Ab jetzt würde langsam Routine einkehren und alles ins Lot bringen.
Angesichts dieser positiven Zukunftsaussichten steigerte sich meine gute Laune im Laufe des Tages und als Alex um 10 Uhr nachts vom Squashspielen nach Hause kam, empfing ich ihn fröhlich beschwingt.
„Wie schön, dich so munter anzutreffen. Alles paletti?", fragte er verwundert, als ich mich gleich in seine Arme schmiegte.
„Ja, alles wunderbar. Was soll denn nicht in Ordnung sein?"
„Na ja, ich dachte da an vorgestern Nacht, in der du dich mit Alpträumen im Bett gewälzt hast. Schon vergessen?"
„Nein, habe ich nicht, aber dank dir klappt es mit Lena wunderbar und in der Schule habe ich tolle Kollegen, die mich unterstützen. Übrigens …" Ich warf ihm einen verführerischen Blick zu. „… ich habe heute nicht vor, mich mit Alpträumen im Bett zu wälzen, sondern mit einem durchtrainierten, überaus attraktiven Mann im besten Alter."

„Gutes Vorhaben, und wenn du mit dem attraktiven Mann mich meinst, dann …"
Alex küsste mich leidenschaftlich und fuhr mit seinen Händen unter meinen Pullover. Wildes Verlangen packte mich und ich zerrte sein weißes T-Shirt von seinem gestählten Oberkörper. Irgendwie gelang es uns noch, ins Schlafzimmer zu kommen, bevor wir wie ausgehungert übereinander herfielen.
Erschöpft und glücklich kuschelte ich mich nach unserem emotionalen Vulkanausbruch in Alex' Arme und seufzte zufrieden. „Ich wusste, dass ich es schaffen würde, alles unter einen Hut zu bekommen."
„Meinst du damit Haushalt, Schule und deine zwei Männer? Lass mal nachrechnen. Eins, zwei, drei – du bist ganze drei Tage zur Schule gegangen und nur weil die Hirnströme deiner Schüler heute nicht ausgetickt sind und Lenas Gulasch zufällig gelungen ist, denkst du, dass es immer so problemlos sein wird? Ich hoffe nur, dass du dich nicht täuschst!"
Es versetzte mir einen gehörigen Stich in der Magengegend, dass er mich mit dieser Bemerkung auf den Boden der harten Realität zu zerren versuchte.
„Sag mal, liebst du mich eigentlich?", fragte ich ernüchtert.
„Was soll diese Frage? Natürlich liebe ich dich, das habe ich dir doch soeben bewiesen!"
„Sex ist nicht gleich Liebe. Zur Liebe gehört mehr: Verständnis, Unterstützung und Mitgefühl."
„Wird das jetzt ein philosophischer Exkurs zum Thema wahre Liebe? Ich fühle jedenfalls mit dir, wenn du das meinst."
„Seltsame Art, mir das zu zeigen. Deine ach so mitfühlenden Worte haben jedenfalls meine optimistischen Gefühle auf einen Schlag vernichtet. Vielen Dank dafür."
„Aber Liebling, das lag ganz und gar nicht in meiner Absicht. Ich will dich doch nur davor bewahren, dass du in ein Loch fällst, falls wieder etwas schiefgehen sollte."
Mit gespielter Wut boxte ich gegen seinen Oberarm. „Du sollst mich gefälligst ermuntern und mir nicht mit Schwarzseherei

auf die Nerven gehen. Lass uns jetzt schlafen! Ich gehe nur noch kurz ins Bad."
Trotzig betrachtete ich dort mein noch immer attraktives Spiegelbild und schwor mir, mich nicht mehr verunsichern zu lassen. So viele Frauen schafften den Wiedereinstieg in den Beruf, warum also nicht auch ich.

In den nächsten Wochen versuchte ich Routine in den Alltag zu bringen, doch das war mühsamer als gedacht. Da gab es zum einen enorme Schwierigkeiten mit Patrick, denn der Kerl hatte es darauf abgesehen, mich in jeder erdenklichen Weise zu provozieren. Er machte fast nie seine Hausaufgaben und kam ständig zu spät zum Unterricht, den er dann gänzlich unbeteiligt in seiner Bank lümmelnd verbrachte. Wenn er etwas von sich gab, dann war das kein Beitrag zum Unterricht. Vielmehr unterhielt er sich provokant laut mit seinem Nachbarn, so dass ich ihn ständig ermahnen musste. Seine Reaktion war stets ein spöttisches Grinsen. Ich drohte ihm damit, dass sich sein Verhalten negativ auf seine mündliche Note auswirken würde, doch er kommentierte dies nur mit einem gleichgültigen Achselzucken. Zu allem Übel bewunderten ihn seine Freunde für sein abgebrühtes Auftreten und ahmten ihn auch noch nach. Sogar mein Drohen mit Klassenbucheinträgen, das sonst immer Wirkung zeigte, war bei Patrick und seinen Freunden vergebens. Mit abfälligen Bemerkungen zeigten sie mir ganz offen, dass sie mich nicht im Geringsten respektierten. In meiner Verzweiflung sprang ich über meinen eigenen Schatten und versuchte das Problem mit Frauenhasser Hans zu besprechen, was natürlich von vornherein zum Scheitern verurteilt war. Er hatte mich nur griesgrämig angesehen und mich mit dummen Pauschalratschlägen abgespeist. *Sie müssen sich besser durchsetzen und konsequent handeln. Machen Sie Ihre Drohungen wahr und verteilen Sie saftige Strafarbeiten, dann haben die gar keine Zeit mehr, sich dumme Sachen auszudenken.*

Von Strafarbeiten hielt ich nichts. Sie waren kein probates Mittel, sich Respekt zu verschaffen, vielmehr hatten sie den Status einer Trophäensammlung, angereichert mit Kommentaren wie *Ich habe schon zwei Strafarbeiten kassiert – Das ist ja gar nichts, ich muss schon meine vierte machen.*
Das andere Problem hieß Lena. Sie versorgte den Haushalt zwar so weit, dass ich von dieser lästigen Tätigkeit weitgehend entbunden war, doch leider ließen ihre Kochkünste zu wünschen übrig. Nur selten, wenn sie gute Laune hatte, war auch das Essen gut. Doch meistens war es fast ungenießbar, wenn das Gemüse zu Matsch verkocht, das Fleisch zäh und die Süßspeise ein schwer verdaulicher Teigklumpen war. Sascha meuterte nahezu jeden Tag und wollte, dass ich wieder kochte, was natürlich unmöglich war. Mit offener Kritik an Lenas Verbrechen im Kochtopf hielt ich mich jedoch zurück, denn sie reagierte überaus empfindlich auf negative Bemerkungen. Ich war stattdessen stets darauf bedacht meine Beanstandungen emotional intelligent zu äußern, aber meistens vergeblich. Die Stimmung sank trotz allem auf einen Tiefpunkt mit dem Ergebnis, dass sie zwei Tage lang kein Wort mehr mit mir sprach. Eines Tages verriet mir mein sensibler Geruchssinn, dass sie in der Küche geraucht hatte. An diesem Punkt der offensichtlichen Provokation konnte ich mich nicht mehr zurückhalten.
„Lena, ich weiß, dass Sie geraucht haben. Mein Mann und ich sind Nichtraucher und ich will nicht, dass Sascha damit belastet wird. Ich fordere Sie deshalb noch einmal auf, es innerhalb dieses Hauses zu unterlassen. Es wäre nett, wenn Sie sich daran halten würden."
Lena hatte mich nur angestiert und dann wortlos und mit finsterer Miene die Spülmaschine ausgeräumt. Ich hatte nicht weiter nachgehakt, um zu vermeiden, dass sie mich noch mehr anfeindete und erneut Intrigen erfand wie die Geschichte mit den vermaledeiten Keksen. Das angespannte Verhältnis zu ihr belastete mich zwar, doch um nichts in der Welt hätte ich

es Alex erzählt. Er würde sich nur wieder Sorgen machen, dass ich mit allem überfordert sein könnte und aus diesem Grund alles viel schlimmer sähe, als es tatsächlich war.
Ich mimte also die gut gelaunte berufstätige Ehefrau und Mutter, die jetzt ihre Erfüllung gefunden hatte. An manchen Tagen sehnte ich mich jedoch nach dem geruhsamen Leben zurück, das ich noch vor kurzem geführt hatte. Es blieb mir ja nicht einmal genügend Zeit, mit Babs länger als zehn Minuten zu telefonieren, was sie mir auch entsprechend übel nahm.
„Bei dir heißt es immer: Ich habe aber nicht viel Zeit zum Quatschen. Ein Wunder, dass du letzte Woche mit in die Oper gegangen bist!", hatte sie erst gestern in den Telefonhörer gemault.
„Was soll ich denn machen? Die Unterrichtsvorbereitungen nehmen eben sehr viel Zeit in Anspruch und bald muss ich die ersten Arbeiten korrigieren. Aber was hältst du davon: In den Ferien machen wir einen Tag lang eine ausgiebige Shoppingtour mit Café und Kosmetikstudio!"
„Ferien? Die sind doch erst in vier Wochen! Wie hältst du das nur so lange ohne aus?"
„Ich habe leider keine andere Wahl. Außerdem gehe ich jeden Donnerstag zum Lehrervolleyball und anschließend mit Jan und Sabine, zwei Kollegen, in ein gemütliches Weinlokal. Jan hat mich dazu inspiriert. Ein wirklich netter Typ!"
„Verheiratet?"
„Geschieden!"
„Das sind die Schlimmsten. Gleich auf der Jagd nach der nächsten Frau, um ihr beschädigtes Ego aufzupolieren."
„Jan ist nicht so!", protestierte ich. „Aber Henry! Der hat inzwischen schon drei Mal angerufen, um mich zu einem Treffen zu überreden", lenkte ich schnell ab.
„Und, wieso machst du es nicht? Für einen Abend mit Henry würde so manche Frau alles geben."
„Also Babs, wirklich, ich bin verheiratet!"
„Na und, das ist zwar ein Grund, es nicht zu tun, aber kein

Hindernis. Mit Jan triffst du dich doch auch regelmäßig."
„Das ist etwas ganz anderes. Er ist einfach ein netter Kollege und mehr nicht."
Es klingelte an der Haustür und ich beendete das Gespräch, das eine unerwünschte Richtung eingeschlagen hatte. Sabine war wie verabredet gekommen, um für den Aufsatzunterricht etwas zu besprechen. Wir arbeiteten zügig und hatten danach noch genügend Zeit, um gemütlich Kaffee zu trinken. Ich gab Sabine die letzten zwei Stücke Marmorkuchen und aß selbst ein paar Kekse. Leider wurde unsere Unterhaltung durch Alex' Telefonanruf gestört.
„Hallo Schatz, sag mir nur schnell, wann Saschas Herbstferien sind."
„In der letzten Oktoberwoche, warum?", fragte ich, nichts Gutes ahnend.
„Weil ich meinen Urlaub eintragen muss. Wir gehen doch wieder mit Rainer und Andrea nach Südtirol zum Wandern, oder nicht?"
Ich verdrehte die Augen und stöhnte leise auf. „Oh bitte nicht noch einmal. Hast du schon vergessen, was das für ein Chaos war, weil Sascha das Wandern nicht mochte und die kleine Miriam noch viel weniger?"
Während ich mich in mein Arbeitszimmer verzog, füllte ich seine Erinnerungslücken auf, indem ich ihm haarklein von Saschas täglichen Jammerarien über seine schmerzenden Füße berichtete und dass er viel lieber mit seinen Freunden zu Hause spielen wollte. Die geschilderten Attacken Saschas gegen Miriam, die er bei jeder Gelegenheit geärgert hatte und mir Andreas Vorwurf eingebracht hatte, welch ungezogenes Kind ich doch mein Eigen nennen durfte, überzeugten ihn schließlich.
„Tja, das muss ich wohl irgendwie verdrängt haben. Ich glaube, es ist tatsächlich besser, wenn ich Rainer frage, ob er mit mir allein fährt. So wie ich ihn einschätze, wird er nicht ganz abgeneigt sein."

Überaus zufrieden mit dem Ergebnis des Gesprächs, kehrte ich ins Esszimmer zurück und fand Sabine über mein altes Fotoalbum gebeugt.
„Es ist doch immer wieder amüsant, wie man in der Jugend ausgesehen hat. Diese Kleidung – und noch schlimmer sind die Frisuren, findest du nicht?", sagte sie ohne aufzuschauen.
„Ja, wirklich witzig! Ich habe gestern die Fotos vom Abiturjahrgang gesucht, weil wir nächstes Jahr unser 20-jähriges Jubiläum haben!"
Ich blätterte die entsprechende Seite auf. „Das ist mein Abiturjahrgang in Landshut, aber es sind nur etwa zwei Drittel der Kollegstufe abgebildet. Wenn ich unseren Kunstlehrer vom Leistungskurs damals nicht genötigt hätte, diese Fotos zu machen, gäbe es überhaupt keine Erinnerung an die Abiturzeit. Das bin übrigens ich", sagte ich und deutete auf eine Schülerin in der zweiten Reihe.
Sabine betrachtete das Bild eingehend. „Wusste ich es doch!", murmelte sie.
„Was?"
„Dass du damals schon eine Klassenschönheit warst, so attraktiv, wie du jetzt noch bist."
„Oh danke für das Kompliment, aber in Angelika vom Englischleistungskurs hatte ich eine große Konkurrentin. Ich war in der 12. Klasse neu an diese Schule gekommen, weil mein Vater sich beruflich verändert hatte, und Angelika hatte mich anfangs fürchterlich angefeindet, sage ich dir. Mit der Zeit legte sich die Antipathie und wir wurden fast Freundinnen, aber eben nur fast."
Sabine überflog die restlichen Bilder, klappte das Album zu und stand auf.
„Willst du schon gehen? Ich könnte uns noch eine Kleinigkeit zum Essen machen."
Sabine machte eine abwehrende Handbewegung.
„Lieb von dir, aber lass mal. Mir ist etwas übel. Ich glaube, ich vertrage diese fetthaltigen Rührkuchen nicht mehr."

„Oje, du Ärmste! Warte, ich habe ein tolles Mittel dagegen."
Ich holte schnell eine Salztablette und reichte ihr ein Glas Wasser dazu.
„Hier, nimm. Langsam zergehen lassen und du wirst sehen, wie schnell das hilft!"
Wortlos schob sie die Tablette in den Mund und nahm einen Schluck Wasser. Sie sah wirklich elend aus.
„Hast du das öfter?", fragte ich besorgt.
„Ja, in letzter Zeit schon."
„Du wirst doch nicht schwanger sein?", meinte ich scherzhaft, doch ihr versteinerter Blick sagte mir, dass sie das überhaupt nicht witzig fand.
„Wüsste nicht, von wem!", meinte sie nur frostig und schlüpfte in ihre Jacke.
„Sabine, es tut mir leid, wenn ich dir zu nahegetreten bin. Das war ein schlechter Scherz. Ich hoffe, du nimmst es mir nicht allzu übel."
„Schon gut, aber weißt du, wenn es mir so schlecht geht, ertrage ich solche Äußerungen überhaupt nicht. Aber vergeben und vergessen. Bis morgen."
Mit einem gequälten Lächeln auf ihrem kreideweißen Gesicht umarmte sie mich flüchtig und verließ eilig das Haus.
Nachdenklich räumte ich den Esszimmertisch ab. Was war der Grund für ihre plötzliche Übelkeit? Die Kuchenstücke waren noch zu frisch gewesen, um verdorben zu sein. Nach dem Mittagessen hatte Lena mich daran erinnert, dass für meine nachmittägliche Tasse Kaffee noch Kuchen übrig sei. *Es wäre doch schade, wenn er alt und ungenießbar wird.* Genau das waren ihre Worte gewesen. Von Sabines Besuch hatte sie nichts gewusst. Sie hatte aber gewusst, dass Sascha zu Leon gehen und Alex in der Klinik sein würde. Also konnte sie ganz sicher sein, dass ich die Einzige war, die den restlichen Kuchen essen würde. Nein, das war doch nicht möglich! Ich wehrte mich heftig gegen den Gedanken, dass sie etwas in den Kuchen getan hatte, um mir körperlich zu schaden!

So etwas Boshaftes gab es doch nur in zweitklassigen Filmen. Es war mit Sicherheit nur eine simple, plötzliche Magenverstimmung und morgen würde Sabine putzmunter in der Schule erscheinen.

Dennoch tauchte im Laufe des Abends immer wieder Sabines aschfahles Gesicht vor meinem geistigen Auge auf, und mit Unbehagen musste ich an Lena denken. Es war ihr durchaus zuzutrauen, dass sie wieder so einen gemeinen Anschlag auf mich geplant hatte und aus Versehen Sabine zum Opfer geworden war. Erst letzte Woche hatte ich es gewagt, Lena zu kritisieren. Wie so oft hatte sie zum Aufbügeln von Alex' Stoffhosen wieder kein Bügeltuch verwendet. Ich hatte sie dezent darauf hingewiesen, dass hässliche glänzende Stellen entstehen, wenn sie es nicht verwendet. Die Hosen waren schließlich zu teuer, um sie wie Freizeitjeans zu behandeln. Der Blick, mit dem sie mich nach dieser Belehrung bedacht hatte, war so eisig gewesen, dass er für einen Moment mein Blut in den Adern gefrieren ließ. Aus unerfindlichen Gründen war sie mir gegenüber feindselig eingestellt, aber ging ihre Antipathie wirklich so weit, dass sie mir ernsthaft schaden wollte?

Ich hörte, wie die Haustüre aufgesperrt wurde. Alex kam nach Hause und ich war froh, dass er meinen Gedankenkreis unterbrach. Doch es dauerte nicht lange, bis er merkte, dass mich etwas beschäftigte.

„Ist irgendetwas passiert? Na, rück schon raus mit der Sprache. Schwierigkeiten mit Kollegen, Schülern, Freundin, Sascha oder Lena? Was ist es?"

„Das willst du nicht wirklich wissen."

„Doch, sonst verfolgt es dich wieder bis in die Nacht und bringt uns beide um unseren wohl verdienten Schlaf. Ich hoffe auf Zickenkrieg mit Babs, befürchte aber Lena. Habe ich Recht?"

Ich nickte nur kleinlaut und sah, wie er missmutig den Mund verzog.

„Was um Himmels willen hat sie jetzt wieder gemacht? Die Spülbürste zum Kloputzen verwendet?"

Geflissentlich ignorierte ich die sarkastische Bemerkung und berichtete ihm in wenigen Worten von Sabines plötzlicher Übelkeit und von dem Verdacht, den ich hegte. Alex brach in schallendes Gelächter aus.

„Das ist nicht dein Ernst! Gift im Marmorkuchen, verabreicht von unserer Haushaltshilfe!", japste er nach Luft schnappend. „Isabel, das ist der Witz des Tages. Wieso in aller Welt sollte sie das tun?"

„Motiv Rache, wegen persönlicher Kränkung. Erinnerst du dich noch an die Geschichte mit den Keksen?"

„Oh bitte, komm mir jetzt nicht auch noch mit den Keksen, die plötzlich Füße bekommen haben. Ich kenne dein Faible für Thrillergeschichten, aber solche verschwörerischen Sachen gibt es im realen Leben nicht. Sabine hat sich ganz einfach den Magen verdorben oder die Gute ist schwanger. Isabelchen, du bist einfach überarbeitet und siehst Gespenster. Komm her."

Ich gab es auf, ihn weiterhin überzeugen zu wollen. Er war einfach zu sehr Realist, als dass er mir Glauben hätte schenken können. Wortlos schmiegte ich mich in seine Arme. Wenigstens konnte ich auf diese Weise meine angespannten Nerven beruhigen. Wahrscheinlich hatte er sogar Recht und ich sah wirklich nur eine Fata Morgana.

KAPITEL 6

Zögerlich folge ich den anderen Trauergästen. Unaufhörlich trommeln die Regentropfen auf meinen Schirm. „Wie im Film.", denke ich stumpf. „Im Film regnet es aus dramaturgischen Gründen auch immer bei Beerdigungsszenen."
Doch ich befinde mich nicht in einem Film. Es gibt keinen Regisseur, der „Schnitt!" ruft, der sich freut, die Szene im Kasten zu haben, der die Schauspieler dazu aufruft eine Pause einzulegen und sich für die nächste Szene vorzubereiten. Dies hier ist harte Realität. Das Leben geht unerbittlich weiter, ohne Pause. Es schreibt die nächsten Szenen, deren Inhalt keiner der Beteiligten kennt.

Beim Frühstück am nächsten Morgen war ich ziemlich nervös. Bevor ich nicht wusste, ob mit Sabine wieder alles in Ordnung war, konnte ich mich auf nichts konzentrieren. Nach ein paar appetitlos gegessenen Bissen Marmeladentoast und etwas Kaffee fuhr ich angespannt in die Schule und suchte im Lehrerzimmer als Erstes nach Sabine. Sie war nicht da. Das hat nichts zu bedeuten, versuchte ich mich selbst zu beschwichtigen und ging zu meinem Fach, in dem ich eine Kurzmitteilung vom Sekretariat vorfand.
Frau Grunert gab telefonisch Bescheid, dass sie wegen Übelkeit zu Hause bleibt. Sie versucht aber zur großen Pause zu kommen. Besprechen Sie bitte mit Herrn Fenrich die Beaufsichtigung Ihrer Klasse.
Gruß Frau Mahler
Ich konnte förmlich spüren, wie es mir das Blut aus dem Gesicht zog. Sabines Zustand hatte sich nicht gebessert. Jetzt war ich mir ganz sicher, dass Lena den Kuchen manipuliert hatte und der Anschlag mir gelten sollte. Langsam begann die Sache albtraumhafte Züge anzunehmen. Zwei Hände legten sich auf meine Schultern.
„Na, schlechte Nachrichten oder warum stehst du hier wie angewurzelt?", ertönte Jans sonore Stimme hinter mir.
Wie in Trance drehte ich mich um und sah ihn an. Ich bemerkte, dass er bei meinem Anblick erschrak, und versuchte ein bisschen zu lächeln, um ihm nichts erklären

zu müssen. Ich konnte ihm unmöglich zehn Minuten vor Unterrichtsbeginn von meinen „Hirngespinsten", wie Alex es immer nannte, berichten. Er würde mir, wie wohl jedes männliche Wesen, sowieso nicht glauben und ich lief damit Gefahr, mir den Ruf einer Hysterikerin einzuhandeln. Das galt es bei Jan unbedingt zu vermeiden. Kurzerhand hielt ich ihm die Nachricht unter die Nase.
Er gab einen Stoßseufzer von sich. „So was liebe ich ja. Lass mal überlegen, was die Klasse machen könnte. Ah, ich weiß, ich habe noch ein paar Arbeitsblätter vom Sprachunterricht übrig. Ich kümmere mich darum, denn dir scheint es auch nicht gerade gut zu gehen."
„Ja, mir ist auch ein bisschen übel. Aber das geht schon vorüber", log ich tapfer.
„War Sabine gestern nicht bei dir? Ihr habt wohl ein bisschen zu tief ins Likörgläschen geschaut?", versuchte er zu scherzen, aber mir war gar nicht danach zumute. Am liebsten hätte ich ihm auf der Stelle alles erzählt. Ich wollte von ihm die Bestätigung bekommen, dass ich mir etwas zusammenreimte und alles ganz harmlos war.
„Vielleicht geht gerade so ein Magenvirus um", sagte ich stattdessen nur und ging mit ihm zum Grundschulgebäude.
Die ersten drei Schulstunden waren entsetzlich. Ich war so unkonzentriert, dass mir beim Tafelanschrieb dauernd Fehler unterliefen. Ich teilte das falsche Arbeitsblatt aus und es wurde zunehmend unruhiger in der Klasse, aber es fehlten mir heute Kraft und Nerven, alles in den Griff zu bekommen. Meine Gedanken schweiften immer wieder zu Sabine ab. Was, wenn sie einen dauerhaften Schaden davontrug – wegen meiner durchgeknallten Haushaltshilfe!
Plötzlich keifte Janina ihre Nachbarin lautstark an, weil diese ihr keinen Filzstift geben wollte. Meine Nerven standen dermaßen unter Hochspannung, dass ich sie so unbeherrscht wie schon lange nicht mehr anfuhr. Es war urplötzlich totenstill im Raum und alle sahen mich erschrocken an. Janina

ließ ihren Tränen freien Lauf.

„Wie oft habe ich dir schon gesagt, dass man nicht gleich zu toben anfängt, wenn man etwas will. Halte dich daran, dann bekommst du auch keinen Ärger mit mir", versuchte ich sie in beschwichtigendem Ton zu beruhigen, denn ein telefonischer Tobsuchtsanfall ihres Vaters war das Letzte, was ich heute noch gebrauchen konnte. Der Gong zur Pause ertönte.

Vollkommen erschöpft verließ ich das Klassenzimmer und begegnete auf dem Flur Inge und Ute, einer weiteren Kollegin. Inge musterte mich wie jeden Tag von oben bis unten. Manchmal ließ sie auch die eine oder andere Bemerkung fallen im Sinne von *Immer chic gekleidet, wo bekommst du nur diese Sachen her?* oder *Bricht dein Kleiderschrank noch nicht auseinander?* oder *Dein Mann muss bald anbauen, damit deine Klamotten Platz haben, hähä,* doch heute konnte sie ihr Lästermaul zum Glück zügeln. Meine Reaktion wäre mit Sicherheit nicht freundlich ausgefallen.

Ute, von etwas fülliger Statur, war meistens gut gelaunt und mit einem kräftigen Sprechorgan gesegnet. Jedes Mal, wenn sie einen Scherz machte, lachte sie selbst am lautesten darüber.

„Meine Güte, wie siehst du denn aus! Geht es dir nicht gut?", fragte sie weithin hörbar, sodass sich manche Schüler, die auf den Pausenhof strebten, interessiert nach uns umdrehten.

„Ach, das ist nicht mein Tag heute, die Schüler sind mir gewaltig auf die Nerven gegangen."

„Ja, ich könnte auch schon wieder Ferien gebrauchen."

Sie erzählte mir von ihrem Schüler Andreas und dessen Mutter, die ihr die Hölle heiß machte. Als wir im Lehrerzimmer ankamen, wurde ihr Redeschwall gestoppt, da Direktor Bausch gerade eine kleine Ansprache für einen Hauptschulkollegen anlässlich seines 50. Geburtstages hielt.

Anschließend durfte sich jeder ein Glas Sekt und Kuchen von der Kaffeeecke holen. Sabine war immer noch nicht da. Frustriert trank ich das Glas Sekt beinahe auf Ex aus.

„Zum Wohl, Isabel! Du bist ja ziemlich durstig heute!", raunte

Jan von der Seite in mein Ohr und lächelte dabei amüsiert. Diesem Mann schien nichts zu entgehen! Ich lächelte peinlich berührt zurück, trank schnell den Rest aus und begab mich dann zum Klassenzimmer der 8a, obwohl die Pause erst in zehn Minuten endete. Ich wollte Jans unangenehmen Fragen entgehen, die er mit Sicherheit bald gestellt hätte.

Allmählich spürte ich die Wirkung des Alkohols, denn mir war auf einmal viel leichter zumute. Beschwingt setzte ich meine Aktentasche auf dem Lehrerstuhl ab und suchte darin nach den Arbeitsblättern. Entsetzt stellte ich fest, dass ich vergessen hatte sie zu kopieren. Da noch genügend Zeit blieb, bis die Schüler kamen, nahm ich die Vorlage aus der Tasche heraus und lief damit zum Kopierraum neben dem Lehrerzimmer. Schon nach drei ausgespuckten Blättern verursachte dieses antiquierte Exemplar von Kopierer den schönsten Papierstau. Ich versuchte es beim zweiten, moderneren Gerät, doch dort wurde angezeigt, dass der Toner gewechselt werden musste. Das war eine größere Aktion, die nur der dafür zuständige Hans Stiegl erledigen konnte, und auf dessen Anwesenheit war ich im Moment nicht gerade erpicht.

Ergo versuchte ich fluchend den Papierstau zu entfernen, was mir auch bald gelingen sollte. Es klingelte, als ich endlich mit dem Kopieren anfangen konnte. Erneuter Papierstau! Ich musste an mich halten, um nicht laut loszuschreien. Mit knirschenden Zähnen brachte ich das Gerät wieder zum Laufen und verbot es mir, daran zu denken, was die Achtklässler in meiner Abwesenheit alles anstellen konnten. Im Trabschritt eilte ich zum Hauptschulgebäude zurück und hörte schon von Weitem den Lärm aus der offenen Klassenzimmertür.

„Bitte, lieber Gott, lass sie alle heil sein!", betete ich.

Der Gedanke an ausgeschlagene Zähne, blaue Augen und Platzwunden und an das anschließende Disziplinarverfahren wegen Aufsichtspflichtverletzung ließ mich noch schneller rennen. Verschwitzt und schwer keuchend kam ich bei der Klasse an.

„Mann, du Arschgeige, ich sagte doch, die kommt noch", hörte ich Florian, der an der Türe stand, zu seinem Freund sagen.
Ich hatte große Mühe, die Meute zur Ruhe zu bringen. Überall entdeckte ich Papierflieger am Boden und an der Tafel hatten sie sich mit zweifelhaften Kunstwerken ausgelassen, aber keiner war verletzt und ich war beruhigt. Doch die nächste Aufregung ließ nicht lange auf sich warten. Es war Patrick, der einen nervenaufreibenden Dialog provozierte, als ich ihn aufforderte, den Kaugummi aus dem Mund zu nehmen.
„Ey Mann, warum, das stört doch keinen."
„Patrick, auch du kennst die Regel, kein Essen und Trinken während des Unterrichts. Also darf ich bitten."
„Ich esse ja nicht, ich kaue bloß."
„Patrick, nimm den Kaugummi aus dem Mund!"
„Und wohin damit?"
„Das weißt du sehr wohl!"
„Gut ich klebe ihn an meinen Backenzahn und kaue dann nicht mehr."
„Ich sagte, du sollst ihn entfernen!"
Patrick fixierte mich hasserfüllt mit seinen stahlgrauen Augen.
„Mann, Sie können mich mal!"
„Jetzt sage ich es zum letzten Mal. Weg mit dem Kaugummi, sonst gibt es einen Klassenbucheintrag!"
„Ach, lecken Sie mich doch!"
Er stand widerwillig auf, riss aus seinem Englischheft ein Stück Papier heraus und spuckte dann provokativ seinen Kaugummi darauf. Aufreizend langsam ging er mit dem zusammengeknüllten Papier zum Abfallkorb, um es hineinzuwerfen. Bevor er sich wieder setzte, sah ich aus den Augenwinkeln, wie er mir den Mittelfinger zeigte. Ich beschloss so zu tun, als hätte ich nichts gesehen, denn für eine weitere Kraftprobe fehlte es mir jetzt an der nötigen Energie. Mit Mühe brachte ich die Englischstunde hinter mich und atmete erleichtert auf, als der Schlussgong endlich ertönte.

Die Tür zur Lehrerbibliothek fiel ins Schloss. Erschöpft und reichlich desillusioniert lehnte ich mich dagegen und ließ mit geschlossenen Augen die Stille auf mich wirken. Keine Lehrer, keine Schüler, einfach nur Ruhe. Patrick kam mir in den Sinn. Warum verhielt er sich mir gegenüber ständig so destruktiv? Eigentlich müsste ich als engagierte Pädagogin ein Gespräch unter vier Augen mit ihm führen, mich mit seinen Eltern in Verbindung setzen, sein soziales Umfeld in Augenschein nehmen. Eigentlich. Ich fühlte mich jedoch so ausgepowert, dass ich es vorzog, mich erst einmal mit Hans zu unterhalten. Schließlich hatte er als sein Klassenlehrer mehr Erfahrung mit ihm.

Lustlos suchte ich im Regal für Grundschulpädagogik nach einem Übungsbuch zur Aufsatzlehre und wurde auch bald fündig. Als ich das Buch in meine Aktentasche steckte, traute ich meinen Augen kaum. Der gesamte Inhalt meiner Brieftasche, vom Personalausweis bis zu den Payback-Karten, lag darin verstreut! Mein Herz fing wild an zu klopfen. Offensichtlich hatte jemand sie durchwühlt und es war ihm nicht genug Zeit geblieben, die Karten wieder in die Fächer zurückzustecken! Wer tat so etwas? Etwa Hans? Nein! Er war mein Kollege. Auch wenn er mich nicht ausstehen konnte, aber das traute ich ihm nicht zu. Es blieb nur der nächstliegende Gedanke übrig. Patrick!

Auf dem Weg zum Parkplatz versuchte ich meine aufgeregten Gedanken zu ordnen. Wann hatte Patrick Gelegenheit gehabt, an meine Aktentasche heranzukommen? Es konnte nur passiert sein, als ich im Kopierraum war und die Tasche auf dem Lehrerstuhl im offenen Klassenzimmer gestanden hatte. Was um Himmels willen hatte er gesucht? Geld oder meine Scheckkarte? Bei dem Gedanken, dass er in meinen persönlichen Sachen gekramt haben könnte, ergriff mich ein beklemmendes Gefühl und ich mutierte zu einem ratlosen Häuflein Elend. Wie in Trance ging ich zum Parkplatz und sah

schon von Weitem den Zettel, der hinter dem Scheibenwischer steckte.
Im Laufschritt rannte ich zu meinem Auto und riss ihn mit zitternden Fingern an mich. Ich dachte natürlich sofort an Patrick, der mir einen Schmähbrief hatte zukommen lassen.
Hallo Isabel, wollte dir nur mitteilen, dass Sabine zur vierten Stunde aufgetaucht ist und es ihr wieder besser geht. Du sahst so besorgt aus, als wir von ihr sprachen.
Bis morgen! Liebe Grüße von Jan
Ich konnte mich nicht erinnern, wann ich je so erleichtert gewesen war. Kein Drohbrief, sondern die gute Nachricht, dass es Sabine wieder besser ging. Endlich musste ich mir keine Gedanken mehr machen, ob Lena meine Freundin vergiftet hatte! Mit befreitem Herzen fuhr ich gleich danach in die Innenstadt und ins nächste Parkhaus.
Die betriebsame Hektik der Stadt, das Bewegen im Strom vieler Menschen und das Suchen nach passenden Kleidungsstücken hatten mich für kurze Zeit meine Probleme verdrängen lassen.
Ich bezahlte die Stiefeletten, die ich eigentlich nicht brauchte, aber ich wollte mir nach diesem entsetzlichen Vormittag etwas Gutes tun. Und diesen Traumschuh mein Eigen nennen zu können, war genau das richtige Mittel.
Wesentlich besser gelaunt als noch vor einer Stunde verließ ich, mit Einkaufstüten beladen, das Schuhgeschäft. Zu meinem Leidwesen lief ich dabei schnurstracks Henry in die Arme.
„Isabel, wie schön Sie zu sehen!", rief dieser sichtlich erfreut.
„Henry, so ein Zufall! Machen Sie auch Besorgungen?"
„Ich bin auf dem Weg zu Barbara. Haben Sie keine Lust mitzukommen?" Seine Augen leuchteten erwartungsvoll.
„Nein, keine Zeit. Sascha wartet zu Hause auf mich", entgegnete ich und hoffte ihn somit abzuwimmeln.
„Schade, aber wir könnten hier um die Ecke doch noch kurz eine Tasse Kaffee miteinander trinken."
Hatte ich mich so undeutlich ausgedrückt? „Nein das

geht nicht, ich muss nach Hause. Bin schon viel zu lange unterwegs", sagte ich mit Nachdruck.

„Wann haben Sie dann mal Zeit? Bevor Sie mir keine Zusage machen, lasse ich Sie nicht gehen", sagte er in scherzhaftem Ton und dennoch fühlte ich mich unangenehm bedrängt.

„Henry, ich habe keine Zeit, mich mit fremden Männern zu treffen. Außerdem würde das meinem Mann überhaupt nicht gefallen!", versuchte ich ihn auf die direkte Art zu überzeugen. Sein charmantes Dauerlächeln erlosch von einer Sekunde zur anderen, während seine Augen sich verengten.

„Was denken Sie von mir? Ich möchte mich nur mit Ihnen treffen, um ein nettes Gespräch zu führen, das ist doch nichts Schlimmes."

Diese Begegnung fing an mir lästig zu werden.

„Verzeihung, ich wollte Ihnen nicht zu nahetreten, aber es geht wirklich nicht. Auf Wiedersehen", sagte ich schnell und setzte mich in Bewegung. Henry ließ nicht locker und ging trotz der Abfuhr neben mir her.

„Irgendwann hat jeder einmal Zeit. Wir könnten uns doch mal bei Barbara treffen", insistierte er.

Sein beinahe stalkerhaftes Verhalten ließ mich immer unbehaglicher fühlen. „Es tut mir sehr leid, aber ich kann Ihnen nichts versprechen. Ich muss mich jetzt wirklich beeilen", sagte ich und ging schnell weiter.

Als ich seine Schritte hinter mir hörte, blieb ich abrupt stehen und drehte mich zu ihm um.

„Barbaras Galerie liegt in entgegengesetzter Richtung, Sie müssen also umdrehen. Sagen Sie ihr einen schönen Gruß von mir", sagte ich in bestimmtem Ton und ließ ihn dann einfach stehen. Doch schon nach ein paar Sekunden holte er mich im Laufschritt ein.

„Haben Sie etwas gegen mich oder warum lehnen Sie so strikt meine Gesellschaft ab?" Er gab einfach nicht auf!

„Henry!", sagte ich mühsam beherrscht, ohne stehen zu bleiben. „Was ist an dem Satz ‚Ich muss nach Hause zu

meinem Sohn und habe ansonsten keine Zeit, mich mit Männern zu treffen' so schwer zu verstehen? Sie dürfen das nicht persönlich nehmen, aber es ist, wie es ist. Und jetzt halten Sie mich bitte nicht länger auf. Auf Wiedersehen."
Ich eilte weiter und hörte noch, wie er mir „Goodbye, ich gebe die Hoffnung so schnell nicht auf!" nachrief. Ich war froh, dass er mich nicht weiter verfolgte, doch seine Hartnäckigkeit war befremdend. Dass ich Ehefrau und Mutter war, interessierte ihn offensichtlich nicht im Geringsten. Vielleicht wollte er sich wirklich nur mit mir treffen, um harmlose Gespräche über Kunst zu führen, aber die Gefahr war groß, dass doch andere Absichten dahintersteckten. Bloß keine schlafenden Hunde wecken!
Auf der Fahrt nach Hause hatte ich Henry erfolgreich aus meinem Gedächtnis verdrängt, doch leider holten mich im Gegenzug die Gedanken an eine andere Person ein. Patrick! Ein Schüler, der sich an meinen persönlichen Sachen vergriff! Das Schlimmste daran war, dass ich ihn nicht einmal beschuldigen konnte, weil ich keinen Beweis hatte.
Zu Hause angekommen, konnte ich meinen Schlüsselbund nicht finden. Ich kramte in meiner Aktentasche und kippte schließlich den gesamten Inhalt auf den Boden. Nichts! Ich musste ihn in der Schule liegen gelassen haben.

Der warme Wasserstrahl weckte meine Lebensgeister und ich empfand endlich so etwas wie Vorfreude auf den Theaterabend mit Alex, Babs und Hugo.
Sascha hatte ich gerade bei meinen Schwiegereltern abgeliefert und war noch auf eine Tasse Kaffee bei ihnen geblieben. Die ganze Zeit über war ich krampfhaft bemüht gewesen, mir meine Probleme nicht anmerken zu lassen. Womöglich würden sie letzten Endes noch Einfluss auf Alex nehmen, mich zum Hinwerfen des ganzen Schulkrempels zu überreden. Ihr Sohnemann und ihr Enkel könnten ja sonst unter der Fuchtel einer gestressten Pädagogin Schaden erleiden.

Ich war gerade dabei, mich, in reizvoller schwarzer Spitzenunterwäsche gekleidet, vor dem großen Badspiegel zu schminken, als Alex hereinkam. Er umarmte mich und küsste meinen Nacken.

„Hallo schöne Frau, haben Sie heute schon was vor?"

„Aber ja, ich denke, das Gleiche wie Sie."

Ich drehte mich um, küsste ihn und überlegte währenddessen, ob ich ihm von den Vorkommnissen des heutigen Tages erzählen sollte. Entsprechend leidenschaftslos fiel der Kuss aus.

„Hey, ein bisschen mehr Enthusiasmus hätte ich schon erwartet. Schließlich ist dein Gatte heimgekehrt, der dich vergöttert!", monierte er schmunzelnd.

„Ist ja schon gut. Komm her!"

Ich küsste ihn noch einmal, diesmal leidenschaftlicher, und beschloss, ihm nichts zu erzählen.

„Schon besser!", brummte er zufrieden. „Die Chance auf einen krönenden Abschluss dieses Abends scheint gut zu sein."

Wie schön hätte es noch werden können, wenn mich der Gedanke an Patrick nicht ständig verfolgt hätte.

Alex spürte, dass mich etwas quälte. „Wie geht es dir in der Schule?", fragte er, während er sein Gesicht mit Rasierschaum bedeckte.

„Ach frag lieber nicht!" Was natürlich so viel heißen sollte wie: Doch bitte, bitte frag mich!

„Was ist denn passiert?", kam es auch gleich wie gewünscht.

„Ein Schüler in der achten Klasse macht enorme Schwierigkeiten."

Ich erzählte ihm von den Vorkommnissen der vergangenen Wochen. Es sprudelte nur so aus mir heraus und ich merkte, wie gut es mir tat und wie sehr mir die Aussprache gefehlt hatte.

Er nahm mich in den Arm und streichelte meinen Rücken.

„Weißt du, ich gönne es dir ja, dass du wieder in deinem Beruf arbeiten kannst, aber ich habe immer befürchtet, dass du dich mit solchen Dingen herumschlagen musst. Du bist gar nicht mehr so heiter und gelöst wie früher. Ich bemerke schon seit geraumer Zeit, dass dich der Schulalltag stresst, aber du hast ja nie etwas gesagt."

„Gut, ich gebe zu, dass nicht alles so perfekt ist. Wie auch? Jeder Beruf bringt seine Schwierigkeiten mit sich. Selbst du schrammst manchmal nur knapp an einem Kunstfehler vorbei. Aber da ist noch etwas."

„Was denn noch? War das nicht schon genug?"

Etwas zögerlich erzählte ich ihm von der Brieftasche, denn ich war mir nicht sicher, wie er reagieren würde. Ich konnte spüren, wie sich seine liebevolle Umarmung etwas lockerte. Zweifelnd sah er mich an.

„Isabel, ich fange langsam an mir Sorgen zu machen. Du siehst Gespenster, wo keine …"

„Schon gut", unterbrach ich ihn schnell, „die Sache mit den Keksen und dem Kuchen …"

„Kuchen?? Ach du meinst den ‚Giftanschlag'!!"

So viel geballten Zynismus konnte wohl nur Alex in seinen Tonfall legen.

„Okay, ich weiß, dass diese Überlegungen idiotisch waren. Ich kann mich ja inzwischen selbst nicht mehr verstehen. Aber die Geschichte mit der Brieftasche, sag ich dir, die stinkt."

„Isabel!" Seine Stimme klang jetzt laut und scharf. „Jetzt hör endlich mit diesen unsinnigen Fantasiegeschichten auf! Du wirst eben etwas gesucht haben und hast dann vergessen die Sachen zurückzustecken. Nicht einmal so ein Früchtchen wie Patrick würde sich an den persönlichen Dingen eines Lehrers vergreifen."

„Oh Mann, du hast ja nicht die leiseste Ahnung, zu was die ‚Früchtchen' fähig sind!", antwortete ich hitzig. „Schüler ermorden sogar ihre Lehrer, wie man als informierter Mensch weiß. Wenn ich die Nächste bin, wirst du es noch bitter bereuen, mir nicht geglaubt zu haben."

„Demnach dürfte sich aber kein Lehrer mehr zu den

pubertierenden Schülern trauen. Sprich doch mal mit seinem Klassenlehrer über das Problem."

„Mit Hans? Vergiss es! Der sagt nur, ich sei nicht streng genug. Auch wenn ich mit Patrick rede, gibt mir kein Mensch die Garantie, dass er nicht doch einmal ausrastet. Auch du nicht! Du hast natürlich leicht reden. Als attraktiver, sich im besten Alter befindender Chefarzt liegt dir die Schar der Krankenschwestern und Assistenzärztinnen natürlich zu Füßen und schleckt sie dir womöglich noch ab. Ah, jetzt weiß ich auch, warum deine Schuhe immer so sauber sind."

„Verdammt, Isabel, jetzt überspann den Bogen nicht. Eigentlich habe ich gar keine Lust mehr, ins Theater zu gehen. Ich habe zu Hause genug davon!"

Das war natürlich nicht ernst gemeint und wir machten uns schweigend zum Ausgehen fertig. Die Stimmung war ziemlich frostig, als unsere Freunde läuteten. Dabei hatte ich mich so auf den Abend gefreut und mir vorgestellt, dass Alex verständnisvoll und besorgt reagieren würde. Vielleicht hätte er mir auch den einen oder anderen Ratschlag geben können. Aber alles, was er mir geraten hatte, war meine Fantasie im Zaum zu halten und mit Ekel Hans zu sprechen. Wie hilfreich! Ich war sauer und redete nur noch das Nötigste mit ihm, damit Babs nichts merkte und keine blöden Fragen stellen konnte.

Als wir schließlich wieder zu Hause waren, zog mich Alex zu sich heran und hielt mich fest im Griff, als ich mich seiner Umarmung entwinden wollte.

„Jetzt sei nicht so bockig. Ich liebe dich doch und möchte nur nicht, dass du dich zu sehr in etwas hineinsteigerst. Ich mache mir ganz einfach Sorgen um dich. Wenn wieder etwas vorfällt, dann kannst du es mir jederzeit erzählen. In Ordnung?", sagte er leise. Wenn er auf dieser verständnisinnigen *Ich will dir bei deinen Problemen bedingungslos zur Seite stehen, Liebling*-Schiene fuhr, wurde ich jedes Mal schwach. Mein Ärger verflog von einer Sekunde zur anderen und ich nickte nur. Er nahm mein Gesicht in seine Hände und küsste mich auf unnachahmlich zärtliche Art.

Am nächsten Morgen traf ich Hans im Kopierraum. Das war die Gelegenheit, ihn wegen Patrick anzusprechen! Er stand am Sortiertisch und sah nur kurz zu mir auf, als ich ihn begrüßte. Sein brummiger Morgengruß ließ mich plötzlich zögern, ihm von der Auseinandersetzung mit Patrick und meiner durchwühlten Brieftasche zu erzählen.
„Irgendetwas nicht in Ordnung?", fragte er gereizt, als ich so wortlos neben ihm stand.
„Allerdings!" Zum Frontalangriff bereit, berichtete ich ihm von Patricks Verhalten und meinem Verdacht gegen ihn. Er sah mich missmutig an.
„Warum machst du denn keinen Klassenbucheintrag, wenn er sich derartig aufführt?", schnauzte er mich an. Es war kaum zu glauben, aber Frauenhasser Hans hatte mir neulich tatsächlich das Du angeboten. Wie typisch für ihn, dass ihm zu dem geschilderten Problem nichts Besseres einfiel.
„Das nützt doch überhaupt nichts. Über solche Maßnahmen lacht er höchstens. Was hältst du von einem Gespräch unter vier Augen. Vielleicht ist er dann zugänglicher. Oder ich spreche mal mit seinen Eltern."
„Du hast eben noch Illusionen, die ich leider zerstören muss. Seinen Stiefvater nüchtern anzutreffen, wenn er mal zu Hause ist, grenzt an ein Wunder, und seine Mutter ist von ihrem Mann und ihren Kindern so eingeschüchtert, dass sie zu allem, was du vorschlägst, bedingungslos Ja sagen wird. Mit dem Ergebnis, dass sie trotzdem nichts unternimmt, weil sie Angst hat."
„Dann muss man doch das Jugendamt einschalten!"
„Das Jugendamt wurde vergangenes Schuljahr aktiv. Aber es konnte nicht eingreifen, weil die Kinder weder verwahrlost sind, noch körperliche Misshandlungen nachgewiesen wurden."
„Soll das heißen, ich muss mir ständig seine Frechheiten gefallen lassen und meine Aktentasche in Zukunft mit einem Zahlenschloss versehen?"

„Die Sache mit der Brieftasche kannst du doch gar nicht beweisen. Ohne ihn auf frischer Tat ertappt zu haben, darfst du ihn nicht beschuldigen."
Hans sortierte in aller Seelenruhe seine Kopien weiter. Am liebsten hätte ich sie mit einem Handwisch vom Tisch gefegt, so sehr ärgerte mich seine Teilnahmslosigkeit. Der Schulgong, der in diesem Augenblick ertönte, hielt mich davon ab, ihm ein paar böse Worte entgegenzuschleudern. Innerlich brodelnd ging ich zum Grundschulgebäude. Nach diesem Gespräch war mir klar geworden, dass Hans mir nicht helfen konnte oder wollte. Ich würde bei Patricks nächstem Ausraster ein persönliches Gespräch mit ihm führen müssen, denn so konnte es auf Dauer nicht weitergehen.
Als ich beim Hausmeister vorbeikam fiel mir ein, dass ich nach meinem Schlüssel fragen könnte. Herr Nagel holte seine Kiste mit verwaisten Schlüsseln hervor und nach kurzem Kramen fand ich tatsächlich meinen Bund.
„Den habe ich heute Morgen zufällig in der Lehrerbibliothek gefunden, als ich eine Lampe ausgewechselt habe. Zum Glück war es nur Ihr Hausschlüssel. Sie wissen ja, bei Schulschlüsseln wird es verdammt kompliziert und teuer. Die Schlösser müssen ausgewechselt werden, jeder Lehrer braucht einen neuen Schlüssel und …"
„Ja, ich weiß!", sagte ich schnell, bevor er sich in seinen Lieblingsvortrag hineinsteigern konnte. „Der Schulschlüssel ist mir natürlich heilig, den verliere ich bestimmt nicht. Einen schönen Tag noch, Herr Nagel!"

Abends erzählte ich Sabine und Jan von den Schwierigkeiten mit Patrick, als wir nach dem Lehrervolleyball in Sabines Wohnung bei einem Glas Wein zusammensaßen.
„Bin ich froh, dass ich nicht in der Hauptschule unterrichten muss. Das würde mich fertigmachen!", kommentierte Sabine meine Erzählung, was mir nicht unbedingt weiterhalf.
„Pubertierende, lernunwillige Jungen in Englisch unter-

richten zu müssen ist eine ganz schöne Herausforderung. Aber ich denke, Patrick testet gerade aus, wie weit er gehen kann. Du darfst nur nicht klein beigeben", meinte Jan, aber auch diese Aussage tröstete mich nicht.

„Wenn es nur die Jungen wären! Aber es gibt auch zwei Mädchen, Sina und Jessica, die finden den auch noch cool. Ganz zu schweigen von seinen zwei Freunden, Muhamed und Michael, die ihn für seine Frechheiten bewundern und ihn ständig weiter anfeuern.

Morgen gebe ich die erste Arbeit raus. Patrick hat eine 5 – 6, ich will mir gar nicht vorstellen, wie er darauf reagiert. Er ist ja eigentlich nicht dumm, nur entsetzlich faul."

„Du musst ihm klarmachen, dass die schlechte Zensur allein seine Schuld ist", meinte Jan.

„Er gehört eben zu den Typen, die immer die Schuld bei anderen suchen und vor allem bei denen, die ihnen verhasst sind. Bestimmt wird er mich weiterhin terrorisieren. Wer weiß, was da noch alles kommt", erwiderte ich aufgebracht. Ich hatte gar nicht bemerkt, wie ich in meiner stetig steigenden Aufregung ständig von dem Wein getrunken hatte. Ich wusste nicht, das wievielte Glas ich gerade konsumierte, da Sabine immer fleißig nachgeschenkt hatte. Ich wusste nur, dass es schon mindestens eines zu viel war, denn in meinem Kopf begann sich plötzlich alles zu drehen. Ich sah Sabine aus glasigen Augen an und gestand, dass ich mich nicht mehr in der Lage fühlte, ein Auto zu lenken.

„Also ich kann dich nicht mehr fahren und Jan übernachtet aus demselben Grund heute bei mir. Kann dich dein Mann nicht abholen?"

„Der ist in der Klinik, hicks!"

Jetzt bekam ich auch noch diesen furchtbaren Schluckauf! Peinlich berührt bemerkte ich, wie Jan in sich hineingrinste.

„In einer Stunde müsste es wieder gehen, hicks, dann fahre ich heim."

Jan hörte sofort auf zu grinsen. „Kommt ja gar nicht in Frage.

Sabine, ich glaube du hast noch einen Übernachtungsgast dazubekommen. Es macht dir doch nichts aus, wenn sie auch bleibt?"
Für meine empfindlichen Ohren lachte sie zu laut hinaus. "Natürlich kann sie bleiben, ich habe noch eine Liege, auf der kannst du schlafen und Isabel auf der Couch."
"Gut, das ist die beste Lösung für sie."
Ich hob meinen Arm und schnippte mit dem Finger. "Hallo ihr zwei. Ich bin dahaa. Ihr müsst nicht in der dritten Person über mich reden, ihr könnt auch direkt mit mir sprechen. Aber na gut. Ich muss das Angebot wohl annehmen, denn ein Leben ohne Führerschein ist nicht allzu verlockend und was da auf der Fahrt alles, hicks, passieren könnte ..."
Ich kramte nach meinem Handy, um Alex eine SMS zu schreiben. Mühsam begann ich auf den Tasten herumzudrücken. Sie kamen mir heute so furchtbar klein vor ... Entnervt vom vielen Danebentippen stieß ich einen leisen Fluch aus, worauf Jan mir das Handy abnahm.
"Diktier!"
"Hallo Spatz ..."
"Meinst du damit deinen Mann oder deinen Sohn?"
"Wieso, hicks, das ist doch sowieso fast das Gleiche."
"Gut, lassen wir das, weiter."
"Ich übernachte heute bei Sabine – wegen Schwips – Sascha ist bei seinem Freund. Bis morgen."
"Was ist mit einem Kuss?"
Jan sah mich schmunzelnd an. "Ich soll dich küssen?"
Meine Augen waren bestimmt so groß wie Untertassen.
"Hätte nichts dagegen, aber eigentlich meinte ich, ob ich deinem Göttergatten einen schicken soll!", lachte Jan.
"Ja klar, gib ihm einen, äh, ich meine natürlich schreib ihm einen."
Jan schmunzelte vor sich hin, während er die SMS fertig tippte und schließlich abschickte.
"Danke, ich hätte vermutlich noch eine Stunde gebraucht.

Dann können wir ja noch ein Gläschen trinken, was haltet ihr davon?"

Sabine gab uns jedoch zu verstehen, dass sie müde war und den gemütlichen Abend hiermit beenden wollte.

„Schade!", meinte Jan. „Aber wir wollen deine Gastfreundschaft natürlich nicht überstrapazieren und gehen deshalb auch brav schlafen."

Also fügte ich mich der Allgemeinheit und wir halfen Sabine unsere Schlafstätten im Wohnzimmer herzurichten.

Als ich mich hinlegte, nachdem ich ein kniekurzes Nachthemd von Sabine angezogen hatte, drehte sich alles in meinem Kopf. Jan musste sofort eingeschlafen sein, da ich sein gleichmäßiges Atmen vernehmen konnte. Bald darauf fiel auch ich in einen unruhigen Schlaf.

Patrick stand neben dem Lehrerpult und bedrohte mich mit einem Klappmesser. Plötzlich fing mein Handy an zu klingeln. Ich suchte es fieberhaft in meiner Schultasche, während Patrick hysterisch schrie, dass ich das sein lassen sollte. Doch ich kramte weiter verzweifelt in der Tasche, konnte es aber nicht finden. Ein lautes Krachen ließ mich aus dem Schlaf hochschrecken. Das Handy klingelte immer noch laut und fordernd und Jan lag stöhnend auf dem Boden.

„Geh doch endlich ran, sonst bin ich umsonst von der Liege gefallen." Taumelig und mit klopfendem Herzen nahm ich es vom Wohnzimmertisch.

„Ja!", raunte ich verschlafen hinein.

„Sag mal, wo steckst du denn um Himmels willen! Es ist drei Uhr nachts!" Alex' Stimme klang ehrlich besorgt.

„Ich übernachte bei Sabine. Hast du meine SMS nicht gelesen?"

„SMS? Ach so, mein Handy war nicht aufgeladen und ich habe es bei all dem Klinikstress auch noch dort vergessen. Wieso kommst du denn nicht nach Hause?"

„Es ist leider etwas später geworden. Ich erkläre es dir morgen. Sascha ist übrigens bei seinem Freund."

„Na gut, dann schlaf weiter."
„Ja, bis morgen!"
War Alex jetzt eingeschnappt? Und wenn schon, das Ganze war eben dumm gelaufen, und ich hatte wohl das Recht, mit meinen Freunden zu feiern. Morgen würde ich alles wieder geradebiegen. Jetzt musste ich mich erst einmal um Jan kümmern, der noch immer vollkommen umnebelt auf dem Boden saß. Ich beugte mich zu ihm hinunter und zerrte an seinem Unterarm.
„Nun komm schon, kriech wieder auf die Liege oder schlaf auf der Couch weiter, schließlich habe ich dich um den Schlaf gebracht."
Schwer wie ein Mehlsack an mir hängend, rappelte er sich mühsam wieder auf. Als wir endlich aufrecht standen, umfasste er mich an der Taille, obwohl er eigentlich keine Stütze mehr benötigte.
„Mit dir wird es nicht langweilig, schöne Frau. Weiß dein Mann eigentlich, was für ein Glückspilz er ist?"
Er zog mich noch näher an sich ran und blickte mir dabei so tief in die Augen, dass sich zu meinem alkoholbedingten Schwindel noch ein weiterer gesellte.
Er hatte mich fest im Griff. Sein Gesicht kam immer näher, ich konnte schon seinen Atem spüren. Es war eindeutig, dass er mich küssen wollte! Mit letzter Willenskraft wehrte ich mich gegen das Verlangen, dasselbe zu tun, und befreite mich panisch aus seiner Umarmung.
„Jan, du bist betrunken. Schlaf jetzt besser weiter." Ich schob ihn zur Couch, wo er sich mit einem tiefen Seufzer zusammenrollte und in der nächsten Minute wieder eingeschlafen war.
Es konnte nur an dem Restalkohol im Blut liegen, dass er sich so ungehemmt angenähert hatte. Morgen würde er es vergessen haben oder es würde ihm peinlich sein.
Als ich versuchte auf der unbequemen, schmalen Liege eine geeignete Schlafposition zu finden, fiel mein Blick auf die

Wohnzimmertür. Sie stand einen kleinen Spalt offen und sofort beschlich mich das Gefühl, beobachtet zu werden. *Du liest zu viele Thriller,* würde Alex jetzt sagen. Ich stand trotzdem auf und schloss die Tür, um mich besser zu fühlen. Als ich mich wieder hinlegte, fiel mein Blick auf Jan. Was war in ihn gefahren?!
Er hätte mich beinahe geküsst und ich hätte es beinahe zugelassen. Ich sah seine geschwungenen, kussbereiten Lippen vor mir und gestand mir nur ungern ein, dass ich großes Verlangen danach hatte, sie auf den meinen zu spüren. Es war erschreckend zu erkennen, was seine Nähe in mir auslöste. Sie war gefährlich, verdammt gefährlich.

Am nächsten Morgen, als alle noch schliefen, fuhr ich nach Hause und hinterließ ein paar Zeilen, in denen ich mich für Sabines Gastfreundschaft bedankte. Zu Hause ging ich gleich unter die Dusche und traf Alex am Frühstückstisch, den er, o Wunder, schon vorbereitet hatte.
„Na du Ausreißerin, ich habe einen gehörigen Schreck bekommen, als du nicht da warst. Und Saschas Bett war auch leer."
„Hast du gedacht, ich hätte dich verlassen?"
„Gar nicht witzig. Einem Kollegen von mir ist das tatsächlich passiert."
Ich gab ihm einen Kuss und fing gleich zu frühstücken an, während Alex mir eingehend von seinem traumatisierten Kollegen erzählte, den er zutiefst bedauerte.
„Jetzt beruhige dich doch wieder und trink deinen Kaffee. Ich wollte nur nicht beschwipst Auto fahren. Sei doch froh darüber. Und außerdem, wenn du mir keinen Grund lieferst, werde ich dich auch nicht einfach so verlassen!", kokettierte ich.
In diesem Moment kam Lena herein und wünschte jedem von uns einen guten Morgen. Gemessen an dem jeweiligen Freundlichkeitsgrad, mit dem sie dabei erst Alexander und dann mich bedachte, müsste Alex' Morgen um Klassen besser ausfallen als meiner. Es machte mir inzwischen aber nichts mehr aus, für Lena kein Sympathieträger zu sein. Solange sie ihre Arbeit zu meiner Zufriedenheit erledigte, konnte sie muffeln, so viel sie wollte.
Auf dem Weg zur Schule wurde mir klar, dass Patrick mittlerweile zu einem viel größeren Problem geworden war. Heute sollte die Rückgabe der Englischarbeit stattfinden und ich fürchtete mich schon vor seiner Reaktion. Im Lehrerzimmer angekommen, vertraute ich mich Jens an, dem netten Parallelkollegen von Ekel Hans. Mitte vierzig, dünnes blondes Haar, markante Gesichtszüge, von schlanker Gestalt und wie gesagt, das ganze Gegenteil zu Hans. Er hörte mir

aufmerksam zu und gab mir gute Ratschläge. Zum Beispiel sollte ich Patricks Angriffen gegenüber sachlich bleiben und versuchen, die Fehler mit ihm zu besprechen. Das hörte sich alles wunderbar an, aber er kannte ihn eben nicht. Ich wusste, dass es Ärger geben würde.

Dummerweise stand auch noch Inge in der Nähe. Sie hatte natürlich, nach der allmorgendlichen Taxierung meines Outfits (Jeans mit rotem V-Pulli und roten flachen Schuhen), nichts Besseres zu tun, als sich an meine Fersen zu heften und mich mit ihrem Gedankengut zu quälen.

„Du kannst einem ja leidtun. Auf gar keinen Fall darfst du klein beigeben, sonst hast du bald die Hölle auf Erden."

Und dann erzählte sie von einer ehemaligen Kollegin, die sich jetzt im verdienten Ruhestand befand. Ein Schüler hatte ihr vor zehn Jahren dermaßen zu schaffen gemacht, dass sie ein Jahr aussetzen musste, um mit Klinikaufenthalt und anschließender Kur wieder auf die Beine zu kommen. Warum erzählte sie mir ausgerechnet jetzt solche Schauermärchen? Glaubte sie ernsthaft, mir damit in irgendeiner Weise zu helfen?

Ich sagte nur: „Oje, wie schlimm für sie. Entschuldige, ich muss noch auf die Toilette", und verschwand im nächsten Moment auf selbiger, nur um sie und ihre dramatischen Schilderungen loszuwerden.

In schönster Scarlett O'Hara-Manier sprach ich meinem Spiegelbild Mut zu. „Ich lasse mich nicht unterkriegen. Ich werde stark sein und mich nicht provozieren lassen!" Dann zog ich noch schnell meine Lippen nach, bevor ich die Höhle des Löwen betrat.

„Frau Seland, haben Sie die Arbeit dabei?", wurde ich beim Betreten des Klassenzimmers sofort von Muhamed bedrängt. Wie schön wäre ein „Guten Morgen, Frau Seland!" gewesen, aber solche Begrüßungsformeln gehörten leider nicht zum Gebrauchswortschatz meiner Schüler.

„Das wirst du früh genug erfahren!", antwortete ich knapp

und wunderte mich wie jedes Mal, dass 24 Leute so viel Lärm machen konnten. Ich knallte meine Schultasche auf das Pult und brüllte: „Guten Morgen. Setzt euch bitte hin, damit wir anfangen können."

Ein Drittel der Klasse gab den Morgengruß halbherzig zurück und der Rest der Klasse begab sich kichernd und rumalbernd auf ihre Plätze. Ich begann mit den Schülern die Arbeit noch einmal durchzugehen, statt sie sofort herauszugeben. Wie erwartet erzeugte dies lautes Gestöhne, und es fingen wieder alle an durcheinanderzureden.

„Wir wollen die Arbeit zuerst bekommen. Das ist doch die reinste Schikane!"

Natürlich kam dieser laute Protest von Patrick. Ich erklärte geduldig, dass ich diese Vorgehensweise für sehr praktikabel fand und nicht vorhätte, das zu ändern.

„Du kannst ja gleich einmal die ersten Aufgaben an die Tafel schreiben, Patrick."

„Nö, wieso sollte ich. Erst geben Sie mir meine Arbeit, dann bin ich Ihnen zu Diensten."

Hämisch grinsend, mit den Händen in der Hosentasche und die Beine lässig von sich gestreckt, sah er zuerst mich an und dann Beifall heischend in die Klasse. Gelächter machte sich breit. Ich schluckte schwer und versuchte, mir meine aufsteigende Panik nicht anmerken zu lassen. Kurzerhand schnappte ich das Klassentagebuch und schlug den heutigen Tag auf.

„Gut, Patrick, wie du willst. Dann bekommst du eben einen Eintrag wegen Arbeitsverweigerung. Ist dir das lieber?" Ich sah ihn herausfordernd an.

Sein Gesichtsausdruck änderte sich schlagartig. Das provokante Lächeln verschwand und machte einem finsteren, bedrohlichen Blick Platz, der mich innerlich frösteln ließ.

„Nur zu, Sie werden schon sehen, was Sie davon haben", sagte er hasserfüllt und starrte mich durchdringend an. Meine einzige Hoffnung war, dass er nicht von meinem

Gesicht ablesen konnte, wie überaus hilflos und frustriert ich mich in diesem Augenblick fühlte. Ich bereute es zutiefst, dass ich ihn aufgefordert hatte, die Aufgaben an die Tafel zu schreiben. Eigentlich hätte ich wissen müssen, dass er sich weigern würde.
Ich machte mit zitternden Fingern einen Eintrag und fuhr dann mit der Verbesserung der Arbeit fort. Dabei versuchte ich Patricks provokantes Lümmeln auf seinem Stuhl und das zur Schau getragene Desinteresse zu ignorieren. Am Ende der Stunde verteilte ich die Arbeiten.
„Tja, Patrick. Du könntest so viel mehr erreichen, wenn du dich auf eine Arbeit entsprechend vorbereiten und im Unterricht mehr mitarbeiten würdest. In dir steckt nämlich einiges."
Er sah zuerst auf seine Note und fixierte mich dann mit eiskaltem Blick.
„Mich können Sie wohl gar nicht leiden. Bestimmt haben Sie jeden kleinen Fehler bewertet, nur um mir eins reinzudrücken."
„Patrick, ich habe deine Arbeit auch nicht anders bewertet als alle anderen. Du musst einfach deinen Wortschatz und deine Grammatik aufbessern. Ich könnte mich ja wegen Nachhilfe für dich erkundigen, was hältst du davon?"
„Zu teuer und kümmern Sie sich um Ihren eigenen Dreck. Ich brauche keine Hilfe." Wütend stopfte er die Blätter in sein Englischheft, packte es in seine Schultasche und ging hinaus, obwohl es noch nicht geklingelt hatte. Während ich fieberhaft überlegte, wie ich reagieren sollte, ertönte der Schulgong und erlöste mich von dieser Entscheidung. Der finstere Blick, den er mir beim Hinausgehen zugeworfen hatte, würde mich bestimmt noch den ganzen Tag verfolgen. Ich kam einfach nicht an ihn heran. Ganz gleich was ich sagte oder tat, sein Verhalten mir gegenüber war stets feindselig.
Während ich noch den Inhalt dieser Unterrichtsstunde ins Tagebuch eintrug, kam Hans ins Klassenzimmer. Er stellte sich neben mich und sah mir über die Schulter, was ich partout

nicht ausstehen konnte. Es kam, was kommen musste.
„Schon wieder ein Eintrag wegen Patrick! Langsam häuft es sich."
Mir platzte der Kragen. Wütend klappte ich das Buch zu und schnellte so abrupt in die Höhe, dass Hans erschrocken einen Schritt rückwärts machte.
„Glaub mir, ich mache das bestimmt nicht aus Jux und Tollerei. Ich habe ernsthafte Schwierigkeiten mit ihm, das habe ich dir schon ein paar Mal beizubringen versucht, aber ich hatte immer das Gefühl, es interessiert dich nicht sonderlich. Wenn du einen Lösungsansatz für dieses Problem gefunden hast, dann lass es mich wissen!" Mit diesen Worten ließ ich den verdutzt schauenden Hans einfach stehen und verließ eilig den Klassenraum. Vielleicht würde Hans nach diesem furiosen Auftritt endlich versuchen mir zu helfen, anstatt mir ständig mit fruchtlosen Belehrungen auf die Nerven zu gehen.
Auf dem Weg zu meinem Grundschulklassenzimmer kam mir Jan strahlend entgegen. Er sah einfach umwerfend aus und ich fragte mich, wie viel er von der letzten Nacht noch wusste.
„Na du warst ja heute früh ganz schön schnell verschwunden. Ich habe gar nichts mitbekommen." Er sah mir prüfend in die Augen. „Ärger zu Hause oder zu wenig Schlaf oder beides?"
Er wirkte unbefangen, so als hätte es den Beinahekuss nie gegeben. Ich war erleichtert.
„Zu wenig Schlaf, Ärger mit Patrick und Crashkurs mit Hans."
„Lass es nicht zu sehr an dich ran! Wir reden später darüber!", sagte Jan mitfühlend, als der Schulgong unser Gespräch beendete.
Während der folgenden zwei Unterrichtsstunden konnte sich mein Gemüt etwas beruhigen, doch als es zur großen Pause klingelte, stand der nächste Ärger ins Haus. Ich konnte zu meinem Entsetzen die Blätter für die Mathearbeit nicht in

meiner Tasche finden.
In meinem übernächtigten Zustand musste ich sie heute Morgen auf meinem Schreibtisch liegen gelassen haben. Mir wurde gleichzeitig heiß und kalt. Was sollte ich jetzt tun? Ich brauchte die Blätter unbedingt für die Stunde nach der Pause! Es blieb mir also nichts anderes übrig, als schnellstens nach Hause zu fahren. Ich gab Jan Bescheid, er solle meine Klasse nach der Pause beschäftigen, da ich etwas später käme, und rannte dann zu meinem Auto. Zum Glück war der Verkehr flüssig. Vom Stress getrieben hetzte ich ins Haus, nahm zwei Stufen auf einmal und rannte in mein Arbeitszimmer. Gott sei Dank, der Stapel lag auf meinem Schreibtisch. Ich nahm ihn eilig an mich und wollte gerade wieder hinausstürmen, als ich ein Kichern vernahm und Musik. Ich blieb stehen. Wieder lautes Gekicher aus unserem Schlafzimmer. Telefonierte Lena etwa, während sie Betten aufschüttelte? Meinetwegen soll sie doch tun, was sie nicht lassen kann, ich muss jedenfalls schnellstens zur Schule zurück, dachte ich und eilte zur Treppe.
Plötzlich vernahm ich eine männliche Stimme und tiefes Lachen. Auch aus unserem Schlafzimmer! Ich stand da wie vom Donner gerührt. Lena vergnügte sich mit irgendeinem Typen! Was für eine Dreistigkeit! Das musste sofort geklärt werden! Innerlich bebend riss ich die Tür zum Schlafzimmer auf und fand Lena mit einem schwarzhaarigen Mann (immerhin noch angezogen) eng umschlungen und wild knutschend auf unseren gemachten Betten liegend vor. Die beiden fuhren erschrocken auseinander und setzten sich sofort auf. Ich funkelte sie erzürnt an.
„Wer sind Sie und was haben Sie in unserem Schlafzimmer zu suchen? Und Sie!", rief ich an Lena gewandt. „Glauben Sie, Sie können sich hier mit Männern vergnügen, anstatt Ihrer Arbeit nachzugehen?" Ich war ziemlich laut geworden. Lena war immer noch zu sehr erschrocken, um irgendetwas sagen zu können. Dafür erholte sich dieser breitschultrige südländisch wirkende Typ umso schneller. Er stand auf und

baute sich vor mir auf.
„Entschuldigung, aber Lena ist meine Verlobte und ich habe sie nur kurz besucht. Regen Sie sich ab, es wird nicht wieder vorkommen", sagte er mit leicht ausländischem Akzent.
Sein Grinsen machte mich noch wütender.
„Keine weiteren Erklärungen mehr. Was Sie hier machen, ist das Unverschämteste, was mir jemals untergekommen ist. Verschwinden Sie auf der Stelle!", rief ich empört und zu Lena gewandt: „Mit Ihnen unterhalte ich mich heute Mittag!"
Der Typ machte einen Schritt auf mich zu und ich wich erschrocken zurück. In meiner Hilflosigkeit schrie ich ihn laut an: „Verlassen Sie sofort mein Haus oder ich rufe die Polizei!"
Er grinste nur hämisch und erwiderte: „Jetzt beruhigen Sie sich. Sie sind wirklich etwas hysterisch, da muss ich Lena Recht geben. Ich entschuldige mich noch einmal für mein Vergehen, meine Verlobte besucht zu haben. Und überlegen Sie sich gut, wie Sie mit Lena umgehen."
„Das lassen Sie ruhig meine Sorge sein. Ich kann an meinem Arbeitsplatz schließlich auch nicht herumknutschen. Und jetzt gehen Sie endlich."
Ich würdigte Lena keines Blickes mehr, sondern verließ hinter diesem Eindringling vom Typ Latin Lover das Haus. Ich sah ihm so lange nach, bis sein Auto nicht mehr zu sehen war, um sicherzugehen, dass er auch tatsächlich verschwunden war.
Zitternd vor Aufregung setzte ich mich in meinen Wagen. Jetzt kam ich wegen dieser unseligen Lena natürlich viel zu spät in die Schule, und meine Konzentration war auch dahin. Es würde mich einige Anstrengung kosten, nicht dauernd an das eben Erlebte denken zu müssen.
Wie befürchtet kam ich fast zwanzig Minuten zu spät und die Kinder empfingen mich entsprechend aufgebracht. Erst nachdem ich ihnen zusicherte, dass sie in der Deutschstunde weiter an der Mathearbeit schreiben durften, beruhigten sich allmählich die Gemüter.
„Wenn wir einmal zu spät kommen, dann meckern Sie gleich

los. Bin gespannt, was meine Mutter dazu sagen wird, dass unsere Lehrerin zu spät zur Mathearbeit kommt", ließ meine neunmalkluge Sophie, die Klassenbeste, unüberhörbar verlauten.

Es war schon erstaunlich, was sich Neunjährige dem Lehrkörper gegenüber herausnahmen. Sophies Bemerkung war mir deshalb sehr unangenehm, weil ihre Mutter eine überkorrekte Staatsanwältin war, die mich schon am Elternabend mit detaillierten Fragen zur Gestaltung meines Unterrichts gequält hatte. Ich musste verhindern, dass sie es zu Hause erzählte, denn dann würde diese Geschichte innerhalb der Elternschaft die Runde machen, mit unvorhersehbaren Folgen.

„Sophie, jeder Mensch macht einmal Fehler und ich habe mich bei euch entschuldigt. Es wäre schön für mich, wenn das Ganze unter uns bleiben könnte, oder würde es euch gefallen, wenn die Spatzen ständig von den Dächern riefen: *Frau Seland ist zu spät gekommen! Frau Seland ist zu spät gekommen!*"

Mein Spatzengezwitscher löste einen ungeahnten Heiterkeitsausbruch aus und ich musste fast die gesamte Deutschstunde opfern, damit wir mit der Arbeit fertig wurden.

Während die Kinder über den Aufgaben brüteten, tauchte immer wieder dieses Bild vor meinen Augen auf: Lena mit diesem Mann in unserem Schlafzimmer, auf unserem Bett. Wie widerlich, geschmacklos, unverfroren. Es gab gar nicht genügend Bezeichnungen dafür, meine aufgewühlten Gefühle auszudrücken. Die Konsequenz war, Lena auf der Stelle zu kündigen. *Und überlegen Sie es sich gut, wie Sie mit Lena umgehen,* hörte ich wieder die Stimme ihres Verlobten. Das war eindeutig eine Drohung gewesen und sie machte mir Angst. Noch vor zwei Monaten war meine kleine Welt wie in Watte eingepackt gewesen. Es hatte so gut wie keine Probleme gegeben. Haushalt und Familie versorgen, mich mit Babs treffen und Vernissagen vorbereiten, ins Theater gehen und

Sport treiben waren der Inhalt meines Lebens gewesen und ich hatte es als langweilig angesehen. Jetzt plätscherte mein Leben nicht mehr vor sich hin wie ein kleines, idyllisches Bächlein. Inzwischen hatten die vielen Gewitter es in einen reißenden Fluss verwandelt. Der Lehrerjob war eine zehrende Tätigkeit, die einem Führungsqualität, Organisationstalent und ein hohes Maß an Kommunikationsfähigkeit abverlangte. Wenn sich dann noch schwierige Schüler, Kollegen und Haushaltshilfen dazugesellten, war alles ziemlich nervenaufreibend. In einer Woche begannen die Herbstferien und ich freute mich auf diese freien Tage genauso, wie ich mich als Kind einmal auf ein Weihnachtsfest gefreut hatte, an dem ich meine heiß ersehnte Babypuppe bekommen sollte.

„Frau Seland, ich bin fertig", hörte ich eine Jungenstimme neben mir, die mich jäh aus meinen quälenden Gedanken riss.

„Oh Timo, schon fertig! Dann sieh dir die Arbeit noch einmal in Ruhe durch."

„Hab ich schon zweimal gemacht."

„Ich bin auch fertig!"

„Ich auch!"

Immer mehr meldeten sich und wollten ihre Arbeit abgeben. Ich hatte wohl wie in Trance an meinem Pult gesessen und dabei jegliches Gefühl für Zeit und Raum verloren. Sicherlich hatten die Schüler voneinander abgeschrieben auf Teufel komm raus und würden zu Hause brühwarm erzählen, dass ihre Lehrerin während der Mathearbeit Löcher in die Luft gestarrt hatte. Das war heute wirklich nicht mein Tag. Resigniert sammelte ich die Hefte ein und ließ die Kinder für den Rest der Stunde Mandalas ausmalen.

Der Schulgong nach der letzten Unterrichtsstunde klang für mich so angenehm wie eine Sonate von Mozart, denn ich spürte, dass meine Kräfte mich rapide verlassen hatten und ich keine weiteren fünf Minuten mehr durchgehalten hätte. Doch ich wusste: Das Ende des Schultagsstresses bedeutete den Anfang der häuslichen Strapazen.

Noch von der Schule aus rief ich im Krankenhaus an und erfuhr von der Stationsschwester, dass Alex gerade operierte und gleich danach noch ein großer Eingriff anstand. Ich legte frustriert auf. Das bedeutete, dass ich das Problem Lena alleine lösen musste. Oder auch nicht, denn Sabine und Jan kamen gerade in mein Klassenzimmer.

„Hallo Isabel, wir sollten noch kurz etwas wegen des Laternenlaufes besprechen!", begrüßte mich Sabine fröhlich und warf ihre kastanienbraunen Haare in den Nacken. Sie sah heute richtig gut aus in ihrer schwarzen Jeans und dem auberginefarbenen Pullover.

„Hallo ihr zwei, meine Haushaltshilfe treibt es mit irgendeinem Typen in unserem Schlafzimmer!", sagte ich ohne Umschweife. Ich sah mich außerstande jetzt über Laternenlauflieder zu sprechen, während ich mich fühlte, als sei ich gegen einen Laternenpfahl geknallt. Die beiden sahen mich verdutzt an und sagten wie aus einem Mund: „Was?"

„Ja, ihr habt schon richtig gehört. Ich war überraschend zu Hause, um die Mathearbeiten zu holen, und erwischte Lena mit so einem Typen, angeblich ihrem Verlobten, auf unserem Bett liegend – zum Glück noch angezogen. Was soll ich denn jetzt tun?"

„Kündigen natürlich!", meinte Sabine.

„Wie hast du denn reagiert?", fragte Jan.

„Ich habe diesen unverschämten Kerl sofort hinausgeworfen und Lena ein ernsthaftes Gespräch für heute Mittag in Aussicht gestellt."

„Gut gemacht", sagte Jan und klopfte mir anerkennend auf die Schulter. Es tat so gut zu wissen, dass ich an diesem verdammten Tag anscheinend auch einmal etwas richtig gemacht hatte.

„Danke, aber soll ich Lena wirklich sofort kündigen? Dann muss ich unter Zeitdruck eine neue Haushaltshilfe finden und außerdem hat Lenas Lover so etwas wie eine Drohung

ausgesprochen, falls ich ihr zu nahetrete. Dreister geht es doch gar nicht mehr, oder?"
„Hast du schon mit deinem Mann darüber gesprochen?", fragte Sabine.
„Der operiert gerade am offenen Herzen, da kann ich ihn nicht mit meinen Problemchen belasten. Ich muss alleine damit fertig werden", seufzte ich und packte meine Sachen in die Tasche.
„Problemchen kann man das ja wohl nicht mehr nennen!", entgegnete Jan entrüstet.
Er hatte so Recht. Aber sollte ich Alex in der kurzen Verschnaufpause zwischen zwei schwierigen Operationen, die seine ganze Konzentration abverlangten, von den sittlichen Entgleisungen unserer Haushaltshilfe erzählen? Und vielleicht auch noch einen perfekten Lösungsvorschlag erwarten? Nein, das war unmöglich. Ich musste das selbst regeln.
„Ich werde Lena abmahnen und ihr sagen, dass beim nächsten noch so geringen Vergehen die Kündigung folgt. Und ihrem Verlobten oder was auch immer erteile ich striktes Hausverbot, sonst fliegt sie. Was meint ihr dazu?"
Sabine zuckte mit den Schultern. „Tja, wenn du es erträgst, eine Person, die derart dein Vertrauen missbraucht hat, deinen Haushalt machen zu lassen, dann ist es wohl eine gute Lösung. Ich jedenfalls würde ihr kündigen."
„Ich habe aber keinen Nerv, eine neue Putzfrau zu suchen, die Schule ist stressig genug."
Verzweiflung stieg in mir hoch. Ich wollte Bestätigung für meinen Lösungsvorschlag und nichts Gegenteiliges hören. Jan spürte, was ich brauchte, und legte seine Hand beruhigend auf meinen Arm.
„Mach es so, wie du gesagt hast. Das ist im Moment die beste und schnellste Lösung. Kündigen kannst du ihr immer noch."
Er sah mich mit einem tröstenden Lächeln an und ich wunderte mich, warum so ein toller, verständnisvoller Mann geschieden war. Solch einen Mann verließ doch keine Frau

freiwillig! Ich hätte zu gerne den Grund für seine Scheidung gewusst, aber Sabine hatte auch keine Ahnung. Er hatte noch mit niemandem darüber gesprochen.

Ich umarmte ihn spontan und murmelte ein Dankeschön für seine Unterstützung. Er erwiderte die Umarmung und lächelte mich dann so warm und verständnisinnig an, dass ich fast weiche Knie bekam und für den Bruchteil einer Sekunde versucht war, ihn dafür zu küssen. Schnell löste ich mich aus seinen Armen und trat einen Schritt zurück. Nur so konnte ich meine Gefühle im Zaum halten, die jedes Mal zum wilden Ausritt bereit waren, sobald Jan mir zu nahekam.

„Jetzt geht es mir wesentlich besser. Irgendwie werde ich schon mit Lena klarkommen", sagte ich fröhlich und lächelte ihn an.

„Tja, nachdem dich der edle Ritter vor dem sicheren Untergang gerettet hat, könnten wir uns jetzt vielleicht den wichtigen Dingen zuwenden, nämlich welche Lieder wir für den Laternenlauf einüben sollen", meinte Sabine mit süßsaurem Lächeln. Sie war augenscheinlich etwas pikiert darüber, dass ich ihren Lösungsvorschlag übergangen hatte. Musste ich mich jetzt auch noch mit einer schmollenden Kollegin und Freundin auseinandersetzen? Ich ignorierte ihre Verstimmung. Um dieses lästige Thema schnellstens aus der Welt zu schaffen, nahm ich alle Vorschläge der beiden an, zumal diese auch mehr Erfahrung mitbrachten. Wir verabschiedeten uns in versöhnlichem Ton, wobei es Sabine nicht versäumte, Jan und mich zu ihrer morgigen Geburtstagsparty einzuladen.

KAPITEL 9

Als ich nach der Schule verspätet nach Hause kam, hatte sich Lena schon aus dem Staub gemacht und eine kleine Notiz auf dem Küchentisch hinterlassen: *Leider musste ich schon gehen, weil ich meine Kinder abholen muss. Es tut mir sehr leid wegen heute Morgen. Ich hoffe, Sie können mir verzeihen.*
Na wenigstens zeigte sie so etwas wie Reue. Es stimmte mich sofort friedlicher und ich verbannte den Gedanken an Lena erst mal aus meinem Gedächtnis. Ich hörte, wie jemand die Haustüre aufschloss, und gleich darauf ertönte ein fröhliches „Hallo Mama!"
„Hallo Saschaspatz, mein Liebling! Komm her!"
Freudig begrüßte ich ihn mit einer innigen Umarmung und genoss diesen Augenblick, da es in letzter Zeit nicht mehr so viele dieser Art gegeben hatte. Ständig gab es etwas vorzubereiten, zu organisieren oder zu korrigieren und es blieb einfach zu wenig Zeit für mein Schätzchen. Aber allem Anschein nach vermisste es mein Sohnemann weniger als ich, denn er wehrte sich schon nach kurzer Zeit gegen meine Umklammerung und fragte verwundert: „Was ist denn, Mama?"
„Ach, nichts, mein Kleiner!"
Sascha begann in einem einzigen begeisterten Wortschwall mir von Max' Geburtstagsgeschenk, einem ferngesteuerten Auto, vorzuschwärmen. Ich hörte ihm lächelnd zu. Irgendwie hatte es auch etwas Gutes, dass er emotional nicht mehr so sehr von mir abhängig war, sondern schon eine gute Portion Eigenleben entwickelt hatte. Es beruhigte mein schlechtes Gewissen, nicht mehr so viel Zeit für ihn zu haben.
Nachdem ich rasch das Geschnetzelte mit Nudeln für Sascha und mich aufgewärmt hatte, erzählte er mir, was er und Max gestern Abend gemacht hatten. Leider wurden wir vom Klingeln des Telefons unterbrochen. Es war nicht wie erhofft Alex, sondern Sophies Mutter. Die übereifrige Sophie hatte also doch geplaudert! Ihre Mutter machte mir Vorwürfe,

weil ich mit der Mathearbeit verspätet begonnen hatte. Ihre Tochter habe schließlich Asthma und jede Unregelmäßigkeit oder auch nur die kleinste Aufregung konnte einen Anfall auslösen.

Sophie hatte in meiner Erinnerung nicht den Hauch eines Asthmaanfalls gehabt. Im Gegenteil, sie schien sich gefreut zu haben, dass die Arbeit eventuell verschoben würde.

Ich entschuldigte mich dennoch brav und versicherte ihr, dass Sophie wegen meines Versäumnisses keinen körperlichen Schaden genommen hat.

Nachmittags kam noch ein Anruf eines Vaters, der sich Sorgen machte, dass sein Sohn wegen der Aufregung womöglich eine Leistungsminderung und somit eine schlechtere Zensur hinnehmen müsste. Das sei ja dann wohl nur meiner mangelnden Disziplin zuzuschreiben und ein Lehrer sollte doch eigentlich Vorbild für die Kinder sein et cetera, et cetera. Wieder hielt ich eine Beschwichtigungsrede. Bevor mich noch ein überbesorgter Elternteil erreichen konnte, rief ich nach dem Gespräch sofort meine Mutter an und klagte ihr mein Leid. Sie war von jeher mein Seelentröster gewesen und hörte mir geduldig zu.

„Wird dir der Job nicht doch zu viel, mein Liebling?"

„Nein bestimmt nicht. Ich musste nur einfach mit jemandem reden. Die Eltern tun gerade so, als wäre ich zur Matheabiturprüfung zu spät gekommen. Sie übertreiben maßlos."

Ich fragte sie dann noch, ob Sascha in den Ferien zu ihnen kommen könnte, und sie stimmte erfreut zu. Jetzt konnte ich mich richtig auf die Ferien freuen. Sascha war bei den Großeltern und Alex beim Wandern, das hieß, ich konnte die Schularbeit frei einteilen und hatte genügend Zeit zum Einkaufen mit Babs, für Sport, Theater und Kosmetikerin – einfach herrliche Aussichten. Zufrieden legte ich den Hörer beiseite, aber keine zwei Minuten später klingelte es schon wieder. Ich verspürte gute Lust, gar nicht abzuheben.

Sicherlich wieder einer aus der hysterischen Elternsparte, die keinerlei Scheu hatten, in die Privatsphäre einer Lehrerin einzubrechen. Das laute, fordernde Klingeln ging mir schließlich auf die Nerven. Gereizt hob ich ab: „Seland!"
Niemand meldete sich.
„Hallo, hier spricht Seland!"
Wieder keine Antwort.
„Nun melden Sie sich doch!"
Keine Antwort. Eilig drückte ich die Taste, um die Verbindung zu kappen. Hatte sich jemand verwählt oder war es Absicht? Ich machte mir keine weiteren Gedanken und setzte mich an meinen Schreibtisch, um die Mathearbeiten zu korrigieren. Nach einer halben Stunde klingelte es wieder. Vielleicht war es ja endlich Alex. Aber wieder meldete sich niemand. Nur ein gleichmäßiges Atmen war zu vernehmen.
„Hallo, ist da jemand?!"
Das Atemgeräusch wurde immer lauter.
„Wer ist denn da? Jetzt reden Sie doch endlich!"
Wieder dieselben Geräusche. Angewidert legte ich auf.
Das war kein Versehen, sondern pure Absicht! Wer machte so etwas? Patrick oder etwa Lenas Lover, der nach dem unsanften Rauswurf heute Morgen mir gegenüber sicherlich nicht wohlgesinnt war. Vielleicht war es aber auch Henry, nachdem ich ihn so deutlich hatte abblitzen lassen. Es würde zu ihm und seiner beharrlichen Art, in der er mir nachgestellt hatte, passen. Telefonterror war genau das, was in meiner angespannten Lage meine Nerven vollends zum Zerreißen brachte. Mein Sinn stand plötzlich nur noch nach einem wohltuenden Entspannungsbad.
Ich brachte deshalb Sascha zu Bett, füllte die Eckbadewanne und ließ mich genüsslich in das warme, mit reichlich Schaum bedeckte Wasser gleiten. Nach diesem verrückten Tag war es die pure Erholung, die Wärme des Wassers zu spüren, den Rosenduft des Badeschaums einzuatmen und mich von Mozartmusik berieseln zu lassen. Das wohlige Gefühl, das

sich in mir ausgebreitet hatte, wurde jäh durch das penetrante Klingeln des Telefons zunichtegemacht. Ich sah innerlich fluchend den Hörer an, der auf dem Sims neben der Badewanne lag, und war unschlüssig, ob ich abheben sollte. Das Display zeigte keine Nummer an. Wenn es nun aber meine Eltern oder Schwiegereltern waren? Ich machte die Musik aus und hob ab. Keine Antwort. Schon wieder! Ich rief das berühmte A-Wort in den Hörer und legte auf. In Sekundenschnelle war meine Stimmung wie auf einer Achterbahn nach unten gerauscht. Ich setzte mich auf und begann lustlos meine Haare zu waschen. Plötzlich vernahm ich ganz entfernt ein Geräusch und hielt angespannt inne. Obwohl ich nichts hören konnte, beschlich mich ein beklemmendes Gefühl, das nicht weichen wollte. Alex konnte es nicht sein, denn er hatte mir per SMS mitgeteilt, er würde später nach Hause kommen. Und Sascha hatte bereits tief und fest geschlafen, als ich ins Bad ging.

War die Kellertür zugesperrt? Hatte ich die Terrassentür geschlossen? Jetzt mach dich nicht verrückt, tadelte ich mich selbst. Als ich meinen Körper einseifte, hörte ich wieder einen undefinierbaren Laut. Ängstlich drehte ich mich um und sah zur Tür. Sie war verriegelt, doch dieses Schloss konnte man von außen öffnen, wie Alex mir schon des Öfteren eindrucksvoll demonstriert hatte. Von Angst getrieben fuhr ich hastig fort mich einzuseifen. Dabei sah ich mich immer wieder zur Tür um. Als ich mit der Brause meine Haare abspülte, legten sich plötzlich zwei Hände auf meine Schultern und drückten mich nach unten. Ich erschrak fast zu Tode, riss den Mund auf, um zu schreien, doch im nächsten Moment war ich schon unter Wasser und schluckte davon so viel, dass ich dachte, ich müsste ertrinken. Todesangst ergriff mich und ich hatte nur einen einzigen panischen Gedanken. Lenas Lover war in unser Haus eingedrungen und wollte mich ertränken! Die Hände ließen von mir ab und ich tauchte prustend, hustend und nach Luft ringend wieder auf. Dazwischen versuchte ich zu schreien und kletterte, so schnell ich konnte, aus der Wanne,

bevor der Eindringling mich wieder versenken konnte. Ich vernahm einen erstaunten Ausruf und erkannte erst jetzt aus meinen nassen, brennenden Augen Alex, der mir half mich aufzurichten. Mich packte augenblicklich eine so unglaubliche Wut, dass ich wie wild auf ihn einschlug und ihn anschrie.
„Bist du wahnsinnig!? Wie kannst du mich nur so erschrecken!"
Alex hielt meine auf seine Brust trommelnden Fäuste fest und versuchte mich mit lauter Stimme zu übertönen. „Aber Liebling, so beruhige dich doch. Was ist denn los? Das habe ich doch schon öfter gemacht, aber da hast du dich nicht so aufgeführt. Wer sollte sich denn sonst so einen Scherz erlauben? In unser Haus kommt doch niemand rein."
„Woher willst du das so genau wissen? Es gibt mehr Verrückte als du denkst! Mach das nie wieder mit mir, sonst vergesse ich mich. Wieso bist du überhaupt schon da?"
Ich riss das Duschtuch, das er mir hinhielt, an mich und wickelte mich darin ein. Alex sah mir bestürzt zu.
„Die letzte OP mussten wir verschieben. Entschuldige, dass ich es wage, nach drei schwierigen Operationen und einem 14-Stunden-Dienst mich in mein Heim zu begeben, um dort so etwas wie Erholung zu finden."
„Das ist noch lange kein Grund, mich zu Tode zu erschrecken."
„Welchen Titel hatte der Thriller, den du vor deinem Bad angesehen hast?"
„Mach dich nicht lustig über mich! Als ob ich Zeit zum Fernsehen hätte!", fauchte ich ihn an.
Er hob beschwichtigend die Hände. „Gut, in Ordnung. Ich frage jetzt besser nicht nach, wie dein Tag war. Sobald du dich emotional in der Lage fühlst, dich mir mitzuteilen, lass es mich wissen. Ich muss jetzt meine Beine hochlegen. Also bis dann."
Er drehte sich um und ging hinaus.
Wie hatte ich den Augenblick herbeigesehnt, bis ich ihm endlich alles anvertrauen konnte und wir beraten würden, wie es nun mit Lena, Patrick und den wortlosen Anrufen weitergehen sollte. Und jetzt stand ich triefend, mit immer

noch klopfendem Herzen und einer gehörigen Portion Wut im Bauch im Bad und sah mich außerstande, auch nur ein Wort über diesen verdammten Tag loszuwerden. Ich duschte meinen immer noch eingeseiften Körper ab, cremte mich ein und föhnte die Haare so sorgfältig wie schon lange nicht mehr. Währenddessen beruhigte ich mich zusehends und fühlte mich schließlich gelassen genug, meinem Gatten gegenüberzutreten, um ihm alles zu erzählen.

Als ich ins Wohnzimmer kam, lag Alex in seinem ledernen Lehnsessel und schlummerte friedlich, die Zeitung auf seinem Bauch hob und senkte sich leicht. Wollte ich ihn jetzt wirklich aufwecken, um ihm von Lenas moralischer Verfehlung, anonymen Anrufen, Patricks boshaftem Verhalten, meiner verpatzten Mathearbeit und den netten Elterntelefonaten zu erzählen? Ganz schön viel für einen einzigen Tag! Es wäre sinnlos. Er schlief schon zu fest. Wenn er jetzt aufwachte, würden nur unqualifizierte Antworten folgen, mit dem Ziel, mich so schnell wie möglich zu beruhigen, damit er weiterschlummern konnte.

Seufzend nahm ich den Telefonhörer und rief Babs an, was sich aber bald als ein Schlag ins Wasser herausstellen sollte. Meine Freundin hatte gerade mit massiven Unstimmigkeiten in ihrer Ehe zu kämpfen. Sie hegte den Verdacht, dass Hugo sie betrog, was meiner Meinung nach völliger Blödsinn war. Hugo war kein Fremdgehertyp.

Außerdem war sie mit Josef nicht einer Meinung, was den künstlerischen Inhalt seiner Bilder betraf. Babs fand sie zu duster und konnte der Darstellung allen möglichen Ungeziefers auf der Leinwand nichts Positives abgewinnen. Josef wiederum nahm ihr das äußerst übel. In einem fort heulte und schniefte sie, wie blöd doch alles sei. Ich legte kurzerhand den Hörer beiseite, schaltete auf Freisprechen und fing an meine Fingernägel zu feilen. Es hatte keinen Zweck, ihr von meinen Problemen zu erzählen. Der Ausnahmezustand, in dem sie sich befand, verklebte ihr förmlich die Ohren für die

Belange anderer Zeitgenossen. Also wartete ich geduldig ab, bis sie all ihre Seelenpein vor mir ausgebreitet hatte, während meine Fingernägel wieder eine perfekte Form erhielten. Am Ende ihres Monologs machten wir wenigstens noch ein Treffen in der Ferienwoche aus, um zum Einkaufen und zur Kosmetikerin zu gehen, und legten auf.
Wütend warf ich das Telefon auf meinen Schreibtisch. War ich eigentlich nur von Egoisten umgeben? Warum ließ ich mir das gefallen? Babs ließ mich vor lauter Problemen mit Hugo und Josefs Käferbildern kaum zu Wort kommen und Alex schlief den Schlaf des Gerechten.
Wozu war ich eigentlich verheiratet? Es musste doch möglich sein, auch an stressigen Tagen über meine Probleme reden zu können. Ganz nach dem Motto *in guten wie in schlechten Tagen!* Und heute war eben ein schlechter. Entschlossen begab ich mich ins Wohnzimmer und berührte Alex, der immer noch tief und fest schlief, sanft am Arm. Er schlug die Augen auf und sah mich verwirrt an.
„Was, was machst du denn in der Klinik?"
„Du bist zu Hause, Liebling, schlaf ruhig weiter!"
Kaum dass ich den Satz ausgesprochen hatte, waren seine Augen schon wieder zugefallen. Sein Tag musste wirklich sehr anstrengend gewesen sein. Er wusste ja nicht einmal wo er sich befand, und ich müsste ihm wahrscheinlich erst einmal mühsam beibringen, dass ich wieder an einer Schule arbeitete. Dazu war ich zu müde. Frustriert verdrängte ich all die quälenden Gedanken und ging keine zwei Stunden später zu Bett. Aber erst nachdem ich meinen Gatten mit größter Anstrengung wach bekommen hatte, um ihn auch ins Bett zu schicken. Ich tat dies nicht etwa aus Nächstenliebe, mein Motiv war vielmehr egoistischer Natur. Ohne mein Zutun wäre er nämlich mit Sicherheit mitten in der Nacht aufgewacht und hätte mich beim Zubettgehen hundertprozentig aufgeweckt, wenn sein Schienbein wieder treffsicher die Bettkante touchierte. Und so etwas schätzte ich gar nicht.

KAPITEL 10

„Was hast du in der Angelegenheit Lena eigentlich unternommen?", fragte Sabine.
„Nichts!", antwortete ich missmutig und nahm einen großen Schluck Sekt. Ich wollte jetzt nicht darüber sprechen. Schließlich war ich zu ihr gekommen, um wie alle anderen Gäste ihren Geburtstag zu feiern. Jan, der neben mir stand, sah mich erstaunt an.
„Wie nichts?", fragte Sabine ungläubig. „So etwas kannst du doch nicht auf dir sitzen lassen, also hör mal!"
„Ich habe ihr heute Morgen noch einmal ins Gewissen geredet und ihrem Verlobten Hausverbot erteilt. Mehr wollte ich nicht tun, da ich keine Zeit habe, mich nach einer neuen Haushaltshilfe umzusehen, das sagte ich doch schon!"
„Und dein Mann? Was meint der dazu?"
Ich stöhnte leise. „Können wir das Thema wechseln? Ich möchte einfach mal abschalten."
„Aber sicher, du hast Recht, heute sind wir zum Feiern und nicht zum Problemewälzen zusammengekommen."
Sie schenkte Sekt nach und stieß mit mir und Jan fröhlich an. Ich war erleichtert, nicht mehr über dieses leidige Thema reden zu müssen. So blieb es mir erspart, erzählen zu müssen, dass mein eigener Mann mich kurzzeitig in Todesängste versetzt und danach selig bis zum frühen Weckerklingeln geschlafen hatte. Er war aus dem Haus gegangen, bevor Lena kam. Somit hatte ich unter vier Augen mit ihr gesprochen. Wie erwartet hatte sie ziemlich muffig auf meine Strafpredigt reagiert.
„Ich hatte meinen Verlobten drei Wochen nicht mehr gesehen. Ich war gerade beim Betten machen, als er kam. Ich wollte ihn nicht wegschicken", erklärte sie übellaunig.
Ich hatte tief Luft geholt bevor ich antwortete. „Ein für alle Mal: Ich möchte, dass Sie während Ihrer Arbeitszeit nur Ihre Aufgaben erledigen und keine Besuche empfangen, ansonsten muss ich mich von Ihnen trennen. Haben Sie mich verstanden!"

Sie hatte daraufhin etwas Ähnliches wie eine Entschuldigung gemurmelt und war dann mit finsterem Blick in der Küche verschwunden, um das Frühstück zu richten.
Eine Hand legte sich auf meine Schulter und riss mich aus meinen Gedanken. „Soll ich dir Baguette mit Lachs vom Buffet mitbringen? Ich glaube, du brauchst etwas Stärkung."
Es war Jan, und in der Art, wie er mich ansah, konnte ich förmlich spüren, dass er genau wusste, was in mir vorging. Ich nickte dankbar. Es war unglaublich, aber mein Parallelkollege wusste über mein Seelenleben besser Bescheid als mein eigener Gatte. Kein schöner Gedanke, aber Tatsache. Alex' Beruf raubte uns viel gemeinsame Zeit und wenn wir zusammen waren, musste er sich erholen. So wie gestern Abend. Wie sollte er auch wissen, was mich bewegte, wenn ich ständig Rücksicht auf ihn nahm und schwieg? Das musste sich ändern, und zwar bald.
„Guten Appetit!" Jan hielt mir ein Lachsschnittchen unter die Nase.
„Mmh, danke, wenigstens einer, der sich um mein leibliches Wohl kümmert", sagte ich und biss genussvoll in die Baguettescheibe.
„Immer gern zu Diensten."
Wir lachten beide und unterhielten uns dann angeregt über alles außer schulischen Themen. Immer wieder brachte er mich zum Lachen und ich fühlte mich seit langem wieder richtig wohl und beschwingt. Es war mir in diesem Moment auch egal, was die anderen Gäste dachten, wenn sie uns in so trauter Zweisamkeit sahen. Nichts und niemand sollte meine euphorische Stimmung zerstören. Diese Stimmung war wohl auch schuld daran, dass ich mich dazu hinreißen ließ, Jan spontan zu umarmen, als er mich wieder zum Lachen gebracht hatte, und ihm ins Ohr zu raunen: „Du tust mir so gut, ich bin wirklich froh, dass es dich gibt."
Er sah mich daraufhin tiefgründig an und küsste mich auf die Wange.

„Mir geht es genauso", flüsterte er mir ins Ohr und wir lächelten uns verständnisinnig an. Der Zauber dieses Augenblicks währte nicht lange, denn Inge kam auf uns zu, sah mich wie üblich unverhohlen von oben bis unten an und prostete uns dann scheinheilig zu.

„Sag mal, Isabel, was war denn das gestern für ein Lärm in deinem Klassenzimmer? Ich war kurz davor, zu dir hochzukommen. Wir haben gerade ein Diktat geschrieben und du weißt ja, wie störend da jedes Geräusch sein kann."

Wäre sie doch gekommen, dann hätte sie jetzt keinen Grund gehabt, mir so unsäglich auf die Nerven zu gehen. Ich hatte keine Lust, mich zu rechtfertigen, dass ich mich nach besagter Mathearbeit in einem Ausnahmezustand befunden und deshalb die Schüler außer Acht gelassen hatte.

Kurz angebunden entschuldigte ich mich und hoffte inbrünstig, dass sie verschwände, aber leider vergebens. Sie quälte mich, indem sie Janina zum Gesprächsthema erhob und mir gute Ratschläge für den Umgang mit ihr erteilte. Widerwillig hörte ich mir ihren Vortrag an und überlegte, wie ich sie am schnellsten loswerden konnte. Wieso war sie eigentlich auf der Gästeliste? Ich war immer davon ausgegangen, dass Sabine sie genauso wenig leiden konnte wie ich. Wahrscheinlich hatte sie sich samt ihrem Mann selbst eingeladen, was mich nicht wundern würde.

Ich warf Jan einen hilfesuchenden Blick zu. Plötzlich quäkte Inge laut auf und der gesamte Inhalt ihres Rotweinglases ergoss sich auf meinen beigefarbenen Hosenanzug. Das rote Nass schwappte zuerst auf den Blazer und dann auf die Hose. Ich schrie kurz auf und wich nach hinten aus. Dabei stieß ich jemanden an, der daraufhin seiner Gesprächspartnerin den Sekt in den Ausschnitt schüttete, worauf ein gellender Schreckensschrei ertönte. Es war wie in einer Slapstickkomödie.

Inge entschuldigte sich x-mal. „Tut mir leid, das wollte ich nicht. Jemand hat mich geschubst. Oje, oje, hoffentlich geht das wieder raus! Entschuldige vielmals!", stotterte sie herum und wischte dabei aufgeregt mit einer grünen Serviette an meinem Hosenanzug herum. Entsetzt sah ich, dass die Serviette begann grüne Spuren zu hinterlassen, und riss sie Inge panisch aus der Hand. „Lass das. So wird es nur noch schlimmer!"

Hubert, pikanterweise Inges Mann, tupfte in seiner Aufregung wenig gentlemanlike am Ausschnitt seines Opfers herum, bis dieses sich empört wehrte. Sosehr ich mich auch über die Rotweinflecken ärgerte, so lustig fand ich die Szenerie andererseits und konnte eine gewisse Schadenfreude nicht im Zaum halten, als ich Inges Reaktion auf Huberts tollpatschige Hilfeleistungen sah. Es folgten ein schrilles „Hubert!", ein fester Griff um seinen Oberarm und eine saftige Moralpredigt. Das zu sehen erfüllte mich mit so großer Zufriedenheit, dass ich laut anfing zu lachen. Jan, der das ganze Schauspiel erschrocken verfolgt hatte, ließ sich von meinem Gelächter anstecken.

„Du meine Güte, dein schöner Anzug!", entsetzte sich Sabine, als sie mich sah. In ihrem Blick konnte ich Unverständnis darüber entdecken, wieso ich trotzdem so herzlich lachen konnte.

„Macht doch nichts", gluckste ich, „wofür gibt es eine Reinigung, außerdem ist das nicht mein einziger. Hast du eigentlich gesehen, wie sich Inges Mann, am Dekolleté von Silke zu schaffen machte? Unbezahlbar, dieser Anblick, sage ich dir. Und die Reaktion von unserer Giftschleuder Inge erst! Das ist schon ein paar Rotweinflecken im Anzug wert!"

Ich lachte hemmungslos, aber Sabine war mein Missgeschick anscheinend sehr unangenehm, denn sie konnte an meinem Heiterkeitsausbruch keinen Anteil nehmen.

Der restliche Abend verlief ohne weitere Zwischenfälle, vor allem nachdem Inge schlecht gelaunt mit ihrem Hubert das Fest verlassen hatte. Selbst Sabine lachte Tränen, als Silke die tölpelhaften Versuche Huberts, ihr Dekolleté trocken zu bekommen, schilderte. Es war ein so schönes Gefühl, endlich einmal gedanklich abzuschalten und sich amüsieren zu können. Wenn ich zu dem Zeitpunkt gewusst hätte, dass mir das Lachen bald vergehen sollte, hätte ich dieses Gefühl bestimmt noch mehr ausgekostet.

So aber fuhr ich am nächsten Tag beschwingt zur Schule. Noch vier Tage bis zu den Ferien. Endlich! Eine ganze Woche ohne Patrick und Co, keine Kollegen, keine Familie, nur uneingeschränkte Zeit für mich und meine Bedürfnisse.

Inge war wie erwartet äußerst einsilbig und wenn sie sich herabließ, das Wort an mich zu richten, dann fiel das sehr unfreundlich aus. Ich ignorierte sie, so gut es ging. Schließlich konnte ich nichts dafür, wenn ihr Mann sich in Gesellschaft wie ein Einfaltspinsel benahm.

In der dritten Klasse ließ ich noch einen Aufsatz schreiben, den ich dann in Ruhe in der nächsten Woche korrigieren konnte. Die Schüler zeigten schon eine gewisse Schulmüdigkeit, was sich durch Unaufmerksamkeit und Geschwätzigkeit äußerte. Besonders Janina zeigte Konzentrationsschwierigkeiten und reagierte aufmüpfig, wenn ich sie ansprach. Ich hatte in-zwischen so viel Selbstbeherrschung gewonnen, dass ich nicht gleich laut wurde, sondern sie nur streng und bestimmt in die Schranken wies. Etwas Zugang zu ihrem Innenleben hatte ich gefunden, nachdem ich mich ab und zu nach der letzten Stunde mit ihr unterhalten hatte. In diesen Gesprächen fasste sie von Mal zu Mal mehr Vertrauen zu mir und erzählte mir immer offener von ihren Nöten. Ich erfuhr, dass ihre Eltern an Scheidung dachten. Der häusliche Unfrieden, der Mangel an Geborgenheit und der Erfolgsdruck, unter den ihr Vater sie stellte, verunsicherten sie sehr. Der Vater wachte mit Argus-augen darüber, dass man ihr kein Haar krümmte, und drohte gleich mit dem Rechtsanwalt, wenn etwas schieflief. Aber im Grunde genommen geschah dies nicht aus wirklicher Liebe zu seinem Kind, sondern weil er ein

Mensch war, der gerne Machtspielchen auslebte. Janina tat mir inzwischen nur noch leid.

Ihr Vater hatte mich seit dem ersten unerfreulichen Gespräch noch dreimal angerufen, um sich über Inhalt oder Umfang der Hausaufgaben zu beschweren. Ich hatte ihn beim letzten Anruf höflich, aber bestimmt, gebeten, Probleme nicht am Telefon zu besprechen, sondern meine wöchentliche Sprechstunde in Anspruch zu nehmen. Seine Antwort fiel dementsprechend aus. Was ich mir denn einbilde, wer ich sei. Er könne in seinem wichtigen Job schließlich nicht extra Urlaub nehmen, nur um mir zu sagen, dass der Inhalt der Hausaufgabe in seinen Augen idiotisch sei oder Janina meine Aufgabenstellung nicht verstehen könne usw. Ich hatte mich aber nicht einschüchtern lassen und trotzdem auf die Einhaltung der offiziellen Sprechstunde bestanden. Wutentbrannt hatte er daraufhin den Hörer aufgelegt und mich noch als sture Bürokratin bezeichnet. Das war vor etwa zwei Wochen gewesen. Seitdem hatte ich nichts mehr gehört.

Mit Patrick war ich noch keinen Schritt weitergekommen. Seit der Rückgabe seiner katastrophalen Englischarbeit verhielt er sich mir gegenüber noch rebellischer. Er gab tatsächlich mir die Schuld an seinem schlechten Abschneiden. In der Englischstunde am letzten Schultag vor den Ferien weigerte er sich vehement, mir sein Englischheft zu geben. Alle anderen hatte ich schon eingesammelt, um sie zum Korrigieren mit nach Hause zu nehmen. Ich stand vor ihm und streckte meine Hand aus, in die er das Heft legen sollte.

„Ich habe es nicht dabei!", sagte er und sah mich herausfordernd an.

„Patrick, noch vor fünf Minuten habt ihr alle eine Grammatikregel eingetragen. Auch du. Also wo ist es?"

Seine Augen verengten sich zu Schlitzen und blitzten mich feindselig an. „Sehen Sie es irgendwo? Ich habe es nicht dabei, das sagte ich doch schon."

Er rutschte auf seinem Stuhl nach unten, streckte seine Beine von sich und steckte beide Hände in die Hosentaschen. Dabei sah er mich provozierend, den Mund zu einem spöttischen Grinsen verzogen, an. Im Klassenzimmer herrschte auf einmal gespenstische Ruhe. Alle waren gespannt, wie dieser Zweikampf wohl ausgehen würde. Ich musste jetzt die Oberhand behalten, sonst war der letzte klägliche Rest an Respekt, den die übrigen Schüler mir entgegenbrachten, auch noch verloren.

„Gut, du kannst es dir aussuchen, entweder du gibst mir jetzt das Heft oder ich gebe dir gleich eine Sechs für Heftführung. Du hast Zeit bis zum Klingelzeichen."

Seelenruhig ging ich zum Lehrerpult zurück und gab noch Anweisungen, wie viele Seiten von der Englischlektüre die Schüler in den Ferien lesen sollten. Lautes Murren machte sich breit.

„Also kommt schon. Es sind bloß fünf Seiten. Da habt ihr auf alle Fälle mehr davon als vom stundenlangen Computerspielen. Ich wünsche euch schöne erholsame Ferien."

Vereinzelt hörte ich ein „Schöne Ferien, Frau Seland!" Das war mehr, als ich erwarten konnte, und ich freute mich darüber, denn endlich war der ersehnte Augenblick gekommen. Der letzte Schultag war zu Ende. Jetzt musste ich nur noch Patricks Heft bekommen, dann konnten die Ferien beginnen.

Ich ging noch einmal zu Patrick, der neben dem Tisch stand, und sah ihn an. „Also, wozu hast du dich entschlossen?"

Sein Blick aus halb geschlossenen Lidern bohrte sich förmlich durch mich hindurch. Ich hatte große Mühe, mir nicht anmerken zu lassen, dass ich nur noch Angst vor diesem Kerl hatte. Mit provozierend langsamen Bewegungen holte er sein Heft aus dem Schulranzen und hielt es mir hin.

„Schöne Ferien, Frau Seland!", sagte er mit sarkastischem Unterton und ließ das Heft auf den Boden fallen, bevor ich es an mich nehmen konnte.

KAPITEL 11

Im Lehrerzimmer hatten sich die meisten schon eingefunden, um sich bei einem kleinen Umtrunk auf die Ferien einzustimmen. Ich begab mich zur Gruppe der Grundschullehrer und stellte meine Tasche ab. Jan lächelte mich an und besorgte mir gleich ein Glas mit Sekt Orange.
„Danke, das kann ich jetzt brauchen. Dieser Patrick kostet mich noch den letzten Nerv."
Sabine horchte auf und widmete mir sofort ihre ganze Aufmerksamkeit. „Was ist denn jetzt wieder passiert, du Ärmste!"
„Zuerst hat er sich geweigert mir sein Arbeitsheft mitzugeben. Irgendwann konnte ich ihn dann dazu überreden, und was macht er? Hält mir das Heft hin und lässt es vor mir auf den Boden fallen. Toll, nicht?!"
Sabine schüttelte ergriffen den Kopf. „Was die Schüler sich manchmal so erlauben! Wie hast du reagiert?"
„Ich habe ihn gebeten wie vernünftige Menschen miteinander zu sprechen. Aber er warf mir gleich vor, dass ich ihn dauernd zu Sachen zwingen würde, die er nicht will. Ich habe natürlich gesagt, dass ich von ihm auch nicht mehr verlange als von der übrigen Klasse."
„Und ist die Botschaft angekommen?", fragte jetzt auch Jan interessiert.
„Ich glaube nicht. Jedenfalls habe ich darauf bestanden, dass er das Heft vom Boden aufhob. Denn das konnte ich wirklich nicht auf mir sitzen lassen."
Die anderen nickten zustimmend.
„Ja und dann? Hat er es gemacht? Erzähl schon!", drängte Sabine.
„Nein, er wollte gehen, also habe ich ihm ein Vier-Augen-Gespräch mit Herrn Bausch angedroht. Das hat sofort geholfen! Er hat das Heft aufgehoben und auf den Tisch geworfen. Aber wenn Blicke töten könnten, sag ich euch. Mich gruselt es, wenn ich nur daran denke! Beim Verlassen des Klassenzimmers hat er noch ‚verdammtes Hurenweib'

gemurmelt. Ich tat so, als hätte ich es nicht gehört. Mein Bedarf an Streit mit ihm war reichlich gedeckt."
Ich nahm einen Schluck und genoss die anteilnehmenden Kommentare meiner Kolleginnen.
Doch am meisten genoss ich Jans mitfühlendes Streicheln seiner Hand über meinen Rücken. Er beugte sich herab und raunte mir ein paar tröstende Worte ins Ohr. Sein Mitgefühl war wie Balsam auf meiner wunden Seele und ließ mich die ganze leidige Angelegenheit leichter ertragen.
Bald begaben sich die Ersten auf den Heimweg und auch ich beschloss den Rückzug anzutreten.
„Also, ihr Lieben, ich werde nach Hause fahren. Schöne Ferien und erholt euch gut."
„Das wirst du wohl am nötigsten haben. Sehen wir uns mal?", fragte Sabine.
„Ja vielleicht. Wir können ja telefonieren. Tschüss!"
Ich umarmte sie und gleich darauf kam Jan zu mir. „Erhole dich gut! Wenn dir langweilig ist, dann ruf einfach an."
Er nahm mich in die Arme und gab mir auf beide Wangen ein Küsschen, was Inge mit einem missbilligenden Blick quittierte. Auch die übrigen Lehrerinnen sahen argwöhnisch zu uns herüber. Sobald wir das Lehrerzimmer verlassen hätten, würden sie über uns tuscheln und Vermutungen aller Art anstellen.
„Umarme die anderen auch zum Abschied!", flüsterte ich ihm deshalb schnell zu.
„Wie bitte?" Er sah mich verständnislos an.
„Tu es einfach. Mir zuliebe." Ich klopfte ihm freundschaftlich auf die Schulter und verließ dann das Lehrerzimmer.
Draußen auf dem Schulhof blieb ich für einen kurzen Moment stehen. Es war einer dieser ruhigen und sonnigen Spätherbsttage, die ich so liebte. Ich schloss die Augen, ließ die Sonne auf mein Gesicht scheinen und sog genussvoll die milde Herbstluft ein, die erstaunlicherweise Ende Oktober immer noch herrschte. Das waren die Momente im Leben, die man

viel bewusster wahrnehmen und genießen sollte. Besonders in stressigen Zeiten konnten sie einem ein Gefühl von Lebensfreude verleihen, so wie in diesem Augenblick. Voller Vorfreude auf die kommende Woche ging ich weiter zu meinem Auto und sah den Zettel, der hinter dem Scheibenwischer klemmte, erst als ich schon am Steuer saß. Ich angelte nach dem Stück Papier ohne auszusteigen und faltete es auf. In ungelenken Großbuchstaben stand Folgendes geschrieben.

GENIESEN SIE DIE FERIEN: ES KÖNTEN FÜR SIE DIE LETZTEN SEIN, SIE SCHLAMPE! SIE VERDAMMTE SCHLAMPE!!

Von einer Sekunde zur anderen verschwanden meine Glücksgefühle im Nichts und machten blankem Entsetzen Platz. Mit zitternden Händen starrte ich auf den Zettel. Wer drohte mir so massiv? Aufgrund der krakeligen Schrift und der Rechtschreibfehler schloss ich auf einen Schüler. Und dabei fiel mir nur ein einziger ein, der in Frage kommen könnte: Patrick! Er hatte mich verdammtes Hurenweib genannt und mit bösen Blicken förmlich vernichtet. Ich warf das Stück Papier angewidert auf den Beifahrersitz und lehnte mich mit geschlossenen Augen zurück. Wie sehr musste er mich hassen. Ich zwang mich ruhig zu bleiben, aber dieses grauenhafte Gefühl der Bedrohung ergriff ganz und gar Besitz von mir. Noch nie in meinem bisherigen behüteten Leben war ich mit Gewalt in irgendeiner Form konfrontiert worden. Es war mir, als säße ich in einer Falle und wüsste nicht, was mit mir weiter geschehen sollte.
Die Tür meines Autos wurde aufgerissen. Vor Schreck stieß ich einen lauten Schrei aus.
„Hey Isabel, ich wollte dich nicht erschrecken. Ich dachte, du hättest mich gesehen."
Es war Jan und ich gab einen tiefen Seufzer der Erleichterung von mir.

„Oh Jan, ich dachte, ich dachte, du seist, oh mein Gott, meine Nerven machen das nicht mehr lange mit!"
„Was ist denn los?"
Wortlos gab ich ihm den Zettel. Jan schüttelte nur entsetzt den Kopf. „Denkst du dabei an Patrick?"
„Wer sollte sonst so etwas schreiben? Das ist die Retourkutsche für die Auseinandersetzung heute. Ach Jan, was soll ich denn jetzt tun?"
„Du musst unbedingt mit Hans darüber sprechen. Er ist sein Klassenlehrer und muss etwas dagegen unternehmen."
„Hast du sonst noch irgendwelche Ratschläge auf Lager? Entschuldige, aber Hans ist der Letzte, der mir helfen kann. In seinen Augen bin ich einfach zu schwach und verstehe es nicht, mich durchzusetzen, sprich ich bin selber schuld. Er kann mich nämlich aus irgendeinem Grund nicht sonderlich leiden. Pass mal auf! ... Haaans! Warte, Hans!"
Ich sprang aus dem Auto, riss Jan den Zettel aus der Hand und winkte damit Hans zu mir her. Dieser bewegte sich mit einem Fragezeichen im Gesicht auf mich zu. Ich ging ihm keinen einzigen Schritt entgegen, damit Jan seine Reaktion verfolgen konnte.
„Was gibt es?" Er nahm seine Arbeitstasche von der Schulter und klemmte sie zwischen seine Beine. Ich gab ihm den Zettel. „Was hältst du davon?"
Hans hob die Augenbrauen und gab mir das Geschreibsel wieder zurück. „Gar nichts, wenn ich ehrlich sein soll!"
„Wie bitte?! Dieser Satz klingt nach einer Morddrohung und dich lässt das völlig kalt? Du weißt ganz genau, dass nur Patrick dafür in Frage kommt."
„An dieser Schule hat schon einmal eine Kollegin Drohbriefe erhalten, aber es ist nicht das Geringste passiert. Das ist eben oft die einzige Möglichkeit, sich für schlechte Zensuren zu rächen. Hast du Patrick nicht neulich eine 5 – 6 in Englisch verpasst?"
„Ja schon, aber ..."

„Na siehst du, der klassische Fall. Lass dir die Ferien deswegen nicht verderben, und wenn die Schule wieder begonnen hat, ignoriere Patrick gegenüber einfach die Existenz dieser Botschaft. Dann hört er von selber wieder auf, du wirst sehen. Ich muss jetzt meine Mutter abholen. Schöne Ferien."
Jan und ich sahen ihm zu, wie er zu seinem Polo schlurfte.
„Weißt du jetzt, was ich meine? Ich werde ständig mit Pauschalurteilen und guten Ratschlägen abgespeist, aber ernst genommen fühle ich mich deswegen keineswegs. Ich habe es so satt!"
„Ja, ich hatte auch den Eindruck, dass er dich und dein Problem möglichst schnell loswerden wollte. Aber in einem hat er vielleicht Recht. Du solltest das Ganze nicht überbewerten und dich die Ferien über damit belasten. Patrick sieht, dass du Angst hast, und jetzt bereitet es ihm tierisches Vergnügen dir noch mehr Schrecken einzujagen."
Ich konnte nicht glauben, solche Worte aus Jans Mund zu hören.
„Entweder liegt es an der Ferienlaune oder am Mannsein, dass ihr die massive Bedrohung nicht sehen wollt. Und das in Zeiten, in denen es schon tote Lehrer gegeben hat, die genau solche Konflikte mit den Schülern hatten. Vielen Dank für die seelische Unterstützung!"
Bevor er etwas erwidern konnte, kam Sabine zu uns und ich zeigte ihr gleich das Corpus Delicti.
„Das ist ja furchtbar! Glaubst du, das war Patrick? Du musst sofort zur Polizei gehen!"
Triumphierend sah ich Jan an. Die unterschiedliche Wahrnehmung lag also doch im Geschlechterunterschied begründet.
„Hans und Jan sind der Meinung, ich solle mir wegen dieses Zettelchens die Laune nicht verderben lassen. Das sei alles mehr oder weniger normal. Korrigier mich, wenn ich es falsch interpretiert habe, Jan!"
Dieser konnte wieder nicht antworten, da Sabine ihm einen

ordentlichen Puffer in die Seite gab und er sich kurz krümmen musste.

„Also weißt du, wie kannst du das nur so auf die leichte Schulter nehmen. Isabel durchleidet Todesängste, und du …!" Jan hob abwehrend beide Hände in die Höhe. „Schon gut, schon gut, ich entschuldige mich tausendfach. Ich wollte ihr doch nur helfen, das Ganze nicht zu sehr an sich ranzulassen, sonst kann sie ja die freie Zeit gar nicht mehr genießen. Wirklich, ich wollte damit nicht sagen, dass du hysterisch bist. Mir wäre ehrlich gesagt auch nicht wohl, wenn ich so eine Botschaft erhalten würde. – Wieder gut?"

Er lächelte mich auf seine ihm eigene bezaubernde Art an und ich wurde wieder wachsweich. Man konnte ihm einfach nicht lange böse sein. Deswegen umarmte ich ihn noch einmal fest und versicherte, dass ich es ihm nicht übel nahm.

„Du kannst ja nichts dafür, bist eben ein Mann … Jetzt fahre ich nach Hause und hole mir den dritten qualifizierten Ratschlag einer männlichen Person, der mit Sicherheit nicht sehr viel anders ausfallen dürfte als die eben gehörten."

Zu Hause angekommen traf ich Alex im Schlafzimmer an, wo er bereits fröhlich pfeifend Hemden, Pullover, Socken und Unterwäsche für seinen Wanderurlaub auf dem Bett stapelte. Er strahlte mich gut gelaunt an, als ich das Zimmer betrat, und umarmte mich.

„Na, besonders fröhlich siehst du ja nicht gerade aus. Vermisst du mich etwa schon, bevor ich überhaupt weg bin?", scherzte er und küsste mich auf die Stirn.

Ich nahm keine Rücksicht auf seine gute Laune. Ohne Umschweife erzählte ich von meinen Schwierigkeiten mit Patrick und zeigte ihm den netten Feriengruß. Er hörte geduldig zu und sah mich dann zweifelnd an.

„Die Jugendlichen sind ganz schön dreist heutzutage, aber bitte miss dem Ganzen nicht zu viel Bedeutung bei. Der Junge weiß scheinbar nicht, wohin mit seiner Wut, und du bist eben

ein willkommenes Opfer, weil du wie gewünscht mit Angst reagierst. Bei seinem Klassenlehrer traut er sich ja auch nicht so aufzutreten. Lass es nicht zu sehr an dich ran, Schatz."
Er strich mir liebevoll über den Kopf und ich ließ mich resigniert auf das Bett zwischen Unterhosen und Socken fallen. Aus welchem Grund hätte er auch anders reagieren sollen als die beiden Männer, mit denen ich es heute zu tun gehabt hatte. Vielleicht weil er *mein* Mann war und ich deshalb etwas mehr Mitgefühl erwartet hatte!
„Dreist ist ja wohl leicht untertrieben. Das ist der reinste Psychoterror! Du hast ja gar keine Ahnung, wie sehr er mich hasst."
„Glaubst du, vier Paar normale und drei Paar Wandersocken reichen mir für eine Woche?"
Ich stöhnte.
„Alex, ich habe soeben einen Drohbrief erhalten und deswegen Riesenängste. Es interessiert mich kein bisschen, wie viele Socken du einpacken willst", antwortete ich lauter werdend.
In seinem Gesicht zeichnete sich genau ab, wie seine gute Laune zu sinken begann.
„Entschuldige, aber du weißt, dass ich morgen ganz früh mit Rainer nach Südtirol fahre, und da ich meine viel beschäftigte Frau nicht mit Kofferpacken belästigen will, mache ich es eben selbst. Übrigens, könntest du Lena mal beibringen, Businesshemden und Freizeithemden getrennt einzuräumen? Außerdem wirft sie die Unterhosen einfach wie auf einem Wühltisch in die Schublade und bei den Socken herrscht ein heilloses Durcheinander. Lange, kurze, dünne, wollene, Sportsocken, alle bunt gemischt. Bei dir war immer alles sortiert und ordentlich. Da musste ich nie suchen."
Es war ihm tatsächlich gelungen, vom Thema Drohbrief, der mich in Todesängste versetzte, abzulenken und über die Sortierung seiner Socken und Unterhosen zu reden! Ich schluckte den Ärger darüber hinunter und rächte mich, indem

ich ihm endlich von Lena und ihrer sittlichen Entgleisung erzählte.
„Wie bitte? Und das erfahre ich erst jetzt?"
„Wann hätte ich es dir denn erzählen sollen? Du kommst immer spät nach Hause und wenn du da bist, liegst du erschöpft in deinem Relaxstuhl. Ich habe nur Rücksicht auf dich genommen." Es fiel mir zusehends schwerer, den aufkeimenden Ärger zu unterdrücken.
„Du hättest sie feuern sollen. Sie hatte von Anfang an Schwierigkeiten gemacht."
„So einfach ist das nicht. Außerdem hatte ich keine Lust, nach einer neuen Haushaltshilfe zu suchen. Das nächste Mal erzähle ich dir sofort, wenn etwas nicht in Ordnung ist, dann kannst *du* ja die richtige Entscheidung treffen", schmollte ich und warf seine verdammten Socken wahllos in den Koffer.
„Lass das, ich packe selber. Und ich dachte, es wäre alles in schönster Ordnung, weil du nie etwas gesagt hast. Jetzt ist genau das eingetreten, was ich von Anfang an befürchtet habe. Unser Leben gerät immer mehr durcheinander. Du bist nervlich so angespannt, dass dich schon die Frage, wie viele Socken für eine Woche angebracht sind, aus der Fassung bringt. Übrigens …", sagte er schelmisch grinsend, „es gibt ein Buch auf dem Markt, in dem Frauen von einer Frau geraten wird, ihrer Familie zuliebe auf Karriere zu verzichten und sich intensiv um Heim und Familie zu kümmern. Hättest du mehr nach dem Eva-Prinzip gehandelt, dann müsstest du jetzt dein Schlafzimmer nicht mit deiner Haushälterin teilen."
Ich konnte an dieser schrägen Bemerkung ganz und gar nichts Lustiges finden.
„Mach jetzt keine Witze, du alter Chauvi. Und lass dir bloß nicht einfallen mir dieses Buch unter den Weihnachtsbaum zu legen. Ich denke nicht, dass du ernsthaft mit mir eine Grundsatzdiskussion über Frauen und Selbstverwirklichung führen möchtest. Glaube mir, du würdest den Kürzeren ziehen! Ich will einfach nur ernst genommen werden", sagte

ich angriffslustig.

„Isabel, jetzt sei nicht so sauer. Das war doch nur ein Scherz. Ich will auch, dass du in deinem Beruf glücklich bist und mir ist das Ganze keineswegs gleichgültig, nur weiß ich leider nicht, wie ich dir im Moment helfen kann. Ich denke Patrick wird nichts unternehmen. Er hat nur Spaß daran eine neue Lehrerin fertigzumachen. Und Lena fliegt beim nächsten Fehltritt in hohem Bogen hinaus. In Ordnung?"

„Deine Welt ist manchmal wirklich einfach gestrickt. Verstehst du denn nicht, ich habe Angst!"

„Ich versuche nur dir beizustehen und dir die Angst zu nehmen. Leider kann ich den Urlaub nicht rückgängig machen. Aber du könntest ja in der Woche bei deinen Eltern bleiben, wenn du dich hier fürchtest."

Seine Tonlage war er jetzt nicht mehr so fürsorglich, sondern etwas gereizt. Mein Göttergatte war gekränkt, weil ich auf seinen Rettungsversuch nicht entsprechend dankbar reagiert hatte.

„Ach Papa, ich wollte ohne Mama zu Oma und Opa fahren. Ihr habt es mir versprochen! Ich lasse dir auch Tyrex, meinen Lieblingsdino, da, der wird dich beschützen, Mamili!", rief Sascha, als er ins Zimmer sprang. Ich sah Alex an und zuckte nur mit den Schultern, womit sich dieses Thema erübrigt hatte. Sascha nahm mich sofort in Beschlag und ich musste ihm beim Packen helfen. Er war ganz aufgeregt und rannte im ganzen Haus herum, um seine Siebensachen zu suchen. Selbst seine Dinosauriersammlung wollte er mitnehmen, was ich aber gerade noch verhindern konnte.

„Schätzchen, du kannst Tyrex mitnehmen und deine anderen Dinos können mich beschützen. Es ist doch auch viel sicherer, wenn ich eine ganze Herde Beschützer habe, meinst du nicht auch?"

Er war sofort einverstanden und drückte mir einen dicken Kuss auf die Wange. Mein Mutterherz zerfloss wieder vor Rührung über mein süßes, aufgewecktes Kerlchen. In den letzten Wochen hatte ich nicht allzu viel Zeit mit ihm verbracht. Ich musste mir eingestehen, dass ich seine Nähe schmerzlich vermisste. Immer nur kurz nachzusehen, ob er mit seinen Hausaufgaben zurechtkam, ihn zu einem Freund, ins Judo oder zum Klavierunterricht zu fahren und abends auf kürzestem Weg ins Bett zu bringen, war auf Dauer einfach zu wenig. Aber Sascha schien es nicht allzu viel auszumachen, was mich einigermaßen beruhigte, denn ich konnte an dem Zustand nichts ändern, auch wenn ich es wollte.

Und jetzt schob ich ihn zu meinen Eltern ab, damit ich einmal Zeit für mich hatte. Am liebsten wäre ich mitgefahren, denn nach diesem Vormittag fand ich es plötzlich gar nicht mehr prickelnd, allein in diesem großen Haus zu hocken, auf jedes Geräusch zu horchen und vor lauter Angst das Alleinsein nicht mehr genießen zu können. Aber andererseits hatte ich auch keine Lust, all meine Pläne über den Haufen zu werfen, nur weil ein Teenager der fixen Idee verfallen war, mich zu hassen. Ich musste mein Leben leben und es nicht einer Fremdbestimmung unterwerfen. Dann hätte Patrick genauso viel gewonnen, wie ich verlieren würde. Und diesen Triumph gönnte ich ihm nicht.

Mit gestärktem Selbstbewusstsein ging ich in die Küche, in der Lena das Mittagessen zubereitete, und ließ mich dazu hinreißen, ihre Zigeunersauce zu loben, nachdem ich ein wenig probiert hatte.

„Kann ich auftragen?", fragte sie aber nur in unfreundlichem Ton und sah mich ohne die Spur eines Lächelns an. Sie war anscheinend immer noch sauer wegen des Rauswurfs ihres Verlobten, dabei hatte ich wohl mehr Grund dazu.

„Vielen Dank", sagte ich unterkühlt und rief nach Alex.

Während des Essens redete eigentlich hauptsächlich Sascha, der uns haarklein aufzählte, was er mit seinen Großeltern alles unternehmen wollte und welche Computerspiele sein Freund besaß, worauf er neidisch war, weil er nur wenige hatte. Alex und ich vermieden es tunlichst, miteinander zu sprechen. Er

war eingeschnappt, weil sein Beschwichtigungskurs nicht wie üblich Erfolg zeitigte, und ich fühlte mich unverstanden. Dass er die Angelegenheit nicht wirklich ernst nahm, ärgerte mich sehr, aber mich zu meinen Eltern abschieben zu wollen, war der Gipfel der Ignoranz. Hauptsache, er war aus dem Schneider und konnte beruhigt seinen Urlaub genießen! Ich musste aufpassen, dass ich mich nicht immer mehr hineinsteigerte und die Sache dadurch noch schlimmer machte, als sie schon war.
Wortlos half ich Lena den Tisch abzuräumen und die Spülmaschine zu füllen.
„Also, Lena, wenn Sie mit der Küche fertig sind, können Sie gehen. Ich erwarte Sie dann pünktlich am Montag in einer Woche zurück. Schönen Urlaub und Gruß an Ihren Verlobten!", sagte ich mit distanzierter Höflichkeit zu ihr. Sie warf mir einen ihrer eiskalten Blicke zu, wünschte mir mit gequältem Lächeln schöne Ferien und hantierte dann laut mit den Töpfen.
Die Hoffnung, dass sich das Verhältnis zwischen uns jemals entspannen könnte, wurde immer kleiner, je lauter Lena beim Geschirreinräumen die Schranktüren zudonnerte.
Ich zog mich in mein Arbeitszimmer zurück und rief Babs an, um mich vom tristen Alltag ein wenig abzulenken.
„Hallo!", rief sie erfreut. „Wir haben ja schon Ewigkeiten nichts mehr voneinander gehört."
„Ja, ich war ziemlich im Stress. Wir müssen uns nächste Woche unbedingt einmal treffen. Was hältst du von einem Besuch bei der Kosmetikerin mit anschließender Shopping-Tour? Ich habe mir schon vorsorglich einen Termin geben lassen. Sag ja, ich habe es dringend nötig!", bettelte ich. Babs willigte sofort ein. Wir redeten noch eine halbe Stunde über alles Mögliche, nur nicht über die Schule und meine Schwierigkeiten.
„Babs, ich muss jetzt zum Tanken fahren. Wir treffen uns am Montag im Kosmetikstudio, ich freue mich!", verabschiedete ich mich schließlich.

„Ja, ich mich auch. Bis dann!"
An der Tankstelle ließ ich mir extra viel Zeit. Der Ärger über Alex' leichtfertige Art mit meiner verfahrenen Situation umzugehen, nagte gewaltig an mir. Es war das erste Mal in unserer Ehe, dass ich es kaum erwarten konnte, endlich allein zu sein. Ich nahm eine Frauenzeitschrift zur Hand und blätterte sie durch.
Wenn Männer nicht zuhören: das größte Problem in jeder zweiten Ehe, lautete der Titel eines Artikels. Dann bin ich wohl nicht die einzige Frau, die mit diesem Phänomen fertig werden muss, wie tröstlich, dachte ich ironisch. Schlecht gelaunt legte ich die Zeitschrift ins Regal. Ich hatte keinen Bedarf, den momentanen Missstand zwischen Alex und mir auch noch schwarz auf weiß, von einer neunmalklugen Journalistin verfasst, nachzulesen.
Ich kaufte ein politisches Magazin, in dem garantiert keine Eheprobleme wiedergekäut wurden, und fuhr nach Hause.
Alex empfing mich an der Haustür. „Wo warst du denn? Wieso sagst du nicht, wenn du außer Haus gehst. Ich suche dich schon überall."
„Ich war nur beim Tanken. Hast du schon fertig gepackt?"
„Ja, bis auf meine Wanderschuhe. Da hat doch glatt so einer dreimal hintereinander angerufen, ohne sich zu melden, dieser Idiot. Hat mich dauernd von meiner Packerei weggejagt. Trinken wir noch gemütlich ein Glas Wein miteinander? Isabel? Was ist mit dir?"
Ich war abrupt stehen geblieben. Wer war das gewesen? Henry, Patrick, Hans? Eigentlich hatte ich gedacht, dass die Sache mit den anonymen Anrufen ausgestanden wäre!
„Dreimal sagst du?"
„Ja, du weißt doch, welche Idioten es gibt. Machen sich einen Spaß daraus, andere Leute zu stören. Aber jetzt komm doch mal rein."
Wenn ich mir sicher sein könnte, dass der Anrufer uns nur stören wollte, dann wäre mir jetzt wesentlich wohler.

Musste es ausgerechnet heute passieren, einen Tag, bevor ich mutterseelenallein hier …
„Isabel, jetzt steh doch nicht wie angewurzelt rum." Er zog mich an der Hand ins Haus hinein, wo ich den Rest des Tages in meinem Arbeitszimmer mit dem Sortieren meiner Schulunterlagen vertrödelte.
Nach dem Abendessen schickte ich Sascha ins Bett. Nach der üblichen halben Stunde, die Sascha mit allen möglichen Verzögerungstaktiken gespickt hatte, setzte ich mich zu Alex ins Wohnzimmer, um ein Glas Rotwein zu trinken. Aber ich war nicht sehr gesprächig. Die anonymen Anrufe hatten mich sehr erschreckt. Für mich passte alles wie Puzzleteile zusammen. Der verbale Kampf mit Patrick, seine Blockadehaltung gegen mich, der Drohbrief und die Anrufe am selben Tag. Das Gefühl der Bedrohung setzte sich in mir fest wie eine wilde Katze, die sich an einem festkrallt, und man hat keine Möglichkeit, sie wieder abzuschütteln. Noch nie hatte ich mich in einer derartigen Situation befunden. Es war dieses Gefühl der Hilflosigkeit und Unsicherheit, wo das alles noch hinführen sollte, das mir die Laune verdarb. Ich war kurz davor, Alex um Hilfe zu bitten, verwarf dieses Vorhaben jedoch sofort wieder.
Wenn Männer nicht zuhören. Ich hätte den Artikel doch lesen sollen. Vielleicht hätte er einen wertvollen Rat zur Lösung dieses Problems parat gehabt.

Am nächsten Morgen brach Alex schon sehr früh auf. Noch im Halbschlaf gab ich ihm einen Abschiedskuss.
„Ich rufe dich an, aber beim Wandern werde ich wahrscheinlich keinen Empfang haben. Also mach dir keine unnötigen Sorgen, wenn du mal länger nichts von mir hörst. Tschüss, mein Liebling und pass auf dich auf!"
„Das Gleiche gilt für dich. Viel Spaß!"
Es war vier Uhr und ich schlief noch bis sieben weiter, machte Frühstück, weckte Sascha auf und trug seine Sachen zum Auto, das in der Einfahrt stand. Als ich wieder zuschloss, sah ich den Zettel an der Windschutzscheibe. Ein gewaltiger Schreck fuhr durch meine sämtlichen Glieder. Das war doch unmöglich, dass Patrick bis hierher gekommen war, um mich zu terrorisieren!
Ich riss den Zettel an mich und faltete ihn auf.
Hallo, lass bitte in der Werkstatt einen Ölwechsel machen. Jetzt hast du ja Zeit dazu. Tut mir leid, aber ich habe vergessen es dir rechtzeitig zu sagen.
Hab dich lieb! Alex
Ölwechsel!?! Erleichterung und Wut führten einen Kampf darum, welches Gefühl die Oberhand gewinnen sollte. Warum musste er den Zettel ausgerechnet auf die Autoscheibe pinnen? Und außerdem, Ölwechsel machen lassen in meiner knapp bemessenen und kostbaren Freizeit!! Oh Alex, manchmal bist du wirklich ein unglaublicher Ignorant!
Innerlich fluchend, aber dennoch erleichtert, dass es nichts mit Patrick zu tun hatte, ging ich ins Haus und trieb Sascha zur Eile an.
Gegen zehn Uhr kamen wir bei meinen Eltern an, wo wir herzlich empfangen wurden. Sascha spielte gleich mit Harro, unserem Jagdhund, und ich konnte mich in Ruhe unterhalten. Natürlich musste ich ausführlich von meiner Schultätigkeit erzählen, obwohl ich liebend gerne genau dieses Thema ausgeklammert hätte. Aber aus Zeitmangel hatte ich meine Eltern seit Schuljahresbeginn weder besucht noch waren sie

zu mir gekommen. Ich erzählte wohlweislich nur von den wenigen positiven Eindrücken und Erlebnissen, um sie nicht unnötig zu beunruhigen.
Nach dem Kaffee kam ein Anruf von Alex.
„Hallo Schatz! Wir sind gut angekommen! Hier ist so herrliches Wetter! Wie ist es bei euch?"
„Hallo! Bei uns ist auch strahlender Sonnenschein. Geht ihr morgen gleich in die Berge?"
„Ja natürlich! Und was machst du morgen?"
„Auf alle Fälle keinen Ölwechsel!", sagte ich unumwunden.
„Na das musst du auch nicht. Du hast ja noch die ganze Woche Zeit!"
Wenn Männer nicht zuhören!
„Ich mache diesen verdammten Ölwechsel weder morgen noch übermorgen noch an irgendeinem meiner kostbaren freien Tage! Ich erkläre ihn hiermit zur Männersache, ist das angekommen?"
Alex lachte etwas verhalten.
„Okay, die Botschaft ist angekommen. Ich dachte ja nur …"
„Alex", unterbrach ich ihn, „*Du* wirst ihn machen."
„Ja, geht in Ordnung. Ich kann mich einfach immer noch nicht an den Gedanken gewöhnen, dass meine süße Schulmeisterin für diese Nebensächlichkeiten keine Zeit mehr hat. Genieße deine Freizeit, ich gönne es dir wirklich. Ich rufe bald wieder an. Ich hab dich lieb. Tschüss!"
„Ja tschüss und viel Spaß!"
Gegen sieben Uhr abends, nach einer ausgiebigen Abschiedszeremonie mit Sascha, die einen Schwall von Küssen und Indianerehrenworten, brav zu sein, enthielt, fuhr ich gemütlich nach Hause und freute mich auf einen Film, der um 22 Uhr beginnen sollte.
Als ich das Haus betrat, empfing mich diese unbehagliche Stille. Das Haus mit den vielen Räumen kam mir plötzlich doppelt so groß vor. Ich kämpfte gegen den Wunsch an, in jedem Raum nachzusehen, ob sich auch niemand darin

versteckt hatte. Alex hatte wohl Recht, dass ich zu viele dieser unheimlichen, aber spannenden Thriller las und manchmal im Fernsehen ansah. Die Hauptperson war meistens jung und wurde durch jemanden aus ihrem Umfeld bedroht. Und irgendwann kam sie in die Situation allein zu sein, so wie ich jetzt.

Ich verscheuchte auf der Stelle diesen Gedanken und legte eine CD von Dean Martin ein, die passende Musik, um meine aufkeimende Angst in die Flucht zu schlagen.

Auf ein erholsames Vollbad verzichtete ich freiwillig. Alexanders Scherzattacke hatte mir dieses Vergnügen gründlich verdorben. Also holte ich mir ein paar Salzstängel und ein Glas Ananassaft und kuschelte mich auf das Sofa, um die Tageszeitung zu lesen. Als die CD zu Ende war, herrschte wieder diese unerträgliche, bedrückende Ruhe und ich stand auf, um etwas anderes aufzulegen. Plötzlich hörte ich ein lautes Klappern, das eindeutig von der Terrasse kam. Ich erstarrte und spürte das Kribbeln der aufsteigenden Angst am gesamten Körper. Ich schluckte schwer und war nicht fähig mich zu bewegen. In den einschlägigen Filmen bewaffneten sich die Heldinnen in solchen Momenten mit einem Messer und gingen todesmutig auf die Suche nach der Ursache. Ohne mich! Ich ließ in Windeseile alle Rollläden herunter, verschloss sämtliche Türen und schloss mich anschließend samt Handy im Bad ein. Ich setzte mich auf den Badewannenrand und versuchte einen klaren Kopf zu bekommen.

Bestimmt war es unsere Nachbarskatze, die wie gewohnt ihren Streifzug über unsere Terrasse unternahm. Es schlich niemand um das Haus herum, verdammt. Warum nur war ich so ängstlich und leicht in Panik zu versetzen? Was hätte ich jetzt darum gegeben, wenn Alex bei mir wäre. Er würde nur lachen und nach draußen gehen, um nachzusehen.

Ich wusch mich hastig, sperrte die Badezimmertür auf und spähte vorsichtig hinaus. Kein Laut war zu hören. Schnell huschte ich ins Schlafzimmer, schloss hinter mir ab und sah unter dem Bett nach, ob keiner darunterlag. Dann kam das Schlimmste, die Ankleide mit den zwei großen Wandschränken links und rechts. Ich bereute es, kein Messer als Waffe mitgenommen zu haben, und schob dennoch eine Schiebetür vehement auf. Alles wie gehabt, Alex' Hemden, Hosen, Anzüge und Sakkos hingen unschuldig und schön geordnet auf der Kleiderstange.

Auch die Inspektion der anderen Schränke fiel negativ aus. Was war ich nur für ein erbärmlicher Angsthase! Warum sollte sich jemand hier unbemerkt verstecken können. Ich hatte alles gut abgeschlossen, bevor ich das Haus verlassen hatte.

Etwas beruhigt legte ich mich ins Bett und las noch eine Weile. Danach versuchte ich einzuschlafen, aber der angespannte Zustand, in dem ich mich befand, verhinderte ein Abgleiten in das Reich der Träume. Bis um zwei Uhr lag ich wach und lauschte auf jedes Geräusch. Ich registrierte jedes kleinste Knacken der Holzbalken, das Einschalten der Heizung und ähnliche Dinge, die ich im Normalzustand nie wahrnahm. Doch schließlich übermannte mich der Schlaf und ich wachte erst um acht Uhr nach einer unruhigen Nacht voll wilder Träume auf.

Bei Morgenlicht und Sonnenschein sah die Welt schon viel freundlicher aus und hatte ihr bedrohliches Element verloren. Nach einem ausgiebigen gemütlichen Frühstück ging ich auf die Terrasse und suchte nach der Ursache für das nächtliche Geräusch. Mein Blick fiel auf die große Blechgießkanne, die auf der Seite lag. Das muss es gewesen sein. Aber Katzen sahen doch bekanntlich ausgesprochen gut bei Dunkelheit. Vielleicht haben sich zwei gejagt und im Eifer des Gefechts stießen sie die Kanne um. Zufrieden mit dieser Erklärung, ging ich gut gelaunt zur Tagesordnung über. Irgendwie hatte ich den Drang, meine freie Zeit optimal zu nutzen, und verschwendete paradoxerweise viel Zeit damit, zu überlegen, was ich wann tun sollte. Zum Korrigieren hatte ich keine Lust.

Also räumte ich erst einmal auf, kochte dann eine Kleinigkeit und aß zu Mittag. Während der Zeitungslektüre ergriff mich eine bleierne Müdigkeit. Die kurze Nacht forderte ihren Tribut und ich gab dem Verlangen nach, auf der Couch ein erholsames Nickerchen zu machen. Leider wurde ich durch das Telefonklingeln unsanft aus dem Schlummer gerissen.
„Ausgerechnet jetzt muss jemand anrufen, verdammt!", fluchte ich und angelte nach dem Mobiltelefon. Hoffentlich war es Alex. Ich hob ab, sagte meinen Namen, aber niemand antwortete. Ich rief: „Hallo, wer ist denn da?", doch keiner meldete sich.
„Hören Sie endlich mit diesem üblen Spiel auf. Sie machen mir keine Angst!", schrie ich in den Hörer und legte auf. Fing jetzt dieser Telefonterror wieder an? Ich versuchte Alex auf seinem Handy anzurufen, doch die automatische Ansage versicherte mir, dass ich ihn gerade nicht sprechen konnte. Also rief ich Sabine an, die sich laut schnaufend meldete.
„Warst du gerade beim Joggen? Respekt, wie du das konsequent durchhältst!"
Wir unterhielten uns zuerst über belanglose Dinge, bevor ich ihr von den anonymen Anrufen erzählte.
„Vielleicht solltest du eine Fangschaltung legen lassen."
„Oh je, da müsste ich ja zur Polizei gehen und sie davon überzeugen, dass ich nicht hysterisch bin, sondern mich wahrhaftig bedroht fühle. Nein danke, auf deren Kommentare kann ich gut verzichten. Vielleicht hört das ja irgendwann von selbst auf, wenn es ihm langweilig geworden ist."
„Du denkst dabei an Patrick, nicht wahr?"
„Na ja, das ist doch auch das Nächstliegende, findest du nicht?"
„Ja, eigentlich schon, aber dass er wirklich so weit geht, seine Englischlehrerin zu terrorisieren, also ich weiß nicht. Aber wahrscheinlich hast du Recht. Es gibt sonst keine plausible Erklärung."
„Ich habe ehrlich gesagt für einen kurzen Moment auch mal

an Hans gedacht. Er kann mich doch so gut leiden, der Frauenbetörer ..."
Lautes Lachen am anderen Ende der Leitung unterbrach meinen Gedankengang.
„Schon gut, das ist natürlich totaler Quatsch, ich gebe es ja zu. Hast du Lust, heute Abend ins Kino zu gehen?"
Sabine war einverstanden und wir trafen uns abends in der Innenstadt. Nach dem Kinobesuch gingen wir noch in eine Bar und ich war froh, den Abend nicht allein in dem einsamen Haus verbringen zu müssen und mich von sich gegenseitig jagenden Katzen erschrecken zu lassen.
In dieser Nacht sperrte ich mich zwar ins Schlafzimmer ein, horchte aber nicht auf jedes Geräusch und schlief deshalb um einiges besser.
Der Montag verlief ganz nach meinem Geschmack. Morgens um zehn Uhr traf ich mich mit Babs bei der Kosmetikerin, wo wir mit Gesichtsmassage und Feuchtigkeitsmaske verwöhnt wurden. Wir ließen uns auch noch ein komplettes Make-up auflegen sowie die Fingernägel maniküren und lackieren. Nach dieser Runderneuerung suchten wir gut gelaunt ein Lokal in der Fußgängerzone auf, in dem wir zu Mittag aßen. Anschließend gingen wir auf Einkaufstour. Als Erstes begaben wir uns in ein Bekleidungsgeschäft.
„Wie gefällt dir das?", fragte Babs und zeigte mir ein schwarz-weiß gemustertes Etuikleid.
„Ja", sagte ich und betrachtete es eingehender, „das könnte dir ganz gut stehen. Da vorne gibt es übrigens auch noch welche."
Ich deutete auf einen Ständer und entdeckte dort zu meinem Schrecken Marga, eine ehemalige Studienkollegin.
„Verdammt, muss die ausgerechnet hier und jetzt einkaufen!", fluchte ich leise.
„Kennst du sie?", fragte Babs neugierig und legte ihr Kleid über den Unterarm.
„Ja", flüsterte ich, „ein Superpowerweib, das ich schon in

der Studienzeit nicht ausstehen konnte. Immer große Klappe, immer vorn dran, immer Liebling der Professoren und später des Seminarleiters im Referendariat. Widerlich! Nach dem Mutterschutz hat sie natürlich sofort wieder zu arbeiten angefangen. Inzwischen ist sie sogar Konrektorin! Jedes Mal, wenn ich sie getroffen habe, hat sie mich blöd angemacht, weil ich so lange Babypause mache! *Warum fängst du nicht wieder an zu arbeiten, dir muss doch die Decke auf den Kopf fallen!*", äffte ich sie nach.
„Sollen wir woanders hingehen?", wisperte Babs. „Du bist ja nicht gerade gut auf sie zu sprechen!"
„Nein, im Gegenteil! Ich werde ihr jetzt unter die Nase reiben, dass die Decke viel zu weit von mir entfernt ist, um auf mich fallen zu können."
Babs wollte mich zurückhalten, doch ich stürmte schon auf Marga zu.
„Hallo Marga! Na so ein Zufall!", flötete ich in süßlichem Ton.
„Hallo? Wie geht es dir? Immer noch brav zu Hause?", erkundigte sie sich abschätzig. Die Frage war schneller gekommen, als ich erwartet hatte.
„Nein, ich bin wieder im Schuldienst und rund um die Uhr beschäftigt. Aber der Job macht wirklich Spaß! Zum Einkaufen habe ich natürlich nur noch in den Ferien Zeit. Du bist sicher auch ständig im Stress!", antwortete ich wichtigtuerisch.
„Ja, schon. An welcher Schule bist du denn und welche Klassenstufe unterrichtest du?", fragte sie, begierig nach Neuigkeiten.
„Leider habe ich jetzt keine Zeit zu einem Plausch. Ich muss schnellstens nach Hause, einen Stapel Aufsätze korrigieren. Vielleicht sehen wir uns ja mal wieder! Tschüss!", sagte ich, drehte mich um und ging mit einem triumphierenden Lächeln zurück zu Babs.
Ich vernahm gerade noch ein erstauntes „Tschüss!" und freute mich riesig über die gelungene Abfuhr.
„Was für eine geniale Retourkutsche! Tja, als ich noch

Hausmütterchen war, fand sie es unter ihrer Würde, mir auch nur eine Minute ihrer kostbaren Zeit zu schenken, und jetzt bin ich in ihren Augen wohl wieder ein vollwertiger Mensch, mit dem man sich auf ein Gespräch herablassen kann. Die kann mich mal gernhaben, die blöde Kuh", frohlockte ich und verschwand mit einem Kleid in der Kabine. .
Abends lud mich Babs noch zu sich zum Essen ein und wir verbrachten ein paar gemütliche Stunden zusammen. Die nächsten drei Tage verliefen sehr geruhsam und angenehm. Ich schlief bis acht Uhr, frühstückte gemütlich, setzte mich für zwei Stunden an den Schreibtisch, ging zum Joggen, telefonierte mit meinen Eltern und Sascha und traf mich am Donnerstag mit Babs in ihrer Galerie. Als ich die Tür öffnete, sah ich zu spät, dass Henry sich im Verkaufsraum befand.
„Isabel, wie schön, Sie zu sehen!" Er kam mit strahlendem Lächeln und ausgestreckten Händen auf mich zu. Verdammt! Ich konnte jetzt unmöglich meinem einsetzenden Fluchtreflex nachgeben.
„Henry! So eine Überraschung! Wollten Sie gerade gehen?"
„Eigentlich schon, aber jetzt, da ich Sie getroffen habe!" Sein Lächeln war so ausgeprägt, dass es schon unecht wirkte.
„Wollen wir zusammen etwas trinken gehen?"
Ich wartete vergeblich auf Barbaras Einwand.
„Das geht leider nicht. Wir gehen heute ins Theater. Babs, bist du fertig? Wir müssen uns beeilen!", sagte ich schnell.
„Aber wir haben doch noch ..." *Zeit* wollte sie sagen, was auch stimmte.
„Beeil dich, die hinterlegten Karten sind sonst weg!", log ich, nur um Henry loszuwerden.
„Sie haben nie Zeit, wenn ich Sie treffe. Das werden Sie noch bereuen, denn ich fliege am Samstag nach London zurück."
Hoffentlich konnte er nicht erkennen, wie sehr ich mich darüber freute, diesen aufdringlichen Kerl bald zur Vergangenheit zählen zu können.
„Ach wirklich! Na so ein Pech, dass ich nie Zeit hatte. Ich

wünsche Ihnen eine gute Reise, Mr Thompson. Zieh deinen Mantel an, Babs."

Ich reichte Henry die Hand. Für einen Moment glaubte ich etwas Lauerndes in seinen Augen zu erkennen. Doch im nächsten Augenblick zeigte er wieder sein gekonntes Strahlemannlächeln. Endlich kam Babs und sperrte die große Glastür ab.

„Also, Henry, wir sehen uns morgen noch einmal." Es folgten die obligatorischen Küsschen links, Küsschen rechts. Auch bei mir nahm er die Gelegenheit wahr. Ich ließ es über mich ergehen, denn die Aussicht, ihn übermorgen in London zu wissen, machte mich gelassener.

„Schade, dass wir uns nicht öfter sehen konnten. Gute Zeit und beim nächsten Deutschlandbesuch klappt es dann bestimmt", sagte er zum Abschied und ließ uns endlich allein. Ich atmete tief durch.

„Gott sei Dank geht er nach London zurück. Was für ein penetranter Typ!"

„Ich weiß gar nicht, was du hast. Er ist doch eigentlich charmant", wunderte sich Babs. Auf dem Weg zum Theater erzählte ich ihr, wie oft er mich telefonisch zu einem Treffen überreden wollte und wie sehr er mich damals in der Stadt bedrängt hatte.

„So kenne ich ihn gar nicht. Aber er ist eben ein zielstrebiger Typ und wenn er sich etwas in den Kopf gesetzt hat ..." Mein Handy klingelte. Es war Alex.

„Hallo Schatz, wie geht es dir?"

„Hervorragend, ich gehe mit Babs gerade zum Theater. Alles in Ordnung bei dir?"

„Ja, alles wunderbar. Wetter, Landschaft, Unterkunft. Ich wollte dir nur sagen, dass mein Akku bald leer ist und ich mein Ladegerät zu Hause vergessen habe. Du kannst mich also nicht erreichen, aber dir geht es anscheinend auch ohne mich ganz blendend."

„Ich genieße die Ruhe, zugegeben, aber trotzdem fehlst du

mir sehr. Ich freue mich, wenn du wieder da bist."
„Genau das wollte ich hören. Ich vermisse dich auch. Also bis Samstag, meine Süße. Viel Spaß im Theater!"
Ich grinste in mich hinein, während ich das Telefon ausschaltete. Räumliche Distanz für eine kurze Zeit war einer Ehe sehr zuträglich. Man freute sich tatsächlich wieder aufeinander und Zwistigkeiten verschwanden im Nirwana. Ich genoss die Theateraufführung und das Glas Sekt im Theatercafé. In Hochstimmung kam ich nach Hause, schaltete die Spätnachrichten im Fernsehen ein und fiel danach hundemüde um ein Uhr ins Bett. Ich schlief sofort ein.

Gegen drei Uhr schreckte ich aus dem Schlaf hoch. Was war das für ein Geräusch? Ich setzte mich im Bett auf und lauschte angestrengt in die Dunkelheit. Das Telefon läutete! Mitten in der Nacht konnte das nur bedeuten, dass irgendeinem aus der Familie etwas passiert war! Sascha vielleicht oder Alex oder den Großeltern! Ich stürzte in heller Panik in den Flur hinaus und riss den Telefonhörer vom Ladegerät.
„Seland!", keuchte ich hinein.
Keine Antwort.
„Seland!", rief ich. „Wer ist denn da?!"
Wieder keine Antwort, nur ein leises Schnaufen konnte ich jetzt vernehmen, das immer lauter wurde.
„Hallo, wer ist da? Brauchen Sie Hilfe?"
Keine Antwort. Im Hintergrund hörte ich ein männliches Lachen. Dann wurde die Verbindung unterbrochen. Ich konnte förmlich spüren, wie es mir den Boden unter den Füßen wegzog. Telefonterror mitten in der Nacht! Wie gemein konnte ein Mensch eigentlich sein! Die schlimmsten Vermutungen waren mir in den Sinn gekommen und dabei stellte sich alles als übler Scherz heraus. Wenigstens wusste ich jetzt, dass nichts passiert war, und ging mit zitternden Knien barfuß die Treppe hinunter, um mir in der Küche ein Glas Wasser zu holen. Bevor ich die Tür öffnete, blieb ich wie angewurzelt stehen. Hatte ich nicht eben Stimmen aus dem Wohnzimmer vernommen? Ich krallte mich an der Türklinke fest und lauschte angestrengt in diese Richtung. Ja, es waren mehrere leise Stimmen zu hören. Ich hielt meine Hand vor den Mund, um keinen Laut von mir zu geben. Es konnte doch unmöglich jemand im Haus sein! Mein gesamter Körper stand wie unter Strom und ich war unfähig mich von der Stelle zu rühren. Wieder hörte ich Stimmen. Wie paralysiert stand ich da und sah mich außerstande der Sache auf den Grund zu gehen. Es kostete mich große Überwindung, doch irgendwann schlich ich innerlich bebend vor Angst zur Wohnzimmertür. Mit wild klopfendem Herzen öffnete ich sie einen kleinen

Spalt. Der Raum wurde abwechselnd in Licht getaucht und wieder abgedunkelt, dabei hörte man einzelne Stimmen. Ich schob die Tür ein kleines Stück weiter auf und stellte erstaunt fest, dass der Fernseher lief! Wie konnte das sein?! Ich war mir hundertprozentig sicher, dass ich ihn ausgeschaltet hatte! Ich atmete tief durch und machte das Licht an, um die unheimliche Atmosphäre zu verscheuchen. Ängstlich sah ich mich im ganzen Raum um. Es war alles wie gewohnt an seinem Platz, nur der Fernsehapparat flimmerte. Manchmal war es schon passiert, dass er gleich wieder ansprang, wenn man die Taste nicht richtig drückte. Aber doch nicht Stunden später!
Entschlossen schaltete ich das Gerät ab und ließ mich in einen Sessel fallen. Was für eine schreckliche Nacht! Ich war so aufgewühlt und fühlte mich von der Aufregung wie zerschlagen, dass an Schlaf nicht mehr zu denken war. Am besten, ich korrigiere die letzten Aufsätze, das lenkt mich am meisten ab, dachte ich und stand auf, um mir etwas zu trinken zu holen. Beim Hinausgehen fiel mein Blick auf die Terrassentür. Zu meinem Entsetzen bemerkte ich, dass sie einen winzigen Spalt offen stand.
„Oh nein!" Panikartig lief ich zur Tür und schloss sie. Das konnte nicht sein! Hilflos fuhr ich mir durch die strubbeligen Haare. Ich wäre nie ins Bett gegangen, ohne vorher die Tür zu schließen! Niemals! War etwa in den zwei Stunden, in denen ich geschlafen hatte, jemand ins Haus eingedrungen? Ein übermächtiges Gefühl der Angst übermannte mich und ich fing leise an zu wimmern. Wenn doch nur Alex hier wäre! Mir fielen wieder die Worte ein, die auf dem Drohbrief standen. *Genießen Sie die Ferien, es könnten Ihre letzten sein.* Sollte etwa diese Morddrohung heute wahr gemacht werden?
Ich schnappte mir das Telefon, rannte wie von Hunden gehetzt ins Schlafzimmer und schloss mich ein. Alex war nicht erreichbar. Wen sollte ich also um Hilfe bitten? Babs oder Sabine? Nein, ich brauchte männlichen Schutz. Jan! Natürlich,

er würde mir sofort helfen. Dummerweise hatte ich sämtliche Telefonnummern meiner Kollegen im Arbeitszimmer. Das Telefon läutete wieder und ich warf es vor Schreck auf die Bettdecke, wo ich es klingeln ließ. Ich wusste ja, dass es der anonyme Anrufer war. Meine Nerven waren zum Zerreißen gespannt. Ich musste Jan dazu bringen, zu mir zu kommen, und stürmte samt klingelndem Telefon ins Arbeitszimmer, schloss hinter mir ab und suchte mit fliegenden Fingern in meinem Adressbuch nach seiner Nummer. Ich zitterte so sehr, dass ich kaum fähig war zu wählen. Es kam mir wie eine Ewigkeit vor, bis er endlich abhob und „Fenrich!" in den Hörer grunzte.
„Jan, Gott sei Dank, du bist da!", flüsterte ich.
„Wer ist denn dran? Es ist drei Uhr nachts, verdammt noch mal."
„Ich bin es, Isabel. Kannst du zu mir kommen? Ich drehe fast durch vor Angst. Ich glaube, es ist jemand im Haus", wisperte ich leise.
„Isabel?" Seine Stimme klang jetzt schon wacher. „Wer ist im Haus? Was redest du da?"
„Bitte, Jan, komm her. Ich erkläre es dir, wenn du da bist", flehte ich ihn weinerlich an, „bitte, du bist meine letzte Hoffnung."
„Schon gut. Beruhige dich. Ich komme, so schnell ich kann."
Schlotternd vor Angst kauerte ich, mit einem spitzen Brieföffner bewaffnet, auf meinem Schreibtischstuhl und lauschte angestrengt nach draußen. Kein Laut war zu hören. Plötzlich hörte ich ein Knacksen und mein Herz fing wie wild an zu pochen. Es befand sich doch jemand hier! Ich saß wie gelähmt da und starrte gebannt auf die Türklinke, ob sie sich bewegte. Doch nichts geschah. Es herrschte wieder diese unerträgliche, bedrückende Stille. Ein Gefühl von grenzenloser Einsamkeit und Ausgeliefertsein nahm Besitz von mir und stürzte mich in tiefe Verzweiflung. Wenn doch Jan endlich käme!

Ich weiß nicht, wie lange ich auf diesem Stuhl, die Tür anstarrend, verharrt hatte, als die Türklingel diese Stille zerschnitt. Ich zuckte heftig zusammen und war nicht fähig mich zu bewegen. War das Jan? Oder derjenige, der mir den Drohbrief geschrieben hatte? Die Klingel ertönte wieder, doch ich konnte mich nicht dazu überwinden hinauszugehen. Vielleicht rannte ich dann geradewegs in die Arme des Eindringlings! Die Klingel ertönte um Einlass fordernd noch zweimal hintereinander, aber ich blieb wie festgeklebt sitzen. Mein Handy klingelte und ich nahm es zitternd in die Hand. „Jan ruft an" las ich auf dem Display und nahm erleichtert ab. „Jan?"
„Isabel, was ist los? Warum machst du die Tür nicht auf?"
„Ich, ich hatte Angst es könnte jemand anderes sein. Ich komme", sagte ich mit matter Stimme und ging zur Zimmertür. Langsam drehte ich den Schlüssel um und öffnete die Tür einen kleinen Spalt. Es war nichts zu hören. Leise trat ich mit dem Brieföffner in der Hand auf den Flur und sah mich um. Ich konnte nichts Ungewöhnliches entdecken, dennoch rannte ich so schnell wie möglich die Treppe hinunter zur Haustür. Atemlos nahm ich den Telefonhörer von der Sprechanlage und rief hinein: „Jan, bist du da draußen?"
„Ja, wer sonst! Ich bin bald tiefgekühlt, wenn du mich noch länger warten lässt!"
Ich riss die Tür auf und sah Jan mit zerzausten Haaren, roter Nase und besorgtem Dackelblick davor stehen. Augenblicklich fiel die nervliche Anspannung der vergangenen Stunde von mir ab und ich umarmte ihn stürmisch.
„Jan, ich bin so froh, dass du gekommen bist. Ich hatte solche Angst!", schluchzte ich in seine Schulter.
„Hey Isabel! Was ist denn passiert? Du bist ja vollkommen durch den Wind! Komm, lass uns erst einmal hineingehen."
Durch die Erleichterung bekam ich plötzlich so weiche Knie, dass ich fast zusammensackte. Erschrocken fing Jan mich auf, Kurzerhand trug er mich dann auf seinen Armen ins

Wohnzimmer, wo er mich behutsam auf der Couch absetzte.
„Was ist denn los?", fragte er besorgt.
„Ich brauche jetzt erst einmal einen Cognac. Dort in dem Schrank stehen eine Flasche und Gläser. Schenk dir auch etwas ein."
„Isabel, bist du sicher, dass du das jetzt brauchst?"
„Um Himmels willen, ja! Meine Kreislauftropfen finde ich so schnell nicht. Cognac hilft genauso gut."
Jan zögerte immer noch.
„Jan nun mach´ schon, ich werde sonst gleich ohnmächtig!"
Meine Worte ließen ihn sehr schnell meine Bitte erfüllen. Das brennende Gefühl, als das Getränk meine Kehle feurig hinunterrann, weckte meine sämtlichen Lebensgeister.
Er hatte sich auch einen genehmigt und flehte mich an, ihm endlich zu sagen, weshalb er um drei Uhr früh bei mir saß und Cognac soff. Ich erzählte ihm von den Anrufen, dem Fernseher und der offenen Terrassentür.
„Das klingt ja ganz schön gruselig. Bist du sicher, dass du nicht beim Fernsehen eingeschlafen bist und dann vergessen hast ihn auszuschalten? Und eine Terrassentür kann man auch schon mal vergessen zu schließen."
„Soll das heißen, es ist alles ganz harmlos? Willst du damit sagen, ich soll mich nicht so anstellen?" Ich war den Tränen nahe.
„Nein, natürlich nicht. Ich will nur eine plausible Erklärung finden. Der Terror am Telefon ist allerdings ziemlich beängstigend. Du denkst also, jemand war im Haus, hat den Fernseher eingeschaltet und die Terrassentür offen gelassen. Aber wer sollte so etwas tun und wie sollte er hereinkommen?"
Ich zuckte mit den Schultern. „Ich habe dir doch den Drohbrief gezeigt. Ich glaube, Patrick steckt hinter all dem Terror. Aber dass er so weit gehen würde, bis in mein Haus einzudringen, kann ich mir eigentlich auch nicht vorstellen. Vielleicht habe ich die Tür doch vergessen und den Fernseher auch. Ach Jan, es war so schrecklich. Ich glaube, ich halte es allein nicht mehr

aus. Bleibst du den Rest der Nacht bei mir?"
Ich sah ihn flehend an und er lächelte verständnisvoll zurück.
„Klar bleibe ich. Wie könnte ich dich in diesem Zustand allein lassen. Komm, versuchen wir noch ein bisschen zu schlafen."
„Aber vorher sollten wir einen Rundgang durchs Haus machen, ob wir nicht ungebetene Gäste beherbergen, was meinst du?"
„Wenn dir dann wohler ist, meinetwegen. Aber du musst die Führung übernehmen."
Es war bestimmt ein Bild für Götter, wie wir – Jan vorne und ich dicht hinter ihm und jeder mit einem Golfschläger bewaffnet – das ganze Haus und den Keller inspizierten. Aber Möchtegern-Indiana-Jones und Begleitung konnten nichts Auffälliges entdecken und beschlossen deshalb endlich schlafen zu gehen.
„Ich kann mich auf die Couch im Wohnzimmer legen", schlug Jan vor, was ich aber ablehnte.
„Nein, du kannst oben im Gästezimmer schlafen, dann bist du näher bei mir."
In seinen Augen blitzte es kurz und fast unmerklich auf. Seine Körpersprache hatte er besser im Griff, denn er zuckte nur gelassen mit den Schultern und meinte: „Gut, ich mache alles, was du willst!"
In Windeseile richteten wir die breite Gästecouch für ihn her.
„Also, schlaf gut! Und danke, dass du gekommen bist."
Er umarmte mich und gab mir einen Kuss auf die Wange.
„Schlaf du auch gut und ruf mich, wenn du mich brauchst."
Wie erwartet konnte ich kein Auge zutun. Ich lag auf dem Rücken, starrte in die Dunkelheit und horchte auf jedes kleine Geräusch, das mich sofort in Panik versetzte. Nach einer quälend langen Stunde hielt ich es nicht mehr aus und schlich mich zu Jan ins Zimmer. Ich konnte seinen gleichmäßigen Atem hören und legte mich samt meinem Bettzeug leise neben ihn, damit er nicht aufwachte. Seine Nähe war so beruhigend für mich, dass auch ich nach kurzer Zeit in einen tiefen Schlaf fiel.

Ich wachte auf, als ich spürte wie mir zärtliche Finger eine Haarsträhne aus dem Gesicht strichen.
Alex!, dachte ich, schmiegte mich im Halbschlaf mit geschlossenen Augen in seine Arme und seufzte zufrieden. Es war so ein schönes Gefühl, endlich wieder ein paar starke, beschützende Arme zu spüren und mich an eine breite männliche Brust kuscheln zu können. Sein Kuss auf meine Stirn war so zärtlich und ich bekam Lust auf mehr Liebesbezeugungen. „Küss mich!", hauchte ich und augenblicklich spürte ich einen Mund auf meinen Lippen, der mich küsste, zuerst weich und zärtlich und dann immer leidenschaftlicher und fordernder. Irgendwie roch Alex heute anders. Wie ein Blitz kam die Erinnerung zurück. Der Mann, den ich da so innig küsste, war nicht Alex!
Wie von der Tarantel gestochen setzte ich mich auf und schnaubte entrüstet: „Was fällt dir ein!"
Jan sah mich erschrocken an. „Entschuldige, aber du hast mich persönlich dazu aufgefordert, dich zu küssen. Ich hatte auch nicht den Eindruck, dass du es abstoßend fandst."
Sein Blick war so unsicher und jungenhaft naiv, dass ich beinahe zu lachen angefangen hätte.
„Ähm, ich dachte im ersten Moment, dass du …" Ich zögerte.
„Was dachtest du? Ach, dass ich dein Mann wäre! Wie schmeichelhaft für mich."
Sein enttäuschter Ausdruck im Gesicht war nicht gespielt. Was hatte ich nur angestellt. Jan war davon ausgegangen, dass ich seine Gefühle erwidert hatte, was aber nicht der Fall war. Obwohl ich zugeben musste, dass seine Küsse ein enormes Kribbeln in mir ausgelöst hatten.
Ich ließ mich in die Kissen zurücksinken und sah ihn an. „Jan, ich weiß nicht, was …"
Doch er schüttelte nur leicht den Kopf und legte seine Hand sanft auf meinen Mund.
„Sag jetzt gar nichts und lass einfach dein Herz sprechen, das weiß viel mehr", sagte er leise.

Sein schönes Gesicht, sein sinnlicher Mund kamen immer näher und er küsste mich wieder zärtlich und leidenschaftlich zugleich. Der klägliche Rest an Widerstand in mir kam vollkommen zum Erliegen. Ich erwiderte seine Küsse und fand immer mehr Gefallen daran. Ein wildes Verlangen, seinen Körper zu spüren, ergriff Besitz von mir und ich zog ihm sein T-Shirt über den Kopf. Seine muskulöse, spärlich behaarte Brust ließ mich jegliche Vernunft vergessen und ich gab mich bedingungslos seinen Liebkosungen hin. Seine Art, mich zu lieben, war genauso wie seine Küsse, so leidenschaftlich und dennoch zärtlich, dass es meinen Verstand vollkommen ausschaltete. Ich wurde getragen von einer Woge der Leidenschaft und ich ließ es einfach geschehen.

Erschöpft lagen wir danach einander in den Armen und mein Verstand kehrte allmählich wieder zurück. Mit beiden Händen fuhr ich durch sein dichtes braunes Haar.

„Es war einfach fantastisch!", flüsterte er in mein Ohr.

Ich seufzte: „Ja, das war es."

Zärtlich glitten meine Hände über seinen muskulösen Rücken und ich seufzte wieder. „Es war so schön, aber auch so falsch." Ich spürte, wie sich sein Rücken verspannte. Er stützte sich auf, um mir in die Augen zu sehen. „Was meinst du mit falsch?"

„Ich bin verheiratet und habe ein Kind, schon vergessen?"

„Ja, ich war so verrückt nach dir, dass ich es tatsächlich vergessen habe, und du solltest das auch für eine Weile tun." Er verschloss schnell meinen Mund mit seinen Lippen, bevor ich etwas erwidern konnte, und ich gab mich wieder ganz dem schönen Gefühl hin, von ihm begehrt zu werden.

Wir lagen noch eine ganze Weile aneinandergekuschelt, ohne viel zu reden, und wurden durch das Klingeln des Telefons unsanft aus unserer Verzückung gerissen. Jan wollte nicht, dass ich das Gespräch annahm, und hielt den klingelnden Telefonhörer hinter seinen Rücken.

„Gib her", lachte ich, „es könnte Alex oder Sascha sein."

Nach einem kurzen, wilden Gerangel gelang es mir, den

Hörer zu schnappen.
„Seland!", sagte ich, ein Lachen mühsam unterdrückend.
Da nicht gleich jemand antwortete, dachte ich mit Schrecken an den anonymen Anrufer, als ich plötzlich Barbaras Stimme vernahm.
„Hallo Belle, wie geht es dir? Hättest du heute Zeit, mit mir in die Sauna zu gehen?"
Jan nieste laut im Hintergrund.
„Hallo, bist du nicht allein? Ist dein Mann wieder zurück?"
Irgendetwas sagte mir, dass es jetzt besser wäre zu lügen.
„Nein, das ist nur ein Handwerker, der unseren Heizkessel repariert hat. Alex kommt erst morgen. Ich kann leider nicht mitkommen. Ich muss noch ein paar Aufsätze korrigieren."
Und das war keineswegs gelogen. Babs war ein wenig enttäuscht, zeigte aber dennoch Verständnis.
„Wieso hast du mich denn zum Heizungsmonteur ernannt?", fragte Jan amüsiert, nachdem ich aufgelegt hatte.
„Weil es mir zu kompliziert war, deine Anwesenheit zu erklären. Babs käme vielleicht auf falsche Gedanken."
„Das könnte schon sein!", schnurrte er und sah mich, lässig am Kopfteil der Couch lehnend, tiefgründig lächelnd an. Ich erwiderte sein Lächeln und ging ins Bad.
Trotz der kurzen Nacht sah ich im Spiegel einem frischen Gesicht mit strahlenden Augen entgegen. Wie eine Verliebte!, dachte ich und erschrak bei diesem Gedanken. Was war bloß in mich gefahren? Ich durfte mich nicht in diesen Kerl verlieben! Noch vor einer Woche wäre es unvorstellbar gewesen fremdzugehen. Und heute strahlte ich mir wie ein über beide Ohren verknallter Teenager aus dem Spiegel entgegen! Das Geschehene durfte sich auf gar keinen Fall wiederholen. Wenn Alex davon erfahren würde, dann … Ich wollte diesen Gedanken nicht weiterspinnen. Es wurde mir nur eines klar, ich musste diese Affäre sofort beenden.
Beim gemeinsamen Frühstück brachte Jan mich ständig zum Lachen und ich fand nie den richtigen Zeitpunkt, ihm zu sagen,

dass ich unsere Bettgeschichte als einmalige Angelegenheit betrachtete. Sein Charme und seine lockere Art machten es mir wirklich verdammt schwer meine verliebten Gefühle zu unterdrücken.
„Was machst du heute Nacht? Du willst doch sicherlich nicht allein sein?", fragte er wie beiläufig.
„Stimmt. Ich habe noch gar nicht darüber nachgedacht."
„Du könntest ja bei mir übernachten. Oder soll ich wieder zu dir kommen?"
„Jan!" Ich sah verlegen nach unten. „Ich glaube, das wäre keine so gute Idee. Ich fand es wirklich wunderschön mit dir, aber ..." Ich hielt kurz inne. „... ein weiteres Mal wird es nicht geben", fügte ich schnell hinzu.
Sein Lächeln verschwand augenblicklich. „Das kann nicht dein Ernst sein! Du kannst mich doch nach dieser Nacht nicht einfach in die Wüste schicken! Ich weiß genau, dass du mehr für mich empfindest. Das spüre ich seit unserer ersten Begegnung. Sieh mal, dein Mann kommt erst morgen. Was spricht also dagegen, diese Zeit gemeinsam zu nutzen?"
„Mein schlechtes Gewissen zum Beispiel."
Er nahm meine Hand und sah mir tief in die Augen. „Ist das der einzige Grund?"
„Nein, es gibt noch einen, wenn du's genau wissen willst. Ich habe Angst davor, mich ernsthaft in dich zu verlieben."
Er küsste sanft meine Handinnenfläche und warf mir von unten einen Blick zu, in dem sich sowohl Freude als auch Melancholie widerspiegelten.
„Ich verstehe dich ja. Mein Verstand sagt mir auch, es ist falsch, aber meine Gefühle sprechen eine ganz andere Sprache. Isabel, ich bin verrückt nach dir. Gib uns wenigstens noch diese eine Nacht."
Sein Blick war so flehend und seine Stimme so bittend, dass ich umkippte und zustimmte. Ich wusste genau, dass ich einen Riesenfehler begehen würde, aber meine Gefühle für ihn waren in diesem Moment stärker.

KAPITEL 14

Mein moralisches Gewissen wurde nicht weiter in Anspruch genommen, da mein Göttergatte schon am selben Abend laut hupend in unsere Auffahrt fuhr und gleich darauf ins Haus stürmte. Normalerweise wäre diese verfrühte Rückkehr ein Grund gewesen, mich unbändig zu freuen, aber heute jagte es mir einen Riesenschreck ein. Ich hatte mit Jan ausgemacht, dass ich gegen sieben Uhr zu ihm kommen sollte. Ich war gerade damit beschäftigt, mein Nachtzeug, samt einer Flasche Sekt, einzupacken, und wollte in fünf Minuten losfahren, als Alex unverhofft auftauchte. Hastig warf ich die kleine Reisetasche in meinen Kleiderschrank und eilte nach unten.
„Hallo Schatz, Überraschung! Ich bin wieder hier!", rief er, stellte seinen Koffer ab und umarmte mich stürmisch.
„Alex!!! Du bist heute schon zurück?! Wahnsinn!" Ich gab mir Mühe, freudig überrascht zu wirken.
„Seit gestern Nacht regnet es in einem Stück. Deshalb haben wir beschlossen schon ab heute unseren Lieben zu Hause wieder auf den Wecker zu fallen. Freust du dich?"
„Und wie! Warum hast du mich denn nicht angerufen? Dann hätte ich zur Feier des Tages etwas Gutes zum Essen gemacht."
Wie scheinheilig man doch sein konnte, um einen Fehltritt zu vertuschen! Beim Stichwort Essen fiel mir siedend heiß ein, dass Jan mich heute bekochen wollte. Ich musste ihm so schnell wie möglich Bescheid sagen!
„Lass dich anschauen. Gut siehst du aus! Wolltest du heute noch ausgehen, so wie du aufgestylt bist?"
„Nein, nein, ich war nur mit Babs beim Shoppen und habe dazu meine neuen Klamotten angezogen", log ich, ohne mit der Wimper zu zucken.
„Na mir kann es recht sein, von so einer hübschen Frau empfangen zu werden. Mann, ich habe dich wirklich vermisst."
Er umarmte mich noch einmal und ich sah verstohlen auf meine Armbanduhr, während ich in seinen Armen hing. Zehn

vor sieben! Ich überlegte angestrengt, wie ich unbemerkt telefonieren könnte.
„Liebling, willst du jetzt duschen? Dann richte ich solange etwas zum Essen her."
Alex schob mich von sich weg und sah mich stirnrunzelnd an.
„Na hör mal. Ich bin noch nicht mal fünf Minuten hier und du schickst mich schon wieder weg? Kann es sein, dass du dich gar nicht wirklich freust?"
Ich hätte mich auf die Zunge beißen mögen. Mein Ablenkungsmanöver war durchsichtig wie Klarsichtfolie!
„Aber Liebling, natürlich nicht! Ich kann uns ja auch ein Bad einlassen, was hältst du davon?", sagte ich in verführerischem Ton.
„Der Vorschlag gefällt mir schon besser. Komm her." Alex küsste mich noch einmal innig und ich hatte Mühe, genauso viel Leidenschaft wie er an den Tag zu legen. Die Ereignisse der vergangenen Nacht waren noch viel zu frisch. Und meine Gefühle für den anderen Mann auch. Das schlechte Gewissen pochte erbarmungslos gegen meine Stirn. Ich fühlte mich völlig überrumpelt und war kaum in der Lage meine Verwirrtheit zu verbergen.
Nach endlos langer Zeit, wie mir schien, konnte ich mich von Alex lösen, um ins Bad zu gehen. Dort drehte ich den Hahn der Badewanne auf und schüttete Badezusatz ins Wasser, der gleich zu schäumen begann. Eilig tippte ich Jans Nummer ins Handy, doch es war belegt. Verdammt! Im gleichen Moment hörte ich Alex meinen Namen rufen und ging auf den Flur hinaus.
„Liebling, dein Kollege will dich sprechen!" Alex kam mir leichtfüßig auf der Treppe entgegen und gab mir den Hörer.
„Ich leg mich schon mal in die Wanne", flüsterte er mir ins Ohr und verschwand ins Bad.
„Hallo Jan!", sagte ich leise und ging schnell ins Wohnzimmer hinunter.
„Meine Güte, das war vielleicht ein Schock! Deinen Mann an

der Strippe zu haben anstatt dich! Wieso hast du mir nicht Bescheid gesagt?"
„Wollte ich ja, aber es ging nicht. Er kam ganz überraschend vor einer halben Stunde. Ich wollte gerade gehen."
„Verdammter Mist. Ich habe ein komplettes Menü gekocht und keine Lust, allein zu essen. Ich habe mich doch so auf dich gefreut!"
„Was soll ich denn machen? Lade doch Sabine ein, die freut sich bestimmt."
„Na ja, vielleicht mache ich das sogar. Aber das ist kein Ersatz für das, was mir mit dir entgeht. Wieso ist dein Mann eigentlich schon heute gekommen?"
Ich ging zur Tür und sah kurz hinaus, um sicherzugehen, dass Alex wirklich im Bad war.
„Schlechtes Wetter hat die beiden zurück nach Hause getrieben. Tut mir leid, dass du dir so viel Mühe gemacht hast. Aber es ist jetzt nicht zu ändern."
„Dann sehe ich dich erst am Montag in der Schule, oh du meine Geliebte? Wie soll mein Herz das je verkraften!", seufzte er theatralisch in den Hörer.
„Ist ja gut, du Spinner!", lachte ich. „Bis Montag."
Ich ließ mich auf die Couch sinken, auf die mich Jan gestern nach meinem Schwächeanfall gelegt hatte. In Gedanken durchlebte ich noch einmal die aufregende Nacht, wie er mich zu beruhigen versucht und mit mir das gesamte Haus unter die Lupe genommen hatte. Und wie der Morgen angefangen hatte, mit einem Missverständnis, das uns beide aus der Spur brachte.
Durch mein Gedankendickicht drang plötzlich ein lautes „Isabel, kommst du endlich?" in mein Bewusstsein. Alex! Ich hatte ganz vergessen, dass er auf mich wartete, und spurtete gleich die Treppe hoch und schnurstracks ins Badezimmer.
„Entschuldige, aber ich konnte ihn nicht eher abwimmeln. Ich komme gleich zu dir in die Wanne."
„Was habt ihr Schulmeister denn so Wichtiges zu besprechen,

dass du deswegen deinen hoffentlich sehnsüchtig erwarteten Mann so sträflich vernachlässigst?", schmollte Alex halb gespielt, halb ernst.

„Na hör mal, auch unser Job ist verantwortungsvoll, nicht bloß deiner!", schnauzte ich ihn an.

Alex sah mich prüfend an, wobei er die rechte Augenbraue in seiner ihm eigenen Art hochgezogen hatte.

„Warum bist du denn so gereizt? Ich dachte, du müsstest der glücklichste Mensch sein, wenn ich früher zurückkomme. Und jetzt blaffst du mich grundlos an. Also erzähl, wie ist es dir in der Woche ergangen? Hast du noch mal einen anonymen Anruf bekommen? Oder ist sonst irgendetwas vorgefallen, das dein Nervenkostüm wieder einmal angekratzt hat?"

Sein leicht gereizter Unterton verriet mir, dass er nicht wirklich wissen wollte, ob etwas vorgefallen war. Er war sichtlich enttäuscht, dass ich wegen seiner Rückkehr nicht gänzlich aus dem Häuschen geraten war. Ich hatte es hier mit einem Fall von verletzter Männereitelkeit zu tun. Das musste ich mit weiblicher List sofort wieder hinbiegen, sonst schöpfte er womöglich noch Verdacht. Ich schluckte also den in mir aufkeimenden Ärger hinunter und setzte mich lächelnd an den Badewannenrand.

„Aber Liebling, nichts ist vorgefallen. Ich hasse es bloß, wenn du meinen Job nicht ernst nimmst. Du weißt ganz genau, dass ich da empfindlich reagiere."

Der genervte Ausdruck auf seinem Gesicht machte einer schuldbewussten Miene Platz.

„Du hast ja Recht, ich verspreche dir deinen Job nicht mehr ins Lächerliche zu ziehen. Wieder gut?"

Ich nickte nur lächelnd und befand mich im nächsten Augenblick samt Klamotten in der Badewanne unter Wasser. Während Alex sich fast ausschüttete vor Lachen, kämpfte ich mich wieder prustend an die Oberfläche. Ich konnte überhaupt nichts Lustiges daran finden, dass mein neuer Pulli aus Kaschmir-Seide-Gemisch wie ein Sack an mir hing

und meine noch neueren Lederstiefel mit Badeschaumwasser vollgesogen waren. An die Verwandlung meines perfekten Make-ups und meiner Frisur mochte ich gar nicht erst denken.
„Alex, spinnst du komplett! Mein schöner Pullover! Und die Stiefel! Lass mich sofort aus der Wanne, sonst passiert was!"
Triefend krabbelte ich auf trockenen Boden, zog mich aus und versorgte übellaunig meine klitschnassen Sachen. Alex konnte meine empfindliche Reaktion nicht verstehen, da ich normalerweise für jeden Scherz offen war. Aber die Zeiten (und die Materialien unserer Kleidung) hatten sich nun mal geändert und das musste er lernen zu akzeptieren.
Wir bemühten uns an diesem Abend um eine baldige Versöhnung, aber all das Unausgesprochene, das zwischen uns stand, schuf eine latente Distanz. Die Geschehnisse des vergangenen Tages hatten mehr verändert, als mir lieb sein konnte.

KAPITEL 15

Am nächsten Morgen fuhren wir zusammen zu meinen Eltern, um Sascha abzuholen. Alex erzählte mir während der Fahrt von seinem Urlaub. Einerseits hatte er die Tage in der Abgeschiedenheit genossen, andererseits hatte er mich und Sascha vermisst. Ich biss schuldbewusst auf meinen Lippen herum. Während mein Alex sich nach uns sehnte, hatte ich mit Jan vergnügte Stunden erlebt und es auch noch genossen. Ich verscheuchte schnell den Gedanken und erzählte ihm von meinen Ausflügen mit Babs und Sabine, aber nichts von den Ereignissen der Horrornacht, die er sowieso wieder kleinreden und auf meinen stressigen Job schieben würde. Auf keinen Fall wollte ich wieder dieses leidige Thema ansprechen, das ohnehin jedes Mal zu fruchtlosen Diskussionen führte. Also schwieg ich, war aber unzufrieden dabei. Meine Bekannten wussten inzwischen besser Bescheid über meine Probleme als mein eigener Mann. Aber an dem Zustand war er schließlich auch ein wenig selber Schuld.

Das Wiedersehen mit Sascha entpuppte sich als eine willkommene Ablenkung von all den quälenden Gedanken. Als er mir entgegenlief und mich stürmisch umarmte, merkte ich erst, wie sehr mir sein fröhliches Lachen und Geplapper gefehlt hatten.

Nachdem meine Mutter mit einem üppigen Mittagessen und nachmittags mit Kaffee und Torte alle Vorsätze à la „gesünder leben durch kalorienbewusstes Essen" zunichte gemacht hatte, fuhren wir wieder nach Hause. Unser Sohn erzählte während der Fahrt, was seine Großeltern alles mit ihm unternommen hatten, und es machte mich glücklich, dass er sich dort so wohl fühlte. Bei Alexanders Eltern könnte Sascha niemals eine ganze Woche bleiben, da Oma Iris schon nach einem einzigen Tag mit unserem lebhaften Kind abends stöhnend mit Kopfschmerzen ins Bett sank.

Als wir zu Hause ankamen, stürmte Sascha sofort in sein Zimmer, um Alex sein neues, selbst zusammengebautes Legomobil, das ihm Opa geschenkt hatte, vorzuführen. Ich nutzte die Gelegenheit, um noch die letzten Vorbereitungen für den ersten Schultag zu treffen. Aber ich konnte mich kaum konzentrieren, denn meine Gedanken schweiften ohne Unterlass zu der Nacht mit Jan. Immer wieder sah ich sein schönes Gesicht vor mir, sah, wie er sich lässig auf der Gästecouch räkelte, spürte seine brennenden Küsse, mit denen er alle meine Bedenken verscheuchen wollte. Irgendwie erschien mir das Geschehene so unwirklich und unbegreiflich. Und aufregend! Ich musste unbedingt bald mit Babs darüber reden, um wieder einen klaren Kopf zu bekommen.

Nach einem Vollbad ging ich bald schlafen, was für Alex nicht ungewöhnlich war, da ich während der Schulzeit immer früh zu Bett ging. Dennoch war er etwas enttäuscht, dass nach der Woche Trennung so wenig gemeinsame Zeit geblieben war.

„Nächstes Mal bringen wir Sascha wieder zu deinen Eltern, dann kannst du mit zum Wandern gehen."

„Ja, meinetwegen." Ich kuschelte mich wohlig in das frisch bezogene Kopfkissen und schloss die Augen.

„Sag mal hattest du etwa Besuch?"

Ich riss erschrocken die Augen auf. „Wie kommst du darauf?", fragte ich so gelassen wie möglich.

„Die Gästecouch ist ausgezogen und es liegt noch ein Laken darauf!", rief er aus dem Ankleidezimmer.

„Ähm ja, Babs blieb eine Nacht bei mir, nachdem ich wieder anonyme Anrufe bekommen hatte."

Alex kam aus der Ankleide und blickte mich besorgt an. „Du hast wieder Anrufe bekommen? Warum erzählst du mir denn nichts davon?"

Er schwang sich ins Bett und umarmte mich.

„Es war ja nur an einem Tag und mein Besuch hat es hervorragend geschafft mich davon abzulenken." Und das war nicht einmal gelogen!

Ich küsste ihn schnell, um weitere unangenehme Fragen zu verhindern. Glücklicherweise gab er sich mit der Erklärung zufrieden und wir schliefen Arm in Arm ein.

Am nächsten Morgen kam Lena pünktlich um sieben Uhr, frisch erholt, aber immer noch verhalten freundlich mir gegenüber. Sie gehörte zu der Sorte Mensch, die einem einen Fehltritt auf ewig nachtrugen. Der Rausschmiss ihres Verlobten war wohl ein unentschuldbarer Fehler gewesen. Meinen Gatten begrüßte sie mit einem strahlenden Lächeln und ich konnte mir eine nachäffende Grimasse hinter ihrem Rücken nicht verbeißen. Alex warf mir einen fragenden Blick zu, doch ich winkte nur ab und gab Lena Anweisungen, was für heute zu tun wäre. Sie sah mich dabei wie immer mit undurchdringlichem Blick an und sagte nur das Nötigste dazu. Also nichts Neues im Westen!

Nach diesem zweifelhaften Auftakt legte sich schon wieder leichter Frust auf meine Seele und ich trieb Sascha ungeduldig zur Eile an, der wie immer seinen Schulranzen noch nicht gepackt hatte.

„Wie oft muss ich dir noch sagen, dass du deine Sachen abends packen sollst!"

„Ach, Mama, jetzt meckerst du schon wieder!"

„Dann gib mir keinen Grund zum Meckern! Los jetzt, du kommst sonst zu spät."

Vollkommen gehetzt kam ich in der Schule an. Im Lehrerzimmer gab es erst einmal eine große Begrüßungsorgie unter den Kollegen mit der ewig gleich lautenden Frage, ob die Ferien schön und erholsam gewesen seien. Inge musterte wie immer erst einmal mein neues Outfit, bevor sie die Floskel zum Besten gab. Am unerfreulichsten fiel jedoch die Begegnung mit meinem Liebling Hans aus. Er sah mich mit geringschätzigem Blick an und sagte dann mit ironischem Unterton: „Na, waren die Ferien erholsam? Dann bist du ja für den Kampf im Klassenzimmer bestens gerüstet."

Ich verzog meinen Mund zu einem verkrampften Lächeln, ohne etwas zu erwidern, und ging dann auf Sabine zu.

Meine Laune war gegen null gesunken. Sabine dagegen strahlte mich fröhlich an, mit frischen blonden Strähnen in

ihrem kastanienbraunen Haar, wie mir gleich auffiel.
„Hallo, wie schön dich zu sehen!", begrüßte sie mich gut gelaunt und sah mich gleich darauf mit zweifelnder Miene an.
„Was ist los? Du scheinst nicht gerade bester Stimmung zu sein!"
„Hallo, wie auch, wenn einem schon in den ersten Minuten wieder so manche Mitmenschen entsetzlich auf die Nerven gehen."
Ich erzählte ihr von Hans' galanter Begrüßung.
„So ein Depp, aber denke dir nichts dabei, der ist zu den meisten Kolleginnen so ungnädig.
Ich muss dir unbedingt das neue Übungsheft zur Aufsatzlehre zeigen. Das ist so gut. Wir müssen es unbedingt bestellen. Moment, ich hole es schnell."
Mit beschwingtem Schritt ging sie zu ihrem Fach und ich sah ihr verwundert nach. Was war bloß mit ihr passiert? So aufgekratzt hatte ich sie noch nie erlebt.
„Na schöne Frau, hast du mich schon vermisst?", raunte plötzlich eine vertraute Stimme in mein Ohr. Jan! Es gab mir einen Stich durch und durch, als ich mich umdrehte und in sein männlich jungenhaftes Gesicht sah. „Jan!"
Mehr war ich nicht imstande zu sagen. Was für ein eigenartiges Gefühl, ihm hier als Kollegen zu begegnen. Einerseits freute ich mich, ihn zu sehen, andererseits war ich zutiefst verlegen bei dem Gedanken an das Geschehene. Ich dachte, jeder im Lehrerzimmer müsste mir an der Nasenspitze ansehen, was zwischen uns passiert war. Vergeblich suchte ich nach den richtigen Worten und sah ihn einfach nur hilflos an. Sabine rettete mich aus meiner Verlegenheit, als sie wieder kam und Jan begrüßte.
„Hallo, Jan!", rief sie, warf ihre duftigen, schulterlangen Haare schwungvoll in den Nacken und küsste ihn auf die Wange. Er umarmte sie kurz und hauchte ebenfalls einen Kuss auf ihre Wange.

„Tag, Bienchen. Hast du gestern noch den restlichen Wein getrunken?"
„Ja und ich habe jeden Schluck genossen!" Strahlend lächelte sie ihn an. Die Schulglocke, die uns Lehrer gnadenlos zu unserer Pflichterfüllung rief, riss sie aus ihrer Verzückung und wir begaben uns zu unseren Klassenzimmern. Sabine redete auf dem Weg dorthin fast ohne Unterlass und ich fragte mich, warum sie so aufgedreht war.
Restlichen Wein? Was hatte er damit gemeint? Siedend heiß fiel es mir ein. Jan hatte Sabine offenbar am Samstagabend eingeladen, um seine Kochkünste nicht komplett einfrieren zu müssen. War da etwa noch mehr geschehen, als nur Kulinarisches zu genießen? Natürlich, so war es! Das erklärte auch ihre sprühend gute Laune. Sie sah sich womöglich am Beginn einer wunderschönen neuen Beziehung! Aber Jan konnte doch unmöglich nach unserer Nacht sofort mit Sabine etwas angefangen haben!
Ich wurde aus meinen Gedanken gerissen, als ich an meiner Anzugjacke ein Zupfen wahrnahm. „Frau Seland, hallo. Warum sperren Sie denn nicht auf?"
Paul, ein Junge aus meiner Klasse, stand neben mir und sah mich fragend an.
Von diesem Moment an versuchte ich an gar nichts Privates mehr zu denken, um den Unterricht einigermaßen durchzustehen. Ich gab die Aufsätze zurück und ließ ein paar vorlesen. Janina maulte vor sich hin, weil sie für ihren wirren Inhalt eine 4–5 erhalten hatte, und das war noch sehr kulant bewertet. Ich erklärte ihr geduldig, warum ich ihr Geschreibsel nicht so gut gefunden hatte, aber sie meckerte trotzdem weiter.
„Mein Vater wird ganz schön schimpfen mit mir. Und mit Ihnen auch."
Ich verdrehte innerlich die Augen und fuhr im Unterricht fort. Es dauerte tatsächlich nur bis zum Abend des gleichen Tages, bis ein Anruf von Janinas Vater kam. Er wollte wissen, nach welchen Kriterien ich ihren Aufsatz bewertet hätte. Ich erklärte

ihm geduldig, dass kein Spannungsbogen erkennbar sei, der rote Faden immer wieder verloren ging und außerdem erhebliche sprachliche Mängel beinhaltet seien. Er war jedoch der festen Meinung, ich sei unfähig, den Kindern das Aufsatzschreiben beizubringen und konterte: „Es ist unglaublich, welch inkompetentes Personal auf unsere Kinder losgelassen wird. In der freien Wirtschaft würden Sie mit Ihrer Stümperei in hohem Bogen aus der Firma fliegen. Aber so was wie Sie wird auf Lebenszeit verbeamtet. Und wir Nicht-Beamten müssen das auch noch bezahlen. Guten Abend!"
Bevor ich etwas erwidern konnte, hatte er schon aufgelegt. Inkompetent, Stümperei! Musste ich mir solche Unverschämtheiten gefallen lassen? Ich beschloss, ihn zu meiner Sprechstunde einzubestellen, und zwar gleich morgen. Schnell setzte ich ein Einladungsschreiben auf und druckte es aus. Morgen würde ich es Janina mitgeben. Der feine Herr sollte mich noch kennenlernen.
Ich lehnte mich im Schreibtischsessel zurück und seufzte. Der erste Tag war vorüber und schon steckte ich wieder in Schwierigkeiten. Und morgen musste ich mich wieder mit Patrick auseinandersetzen. Wie sollte ich ihm ohne Vorbehalte begegnen, wo ich doch fest davon überzeugt war, dass er hinter dem Drohbrief und den Anrufen steckte. Und vielleicht auch in unser Haus eingedrungen war. Plötzlich verließ mich mein ganzer Mut und ich spielte ernsthaft mit dem Gedanken, den Schuldienst zu quittieren, um endlich aus dem Schlamassel herauszukommen. Das war natürlich unmöglich und so rief ich mich zur Ordnung und bereitete weiter pflichtbewusst meinen Unterricht vor.
Die Begegnung mit Patrick stellte sich erstaunlicherweise weniger problematisch dar, als ich befürchtet hatte. Er sah mich zwar immer noch mit diesem lauernden Blick an, war aber sehr zurückhaltend mit unflätigen Bemerkungen.
Hatte er genug davon, mich in Angst und Schrecken zu versetzen? Oder war das nur die Ruhe vor dem nächsten

Sturm? Nach dem Unterricht, als die Schüler das Klassenzimmer verlassen hatten, stand er plötzlich neben mir. Ich war gerade dabei meinen Eintrag ins Klassentagebuch zu machen und sah verwundert zu ihm hoch.
„Patrick, kann ich etwas für dich tun?" Er antwortete nicht sofort, sondern sah mich nur mit seinem undurchdringlichen Blick an. Ein kalter Schauer jagte meinen Rücken hinunter. Zog er gleich ein Messer? Kam jetzt die große Abrechnung? Ich stand schnell auf und stellte mich neben das Pult, um etwas räumlichen Abstand zu ihm zu gewinnen. Er stand immer noch wortlos da, die Hände in den Hosentaschen, und fixierte mich. Am liebsten wäre ich davongerannt, so bedrohlich wirkte die Situation auf mich.
„Hatten Sie schöne Ferien?", fragte er plötzlich in die Stille hinein.
„Wie bitte?"
„Ich will nur wissen, ob Ihre Ferien erholsam waren!"
Sein Grinsen sagte mehr als alle Worte. Ich antwortete schlicht und einfach mit ja, um ihn nicht zu provozieren.
„Sie sagten einmal, dass ich Nachhilfe nehmen sollte. Könnten Sie das nicht machen?"
Verdutzt sah ich ihn an. Was hatte dieser extreme Themenwechsel zu bedeuten? Ausgerechnet ich sollte ihm Unterricht erteilen? Das konnte doch nur eine Falle sein. Ich durfte ihm jetzt nicht absagen, denn es könnte fatale Folgen haben, wenn er sich von mir abgelehnt fühlte.
„Ähm, ja das könnte ich schon machen", ging ich deshalb auf ihn ein. „Es freut mich, dass du zu der Einsicht gelangt bist, etwas tun zu müssen. Ich sage dir in der nächsten Stunde Bescheid, wann und wo wir uns treffen."
Patrick verzog den Mund zu einem kleinen Lächeln. In seinen Augen spiegelten sich aber weder Freude noch Ablehnung. Sie waren gänzlich ausdruckslos, was noch bedrückender war als irgendwelche negativen Gefühlsregungen. Es war mir nicht möglich zu ergründen, was in ihm vorging. Auf dem

Weg zum Auto erzählte ich Sabine davon und sie fand die Idee, ihm Nachhilfe zu erteilen, sehr gut.

„Damit kommst du einfach besser an ihn heran und er wird dadurch vielleicht zugänglicher und terrorisiert dich nicht mehr!", meinte sie bestätigend und ich musste ihr zustimmen. Sie sah heute wieder so frisch und lebendig aus. Seit dem vergangenen Wochenende wirkte sie aufgekratzt und fröhlich und oft umspielte ein kaum merkliches Lächeln ihre Lippen. Es gab nur eine Erklärung dafür. Sabine war in Jan verliebt! Ob ihm das bewusst war? Was war bei seiner Einladung zum Essen geschehen?

Zu Hause angekommen rief ich ihn sofort an, da ich Jan am Vormittag nicht gesehen hatte.

Er wies meine Vermutung, dass er mit ihr ein Techtelmechtel hatte, empört zurück.

„Wie kannst du nur so etwas denken! Wir hatten einen netten Abend und haben viel gelacht. Und zum Abschied habe ich sie geküsst. Mehr war da nicht."

Ach, nur ein kleiner Abschiedskuss! Aus seiner Sichtweise war das natürlich nichts. Aber ich wusste nur zu gut von der explosiven Wirkung seiner Küsse!

„Ich wollte es nur wissen, weil sie so verliebt wirkt. Jan, du musst dich nicht verteidigen. Für uns zwei kann es sowieso keine Zukunft geben. Ich werde meine Familie nicht verlassen und deshalb solltest du mich so schnell wie möglich vergessen. Sabine wartet doch nur darauf, dass du ihr näher kommst!"

„Ja, meinst du? Du denkst ernsthaft, sie ist in mich verliebt?"

Naiv, naiver, Jan.

„Natürlich, das spürt man doch zehn Meilen gegen den Wind!"

„Ich liebe aber dich."

Blauäugig war er auch noch.

„Ich weiß. Du hast auch ungeahnte Gefühle in mir entfacht, aber es hat keinen Sinn. Wir müssen es bei einem einmaligen Seitensprung belassen, verstehst du?"

Schweigen am anderen Ende der Leitung.
„Jan, hast du mich verstanden?"
„Akustisch ja, aber ansonsten kann ich es nicht verstehen. Es war so schön mit dir und du hast so viel Gefühl gezeigt, dass ..."
„Jan, hör auf, dich und mich zu quälen. Es gibt kein „Wir" für uns. Sabine ist frei und sie macht sich allem Anschein nach große Hoffnungen, mit dir zusammen zu sein."
„Ich wollte am Samstag nicht anbändeln, sondern nur verhindern, dass mein gutes Essen im Biomüll landet."
„Was für hehre Absichten. Sie ist doch eine tolle Frau! Hübsch, intelligent und nett. Was willst du mehr?"
„Versuchst du etwa gerade mich zu verkuppeln, damit du ein Problem weniger hast? Ich finde sie ja auch sympathisch, aber es umgibt sie manchmal eine etwas unterkühlte Aura. Und seit du an unserer Schule bist, zieht es mich magisch zu dir hin. Ich kann diese Gefühle einfach nicht unterdrücken."
„Das musst du aber. Aus uns zweien kann nie mehr werden als eine Affäre, die viel Schaden anrichtet. Deshalb ist es besser, alles, was zwischen uns passiert ist, zu vergessen. Oh, ich muss jetzt aufhören, Lena hat zum Essen gerufen. Tschüss bis morgen."
Es fiel mir nicht leicht, ihn so schroff abweisen zu müssen. Doch ich wusste, dass es für alle Beteiligten das Beste war. In Gedanken versunken ging ich nach unten und sah zu meinem Schrecken Lena mit ihrem Verlobten in der Diele. Er half ihr gerade in den Mantel und grüßte mich, ohne auch nur eine Miene zu verziehen. Ich ärgerte mich, dass sie so unbekümmert über meine Anweisung, ihn nicht mehr ins Haus zu lassen, hinwegging. Ich bat sie, in die Küche zu kommen, und sagte in leisem, scharfem Ton: „Zum letzten Mal: Ich möchte Ihren Verlobten innerhalb dieses Hauses nicht zu Gesicht bekommen. Er kann Sie abholen, aber er soll in Zukunft keinen Schritt mehr über unsere Schwelle machen. Haben wir uns jetzt verstanden?"

Sie blitzte mich aus ihren schwarzen Augen an und warf trotzig die dunklen Locken über die Schulter. „Ja, sicher, wie Sie wünschen!", sagte sie mufflig, drehte sich auf dem Absatz um und verschwand sogleich mit ihrem Partner, der mir im Vorbeigehen einen finsteren Blick zuwarf.
Plötzlich kam mir der Gedanke, dass er es gewesen sein könnte, der letzte Woche in unser Haus eingedrungen war und den Fernseher eingeschaltet hatte. Lena besaß ja einen Hausschlüssel! Mir fiel es wie Schuppen von den Augen. Natürlich, so war es gewesen! Wieso war mir der Gedanke nicht schon früher gekommen? Wie lächerlich es mir jetzt vorkam, dass ich Patrick verdächtigt hatte. Niemand hatte es schließlich einfacher, ins Haus zu gelangen, als Lena und ihr Verlobter. Sie hatten Rache genommen für seinen Rausschmiss!
Vielleicht wäre es am besten, wenn ich ihr kündigte, aber dann müsste ich Angst haben, dass ihr Groll gegen mich noch größer würde. Und nicht auszudenken was sie dann für Rachepläne schmieden würden! Es klingelte an der Haustür und ich öffnete. Sascha warf sich in meine Arme und jubelte, dass er in Mathematik eine Eins erhalten hatte.
„Cool, gell! Darf ich dafür nächstes Wochenende bei meinem Freund übernachten? Der hat ein geiles Computerspiel bekommen, das ..."
Ich legte ihm sanft meine Hand auf den Mund. „Sascha, sag nicht geil, sonst bleibst du daheim. Wenn du toll sagst, verstehe ich es genauso."
„Alle sagen geil, nur ich darf nicht."
„Sascha!"
„Okay. Also er hat ein tolles Computerspiel, das wir ausprobieren wollen. Darf ich? Bitte, bitte."
Ich sagte zu und wir aßen gemütlich zusammen Mittag. Es tat so gut, abgelenkt zu werden. Erst als ich am Schreibtisch saß, fiel mir Lena wieder ein. Einerseits war es ein entsetzlicher Gedanke, dass die Frau, die tagtäglich meinen Haushalt

versorgte, hinter dem Terrorakt steckte, andererseits beruhigte es mich, dass Patrick jetzt außen vor war.

Zwei Tage später sprach ich mit Patrick über den Nachhilfeunterricht. Ich hatte mir überlegt ihm vorzuschlagen, den Unterricht bei sich zu Hause abzuhalten. Darüber zeigte er sich allerdings nicht sehr begeistert.
„Ich glaube nicht, dass das funktioniert. Wir wohnen in einer Vierzimmerwohnung mit vier Kindern. Da geht es immer ziemlich laut zu. Können wir nicht in der Schule bleiben? Sie kennen bestimmt einen Raum, in dem man ungestört ist."
Da ich nicht wollte, dass er zu mir nach Hause kam, stimmte ich zu. Jetzt, da ich sicher war, dass er nicht in mein Haus eingedrungen war, hatte ich auch nicht mehr solche Angst vor ihm. Wir legten die Stunde auf den Dienstag fest, gleich nach der sechsten Stunde. Es gab einen kleinen Konferenzraum, der sich gut für mein Vorhaben eignete.
Ich hegte die Hoffnung, durch den Einzelunterricht unsere Beziehung zu verbessern. Lena musste ich in nächster Zeit nur ein bisschen schmeicheln, dann würde diese Feindseligkeit auch aus der Welt geschafft sein. Und ich könnte wieder etwas von meiner inneren Ruhe zurückgewinnen. Ich war unbedarft genug, fest daran zu glauben.

KAPITEL 16

In den kommenden Wochen bis Weihnachten sollte ich tatsächlich das Gefühl bekommen, dass sich alles endlich einrenken würde. Die Nachhilfestunden mit Patrick gestalteten sich unproblematischer, als ich angenommen hatte. Er folgte meinen Ratschlägen und erledigte bereitwillig die gestellten Aufgaben. Seine anfängliche Abwehrhaltung wurde von Mal zu Mal schwächer und hin und wieder erzählte er sogar etwas aus seinem Privatleben. Sobald ich aber zu sehr nachhakte, machte er sofort einen Rückzieher, so als würde es ihm plötzlich bewusst werden, dass er zu viel von sich preisgab. Ich hatte das Gefühl, dass er meine uneingeschränkte Zuwendung genoss. Zu Hause musste er sie mit drei Geschwistern teilen, womit seine Mutter anscheinend restlos überfordert war. Wenn ich das Gespräch auf seinen Stiefvater lenken wollte, blockte er allerdings sofort ab. Diese gemeinsamen Stunden wirkten sich zumindest positiv auf den Unterricht aus. Er rebellierte nicht mehr pausenlos gegen mich und seine Freunde hielten sich auch mehr zurück. Endlich war diese Aura der Feindseligkeit verschwunden und damit auch die Angst, in diese Klasse zu gehen. Die Anzahl der Klassenbucheinträge reduzierte sich im Laufe der Wochen auf ein Minimum, was auch Hans nicht entgangen war.

„Du schreibst ja kaum mehr eine Bemerkung hinein. Hast du etwa resigniert? Rekord! So schnell hat noch keine aufgegeben", lautete eines Tages sein sarkastischer Kommentar.

„Wieso aufgeben? Es gibt kaum mehr etwas einzutragen, deshalb findest du nichts mehr. Rekord! So schnell hat das noch keine geschafft!", gab ich scharfzüngig zur Antwort und rauschte ab. Dieses schleimige, dickbäuchige Muttersöhnchen! Immer war er darauf aus, etwas Negatives über seine Kollegen zu äußern, und mich hatte er besonders auf dem Kieker. Aber inzwischen vergaß ich seine Bemerkungen auch ganz schnell wieder.

Mehr Sorgen bereitete mir Janinas Vater, der überzeugt war, dass ich die größte Niete von Lehrerin überhaupt sei. Meiner Einladung zu einem Gespräch folgte er natürlich nicht, angeblich aus Zeitmangel. Dafür erhielt ich einen deftigen Brief, in dem er mir ankündigte, dass er ein Beschwerdeschreiben an das Oberschulamt schicken werde. Darin wolle er von meiner Unfähigkeit, Aufsatzlehre zu erteilen und ordentliche Hausaufgaben zu stellen, berichten und die mangelnde Disziplin in der Klasse anprangern. Dabei war es hauptsächlich seine Tochter, die Unruhe stiftete und andere aufwiegelte.
Ich zeigte Jan den Brief, aber der zuckte nur mit den Schultern. „Du musst wissen, dass der Typ ein Schaumschläger ist. Vor einem persönlichen Gespräch drückt er sich, droht dafür aber massiv aus dem Hintergrund. Diese Taktik hat er die letzten zwei Jahre auch schon angewandt. Das kostet zwar Nerven, ist aber nur halb so schlimm, wie es aussieht."
„Aber er will mich beim Oberschulamt anschwärzen! Nicht gerade ein angenehmer Gedanke!"
Er legte besänftigend eine Hand auf meine Schulter. „Glaube mir, er wird nichts unternehmen. Das ist nur eine leere Drohung, um dir das Leben schwer zu machen. Bei Frau Timmler war es genauso."
Ich lächelte ihn dankbar an. Obwohl ich mit Jan inzwischen nur noch kollegialen Kontakt pflegte, zeigte er sich sehr einfühlsam und hilfsbereit. Die magische Anziehungskraft, die wir aufeinander ausübten, war immer noch deutlich zu spüren. Am deutlichsten war sie jedoch zutage getreten, als ich ihm einmal unverhofft in der Bibliothek begegnet war.
„Hallo Isabel!", rief er erfreut, als er mich hinter dem Regal entdeckte. „Wie schön, endlich treffe ich dich mal allein an!" Mit großen Schritten kam er auf mich zu. „Na, bist du schon fündig geworden?"
„Nein, noch nicht, aber mit Geduld und Spucke werde ich schon noch das Richtige finden."

Jan nahm mir das Buch aus der Hand und sah mich eindringlich an.

„Ich vermisse dich", sagte er nur.

„Aber du siehst mich doch hier jeden Tag", antwortete ich, bewusst die wahre Bedeutung seiner Worte ignorierend.

„Du weißt genau, was ich meine. Ich kann diesen Morgen in deinem Haus nicht vergessen."

Ich doch auch nicht, hätte ich am liebsten geantwortet.

„Jan, hör auf damit. Es hat doch keinen Sinn. Du quälst dich nur selbst."

„Ich weiß", seufzte er und nahm meine Hände. Das Verlangen in seinen Augen sprang mir wie sprühende Funken entgegen und erhöhte merklich meinen Puls.

Nicht küssen, nein du darfst ihn nicht küssen!, befahl ich mir. Er beugte sich zu mir herunter. Ich schloss meine Augen vor Erwartung und vor der Realität und konnte schon seinen Atem spüren und das Kribbeln auf meinen Lippen, als plötzlich jemand die Tür aufriss.

Brutal auf den Boden der Tatsachen gezerrt, wichen wir erschrocken auseinander.

„Hallo!", ertönte Inges Stimme. „Ist hier jemand?"

Bevor wir antworten konnten, hatte sie uns entdeckt und ließ ihren Adlerblick argwöhnisch zwischen uns hin- und herschweifen.

„Ach, hallo Inge!", rief ich erzwungen fröhlich. „Na, suchst du auch noch etwas für den Unterricht?"

„Was sollte ich sonst wohl hier wollen?", fragte sie schnippisch. Sie spürte mein krampfhaftes Bemühen um Unbekümmertheit. Jan war nichts Besseres eingefallen, als in irgendeinem Buch sinnlos und geräuschvoll herumzublättern. Ich brauchte schnellstens ein Thema, um sie von der angespannten Situation abzulenken.

„Du, ich brauche unbedingt die Bastelanleitung von deinen schönen Weihnachtssternen. Ich möchte sie gerne mit meinen Kindern basteln und an die Fenster hängen, wenn du nichts

dagegen hast."
Inges Augen leuchteten auf. „Aber natürlich nicht! Ich habe die Anleitung in meinem Klassenzimmer. Wenn du nachher mitkommst, kannst du sie gleich kopieren."
„Prima Idee!"
Jan zog daraus die Konsequenzen. „Also, ich wünsche den beiden Damen noch viel Spaß. Bis morgen!", sagte er lächelnd und verließ nahezu fluchtartig den Raum. Er war sichtlich froh darüber gewesen, dieser misslichen Situation entfliehen zu können, und ich war froh, dass ich davon abgehalten worden war, wieder schwach zu werden! Dieses Erlebnis hatte uns beiden eindrücklich gezeigt, dass eine Affäre untragbar und höchst brisant wäre.
Von diesem Zeitpunkt an vermied ich es strikt, ihm allein zu begegnen. Jan nahm auch deutlich Abstand von mir und kam dabei Sabine immer näher. Ich bekam mit, dass sie fast jedes Wochenende miteinander verbrachten. Sabine strahlte am darauf folgenden Montagmorgen beim Betreten des Lehrerzimmers so sehr vor Glück, dass künstliches Licht beinahe überflüssig wurde. Eigentlich hätte ich froh darüber sein müssen, dass das Problem Affäre auf diese Art gelöst worden war. Ärgerlicherweise versetzte es mir jedoch jedes Mal einen Stich, wenn ich die beiden zusammen turteln sah. Ich konnte mich gegen diese eigentümlichen eifersüchtigen Gefühle nicht wehren, was mich ziemlich verwirrte. Ich musste unbedingt mit Babs darüber sprechen. Bisher hatte ich wegen ihrer Grippe, die sie 14 Tage an das Bett gefesselt hatte, einigen Geschäftsterminen und einer Vernissagevorbereitung noch nicht die Gelegenheit gefunden, ihr von meinem Seitensprung zu erzählen.
Es war drei Tage vor den Weihnachtsferien, als sie endlich aus der Galerie anrief, um uns zu ihrer Silvesterparty einzuladen.
„Sascha kann ja bei uns übernachten und ihr holt ihn am Morgen wieder ab", schlug sie vor.

„Oh nein. Sascha bei deiner Silvesterfeier! Das ist nicht dein Ernst. Du weißt doch, was er anstellen kann, wenn ihm langweilig ist. Stinkbomben legen wäre noch das Geringste, glaube mir. Wir bringen ihn zu meinen Eltern. Mein Bruder ist mit seinen Kindern über Neujahr auch dort. Meine Eltern haben mich geradezu bedrängt, ihn zu bringen, also nehme ich die Gelegenheit wahr. Hast du ein bisschen Zeit? Ich muss dir unbedingt etwas erzählen!"

„Jetzt machst du mich aber neugierig. Was gibt es denn so Wichtiges?"

„Ja also, ähm. Ich weiß gar nicht, wie ich anfangen soll. Damals, als ich in den Herbstferien allein war…" Ich erzählte ihr von den anonymen Anrufen in jener Nacht, der offenen Terrassentür, dem Fernseher – und von Jan, den ich vor lauter Angst zu mir gebeten hatte,

„Mitten in der Nacht?", rief Babs verwundert. „Und, ist er gekommen?"

„Ja, er übernachtete im Gästezimmer, aber ich konnte partout nicht einschlafen. Irgendwann habe ich mich dann zu ihm gelegt, als er schon fest schlief."

„Isabel! Das sind ja mal pikante Neuigkeiten! Hat er etwas gemerkt?"

„Erst morgens. Er ist vor mir aufgewacht und hat mich geküsst. Blöderweise verwechselte ich ihn mit Alex und dann ist es einfach passiert."

„Passiert? Du meinst jetzt aber nicht das, was ich denke, oder!!"

„Doch! Ich habe mit Jan geschlafen und es war schön!"

„Wie bitte?!? Und das aus dem Mund einer strikten Verfechterin der Monogamie? Das gibt es doch gar nicht!"

„Jetzt beruhige dich mal wieder! Wenn du Jan kennen würdest, könntest du mich verstehen. Er ist der Charme in persona. Wenn er einen ansieht und küsst … Man kann ihm einfach nicht widerstehen!"

„Isabel, dich hat es ja ganz schön erwischt! Und was ist mit deinem Mann?"

„Frag lieber nicht. Ich war am Samstag kurz davor, zu Jan zu fahren, als Alexander überraschend nach Hause kam. Ich habe Jan heimlich abgesagt und ihm vorgeschlagen, er solle Sabine einladen. Die hat natürlich gedacht, er hätte extra für sie aufgekocht. Wenn die wüsste, dass sie damals nur als Ersatz für mich einspringen durfte! Na dann gute Nacht!"

„Und du denkst, sie hat nichts gemerkt? So verblendet kann man doch gar nicht sein!"

„Oh doch, kann man. Sie trifft sich inzwischen regelmäßig mit Jan. Ich hatte ihm zu verstehen gegeben, dass ich es bei einer einmaligen Affäre belassen will, und ihm den Tipp gegeben, sich um Sabine zu kümmern, die offensichtlich scharf auf ihn war. Kannst du dir das vorstellen?"

„Also Isabel, wieso hast du die Affäre nicht noch eine Weile ausgekostet, wenn der Typ so gut ist, wie du behauptest."

„Das ist mir zu gefährlich. Ich will doch meine Ehe nicht riskieren. Ich glaube, wenn ich mich weiter auf ihn einlasse, dann könnte es sein, dass ich mich ernsthaft verliebe, und dann? Nein, nein, er ist bei Sabine besser aufgehoben."

„Ja, da hast du Recht. Dein Eheglück darfst du nicht gefährden. Ist Sabine denn so richtig verliebt in ihn?"

„Das kann man wohl sagen. Sie läuft nur noch wie eine strahlende Glühbirne durch die Gegend und ist ständig gut gelaunt. Ich glaube, das hilft ihr, die gescheiterte Ehe zu überwinden. Das Glück mit ihm sei ihr vergönnt, obwohl ich den Anblick ihrer Zweisamkeit manchmal kaum ertragen kann, sag ich dir. Aber jetzt Themenwechsel. Soll ich an Silvester meinen speziellen Reissalat mitbringen?"

Wir redeten noch einige belanglose Dinge, bis ich schließlich das Gespräch beendete, um noch etwas für den Unterricht vorzubereiten. Gegen Abend kam überraschend Sabine vorbei und ich erschrak bei ihrem Anblick. Sie war kreidebleich und ihre Stimme klang ziemlich rau. Ihre Augen sahen rot entzündet aus.

„Was ist denn mit dir los?"
„Mich hat es voll erwischt. Das kommt bei mir von einer Minute zur anderen. Kannst du dich erinnern, als ich heute Morgen über ein Kratzen im Hals gejammert habe? Und schon ist die Erkältung in vollem Gange. Ich bleibe die nächsten zwei Tage zu Hause! Hier habe ich ein paar Unterlagen für dich und Jan. Am besten gehe ich jetzt gleich wieder, sonst stecke ich dich noch an. Frohe Weihnachten!", krächzte sie, drückte mir eine Mappe in die Hand und kehrte mir gleich darauf den Rücken zu.
„Ja, frohe Weihnachten und gute Besserung! Erhole dich gut in den Ferien!", rief ich noch und sah ihr mitleidig hinterher, wie sie kraftlos und mit eingezogenem Kopf zum Auto ging. Sie hatte sich sehr auf die Ferien gefreut, um so viel wie möglich mit Jan unternehmen zu können, und nun musste sie vielleicht das Fest und die freien Tage im Bett verbringen, die Ärmste.
Jan machte sich am nächsten Tag auch Sorgen um sie. „Sabine will partout nicht, dass ich zu ihr komme. Sie hat höllische Angst davor, mich anzustecken. Dann können wir Weihnachten nicht miteinander feiern. Na ja, irgendwie hat sie ja Recht. Lieber bin ich die nächsten drei Tage enthaltsam und kann dann mit ihr die Ferien verbringen, als jetzt hinzugehen und dann womöglich für den Großteil der Ferien flachzuliegen."
Ich stimmte ihm zu und fragte mich, wie tief seine Gefühle für sie wohl sein mochten. War es ihm gelungen, seine Zuneigung zu mir auf Eis zu legen? Wir waren uns seit der Begegnung in der Lehrerbibliothek wohlweislich aus dem Weg gegangen und es war unmöglich, während der kurzen, meist mit beruflichem Inhalt gefüllten Gespräche irgendwelche Gefühlsregungen wahrzunehmen. Wahrscheinlich hatte er es besser überwunden, als ich dachte. Die Verbindung mit Sabine half ihm, darüber hinwegzukommen.
Eigentlich hätte ich erleichtert sein können. Aber ganz tief in meinem Innersten spürte ich ein merkwürdiges Gefühl

der Enttäuschung darüber, dass ich für ihn anscheinend bedeutungslos geworden war. Ich hatte seinetwegen meinen Mann schändlich hintergangen und meine gut funktionierende Ehe riskiert, während es für ihn nur eine tolle Bettgeschichte zwischendurch gewesen war! Das kratzte enorm an meinem Ego. Ich nahm mir jedoch vor, nicht mehr darüber nachzudenken, und den Stand der Dinge als beste Lösung für alle Beteiligten zu akzeptieren.
Doch beim Weihnachtsessen der gesamten Lehrerschaft am letzten Schultag wurde ich eines Besseren belehrt! Wir kamen uns näher, als für uns gut sein konnte. So vertraut und innig war das Beisammensein, dass ich beinahe vergaß, in welch prekärer Situation wir eigentlich steckten. Jan saß neben mir und fischte ungefragt mit seiner Gabel einen Putenstreifen aus meinem Salat.
„Hey, du kannst es wohl nicht erwarten, bis dein Obelix-Rindersteak kommt, du Fresssack!", schimpfte ich scherzend.
Er grinste schelmisch und klaute noch ein Stückchen Tomate.
„Du bekommst natürlich auch etwas von meinem Essen ab!", meinte er in gönnerhaftem Ton.
„Danke, aber auf dein halbgares, bluttriefendes Neandertaleressen verzichte ich freiwillig!", antwortete ich kichernd, worauf er herzlich lachen musste.
„Typisch Frau!" Er zwickte mich in die Taille und ich quiekte laut auf.
„Lass diese Scherze", sagte ich mit gedämpfter Stimme. „Inge registriert alles."
Zwischen ihr und uns saßen zwar noch einige Leute, doch ihrem Adlerblick war wie immer nichts entgangen.
„Na gut, dann erzähle ich dir eben einen Witz. Pass auf. Ein Lehrer geht in die Bäckerei und …"
Er beugte sich ganz nah zu mir und erzählte ihn so leise, dass nur ich den Inhalt mitbekam. Die Distanz, die wir in letzter Zeit zwischen uns aufgebaut hatten, fiel wie ein Kartenhaus in sich zusammen. Ich fühlte mich unwiderstehlich zu ihm

hingezogen und verdrängte für einen Augenblick, dass er eigentlich mit Sabine liiert war. Bei der Pointe musste ich laut losprusten und erntete dafür nicht nur von Inge abschätzige Blicke, sondern auch von den Anderen. Einen besonders giftigen warf uns Hans zu.

„Na, Jan", rief er provozierend, „wie geht es eigentlich Sabine?"
„Danke der Nachfrage, aber mit meinem Zutun wird sie bestimmt ganz schnell gesund", antwortete Jan artig. Er war Gott sei Dank schlau genug, sich nicht auf Hans' Anspielung einzulassen. Um nicht noch mehr aus dem Rahmen zu fallen und böse Vermutungen zu schüren, bezogen wir die anderen Kollegen ins Gespräch ein.

Als Jan mir beim Abschied ein frohes Fest mit meiner Familie wünschte, bemerkte ich die tiefe Melancholie in seinem Blick. Ich erschrak, als ich erkannte, wie sehr er meinetwegen litt. Mein schlechtes Gewissen meldete sich schlagartig zurück. Niemand sollte leiden, weder Jan noch Sabine noch meine Familie, nur weil ich meine Gefühle nicht im Griff hatte. Ich bereute es zutiefst, dass ich mich jemals auf eine Affäre mit ihm eingelassen hatte. Auf gar keinen Fall durfte ich ihm noch einmal so gefährlich nahekommen, denn ich war keineswegs immun gegen ihn. In Gedanken verpasste ich mir ein Klebeband auf den Mund, um mein Verlangen, ihn zu küssen, zu unterdrücken. Stattdessen hauchte ich einen unverbindlichen Kuss auf seine Wange und löste mich dann abrupt aus seinen Armen. Er sollte mit Sabine glücklich werden. Sie sollte nicht die Zweitbesetzung sein, sondern sein Augenstern. Das gelang aber nur, wenn ich ihm zukünftig emotional nicht mehr im Wege stand.

Ich verbot mir aus diesem Grund jeden Gedanken an Jan und konzentrierte mich ganz auf meine Familie und die Weihnachtsvorbereitungen. Es gab so viel zu erledigen. Ich besorgte noch fehlende Geschenke und kaufte Servietten, Baumkuchen und andere weihnachtliche Leckereien. Alex brachte ich endlich dazu, die Eibe in unserem Garten mit

Lichterketten zu behängen, die er nach viel Gezeter zum Leuchten brachte. Den Weihnachtsbaum besorgten wir noch einen Tag vor Heiligabend und stellten ihn gleich auf. Alex hatte ich beauftragt, spezielle Wünsche Saschas, wie einen bestimmten Bausatz und ein ferngesteuertes Auto, zu besorgen. Entsprechend glücklich war Sascha bei der Bescherung und fortan beschäftigt.
Am zweiten Feiertag trafen wir uns mit beiden Großeltern zum Weihnachtsessen in einem Lokal. Ich trug mein neues Kleid und die Perlohrringe mit einem Diamanten an der Fassung, die mir Alex geschenkt hatte, und freute mich über das friedliche Zusammensein meiner Familie. Seit Schulbeginn hatte ich mich nicht mehr so wohl gefühlt. Ich dachte weder an die Schule noch an Patrick noch an meine Affäre mit Jan. Es gab nur meinen mich liebenden Ehemann, meinen zufriedenen Sohn und seine Großeltern, die über unsere Einladung glücklich waren. Meine Eltern blieben bis einen Tag vor Silvester bei uns und ich genoss es, mit meiner Mutter in der Stadt bummeln zu gehen, während Alex und mein Vater zu Hause Schach spielten oder die Eisenbahn im Hobbykeller in Gang setzten. Eigentlich gehörte sie Sascha und er bekam auch jedes Jahr zum Geburtstag und zu Weihnachten etwas dazu geschenkt, was er sich nie gewünscht hatte. Aber Alex ließ sich nicht davon abbringen, denn es war seine heimliche Leidenschaft, was er jedoch niemals offen zugeben wollte.
Lena hatte bis zum Schulanfang frei und ich fand Spaß daran, wieder selbst zu kochen. Ich hatte mir vorgenommen, bis nach Neujahr gar nichts für die Schule zu tun, sondern mich nur meiner Familie zu widmen. Ich war rundum glücklich und zufrieden und freute mich auf Barbaras Silvesterparty in der Galerie. Sascha fuhr am Tag davor mit meinen Eltern mit. Nachdem sie weg waren, ging ich zum Einkaufen, um die Zutaten für den exotischen Reissalat sowie etwas für Neujahr zu besorgen und kam gut gelaunt nach Hause. Ich verstaute

den Einkauf und schaute dann in den Briefkasten. Außer dem Wochenblatt waren noch zwei Briefe angekommen. Eine Rechnung und ein roter Umschlag, an mich adressiert. Zuerst dachte ich an eine verspätete Weihnachtskarte und suchte nach dem Absender, aber ich konnte weder auf der Vorder- noch auf der Rückseite einen finden. Neugierig riss ich den Umschlag auf und zog einen kleinen, zusammengefalteten Zettel heraus. Unwillkürlich regte sich in mir ein ungutes Gefühl. Auf dem Zettel stand in exakten Druckbuchstaben nur ein einziger Satz: *Wie fühlst du dich, wenn du an Tom denkst?* Ich drehte den Zettel auf die Rückseite, aber es stand nichts darauf. Was hatte das zu bedeuten? Wieso fragte mich jemand nach Tom? Nach so langer Zeit! Seine Gestalt tauchte vor meinem geistigen Auge auf. Groß, dunkelblondes, glattes Haar, ein spitzbübisches Jungengesicht mit strahlend blauen Augen. Ich hatte ihn damals kennengelernt, als ich in der zwölften Klasse in das Landshuter Gymnasium gekommen war. Der Umzug von Frankfurt nach Landshut war mir damals nicht leichtgefallen. Ich hatte meine sämtlichen Freunde zurückgelassen und war zwei Jahre vor dem Abitur plötzlich „die Neue" gewesen. Tom hatte bemerkt, wie unwohl ich mich fühlte, und sich rührend um mich gekümmert. Ich war ihm so dankbar gewesen und aus der anfänglichen Kameradschaft hatte sich bald eine tiefe Freundschaft und in der 13. Klasse eine Liebesbeziehung entwickelt.
Ich starrte auf den Zettel und fragte mich, warum um Himmels willen 19 Jahre später jemand nach Tom fragte. Anonym und rätselhaft formuliert. Ich setzte mich auf den Barhocker, der vor der Küchentheke stand, und sah den Zettel noch einmal genauer an. Am oberen Rand befanden sich bunte graphische Zeichen. Es kam mir so vor, als hätte ich solche Notizzettel schon einmal gesehen, aber ich konnte mich nicht erinnern, wo das gewesen war. Plötzlich legten sich zwei Hände auf meine Schultern. Ich stieß vor Schreck einen Schrei aus und ließ den Zettel fallen.

„Aber Liebling, ich bin es nur. Warum bist du denn so schreckhaft? Oh, hast du Post von einer verpeilten Freundin bekommen, die gerade noch gemerkt hat, dass Weihnachten ist?"

„Alex, schleich dich doch nicht immer wie Winnetou an. Das ist keine Weihnachtspost. Lies selbst."

Ich zeigte auf den Boden. Alex hob den kleinen Notizzettel auf und las ihn stirnrunzelnd.

„Tom? Ist damit mein Vorgänger gemeint, den ich damals in die Flucht geschlagen habe, weil ich der stärkere Hirsch im Revier war?"

„Was für blöde Vergleiche! Wer sollte sonst gemeint sein, schließlich kenne ich niemand anderen namens Tom. Kannst du mir vielleicht sagen, was das zu bedeuten hat? Warum fragt mich jemand anonym nach meinem Ex und wieso will er wissen, wie ich mich dabei fühle?"

Alex sah den Zettel noch einmal an und zuckte kopfschüttelnd mit den Schultern. „Keine Ahnung und ich schätze, wir werden es auch nach stundenlangem, angestrengtem Überlegen nicht herausfinden, deshalb …"

Er zerknüllte den Zettel und warf ihn gezielt in den Papierkorb. Das war wieder so typisch für meinen Gatten, die Probleme auf diese Weise lösen zu wollen.

„Spinnst du, das wird nicht weggeworfen. Vielleicht brauche ich ihn irgendwann einmal als Beweismittel, wer weiß!", sagte ich empört, während ich den Zettel wieder herauskramte, entfaltete und sorgfältig glatt strich.

„Isabel, das kommt von irgendeinem Spinner und am besten ignorierst du es."

„Das kann ich nicht. Seitdem ich in dieser Schule bin, passieren die seltsamsten Dinge. Meine durchwühlte Brieftasche, anonyme Anrufe und ein Drohbrief. Ich dachte vor den Ferien, dass es ein Ende hätte, und jetzt das hier! Findest du das nicht auch eigenartig?"

„Es ist schon komisch, aber glaube mir, du befindest dich

nicht in einem deiner Thrillergeschichten, in denen man geheimnisvolle Briefchen und Anrufe bekommt und am Ende um ein Haar ermordet wird. Irgendwer will dich einfach nur verunsichern. Und damit ist dieser Jemand verdammt erfolgreich."
Ich sah ihn an. „Also wirklich, Alex. Jedes Mal, wenn ich Probleme dieser Art habe, nimmst du mich nicht ernst. Du versuchst schon wieder die Angelegenheit bis zur Bedeutungslosigkeit herunterzuspielen. Denkst du, das hilft mir?"
„Ja, das denke ich. Wenn ich nämlich darauf eingehe, dann steigerst du dich maßlos hinein, schläfst schlecht und es ist nichts mehr mit dir anzufangen. Ich helfe dir nur, das Ganze nicht zu ernst zu nehmen, weil ich dich liebe."
Er nahm mich in die Arme und küsste meine Stirn.
„Nett gemeint, aber dass irgendein Spinner mein Leben durcheinanderbringen will, kannst du nicht ableugnen. Ich fühle mich dadurch bedroht, verstehst du! Wer ist das, Alex?"
Ich sah ihm in seine braunen Augen und suchte darin verzweifelt nach einer Antwort, die er mir natürlich nicht geben konnte. Dieser kleine quadratische Zettel hatte mich brutal und erbarmungslos aus der Sorglosigkeit der letzten Tage in die raue Wirklichkeit gezerrt. Plötzlich sah ich mich wieder mit diesem unsichtbaren Gegner konfrontiert und fühlte mich so schrecklich hilflos.
„Okay, was soll ich tun? Wie können wir dem Unhold auf die Spur kommen?", flötete Alex in versöhnlichem Ton.
Ich überlegte. „Wir müssen unbedingt herausfinden, wer solch einen Notizblock verwendet."
„Ja, das ist eine gute Idee. Aber das kannst du erst, wenn du wieder in der Schule bist, und bis dahin verschwendest du keinen weiteren Gedanken mehr daran, versprochen?"
Warum nur hatte ich angenommen, Alex würde sich tatsächlich länger als zehn lausige Sekunden mit diesem Problem beschäftigen? Es war ja schon von unschätzbarem

Wert, dass er die Suche nach der Herkunft des Zettels nicht gleich als unsinnige Aktion à la Miss Marple verworfen hatte. Ich stimmte also zu und versuchte tatsächlich, nicht mehr an diese rätselhafte Botschaft zu denken. Den ganzen Tag über verfiel ich in einen Aktionismus, putzte das ganze Haus, machte intensive Körperpflege und hörte dabei Musik aus den 60er-Jahren, um mich abzulenken. Aber dieses ungute Gefühl, das die morgendliche Post in mir ausgelöst hatte, wollte trotz allem nicht vollständig weichen.

Wer aus meinem Umfeld wusste von meiner Beziehung zu Tom? Ich lag im Bett und kramte in der gedanklichen Erinnerungskiste. Die Beziehung zu Tom, Sohn eines Lehrerehepaares, dauerte ungefähr drei Jahre. Während der Oberstufe im Gymnasium hatten wir eine sehr romantische Zeit. Er war es gewesen, der mir Halt gegeben hatte, als ich mit meiner neuen Lebenssituation fertig werden musste. Zuerst war ich mehr als dankbar dafür gewesen, dass er sich so fürsorglich um mich gekümmert hatte. Doch gegen Ende der 13. Klasse, als der hormonelle Ausnahmezustand der ersten Verliebtheit sich auf Normalniveau eingependelt hatte, fühlte ich mich zunehmend eingeengt. Er war ziemlich eifersüchtig und ich musste mich jedes Mal rechtfertigen, wenn ich allein ausging. An den Tagen, an denen wir uns nicht sehen konnten, rief er mich ständig an und war sauer, wenn ich nicht erreichbar war, weil ich eine Freundin besucht hatte. Rief ich dann nicht am gleichen Tag zurück, ließ er sich seine Enttäuschung deutlich anmerken. Ich hatte zwar gespürt, dass er mich durch seine Vereinnahmung ein Stück weit meiner persönlichen Freiheit beraubte, doch ich wollte es nicht wahrhaben und redete mir alles schön.

Ernsthafte Probleme bekamen wir miteinander, als wir zu studieren anfingen. Ich hatte eine kleine Zweizimmerwohnung bezogen und gemütlich eingerichtet. Tom, der sich nur ein winziges Zimmer in Untermiete leisten konnte, war immer öfter über Nacht bei mir geblieben. Sein ständiger Geldmangel hatte mich dann dazu bewogen, ihn gegen Mietbeteiligung bei mir einziehen zu lassen. Dies sollte sich als kapitaler Fehler herausstellen. Dass er jede freie Minute mit mir verbringen wollte, betrachtete ich anfangs, als ich noch verliebt genug gewesen war, als normal. Doch nach drei Monaten war mein Drang nach einem Eigenleben immer größer geworden. Ich hatte mich einer studentischen Theatergruppe angeschlossen, um eine eigene Freizeitbeschäftigung zu haben und mit anderen Leuten zusammen sein zu können. Doch selbst dieser eine Termin in der Woche war ein Problem für ihn gewesen. Als ich dann auch noch zu Proben am Wochenende wegmusste, war es zum ersten heftigen Streit gekommen. Er hatte mir vorgeworfen ihn zu vernachlässigen, während ich ihn anschrie, dass er mich meiner persönlichen Freiheit berauben würde. Auf Grund meiner heftigen Reaktion war er weinend zusammengebrochen und ich hatte nur hilflos zugesehen. In meiner Verzweiflung bot ich die blödeste Version zur Konfliktlösung an. Ich bat ihn, sich unserer Theatergruppe anzuschließen und er war auch noch prompt darauf eingegangen. Unser Streit war zwar dadurch sehr schnell beigelegt worden, meine Unfreiheit dagegen noch größer geworden. Ich war auch emotional unfrei geworden, da ich von diesem Tag an Wutausbrüche und heftigere Gefühlsäußerungen tunlichst vermied. Ich wollte ihn nicht mehr weinen sehen.

Immer öfter hatte ich mir die Frage gestellt, ob Tom der richtige Lebenspartner für mich war. Die Frage wurde sehr schnell beantwortet, als ich bei einem Rockkonzert (das Tom wegen einer heftigen Grippe versäumte) Alexander getroffen hatte. Vom ersten Augenblick an herrschte eine Vertrautheit zwischen uns, als ob wir uns schon ewig gekannt hätten. Es war Liebe auf den ersten Blick und beim Abschiedskuss war es um uns beide geschehen. Fast jeden Tag hatte er mich angerufen, wenn Tom außer Haus war, und mein Verlangen, Alexander wiederzusehen, war von Tag zu Tag größer geworden.

In gleichem Maße hatte meine Zuneigung zu Tom abgenommen, was er natürlich bald spürte. Seltsamerweise hatte er mich auf meine Distanziertheit nicht angesprochen, sondern sich umso heftiger an mich geklammert und über jeden meiner Schritte Bescheid wissen wollen. Das Zusammenleben mit Tom war nur noch eine Qual gewesen und von einem einzigen Gedanken beherrscht worden: Wie bringe ich ihm meinen Trennungswunsch schonend bei?
Niemals werde ich den Tag vergessen, an dem ich es ihm sagte. Er hatte mich nur angesehen. Sein Gesicht, aus dem jegliche Farbe gewichen war, blieb vollkommen ausdruckslos. Dieser emotionslose und dennoch durchdringende Blick hatte mich unglaublich verunsichert und ich hätte ihn am liebsten geschüttelt und angeschrien, um ihn aus seiner Erstarrung zu befreien. Doch alles, was ich in meiner Verzweiflung getan hatte, war ihn mit einem Wortschwall zu überschütten. Mühsam hatte ich ihm zu erklären versucht, dass Alexander nicht der eigentliche Grund für die Trennung war, sondern seine schon fast krankhafte Umklammerung und sein Kontrollzwang. Beides hatte meine Zuneigung zu ihm immer mehr schwinden lassen, nur hatte ich es mir nie eingestehen wollen. Erst das Auftauchen Alexanders hatte mir die Augen geöffnet für das Scheitern unserer Beziehung.
Als ich geendet hatte, herrschte ein beängstigendes Schweigen. Er hatte mich weiterhin angestarrt, bis er endlich schwer schluckte und sagte: „Das wird dir eines Tages furchtbar leidtun, du eiskaltes Luder!"
Ich hatte den Mund schon geöffnet, um mich zu verteidigen, als er blitzschnell und grob seine Hand darauf drückte und leise zischte: „Kein Wort mehr. Ich habe schon verstanden, dass ich nicht gut genug für dich bin. Weißt du eigentlich, wie sehr ich dich liebe? Bestimmt nicht, sonst würdest du mir das nicht antun."
Ich hatte mit aller Kraft seine Hand weggestoßen.
„Das ist keine Liebe, du betrachtest mich als dein Eigentum.

Ich ertrage das einfach nicht mehr!", hatte ich geschrien und war zur Wohnungstür gelaufen. Bevor ich sie ins Schloss fallen ließ, hatte ich gehört wie er mir „Das wird dir noch entsetzlich leidtun!" nachrief.

Er war am nächsten Tag ausgezogen und dann in der Versenkung verschwunden. Kein Telefonat, kein Brief, nichts. Als hätte es Tom nie in meinem Leben gegeben. Ich hatte zuerst versucht über seine Eltern Kontakt zu ihm aufzunehmen, doch diese waren sehr abweisend und verrieten mir seinen neuen Aufenthaltsort nicht. Sie verlangten sogar, dass ich mich von ihm fernhalten sollte.

Sein einziger Freund konnte oder wollte mir nicht sagen, wo er hingezogen war. Resigniert hatte ich schließlich die Suche nach ihm aufgegeben und mein neues Leben mit Alexander begonnen.

Vor einigen Jahren, Sascha war noch ein Kindergartenkind, hatte ich ihn zufällig in der Fußgängerzone getroffen. Der zeitliche Abstand hatte die Wunden von damals soweit geschlossen, dass wir beide bereit waren, zusammen in ein Café zu gehen, um darüber zu reden, wie es uns ergangen war. Er wollte alles über mich wissen, doch über sich selbst hatte er nicht viel erzählt. Nur, dass er geheiratet hatte und bei einer Bank tätig war. Mich hatte diese Information sehr erleichtert. Der Gedanke, dass er durch unsere Liebesgeschichte unfähig hätte sein können, eine neue Beziehung einzugehen, wäre für mich sehr belastend gewesen. Andererseits hatte er keinen besonders glücklichen Eindruck gemacht, sondern war eher niedergeschlagen gewesen. Doch ich hatte es unterlassen, ihn noch mehr auszufragen, und mich mit der Information zufrieden gegeben, dass er eine neue Liebe gefunden hatte.

Er wollte sich noch einmal mit mir treffen, doch er hatte sich danach nie wieder gemeldet und ich vergaß ihn im Laufe der Zeit.

Es erschien mir äußerst mysteriös, dass Jahre später jemand nach Tom fragte. Oder hatte er den Zettel selbst geschrieben?

War der Ausspruch *Das wird dir eines Tages noch furchtbar leidtun, du eiskaltes Luder!* damals als ernsthafte Drohung gemeint gewesen? Aber wieso sollte er erst nach 19 langen Jahren seine Rachegelüste ausleben! An dem Tag, an dem wir uns getroffen hatten, war sein Verhalten eher defensiv gewesen und nichts deutete darauf hin, dass er sich rächen wollte.

Meine Gedanken drehten sich im Kreis. Ich wollte einfach nur in Ruhe gelassen werden und meinen Seelenfrieden finden. Ich wollte wieder das Leben haben, das ich vor dem Antritt des Schuldienstes geführt hatte, ohne Sorgen und Ängste. Unvorstellbar, dass ich es damals als langweilig empfunden hatte! Ich stöhnte leise und weckte damit meinen Göttergatten auf. Er drehte sich zu mir um und murmelte verschlafen mit kratziger Stimme: „Kannst du nicht schlafen?"

„Ich muss dauernd an Tom denken. Vielleicht ist er es, der den ganzen Terror veranstaltet", antwortete ich und knipste meine Nachttischlampe an.

Alexander gab einen Laut des Unmuts von sich. „Das glaube ich nicht! Du hast nie wieder von diesem Laschkopf gehört. Warum sollte er sich nach Urzeiten bei dir mit Psychospielchen bemerkbar machen?"

„Ich habe ihn vor ein paar Jahren einmal in der Stadt getroffen. Das Gespräch war ziemlich einseitig verlaufen. - Ja, das ist es! Er hat die Trennung nicht verkraftet! Er war so ..."

„Isabel", fiel Alex mir ins Wort, „er musste doch gemerkt haben, dass du damals von seiner Umklammerung die Schnauze voll hattest. Das konnte auf gar keinen Fall überraschend für ihn gekommen sein!"

„Du warst nicht dabei. Er hatte sehr eigenartig reagiert. Eigentlich hatte ich Angst davor, dass er nochmal in Tränen ausbricht, aber er sagte nur, es würde mir eines Tages verdammt leidtun. Verstehst du?"

Wir hatten uns inzwischen im Bett aufgesetzt.

„Ja, er wollte damit sagen, dass er sich als einziger Mann in

diesem Universum sah, der die Fähigkeit besaß, dich glücklich zu machen. Er meinte damit, dass du es noch bitter bereuen würdest, dich auf einen Windhund wie mich einzulassen. Ja, genauso war es. Er wollte dich nur vor dem Riesenfehler bewahren, bei mir unglücklich zu werden und ihn Göttlichen irgendwann schmerzlich zu vermissen."
Sein Gesichtsausdruck spiegelte höchste Zufriedenheit ob seiner plausiblen Erklärung wider.
Alex und seine simple Sichtweise! Ich war versucht laut loszuschreien, unterließ es aber klugerweise und wollte ihn stattdessen noch einmal von meiner Version überzeugen.
„Aber sein Blick war eiskalt, so durchdringend und zugleich nichts sagend. Ich hatte richtig Angst bekommen. Und seine Bemerkung war eindeutig als Drohung gemeint gewesen, das wird mir immer klarer."
„Isabel, das ist doch Blödsinn. Wenn er böse Absichten gehabt hätte, dann hätte er sich doch damals gerächt und nicht nach fast 20 Jahren. Er ist inzwischen Banker, verheiratet, hat vielleicht Kinder und dich längst vergessen. Komm, lass uns jetzt schlafen, ich bin hundemüde und morgen Nacht wird sicherlich wieder durchgefeiert. Du willst doch nicht, dass ich vorzeitig schlappmache, oder?"
„Ja aber wer hat dann den Zettel geschrieben?"
Ich wollte jetzt noch nicht schlafen.
„Wenn du herausgefunden hast, wer solche Notizzettel benutzt, dann weißt du mehr. Und jetzt gute Nacht!"
Er gab mir einen zärtlichen Kuss auf die Wange und kuschelte sich in die Kissen. Ein gemurmeltes „Mach das Licht aus!" war das krönende Schlusswort der Vergangenheitsbewältigungsdiskussion. Ich sah Alex an und sehnte mich plötzlich nach Jan. Er hätte mir zugehört und meine Gedanken nicht als Hirngespinste einer Krimigeschädigten abgetan. Er hätte mich mit seinen blauen Augen sanft angesehen, mich tröstend in den Arm genommen und beruhigende Worte in mein Ohr geflüstert. Und ich hätte

mich in seinen Armen wohl gefühlt und alle Ängste wären bald vergessen. Aber ich hatte ihn abgewiesen und mit Sabine verkuppelt. Schön blöd, so einen grandiosen Liebhaber in die Wüste geschickt zu haben.
„Licht aus!", grunzte es verschlafen aus seinem Kissen.
„Ignorant!", murmelte ich wütend und knipste die Lampe aus.

„Hallo Belleschätzchen. Deinen köstlichen Reissalat kannst du auf die Essenstheke stellen, wenn du magst. Das Buffet wird gleich eröffnet", rief mir Babs gut gelaunt zu, als ich zu ihr in die Küche kam. Alle Gäste hatten inzwischen ihr Glas Champagner zum Empfang erhalten und standen in Grüppchen angeregt plaudernd in der Galerie herum.
„Tolle Stimmung, Babs. Ich bin froh, Silvester bei dir feiern zu können."
Sie lächelte mich an und umarmte mich spontan. Ihr teures Parfum stieg mir in die Nase.
„Ja, ich bin auch froh, dass du hier bist. Du bist mir von allen doch die Liebste. Übrigens, du siehst toll aus in deinem roten Cocktailkleid. Wo hast du das denn erstanden?"
„In meiner Lieblingsboutique in der Theaterstraße. Dort gibt es immer die besten Sachen, wenn du etwas Edles suchst. Und du übertriffst wieder einmal alle weiblichen Gäste mit deinem kleinen Schwarzen."
„Oh danke schön, das ist auch ein superteures Modell, das ich zu Weihnachten bekommen habe. Und du hast wohl neues Ohrgehänge von deinem Liebsten geschenkt bekommen. Apropos, hattet ihr Streit? Ihr wirkt so distanziert zueinander."
Eigentlich hatte ich angenommen, dass wir es ganz gut geschafft hatten, unsere Verstimmtheit zu verbergen, aber dem Röntgenblick der besten Freundin entging natürlich nichts.
Den heutigen Tag hatte ich damit verbracht, Alex tunlichst aus dem Weg zu gehen, was nicht schwer gewesen war, Ich war morgens beim Friseur und danach bei der Kosmetikerin gewesen. Nachmittags war Alex zu einem Bekannten gefahren, um seinen Mercedes Oldtimer zu bewundern und Probe zu fahren, während ich den Reissalat anrichtete. Abends hatte ich mich ins Bad verzogen und ihn ins Gästebad geschickt, um meine Ruhe zu haben. So blieben wir problemlos unter den (statistisch) durchschnittlichen acht Minuten täglicher Kommunikation zwischen Ehepaaren.
„Streit möchte ich es nicht unbedingt nennen. Alex hat mich

nur gestern Nacht mit seiner Ignoranz wieder einmal auf die Palme gebracht. Ich habe nämlich einen ganz eigentümlichen anonymen Brief erhalten. Ein Zettel, auf dem stand: Wie fühlst ..."

In diesem Moment ging die Tür auf und eine superschlanke Schönheit mit hochgesteckten dunklen Locken und hyperchicem goldfarbenem Kleidchen kam auf ihren zum sonstigen Outfit passenden Highheels in die Küche gewackelt.

„Babs, sieh dir nur dieses Malheur an. Dieser Tölpel von Josef hat mein Designerkleid bekleckert. Kein Mensch trinkt Champagner mit O-Saft, nur dein Riesenbaby! Wieso förderst du den überhaupt noch? Seine Bilder sind einfach grauenhaft. Irgendwann schwimmst du wegen diesem Nichtskönner noch den Bach hinunter. Was sagt denn dein Mann eigentlich dazu? Wahrscheinlich hat der bei dir sowieso nichts mehr zu melden", überfiel sie uns wie ein Platzregen bei Gewitter.

Babs antwortete nicht darauf, sondern besorgte ihr ein feuchtes Tuch, um das Kleid zu säubern. Die Schwarzlockige setzte zum nächsten Redeschwall an und ich sah keine Chance mehr, mein Anliegen loszuwerden. Also begab ich mich wieder zu den anderen Gästen hinaus und tröstete Josef, der wegen seines Missgeschicks noch sichtlich geschockt war. Ich wollte mir gar nicht vorstellen, mit welch ausgewähltem Wortmaterial sie ihn fertiggemacht hatte.

„Also Josef, du wirst dich doch von Schönheiten mit erbsengroßer Gehirnmasse nicht den Abend verderben lassen. Ich habe sie gerade kennengelernt. Ich sag dir, außer den Namen ihrer vier Designer und ihres Friseurs, von dem sie sich missgestalten lässt, hat sie nichts abgespeichert. Vielleicht noch den Namen ihres Schoßhündchens und den ihres Goldesels, sprich Gatte. Also vergiss sie einfach."

Josef griente nur belustigt und von Minute zu Minute ging es ihm besser. Ich schlängelte mich durch die Gästeschar und führte den einen oder anderen Smalltalk, nur um nicht mit Alex zusammensein zu müssen. Manchmal gesellte er sich zu mir, wenn ich gerade mit jemandem sprach, doch ich beachtete ihn kaum. Sein Verhalten der vergangenen Nacht ärgerte mich immer noch. Ich konnte einfach nicht verstehen, warum er mein Problem nicht ernst nahm.

Als ich mir zu vorgerückter Stunde am Buffet etwas holte, stand er plötzlich neben mir.

„Hallo meine Süße! Warum redest du eigentlich nicht mehr mit mir? Du weichst mir schon den ganzen Tag aus. Vielleicht kann ich es ja wieder geradebiegen."

„Schlimm genug, dass du nicht einmal weißt, womit du mich geärgert hast. Warum sollten wir es dann überhaupt erörtern."

Er legte seine Hände auf meine Schultern und sah mich flehend an. „Egal was es war. Verzeih mir einfach und lass uns nicht in Missstimmung ins neue Jahr rutschen. Komm schon, sei wieder friedlich."

Ja, er hatte Recht. Man sollte den Jahreswechsel nicht im Streit vollziehen und so gab ich nach, indem ich ihn küsste, wenn auch nicht gerade leidenschaftlich, sondern eher pflichtbewusst. Doch ihn machte schon dieses lauwarme Zeichen meiner Zuneigung glücklich.

Kurz vor zwölf Uhr begaben wir uns alle auf die Dachterrasse des sechsstöckigen Gebäudes, um dort freudig zum Jahreswechsel anzustoßen und das prächtige Feuerwerk ringsum zu bewundern. Alexander umarmte mich innig und versicherte mir, wie sehr er mich liebte.

„Ich wünsche dir für das kommende Jahr ganz wenig Stress und dass dich niemand mehr mit Briefen und Anrufen nervt. Ich will nur, dass du rundum glücklich bist. Ich liebe dich wirklich, mein Engel, mehr, als du denkst."

„Ich liebe dich doch auch. Es tut mir leid, wenn ich immer wieder Aufregung verursache. Glaube mir, ich bilde mir das alles nicht ein. Irgendjemand will mir ans Leder, sonst hätte ich nicht …"

Alex legte sanft seine Hand auf meinen Mund. „Pschsch,

nicht jetzt ... Der Augenblick ist zu schön. Ich verspreche dir aber, dich zu unterstützen. Und jetzt lass uns feiern!"
Wir ließen noch mal die Gläser klingen. In solchen Augenblicken überkam mich immer ein überschwängliches Gefühl des Glücks, und ich wünschte nichts sehnlicher, als dass es immer so bleiben könnte. Gleichzeitig wusste ich auch, dass dies nur Illusion sein konnte.
Gegen halb eins ging ich in Barbaras Büro, um meine Eltern anzurufen.
„Hallo Mama, ein gutes neues Jahr! Seid ihr schön beim Feiern?"
„Danke, dir auch alles Gute für das neue Jahr. Bei uns sind alle in prächtiger Feierlaune, besonders dein Söhnchen. Da kommt er ganz nach seinem Vater."
So etwas musste ja kommen. Bevor ich Zeit hatte, mich über die Bemerkung zu ärgern, kreischte schon Sascha in die Hörmuschel.
„Gutes neues Jahr, Mama. Hier ist es voll cool. Michi, Kati und ich machen Computerspiele und fernsehen durften wir heute auch ganz viel. Ich muss jetzt wieder zu ihnen. Tschüüss!"
Ich verdrehte die Augen. Der Gedanke, dass der Fernseher als Babysitter eingesetzt wurde und obendrein die verdammten Computerspiele als Beschäftigungstherapie dienten, nervte mich. Zurück zu Hause würde ich wieder alle Mühe haben, Sascha meine wohl überlegten Einschränkungen plausibel zu machen. Das verdankte ich natürlich den konsequenten Erziehungsmethoden meiner Superschwägerin. Als Leiterin eines Kindergartens gab sie ständig gescheite Kommentare zum Besten, aber bei ihren eigenen Kindern verstieß sie aus Zeitmangel gegen so ziemlich alle Prinzipien.
Als ich mit meinem Vater telefonierte, spielte ich gedankenverloren mit einem Notizblock. Der obere Rand war mit kunstvollen grafischen Zeichen versehen, die mir bekannt vorkamen. Plötzlich durchfuhr es mich wie ein Blitz! Sah das nicht genauso aus wie auf dem Zettel von heute Morgen?

Während ich mit halbem Ohr meinem Vater zuhörte, kramte ich aufgeregt die mysteriöse Notiz aus meiner Tasche und erstarrte. Das Design beider Zettel war identisch! Es konnte doch nicht sein, dass Babs …
„Hallo Liebling, bist du noch dran?", hörte ich die Stimme meines Vaters.
„Ja, natürlich. Äh, ich muss jetzt Schluss machen, sonst werde ich noch vermisst."
„Du hast mir noch keine Antwort gegeben, ob Sascha den Rest der Ferien bei uns bleiben darf."
„Aber gerne, so lange er möchte. Ich rufe in den nächsten Tagen wieder an. Tschüss, Papa!"
Saschas längerer Aufenthalt bei seinen Großeltern kam mir wie gerufen. Ich hätte jetzt gar keinen Nerv für ihn nach dem, was ich gerade entdeckt hatte. Aber das war ganz unmöglich! Wahrscheinlich gab es diese Blöcke in jedem Schreibwarengeschäft zu kaufen. Ich schrieb schnell ein paar Fantasiezahlen auf einen der Zettel und ging damit zu Babs.
„Ich habe mir die Handynummer meines Vaters auf deinen Notizblock geschrieben. Sag mal, wo bekommt man denn solche Blöcke mit so tollem Grafikdesign?"
„Aber Schätzchen, du weißt doch, dass ich mir von Josef immer einen Entwurf machen lasse und dann bei einer Druckerei in Auftrag gebe."
Das Grauen, das mich durchfuhr, ließ mich so erstarren, dass ich nicht einmal mehr zu einem Wimpernschlag fähig war.
„Belle, was ist los? Du bist ja ganz bleich! Ist dir schlecht? Ich glaube, du brauchst einen Arzt. Schnell, sucht nach Alexander!", rief sie ein paar Umstehenden zu. „Und du setzt dich erst einmal hin."
Ich ließ mich widerstandslos zu einem Bistrostuhl führen und setzte mich wie in Trance nieder. Im nächsten Moment stand ein Glas Wasser vor mir, das Babs mir eilig gebracht hatte. Ich bedankte mich mechanisch und sah wie durch sie hindurch. Babs konnte doch unmöglich diejenige sein, die mich in der

letzten Zeit terrorisiert hatte. Das war einfach unmöglich! Aber der Zettel war nicht von einem Massenprodukt, sondern sozusagen ein Unikat, von Josef. Oh mein Gott! Bevor ich in Hysterie verfallen konnte, stand schon mein Gatte neben mir. Er nahm mein Handgelenk, um meinen Puls zu fühlen, und sah mich äußerst besorgt an.
„Ganz schön hoch! Was hast du denn? Ist dir übel? Hast du Schmerzen im Rücken oder ein Engegefühl in der Brust? Sollen wir einen Notarzt rufen?"
Beim Schlagwort Notarzt löste sich endlich meine Starre.
„Nein, um Himmels willen. Mir war nur etwas schwindlig, wahrscheinlich zu viel gegessen und getrunken. Sag den Leuten, sie sollen weiterfeiern, es ist nichts."
„Bist du ganz sicher? Du siehst gar nicht gut aus. Komm, wir fahren in meine Klinik. Dort könnte ich dich gründlich untersuchen."
„Auf gar keinen Fall!", protestierte ich heftig. „Ich habe nur zu viel Champagner getrunken, das ist alles."
„Jedes Mal trinkst du das berühmte Gläschen zu viel, aber heute war es wohl mehr als eines."
Er küsste mich auf die Wange und schlug dann vor heimzugehen. Ich stimmte spontan zu, denn es wäre mir unerträglich gewesen auch nur eine Minute länger in Babs' Nähe zu sein. Ich musste erst wieder klare Gedanken fassen können und vor allem mit Alexander über meine unglaubliche Entdeckung sprechen.
Auf dem Heimweg versuchte er weiter nach ärztlicher Manier meinem Ausfall auf den Grund zu gehen und ich ließ ihn gewähren. Gehorsam gab ich über meine körperlichen Funktionen Auskunft und bestätigte ihm zum x-ten Mal, dass alles wieder in Ordnung sei.
„Vielleicht komme ich in die Wechseljahre, Herr Doktor", versuchte ich schwach zu scherzen.
„Zehn Jahre zu früh, wie du weißt."
„War auch nicht ernst gemeint."

Zuhause angekommen ließ ich mich erschöpft auf die Wohnzimmercouch fallen und Alex setzte sich in den Sessel gegenüber.
„Weißt du, die Tatsache, dass du an Silvester freiwillig um halb eins eine Party verlässt, gibt mir schon zu denken. Ist wirklich alles in Ordnung?"
„Ehrlich gesagt, nein."
Wild entschlossen mir helfen zu lassen, zeigte ich ihm die beiden Zettel.
„Ich weiß jetzt, woher das Papier stammt. Aus Babs' Galerie."
Sein Gesichtsausdruck änderte sich innerhalb der nächsten Sekunden von besorgt über erstaunt und ungläubig bis zutiefst verärgert.
„Sag jetzt bloß nicht, dass du deswegen diesen körperlichen Blackout hattest!" Seine Stimme klang gefährlich rau.
„Hast du mir eigentlich zugehört? Es könnte sein, dass Babs mir diese seltsame Nachricht geschickt hat!"
Niemand sonst konnte wohl seine Verachtung so prägnant in Mimik ausdrücken wie Alex. Seine Augenbraue war bis zum Anschlag hochgezogen und die Mundwinkel zeugten von grenzenlosem Spott als er sagte: „Das kann jetzt nicht dein Ernst sein. Weißt du eigentlich, was du da redest? Babs! Deine Busenfreundin! Warum sollte ausgerechnet sie so etwas tun?"
„Woher soll ich das wissen? Tatsache ist, dass ich den gleichen Zettel in ihrem Büro gefunden habe. Und dieser Block ist keine Massenware, sondern von Josef entworfen. Also so etwas wie ein Unikat." Ich konnte meinen Triumph ob dieser Information nicht ganz verbergen.
Mit beiden Händen fuhr sich Alex ungeduldig durch sein dichtes, grau meliertes Haar und beugte sich dann vor.
„Das muss noch lange nichts heißen. Glaubst du wirklich, sie wäre so blöd und würde ihren eigenen Block verwenden? Außerdem liegen in ihrer Galerie überall Blöcke herum. Ich weiß zufällig, dass sie jedem Kunden, der in der Adventszeit etwas gekauft hat, solch einen Block geschenkt hat. Das hat

sie mir selbst erzählt. Und jetzt du!"
„Du denkst also, dass irgendeiner ihrer wenigen Kunden mir diesen Brief geschickt hat. Was für Zufälle es doch gibt!", spottete ich.
„Ich weiß nicht, wer es gewesen ist. Auf gar keinen Fall Babs! Warum auch um Himmels willen?" Er fing vor Ungeduld leicht zu japsen an.
„Keine Ahnung! Auf alle Fälle ist sie die Einzige, die von Toms Existenz weiß."
Erregt sprang er von seinem Sessel auf und lief im Wohnzimmer hin und her.
„Weißt du, langsam habe ich deine Gedankengänge, die schon an Verfolgungswahn grenzen, satt. Zuerst fühlst du dich von deiner Haushaltshilfe bedroht und bezichtigst sie eines Giftanschlags, dann von deinem minderjährigen Schüler und jetzt auch noch von deiner Busenfreundin. Wann bin ich dran?"
Ich spürte, wie Tränen in mir aufstiegen, und unterdrückte sie gewaltsam. „Es ist noch keine Stunde her, dass du mir versprochen hast, mich zu unterstützen und mir zu helfen. Und was machst du? Glaubst mir kein Wort! Diesen komischen Brief gibt es nun mal und es wird wohl noch erlaubt sein, sich Gedanken darüber zu machen!"
„Bevor du gearbeitet hast, war unser Leben so harmonisch und jetzt verfällst du ständig in Hysterie, wenn so ein Spaßvogel dir irgendwelche komischen Botschaften schickt."
„Spaßvogel?!! Sagtest du gerade Spaßvogel?! Dann erzähle ich dir mal was. Als du in den Bergen warst, bekam ich von so einem ‚Spaßvogel' eines Nachts anonyme Anrufe, der Fernseher lief und die Terrassentür stand offen. Und? Was sagst du jetzt?"
Er steckte seine Hände in die Hosentasche und sah mich mit zusammengekniffenen Augen an.
„Wahrscheinlich war es nur Zufall. Jemand hatte sich verwählt und den Fernseher und die Tür hast du einfach vergessen."

„Natürlich, wie konnte ich auch nur einen Augenblick annehmen, dass dich diese Geschichte überzeugen könnte. Manchmal glaube ich, dass du mich nicht mehr genügend liebst, sonst würdest du dir Sorgen machen."
Er ging vor mir in die Hocke und umfasste mit beiden Händen meinen Nacken. „Oh doch, ich mache mir Sorgen. Große Sorgen! Ich habe Angst, dass der Stress in der Schule die Ursache für deine übersteigerte Wahrnehmung ist. Liebling, lass dir helfen. Ich kenne da einen Kollegen, der sich damit bestens auskennt. Ich könnte ja mal …"
Bevor er den Satz zu Ende sprechen konnte, schlug ich wütend seine Hände von meinem Nacken und sprang auf. Wild funkelte ich ihn an. „Das ist das Letzte! Wage es ja nicht, auch nur ein Wort zu deinem Wundernervendoktor zu sagen. Ich und paranoid! Ich bin nur nicht so ignorant wie du und sehe die Dinge ein wenig anders. Wie war das mit den guten und schlechten Tagen in der Ehe? Du hilfst mir kein bisschen, du machst dich nur lustig, du zerredest alles und du …"
„Beruhige dich. Du bist schon wieder auf dem besten Weg, hysterisch zu werden, merkst du das denn gar nicht?"
Er fasste mich an den Schultern, doch ich stieß ihn wütend von mir und schrie: „Lass mich bloß in Ruhe! Du treibst mich ja förmlich in die Hysterie! Ein liebender Mann würde mich in den Arm nehmen und mich trösten. Er würde mir zur Seite stehen und mich nicht zum Psychiater schicken."
„Isabel, jetzt komm mal wieder runter. Jeder Mann würde vermutlich so reagieren wie ich!"
„Ha, denkst du! Ich kenne da ganz andere Männer!", schmetterte ich ihm erbost ins Gesicht und rannte weinend nach oben in mein Arbeitszimmer.
Kurz darauf klopfte Alex an die Tür und bat mich inständig sie aufzuschließen, um vernünftig mit mir reden zu können.
„Geh weg! Lass mich einfach in Ruhe!", schrie ich durch die verschlossene Tür.
Ich schrie es so oft, bis er resignierte und sich entfernte.

Ich hörte noch, wie die Haustür krachend ins Schloss fiel. Zum Glück war Sascha nicht zu Hause. Auf so heftige und destruktive Weise hatten wir bisher noch nie gestritten. Das war nur sinnloses im Kreis Reden, nein, Schreien gewesen und hatte zu nichts geführt. Ich war zutiefst verletzt, dass er mich gleich zu einem seiner fähigen Kollegen schicken wollte. Machte so etwas ein Mann, der seine Frau liebt? Jan würde das niemals tun! Ach, Jan! Wie gerne wäre ich jetzt bei dir. Vielleicht hatte er mir ja per SMS Neujahrsgrüße geschickt! Ich holte mein Handy aus der Handtasche. Tatsächlich fand ich eine Nachricht mit Glückwünschen für das neue Jahr. Er war mit Sabine zusammen und dachte trotzdem an mich! Die Sehnsucht nach seiner Nähe überfiel mich heftig und ohne Vorwarnung. Bei ihm würde ich das Verständnis und die tröstenden Kuscheleinheiten, die ich so dringend benötigte, bekommen. Kurz entschlossen wählte ich seine Nummer.
„Jan Fenrich!"
„Isabel hier. Alles Gute für das neue Jahr!"
„Isabel, wie schön von dir zu hören! Ich wünsche dir auch noch mal alles Gute! Wo bist du denn gerade?"
„Zu Hause!"
„Jetzt schon? Ich dachte, Babs' berühmte Silvesterpartys gehen bis zum Morgengrauen!"
Ich erzählte ihm von dem Brief und dem Streit mit meinem Mann. Als ich geendet hatte, meinte er nur, ich solle zu ihm kommen. Sabine war bei ihren Eltern, um sich auszukurieren, und er befand sich auf einer langweiligen Silvesterfeier eines Bekannten, auf der mehr gegähnt als geredet wurde.
Ohne weiter zu überlegen, sagte ich zu und fuhr, den Alkoholgehalt im Blut sträflich ignorierend, zu ihm. Alexander legte ich zuvor einen Zettel auf den Esstisch mit der knappen Information, dass ich bei einer Freundin sei.
Jan empfing mich mit strahlendem Lächeln und führte mich in sein spärlich und mit schlichten Möbeln ausgestattetes Wohnzimmer. Ich ließ mich auf den angebotenen Sessel fallen

und hatte im nächsten Moment ein Glas Sekt in der Hand.
„Lass uns auf das kommende Jahr anstoßen und dass sich für dich alles zum Guten wendet. Prost!", sagte er und stieß mit mir an.
Ich trank vor lauter Frust das Glas fast ganz leer und stellte es dann klirrend auf das quadratische Nussbaumtischchen.
„Ich wünsch dir auch, dass es ein gutes Jahr wird. Meines kann nur noch besser werden. Ich sag dir, es ist zum Davonlaufen", sagte ich halb bitter, halb belustigt, „aber das habe ich ja schon getan. Ich bin vor meinem Mann davongelaufen, direkt in deine Arme. Ich muss wirklich verrückt sein."
„Du bist hier, aber noch nicht in meinen Armen."
Er zog mich aus dem Sessel und umarmte mich mit einer Zärtlichkeit, dass mir fast die Sinne schwanden. Der schnell getrunkene Sekt tat seine übrige Wirkung und ich ergab mich bedingungslos dem schönen Gefühl des Geliebt- und Verstandenwerdens. Er vergrub sein Gesicht in meinem Haar und wir tanzten eng umschlungen zu den romantischen Klängen von Neil Diamonds „I am … I said". Je länger er mich in seinen Armen sanft wiegte, mein Haar und meinen Nacken zärtlich küsste, desto ruhiger wurde ich. Ich vergaß, weshalb ich hierher gekommen war. Jan umschlang meine Knie und meine Schultern und trug mich, wie man eine Braut über die Schwelle trägt, in sein Schlafzimmer. Sachte legte er mich auf das Bett und schob einen Träger des Cocktailkleides über meine Schulter. Er sah mich erwartungsvoll an. Da ich kein Zeichen der Abwehr erkennen ließ, zog er auch den zweiten Träger über die Schulter und küsste mein Dekolleté. Ein wohliges Kribbeln durchfuhr meinen gesamten Körper. Gekonnt öffnete er den Reißverschluss und streifte mir mit geschickten Händen das Kleid vom bebenden Leib. Dabei hauchte er langsam, sehr langsam zärtliche Küsse meinen Bauch hinab. Das Verlangen nach ihm raubte mir fast den Verstand. Ich genoss in vollen Zügen seine Liebkosungen, seine sanften Hände, die jeden Zentimeter meines Körpers

erfassten, seine unglaublich sanft-wilden Küsse. Wir liebten uns noch leidenschaftlicher als beim ersten Mal und ich vergaß darüber meinen Status quo – ich vergaß wieder einmal, dass ich Ehefrau und Mutter war und hier nichts zu suchen hatte.

„Meine Güte, wie habe ich dich vermisst!", hauchte Jan in mein Ohr, als wir eng umschlungen auf seinem französischen Ehebett lagen.

„Jan, nicht. Das hier hätte niemals passieren dürfen."

„Schsch, es ist passiert, weil du es auch wolltest."

„Aber Sabine, mein Mann! Oh nein, was haben wir bloß getan?"

Er verschloss meinen Mund mit einem innigen Kuss und ich ließ mich von dem Wohlgefühl, das er in mir auslöste, treiben. Mein Widerstand gegen dieses verbotene Gefühl sank gegen null und verschwand irgendwann im Nichts. Ich lebte nur noch für den Augenblick und genoss Jans Wärme und körperliche Nähe. Bald schliefen wir als verschlungene Einheit ein und wachten erst gegen zehn Uhr früh auf.

Bei Tageslicht betrachtet erschien mir plötzlich alles ganz und gar nicht mehr romantisch. Ich blinzelte, bis ich mich an das helle Licht, das durch seine rötlichen Jalousetten drang, gewöhnt hatte. Augenblicklich überfiel mich das ganze Elend, das mich in dieses Bett getrieben hatte. Babs und der Streit mit meinem Mann hatten dazu geführt, die Affäre mit Jan wieder aufflammen zu lassen. Dabei wollte ich mir nur alles von der Seele reden und Trost empfangen. Aber meine Naivität war größer als mein gesunder Menschenverstand, sonst hätte ich wissen müssen, dass Jan der Letzte war, der mich mit seelsorgerischen Worten trösten würde. Jetzt hatte ich auch noch das Problem einer Amour fou am Hals.

Beim gemeinsamen Frühstück war ich ziemlich wortkarg. Jan ergriff meine Hand und sah mich forschend an.

„Bereust du etwa die Nacht? Das fände ich sehr schade. Es war einfach einzigartig."

„Es ist nicht Reue an sich. Ich fühle mich nur so schlecht,

wenn ich daran denke, was wir den Menschen antun, die uns lieben. Geht es dir denn nicht auch so?"

„Für mich zählt nur der Augenblick. Es ist so schön, dass du bei mir bist. Eigentlich habe ich mich die ganze Zeit nach dir gesehnt, aber ich wollte es mir nicht eingestehen."

„Und was ist mit Sabine? Sie ist so glücklich mit dir. Liebst du sie etwa gar nicht?"

„Doch, natürlich mag ich sie, sonst wäre ich nicht mit ihr zusammen. Aber sie löst nicht dieselben Gefühle in mir aus, wie du das tust. Das war gestern wie ein Vulkanausbruch. Glaube mir, ich hatte wirklich nicht die Absicht, dich zu verführen. Ich wollte dir nur als Freund zur Seite stehen. Aber als ich dich in deiner verführerischen Aufmachung sah und dann beim Tanzen so nah spürte, brannten einfach sämtliche Sicherungen durch. Wenn ich nur einen Hauch von Ablehnung deinerseits verspürt hätte, wäre es nicht so weit gekommen, ehrlich."

„Du hast aber alle Register gezogen, um genau das zu verhindern, du verdammter Frauenbetörer!", gab ich mit gespielter Empörung von mir. „Ich wollte meinen Mann nie wieder hintergehen! Jetzt habe ich dasselbe Problem wie in den Herbstferien, nur dass Sabine auch noch mit von der Partie ist. Was sollen wir denn bloß tun?"

„Als Erstes hören wir auf, unsere schöne Neujahrsnacht kaputt zu reden. Wir genießen jetzt einfach unsere gemeinsame Zeit, ohne ständig an die Anderen zu denken. Ich will dich und du willst mich, so einfach ist das. Kämpf einfach nicht mehr dagegen an."

Er lehnte sich in seiner unnachahmlich lässigen Art im Stuhl zurück und sah mich herausfordernd an. Ich fühlte mich in die Enge getrieben und spielte nervös mit meinen Fingern.

„Nein Jan, so funktioniert das nicht. Ich setze auf gar keinen Fall meine Ehe und deine Beziehung zu Sabine aufs Spiel. Das Schicksal hat nun einmal kein gemeinsames Leben für uns vorgesehen. Damit sollten wir uns abfinden."

Jan beugte sich vor und ich blickte unwillkürlich auf seinen muskulösen Oberkörper, der unter seinem offenen Hemd verführerisch sichtbar war. Schnell lenkte ich meinen Blick zu seinen Augen, die mich tiefgründig ansahen. Ich muss schnellstens weg hier, bevor ich wieder schwach werde, dachte ich verzweifelt.

„Sieh doch das Ganze weniger theatralisch. Wir haben eine Affäre, von der niemand etwas wissen muss. Wir genießen die gemeinsamen Stunden, die uns vergönnt sind, und leben ansonsten unser Leben weiter."

Seine warmen Hände legten sich auf meine Wangen und im nächsten Moment küsste er mich. Ich wehrte mich nicht. Doch zugleich beschloss ich, dass dies der letzte Kuss sein sollte.

„Jan ich kann das nicht. Ich will einen Mann nicht nur hin und wieder als süße Nachspeise und mich in der Zwischenzeit vor Sehnsucht nach ihm verzehren. Entweder ganz oder gar nicht. Außerdem ertrage ich das ständig schlechte Gewissen Alex und jetzt auch Sabine gegenüber nicht. Und ich möchte auch nicht, dass du sie eines Tages meinetwegen verlässt."

„Das habe ich nicht vor. Ich weiß ja, dass ich dich nicht haben kann. Aber ich kann auch nicht auf dich verzichten. Und du brauchst mich im Grunde genommen genauso. Lass uns einfach so viel Zeit wie möglich miteinander verbringen. Alles andere würde uns doch nur quälen."

Ich senkte schnell meinen Blick. Er sollte nicht den Funken Zustimmung in meinen Augen ablesen können.

„Ach Jan, ich glaube nicht, dass das eine gute Idee wäre. Das führt doch nur zu unzähligen Komplikationen. Außerdem schaltet in deiner Nähe jedes Mal mein Verstand ab. Gestern kam ich, um mir seelischen Beistand von einem guten Freund zu holen, und jetzt sieh mich an. Ich sitze nur mit deinem Hemd bekleidet an deinem Frühstückstisch, während mein Mann zu Hause auf mich wartet."

Ich sprang vom Stuhl auf und lief nervös in der kleinen Küche auf und ab. „Und in erster Linie muss ich an mein

Kind denken. Es soll keine Scheidungswaise werden. Alex tut wirklich alles für mich, aber er kann auch sehr konsequent handeln, wenn es gegen ihn geht. Ich traue ihm sogar zu, dass er mir Sascha wegnimmt, und ich will schließlich keine moderne Anna Karenina oder Effi Briest sein."

Jan schnappte sich meinen Arm und zog mich mit sanfter Gewalt auf seinen Schoß. „Ich kann dich ja einerseits verstehen. Aber ich bin nun mal verrückt nach dir. Es wäre besser gewesen, wir wären uns niemals begegnet."

„Ja, das wünschte ich auch manchmal. Du bist der einfühlsamste und zärtlichste Mann, den ich jemals kennengelernt habe. Ich kann gar nicht verstehen, dass eine Frau sich überhaupt von dir hat scheiden lassen."

Ich hätte mir am liebsten, kaum dass ich den Satz ausgesprochen hatte, auf den Mund geschlagen, denn ich spürte, wie Jans Körper sich urplötzlich straffte. Die Sanftheit in seinem Blick verschwand schlagartig und machte einer seltsamen Leere Platz. Er sah nicht mehr mich an, sondern in eine mir unbekannte Welt. Ich spürte, dass er aufstehen wollte, und rutschte schnell von seinem Schoß. Schweigend ging er zum Fenster und sah hinaus. Unbeholfen sah ich ihm zu und wusste nicht, was ich tun sollte.

„Jan, was hast du denn? Wenn ich etwas Falsches gesagt habe, dann tut es mir leid."

„Du musst dich nicht entschuldigen. Ich spreche nur nicht gerne darüber. Ich bin nicht geschieden. Ich bin verwitwet."

Er drehte sich zu mir um und sah mich zutiefst traurig an. Es lag dabei kein nach Hilfe suchender Ausdruck in seinen Augen, sondern grenzenlose Resignation.

Ich sah ihn entsetzt an.

„Wo ... Woran ist sie ... Ich meine, warum ist sie ...", stotterte ich hilflos herum und konnte das schreckliche Wort nicht aussprechen.

„Ein Motorradunfall. Sie wollte an dem Tag gar nicht mehr wegfahren, aber ich habe sie dazu überredet. Es

fing überraschend an zu regnen. An einer Kreuzung ist ihr Motorrad weggeschlittert. Sie rutschte quer über die Fahrbahn. Ein Wagen konnte nicht mehr rechtzeitig bremsen. Sie war im dritten Monat schwanger."
Seine Worte klangen so emotionslos und monoton wie bei einer Ansage. Er stand einfach nur da, mit leerem Blick und hängenden Schultern, und mir fiel nichts Besseres ein, als ihn in die Arme zu nehmen.
Ich weiß nicht, wie lange wir in der Umarmung verharrt hatten, bis Jan wieder fähig war zu sprechen. Er erzählte mir, dass das Unglück vor vier Jahren passiert war. Daraufhin hatte er seine Versetzung beantragt, da er nicht mehr an dem Ort leben konnte, an dem ihn alles an sie erinnerte. Ein Jahr später klappte der Wechsel, was ihm half etwas Abstand zu dem Geschehenen zu bekommen.
„Warum hast du denn nie darüber gesprochen, sondern stattdessen behauptet, du seiest geschieden?"
„Ich wollte nicht wieder das Mitleid in den Augen meines Gegenübers ertragen müssen. Niemand, der so etwas nicht mitgemacht hat, kann auch nur im Geringsten erahnen, durch welche Hölle man dabei geht."
Er sah wieder in die Ferne und schluckte schwer, kämpfte gegen den aufkommenden Schmerz an. Ich schwieg und gab ihm Zeit, bis er weitersprechen konnte.
„Ich konnte nie wirklich darüber reden. Alle meine Freunde und Bekannten waren in meiner Gegenwart total verunsichert. Dieses unbeholfene, rücksichtsvolle Gestammel war manchmal nicht mehr auszuhalten. Ich wollte einen Neuanfang starten und das klappt nur, wenn man die Altlasten abwirft, so hart das jetzt auch klingen mag."
Ich nickte zustimmend. „Ja, das kann ich schon verstehen."
Wir unterhielten uns noch lange und ich hatte das Gefühl, dass es ihn befreite, sich alles von der Seele reden zu können.
„Danke, dass du so geduldig zugehört hast. Versprich mir, mit niemandem darüber zu reden. Und versinke jetzt bitte

nicht in Mitleid. Wenn ich das Bedürfnis habe, darüber zu sprechen, dann tue ich das, ansonsten lassen wir die Vergangenheit ruhen, okay?"
„Okay."

Nachmittags um drei Uhr beschloss ich nach Hause zu fahren. Alex war bestimmt ziemlich wütend darüber, dass ich ihn am Neujahrstag alleine ließ. Doch Jans Schicksal war mir so nahegegangen, dass es mir gleichgültig war, was er dachte.
Die Gedanken, die ich mir um Alex und seine Reaktion gemacht hatte, stellten sich als überflüssig heraus. Auf einem Notizzettel, den ich auf dem Flurtischchen fand, teilte er mir in knappen Worten mit, dass er zu einem Notfall in die Klinik gefahren war. Ich war erleichtert, denn so hatte ich noch genügend Zeit, meine Gedanken zu ordnen und mich zu erfrischen. Unter der Dusche dachte ich immerzu an Jan und daran, was er Furchtbares erlitten hatte. Er könnte jetzt glücklicher Familienvater sein. Stattdessen hatte er ein Verhältnis mit einer verheirateten Frau, die ihre Familie niemals verlassen würde, und betrog deswegen auch noch seine neue Freundin. Wie sollte er da zur Ruhe kommen und glücklich werden? Schon aus diesem Grund musste ich die Affäre endgültig beenden, damit Sabine und er eine Chance hatten.
Die Badezimmertür ging plötzlich auf und Alex kam herein.
„Ach wie nett, dass du mich auch mal wieder mit deiner Anwesenheit beehrst."
„Alex, wie schön, dass du da bist. Ich dachte schon, ich bekäme dich erst heute Nacht wieder zu Gesicht", sagte ich und bemühte mich dabei, erfreut zu klingen.
„Tatsächlich. Heute Nacht hatte ich ganz und gar nicht das Gefühl, dass du in meiner Nähe sein wolltest. Sag mal, spinnst du eigentlich? Wo warst du? Wieso schaltest du dein Handy ab? Kannst du dir im Mindesten vorstellen, welche Sorgen ich mir gemacht habe?", blaffte er mich an.

„Aber ich hatte dir doch einen Zettel hingelegt, dass ich zu einer Freundin gehe."
„Welche ominöse Freundin soll das denn sein? Babs bestimmt nicht! Die gehört ja inzwischen zum Kreis der Verdächtigen. Also, wie heißt sie?"
Ich stieg aus der Duschkabine und sah ihn lässig, mit den Händen in den Hosentaschen seiner schwarzen Jeans, an die Badezimmertür gelehnt stehen.
„Du kennst sie nicht. Sabine aus meinem Kollegium."
Ausgerechnet Sabine!
„Ach und die hatte in der Neujahrsnacht nichts Besseres zu tun, als sich deine Verschwörungstheorien anzuhören." Seine Mundwinkel verzogen sich spöttisch.
„Sie befindet sich gerade in der Genesungsphase, war aber noch nicht fit genug, um auszugehen. Sie hat sich sehr über meinen Besuch gefreut."
Ich rieb geschäftig meinen Körper mit einer wohl duftenden Lotion ein, nur um ihm nicht in die Augen sehen zu müssen. Er würde die unverfrorene Lüge gut erkennbar in meinem Gesicht ablesen können.
„Ich hoffe für dich, dass das alles stimmt. Ich möchte dir immer vertrauen können, so wie bisher. Aber dein seltsames Verhalten macht es mir zurzeit ziemlich schwer."
Ich warf mir schnell meinen Seidenmorgenmantel über und ergriff dann Alexanders Hände.
„Es tut mir leid, dass du dir Sorgen gemacht hast. Aber du musst auch versuchen mich zu verstehen. Ich fühle mich bedroht und habe in meiner Angst vielleicht überreagiert. Das ist aber noch lange kein Grund, mir gleich einen Termin bei einem Seelendoktor zu empfehlen. Das hat mich sehr verletzt und deshalb bin ich weggefahren."
Alex sah mich schuldbewusst an. „Tut mir leid. Da habe ich wohl auch etwas überreagiert."
„Schon gut. Inzwischen sehe ich klarer und glaube auch nicht, dass Babs mit dem anonymen Brief etwas zu tun hat."

„Oh, Miss Marple hat inzwischen eine andere Spur? Na egal, Hauptsache, du tust uns die Blamage nicht an, Babs unter Generalverdacht zu stellen. Du würdest sie damit ganz schön verprellen, und das willst du doch nicht ernsthaft."
„Nein natürlich nicht. Aber ich muss trotzdem nachforschen, welche Leute diesen Notizblock als Geschenk erhalten haben. Vielleicht beschert mir das neue Erkenntnisse. Bitte unterstütze mich dabei. Du hast es mir versprochen – um Mitternacht. Kannst du dich erinnern?"
Ich war ihm ganz nahe gekommen und küsste ihn leidenschaftlich, bevor er antworten konnte. Alex, typisch Mann, ließ sich mitreißen.
„Ich habe dich so vermisst! Mach das nie wieder!", flüsterte er zwischen zwei Küssen.
Damit war das leidige Thema meines Verschwindens schneller erledigt, als ich zu hoffen gewagt hatte.

Die Woche bis zum Schulbeginn verlief einigermaßen ruhig. Alex war die meiste Zeit in der Klinik und ich korrigierte Aufsätze und kümmerte mich um die Wäsche, da Lena erst in einer Woche kam. Wir vermieden es tunlichst, den Vorfall an Silvester zu erwähnen. Ich war zu der Einsicht gelangt, dass es besser war, Babs alleine zu befragen, wer zu ihren Weihnachtskunden und Notizblockempfängern gehörte. Alexander hatte sich zwar bereit erklärt mich dabei zu unterstützen, doch ich wusste, dass er das nur tat, um unsere Beziehung wieder ins Lot zu bringen. Inzwischen war ich mir aber nicht mehr so sicher, ob er mit seinen sarkastischen Bemerkungen, die er sich bestimmt nicht verkneifen könnte, wirklich eine Hilfe wäre.

Drei Tage vor dem Ende der Ferien nahm ich mir vor, sie zu besuchen. Bevor ich zum Auto ging, sah ich nach der Post. Es war nur ein Brief ohne Absender gekommen. Meine Alarmglocken schrillten. War das wieder so eine mysteriöse Nachricht wie vor Silvester?

Ich hatte Angst davor, sie zu lesen, und für einen kurzen Moment war ich versucht, den Umschlag ungeöffnet zum Altpapier zu geben. Doch die Neugier war größer und schließlich riss ich ihn mit Herzklopfen auf. Es befand sich tatsächlich wieder einer von Babs' Notizzetteln darin, auf dem in exakten Druckbuchstaben stand: *Ich werde dich vernichten für das, was du mir angetan hast, du Schlampe!*

Bestürzt ließ ich den Zettel sinken und atmete tief durch. Vernichten! Es gab jemanden, der mich vernichten wollte. Was hatte ich dieser Person angetan, dass sie mich so hasste? Es kann unmöglich Babs sein, dachte ich verzweifelt, das macht doch keinen Sinn. Tom! Es musste etwas mit Tom zu tun haben. Er war zurückgekehrt, um späte Rache zu nehmen. Der Gedanke ließ mich frösteln. Was hatte er vor? Wollte er nur Unruhe stiften oder meinte er den Inhalt ernst?

Ich stand immer noch neben dem Briefkasten, unfähig auch nur einen Schritt zu tun. Da war es wieder, dieses Gefühl der

Bedrohung, der Ohnmacht etwas dagegen unternehmen zu können.
Selbst wenn ich hier so lange stehe, bis ich Wurzeln schlage, fällt mir trotzdem keine Lösung ein, dachte ich und stopfte den Zettel rasch in die Handtasche. Es galt jetzt zu handeln und nicht in Furcht und Schrecken zu erstarren.
Bei Babs angekommen ging ich gleich zum Angriff über.
„Hast du eine Idee, wer mir solche seltsamen Botschaften schicken könnte?"
Sie nahm die beiden Zettel und las sie stirnrunzelnd.
„Tom? Ist das nicht der Typ, mit dem du vor Alex zusammengelebt hast? Was hat das zu bedeuten?" Ihre perfekt geschminkten Augen sahen mich groß an.
„Das wüsste ich auch gerne. Damals hatte ich ihn wegen Alexander verlassen, aber hauptsächlich weil unsere Beziehung sowieso nicht mehr funktionierte", seufzte ich bei der Erinnerung an diese Zeiten. „Zumindest hatte ich das so gesehen. Er wohl nicht, denn er war wie vom Donner gerührt, als ich Schluss machte."
„Denkst du etwa, dass er dahintersteckt?" Babs' Augen waren jetzt so groß wie Untertassen, was mich davon überzeugte, dass sie nichts mit dem verdammten Spiel zu tun hatte.
„Nach 19 Jahren? Ich habe ihn nach unserer Trennung nur noch einmal wiedergesehen, vor ein paar Jahren. Mir war nichts Besonderes an seinem Verhalten aufgefallen, außer dass er sehr introvertiert und depressiv wirkte." Ich zuckte mit den Schultern. „Aber dazu neigte er ja schon während unserer Beziehung. Es ist einfach unerklärlich und auch unheimlich."
„Ja, das ist sehr seltsam!"
Babs nahm die Botschaft noch einmal in die Hand. „Sag mal, das ist ja von meinem Werbeblock."
„Ja, genau deswegen bin ich hier. Kannst du dich erinnern, wem du solch einen Block geschenkt hast?"
Sie lachte kurz und wiehernd auf. „Machst du Witze? Diese

Blöcke verteile ich schon seit einem Jahr an meine Kunden. Als Werbegeschenk! Das kannst du vergessen!"
„Dann denk nach! Wie soll ich sonst herausfinden, ob ein Bekannter von mir hier war und solch einen Block geschenkt bekommen hat?"
Sie legte ihre manikürte Hand an ihre Stirn und stöhnte: „Also Belle, du überforderst mich. Ich glaube, ich kann dir nicht weiterhelfen."
„Babs, bitte! Streng deine grauen Zellen an! Bekommen denn alle Kunden dieses Geschenk?", bohrte ich weiter.
„Ja, ab einem Einkauf von 10 Euro. Ah, Moment, da fällt mir was ein. Kunden, die Bilder kaufen, führe ich in einer Liste, um ihnen Kataloge und Angebote schicken zu können. Komm, wir sehen im Computer nach."
Hoffnungsvoll folgte ich ihr zum Ladentisch und sah ihr zu, wie sie mit ihren rot lackierten Fingernägeln auf den Tasten herumhackte.
„Hier ist die Liste. Kennst du jemanden davon?"
Ich las alle Namen, aber nicht ein einziger war dabei, der mir auch nur im Entferntesten bekannt vorkam.
„Ich kenne keinen von denen. Was ist mit den anderen Kunden? Was kaufen die denn so?"
„Ach, Poster, Kunstdrucke, Kalender, Glückwunschkarten, Bilderrahmen, eben den ganzen Kleinkram."
„Kannst du dich denn gar nicht erinnern, was für Leute hier waren? Versuch es doch wenigstens!", drängte ich.
Babs drehte sich in ihrem Bürostuhl zu mir und schüttelte ungeduldig den Kopf. „Wo soll ich da anfangen? Es kommen Männer und Frauen aller Altersklassen. Sie kommen und gehen und ich habe sie mit dem Klingeln der Tür schon wieder vergessen. Tut mir wirklich leid, aber ich kann dir nicht mehr sagen."
„Hm, Mist, ich hätte nicht gedacht, dass es bei dir wie in einem Bäckerladen zugeht. Jetzt bin ich keinen einzigen Schritt weitergekommen."

Babs' steile Falte zwischen ihren Augenbrauen verriet mir, dass sie jetzt tatsächlich ernsthaft nachdachte. Das zarte Pflänzchen Hoffnung blühte wieder auf. Schweigend beobachtete ich, wie sie mit entrücktem Blick in ihrem Erinnerungskästchen kramte.

Urplötzlich kehrte wieder Leben in sie. „Ich kann mich nur an einen Mann mittleren Alters erinnern, der mir etwas seltsam vorkam. Das war in den Adventswochen. Er war sehr ungepflegt, schlecht gekleidet und sah ziemlich unfreundlich drein. Ich war froh, als er ein paar Kunstpostkarten kaufte und dann wieder verschwand."

„Haarfarbe?"

„Er trug eine Mütze. Mir fiel aber sein ungepflegter dunkelblonder Dreitagebart auf." „Augenfarbe?" Ich kam mir vor wie eine Kommissarin aus einem Fernsehkrimi.

„Seine Augen? Hm. Ich glaube, er trug eine Brille, oder doch nicht? Oje, ich weiß nicht mehr!"

Ich stöhnte entnervt. „Babs, so was weiß man doch! Das ist enorm wichtig! Es hätte Tom sein können!"

„Zu dem Zeitpunkt wusste ich das ja nicht. Ich komme mit so vielen Leuten in Kontakt, da kann einem schon mal etwas durcheinandergeraten."

„Tja, womöglich hast du mir gerade einen deiner hoffnungsvollen, aufstrebenden Künstler beschrieben, die du wohltätig förderst, bevor sie auf Schwabings Straßen betteln gehen müssen."

„Ignorantin! Noch vor kurzem warst du selbst kunstbegeistert und jetzt solche Töne aus deinem Mund. Was sagt denn eigentlich Alex dazu?"

„Der nimmt das Ganze nicht ernst. Er findet immer die tollsten Erklärungen für jedes Vorkommnis."

„Das gibt es doch nicht. Er ist doch sonst immer so besorgt um dich!"

„Ich weiß auch nicht was los ist. Alex ist einfach zu sehr Realist und unerklärliche Dinge existieren für ihn nicht. Deswegen hat er auch immer eine Erklärung parat und wenn nicht, dann ist eben ein Spinner am Werk, der mich ärgern will." Ich zögerte kurz. „Übrigens, sein Verhalten hat mich wieder in Jans Arme getrieben."

Babs runzelte die Stirn. „Was? Wo ist die treu ergebene Arztgattin geblieben?! Du wolltest doch standhaft bleiben!"
„Hör bloß auf!", sagte ich etwas verlegen. „Ich weiß auch nicht, was in mich gefahren ist. Aber Jan, dieses Sahneschnittchen, umnebelt jedes Mal meinen Verstand. Vernunft ist in seiner Nähe ein Fremdwort."
Babs zweifelnder Blick ärgerte mich ein bisschen. „Also Belle, ich will ja nichts sagen, aber ich glaube, du spielst zu sehr mit dem Feuer. Denk doch mal an Alex. So einen tollen Mann hintergeht man vielleicht einmal, aber auf gar keinen Fall ein zweites Mal."
Ich gab einen Stoßseufzer von mir. „Das weiß ich doch auch. Aber du kennst Jan eben nicht."
Babs lächelte versöhnlich und sagte: „Also diesen Jan musst du mir unbedingt einmal vorstellen. Das muss ja wirklich ein umwerfender Typ sein, wenn er dich dazu bringt, jegliche Moral über den Haufen zu werfen."
Sie schob sich genüsslich ein Vanillehörnchen in den Mund.
„Lieber nicht!", sagte ich grinsend und stand auf. „Ich muss jetzt nach Hause. Wenn dir noch etwas einfällt, dann sag mir Bescheid."
„Ja gut. Aber mach dir nicht allzu viel Sorgen. Vielleicht ist ja auch alles ganz harmlos."
Jetzt drosch sie schon dieselben Phrasen wie mein Alex! Es war kaum zu glauben. Niemand nahm mein Problem wirklich ernst. Nicht mal Jan. Der hatte schließlich die Situation ausgenutzt, um mich wieder zu verführen. Wenn ich eines fernen Tages dahingemeuchelt aufgefunden werden würde, wird es jeder bedauern, mich nicht ernst genommen zu haben. Jeder würde sich an meine Klagen erinnern und sich grämen, dass er mich nicht unterstützt hatte. Ich wäre

endlich glaubwürdig, aber dummerweise könnte ich den Triumph nicht auskosten.
Ich zog meinen Jackenmantel an und begab mich zur Tür.
„Übrigens habe ich mal gelesen, wie viel Kalorien so ein kleines Kipferl hat!", rief ich Babs beim Hinausgehen zu. Sie hörte sofort zu kauen auf.
„Wie viel?", fragte sie mit vollem Mund.
„Glaube mir, das willst du gar nicht wissen! Tschüss!", lachte ich gehässig und verschwand nach draußen.

Abends erzählte ich Alex von meinem Besuch bei Babs.
„Hast du denn etwas herausgefunden?", fragte er.
„Nicht viel. Bei ihr gehen so viele Kunden ein und aus, dass sie sich kaum an jemanden erinnert. Das Ganze macht mir so Angst. Es geht schließlich nicht nur um eine verbale Belästigung, sondern es hat etwas mit meiner Vergangenheit zu tun. Jemand nötigt mich über Tom nachzudenken, den ich in den vergangenen 19 Jahren nur noch ein einziges Mal gesehen habe. Das ist doch höchst merkwürdig!"
Ich sah ihn nach Bestätigung bettelnd an.
„Ja, vielleicht hast du Recht."
„Nicht nur vielleicht, sondern ganz bestimmt! Aber ich kann jetzt nichts anderes tun, als abzuwarten, was als Nächstes kommt."
Alex konnte seine Erleichterung nicht verbergen. „Braves Mädchen. Und wenn wieder etwas Ungewöhnliches vorkommen sollte, werde ich dich tatkräftig unterstützen, versprochen."
Er nahm mich liebevoll in seine Arme und ich musste mir einen sarkastischen Kommentar verkneifen, als ich an seine tatkräftige Unterstützung, bestehend aus Beschwichtigungs- und Verharmlosungsreden, dachte.

Einigermaßen nervlich gestärkt, fuhr ich drei Tage später in die Schule. Sascha hatten wir am Vortag wieder nach Hause geholt. Er war dermaßen aufgedreht gewesen, dass ich ihn des Öfteren zur Ordnung rufen musste. Die Fernbedienung für den Fernseher musste ich verstecken, denn er hatte wie erwartet in den Tagen des Zusammenseins mit seiner Verwandtschaft verlernt, dass Zappen im Hause Seland ein Fremdwort war. Erst nach eingehender Aufklärung über diese unverrückbare Tatsache kehrte sein Erinnerungsvermögen allmählich zurück.

Lena war pünktlich um sieben Uhr morgens erschienen und hatte sogar so etwas Ähnliches wie ein Lächeln auf den Lippen. Fragte sich nur, wie lange ich in den Genuss einer gut gelaunten Lena kommen würde. Vermutlich bis zum nächsten bis zur Unkenntlichkeit verkochten Gemüseauflauf. Aber das waren im Moment meine geringsten Sorgen. Die baldige Begegnung mit Jan und Sabine machte mir weit mehr Kopfzerbrechen. Ich befürchtete, dass man mir die Schuldgefühle wegen des Seitensprungs von der Nasenspitze ablesen könnte. Sabine durfte auf gar keinen Fall davon erfahren.

Als ich über den Schulhof ging, umfing mich das übliche Lärmen der Schüler, die alle dem Haupteingang zustrebten. Auf der Treppe begegnete ich Hans, was meine Laune gleich einmal in den Keller fahren ließ.

„Na, hast du dich in den Ferien gut erholt?", fragte er in seiner schmierigen Art. Als ob ihn das wirklich interessieren würde.

„Ja danke, sehr gut sogar. Und du, hast mit deiner Mutti schön die Feiertage verbracht?" Meine Angriffslust war schon wieder auf vollen Touren.

„Ja sicher. Wir müssen uns übrigens noch absprechen, wann du die Englischarbeit schreiben willst. Ich brauche nämlich noch dringend ein paar Noten bis zum Zwischenzeugnis. Ich gebe dir meine Termine, dann kannst du dich ja irgendwo dazwischenklemmen."

Das war wieder einmal typisch Hans. Er bestimmte und ich hatte mich widerspruchslos unterzuordnen. Wieso war ich davon ausgegangen, dass ein paar Tage Ferien in so schrägen Typen wie Hans irgendetwas ändern würden?

Mufflig murmelte ich ein „Geht in Ordnung" und schloss die Tür zum Lehrerzimmer auf. Es waren schon einige Lehrer da, die sich in Grüppchen stehend unterhielten oder an ihrem Platz saßen und die letzten Vorbereitungen für den Unterricht trafen. Ich strebte zum Grundschultisch und begrüßte die anwesenden Kolleginnen. Während ich mich mit Renate unterhielt, sah ich aus dem Augenwinkel, dass Sabine zu uns herüberkam. Ich drehte mich zu ihr um und erschrak darüber, wie blass sie aussah. Ihre Haare wirkten stumpf und unter ihren Augen zeigten sich dunkle Ringe. Von Mitleid getrieben, umarmte ich sie und sagte: „Hallo Sabine. Wie geht es dir denn? Bist du wieder einigermaßen gesund? Ich habe einige Male versucht mit dir zu telefonieren, aber du warst nie erreichbar."

„Danke, es geht schon wieder. Ich hatte das Telefon oft leise gestellt, weil ich viel geschlafen habe, und dann war ich ein paar Tage bei meinen Eltern. Mich hat es ganz böse erwischt."

„Ja, so böse, dass ich sie vorgestern zum ersten Mal getroffen habe", sagte Jan, der inzwischen dazugekommen war und beide Hände auf ihre Schultern legte.

Sabine verzog ihren ungeschminkten blassen Mund zu einem gequälten Lächeln und kramte dann in ihrer Tasche. Ich warf Jan einen fragenden Blick zu, der daraufhin fast unmerklich mit den Schultern zuckte. Anscheinend hatte er Schwierigkeiten, sie aufzumuntern. Die Krankheit musste sie sehr mitgenommen haben, so deprimiert, wie sie wirkte.

Ich wandte mich zu meiner Tasche, die auf dem Tisch stand, und erhaschte dabei Inges Adlerblick. Diese Frau hatte es auf mich abgesehen. Schöpfte sie etwa Verdacht? Ich durfte ab jetzt keinen Blick mehr zu viel mit Jan tauschen. Unser Verhältnis zueinander musste ganz neutral wirken, denn Schandmaul Inge könnte Sabine sonst auf falsche Gedanken bringen.

Ich richtete es so ein, dass ich nicht mit Jan und Sabine ins

Grundschulgebäude ging, sondern mich Inge und Renate anschloss. Dabei brachte ich Inge dazu, eine langweilige Geschichte von ihrem Weihnachtsurlaub in den Bergen zum Besten zu geben, was sie gänzlich von mir und Jan ablenkte.
Beruhigt, sie erfolgreich auf andere Gedanken gebracht zu haben, ging ich ins Klassenzimmer, wo mich einige Kinder schon freudig begrüßten. Die Schüler waren aufgedreht und voller Energie. Sie machten eifrig im Unterricht mit und stritten auch nicht so viel wie vor den Ferien. Selbst Janina hatte sich im Griff und ich genoss es, dass der Unterricht so effektiv und reibungslos verlief.
An solchen Tagen erfasste mich ein Glücksgefühl, das mir die Bestätigung gab, den richtigen Beruf ergriffen zu haben. Wenn es immer so wäre, könnte der Job so erfüllend sein, dachte ich und wusste gleichzeitig, dass es sehr bald schon wieder ganz anders aussehen konnte.
Genau zwei Tage später passierte es. Nach der Pause wollte ich in der achten Klasse einen Videofilm über London zeigen, das gerade Thema einer Unterrichtseinheit war. Beschwingt betrat ich das Klassenzimmer und schmetterte ein fröhliches „Hello, girls and boys! I'm very pleased to see you again!" in die Runde. Das entsprach jedoch keineswegs meinem inneren Gefühl, als ich in die lärmende, rumalbernde Gruppe von halbwüchsigen Schülern sah, die kaum Notiz von mir genommen hatten. Ich ließ mich nicht beirren, klatschte in die Hände und bat sie, sich hinzusetzen. Patrick war erstaunlicherweise der Erste, der meiner Aufforderung nachkam. Er trieb sogar die anderen an, sich zu beeilen. Diese Zahmheit war schon fast verdächtig. Seine früher zur Schau gestellte Gleichgültigkeit und Angriffslust hatten mich nicht so nervös gemacht wie diese überzogene Angepasstheit.
Ich bat Patrick und Marcel, den Fernseher aus dem Medienraum zu holen. Währenddessen kramte ich in meiner Tasche nach dem Film. Ich konnte ihn nicht finden und legte alle meine Sachen nacheinander auf den Schreibtisch. Er

musste einfach da sein. Ich erinnerte mich genau daran, wie ich ihn eingepackt hatte. Die Tasche war leer. Nervös fuhr ich mir durch die Haare. Das war doch nicht möglich! Plötzlich fiel mir ein, dass ich ihn gestern Morgen in mein Fach gelegt hatte. Er musste ganz nach hinten gerutscht sein, so dass ich ihn heute übersehen hatte.
„Hört mal her, ich muss kurz zum Lehrerzimmer. Ihr verhaltet euch in der Zwischenzeit bitte ruhig, sonst gibt es saftige Extraaufgaben zu erledigen."
Aufgeregt rannte ich durch die leeren Schulflure und die Treppe hinab zum Lehrerzimmer. Schwer schnaufend sperrte ich auf und ging hinein. Hans und noch zwei Lehrer saßen an verschiedenen Tischen über ihre Bücher und Skripten gebeugt und sahen kurz auf. Um zu meinem Fach zu gelangen, musste ich an Hans vorbei.
„Na, hast du keinen Unterricht?", fragte er scheinheilig, denn er wusste ganz genau, dass ich jetzt seine Klasse hatte.
„Doch, aber ich habe etwas vergessen."
„Etwas Wichtiges?"
„Ja, sonst würde ich die Bande wohl kaum alleine lassen!", antwortete ich gereizt. Aufgeregt kramte ich in dem Fach, fand den Film zu meinem Schrecken jedoch nicht.
„Verdammt noch mal, das gibt es doch gar nicht. Was mache ich jetzt bloß", murmelte ich entnervt.
„Gibt es ein Problem?"
Warum konnte Hans mich nicht endlich in Ruhe lassen!
„Ich suche das Video über London. Hast du es zufällig irgendwo liegen sehen?"
Natürlich wusste ich, wie die Antwort ausfallen würde, und sah ihn übellaunig an. In seinen Augen konnte ich so etwas wie Schadenfreude aufflackern sehen.
„Tut mir leid, aber ich kann mich nicht auch noch um die Lehrmaterialien der Fachlehrer meiner Klasse kümmern."
„Ich verlange keine Archivierung meiner Lehrmaterialien. Ich wollte nur wissen, ob du zufällig …"

„Nein, habe ich nicht. Tja, Ordnung ist das halbe Leben, Frau Kollegin, und bei einer Hauptschulklasse sogar überlebenswichtig. Viel Spaß dabei, wenn du ihnen statt eines interessanten Films Grammatikübungen anbietest."
Hans lachte schadenfroh und auch die Kollegen konnten sich ein hämisches Grinsen nicht verkneifen. Am liebsten hätte ich ihm das berüchtigte A-Wort ins Gesicht geschleudert. Aber stattdessen warf ich ihm einen meiner giftigsten Blicke zu und lief eiligst zum Klassenzimmer zurück. Wie befürchtet johlte die Bande schon wieder lauthals und ich sah gerade, wie Rektor Bausch seine Klassenzimmertür öffnete, um nach dem Rechten zu sehen.
„Ah, Frau Kollegin, könnten Sie bitte für Ruhe sorgen. Wir schreiben gerade eine Arbeit. Vielen Dank."
Damit verschwand er auch schon wieder. Ich stürmte in mein Klassenzimmer und schlug mit der flachen Hand so heftig auf mein Pult, dass sie danach wie Feuer brannte. Alle fuhren erschrocken zusammen und für einen Augenblick herrschte Ruhe.
„Was seid ihr nur für ein undisziplinierter Haufen. Euch kann man keine Sekunde alleine lassen. Schlimmer als im Kindergarten!"
„Haben Sie jetzt den Film?", fragte Patrick unbeeindruckt von meiner Moralpredigt.
„Nein, leider nicht. Wir müssen das Ganze verschieben, so leid es mir tut."
Die ganze Klasse motzte und stöhnte, Buhrufe wurden laut und ich musste mir mit lauter Stimme Gehör verschaffen.
„Es ist jetzt eben so und ich kann nichts machen, aber aufgeschoben ist nicht aufgehoben. Und jetzt hört auf mit dem Rumgemeckere. Nebenan wird eine Arbeit geschrieben. Ich werde euch eine Stillarbeit geben."
Das Protestgeschrei brandete erneut auf, nur noch lauter als vorher. Es klopfte an der Tür und im nächsten Moment wurde sie aufgerissen. Herr Bausch kam mit finsterem Gesicht und

großen Schritten auf mich zu. Wütend blieb er vor mir stehen und drehte sich dann zur Klasse.

„Was ist denn das für ein Höllenlärm? Wenn ihr eine Arbeit schreibt, wollt ihr auch nicht gestört werden. Rücksichtnahme ist wohl ein Fremdwort für euch. Also jetzt reißt euch zusammen, sonst hat das Konsequenzen."

Und zu mir gewandt zischte er leise, aber erbost: „Und Sie sorgen dafür, dass hier Ruhe herrscht. Bei anderen Kollegen klappt das doch auch."

Damit verschwand er wieder und ließ die Tür laut ins Schloss fallen. Die Klasse war wie vom Donner gerührt, doch auf Patricks Gesicht schlich sich schon wieder ein gehässiges Grinsen. Auch seine Freunde konnten eine gewisse Genugtuung über meine Zurechtweisung nicht verbergen. Mir wurde ganz schwindlig. Was für eine Blamage!

„Also, ihr habt es gehört und jetzt haltet euch gefälligst daran."

Ich kramte aus der Schublade meines Pultes ein Päckchen Arbeitsblätter mit Grammatikübungen, das ich für solche Notfälle immer in petto hatte. Als ich es austeilte, fing das Gemurre wieder an und ich hatte alle Mühe, erneuten Lärm zu unterbinden.

Nach der Stunde war ich völlig erledigt und schleppte mich erschöpft in die dritte Klasse. Die zwei Stunden bis zur großen Pause kamen mir quälend lang vor. Vollkommen frustriert stand ich danach im leeren Klassenzimmer. Ich hatte keine Lust, auch nur einen aus meinem Kollegium, außer Jan und Sabine natürlich, im Lehrerzimmer zu treffen. Deshalb beschloss ich in die Lehrerbibliothek zu gehen. Als ich gerade aufsperren wollte, kam Jan heraus. Er strahlte mich an.

„Hallo Isabel! Ist es nicht wie in der schnulzigsten Liebesromanze? Ich habe mal eine Szene gesehen, in der der Liebhaber zu seiner Angebeteten sagte: Das Schicksal führt uns immer wieder zusammen."

„Oder die Besorgung guten Unterrichtsmaterials", erwiderte

ich deprimiert.

„Hey, was ist denn los?" Er hob mein Kinn, so dass ich ihm direkt in seine verführerisch blauen Augen, die plötzlich voller Mitgefühl waren, sehen musste.

„Ach Jan, es reicht mir langsam. Zuerst konnte ich das Londonvideo nicht finden, dann spielte die achte Klasse verrückt, Hans war unverschämt zu mir und Herr Bausch zweifelt an meinen Fähigkeiten als Pädagogin. Manchmal möchte ich am liebsten alles hinwerfen!", jammerte ich.

Mit den Worten „Komm her!" zog Jan mich zu sich her und umarmte mich. Er strich zärtlich über mein Haar und wiegte mich ganz sachte. „Das war wohl nicht dein Tag heute, was?"

„Allerdings. Komm wir gehen in die Bibliothek, dort können wir uns ungestörter unterhalten", schlug ich vor. Wir setzten uns an den kleinen Tisch neben der Tür und ich erzählte ihm von meinem verkorksten Tag.

„Kann es sein, dass Hans dir das Ei mit dem Film gelegt hat?"

„Inzwischen halte ich alles für möglich. Zufällig saß er im Lehrerzimmer und reagierte furchtbar schadenfroh! Ich wäre ihm beinahe ins Gesicht gesprungen."

„Nimm dir die Sache nicht so zu Herzen, das ist er nicht wert."

Er küsste mich flüchtig auf den Mund. Ich wich etwas zurück und schüttelte leicht den Kopf. „Nicht, Jan. Wir dürfen das nicht mehr tun. Nicht hier und auch nicht anderswo", ermahnte ich ihn sanft.

Jan stand auf, strich mit dem Handrücken über meine Wange und nahm seine Tasche. „Entschuldige, ich wollte dich nur trösten. Ich muss für die kommende Stunde leider noch einen Stapel Arbeitsblätter kopieren, sonst würde ich bei dir bleiben", meinte er bedauernd.

„Das macht nichts, du hast mir enorm geholfen. Es geht mir schon viel besser. Danke."

Er lächelte mich noch einmal mit einem Trost spendenden Augenzwinkern an und verließ dann leichtfüßig den Raum. Ich fragte mich, wie ich diesen ganzen Wahnsinn ohne ihn überhaupt aushalten würde. Nicht einmal bei meinem eigenen Mann fand ich den Rückhalt, den ich brauchte. Den konnte mir nur Jan geben. Aber paradoxerweise machte das mein Leben nicht einfacher, sondern noch komplizierter, wie ich bald erfahren sollte.

KAPITEL 19

Mein Leben glich immer mehr einer Achterbahn. Jedes Mal, wenn ich mich am Tiefpunkt wähnte und dachte, dass ich es nicht mehr schaffe, kehrte plötzlich wieder Ruhe ein. Dies gab mir dann die Kraft weiterzumachen und sogar die Hoffnung zu hegen, dass sich alles zum Guten wenden könnte. Seit dem Vorfall mit dem verschwundenen Videoband waren sechs Wochen vergangen und es hatte sich nichts Nennenswertes mehr ereignet. Lena machte nach wie vor ihre Arbeit mal gewissenhaft, mal etwas nachlässiger und genauso wechselten auch ihre Launen. Wenn sie einen guten Tag hatte, konnte man manchmal so etwas Ähnliches wie ein Lächeln auf ihrem Gesicht entdecken, an einem ihrer schlechten Tage ging man ihr möglichst aus dem Weg. Ihren Verlobten sah ich nur einmal in unserem Hof auf sie warten. Obwohl ich immer noch ein ungutes Gefühl hatte, wenn ich ihn in der Nähe unseres Hauses sah, hielt ich mich bewusst mit einer Bemerkung über seine Anwesenheit zurück. Schließlich wollte ich keine schlafenden Hunde wecken.

Sascha brachte laufend gute Noten nach Hause, die ich Alex triumphierend unter die Nase hielt als Beweis dafür, dass meine Berufstätigkeit nicht den vorhergesagten Absturz unseres Lieblings hervorgerufen hatte. Sascha war oft bei seinem Freund Max oder Freunde kamen zu ihm. Außerdem war er im Sportverein und er vermisste es kaum, dass ich weniger Zeit für ihn hatte. In diesen sechs Wochen stellte sich wieder so etwas wie innere Balance bei mir ein. Der Schulalltag war zwar anstrengend und mein Terminplaner bis zum Anschlag gefüllt, doch das Ausbleiben von anonymen Anrufen und seltsamen Botschaften ließen mir mehr Kraft, um den Stress bewältigen zu können.

Zweimal besuchte ich Sabine, die sich einigermaßen erholt hatte und fast wieder die Alte war. Jan tat alles, um sie zu unterstützen und ihr jeden Wunsch von den Augen abzulesen. Mein ausgefüllter Alltag führte dazu, dass ich Jan privat nur noch einmal in der Woche beim Lehrersport traf.

Da Sabine auch mitmachte, gab es keine Gelegenheit mehr, ihn unter vier Augen zu sprechen. Ich war froh darüber. Es half mir, meine Gefühle für ihn zu unterdrücken, wodurch sich wiederum das Verhältnis zu Alex normalisierte. Der Ärger vom Jahreswechsel war vergessen und die gewohnte Harmonie kehrte wieder ein. So manchen Abend saßen wir bei gemütlichem Kaminfeuer und einem Glas Rotwein zusammen und erzählten einander von unserem stressigen Alltag. Ich genoss unsere neu gewonnene Gemeinsamkeit sehr.

Auch das Verhältnis zu Patrick war immer noch im Lot, denn die Nachhilfestunden ließen nicht nur sein Englisch besser werden, auch seine seelische Verfassung hatte sich gebessert. Wir unterhielten uns nach den Stunden manchmal noch ein wenig und eines Tages entdeckte ich zufällig in seinem Block eine fantastische Bleistiftzeichnung. Ich lobte sein großes Talent und er brachte beim nächsten Mal noch mehr Kostproben davon mit. Ich versprach ihm, die Bilder meiner Freundin zu zeigen, und Patrick zeigte sich überglücklich. Wahrscheinlich war ich der erste Mensch, der ihm so etwas wie Anerkennung zukommen ließ. Manchmal konnte ich mich des Gedankens nicht erwehren, dass das besser werdende Verhältnis zu Patrick etwas mit dem Abnehmen der Attacken zu tun hatte. Aber andererseits konnte er unmöglich etwas von Tom wissen. Sobald meine Gedanken in diese Richtung gehen wollten, verscheuchte ich sie sofort wieder. Mein Alltag war so herrlich normal geworden und immer wieder auftretende Disziplinschwierigkeiten mit den Schülern konnten mir nichts anhaben. Für mich zählte nur, dass sich dieses ständige Gefühl der Bedrohung in Nichts aufgelöst hatte. Es war, als wäre ich einer Falle entkommen und könnte mich endlich wieder frei bewegen. Meine Lebensfreude kehrte von Tag zu Tag mehr zurück und niemand war darüber glücklicher als Alexander. Einmal brachte er spontan einen großen Blumenstrauß und eine Flasche Sekt mit nach Hause

und wollte auf die wiedergewonnene Harmonie anstoßen. „Auf dich und deinen alten Frohsinn!", hatte er gesagt und mir lächelnd zugeprostet. „Noch schöner wäre es, wenn du nicht dauernd darüber nachdenken müsstest, warum welcher Schüler wie tickt und du öfter Zeit hättest zum Fortgehen!"
Aber es hatte nur ein einziger viel sagender Blick meinerseits genügt, dass er das Thema sofort wechselte.
Genau in dieser Hochphase des zurückgekehrten Glücks kam der nächste Schlag.
Ich stand abends in der Küche, um etwas zum Essen vorzubereiten, als Alex hereinkam. Ich drehte mich um und wollte ihn freudig begrüßen. Doch als ich ihn mit wütendem Gesichtsausdruck auf mich zustürmen sah, war ich so erschrocken, dass ich kein Wort herausbrachte.
Er griff in seine Sakkotasche und warf ein Foto auf den Tisch.
„Kannst du mir *das* bitte erklären?"
„Was ist denn los? Was ist das für ein Foto?"
„Sieh es dir an!", sagte er schroff. Ich nahm das Foto in die Hand und traute meinen Augen nicht. Jan und ich waren darauf zu sehen. Wir standen in enger Umarmung beieinander und Jan hatte sein Gesicht in meinen Haaren vergraben. Eine Hand lag in meinem Nacken. Wir sahen aus wie ein Liebespaar.
„Also, was sagst du dazu?", kam es ungeduldig von Alex.
„Das, das ist nicht so, wie es aussieht, weil …"
„Jetzt komm mir bloß nicht mit so einer billigen Phrase daher. Wer ist das? Und was läuft da? Ist das die ominöse Freundin, bei der du die Neujahrsnacht verbracht hast?"
„Aber nein, natürlich nicht. Warte mal, das ist vor der Lehrerbibliothek. Jetzt fällt es mir wieder ein. An diesem Tag hatte ich ziemlichen Ärger wegen eines verschwundenen Videos. Die Klasse randalierte, mein Rektor wies mich zurecht und ein Kollege war richtig garstig zu mir. Es war …"
„Komm endlich zum Punkt!", unterbrach er mich gereizt.
„Ich will es dir doch gerade erklären. Ich traf zufällig Jan, meinen Parallelkollegen, und er tröstete mich."

„Was für ein netter Kuschelkollege. Mensch, Isabel, hältst du mich für blöd? So tröstet man niemanden, mit dem man nur beruflich zu tun hat. Gib zu, dass mit diesem Kerl was läuft!"
Alex war kurz davor, seine Selbstbeherrschung zu verlieren. Da war sie wieder, die Falle, in die ich von einer Sekunde zur anderen erneut hineingeraten war. Wer tat so etwas? Wer hatte ihm dieses Foto zukommen lassen? Es musste jemand von der Schule gewesen sein! Ein Schüler, ein Kollege, eine Kollegin? Wer?
Meine Gedanken drehten sich im Kreis. Hilflos sah ich Alex an. Ich wollte ihn nicht verlieren, das wurde mir in diesem Augenblick glasklar. Also beschloss ich zu lügen, was das Zeug hielt.
„Alex, ich bitte dich, ich war so verzweifelt an diesem Tag und weinte gleich los, als er mich fragte. Jan ist ein sehr mitfühlender Zeitgenosse und er nahm mich einfach spontan und kollegial in die Arme."
„Ich würde sagen, der Typ ist scharf auf dich und hat die Situation weidlich ausgenutzt und auch noch genossen. Und du genauso."
Ich durfte mich jetzt nicht in die Defensive treiben lassen.
„Jetzt hör bitte auf damit. Da ist nichts zwischen uns. Das Foto hat dir jemand geschickt, der mir schaden will. In den letzten Wochen herrschte Ruhe, wie du ja mitbekommen hast, und jetzt schlägt er wieder zu. Und ist auch erfolgreich dabei, wie man an deiner überzogenen Reaktion sieht."
„Wie bitte, das soll etwas mit deinem Verfolgergespenst zu tun haben? Willst du mich veräppeln?" Seine Stimme war ziemlich laut geworden und Sascha stand plötzlich in der Küchentür.
„Mama, streitet ihr euch?", fragte er mit weit aufgerissenen Augen. Ich ging zu ihm hin und nahm ihn in den Arm.
„Aber nein, mein Liebling. Papa hat sich nur über etwas aufgeregt."
Alex stieß ein verächtliches Grunzen aus. Flehend sah ich ihn

an, dass er sich zurückhalten möge. Er nahm schnell das Foto an sich.
„Ich esse heute Abend auswärts und weiß noch nicht, wann ich zurück bin. Gute Nacht, Sascha."
Er wuschelte seinem Sohn kurz durch das dichte Haar und warf mir einen eisigen Blick zu, bevor er die Küche verließ. Das laute Zuschlagen der Haustür schnitt mir ins Herz. All die mühsam wiederhergestellte Harmonie war mit einem einzigen, verdammten Foto zerstört worden. Ich hatte viel Mühe, meinen Frust vor Sascha zu verbergen.
„Komm, mein Liebling, setz dich an den Tisch. Es gibt gleich etwas zu essen. Und danach spielen wir Mensch ärgere dich nicht!"
„Zu zweit ist das doof. Warum bleibt Papa nicht hier? Er hat versprochen heute mit uns Spiele zu machen! Immer versprecht ihr was und dann wird es doch nichts, weil Papa weg muss."
„Er muss eben manchmal überraschend in die Klinik, das weißt du doch. Und jetzt sei friedlich. Such dir ein Spiel aus, das du gerne machen möchtest." Ich hoffte inbrünstig, Sascha würde sich ablenken lassen.
„Aber Papa sagte, dass er woanders isst. Er geht gar nicht in die Klinik, Mama!"
„Es hat was mit seinem Beruf zu tun und jetzt hör auf zu meckern, sonst habe ich keine Lust mehr zum Spielen."
„Na gut, ich habe auch keine Lust mehr. Ich spiele ein bisschen am Computer."
Ich stöhnte kurz auf. „Sascha, alles, nur das nicht. Du weißt, wie wir zu Computerspielen stehen."
Es folgte eine nervenaufreibende Diskussion darüber, wie sehr wir ihn einschränken würden, wie viele Spiele andere besäßen, et cetera, doch schließlich gab er sich geschlagen und ging missgestimmt in sein Zimmer.
Ich hatte es tatsächlich geschafft, meine beiden Männer beleidigt in die Flucht zu schlagen. Und alles nur, weil ich

mich in einem schwachen Moment von Jan trösten ließ. Wer hatte uns dabei fotografiert? Ich dachte gleich an Patrick. War sein fast schon freundschaftlich zu nennendes Verhalten mir gegenüber etwa reine Strategie? Sollte ich mich in Sicherheit wiegen, damit die Anschläge auf mich eine noch größere Wirkung erzielen würden? Niedergeschlagen setzte ich mich an den Küchentisch. Es durfte einfach nicht sein, dass dieser Terror von vorn anfing. Ich entschloss mich, Jan von dem Foto zu erzählen. Schließlich hatte er mir den Schlamassel eingebrockt, indem er den Höflichkeitsabstand von 50 Zentimetern wieder einmal nicht eingehalten hatte.
„Kannst du reden?", fragte ich ihn sofort, nachdem er abgehoben hatte.
„Ja, ich bin allein. Warum fragst du?"
Ich erzählte ihm von dem Foto und welche Konsequenzen es hatte.
„Verdammt, welches fiese Aas macht denn so was? Das tut mir wirklich leid, dass du deswegen Ärger bekommen hast."
„Ach Jan, ich dachte es wäre vorbei. Seit diesem vermaledeiten Tag war nichts mehr vorgefallen und jetzt das. Könnte es sein, dass Hans uns heimlich fotografiert hat? Er war an dem Tag ziemlich unverschämt mir gegenüber. Vielleicht war es *die* Gelegenheit für ihn, mir eins auszuwischen."
„Hans?! Ich weiß nicht. Der hat zwar einen leichten Sprung in der Schüssel, aber ob er solch bescheuerte Aktionen macht, halte ich fast nicht für möglich. Andererseits kann man nie wissen, was in dem Menschen so vorgeht. Vielleicht wollte dir auch Moralwächterin Inge eins auswischen. Schließlich hat sie dich schon länger im Visier. Wir können jetzt nur hoffen, dass dieser Irre, der das getan hat, das Foto nicht auf die Homepage der Schule bringt. Das wäre unser Untergang."
Ich ließ vor Schreck fast den Hörer fallen. An diese Gefahr hatte ich noch gar nicht gedacht und mir wurde fast übel bei dem Gedanken.
„Isabel, bist du noch da?"

„Äh, ja. Das wäre so furchtbar, Jan. Die ganze Schule würde über uns reden und dann der Ärger mit der Schulleitung! An Sabines Reaktion will ich nicht einmal denken. Oh nein, nein, nein!! Das darf einfach nicht passieren, sonst drehe ich durch."
„Komm, jetzt beruhige dich. Wir können nichts anderes tun als abwarten. Am liebsten würde ich zu dir fahren, um dich zu trösten, Süße."
Wie dieser Trost aussehen würde konnte ich mir lebhaft vorstellen.
„Jan, bitte, du weißt genau, dass das nicht geht!"
„Schon gut, war auch nur so ein Wunschgedanke. Aber ruf an, wann immer du mich brauchst, ma belle. Ich lass dich nicht im Stich."
Das war Jan. Immer bereit einem zur Seite zu stehen und zu helfen. Ob Sabine bewusst war, welch Goldstück sie ihr Eigen nennen konnte? Sie durfte niemals von diesem Foto erfahren!

Alex kam erst nach Mitternacht heim. Leise schlich er sich ins Schlafzimmer und legte sich geräuschlos neben mich. Ich wartete vergebens auf seinen obligatorischen Gutenachtkuss, den er mir immer gab, egal ob ich wach war oder schon schlief. Das war ein untrügliches Zeichen dafür, wie entsetzlich sauer er auf mich war. Ich fürchtete mich schon vor dem nächsten Morgen, an dem ich bewusst ziemlich spät aufstand, um die Begegnung mit ihm sehr kurz zu gestalten.
„Musst du denn nicht zur Schule? Sonst bist du um diese Zeit immer schon komplett durchgestylt", sagte er bissig, als er ins Schlafzimmer kam, um seine Jacke zu holen.
Er hatte mein Vorhaben durchschaut, wie immer.
„Ich muss noch mal eingeschlafen sein, warum weckt mich denn keiner?", rief ich scheinheilig und sprang aus dem Bett.
„Hast du etwa schlecht geschlafen? Doch nicht wegen des Fotos, das angeblich gar nichts zu bedeuten hat!", meinte er spöttisch und folgte mir schnell ins Bad, bevor ich die Tür

schließen konnte. Meine Spätaufstehstrategie war nutzlos gewesen und ich musste ihm wohl oder übel Rede und Antwort stehen.

„Lass uns später in Ruhe darüber reden, sonst komme ich noch zu spät."

Alex umfasste mit festem Griff meine Oberarme und zwang mich ihn anzusehen. „Ich hätte nie gedacht, dass du so verlogen und obendrein noch feige sein könntest. Was ist eigentlich los mit dir?"

In seiner Verzweiflung schüttelte er mich beinahe. Ich nahm meinen ganzen Mut zusammen und befreite mich aus seiner Umklammerung.

„Was ist denn in dich gefahren? So kannst du doch nicht mit mir umgehen! Ich habe gar nichts gemacht, außer mich trösten lassen. Zufällig hat es jemand gesehen, fotografiert und dir geschickt, um mir zu schaden."

„Hör auf, mich für dumm zu erklären. Warum gibst du nicht einfach zu, dass du eine Affäre am Laufen hast oder hattest. Dann können wir weiterreden."

„Jan ist fest liiert, da läuft nichts, ehrlich. Du kannst alle meine Kollegen fragen, sie werden dir nichts anderes sagen", ereiferte ich mich und schämte mich gleichzeitig für meine Falschheit. Am liebsten hätte ich ihm alles gebeichtet, doch ich war mir sicher, dass er mir nicht verzeihen könnte. Ich hatte auf einmal panische Angst er könnte mich verlassen. Der Gedanke, dass ich unser gemeinsames Leben aufgeben müsste, ließ mich erschaudern.

„Ich habe keine Lust mehr, mir noch mehr von deinen dummen Unschuldsbeteuerungen anzuhören. Ich werde heute Nacht bei meinen Eltern verbringen. Vater geht es nicht so gut. Also rechne heute nicht mehr mit mir", sagte Alex in unterkühltem Ton und knallte die Badtür zu.

Ich stand wie ein begossener Pudel da und starrte auf die Tür. Wie hatte es nur so weit kommen können, dass Alex regelrecht vor mir flüchtete? In den vergangenen Wochen war unser Verhältnis wie früher gewesen. Es blieb zwar wegen meines Schulstresses noch weniger Zeit füreinander, aber die gemeinsamen Stunden waren dafür umso intensiver gewesen. Die Affäre mit Jan hatte ich erfolgreich verdrängt und jetzt war mit einem einzigen Foto alles zerstört worden. Wer hatte mir das angetan? Und warum hatte dieser Jemand solch einen unstillbaren Drang, mein Leben immer wieder negativ zu beeinflussen?

Ganz in Gedanken versunken zog ich meine bereitgelegte Kleidung an und fuhr ohne Frühstück in die Schule. Lustlos absolvierte ich meinen Unterricht und blieb während der großen Pause im Klassenzimmer. Ich wollte niemanden sehen und auch mit niemandem sprechen. Am allerwenigsten mit Jan. Er würde auf seine unwiderstehliche Art versuchen mich aus meinem Seelentief zu holen und es vermutlich auch schaffen. Es erschien mir zu diesem Zeitpunkt widersinnig, mich von dem Verursacher des ganzen Ärgernisses auch noch trösten zu lassen. Außerdem wollte ich gar nicht wissen, ob die Kollegen schon von unserer Affäre Wind bekommen hatten.

Ich hängte gerade sämtliche Bilder, die meine Schüler zu einer Geschichte gemalt hatten, an die Seitenwand, als es kurz vor Ende der Pause an der Tür klopfte. Gleich darauf streckte Sabine ihren Kopf herein.

„Ah, da steckst du ja! Warum warst du nicht in der Pause?"

Sie kam beschwingt auf mich zu und ihr Lächeln wich einem Stirnrunzeln, als sie mir ins Gesicht sah. „Alles in Ordnung? Du siehst irgendwie schlecht aus."

Wie gerne hätte ich ihr mein Leid geklagt! So aber schluckte ich schwer und sagte bemüht locker: „Ach, irgendwie habe ich mir den Magen verdorben. Ich kann heute keine essenden Leute ertragen. Wie geht es dir so?"

„Danke, bestens. Ich habe für die nächste Mathearbeit noch ein paar gute Arbeitsblätter gefunden. Jan ist auch ganz begeistert."

Sabines Auftreten war vollkommen natürlich. Sie wusste also

noch nichts von der Existenz des Fotos. Meinetwegen sollte dieser Unbekannte anfangen mich zu erpressen, wenn er nur Sabine nichts verriet.
Plötzlich stand Jan neben mir und sah mich bedeutungsvoll an. „Was ist los? Dir geht es wohl ziemlich schlecht, so wie du aussiehst!", sagte er mit erschrockenem Unterton.
Wieso hatte er auch noch auftauchen müssen! Ich machte eine wegwerfende Handbewegung. „Das wird schon wieder. Diese Matheblätter scheinen wirklich gut zu sein", lenkte ich ab und vertiefte mich in die Aufgaben, nur um keinem in die Augen sehen zu müssen. Als endlich der erlösende Schulgong ertönte, verließ Sabine sofort das Klassenzimmer. Jan blieb noch und hielt mich kurz am Arm fest, als ich mich von ihm wegdrehte.

„Hast du großen Ärger zu Hause? Nun sag schon, ich sehe doch, dass es dir schlecht geht", drängte er mich mit gedämpfter Stimme.
„Ja, mein Mann ist stinksauer. Aber kümmere dich nicht um mich, ich biege das schon wieder gerade."
Jan sah mich mit dem Ausdruck größten Bedauerns an. „Das tut mir so leid. Ich würde dir gerne helfen, aber ich weiß nicht wie. Ruf mich zu jeder Tages- und Nachtstunde an, wenn dir danach ist. Versprochen?"
Ich nickte resigniert. Seine fürsorgliche Art und das Verständnis, das er einem entgegenbrachte, machten es mir schwer, Abstand von ihm zu halten, aber das war der einzige Weg, mein früheres unkompliziertes Leben zurückzugewinnen.

Alex packte abends tatsächlich seine Reisetasche und forderte mich auf, für Sascha auch ein paar Sachen zusammenzusuchen. Ich sah ihn fragend an. „Was hast du vor, willst du ihn etwa mitnehmen?"
„Ja, und zwar für das ganze Wochenende", sagte er, ohne mich anzusehen.

„Das ist jetzt nicht dein Ernst! Deine Mutter dreht durch und Sascha mit. Du weißt doch, dass sie ihn nicht länger als drei Stunden ertragen kann."
Alex richtete seinen breiten Oberkörper auf und sog hörbar die Luft ein, bevor er sich langsam zu mir umwandte.
„Sprich nicht so über meine Mutter. Sascha ist jetzt überall besser aufgehoben als bei uns zu Hause. Also pack seine Sachen."
„Alex, bitte, gib mir nicht das Gefühl, die schlechteste Mutter aller Zeiten zu sein. Meinst du nicht, dass du das Foto etwas überbewertest? Es wäre falsch, Sascha jetzt wegen dieser Sache mit hineinzuziehen."
Alex sah mich kühl an. „Sascha kommt mit. Dann hast du genügend Zeit, über einiges nachzudenken", sagte er emotionslos und packte weiter.
Ich wollte gerade meinem Widerstand Ausdruck verleihen, als Sascha hereinkam.
„Hallo Mama. Hast du meine Tasche schon gepackt? Papa will ganz viele Sachen mit mir unternehmen! Cool, gell!"
„Sehr cool!" Ich gab mich geschlagen. Solange mein Schätzchen nicht darunter zu leiden hatte, war ich bereit nachzugeben.
Eine halbe Stunde später stand ich in der Hofeinfahrt und schaute ihnen nach. Wie sollte ich aus dieser Geschichte je wieder herauskommen? Vielleicht war es wirklich besser, Abstand voneinander zu haben. Alex würde bis Sonntagabend einsehen, dass er maßlos überreagiert hatte, und ich würde wieder vernünftig mit ihm reden können.
Samstagabend klingelte mein Handy. Ich hoffte so sehr, dass es Alex wäre, aber es meldete sich Sascha.
„Hallo Mama, ich war heute mit Papa im Zoo. Voll cool! Da gibt es ganz tolle Fische. Bekomme ich auch ein Aquarium?"
„Sascha, jetzt mal langsam. So ein Aquarium ist ganz schön aufwendig zu pflegen. Die Fische müssen immer gefüttert werden."
„Aber Frau Gruning sagt, dass das gar nicht so schlimm ist.

Sie hat selber eines zu Hause."
Ich stutzte. „Frau wer?"
„Na Frau Gruning. Die arbeitet bei Papa, und der sind wir heute zufällig bei der Zookasse begegnet und dann ist sie mit hineingegangen. Fand ich am Anfang doof, aber eigentlich ist sie ganz nett und hübsch."
„Aha, gibst du mir mal Papa!"
„Ich bin bei Oma und Papa ist noch mal weggegangen. Ich darf jetzt ‚Wetten dass..?' anschauen. Tschüss, Mama. Und überleg dir das mit dem Aquarium noch einmal. Das wäre so cool!"
Und weg war er. Konsterniert legte ich das Telefon beiseite. Alex hatte ein paar Mal von einer neuen Assistenzärztin auf seiner Station erzählt. War das etwa diese Frau Gruning? Zufällig an der Zookasse getroffen?! Und heute Abend ist er ausgegangen!! Mir wurde fast übel bei dem Gedanken, dass ich Alex in die Arme einer jungen, hübschen Frau getrieben haben könnte. Ich musste sofort mit jemandem darüber sprechen.
Babs war leider mit ihrem Mann beim Skifahren, also rief ich Jan an, ob er allein sei, und er bestätigte mir, dass Sabine das Wochenende mit einer Cousine in einem Wellnesshotel verbrachte. Im nächsten Moment saß ich im Auto und fuhr zu ihm. Er empfing mich freudig strahlend in einem dunkelroten Hemd, das er lose über seiner schwarzen Jeans trug.
„Wie lange habe ich mich nach dir gesehnt", sagte er, schnappte meine Hand und zog mich ungestüm hinein.
„Leider muss ich dich enttäuschen. Ich komme nicht aus Sehnsucht zu dir. Ich glaube, mein Mann betrügt mich!", sagte ich ohne Umschweife und stürmte an ihm vorbei in sein Wohnzimmer. Es sah jetzt ganz anders aus. Die Sitzmöbel waren umgestellt, ein neuer Tisch und Teppich sowie neue Vorhänge verliehen dem Zimmer Modernität, aber auch Behaglichkeit. An einer Wand entdeckte ich zwei große Bilder. Daneben hing seine Gitarre, die sonst immer in irgendeiner

Ecke in Warteposition gestanden hatte.

„Sabine hat mir geholfen den Raum umzugestalten. Gefällt es dir?", fragte er mit unübersehbarem Stolz.

„Ja, das muss der Neid ihr lassen. Geschmack hat sie wirklich."

Ich ließ mich auf einem Sessel nieder und fing sofort an, ihm von meinem Verdacht zu erzählen. Ich lud meine ganze Angst und Wut bei ihm ab und merkte, wie gut es tat, sich alles von der Seele zu reden. Ich wusste, dass ich ihn ausnützte, aber schließlich hatte er mir noch gestern seine uneingeschränkte Hilfe angeboten. Und im Übrigen hätte ich ohne ihn diese Probleme überhaupt nicht.

Er brachte mir schließlich einen selbst gemixten Cocktail und wir stießen auf die verzwickten Zeiten an.

„Wenn das so weitergeht, sind wir bald geschiedene Leute. Und das ist das Letzte, was ich will. Ach Jan, glaubst du, dass er mich betrügt? Ich habe es ja schließlich auch getan."

Jan saß in seinem Sessel, das rechte Bein lässig im 90-Grad-Winkel auf seinem linken Knie gelagert. Unablässig drehte er sein Cocktailglas in den Händen und sah mich dabei mit einem gedankenvollen Ausdruck an, den ich nicht deuten konnte.

„Ich glaube nicht. Das Ganze war bestimmt nur ein Zufall. So wie du immer von deinem Mann erzählt hast, denke ich nicht, dass er leichtfertig eure Ehe riskiert. Genauso wenig wie du sie aufgeben willst. Leider. Ich wünschte, ich hätte dich für mich gewinnen können. Ich liebe dich immer noch."

Seine direkte Art verwirrte mich. „Aber du bist schon fast drei Monate mit Sabine zusammen, ich dachte, du liebst sie jetzt wirklich."

Jan fuhr sich mit einer Hand durch sein welliges Haar, stellte sein Glas ab und legte beide Arme lässig auf seine Oberschenkel.

„Ja schon, aber es ist nicht das Gleiche wie mit dir. Es mag kitschig klingen, aber in deiner Nähe hatte ich ständig das Gefühl, dass wir füreinander bestimmt seien. Außerdem erinnerst du mich ein bisschen an meine Frau."

Der letzte Satz versetzte mir einen gewaltigen Stich. Er liebte also etwas Verlorengegangenes und nicht mich als die Person, die ich war. Der Gedanke war wenig schmeichelhaft. Ich hatte wirklich geglaubt, ich wäre noch verführerisch genug, um einem Mann den Kopf zu verdrehen.
Jan sah mir an, dass ich mich unbehaglich fühlte. „Was hast du? Habe ich etwas Falsches gesagt? Ist es wegen meiner Frau?"
Ich nickte nur.
„Entschuldige, dass ich das gesagt habe. Aber du darfst das nicht falsch verstehen. Es ist nicht so, dass ich dich ständig mit ihr vergleiche. Nur dein lockerer Humor und die innere Verbundenheit, die ich zu dir verspüre, erinnern mich an sie. Ich sehe dich wirklich nicht als Ersatz. Ich liebe dich, weil du du bist, bitte glaube mir das. Ich liebe auch deine Ehrlichkeit und Offenheit. Sabine ist viel verschlossener und auch unehrlich."
„Wie meinst du das?"
„Ich bin jetzt schon ein paar Monate mit ihr liiert und weiß immer noch nicht, warum sie geschieden ist. Jedes Mal blockt sie ab, wenn es um dieses Thema geht."
„Wer weiß, was in dieser Ehe vorgegangen ist. Wahrscheinlich ist es ihr peinlich oder es schmerzt sie zu sehr, um darüber sprechen zu können. Mir weicht sie übrigens auch aus, wenn ich sie nach ihrem Exmann frage."
„In einer guten Partnerschaft kann man doch über alles reden, aber sie tut es nicht."
Sein zerknirschter Gesichtsausdruck verriet, dass ihm Sabines Verschwiegenheit ziemlich zu schaffen machte.
„Ach Jan", versuchte ich ihn zu beschwichtigen, „es trägt eben nicht jeder sein Herz auf der Zunge so wie ich zum Beispiel. Das darfst du ihr nicht übel nehmen. Sie braucht vielleicht noch Zeit, schließlich seid ihr ja noch nicht so lange zusammen. Du musst nur geduldig sein."
Jan lehnte sich in seinem Sessel zurück und fuhr sich

seufzend mit beiden Händen über das Gesicht. „Ja vielleicht hast du Recht. Ich spreche schließlich auch nicht gerne über vergangene Zeiten. Man hat einfach keine Chance, etwas Neues zu beginnen, wenn man immer nur in die Vergangenheit blickt. Ich werde sie nicht mehr damit quälen."
„Guter Junge", sagte ich lächelnd und tätschelte seinen Oberschenkel. „Du wirst sehen, eines Tages erzählt sie dir freiwillig alles, was du wissen willst. Jan, ich muss jetzt leider gehen und noch etwas für die Schule tun."
„Schade." Er half mir in die Jacke und ergriff meine Hände. „Warum bloß haben wir uns nicht schon früher kennengelernt?"
Warm und zärtlich küsste er mich und ich musste mich gewaltsam losreißen, um nicht wieder Opfer meiner Gefühle zu werden.
„Wie heißt es in den schnulzigen Romanen so schön? Das Schicksal hat es nicht gewollt, dass unsere flammenden Herzen zueinanderfinden und verschmelzen", flötete ich theatralisch und setzte etwas nüchterner hinzu: „Diese Tatsache müssen wir jetzt eben akzeptieren. Vergiss am Montag nicht, deine Gitarre zum Schulfrühstück mitzubringen, sonst gibt es wieder lautes Gemotze. Bis dann!"
Ich ging schnell zur Tür und auf den Flur des Mehrfamilienhauses hinaus, ohne mich noch einmal umzudrehen. Ich drehte mich auch nicht um, als ich ihn meinen Namen rufen hörte, und rannte eilig die Treppen hinunter. Jeder musste jetzt sein eigenes Leben fortleben. Vor allen Dingen musste ich meines wieder in Ordnung bringen.

Bevor Alex am Sonntagabend mit Sascha nach Hause kam, war ich nervös wie vor meinem ersten Treffen mit ihm als junge Studentin. Ich wurde von zwiespältigen Gefühlen geplagt. Einerseits war da dieses Misstrauen, was es mit dieser Frau Gruning auf sich hatte, andererseits die Angst, wieder lügen zu müssen. Und ich sehnte mich nach ihm, nach dem Alex,

den ich einst kennen- und lieben gelernt hatte.
Die Begrüßung fiel sehr neutral aus. Er gab mir einen flüchtigen Kuss auf die Wange und setzte seine Lederreisetasche im Flur ab. Sascha begrüßte mich stürmisch mit einer festen Umarmung und Küssen auf beide Wangen und fing auch gleich lebhaft zu plappern an, was er alles erlebt hatte.
Wir gingen ins Wohnzimmer und Alex und ich hatten nicht die geringste Chance, uns zu unterhalten. Als Sascha einmal den Namen Gruning nannte, warf ich Alex schnell einen Blick zu, um seine Reaktion zu sehen. Doch in seinem Gesicht war keinerlei Regung zu erkennen. Das konnte alles heißen. Entweder war alles wirklich ganz harmlos oder sie war seine heimliche Geliebte. Bekanntlich kommt bei Männern das moralische Gewissen nicht in demselben Maße zum Tragen wie bei Frauen. Geht das weibliche Geschlecht mit Familie im Hintergrund fremd, grenzt es in der gesellschaftlichen Wahrnehmung fast an ein Verbrechen, während es beim männlichen Geschlecht mit einem Achselzucken hingenommen wird. Meistens kann man als Kommentar den lapidaren Satz vernehmen „Der steckt gerade in der Midlife-Crisis."
„Mama, hörst du mir überhaupt zu?", fragte Sascha empört.
„Aber ja, mein Schatz."
„Du hast aber meine Frage nicht beantwortet. Bekomme ich jetzt ein klitzekleines Aquarium? Bitte! Ich mache alles, Wasser wechseln, putzen und Fische füttern. Bitte!"
„Sascha, nicht jetzt. Wenn du brav bist, vielleicht zu Weihnachten, aber nur vielleicht."
„Mama, Weihnachten ist noch so lange hin und warum nur vielleicht?"
Kinder konnten einem zuweilen den letzten Nerv ziehen.
„Alex, jetzt sag doch auch mal was!", flehte ich in Richtung meines Gatten, der mich mit unergründlicher Miene beobachtet hatte. Sein emotionsloses Verhalten verunsicherte mich.
„Zu Weihnachten, vielleicht. Und jetzt mach dich fertig zum

Bettgehen. Morgen ist wieder Schule", war seine einzige Antwort.
Saschas Gesicht verfinsterte sich. „Ihr seid so gemein. Immer nur vielleicht", sagte er und ging schmollend aus dem Zimmer.
Normalerweise hätte ich ihn jetzt aufgehalten, aber ich hatte nur eines im Kopf: Wie stand es um Alex und mich? Ich sah ihn unsicher an und wusste nicht, was ich sagen sollte. Er saß in seinem Lehnstuhl und nahm die Sonntagszeitung zur Hand. Wollte er allen Ernstes jetzt Zeitung lesen?
„Alex, wir müssen miteinander reden."
Er sah mich kurz über den Zeitungsrand hinweg an. „Ich wüsste nicht, worüber", meinte er gleichgültig und vertiefte sich wieder in die Lektüre. Seine stoische Ruhe brachte mich sofort auf hundert und machte meinen Vorsatz, die Sache ruhig anzugehen, zunichte.
„Herrgott noch mal, Alex, du weißt ganz genau, worüber. Zum Beispiel über eine gewisse Frau Gruning", schmetterte ich ihm wütend entgegen.
Mit einer ungeduldigen Bewegung ließ er die Zeitung in den Schoß fallen. „Was soll das. Du hast es gerade nötig, die Eifersüchtige zu spielen. Das ist wohl eher mein Part."
Ich bebte innerlich. „Sag mal, willst du dich auf solch billige Weise an meinem angeblichen Seitensprung rächen? Von dir hätte ich eine etwas intelligentere Bewältigungsstrategie erwartet."
Entnervt blickte er Richtung Zimmerdecke. „Für wie blöd hältst du mich eigentlich. Denkst du wirklich, ich renne gleich nachdem ich feststellen musste, dass meine bisher so ehrbare Frau mich betrügt, zur nächsten Kollegin, um mit ihr …"
„Sprich es einfach nicht aus!", unterbrach ich seinen Redefluss und fing an zu weinen. Tränen waren in dieser verfahrenen Situation jetzt das wirksamste Mittel, ihn zum Erweichen zu bringen, denn er hasste es, wenn ich heulte. Ich fand es zwar unfair, aber unumgänglich, denn ich wollte ein für alle

Mal diesen Zwist beseitigen. Und es funktionierte. Mit einem von Tränen verschwommenen Blick erkannte ich, wie er zusammenzuckte und sich in seinem Sessel aufrichtete.
„Isabel", sagte er schon wesentlich gefühlvoller als bisher, „ich habe sie nur eingeladen, weil sie momentan Beziehungsstress hat und so unglücklich wirkte. Da ist nichts zwischen uns. Ich liebe nur dich, im Gegensatz zu dir."
Ich heulte laut auf. Eigentlich wäre das der Zeitpunkt gewesen, die Karten auf den Tisch zu legen, aber ich konnte nicht. Ich fürchtete mich vor den Konsequenzen.
„Nein, bitte, Alex. Das Bild in der Schule hat nichts zu bedeuten. Wirklich. Bitte glaube mir endlich."
Das war ja in gewissem Sinne auch nicht gelogen. Ich schnäuzte geräuschvoll und wischte meine Augen trocken. Nach einer endlos erscheinenden Zeit stand er auf und nahm mich in die Arme. Seine Nähe, nach der ich mich so sehr gesehnt hatte, brachte meine Gefühle erneut in Wallung und ich weinte heiße und echte Tränen an seiner Schulter.
„Es tut mir so leid, dass du dich hintergangen gefühlt hast. Ich will eigentlich nur eines: mit dir glücklich sein. Ich liebe dich doch."
„Ist ja schon gut. Egal ob zwischen deinem Pauker und dir was lief oder nicht. Ich will es eigentlich gar nicht mehr wissen. Ich will nur sichergehen, dass du nicht vom Zusammenleben mit einem anderen Mann träumst. Ich bin nicht bereit die zweite Geige zu spielen und dabei wie eine Weihnachtsgans ausgenommen zu werden. Das läuft nicht mit mir."
Ich versicherte ihm eindringlich, dass es nicht so war, und küsste ihn überglücklich. Er reagierte auf meine Zärtlichkeiten und ich fraß ihn beinahe auf vor Liebe und Glück.

Die große Ehekrise war somit gerade noch abgewendet worden und ich schwor mir, mich nie mehr auf Jan einzulassen, auch nicht in schwachen Momenten.
Die Woche bis zu den Faschingsferien verlief ohne besondere Vorkommnisse. Das Foto hatte kein anderer Kollege zu sehen bekommen, worüber ich mehr als froh war. Hans beäugte mich zwar hin und wieder misstrauisch, aus welchen unerfindlichen Gründen auch immer, aber das war ja nichts Neues.
Jan vermied ich allein zu treffen, um ihm deutlich zu machen, dass unsere Affäre endgültig vorüber war. Er veranlasste ein Treffen in der Ferienwoche, um ein Projekt im Heimat- und Sachkundeunterricht zu dritt zu besprechen. Das konnte ich nicht ablehnen.
Sabine war schon da, als ich eintraf, und wir fingen gleich an zu arbeiten. Immer wieder bemerkte ich, wie sein warmer Blick auf mir ruhte, und hoffte inständig, Sabine möge es nicht bemerken. Sie war heute nicht gerade in Hochstimmung und ich fragte mich, ob sie vorher vielleicht gestritten hatten. Doch je länger wir arbeiteten, desto besser wurde ihre Laune. Ich atmete innerlich auf, da sie allem Anschein nach nicht die geringste Ahnung von unserer Affäre hatte.
Um drei Uhr verabschiedete ich mich, da Sascha gerade bei Max war und die beiden in einer halben Stunde zu uns kommen wollten. Mäxchens Mutter lieferte die Jungen überpünktlich bei uns ab, da sie einen wichtigen Termin hatte. Die beiden wollten noch in den Garten, um mit den kläglichen Schneeresten so etwas wie einen Schneemann zu bauen.
Ich bereitete gerade Kakao für die Jungen vor, als ich lautes Gezeter aus dem Garten vernahm. Ich öffnete das Fenster und hörte überdeutlich, dass sie miteinander stritten. Ich sah, dass Max etwas in der Hand hielt.
„Jetzt gib schon her!", schrie Sascha laut.
„Nein, die habe ich gefunden!", kam es noch lauter von Max.

„Na und, du kannst mir ja trotzdem was davon abgeben, du Geizhals!", erboste sich Sascha und seine Stimme überschlug sich. Es konnte nicht mehr lange dauern, und sie würden als Knäuel auf dem mit Schneeresten bedeckten Rasen herumkugeln. Das galt es zu verhindern.

„Was ist los? Euch kann ja noch der Mann im Mond hören, so laut wie ihr schreit!", rief ich zum Fenster hinaus. „Was habt ihr denn da?"

Beide sahen erschrocken zu mir her und Max versteckte hastig seine Hände hinter dem Rücken. Ein Zeichen für mich, sofort zu handeln.

„Rührt euch nicht vom Fleck!", rief ich streng, schloss schnell das Fenster und lief zu ihnen hinaus. Die beiden redeten aufgeregt und leise miteinander und Max versuchte etwas in seine Jackentasche zu stopfen. Als sie mich bemerkten, sahen sie mich schuldbewusst an.

„Was hast du da, Max?", fragte ich und hielt ihm meine Hand entgegen.

„Ähm, nichts."

„Jetzt gib es ihr halt, du Doofie!", rief Sascha.

„Sascha, lass diese Ausdrücke. Also, Max, mir ist kalt. Gib mir endlich deinen Schatz. Du bekommst ihn auch gleich wieder."

Langsam schob er den Arm nach vorn und legte mir eine durchsichtige, knisternde Tüte mit rosafarbenen Brocken darin in die Hand.

„Sind das Bonbons? Wo hast du die her?"

Sascha redete schon, bevor Max den Mund überhaupt öffnen konnte. „Die Tüte haben wir auf dem Gehweg vor unserem Gartentor gefunden. Wir wollten sie dir gleich zeigen, ehrlich!"

„Das hat vorhin aber gar nicht so geklungen."

Ich entfernte den Klippverschluss, nahm ein Stückchen heraus und roch daran, ohne etwas feststellen zu können. Was waren das nur für seltsame Bonbons? Sie sahen aus wie rosa gefärbtes, gepresstes Pulver, ähnlich wie Drops, aber

doch anders. Irgendwie kam mir das Zeug bekannt vor. Wo hatte ich das bloß schon einmal gesehen? Ich versuchte mich zu erinnern. Aber natürlich, das war es! Wie ein elektrischer Schlag durchfuhr mich die Erkenntnis, dass es sich hier um zerschnittene Rattengiftringe handelte! Was hatten die in einer Süßigkeitstüte zu suchen?!
Ich bemühte mich, mir meine Panik nicht anmerken zu lassen.
„Habt ihr davon etwas gegessen? Ihr müsst jetzt ganz ehrlich sein!"
Beide schüttelten sie gleichzeitig heftig verneinend den Kopf.
„Du hast doch immer zu mir gesagt, ich darf nichts essen, was ich finde und nicht kenne. Warum, sind das keine Bonbons?", fragte Sascha neugierig.
„Ja. Ich glaube das sind Stücke von einem Rattengiftring. Habt ihr wirklich nicht davon probiert, auch nicht mit der Zunge daran geschleckt? Ich muss das wissen! Wenn ihr es getan habt, dann müssen wir sofort zum Arzt fahren! Rattengift ist nämlich sehr schädlich für den Menschen."
Ich vermied das Wort tödlich, um ihnen nicht noch mehr Angst zu machen.
„Nein, wirklich nicht!", versicherte mir Sascha sehr überzeugend und setzte noch hinzu: „Wollte uns jemand vergiften? Cool, wie in den TKKG-Büchern. Wir werden schon herausfinden wer uns ans Leder wollte. Überlass das nur uns beiden!"
Wie gut, dass er in allem ein cooles Abenteuer finden konnte. Ich fand es dagegen ganz und gar nicht prickelnd. Mit dem Versprechen, dass sie im Garten bleiben würden, erlaubte ich ihnen schweren Herzens, draußen zu spielen.
Während ich es nicht lassen konnte, ihnen vom Küchenfenster aus dabei zuzusehen, wie sie die Schneereste zu einem Haufen zusammenschaufelten, überlegte ich, was dieser Tütenfund zu bedeuten hatte. War das Rattengift absichtlich dorthin gelegt worden, als Warnschuss, als Drohung, als Mittel, mich zu quälen? Aus welchem Grund sollte sonst

jemand einen fertigen Köder zerhacken und appetitanregend verpacken?
Ich glaubte nicht an einen Zufall, so täuschend echt, wie das Gift einer Tüte Drops glich. Der Finder sollte es genau für so etwas halten, davon war ich überzeugt. Und der Finder sollte niemand anderes sein als mein Sohn, der heimlich von den „Bonbons" probieren würde.
Bei dem Gedanken daran schüttelte es mich. Mit spitzen Fingern stellte ich die Tüte beiseite, schielte immer wieder zu ihr hin, während ich die Küche putzte, und konnte es nicht fassen, dass jemand so etwas Hinterhältiges tun konnte. Nachdem ich Max heimgefahren hatte, kam Alex nach Hause. Sascha erzählte ihm sofort brühwarm, dass er und Max gerade noch einem Giftanschlag entkommen seien. Alex blickte ihn skeptisch an.
„Was erzählst du da? Jetzt mal der Reihe nach!"
Sascha deutete auf die Tüte. „Diese Bonbons haben wir neben dem Gartentor auf dem Gehweg gefunden, aber Mama hat gesagt, das ist Rattengift, und wir hätten es fast gegessen! Dann hättest du aber viel weinen müssen, Papa!"
„Jetzt mal langsam. Rattengift? Seid ihr sicher?"
Alex sah uns fragend an, nahm dann die Tüte zur Hand und sah sich den Inhalt genauer an. Währenddessen schickte ich Sascha ins Bad, um sich zum Bettgehen fertig zu machen. Er sollte möglichst nichts von meinen Vermutungen mitbekommen.
„Immer wenn es spannend wird, muss ich gehen", maulte er, aber ich gab nicht nach und Sascha verschwand laut vor sich hin schimpfend im oberen Stockwerk.
„Das sieht tatsächlich aus wie diese Ringe, die wir mal gekauft haben. Aber ich wusste nicht, dass es sie auch in zerhackter Form gibt", meinte Alex.
„Wie auch! Das gibt es nämlich nicht zu kaufen, das hat jemand absichtlich gemacht", entgegnete ich.
„Vielleicht, um es besser verteilen zu können und damit mehr

Ratten zu vernichten."
Was um Himmels willen redete er da? „Sag mal, verstehst du nicht, was ich sagen will? Der Köder war für Menschen gedacht. Jemand sollte sie für Bonbons halten und davon probieren!"
Alex blies beide Backen auf. „Das ist ja wieder mal eine haarsträubende Theorie. So etwas macht doch niemand! Es gibt eben Leute, die Rattengift klein schneiden und eintüten", sagte er mit voller Überzeugung.
Ein Thema, zwei Ansichten!
„In eine Süßigkeitstüte verpackt wie feinstes Trüffelkonfekt aus dem Süßwarenladen!! Alex, das ist doch einfach lächerlich!"
Alex dachte nach. „Vielleicht war es der seltsame Gärtner unseres Nachbarn am Ende der Straße, der immer mit seinem Leiterwägelchen bei uns vorbeigeht. Die Tüte ist ihm wahrscheinlich unbemerkt vor unserem Gartentor untergefallen."
„Glaubst du eigentlich selbst, was du da redest?"
„Auf alle Fälle ist es wahrscheinlicher als deine Version vom schwarzen Mann, der Giftköder auslegt", sagte er und ging ins Schlafzimmer, wo er in der Ankleide verschwand.
Ich lief ihm wie ein Hündchen hinterher. „Warum verharmlost du jetzt eigentlich wieder alles? Sascha hätte großen Schaden nehmen oder sogar sterben können und Max, auf den ich aufpassen sollte, auch. Das Zeug ist absichtlich vor unserem Haus hingelegt worden – beweisen kann ich das natürlich nicht."
Alex streifte sein Sportshirt über seinen Oberkörper und drehte sich zu mir um. „Also wirklich, Isabel! Wer könnte schon so etwas Verrücktes tun! Ich kenne niemanden, dem ich das zutrauen würde, du etwa?"
„Natürlich. Ich könnte dir mindestens drei Personen nennen, die mich nicht besonders leiden können. Da wäre zum einen Hans, mein Kollege, zum anderen …"

Alex hob beide Arme in die Höhe und unterbrach mich.
„Hör auf damit! Du weißt genauso gut wie ich, dass deine Verdächtigen niemals zu so etwas fähig wären. Mach dich jetzt nicht verrückt mit deiner Miss-Marple-Mission. Es ist bestimmt alles viel harmloser als du denkst. Ich jedenfalls gehe jetzt zum Squashspielen."
Ich sah ihn ungläubig an. „Was? Du lässt mich nach solch einem Tag allein?"
„Komm schon Isabel. Es ist schließlich nichts passiert und Paul wartet auf mich."
„Sag mal, könnte es sein, dass du eine heimliche Geliebte hast, die intrigiert?", platzte es aus mir heraus. Alex hielt in seiner Bewegung inne und schüttelte verständnislos den Kopf.
„Was soll das denn jetzt werden! Denkst du dabei schon wieder an Frau Gruning? Ich sagte dir doch, dass ich keine Geliebte habe. Schlag dir solche Erklärungsversuche aus dem Kopf. Es ist einfach albern."
„Aber irgendjemand muss es doch gewesen sein."
Er legte mir die Hände auf die Schultern. „Ich kümmere mich darum und werde unseren Nachbarn aufsuchen, in Ordnung? Frau Gruning war es jedenfalls bestimmt nicht. Und jetzt muss ich gehen, tschüss", sagte er und küsste mich, um Selbstbeherrschung kämpfend, flüchtig auf den Mund.
Ich rief sofort Babs an, um mir den Frust von der Seele zu reden. Für sie war die Idee von der Geliebten, die mich mit ihren hinterhältigen Anschlägen von Alex wegbringen will, nicht einmal so abwegig.
Leider führte das Gespräch dazu, dass ich mich über die Maßen in den Gedanken „Alex und Geliebte" verrannte und nachts lange nicht einschlafen konnte. Ich wälzte mich unruhig hin und her und nervte Alex so lange, bis er mit seinem Bettzeug ins Gästezimmer abwanderte.
Was hätte alles passieren können, wenn ich die Jungen nicht so schnell mit ihrem Fund entdeckt hätte! Das Gefühl der

Bedrohung nahm mich wieder ganz gefangen und meine Gedanken kreisten ständig um die Fragen „Wer" und „Warum". Ich stand gegen zwei Uhr morgens schweißgebadet auf und trank ein Glas Wasser. Dabei überkam mich eine unbändige Angst, was noch so auf mich zukommen könnte. Lange würde ich diesen Zustand nicht mehr aushalten. Ich musste schnellstens herausfinden, wer versuchte meine Familie zu zerstören.

Am nächsten Schultag erzählte ich Jan und Sabine von dem Vorfall. Sabine bekam ganz große Augen und rief entsetzt: „Das wird ja immer krimineller! Du musst jetzt unbedingt die Polizei einschalten!"
„Ja, das finde ich auch", stimmte Jan ihr zu.
„Aber ich habe keine Beweise für eine Fremdeinwirkung. Es ist noch niemand körperlich zu Schaden gekommen und wegen ein paar anonymer Anrufe und Briefe unternimmt die Polizei nichts."
„Heißt das, du willst gar nichts tun?", fragte Sabine verwundert.
„Genau das. Ich kann im Moment nichts anderes tun als abzuwarten, was als Nächstes passiert. Es ist zum Verzweifeln."
Sabine legte tröstend ihren Arm um meine Schulter. „Du kannst einem wirklich leidtun. Das ist bestimmt ein ungutes Gefühl, nicht zu wissen, was noch geschehen könnte", meinte sie mitfühlend.
„Ein verdammt mieses Gefühl!", bestätigte ich und machte mich mit den beiden auf den Weg zum Klassenzimmer.
Das miese Gefühl begleitete mich den ganzen Vormittag über. Es ließ sich auch nicht abschütteln, als ich nach der Schule in den Konsumtempeln der Stadt versuchte meine Wunden zu lecken.
Jans Anruf auf dem Handy und seine Einladung, zu ihm zum Kaffeetrinken zu kommen, kamen wie bestellt. Ich sagte sofort

freudig zu. Auf dem Weg zu ihm bereute ich es allerdings, denn wieder einmal hatte ich ganz spontan meinen Vorsatz, mich privat von ihm fernzuhalten, über Bord geworfen. Aber der Wunsch nach einer Aussprache war größer als die Vernunft gewesen. Er empfing mich mit seinem umwerfend charmanten Lächeln und umarmte mich herzlich.

„Schön, dass du mal wieder vorbeikommst", sagte er, während er mir aus dem Mantel half. Mit den Händen auf meinen Schultern dirigierte er mich ins Esszimmer und auf einen Stuhl.

„Willst du einen Cappuccino, ma belle?", hauchte er in mein Ohr. Es kribbelte gefährlich über meinen Rücken und ich nickte sofort, damit er schnell in der Küche verschwand. Eigentlich hatte ich es vorher gewusst, dass seine Nähe einen Besuch auf freundschaftlicher Basis zur ‚Mission impossible' werden ließ, aber ich schwor mir, gegen seine Charmeattacken immun zu bleiben.

Während Jan in der Küche scheppernd hantierte und der Kaffeeautomat zischte und dampfte, ließ ich meinen Blick durch den Raum gleiten auf der Suche nach irgendwelchen Veränderungen. Das nussbaumfarbene Sideboard mit Metallgriffen war neu, ebenso wie der Kunstdruck von Kandinsky, der darüber hing. An der schmalen Wandseite neben der Tür zur Küche hatte er ein paar Weinkisten zu einem Regal gestapelt, in dem sich Bücher, Zeitschriften, CDs und DVDs befanden. Darüber hatte er Fotos von seinen Bergwanderungen aufgehängt und einen Bilderkalender. Von weiblicher Neugier getrieben stand ich auf und nahm ihn zur Hand. Die Bilder waren Drucke von berühmten, aber auch von weniger bekannten zeitgenössischen Künstlern. Was mich aber viel mehr interessierte, waren die Monatsübersichten, die sich jeweils unterhalb des Bildes befanden und mit Kästchen für die einzelnen Tage eingeteilt waren. Seine krakelige Schrift füllte so manches Kästchen aus und ich konnte es mir nicht verkneifen, im Kalender zu blättern und die Eintragungen zu lesen.

Skitour in den Alpen, Lehrerkonferenz 14 Uhr, Wanderung mit Chris, Jazzbrunch mit Sabine, TÜV 16 Uhr, Wildwasserrafting mit Chris, Hausflur und Keller putzen, Pokerabend mit Chris und anderen, Geburtstagsgeschenk für Mutter besorgen, Krawatte kaufen für Taufe!! Motorradrennen auf dem Nürburgring, Zeugnis tippen, Bungee-Jumping mit Chris? ... *Bungee-Jumping?!!* Sehr interessant! Mir wurde schlagartig bewusst, dass ich über diesen Kerl, der mein Gefühlsleben so gründlich durcheinanderwirbelte, eigentlich gar nichts wusste. Zeige mir deinen Kalender und ich sage dir, wer du bist! Ich hatte bisher nur gewusst, dass er ein lockerer, lebenslustiger Typ war, aber nicht, dass er seine Freizeit mit selbstmörderischen Hobbys verbrachte! Sein Faible fürs Pokerspiel, für Wildwasserfahrten und Bungee-Jumping barg doch einen gewissen Überraschungseffekt.

Jan kam herein.

„Willst du etwa wissen, wann ich für dich Zeit habe?", sagte er lachend, während er die Tassen auf den Tisch stellte. Dann trat er hinter mich und legte seine Arme um meine Taille.

„Für dich streiche ich jeden Termin, wirklich jeden!", raunte er und küsste meinen Hals. Da war es wieder, das elektrisierende Kribbeln vom Hals bis zu den Zehenspitzen. Das Kribbeln, das den Schalter für die Vernunft gleich deaktivieren würde, wenn ich nicht sofort meinen Cappuccino trank. Ich schob mit sanfter Gewalt seine Hände weg und wand mich aus seinen Armen.

„Wir sollten den Kaffee trinken, bevor er kalt ist", sagte ich verkrampft und begab mich eilends aus der Gefahrenzone, indem ich mich an den Tisch setzte. Jan nahm auf dem Stuhl gegenüber Platz und sah mich bedauernd an.

„Wovor flüchtest du?" Mit samtweicher Stimme schwangen die Worte an mein Ohr.

„Vor der Versuchung. Du weißt doch, wie ich zu einer außerehelichen Beziehung stehe. Aber lass uns jetzt nicht darüber sprechen. Sag mal, liegt dir eigentlich gar nichts

an deinem Leben?", versuchte ich lächelnd das Thema zu wechseln.
„Was? Wie kommst du darauf?", fragte er verwundert.
„Na ja, Bungee-Jumping ist als Freizeitbeschäftigung nicht gerade mit Tischtennisspielen zu vergleichen!" Ich löffelte etwas Schaum und sah ihn neugierig an.
Jan lachte kurz auf. „Ach das meinst du. Chris, ein ehemaliger Studienkollege und ziemlicher Draufgänger, wollte mich dazu überreden. Du hast sicher das Fragezeichen im Kalender gesehen. Ich wollte Bedenkzeit und habe mich dann dagegen entschieden. Vielleicht bin ich doch schon etwas zu alt dafür." Er löffelte mit niedergeschlagenen Lidern seinen Schaum. Das konnte ihm doch jetzt nicht peinlich sein!
„Sehr vernünftig!", sagte ich. „Deine Bandscheiben werden dir ewig dankbar sein!"
Jan lachte schallend. „Du hast wirklich eine süße Art, mir zu sagen, dass ich mich nicht als Feigling fühlen soll. Danke schön!"
Er erhob sich, legte seine Hand um meinen Nacken und zog mich zu sich her, um mich zu küssen. Ich ließ es einfach geschehen. Der Tisch gewährte zum Glück den gebotenen Sicherheitsabstand. Nachdem wir uns, einen langen, innigen Kuss später und mühsam einen leidenschaftlichen Gefühlsausbruch unterdrückend, wieder brav auf unsere Stühle setzten, unterhielten wir uns angeregt über seine wilden Hobbys.
„Das Leben ohne Risiko wäre doch sehr langweilig, findest du nicht?", war sein lapidarer Kommentar zum Wildwasserrafting, Bergklettern und Pokerspiel. Obwohl ich anderer Ansicht war, widersprach ich ihm nicht, sondern hörte mir gespannt ein paar Geschichten von seinen Klettertouren an. Unwillkürlich zog ich Vergleiche zwischen ihm und Alex. Während dieser gepflegte Sportarten wie Golf und Tennis- oder Squashspielen bevorzugte, trieb Jan wilden, riskanten, eng mit der Natur verbundenen Sport. Das

passte zu ihm und irgendwie begeisterten mich seine wilden Aktivitäten. Ich vergaß bei seinen aufregenden Schilderungen ganz, weswegen ich eigentlich gekommen war. Jan hatte es tatsächlich geschafft, dass ich die leidige Sache mit dem Rattengift für eine Stunde vergessen konnte. Als sein Telefon klingelte, nahm ich die Gelegenheit wahr aufzubrechen. Ich trug die Tassen in die Küche, zog meinen Mantel an und formte mit den Lippen ein tonloses „Tschüss". Er lächelte mich warmherzig an und strich mit dem Handrücken über meine Wange, bevor ich zur Tür hinausging. Noch vor einer Stunde war ich in zutiefst grüblerischer Stimmung gewesen, und jetzt schwebte ich nahezu die Treppen hinunter. Jan war der Balsam für meine wunde Seele in diesen verrückten Zeiten. Mental gestärkt stieg ich ins Auto und konnte endlich wieder befreit atmen.

Ungeduldig wippte ich mit dem Fuß und hoffte inbrünstig, dass sich Babs' Kundin endlich für ein Kunstwerk entschied. Ich hatte meinen Besuch für den Abend angemeldet und war nach dem Großeinkauf im Supermarkt zu ihr gefahren. Dem Inhalt des Gesprächs zufolge würde die Entscheidungsfindung noch geraume Zeit dauern. Ich war versucht, der älteren Dame, die augenscheinlich zur High Society gehörte, den Tipp zu geben, das Bild farblich passend zu ihrer Wohnungseinrichtung zu wählen. Da ich aber nicht Gefahr laufen wollte, von Babs Hausverbot während der Öffnungszeiten erteilt zu bekommen, schlenderte ich stattdessen durch die Galerie und sah mir ihren so genannten „Kleinkram" an. Nachdem ich ein paar schöne Kunstpostkarten gefunden hatte, sah ich einen Ständer mit Kalendern, die wegen des fortgeschrittenen Jahres preislich heruntergesetzt worden waren. Ich blätterte darin herum und betrachtete die Kunstbilder. Je mehr ich davon sah, desto bekannter kamen sie mir vor. Woher kannte ich sie? Ich überlegte angestrengt. In den letzten zwei Wochen waren Alex und ich bei zwei seiner Kollegen zum Abendessen gewesen. Aber ich konnte mich nicht erinnern, dass ich den Kalender dort gesehen hätte. Wo war ich noch gewesen? Blitzartig fiel mir der Spontanbesuch bei Jan wieder ein und wie ich neugierig in seinem Kalender nach interessanten Terminen Ausschau gehalten hatte.

Lustig, womöglich hatte er den Kalender bei meiner Freundin gekauft. Lustig?!! Keineswegs! Das hieße nämlich, dass Jan zur Weihnachtszeit in ihrer Galerie gewesen sein könnte und folglich auch einen dieser kleinen Notizblöcke besitzen würde. Und das wiederum hieße, dass er … Ich verbot mir, diesen Gedanken weiterzuspinnen, denn es war einfach nur ungeheuerlich und meiner ausufernden Fantasie zuzuschreiben. Nicht Jan! Niemals!

„Na, hast du etwas Schönes gefunden?", riss mich Barbaras Stimme aus meinem schockartigen Zustand. „Entschuldige, dass du so lange warten musstest, aber die Kundin wusste einfach nicht, was sie nehmen sollte. Willst du einen Schluck Kaffee?"

„Kaffee?", wiederholte ich mechanisch. Mein einziger Gedanke galt Jans Besuch in Babs' Galerie.

„Oder lieber einen Schluck Wasser?", setzte Babs hinzu.

„Wasser?" Was wollte sie denn von mir? Jan war hier gewesen! Nur das war wichtig!

„Oder wie wäre es mit einem Gläschen Terpentin?"

„Terpentin", wiederholte ich geistesabwesend. „Terpentin?!!! Spinnst du? Das kann man doch nicht trinken?", rief ich entsetzt.

Babs atmete auf. „Na endlich, ich dachte schon, eine Fee hätte dich in einen menschlichen Papagei verwandelt. Wo bist du bloß mit deinen Gedanken?"

„Ach, ich habe einen fürchterlich anstrengenden Tag hinter mir."

Ich fuhr mir mit einer müden Handbewegung über das Gesicht und fragte dann beiläufig: „Sag mal, bekommt man diesen Kalender nur bei dir?"

Sie lachte kurz auf. „Nein, den bekommt man überall. Wie du siehst, bin ich ganz schön darauf hocken geblieben. So etwas mache ich nie wieder, sag ich dir."

Wir tranken zusammen noch ein Glas Mineralwasser, und ich zwang mich, nicht an Jan und den Kalender zu denken. Doch als ich wieder alleine war, fingen die Gedanken gnadenlos an zu bohren. Der Schock über die Erkenntnis, dass Jan theoretisch den Kalender bei Babs hätte kaufen können, saß metertief. Aber der Gedanke, dass Jan, ausgerechnet Jan, mein Peiniger sein sollte, erschien mir immer absurder. Bilder von Jan liefen in kurzen Sequenzen an meinem geistigen Auge vorbei. Bilder vom hilfsbereiten Kollegen in der Schule, vom netten Gastgeber, vom leidenschaftlichen Verführer, vom Retter in der Not. Warum in aller Welt sollte ausgerechnet er mich mit anonymen Briefen und Anrufen quälen? Er liebte mich doch offensichtlich sehr. Ich war überzeugt davon, dass ich es gespürt hätte, wenn er ein so fatales und falsches Spiel mit mir treiben würde. Dennoch konnte ich es nicht verhindern, dass ein kleines Fünkchen Zweifel an mir nagte. Wem könnte ich auf dieser Welt eigentlich noch vertrauen, wenn dieser sympathische Mensch wirklich zu so etwas fähig wäre? Vermutlich nicht einmal mehr meinem eigenen Mann.

Am nächsten Morgen fuhr ich mit einer inneren Beklemmung zur Schule und fürchtete mich vor der Begegnung mit Jan. Mit diesem winzigen Rest Misstrauen, das sich in mir eingenistet hatte, würde es mir schwerfallen, ihm unbefangen gegenüberzutreten. Und Jan mit seinem Feingespür für die kleinsten negativen Schwingungen würde mich bestimmt darauf ansprechen. Ich konnte ihm unmöglich den Grund für mein Verhalten erklären. Es würde unweigerlich das Ende unserer Freundschaft bedeuten.
„Aber das ist doch großer Quatsch. Er hat nichts damit zu tun!", übertönte ich den Moderator im Autoradio. Babs würde den Verdacht als Auswuchs eines ausgeprägten Verfolgungswahns bezeichnen. Dennoch war ich mir immer noch nicht hundertprozentig sicher, nicht bis ich einen eindeutigen Gegenbeweis hatte.
Wie es der Zufall so wollte, traf ich prompt Jan im ansonsten verwaisten Lehrerzimmer. Er lächelte mich über das ganze Gesicht strahlend an.
„Hallo, Frau Kollegin. Wie ist das werte Befinden?", fragte er scherzhaft-galant.
Ich lächelte und antwortete so unbeschwert wie möglich: „Danke der Nachfrage, es gibt nichts zu klagen."
Wie glattzüngig diese Lüge über meine Lippen kam! Ich setzte mich an den Tisch und fing an, in meiner Aktentasche zu kramen, um ihm nicht länger in die Augen blicken zu müssen. Dabei überlegte ich ständig, wie ich Hinweise für seine Unschuld finden konnte. Als ich den Timer in der Hand

hielt und mit ihm die Termine für die Klassenarbeiten in Mathe und Deutsch verglich, kam mir die zündende Idee.
„Ein Wunder, dass du in deinem Timer überhaupt noch Platz findest für die Schultermine!", sagte ich provozierend.
„Wie meinst du das?"
„Na ja, wenn in dem kleinen Büchlein auch noch alles drinsteht, was ich in deinem Kalender gelesen habe, dann könnte es schon eng werden."
„Nein, meine Aktivitäten stehen da nicht drin. Freizeit und Beruf werden strikt getrennt. Und die angenehmen Seiten des Lebens muss ich immer im Visier haben", meinte er grinsend. Er beugte sich zu mir herüber und flüsterte: „Ich finde es nur schade, dass ich die Treffen mit dir nicht eintragen und rot umrahmen kann!"
Ich warf einen verstohlenen Blick zu den beiden Kollegen, die inzwischen gekommen waren, um sicherzugehen, dass sie diese Bemerkung nicht gehört hatten, und zischte dann vorwurfsvoll ein „Jan, bitte!" und etwas lauter fügte ich hinzu: „Wo hast du den Kalender eigentlich her? So einer würde mir auch gefallen!"
„Ach, den habe ich zu Weihnachten von Sabine bekommen. Ich weiß aber leider nicht, aus welchem Laden er stammt. Sie hat ihn noch kurz vor dem Fest von einem Bekannten besorgen lassen, weil sie doch wegen ihrer Grippe das Bett hüten musste. Süß, nicht?"
„Ja, wirklich süß!"
Es war kein Stein, sondern ein Riesenfelsbrocken, der mir von der Seele fiel. Ich konnte plötzlich selbst nicht mehr verstehen, wie ich überhaupt nur eine Sekunde lang hatte denken können, Jan könnte etwas mit den Attacken zu tun haben. Ich war über seine erwiesene Unschuld so erleichtert, dass ich ihn am liebsten auf der Stelle umarmt hätte. So aber lächelte ich ihn nur selig an und spürte, wie sich die Beklemmung von einer Sekunde zur anderen auflöste.
Egal wer dahintersteckte, er machte seine Arbeit gut und

gründlich. Ich verdächtigte inzwischen wirklich jeden aus meiner näheren Umgebung, auch wenn es noch so unmöglich erschien. Ich war froh, dass ich Alex nichts davon gesagt hatte. Es hatte mir sicher viel Ärger erspart. Vielmehr konnte ich mich jetzt auf den Opernbesuch heute Abend freuen. Wir waren mit dem Klinikchef nebst Gattin verabredet und eine nervöse, fahrige und gedanklich abwesende Frau wäre nicht gerade förderlich gewesen für einen harmonischen Abend mit Alex' Vorgesetztem.

In der Zwischenzeit hatte sich das Lehrerzimmer gefüllt und das Stimmengewirr wurde immer lauter. Sabine kam an unseren Tisch und wünschte einen guten Morgen. Wir unterhielten uns gerade angeregt, als plötzlich eine Männerhand einen Gegenstand mit braunem Fell auf den Tisch schob.

„Iiih, was ist das denn?", kreischte ich laut auf, machte einen Satz nach hinten und stieß unsanft mit Hans zusammen.

„Aua!", schrie dieser auf. „Was ist denn in dich gefahren! Das ist doch nur ein Eichhörnchen!"

Mit Entsetzen sah ich, dass es ein ausgestopftes Eichhörnchen war, das Hans dort hingesetzt hatte. Ich hasste ausgestopfte Tiere mit toten, starren Augen und echtem Fell, die aussahen, als könnten sie jeden Moment zum Leben erwachen. Ja, man konnte es schon fast als Phobie bezeichnen, die ich gegen diese Art der Konservierung von Lebewesen hegte.

„Hans, du Idiot, was soll das!", fuhr ich ihn erbost an.

„Aber Frau Kollegin, was für Töne!", schnauzte er zurück.

Ich atmete einmal tief durch. „Entschuldige, es ist mir nur so herausgerutscht, weil ich dieses weder tote noch lebendige Viehzeug hasse. Ich hatte als Kind bei meiner Tante mal ein unschönes Erlebnis gehabt und seitdem … Aber lassen wir das."

„Deine Selbstbeherrschung lässt ganz schön zu wünschen übrig, meine Liebe!", meinte Hans mimosenhaft.

„Ich sagte doch, dass es mir leid tut. Aber wenn ich so

unvorbereitet damit konfrontiert werde, erschrecke ich fast zu Tode! Mach´ das bitte nie wieder!"
Er zuckte gleichgültig mit den Schultern und wandte sich dann an einen Kollegen.
„Das ist meine Schuld!", meldete sich jetzt Sabine etwas kleinlaut zu Wort. „Ich habe Hans gebeten das Eichhörnchen mitzubringen. Ich habe es im Biologiesaal nicht gefunden und brauche es unbedingt für den Sachunterricht als Anschauungsmaterial. Was bietest du deinen Schülern?"
„Poster!", murrte ich nur, weil ich mich für meine übertriebene Angst selbst nicht leiden konnte.
„Du kannst deine Klasse ja kurz zur Anschauung zu mir schicken!", bot sie mir an, als sie sah, wie lästig mir das Thema war.
„Alles in Ordnung?", erkundigte sich zu allem Überfluss auch noch Jan.
„Ja danke, aber jetzt macht nicht so einen Wirbel. Ich hasse es nur, wenn ich mit diesen Viechern konfrontiert werde."
„Kommst du heute auf eine Tasse Kaffee zu mir?", fragte Sabine beim Hinausgehen.
„Ja gerne", sagte ich erfreut und gleich darauf: „Oh nein, es geht doch nicht. Ich habe heute um 16 Uhr noch ein Elterngespräch angesetzt. Die sind wirklich ernsthaft der Meinung, dass der Leistungsabfall ihres Sprösslings an meinem Unterrichtsstil liegt. Dabei übersehen sie, dass der Junge unter den neuen Familienverhältnissen leidet. Sein Stiefvater hat noch eine Tochter mit in die Ehe gebracht und die kann Leon überhaupt nicht ausstehen, wie er mir einmal selbst sagte."
Sabine verdrehte die Augen. „Es ist doch immer dasselbe, die Eltern haben ihr Privatleben nicht im Griff, aber schuld am Versagen ihrer Kinder ist natürlich der Lehrer."
Als ich mich zur Tür umdrehte, sah ich Hans. Dass er unser Gespräch mit angehört hatte, konnte ich an seinem spöttischen Ausdruck in den Augen erkennen, von der Marke *Unfähigkeit wird auch noch teuer bezahlt!* Ich warf ihm einen Blick zu mit

dem Inhalt *Du tust mir nur noch leid, du armseliges Würstchen* und verließ schnell den Raum.

Nach Schulschluss fuhr ich nach Hause, aß zu Mittag, überprüfte Saschas Hausaufgaben, brachte ihn anschließend zu Max, bei dem er übernachten wollte, und hetzte wieder in die Schule. Mein Duschbad verschob ich auf den Abend, obwohl es zeitlich verdammt eng werden würde.

Das Gespräch mit den Eltern war einigermaßen erfolgreich. Ich konnte ihnen auf diplomatische Weise klarmachen, dass tief greifende Änderungen im Privatleben sich fast immer auf die Schulleistungen auswirkten. Nachdem ich ihnen einige wertvolle Ratschläge gegeben hatte, wie sie mit ihrem Sohn umgehen sollten, verließen sie gestärkt das Klassenzimmer.

Ich kopierte noch ein paar Sachen und verließ schließlich um 17 Uhr das Gebäude. Der Tag war für Ende Februar sehr warm gewesen und es roch schon lieblich nach Frühling und Vorfreude auf den Sommer. Ich sog die Luft bis tief in die Lungenspitzen ein und freute mich auf einen entspannten Abend in der Oper. Es befanden sich nur noch zwei weitere Autos auf dem riesigen Platz und ich parkte mit Schwung rückwärts aus. Ich konnte nicht sagen, was es war, ich spürte nur, dass an dem Auto etwas nicht stimmte. Langsam fuhr ich vorwärts und bemerkte, wie das Fahrzeug extrem nach links zog. Ich hielt an und lief um das Auto herum. Mit Entsetzen stellte ich fest, dass der linke Hinterreifen vollkommen platt war.

„Oh nein, nicht auch noch das!", rief ich entnervt aus. Wie konnte das bloß passieren? Ich musste doch so schnell wie möglich nach Hause, aber wie? Ich hatte nicht die blasseste Ahnung, wie man einen Reifen wechselte. Es war auch weit und breit kein Mensch zu sehen, der mir hätte helfen können.

„Verdammter Mist!", fluchte ich laut. Der Versuch, Alex auf seinem Handy zu erreichen, scheiterte kläglich, da er es in der Klinik nicht eingeschaltet hatte. Die Stationsschwester konnte mir nicht sagen, wo er steckte, also blieb mir nichts anderes übrig, als einen Hilferuf auf seiner Mailbox zu hinterlassen. Dann stellte ich das Auto auf einen eingezeichneten Parkplatz und begab mich zur Bushaltestelle, die sich gleich neben dem Schulgelände befand. Der nächste Bus fuhr erst in 30 Minuten. Ich beschloss, wieder in die Schule zurückzukehren, um die Zeit sinnvoll im Lehrerzimmer zu nutzen. Frustriert setzte ich mich an meinen Platz und begann einen Aufsatz zu korrigieren, dessen Inhalt auch nicht gerade dazu beitrug, meine Stimmung zu heben. Leise fluchend strich ich die grammatikalischen Irrungen und Wirrungen rot an.

Plötzlich vernahm ich mit Erleichterung ferne Schritte und das Klirren von Schlüsseln, die auf den Boden fielen. Vielleicht ist es ein Kollege, der mir beim Reifenwechseln helfen kann, dachte ich erfreut. Ich korrigierte weiter, bis mir auffiel, dass wieder Grabesstille herrschte. Im selben Moment erlöschte das Deckenlicht. Verdutzt legte ich den Stift beiseite und ging zur Lehrerzimmertür, die ich einen Spalt breit öffnete. Vorsichtig spähte ich auf den Schulflur hinaus. Es war vollkommen ruhig in dem Gebäude, das tagsüber von dem tosenden Lärm hunderter lachender und plappernder Schüler erfüllt war. Wie eine Klammer legte sich die gespenstische Ruhe um meine Brust. „Hallo, ist hier jemand?", rief ich. Doch es blieb ruhig. Ich war schon im Begriff, die Tür wieder zu schließen, als ich aus der Richtung der Lehrerbibliothek ein Geräusch vernahm. Eilig ging ich den Gang entlang in der Erwartung, einen Kollegen anzutreffen.

„Hallo, wer ist denn da so spät abends noch fleißig?", sagte ich, öffnete die Tür zur Bibliothek, die nur angelehnt war, und betrat den Raum. Was danach geschah, ging so schnell, dass ich gar keine Zeit zum Nachdenken hatte. Ich spürte zwei Hände auf meinem Rücken, die mir solch einen kräftigen Stoß gaben, dass ich vornüberfiel, mit der linken Schulter und dem Kopf heftig gegen einen Regalpfosten stieß, über einen Stuhl stürzte und dann bäuchlings auf dem glatt polierten Linoleumboden landete.

Ich lag vollkommen benommen da und war nicht fähig mich umzudrehen, um nach dem Übeltäter zu sehen. Laut krachend fiel die Tür ins Schloss, und ich hörte, wie sie abgesperrt wurde. Der Schmerz hämmerte wie wild gegen meine Schläfe. Mühsam setzte ich mich auf. Es war stockfinster, da es in diesem Raum kein einziges Fenster gab. Panik machte sich in mir breit. Ich tastete in der Luft herum, bis ich einen Stuhl zu greifen bekam, an dem ich mich mühselig hochzog. Die Tür! Ich musste die verdammte Tür finden! Langsam, mit ausgestreckten Armen ging ich in die Richtung, in der ich sie vermutete, und tastete nach dem Lichtschalter. Es dauerte unglaublich lange, bis ich ihn gefunden und gedrückt hatte, doch nichts geschah – es blieb dunkel.

„Verdammt!", schrie ich und ein gellend lautes „Hilfe, lasst mich raus!". Kein Laut war zu hören. Die Panik in mir wurde immer größer. Ich rüttelte wie wild an der Türklinke und schrie aus Leibeskräften nach Hilfe. Mein Kopf schmerzte immer heftiger und ich war kurz davor durchzudrehen. Wild schlug ich mit den Fäusten gegen die Tür und schrie immer lauter. Irgendwann ließ ich mich erschöpft mit dem Rücken gegen die Tür gelehnt zu Boden in die Hocke gleiten. Ich musste jetzt unbedingt einen klaren Kopf bekommen, um einen Ausweg zu finden. Mein Handy, meine Schlüssel, meine Tasche, einfach alles war im Lehrerzimmer, somit schwand jede Chance, hier schnell herauszukommen.

Ich stützte mich mit der linken Hand ab, um aufzustehen, und berührte dabei etwas, das sich wie ein Tierfell anfühlte. Gellend laut schrie ich auf und keuchte vor Panik. Was war das? Ein echtes Tier oder eine dieser grässlichen Attrappen? Von blankem Horror getrieben rappelte ich mich mit letzter Kraft auf und tastete mich am Regal entlang in Richtung Tisch. Einige Bücher fielen um und plötzlich berührte ich wieder einen Gegenstand mit weicher, pelziger Oberfläche. „Verflucht noch mal, was soll das Ganze?!", rief ich fast heulend, taumelte von Ekel geschüttelt zum Tisch und setzte mich auf einen Stuhl. Ich spürte etwas auf der Sitzfläche und schnellte erschrocken in die Höhe. Aufgeregt tastete ich mit den Händen die Tischplatte ab, um mich darauf zu setzen, und berührte wieder etwas Fellartiges. Das war zu viel! Ich kreischte in den höchsten Tönen und taumelte panikartig zur Tür. Dort sank ich, die Arme fest an mich gedrückt, auf die Knie und holte hektisch Luft. Sofort merkte ich, wie es in meinem Kopf zu kriseln begann. Ich war in der Gefahr zu hyperventilieren und ohnmächtig zu werden.

„Ich werde gaaanz ruhig. Ich atme ruhig ein und aus. Ein und aus. Es kann mir nichts geschehen", sagte ich in Gedanken zu mir. Tatsächlich verfehlte die Selbstsuggestion nicht ihre Wirkung und ich atmete zusehends ruhiger. Wer hatte mir das angetan? Was waren das für scheußliche Gegenstände? Ich getraute mich nicht, mich zu bewegen, aus Angst, wieder so ein widerwärtiges Exemplar zu berühren.

Ich fühlte mich so hilflos und verloren wie noch nie in meinem Leben zuvor. Das konnte nur ein Albtraum sein, bald würde ich daraus erwachen und mich verwundert fragen, wie man nur so scheußliche Träume haben konnte. Aber die pochende Schläfe und die stetig größer werdenden Schmerzen in der linken Schulter waren real und der Gedanke, dass es jemanden gab, der mich abgrundtief hassen musste, um zu so einer Tat fähig zu sein, erfüllte mich mit unendlichem Grauen. Dieses undurchdringbare Schwarz um mich herum machte mich fast wahnsinnig. Wie lange musste ich das noch aushalten? Womöglich die ganze Nacht! Ich war kurz davor einen Schreikrampf zu bekommen, konnte mich aber gerade noch beherrschen.

Vollkommen ermattet schloss ich die Augen und versuchte auf andere Gedanken zu kommen. Sascha war zum Glück nicht alleine zu Hause, sondern spielte hoffentlich friedlich mit Max. Alex war noch in der Klinik, und ich fragte mich, wann er es bemerken würde, dass mir etwas zugestoßen sein musste. Wenn ich Pech hatte, konnte das bis zur Pause

während der Oper dauern. Ich stöhnte laut auf bei dem Gedanken, noch Stunden wie ein gefangenes Tier in der Finsternis verbringen zu müssen. Meine letzte Hoffnung war der Hausmeister.
Während ich so dumpf vor mich hin brütend an der Tür kauerte, verlor ich jegliches Zeitgefühl. Ich hätte nicht sagen können, ob ich zehn Minuten oder zehn Stunden in diesem jämmerlichen Zustand verbracht hatte, als ich plötzlich Schritte auf dem Flur vernahm. Mein Herz fing augenblicklich wild zu pochen an. Die Schritte näherten sich. War das der Verrückte, der zurückkam, um sein Werk zu vollenden?! Ich verharrte wie gelähmt in meiner hockenden Position und lauschte angestrengt nach draußen. Die Schritte wurden immer lauter.
In höchster Todesangst biss ich in meine geballte Faust und unterdrückte den Wunsch zu wimmern. Immer eindringlicher dröhnte das Klappern der Schuhe in meinen Ohren, es war jetzt ganz nah, erreichte die Tür. Gleich würde er aufsperren, hereinkommen und dann ...!
In meiner Panik keuchte ich laut und angsterfüllt. Reflexartig ergriff ich die Flucht und kroch auf allen vieren weg von der Tür, nur von dem einen Gedanken getrieben, mich zu verstecken. Doch zu meinem großen Erstaunen blieb die Person nicht stehen, sondern ging weiter.
Ich hielt inne und horchte. Die Schritte entfernten sich immer mehr und endlich begriff ich, dass das nicht mein Verfolger war, sondern mein Retter! Die Aussicht auf Befreiung verlieh mir einen enormen Energieschub. Wie ein Springball schoss ich in die Höhe und trommelte mit beiden Fäusten gegen die Tür.
„Hilfe, ich bin hier eingesperrt! Hiiilfe!", schrie ich dabei mit schriller Stimme.
Ich lauschte, das Ohr an die Tür gepresst. Nichts. Ich schlug nochmals dagegen und schrie noch lauter. Kurz darauf vernahm ich Schritte, die sich näherten und dann plötzlich

verstummten. War das nun mein Retter oder doch mein potentieller Mörder? Die Angst ließ mich völlig erstarren. Was würde als Nächstes passieren? Ich wollte schreien, doch ich war nicht fähig auch nur einen jämmerlichen Laut von mir zu geben.
„Hallo? Ist hier jemand?", rief eine männliche Stimme. Jan!! Unglaublich, es war wirklich Jan!
„Hier! Ich bin hier in der Bibliothek! Lass mich raus!"
„Isabel?!! Ich komme!"
Im nächsten Moment hörte ich das erlösende Geräusch eines Schlüssels, der sich im Schloss drehte. Ich stürmte nach draußen und stieß Jan fast dabei um. Er zog mich in seine Arme und ich konnte nur noch unter heftigem Schluchzen immer wieder „Jan, Gott sei Dank!" stammeln.
„Isabel, beruhige dich! Was ist denn um Himmels willen passiert?"
Er umarmte mich fest und strich dabei unablässig mit seiner Hand über meinen Rücken. Seine Nähe half mir mich zu beruhigen.
„Irgendjemand hat mich zur Bibliothek gelockt und mir einen kräftigen Schubs gegeben. Ich bin gegen ein Regal geknallt und dann auf dem Boden gelandet. Sieht man was?" Ich hob meine Haare an und verzog vor Schmerz das Gesicht.
„Das sieht ziemlich übel rot aus. Was für ein Irrer war denn da unterwegs?"
„Wenn ich das nur wüsste. Er hat auch noch die Sicherung ausgeschaltet. Ich konnte kein Licht machen und saß in vollkommener Dunkelheit. Es war so entsetzlich, Jan."
Ich sank erschöpft an seine Schutz bietende, breite Schulter und kämpfte gegen die erneut aufsteigenden Tränen an. Der Himmel hatte mir Jan geschickt.
„Wieso bist du eigentlich in der Schule?", fragte ich und sah ihm in seine blauen, Trost spendenden Augen.
„Ich wollte noch etwas Wichtiges wegen der Mathearbeit mit dir besprechen, aber ich konnte dich weder zu Hause noch

auf dem Handy erreichen. Dann erinnerte ich mich, dass du etwas von einem Elternsprechtermin gesagt hast, und wollte sehen, ob du noch hier bist. Ich hab die Gelegenheit genutzt und bin mit dem Rennrad gefahren. Soll ich dich jetzt mit deinem Auto nach Hause fahren?"

„Geht nicht, mein Reifen ist platt, keine Ahnung wieso. Ich wusste nicht, wie man ihn wechselt, und bis zum nächsten Bus wollte ich im Lehrerzimmer warten. Und dann hörte ich Schritte und Schlüsselgeklapper auf dem Flur, das Licht erlosch und ich ging zur Bibliothek, weil ich dachte, dass dort jemand wäre. Und dann ... den Rest kennst du ja."

Plötzlich flammte das Licht in der Bibliothek auf. Verwundert sah ich Jan an. Wie von einem Magnet angezogen ging ich noch einmal hinein und warf einen Blick auf den Tisch. Zutiefst erschrocken und angewidert stieß ich einen Schrei aus. Zwei ausgestopfte Hasen starrten mich mit unbeweglichen Augen an. Auf dem Stuhl lag eine Maus und aus dem Regal glotzte mich ein Fuchs mit dunklen Augen an. Neben der Tür befand sich ein ausgestopfter Marder. Es schüttelte mich bei dem Gedanken, dass ich alle diese Tiere berührt hatte. Schaudernd wischte ich meine Hände an der Hose ab. Was in aller Welt hatten diese Attrappen hier zu suchen?

„Was hast du denn?", fragte Jan und ich deutete auf die Tiere. „Wo kommen die denn alle her!", rief auch er erstaunt. „Heute scheinen dich diese Kuscheltiere ja zu verfolgen."

Er drehte mich zu sich herum und gab mir einen besänftigenden Kuss auf die Stirn.

„Die hat jemand absichtlich dort postiert, damit ich den Schock meines Lebens bekomme!"

„Denkst du an Hans? Das wäre ja fatal! Komm, du armes verfolgtes Mädchen, wir gehen ins Lehrerzimmer, deine Sachen holen, und dann sehen wir nach dem Auto."

Er legte seinen Arm um meine Schulter und ich jaulte auf vor Schmerz. Sofort ließ er erschrocken los.

„Willst du nicht bei der Polizei eine Anzeige gegen unbekannt

wegen schwerer Körperverletzung machen? Das war schließlich kein Dummejungenstreich!"
„Polizei?" Ich blieb abrupt stehen. „Was soll ich denen erzählen? Dass ich bedroht werde und nicht die leiseste Ahnung habe, wer dahintersteckt? Womöglich reize ich den Unbekannten dadurch noch mehr! Ich habe Angst, dass meine Familie in Gefahr gerät. Denk nur mal an das Rattengift."
„Aber du kannst doch nicht alles so laufen lassen und abwarten, was als Nächstes passiert!"
„Aber was nützt es, wenn ich zur Polizei gehe? Glaubst du vielleicht, die gewähren mir Personenschutz? Sie würden mich nach Hause schicken mit dem Hinweis, es sofort zu melden, wenn wieder etwas Ungewöhnliches vorkommt."
Jan stöhnte ungeduldig und zog mich weiter in Richtung Lehrerzimmer. „Aber vielleicht wird dem Ungeheuer die Sache zu heiß, wenn es mitbekommt, dass die Polizei informiert ist, und lässt dich dann in Ruhe."
„Ja, so lange, bis Gras über die Sache gewachsen ist, und dann legt es wieder los. Nein, ich werde dem Ganzen selbst nachgehen. Der Kreis der Verdächtigen ist seit dem heutigen Tag erheblich geschrumpft. Es kann nur jemand sein, der mit der Schule zu tun hat. Schließlich kommt nur derjenige in die Lehrerbibliothek, der auch einen Schulschlüssel besitzt. Und das sind nur die Lehrer und das Personal. Oh Gott ist mir schwindlig!"
Weiße Schneeflocken tanzten vor meinen Augen und Jan konnte mich gerade noch auffangen, sonst wäre ich zu Boden gesunken. Er schnappte mich kurzerhand und trug mich auf die gleiche Art wie damals in der Silvesternacht auf seinen Armen – aber dieses Mal nicht in sein Bett, sondern zum Lehrerzimmer. Dort rückte er zwei Stühle zusammen, bettete mich darauf und hauchte einen Kuss auf meine Stirn.
„Geht es dir etwas besser?", fragte er und sah mich besorgt an. „Du musst unbedingt zu einem Arzt."
„Danke, es geht schon wieder", sagte ich mit schwacher

Stimme. „Die Aufregung war einfach zu groß. Bringst du mir ein Glas Wasser? Und siehst du nach, ob meine Sachen noch alle da sind?"
Jan befolgte meine Anweisungen und während ich das Wasser in kleinen Schlucken trank, kontrollierte er meine persönlichen Dinge und zählte sie nacheinander auf. „Und, vermisst du etwas?"
Er kam wieder zu mir und setzte sich neben mich.
„Nein, es scheint nichts zu fehlen. Mann, ich bin so froh, dass du da bist."
Erfüllt von großer Dankbarkeit sah ich ihm in die Augen. Er nahm meine Hände und sah mich dabei so mitfühlend an, dass mir ganz warm ums Herz wurde. Ich kannte keinen anderen Mann, der so viel Gefühl in einen einzigen Blick legen konnte wie Jan und es dabei auch noch ehrlich meinte. Kein Wunder, dass ich bei ihm schwach geworden war. Schnell schlug ich die Augen nieder, um meine Gedanken nicht preiszugeben, und genoss es, wie er meine Hände liebkosend streichelte und knetete.
„Isabel, ich wollte dir ..."
„Isabel! Bist du hier?", ertönte draußen auf dem Flur eine Stimme. Alexander!!
Wir fuhren erschrocken auseinander. Es klopfte an der Lehrerzimmertür, die einen Spalt offen stand. Gleich darauf kam Alex hereingestürmt. Er blieb vor Jan, der aufgestanden war, stehen und sah zwischen ihm und mir hin und her. Offensichtlich versuchte er die Situation einzuschätzen.
„Alex, was machst du denn hier?!", rief ich ehrlich erstaunt.
„Ich wollte dich anrufen, dass du mir meine Fliege für den grauen Anzug mitbringst, und hörte meine Mailbox ab. Wieso hast du einen platten Reifen? Wieso bist du nicht mit dem Bus oder einem Taxi heimgefahren? Und was machen Sie so spät noch in der Schule?"
Alex bedachte Jan mit einem misstrauischen, forschenden Blick. Es war ihm klar geworden, dass er seinen angeblichen

Widersacher, den „Typen vom Foto", wie er immer sagte, vor sich hatte. Jan betrachtete Alex interessiert. In seinem anthrazitgrauen Anzug mit hellgrauem Hemd, passender Krawatte und perfektem Kurzhaarschnitt sah er äußerst elegant und attraktiv aus. Seine Erscheinung stand im krassen Gegensatz zu Jans lässigem Outfit mit Jeans, schwarzem Sweatshirt, dunkelbrauner Lederjacke und wilder Lockenfrisur. Ich hätte so gerne gewusst, was Jan in diesem Moment dachte. Die Sanftheit in seinem Gesichtsausdruck war gänzlich verschwunden und es spiegelte sich so etwas Ähnliches wie Angriffslust in seiner Miene wider. Er sah plötzlich sehr männlich aus.

„Ich habe mir um Ihre Frau Sorgen gemacht, weil ich sie telefonisch nicht erreichen konnte. Deshalb bin ich zur Schule gefahren, um nach dem Rechten zu sehen", antwortete er so gelassen wie möglich, doch ich wusste, dass es unter der scheinbar ruhigen Oberfläche heftig brodelte.

„Ach, Sie kümmern sich um meine Frau? Wie edel, aber in Zukunft überlassen Sie das besser mir. Offensichtlich ist ja nichts passiert. Hätten Sie ihr lieber geholfen den Reifen zu wechseln, anstatt hier Süßholz zu raspeln."

Jans Miene zeugte jetzt nur noch von purer Angriffslust. „Und wo waren Sie, als Isabel in der stockfinsteren Bibliothek eingeschlossen war? Wenn Sie nicht vergessen hätten, Ihre komplette Herrenausstattung für den Opernbesuch mit in die Klinik zu schleppen, wären Sie jetzt mit Sicherheit nicht hier."

Alex wollte schon zum verbalen Gegenschlag ausholen, als ich einen stöhnenden Laut von mir gab. Es war nicht zu fassen. Ich war verletzt und meiner Freiheit beraubt worden und die beiden hatten nichts Besseres zu tun, als Revierkämpfe unter Hirschen auszutragen.

„Verdammt, Alex, ich bin gewaltsam in die Bibliothek geschubst worden und dabei gegen ein Regal gedonnert. Ich war in der Finsternis eingeschlossen und habe Todesängste ausgestanden. Jetzt kümmere dich gefälligst um mich und

streite nicht mit meinem Retter herum."
„Was?! Du bist überfallen worden? Das gibt es doch gar nicht! Hast du dich verletzt, mein Schatz?"
Ich zeigte ihm meine Stirn und deutete auf meine linke Schulter und den Oberarm.
„Du meine Güte! Wir fahren sofort in meine Klinik, das muss untersucht werden. Hast du Kopfschmerzen? Ist dir übel?"
Da war er wieder, mein Alex, der sich Sorgen um mich machte. Eine Riesenbeule an der Stirn und eine geprellte Schulter waren unverrückbare Tatsachen und ein reeller Grund für ihn, sich Sorgen zu machen. Das konnte selbst er nicht mehr verniedlichen und kleinreden. Ich war höchst zufrieden, denn ab jetzt würde er mich endlich ernst nehmen und mir helfen.
„Kannst du aufstehen und gehen? Komm, ich stütze dich."
Und zu Jan gewandt, der schon im Begriff war, mir auch auf die Beine zu helfen, sagte er unterkühlt: „Danke für Ihre selbstlose Hilfe, aber ich denke, wir kommen jetzt alleine zurecht."
Jan sah ihn mit unbeweglicher Miene an und ich konnte erkennen, dass er um Selbstbeherrschung bemüht war.
„Also, Isabel, jetzt bist du ja in guten Händen. Dann sehen wir uns hoffentlich morgen in der Schule. Ich wünsche dir eine einigermaßen schmerzfreie Nacht", sagte er zu mir und zu Alex ein distanziert höfliches „Auf Wiedersehen, Herr Seland".
„Auf Wiedersehen, Herr …"
„Fenrich!", sagte ich schnell. „Tschüss, bis morgen und nochmals vielen Dank für deine Hilfe."
Jan drehte sich im Gehen noch einmal um, verzog seinen Mund zu einem schiefen Lächeln und hob die Hand zum Abschiedsgruß.
Inzwischen hatte Alex begonnen, meine Sachen in die Tasche zu packen. „Hast du irgendeine Ahnung, wer das gewesen sein könnte?", fragte er.
„Ich weiß nicht, aber vielleicht war es Hans, du weißt schon,

der Hauptschulkollege, der mich nicht leiden kann. Er hatte heute Vormittag von meinem Nachmittagstermin mitbekommen. Außerdem hat er mich mit einem ausgestopften Eichhörnchen geärgert. In der Bibliothek waren überall solche präparierten Exemplare! Hans hatte hautnah erlebt, welche Panik ich beim bloßen Anblick dieser Viecher bekomme." Ich sah Alex mit großen Augen an. „Aber das kann doch nicht sein, dass seine Abneigung so weit geht!"

Alex schüttelte entsetzt den Kopf. „Na du hast ja wirklich äußerst angenehme Zeitgenossen als Kollegen. Bist du dir auch sicher?"

„Nein, natürlich nicht! Wahrscheinlich ist das nur ein schrecklicher Zufall!"

„Und dein Schüler Patrick?"

„Nein, ich glaube nicht. Er war in letzter Zeit ziemlich zahm mir gegenüber. Er hatte immer massive Probleme mit seinem Stiefvater, doch seit dieser nicht mehr zu Hause wohnt, geht es ihm wesentlich besser. Außerdem betreibt er neuerdings intensiv sein Hobby Kohlezeichnungen, weil Babs vielleicht sogar ein paar seiner Bilder abnehmen will. Und das hat er nur mir zu verdanken. Er hat also am wenigsten Grund, mich zu terrorisieren."

Wir machten uns auf den Weg zum Parkplatz. Alex trug meine Tasche in der einen Hand und bot mir den anderen Arm zum Unterhaken an.

„Hast du eigentlich schon mal daran gedacht, dass dieser Jan dahinterstecken könnte?"

Ich blieb wie angewurzelt stehen. „Was?!! Spinnst du komplett? Jan wäre der Allerletzte, der zu so etwas fähig wäre. Wie kommst du denn auf so eine Schnapsidee!", empörte ich mich lauthals.

„Na ja, es könnte doch sein, dass er dich bewusst in brenzlige Situationen bringt, um dir dann als edler Ritter zu Hilfe zu eilen, wenn dein Chauvigatte dich wieder einmal im Stich lässt."

„Also so einen Unsinn habe ich ja schon lange nicht mehr

zu hören bekommen!", protestierte ich auf das Heftigste. Schon wieder fiel der Verdacht auf Jan. Es klang ja auch irgendwie plausibel, dass er den ganzen Terror vielleicht nur veranstaltete, um mich in seine Arme zu treiben. Er war immer hilfsbereit zur Stelle gewesen, wenn ich Probleme hatte. Doch seit heute Morgen war ich von seiner Unschuld hundertprozentig überzeugt und der Verdacht gegen ihn erschien mir nur abstrus. Er entsprang den Gehirnströmen eines eifersüchtigen Ehemannes, der die Gelegenheit sah, seinem Widersacher vor den Bug zu schießen.

„Natürlich setzt du ihm jetzt, verblendet wie du bist, einen Heiligenschein auf. Dein perfekter Kollege ist selbstverständlich über solche Verhaltensweisen vollkommen erhaben. Aber was hinter seiner Stirn vorgeht, kannst selbst du nicht wissen", sagte Alex leicht gereizt.

„Hör auf, mir solchen Unfug einreden zu wollen. Da könnte ich genauso gut dich verdächtigen. Absurder Gedanke, nicht wahr? Fahr mich jetzt endlich nach Hause, ich habe Kopfschmerzen."

Doch Alex fuhr, meinen Protest missachtend, zur Klinik und meldete mich in der Ambulanz an. Ich musste nicht lange warten, wofür mein Gatte natürlich gesorgt hatte, und wurde gründlich untersucht. Der Notdienst habende Arzt verpasste mir eine Thrombosespritze und riet dazu, die restlichen zwei Schultage bis zum Wochenende zu Hause zu bleiben und mich ruhig zu halten, da es geringe Anzeichen für eine Gehirnerschütterung gab.

Auf dem Heimweg drängte Alex, zur Polizei zu fahren, um Anzeige zu erstatten.

„Nein, das machen wir jetzt nicht. Ich kann denen keinen einzigen konkreten Verdächtigen nennen. Schließlich kann ich nicht jeden Kollegen angeben, dem ich in irgendeiner Weise unsympathisch bin. Inge zum Beispiel ist neidisch auf mich, aber doch nicht so verrückt, mich in der Bibliothek einzusperren. Und Hans würde mich danach nur noch mehr schikanieren. Außerdem, das Gerede, das dann entsteht ... nein, lass mich bloß in Ruhe mit der Polizei."

„Isabel, was heute geschehen ist, ist nicht mehr unter der Rubrik ‚harmlos' einzuordnen. Das war eine Gewalttat mit Freiheitsberaubung."

„Ich will aber nicht!", sagte ich bestimmt.

„Also ehrlich, ich verstehe dich nicht. Wegen verschwundener Kekse, ungenießbarem Kuchen und anonymen Anrufen und Briefchen hast du ein Riesentheater gemacht! Jetzt hat jemand für eine Gehirnerschütterung und eine deftige Schulterprellung gesorgt und du willst es unter den Teppich kehren! Was soll das?"

„Ich habe es dir doch gerade erklärt. Ich werde nicht mein halbes Kollegium bei der Polizei anschwärzen."

„Hast du etwa Angst davor, die makellose Fassade deines Kavaliers könnte ein paar Kratzer abbekommen?"

Ich stöhnte entnervt auf. „So ein Quatsch! Fahr mich jetzt bitte endlich nach Hause! Ich habe grässliche Kopfschmerzen und mir ist übel", log ich, um von dem lästigen Thema abzulenken. Hin und wieder konnten Notlügen sehr hilfreich sein, denn Alex ließ mich nun in Ruhe. Er fuhr mich auf dem kürzesten Weg nach Hause, steckte mich ins Bett und braute mir einen wohltuenden Kräutertee. Er fuhr dann noch einmal zur Schule, um den Reifen zu wechseln. Es stellte sich heraus, dass weder eine Glasscherbe noch ein Nagel die Ursache war. Der Reifen war aus purem Hass zerstochen worden.

KAPITEL 22

In den nächsten zwei Tagen blieb ich, wie vom Arzt angeraten, zu Hause. Sascha erzählten wir ich sei vom Rad gestürzt, worauf er mir erklärte, wie wichtig ein Sturzhelm wäre. Ich musste in mich hineingrinsen, wenn ich daran dachte, wie lange wir gebraucht hatten, um ihn vom Tragen eines Helms zu überzeugen.
Während ich mich im Bett und auf der Wohnzimmercouch langsam erholte, verdrängte ich jeden Gedanken an das Geschehene. Ich konnte das Gefühl, dass es jemanden gab, der mich zutiefst hasste, kaum ertragen.
Ich ließ mich genüsslich von Babs trösten, die am nächsten Abend vorbeikam. Im Gespräch konnte ich das traumatische Ereignis viel besser verarbeiten. Sabine kam vorbei, um sich besorgt nach meinem Zustand zu erkundigen, und Jan rief mich auf dem Handy an.
Alexander war rührend um mich besorgt. Er ging sogar so weit, dass er den Kellereingang kontrollierte und die Kellerfenster mit schmiedeeisernen Gittern versehen ließ. Außerdem schärfte er mir wie einem kleinen Kind ein, bloß niemand Unbekannten in das Haus zu lassen. So ignorant er vor kurzem noch gewesen war, so übertrieben besorgt war er jetzt angesichts meines lädierten Zustandes. Immer wieder versuchte er mich zu überreden es der Polizei zu melden, aber ich weigerte mich standhaft. Ich lebte lieber mit der unterschwelligen Angst vor der unbekannten Bedrohung als mit dem vergifteten Arbeitsklima unter den Kollegen.
Fast ein halbes Jahr war seit meinem Wiedereinstieg in das Schulleben inzwischen vergangen. Ein halbes Jahr, in dem sich mein unbekümmertes Dasein in ein angstbesetztes verwandelt hatte. Jedes Telefonläuten, das tägliche Öffnen des Briefkastens und jede Autofahrt wurden von einem mulmigen Gefühl begleitet. Seit dem Anschlag in der Bibliothek schlief ich schlecht. Die ständige Angst vor dem nicht Greifbaren durchwirkte mein Leben Tag und Nacht.

Vor einer Woche war ich überfallen worden und es fiel mir sehr schwer, den Kollegen in der Schule unbeschwert gegenüberzutreten. Ich erzählte ihnen das Märchen vom Treppensturz zu Hause. Nur Jan und Sabine kannten die wahre Ursache meiner Verletzungen.
Ständig begleitete mich der Gedanke, wer mich derart hassen könnte, dass er mir sogar körperlich schaden wollte. Manchmal fragte ich mich, ob es nicht besser wäre, Jans und Sabines Drängen nachzugeben und doch zur Polizei zu gehen.
Jedes Mal, wenn ich Hans begegnete, konnte ich mich des Gedankens nicht erwehren, dass er hinter dem Überfall stecken könnte. Meinem Geschmack nach erkundigte er sich zu oft nach meinem Befinden. Am Montag nach dem Überfall hatte ich mit unverfänglichen Fragen versucht herauszubekommen, wer sich an besagtem Mittwochabend noch in der Schule aufgehalten hatte. Hans behauptete, dass er seine Mutter zu einem Arzttermin begleitet hatte. Ob das der Wahrheit entsprach, konnte ich nur über seine Mutter selbst erfahren, doch ich verwarf den anfänglichen Gedanken, sie direkt zu fragen, gleich wieder. Es würde die alte Dame nur verwirren, und das Verhältnis zu Hans wäre irreparabel zerstört, wenn sich seine Unschuld herausstellen würde. Also hielt ich es für das Beste, meinen Hauptverdächtigen nicht weiter zu reizen. Bereitwillig gab ich ihm Auskunft über meinen körperlichen Zustand und ich hatte das Gefühl, dass er sich an meinen geschilderten Schmerzen regelrecht ergötzte. Ich fand ihn inzwischen nicht nur unsympathisch, sondern zutiefst widerlich. Und ich hatte Angst vor ihm.

Etwa zwei Wochen nach dem Vorfall fand ich unter der von Lena fein säuberlich gestapelten Post einen Brief ohne Absender. Mein Magen zog sich zusammen. Hörte dieser Wahnsinn denn niemals auf? Wie beim letzten Mal war ich versucht diesen Umschlag sofort wegzuwerfen. Mit zitternden Händen legte ich ihn beiseite und nahm die

Zeitung zur Hand. Doch es gelang mir nicht, einen einzigen Satz konzentriert zu lesen. Immer wieder schielte ich zu dem unheilvollen Briefumschlag, bis ich es nicht mehr aushielt und ihn aufriss. Auf neutralem weißem Papier standen in schwarzen Großbuchstaben drei Sätze geschrieben.
„Das war erst der Anfang, du Miststück. Wenn du zur Polizei gehst, garantiere ich für nichts. Dann musst du auf deinen Jungen verdammt aufpassen."
Mir schwanden fast die Sinne vor Schreck! Nicht genug, dass diese Person mir Schaden zufügte, jetzt wollte sie sich auch noch an meinem Kind vergreifen! Wo sollte das alles noch hinführen? Tiefste Verzweiflung machte sich in mir breit und ich fühlte mich so entsetzlich hilflos und allein gelassen. Sollte ich Alex einweihen? Aber dann würde er mich postwendend samt allen anonymen Briefen zur Polizei zerren und unser Kind würde noch mehr in Gefahr geraten. Vollkommen verzagt saß ich am Küchentisch, mein Gesicht in den Händen vergraben, und suchte vergeblich nach einer Lösung. Es gab niemanden, der mir helfen konnte, denn jeder, selbst Jan, würde mich drängen die Polizei einzuschalten. Ich saß ewig so da, die Handflächen gegen meine Stirn gepresst, so als könnte ich damit den rettenden Einfall erzwingen, und ließ die Gedanken kreisen. Irgendwann kam ich resigniert zu der Einsicht, dass ich mich in einer aussichtslosen Lage befand und es immer noch besser war, die Polizei zu informieren, als tatenlos zuzusehen, wie meine Familie in immer größere Gefahr kam.
Mit der Überzeugung, das Richtige zu tun, steckte ich sämtliche Drohbriefe in meine Handtasche und nahm mir vor, gleich diesen Nachmittag zum Polizeirevier zu fahren.
Doch als Sascha kurz darauf fröhlich plappernd nach Hause kam und in meine ausgebreiteten Arme flog, verwarf ich den Gedanken wieder. Wie konnte ich wissen, ob der unheimliche Unbekannte nicht gleich nach meiner Aussage die Drohung in die Tat umsetzte! Einen 24-stündigen Personenschutz

würde ich wegen dieses Schmierzettels niemals bekommen, also wäre Sascha ständig in Gefahr. Nein, das Risiko erschien mir plötzlich zu groß. Ich musste mein Kind selbst beschützen und durfte es ab diesem Zeitpunkt nicht mehr aus den Augen lassen. Ich sagte Sascha, dass seine Freunde ab jetzt immer zu uns kommen sollten, wogegen er natürlich sofort aufbegehrte, doch ich gab nicht nach. Ich wollte ihn stets in meiner Nähe wissen.
Es war schrecklich, tagein, tagaus von dieser bedrohenden, unbekannten Macht begleitet zu werden. Jedes Geräusch in der Nacht ließ mich aus meinem leichten Schlaf aufschrecken und angestrengt in die Dunkelheit lauschen.
So schwer es mir auch fiel, aber ich verschwieg Alex den neuen anonymen Brief. Irgendwie mutete es schon paradox an, dass ich früher nichts zu Alex sagte, weil er mich nicht ernst genug genommen hatte, und jetzt, weil er die ganze Angelegenheit *zu* ernst nahm. Es kam mir deshalb ganz gelegen, dass er für ein paar Tage zu einem Ärztekongress fuhr. So blieb es mir erspart, jeden Abend meine Schauspielkünste zum Besten zu geben und die Unbekümmerte spielen zu müssen.
Sabine und Jan erzählte ich auch nichts von dem Drohbrief, denn die beiden hätten genauso wie mein Gatte reagiert. Ich hatte einfach keinen Bedarf nach gut gemeinten Ratschlägen. Meine Nervosität wurde indes jedoch immer größer und ich fing an Baldriantabletten zu schlucken, nur um wieder etwas innere Ruhe zu gewinnen. Die Anspannung während des Unterrichts tat ihr Übriges, um mich fast zu einem Nervenbündel zu machen.
Sabine war ganz erschrocken, als sie sah, dass ich Beruhigungstabletten nahm. „Pillen sind aber ein schlechter Ratgeber. Die machen doch nur abhängig. Willst du dir nicht lieber professionelle Hilfe holen? Dein Mann kennt doch sicher entsprechende Ärzte", sagte sie mit skeptischer Miene.
Wie ich solche Ratschläge hasste!
„Ich nehme das Zeug auch nur so lange, bis ich wieder besser

schlafen kann. Auf professionellen Beistand kann ich also verzichten."
Sie hatte daraufhin nichts mehr gesagt, sondern mich nur bedauernd angesehen.
Am Schwierigsten war es, meinen desolaten Seelenzustand vor Jan zu verbergen. Er sprach mich in unbeobachteten Momenten immer wieder an, doch ich wich ihm aus, so gut es ging.
Ich gab jedes Mal vor, fürchterlich in Eile zu sein. Doch am Freitag nach Schulschluss schlug ich mit meinem Ausweichmanöver kläglich fehl. Ich musste noch Material aus dem Lehrmittelraum besorgen und suchte gerade die Regale durch, als sich die Tür öffnete.
„Hallo, Isabel", sagte er sichtlich erfreut, mich alleine anzutreffen, und ging auf mich zu.
„Jan, ich dachte, du wärst schon gegangen. Brauchst du auch noch Material für Heimat- und Sachkunde?"
Jan antwortete nicht, sondern zog mich wortlos an den Händen zu sich und umarmte mich.
„Ich brauche etwas ganz anderes, aber dazu später. Willst du mir nicht sagen, was dich so bedrückt?"
Ich versuchte mich aus seiner Umarmung zu befreien. „Wie kommst du darauf, dass mich etwas beschäftigt?", sagte ich erstaunt und gab meinen Widerstand gegen seine starken Arme, die mich festhielten, auf.
„Das liegt doch nahe. Vor gut zwei Wochen bist du überfallen worden und du siehst von Tag zu Tag schlechter aus. Ist denn noch etwas vorgefallen?"
Er hob mit seinem Zeigefinger mein Kinn empor und zwang mich, ihm direkt in die Augen zu sehen. „Solche Augen lügen nicht. Also heraus mit der Sprache!"
Seine ehrliche Besorgtheit, sein großes Interesse an meinem Befinden rührten mich so sehr, dass ich ihm spontan von dem Brief erzählte.
„Mein Gott, Isabel, wie lange willst du noch warten, bis du

zur Polizei gehst? Du musst jetzt endlich etwas unternehmen. Wenn du es nicht tust, dann mache ich das!"
Ich sah ihn erschrocken an. „Du machst gar nichts, das ist meine Angelegenheit, verstanden!"
„Aber wohin soll deine Passivität denn führen? Der Verrückte kann dich so weiter ungehindert schikanieren, ohne Konsequenzen erwarten zu müssen."
Ich krallte beide Hände in seinen Hemdkragen und zog ihn ganz nah zu mir her. „Bitte Jan, ich habe solche Angst um mein Kind. Ich werde nichts tun, was ihn reizen könnte. Also halte dich aus der Sache raus!", flehte ich ihn an und brach in bittere Tränen aus. Die ständig nagende Angst, das Gefühl der Ausweglosigkeit und der Mangel an Schlaf hatten mein Nervenkostüm extrem dünn werden lassen.
Jan umarmte mich ganz fest und sprach beruhigend auf mich ein. Ganz langsam löste sich mein Weinkrampf auf.
„Bitte unternimm nichts, damit hilfst du mir am meisten. Okay?", sagte ich schniefend.
Sanft strich er mit seiner Hand über mein Haar. „Gut, ich werde nichts unternehmen, aber du musst mir versprechen, ab jetzt nichts mehr zu verschweigen. Wie soll ich dir sonst helfen?"
Ich nickte nur und ließ meinen Kopf ermattet an seine Schulter sinken. Ich spürte, wie er sein Gesicht in meinem Haar vergrub und es küsste, regte mich aber nicht. Ich war zu schwach, um mich gegen seine Liebkosungen zu wehren. Irgendwie genoss ich sie sogar, obwohl es so falsch war. Jan lehnte sich an eine Tischkante und zog mich mit sich. Wir verharrten einige Minuten in zärtlicher Umarmung und schwiegen.
„Ich werde Sabine verlassen!", durchbrach seine Stimme die Stille des Raumes.
Langsam hob ich meinen Kopf und sah ihn ungläubig an. „Was?!"
„Es geht nicht mehr. Ich habe das Gefühl, sie kann sich

emotional nicht genügend auf mich einlassen. Ihre wechselnden Launen sind fast nicht auszuhalten. Manchmal haben wir so viel Spaß miteinander. Doch dann baut sie wieder eine unsichtbare Mauer um sich auf, die ich nicht überwinden kann."

„Sag mal", unterbrach ich ihn, „denkst du sie ahnt etwas von unserer Affäre?"

„Was? Nein, auf keinen Fall. Das hätte ich bemerkt. Ich denke eher, dass sie die Scheidung von ihrem Mann noch nicht überwunden hat. Sie weigert sich permanent, mit mir darüber zu reden. In einer guten Beziehung kann man doch über alles sprechen. Dafür hat man einen Partner, damit man nicht alles alleine mit sich ausmachen muss."

Jan sah mit verlorenem Blick zum Fenster hinaus und dann wieder zu mir. „In solchen Momenten denke ich dann an dich, wie offen ich mit dir alles bereden kann, wie gut wir uns verstehen. Das Zusammensein mit dir war einfach nur schön."

„Jan, bitte nicht ..." Er legte seine Hand behutsam auf meinen Mund. „Lass mich ausreden. Ich liebe dich immer noch, obwohl ich weiß, dass es sinnlos ist. Gedanklich bist du mir so nah. Wahrscheinlich kann ich mich deswegen auch nicht so ganz auf sie einlassen. Ich denke, sie spürt diese Gefühlsblockade unterbewusst. Unsere Liebe ist einfach nicht authentisch genug. Das sieht man schon daran, dass jeder noch seine Wohnung hat. Wir haben bisher nie über das Zusammenziehen gesprochen. Im Moment kann ich mir eine gemeinsame Zukunft mit ihr nur schwer vorstellen." Er sah wieder an mir vorbei zum Fenster hinaus.

„Das tut mir leid, ich hatte angenommen, dass ihr glücklich seid, und war auch wirklich froh darüber. Wann willst du es ihr denn sagen?"

Sein Blick wanderte zur Decke und er seufzte laut. „Ich weiß noch nicht. Ich muss den berühmten richtigen Augenblick abwarten, den es bekanntlich gar nicht gibt."

„Ja, allerdings. An deiner Stelle würde ich die Sache aber nicht überstürzen. Manchmal arbeitet die Zeit für einen und alles ergibt sich von selbst."
Draußen waren Geräusche zu hören und wir lösten schnell unsere Umarmung. Das hätte mir noch gefehlt, dass unsere Affäre, die jetzt keine mehr war, in der Schule die Runde machte.
„Also, du versprichst mir, sofort Bescheid zu geben, wenn dich wieder etwas beunruhigt."
Er gab mir links und rechts einen Kuss auf die Wange und nach kurzem Zögern einen leidenschaftlichen auf den Mund, bevor er mit seiner lässigen Gangart das Zimmer verließ.
Während ich meine Unterrichtsmaterialien zusammenstellte, dachte ich unentwegt an Jan. Ich fand es erschütternd, dass er Sabine nicht so lieben konnte wie mich oder seine verstorbene Frau. Es gab keinen besseren Mann als Jan. Er war zwar kein Karrieretyp und nahm alles ziemlich locker, aber er hatte ein großes Herz. Sie hätte ihm nur den Zugang zu ihrem Herzen gewähren müssen. Ich fühlte mich nach diesem Gespräch mitschuldig, weil er durch unsere Affäre emotional blockiert war. Wieso nur war ich auf seinen Charme hereingefallen? Vielleicht hätte er sich richtig in sie verlieben können, wenn ich mich nicht in meiner Willensschwäche an seinen Hals geworfen hätte. Ich sollte mit ihr reden. Ich sollte ihr sagen, dass sie Jan mehr Vertrauen entgegenbringen musste. Aber das würde schwierig werden, denn ich hatte schon bemerkt, dass sie beim Thema Gefühle immer so einen abweisenden Blick bekam. Ich nahm mir genau wie Jan vor, den richtigen Augenblick abzuwarten, und fuhr nach Hause.

Zwei Wochen ohne besondere Vorkommnisse waren vergangen, als ich erschöpft von einer Klassenexkursion in ein Museum nach Hause kehrte. Verunsichert wie ich inzwischen war, traute ich diesem Frieden jedoch nicht. Der letzte Drohbrief war eindeutig formuliert gewesen: Mich sollte noch mehr erwarten. Der Gedanke daran raubte mir dank Baldriantabletten zwar nicht mehr ständig den Schlaf, dennoch hatte Alex eine gewisse Nervosität an mir bemerkt. Klugerweise unterließ er es, mir einen Fachmann zu empfehlen, um keine weitere Ehekrise heraufzubeschwören. Er hatte sich lediglich erkundigt, ob wieder etwas vorgefallen sei, und meiner Beteuerung geglaubt, dass er sich keine Sorgen machen müsse.
Ich hängte meinen Mantel in den Garderobenschrank und rief nach Sascha, bekam aber keine Antwort. In der Küche, die blitzblank aufgeräumt war, befand sich niemand.
„Lena, sind Sie hier?", rief ich laut, doch die Antwort war nur durchdringendes Schweigen.
Wo waren die beiden? Ich hatte Lena doch gebeten, so lange zu bleiben, bis ich heimkam.
Zwei Stufen auf einmal nehmend rannte ich in das obere Stockwerk und rief immer wieder nach Sascha. Sein Zimmer war leer und es gab auch kein Anzeichen, dass er hier gewesen war. Aufgeregt riss ich die Türen der übrigen Räume auf, doch Sascha war nirgends zu sehen.
Meine letzte Hoffnung war, dass er sich einen Scherz erlaubte und ein Versteckspiel mit mir machen wollte.
„Sascha, wenn du dich versteckt hast, dann zeig dich. Ich gebe auf, dein Versteck ist zu gut."
Keine Reaktion.
„Saschaspätzchen, komm' sofort aus deinem Versteck! Ich finde es nicht witzig!"
Kein Laut war zu hören. Mein Sohn konnte solche Scherze sehr exzessiv betreiben, weswegen ich noch einmal ein lautes, autoritäres „Sascha, es reicht jetzt! Zeig dich auf der Stelle oder ich werde ernsthaft böse!" rief.

Doch es blieb weiterhin nervenzerrend still. Ich bemühte mich, ruhig zu bleiben und nachzudenken. Wo konnte er sein? War Lena mit ihm weggegangen? Dann hätte sie mir aber wie üblich eine schriftliche Nachricht hinterlassen. Vielleicht hatte Max doch überraschend Zeit gehabt oder sein anderer Freund Leon. Womöglich hatte er schon ein paar Mal versucht mich auf dem Handy anzurufen.

Ich lief wieder nach unten und kramte in meiner Handtasche, fand aber mein Handy nicht. Ich war mir ganz sicher gewesen, dass ich es eingesteckt hatte. Kurzerhand stellte ich die Tasche auf den Kopf, so dass sämtliche Utensilien, vom Lippenstift bis zum Museumsführer, auf den Tisch purzelten. Kein Handy, auch nicht in den Seitentaschen.

„Verflucht noch mal, wo ist dieses blöde Ding!", rief ich entnervt.

Ich setzte mich auf einen der Barhocker und kämpfte gegen das Nervenflattern an, das mich überfiel. Aufgeregt griff ich nach dem Telefonhörer und versuchte sowohl Leons Mutter als auch die von Max zu erreichen, doch niemand war zu Hause. Mein Atem ging vor Aufregung immer schneller. Hatte dieser Irre seine Ankündigung wahr gemacht? Hatte er mein Kind entführt? Mir wurde heiß und kalt zugleich. Kurz war ich versucht Alex Bescheid zu sagen, verwarf den Gedanken jedoch im nächsten Moment. Ich sah mich außerstande seine Vorwürfe zu verkraften. In solchen Augenblicken fragte ich mich, wozu ich eigentlich verheiratet war, wenn ich es sowieso immer für besser befand, alles allein zu bewältigen. Schließlich hielt ich es nicht mehr aus, untätig herumzusitzen, und schnappte meinen Autoschlüssel. Ich fuhr zu Saschas Schule in der Hoffnung, dass er dort geblieben war, wurde aber bitter enttäuscht. In dem allgemeinen Aufenthaltsraum befanden sich nur wenige Schüler. Ich war den Tränen gefährlich nahe, als ich wieder ins Auto stieg und die Augen schloss.

„Was soll ich tun? Was soll ich jetzt bloß tun?", hämmerte es in meinem Kopf.

Ich konnte einfach keinen klaren Gedanken mehr fassen und beschloss, erst einmal nach Hause zu fahren und dann Alex anzurufen.

Zu Hause angekommen schloss ich mit zitternden Fingern die Haustür auf. Als ich in den Flur trat, hörte ich eine Frauenstimme! Und gleich darauf Sascha! Ich ließ meine Tasche fallen und rannte ins Wohnzimmer, aus dem die Stimmen kamen. Mein Kind saß auf Sabines Schoß und zeigte ihr etwas in seinem Dinosaurierbuch.

„Sascha, mein Liebling!" Ich rannte zu ihm hin und zog ihn ungestüm in meine Arme.

„Sascha, dass ich dich wiederhabe. Ich bin ja so froh!", schluchzte ich. Kein Mensch, der nicht Ähnliches erlebt hat, kann die Erleichterung, die ich in diesem Augenblick verspürte, nachvollziehen.

„Mama, wieso weinst du denn? Ich war doch nur bei deiner Freundin. Nicht böse sein, ja?"

„Schon gut, mein Schätzchen. Hauptsache, dir ist nichts passiert."

Ich drückte ihn ganz fest an mich und wiegte ihn sanft hin und her.

„Mama, du erdrückst mich ja fast. Hicks. Oh ich habe einen Schluckauf, hihi. Sieh mal, was ich von Sabine bekommen habe!" Er zeigte mir stolz einen Flugsaurier aus Plastik.

Erst in diesem Augenblick wurde mir wieder bewusst, dass wir zwei nicht allein waren. „Toll, Sascha. Jetzt ist deine Sammlung bald perfekt", sagte ich und zu Sabine gewandt: Entschuldige, dass ich dich übergangen habe, aber ich hatte eine Scheißangst, dass ihm etwas passiert ist."

„Scheiß sagt man nicht! Hicks, hihi. Ich gehe in mein Zimmer!", rief Sascha und verschwand auch gleich.

Ich ließ mich kraftlos in den Sessel fallen und sah Sabine an. „Wieso war er bei dir? Du kannst dir gar nicht vorstellen, wie ich mich aufgeregt habe!"

„Das tut mir jetzt leid, dass ich dir solche Unannehmlichkeiten bereitet habe. Mein Elterngesprächstermin fiel aus, und auf der Heimfahrt sah ich Sascha an der Bushaltestelle stehen. Da ist mir eingefallen, dass du doch verzweifelt einen Babysitter gesucht hattest. Also entschloss ich mich spontan, auf ihn aufzupassen. Wir haben Lena Bescheid gesagt, aber leider haben wir dich nicht erreicht. Hattest du denn kein Handy dabei?"

„Ich war mir eigentlich ganz sicher, dass ich es eingesteckt hatte, aber es war nicht in der Handtasche. Wart ihr in der Stadt?"

„Ja, und da haben wir vor lauter Spielzeugabteilung die Zeit vergessen. Es tut mir so leid, dass du dir solche Sorgen gemacht hast!", meinte sie bedauernd.

„Schon gut, ich bin einfach nur froh, dass nichts passiert ist. Bin nur gespannt, wann mein Handy wieder auftaucht."

Ich brühte einen beruhigenden Kräutertee auf und unterhielt mich mit Sabine, bis sie schließlich aufbrach. Dann ging ich daran, für den Abend eine rote Linsensuppe zu kochen. Es war das beste Mittel, mich von diesem aufregenden Tag zu erholen. Sascha düste immer wieder mit seinem Flugsaurier durch die Küche. Wenn er bei mir vorbeikam, griff er mich mit diesem grässlichen Plastikvieh an, das ich ihm nie und nimmer gekauft hätte. Er konnte sich fast kugelig lachen, wenn ich vor Schreck aufschrie. Mein Schimpfen stieß auf taube Ohren. Sascha rannte hinaus, kam kurz darauf wieder und bohrte mir mit ohrenbetäubendem Geschrei das Ungeheuer in die Taille.

„Sascha, verdammt, jetzt hör endlich auf mit diesem Unsinn!"
Doch mein Sohn rannte kichernd hinaus und kehrte zu einem erneuten lärmenden Angriff zurück mit dem Ergebnis, dass ich eine Porzellanschlüssel fallen ließ, die in tausend Scherben zerbarst. Mir platzte endgültig der Kragen und ich schnappte Sascha am Arm.

„So, Bursche, Schluss mit lustig! Jetzt schau, was du angerichtet hast! Was ist denn heute los mit dir? Du hörst überhaupt

nicht, was ich sage! Wenn du das noch einmal machst, nehme ich dir dieses Vieh weg."
„Das ist meins. Du darfst es mir nicht wegnehmen! Hicks."
Sascha sah mich mit zusammengezogenen Augenbrauen an. Was war nur in ihn gefahren? Solch resistente Widerspenstigkeit war ungewöhnlich für ihn. Wenn er auch hin und wieder etwas überdreht war, konnte ich ihn doch schnell zur Vernunft bringen.
„Du hörst jetzt sofort auf mit dem Blödsinn, sonst gehört der Flugsaurier mir. Das ist mein letztes Wort."
„Du bist gemein, hicks."
„Und du bist ungezogen. Halt mal die Luft an, ich zähle bis zehn, dann verschwindet vielleicht dein Schluckauf."
Doch Sascha war nicht fähig die Luft anzuhalten, da er jetzt ständig albern kichern musste. Er benahm sich wie ein Beschwipster.
„Sag mal, was hast du denn bei Sabine gegessen und getrunken?"
„Ein Stück Apfeltorte, hicks, und eine leckere Limo", kicherte er.
„Hast du heimlich Alkohol getrunken?"
Mein Sohn schüttelte heftig den Kopf.
„Nun gut, hol Besen und Schaufel und wenn du alles aufgefegt hast, dann bekommst du dein Abendbrot. Danach geht es ins Bett. Keine Widerrede."
Als Sascha gerade ins Bett gegangen war, kam Alex nach Hause und sah noch einmal nach ihm. Anschließend setzte er sich zu mir an den Esstisch. Er schöpfte Suppe in seinen Teller und meinte: „Unser Sohnemann benimmt sich heute etwas seltsam, findest du nicht? Er war so albern, wie ich es noch nicht erlebt habe. Er meinte, dass er eigentlich müde sei, aber nicht schlafen könne, und lachte sich deswegen fast kaputt. Weißt du, woher das kommt?"
„Keine Ahnung, aber mir ist das auch aufgefallen. Morgen ist er hoffentlich wieder normal."

„Was hat er denn heute so gemacht?"
Ich erzählte ihm, dass er wegen meines schulischen Termins aus Versehen bei Sabine gelandet war.
„Er wird doch nicht Schnapspralinen gefunden und dann heimlich gefuttert haben."
„So etwas Dummes macht unser Sascha nicht, außerdem schmecken die ihm gar nicht. Ich werde nach dem Essen Sabine anrufen und fragen, ob er versehentlich Alkohol getrunken hat", sagte ich.
Wir redeten noch eine Weile über alles Mögliche, bis wir Sascha laut „Mama, komm schnell!" schreien hörten. Ich stellte mein Weinglas unsanft ab, sprang auf und rannte die Treppe hoch.
„Mama, mir ist so schlecht!", hörte ich Sascha aus seinem Zimmer wimmern. Ich fand ihn kreidebleich in seinem Bett sitzend und seine Arme nach mir ausstreckend.
„Was ist denn, Saschaliebling. Musst du spucken? Komm, wir gehen schnell ins Bad."
Sascha machte keine Anstalten, sich auch nur einen Zentimeter zu bewegen, also schnappte ich ihn und trug ihn ins Badezimmer. Kaum dort angekommen, musste er sich heftig übergeben. Danach schien es ihm besser zu gehen. Ich wusch ihm sein Gesicht und er putzte sich die Zähne. Inzwischen war Alex hereingekommen.
„Geht es dir jetzt besser, mein armer Schatz?", fragte er.
„Ja, mir ist gar nicht mehr schlecht, ich bin bloß noch müde. Gute Nacht, Mama und Papa."
Wie ein Äffchen klammerte er sich an mich und ich trug ihn zurück ins Bett. Alex überprüfte seine Temperatur und fühlte seinen Puls. Dann gab er ihm einen Kuss auf die Stirn und verließ mit mir das Zimmer.
„Fieber hat er keines, nur einen leicht beschleunigten Puls, nichts Dramatisches. Frag doch mal deine Freundin, die Superpädagogin, was sie heute mit ihm angestellt hat. Und wenn du wieder einmal nicht rechtzeitig zu Hause sein

kannst, dann sorge doch bitte dafür, dass unser Sohn nicht per Zufallstreffer irgendwo anders landet und dann abends zu Hause die Bude vollkotzt."

„Alex, wie redest du denn. Es ist eben nicht so einfach, immer jemanden zu finden."

„Früher konnte ich wenigstens sicher sein, dass er sich in deiner sicheren Obhut befindet. Aber jetzt schwirrt er dauernd bei irgendeinem Freund herum oder bei deinen netten Kollegen, die ihn abfüllen. Bist du immer noch sicher, dass du alles im Griff hast?"

„Nicht schon wieder dieses Chauvigerede! Die meiste Zeit bin ich nachmittags zu Hause und nur ab und zu ist er mal woanders, was er übrigens auch wäre, wenn ich nicht arbeiten ginge!", fauchte ich wütend und verschwand in meinem Arbeitszimmer, um noch Hausaufgaben zu korrigieren.

Wir redeten beim Zubettgehen nicht mehr viel miteinander und ich schlief auch gleich tief und fest ein, bis ich von Saschas markerschütterndem Schrei hochschreckte.

„Mama, Hilfe, nein, nein, geht weg, geht weg!", hörte ich ihn in schrillem Ton schreien. Ich war mit einem Schlag hellwach, sprang aus dem Bett, rannte in sein Zimmer und knipste das Licht an.

Sascha saß im Bett und fuchtelte wild mit den Armen, als müsste er etwas abwehren. Dabei schrie er in den höchsten Tönen „Nein, weg! Haut ab! Hilfe, Mama, Mama!"

Ich nahm ihn in die Arme, streichelte über seinen Kopf und wiegte ihn hin und her.

„Schschsch, ganz ruhig, mein Liebling. Du träumst nur. Ich bin ja bei dir. Es kann dir nichts passieren."

Endlich schien er wach zu werden, denn er schmiegte sich ängstlich an mich, sagte nur „Mama, du bist da!" und fing dann zu weinen an. Sein Verhalten irritierte mich sehr. Sascha war eigentlich ein ruhiger Schläfer.

Ich konnte mir nicht erklären, warum er heute Nacht so überreagiert hatte. Tränen zu vergießen war die absolute

Ausnahme für mein Kind, er weinte nur, wenn ihn etwas über Gebühr belastete. Leise sang ich ihm sein Lieblingslied und wiegte ihn dabei in meinen Armen, bis er ruhiger wurde.
„Was ist denn los mit ihm?", fragte Alex, der verschlafen das Zimmer betrat.
„Schlecht geträumt hat unser Saschaspätzchen. Willst du mir nicht sagen, was es war?"
„Ganz viele Dinosaurier waren da und wollten uns fressen. Bestimmt kommen sie wieder, Mama!" Blankes Entsetzen stand Sascha ins Gesicht geschrieben.
„Nein die kommen nicht mehr. Du hast nur geträumt. Hast du schon öfter von den Sauriern geträumt?"
„Ja, aber die haben nichts getan. Heute waren sie ganz böse und wollten alle Menschen fressen. Auch die, die auf dem Klo sitzen."
Ich fragte mich, wie er zu solchen Träumen kam. Hatte er sich in der Spielzeugabteilung zu intensiv mit den Tieren beschäftigt oder was war sonst an diesem Nachmittag geschehen?
„Mama, bleibst du bei mir? Dann kannst du sie gleich verscheuchen."
„Aber natürlich bleibe ich bei dir", sagte ich, obwohl ich wusste, dass Alex es nicht gerne sah, wenn ich ihn verhätschelte. Doch heute war auch er einverstanden.
„Willst du zu uns ins Bett?", fragte er sogar. Sascha stimmte freudig zu.
Als er in meinen Armen lag und friedlich schlief, lag ich noch eine Weile wach. Wie sollte ich ihn in Zukunft schützen? Früher war meine einzige Sorge gewesen, dass er nicht krank wurde oder sich beim Spielen und Fahrradfahren nicht verletzte. Doch jetzt lauerten unberechenbare Gefahren auf ihn. Die Tüte mit Rattengift gehörte dazu. Und heute war er ohne mein Wissen mit Sabine mitgegangen. Wie leicht konnte es passieren, dass er mit meinem psychopathischen Verfolger in Kontakt kam. Langsam kamen mir Zweifel, ob es richtig gewesen war, die Polizei nicht einzuschalten. Doch ohne

konkreten Verdacht hätte sie sicherlich nichts unternommen. Und jetzt würden sie sich nur noch verwundert fragen, warum ich erst nach so langer Zeit kam und nicht gleich nach dem Überfall. Das war eine denkbar schlechte Basis, um glaubwürdig zu sein.

Das Wichtigste war jetzt, dass ich Sascha einschärfte nie mehr ohne mein Wissen mit irgendjemandem mitzufahren, auch wenn er ihn gut kannte. In den Osterferien, die in zwei Wochen begannen, würde ich meine Eltern fragen, ob er nicht bei ihnen bleiben könnte. Dort war er am sichersten aufgehoben. Wieder etwas zuversichtlicher gestimmt fiel ich in einen unruhigen, oberflächlichen Schlaf, der zudem noch von Saschas gelegentlichem Jammern unterbrochen wurde.

Alle drei standen wir in der Frühe gerädert auf und muffelten dementsprechend jeder für sich in den Morgen hinein. Beim Frühstück fragte ich Sascha, ob er sich erklären könnte, warum er so schreckliche Träume von Dinosauriern hatte. Sascha sah mich an und für einen kurzen Moment hatte ich das Gefühl, dass er mir etwas sagen wollte. Doch gleich darauf verschwand der mitteilsame Ausdruck in seinem Gesicht und er sagte nur: „Weiß auch nicht."

Schweigend löffelte er sein Müsli und sagte nichts mehr, bis er aus dem Haus ging.

Als ich in der Schule ankam, sah ich wie üblich zuerst in mein persönliches Fach und fand dort mein Handy. Ich fragte mich verwundert, wie es dort hingekommen war, und bekam gleich die Antwort von meinem Liebling Hans.

„Das habe ich gestern neben deinem Platz auf dem Boden gefunden. Hast du es vermisst?", fragte er und sah mich mit seinen kleinen Schweinsäuglein durchdringend an. Angewidert trat ich einen Schritt zurück.

„Aber nein, warum sollte ich mein Handy auch vermissen, wenn ich auf eine Exkursion gehe. Schließlich gibt es in dieser Stadt mindestens drei öffentliche Telefonhäuschen", meinte ich sarkastisch und verließ das Lehrerzimmer. Hatte er das Handy verschwinden lassen? Ich konnte mich genau erinnern, dass ich es in meine Tasche gelegt hatte. Wieder so ein Vorkommnis, das ich niemandem anlasten konnte, denn es hätte mir genauso gut aus der Tasche rutschen können. Doch diese Aktion würde zu ihm passen. Kurz nach dem Überfall in der Bibliothek hatte ich mit seinem netten Parallelkollegen, der Hans schon seit frühester Jugend kannte, ein längeres Gespräch über ihn geführt. Dabei erfuhr ich, dass er von seiner Mutter ständig vereinnahmt worden war. Er hatte sogar einmal eine Freundin, die aber seiner Mutter nicht gepasst hatte. Sie wurde zunehmend kränklicher und verlangte, dass er sich ständig um sie kümmerte. Die Freundin hatte sich zurückgesetzt gefühlt und schließlich aus Verzweiflung die Flucht ergriffen. Kurz danach war es seiner Mutter wieder besser gegangen. Hans konnte sich gegen die Machtspielchen seiner Mutter nicht zur Wehr setzen. Sein Vater war gestorben, als er noch ein Kind war, und sie hatte ihn zu ihrem Beschützer erkoren, ihrem Ein und Alles. Er würde niemals etwas tun, was ihn ihrer Liebe beraubte. Doch durch das Gefühl der ständigen Unfreiheit baute sich in Hans großer Frust auf, den er aber nie an ihr ausgelassen hatte. Er trug ihn mit in die Schule und lud ihn an willkommenen Hassobjekten, wie mich zum Beispiel, ab. Hans war ein klassischer Fall, wie er im Lehrbuch für Psychologiestudenten stand. Ich hatte es ja immer geahnt, dass er ein Muttersöhnchen war, und bekam jetzt die Bestätigung von seinem Kollegen. Nach diesem Gespräch war es für mich vorstellbar, dass er zu so einer Aktion wie dem Überfall fähig wäre. Ich wusste jedoch nicht, wie ich es ihm jemals beweisen könnte, und verlegte mich darauf, ihn ständig im Auge zu behalten.

„Warum so schlecht gelaunt? Ich kann doch nichts dafür, wenn du dein Handy verlierst. Sei froh, dass ich mich darum gekümmert habe", sagte er fast beleidigt.

Um ihn nicht weiter zu provozieren, sagte ich gezwungen

„Danke schön" und ging zu Sabines Klassenzimmer.
„Hallo Isabel! Oje, wie siehst du denn aus? Hast du schlecht geschlafen?
„Allerdings!" Ich erzählte ihr von Saschas Übelkeit und seinen Horrorträumen. „Was hat er denn bei dir gegessen? Er benahm sich wie ein Betrunkener. Und die Träume kann ich mir auch nicht erklären."
„Also er hat nur einen Apfelkuchen gegessen und Limo getrunken. Wahrscheinlich waren ihm die Dinos im Kaufhaus nicht ganz geheuer", meinte sie und sortierte nebenher Arbeitsblätter.
„Aber er liebt doch diese Tiere. Solche Träume bekommt er normalerweise nur, wenn er etwas Schreckliches im Fernsehen mitbekommen hat. Absichtlich oder versehentlich."
Sie hörte mit dem Sortieren auf und sah mich forschend an. „Willst du mir eigentlich etwas Bestimmtes sagen? Dann bitte frei heraus mit der Sprache", sagte sie in leicht unterkühltem Ton.
„Um Himmels willen, ich möchte dir auf keinen Fall irgendeinen Vorwurf machen. Ich dachte nur, vielleicht hat Sascha heimlich ferngesehen, während du beschäftigt warst, oder ist versehentlich an Alkohol geraten. Weißt du, Sascha ist ein kleines Schlitzohr. Ich will doch nur eine Erklärung für sein Verhalten", stammelte ich verunsichert.
„Vielleicht ist ihm meine Apfelweintorte nicht bekommen. Ich wusste nicht, dass Kinder so empfindlich auf Restalkohol reagieren. Na ja, einmal erbrechen wird ihm schon keinen lebenslangen Schaden zufügen. Jetzt fällt es mir wieder ein! Seine Träume könnten von dem Film über Dinos herrühren, der in der Spielzeugabteilung lief. Ich dachte, es wäre nicht weiter schlimm, da viele Kinder vor dem Fernsehkasten saßen. Tut mir leid, wenn ich deinem Wonneschätzchen Leid zugefügt haben sollte", meinte sie etwas spitz und sortierte weiter ihre Blätterstapel.
„Entschuldige, ich wollte dir nicht zu nahetreten, aber jetzt

habe ich wenigstens eine Erklärung. Wir sehen uns in der Pause."
Ich ging in mein Klassenzimmer und wunderte mich über Sabines empfindliche Reaktion. Leider hatte ich keine Zeit mehr, weiter darüber nachzudenken, da ich erst einmal einen Streit zwischen Janina und Leon schlichten musste. Janina war in den letzten Wochen wieder anstrengender geworden, doch ich wusste inzwischen, wie ich mit ihr umgehen musste, ohne dass ihr Vater sich genötigt sah einzugreifen.
In der Pause ging ich zu Jan, der auf dem Schulhof Aufsicht hatte, und fragte ihn, ob er etwa mit Sabine Schluss gemacht hatte.
„Nein, wieso?", fragte er verwundert.
„Na du hattest das doch neulich angedeutet. Und Sabine ist heute sehr schlecht gelaunt, da dachte ich ..."
„Nein, habe ich nicht. Im Moment kann ich mich nicht dazu überwinden, mit ihr Schluss zu machen. Anfangs ging es ihr seelisch nicht gut und jetzt hat sie wieder eine gute Phase, in der es sehr schön sein kann mit ihr. Es ist einfach verdammt schwer, den richtigen Zeitpunkt zu finden. Ich bin mir auch nicht mehr sicher, ob ich es wirklich will", sagte er und zuckte resigniert mit den Schultern.
„Gut so, an deiner Stelle würde ich auch nichts überstürzen. Ihr müsst nur offener über eure Probleme sprechen, dann renkt sich alles von selbst ein. Du musst die Zeit für dich arbeiten lassen", versuchte ich ihn seelisch aufzurichten.
Er nickte schwach und schwenkte auf ein anderes Thema um. Wie gerne hätte ich ihn jetzt umarmt und ihm tröstend mit der Hand durch sein dichtes, welliges Haar gestrichen! Inzwischen kannte ich ihn gut genug, um zu sehen, dass er sich sein Problem mit Sabine schönredete, damit es ihn nicht zu sehr belastete. Ich sah es in seinen Augen, dass er nicht glücklich war. Doch ich wusste nicht, wie ich ihm helfen sollte. Ich konnte nur hoffen, dass es für beide bald eine verträgliche Lösung in dieser verfahrenen Situation geben würde.

Nach dem Unterricht sah ich Sabine auf dem Schulparkplatz zu ihrem Auto gehen. Ich nahm eine Hand als Schutzschild gegen die Sonne und winkte mit der anderen. Sie blickte nur kurz in meine Richtung, hob andeutungsweise eine Hand zum Gruß und stieg dann ins Auto ein.

Ich konnte es fast nicht glauben, dass sie einfach davonfuhr, ohne mich eines weiteren Blickes zu würdigen. Unser Gespräch von heute Morgen musste sie tödlich gekränkt haben. Dabei hatte ich gar nicht im Sinn gehabt, ihr einen Vorwurf zu machen. Ich hatte wohl den denkbar ungünstigsten Tag erwischt, um mit ihr darüber zu reden. Vielleicht konnte sie die ganze Angelegenheit am nächsten Tag etwas neutraler betrachten. Doch ich sollte mich täuschen.

Sabine vermied in den letzten drei Tagen vor den Osterferien offensichtlich jede Begegnung mit mir. In den Pausen unterhielt sie sich demonstrativ mit den anderen Kolleginnen. Ich ertappte Inge dabei, wie sie mir des Öfteren einen geringschätzigen Blick zuwarf. Hatte Sabine etwa mit ihr darüber gesprochen? Sie wusste genau, wie diese Tratschtante auf solche Neuigkeiten reagieren würde. Meine Unfähigkeit als Mutter, rechtzeitig einen anständigen Aufpasser für mein Kind zu besorgen, würde bald die Runde machen. Und sie würde dafür sorgen, das Image als Chaotin, die Berufs- und Privatleben nicht unter einen Hut zu bringen vermochte, zu verbreiten.

Tatsächlich fragte mich am darauf folgenden Tag Renate ganz scheinheilig nach dem Befinden meines Sohnes. Ich antwortete patzig, dass es ihm noch nie besser gegangen sei, und erwähnte nebenbei seine Einsernote im Aufsatz, den er gestern zurückbekommen hatte. Darauf wusste sie nichts zu sagen und marschierte davon.

Die Stutenbissigkeit, die unter den hiesigen Grundschulkolleginnen zuweilen herrschte, war nur schwer zu ertragen. Inges Adleraugen, denen nicht die geringste Kleinigkeit entgingen, Renates spitze Bemerkungen, wenn es in meinem Klassenzimmer hin und wieder etwas turbulenter zuging, als in ihrer Kadettenschmiede und jetzt auch noch Sabines mimosenhaftes und intrigantes Verhalten. Ich war entsetzt, dass Sabine, die ich eigentlich als meine Freundin betrachtet hatte, so hinterhältig sein konnte. Und das nur, weil sie dachte, ich würde ihre Qualitäten als Aufsichtsperson in Frage stellen. Ich war froh, dass die Osterferien begannen und ich vierzehn Tage lang niemanden zu Gesicht bekommen würde. Wir wünschten uns am letzten Schultag alle gegenseitig scheinheilig schöne Ferien, auch von Sabine kam nicht mehr. Keine Einladung, sie zu besuchen, kein Vorschlag, sich in der Stadt zu treffen, nichts. Ich sagte auch nichts dergleichen, denn es lag nicht in meiner Natur, jemanden auf Knien rutschend um Verzeihung zu bitten, zumal ich mir keiner wirklichen Schuld bewusst war.

Meine Hoffnung war, dass sie sich in den Ferien beruhigte und wir danach wieder normal miteinander umgehen konnten.

Das erste Wochenende in den Ferien war immer das schönste. Vierzehn lange Tage lagen vor einem, in denen man sich erholen konnte, auch wenn man noch etwas nachzuarbeiten, vorzubereiten oder zu korrigieren hatte. Man konnte sich den Tag jedoch selbst nach Arbeits- und Erholungsphasen einteilen und vor allem morgens länger schlafen.

Am Samstag fuhr ich mit Sascha und ohne Alexander, der Bereitschaftsdienst hatte, zu meinen Eltern. Nur zu gerne ließ ich mich mit kulinarischen Köstlichkeiten, von mütterlicher Hand zubereitet, verwöhnen. Sascha spielte mit Opa Brettspiele wie „Dame" und „Mühle", da das Wetter leider ziemlich zu wünschen übrig ließ. Es war Mitte April und ständig wechselte es zwischen heftigen Schauern und Sonnenschein mit dicken, tief hängenden Wolken, die am graublauen Himmel entlangjagten. Das Wetter lud dazu ein, es sich zu Hause gemütlich zu machen. Sascha hatte einige Spiele von zu Hause mitgenommen, jedoch keinen einzigen seiner Dinos, was mich ziemlich befremdete. Nach der schlimmen Nacht, in denen er Alpträume gehabt hatte, folgten noch drei weitere Nächte, in denen er von beängstigenden Träumen geplagt worden war und sich jammernd und weinend im Bett wälzte. Sascha wollte mir nicht sagen, was ihn im Traum so erschreckt hatte, doch ich wusste, dass es mit den Dinos zusammenhing. Sein Hinweis, dass er von Menschen fressenden Sauriern geträumt hatte, die auch einen Mann auf dem Klo gefressen hatten, deutete auf den Film „Jurassic Park" hin. Ich konnte mir aber nicht vorstellen, dass man in der Kinderabteilung eines Kaufhauses derartig grausame und für unter Zwölfjährige ungeeignete Filme laufen ließ. Aber heutzutage konnte man ja nie wissen, was den jungen, dynamischen Abteilungsleitern so einfiel, um die jüngste Kundschaft an ihren Geschäftsbereich zu fesseln. Ich hatte mir vorgenommen, beim nächsten Einkaufsbummel der Sache nachzugehen, und setzte dieses Vorhaben gleich am

Montag nach diesem Wochenende in die Tat um. Vormittags besuchte ich Babs in ihrer Galerie, wo ich ein paar Bilder um- und aufhängen half. Bevor ich sie verließ, verabredeten wir uns für 18 Uhr in einer Pizzeria in der Nähe ihrer Galerie. Danach begab ich mich in die Fußgängerzone und kaufte mir eine neue Hose sowie zwei chice Oberteile. Guten Mutes begab ich mich dann in das besagte Kaufhaus und suchte die Spielzeugabteilung auf. Ich ließ von einer Verkäuferin den zuständigen Abteilungsleiter herzitieren. Er war Mitte dreißig mit einem Möchtegernmaßanzug und Ziehharmonikahose (drei Nummern zu lang) bekleidet und wirkte in seinem Auftreten etwas arrogant. Als ich ihm mein Anliegen schilderte, sah er mich zuerst erstaunt, dann mit unverhohlener Ablehnung an. „‚Jurassic Park' in unserer Abteilung! Als Unterhaltung für unsere kleinen Kunden!", sagte er mit mühsam unterdrücktem Spott in seiner Stimme. „Ja, seit diesem Tag hat mein Sohn nämlich Alpträume", antwortete ich und sah ihn herausfordernd an.
„Also dazu kann ich Ihnen nur sagen, dass das außer Frage steht. Wir zeigen nur kindgerechte Filme, hauptsächlich Zeichentrick. Aber niemals solch einen blutrünstigen Film. Sehen Sie Frau ..."
„Seland!"
„Frau Seland, nur Filme für Kinder." Er nahm einer anderen Verkäuferin die DVDs ab, die sie ihm bringen sollte, und zeigte sie mir. Es waren tatsächlich nur harmlose Zeichentrickfilme. Ich zuckte verlegen mit den Schultern.
„Dann verstehe ich es nicht, woher seine Alpträume kommen."
„Ihr Sohn muss den Film bei einem Freund heimlich gesehen haben, sie wissen ja wie Kinder sind. Kann ich Ihnen sonst noch weiterhelfen?", meinte er distanziert höflich.
„Tja, dann wird es wohl so sein. Ich danke Ihnen für Ihre Auskunft", sagte ich resigniert.
Es machte keinen Sinn, ihn noch länger zu bedrängen. Seinem Gesichtsausdruck nach zu urteilen war er nicht bereit, sich

weiterhin mit einer hysterischen Einzelkindmutter über die Fernsehgewohnheiten ihres sich in einer Käseglocke befindlichen Sohnes zu unterhalten.

Also ging ich langsam in Richtung Rolltreppe und überlegte, ob ich noch nach einem Trenchcoat für den Frühling suchen sollte. Ein großer, kräftiger Mann mittleren Alters mit lichten, grau melierten Haaren kam mir entgegen und sah mich dabei unentwegt an. Ich schlug meine Augen nieder, weil mir der Blickkontakt lästig wurde. Plötzlich stand er direkt vor mir und sagte: „Entschuldigung, wenn ich Sie einfach so anspreche, aber heißen Sie vielleicht Isabel?"

Erstaunt hob ich den Kopf und nickte mechanisch ein Ja.

Der Mann lächelte erfreut. „Isabel, du bist es wirklich! Ich bin Wolfgang, von deinem Englischleistungskurs. Na? Erkennst du mich jetzt wieder?"

Ich sah ihn an und erinnerte mich allmählich an meinen Sitznachbarn, der ständig meine Kulis mit nach Hause genommen hatte.

„Wolfgang! Na so eine Überraschung! Tut mir leid, dass ich dich nicht gleich erkannt habe, aber damals hattest du längere Haare und warst ein bisschen schmächtiger, wenn ich das so sagen darf."

Er lachte laut und fuhr sich mit der Hand über den Kopf. „Ja, das kann man wohl sagen. Die Haare sind weniger geworden, dafür die Pfunde mehr. Aber dir hat das Alter noch nicht viel anhaben können, Kompliment!"

Ich lächelte verlegen und freute mich, endlich einmal jemanden aus meiner Jugend getroffen zu haben.

„Hast du vielleicht ein bisschen Zeit? Dann könnten wir uns bei einer Tasse Kaffee ausführlicher unterhalten. Was meinst du?", fragte er.

Spontan stimmte ich zu und wir suchten uns ein Café. Bei einer Tasse Cappuccino unterhielten wir uns angeregt darüber, wie es uns seit dem Abi ergangen war. Er erzählte, dass er Informatik studiert hatte und auf Grund eines guten

Jobs in Hamburg gelandet war. Zur Zeit befand er sich gerade zu Besuch bei der Familie seiner Schwester. Er selbst war noch ledig. Ich schilderte ihm ebenfalls meinen Werdegang und erzählte von dem Wiedereinstieg in den Beruf, aber nicht davon, mit welchen Problemen ich seither zu kämpfen hatte.
„Das hört sich nach einem glücklichen, erfüllten Leben an", meinte er und bestellte noch ein Weizenbier. Zu erfüllt, dachte ich nur und lenkte vom Thema ab. Wir tauschten Erinnerungen an unsere Schulzeit aus und mussten viel über so manche Episode lachen. Er war es auch gewesen, der gewettet hatte, dass er einen Wurm lebendig essen könnte. In Ketchup getaucht hatte er ihn tatsächlich geschluckt. Anschließend war er aber kleinlaut zu unserem Biologielehrer gegangen, um ihn zu fragen, ob der Wurm jetzt seine Magenwände anfressen würde. Wir schütteten uns fast aus vor Lachen, als er das nochmals in seiner jovialen Art erzählte. Ich bestellte ein Glas Sekt Orange und die Stimmung stieg immer mehr. Schließlich kamen wir wieder auf die Gegenwart zu sprechen.
„Und, fühlst du dich in deinem jetzigen Schulleben genauso wohl wie in deiner ersten Anstellung?", fragte er.
„Na ja, wie man es nimmt. Manchmal ist es nicht so einfach im Kollegium, aber meine Parallelkollegen sind schwer in Ordnung. Warte mal, ich habe sogar zufällig ein Bild von den Grundschulkollegen dabei. Ich habe heute nämlich ein paar Fotos abgeholt."
Ich zog eine Tüte aus der Tasche und nahm die Fotos aus dem Umschlag. Interessiert sah Wolfgang sie sich nacheinander an, während ich meine Kommentare dazu abgab. Als er das Foto in der Hand hielt, auf dem Jan, Sabine, Inge, Renate und ich abgebildet waren, zog er plötzlich seine Stirn in Falten.
„Sag mal, ist das nicht …" Er hielt das Foto näher an seine Augen. „Aber ja, das ist sie!"
„Wer ist was?", fragte ich irritiert.
„Na, Sabine. Sie war in unserem Abiturjahrgang. Ich war mit ihr zusammen im Deutschleistungskurs. Jetzt sag bloß nicht,

dass ihr schon seit einem halben Jahr Kolleginnen seid und nicht wisst, dass ihr an der gleichen Schule wart."
Entweder hatte ich meinen Sekt Orange zu schnell getrunken oder ich befand mich in einem blöden Traum. Was redete er denn für einen Nonsens!?
„Sabine soll eine Mitschülerin von mir gewesen sein? Du verwechselst sie bestimmt mit jemandem!"
„Aber nein, sie ging bis zur Kollegstufe in meine Parallelklasse. Du bist ja erst in der Zwölften neu dazugekommen. Und Sabine hat zur dreizehnten Klasse die Schule gewechselt. Bei so vielen neuen Schülern und den vielen Kursen kann es schon sein, dass ihr euch kaum begegnet seid. Du hattest auch ganz andere Leistungskurse als sie."
Das klang jetzt wieder plausibel. Wir waren zwar für ein Schuljahr zusammen gewesen, aber das Kurssystem hatte näheren Kontakt mit ihr allem Anschein nach verhindert. Die meiste Zeit war ich auch mit Tom zusammen gewesen. An Sabine konnte ich mich überhaupt nicht erinnern.
„Also das finde ich ja wirklich lustig. Was es für Zufälle gibt!", johlte Wolfgang und fand das Ganze zum Schenkelklopfen lustig. Mir war das Lachen allerdings vergangen. Ich fragte mich, ob Sabine mich auch nicht erkannt hatte. Es musste so sein, sonst hätte sie mich doch darauf angesprochen.
Wolfgang nahm noch einmal das Foto zur Hand. „Ich muss schon sagen, Sabine hat sich ganz schön gemausert. Damals war sie um einiges unscheinbarer. Du warst dagegen ein ziemlich heißer Feger und bist es immer noch."
Er lachte wieder laut und vulgär. Heißer Feger! Der Alkohol, den er mit dem zweiten Weizenbier abbekommen hatte, brachte das Gespräch in eine Richtung, die mir gar nicht gefiel. Er ließ den Wolfgang erkennen, den ich damals schon nicht besonders hatte leiden können. Immer wenn er getrunken hatte oder in besonders guter Stimmung gewesen war, hatte er angefangen grobe Witze zu reißen oder sexistische Anmerkungen von sich zu geben. Nicht einmal

zwanzig Jahre hatten diese schlechten Angewohnheiten ausmerzen können. Manches änderte sich eben nie.

„Weißt du, warum Sabine die dreizehnte Klasse in einer anderen Schule absolviert hatte?", lenkte ich ab. Wolfgang zuckte mit den Schultern.

„Keine Ahnung, ich habe zum Schulanfang mitbekommen, dass sie die Schule gewechselt hatte, und keiner wusste warum. Soviel ich mich erinnern kann, war sie eher der Typ Einzelgängerin, in keiner Clique eingebunden. Man kannte sich, aber eigentlich habe ich sie nie so richtig wahrgenommen."

Ich versetzte mich gedanklich in die zwölfte Klasse und versuchte angestrengt, irgendeine Begebenheit, die mit Sabine zu tun gehabt hatte, an die Oberfläche zu hieven, doch es gelang mir nicht. Da war einfach nichts.

„Willst du noch etwas bestellen?", fragte Wolfgang. Ich hatte die Bedienung, die fordernd neben unserem Tisch stand, nicht wahrgenommen. Ein Blick auf meine Uhr nahm mir die Entscheidung ab. „Ich möchte bitte zahlen!", sagte ich und zu Wolfgang gewandt: „Ich treffe mich noch mit einer Freundin und möchte nicht zu spät kommen."

„Schade, war doch ganz lustig heute Nachmittag, findest du nicht auch?", sagte er und gab mir einen Klaps auf meinen Wertesten.

„Ja, wirklich sehr komisch", kommentierte ich diese Unverschämtheit sarkastisch, setzte aber wohlweislich hinzu: „Wenn du mal wieder hier bist, dann ruf mich einfach an."

Ich schrieb ihm meine Telefonnummer auf einen kleinen Zettel und er gab mir seine Visitenkarte. „Besuch mich doch, wenn du mal nach Hamburg kommen solltest. Lass mich bitte die Rechnung hier zahlen. Ich habe mich so gefreut dich wiederzusehen."

Gegen meine sonstige Gewohnheit gab ich gleich nach, denn ich wollte so schnell wie möglich zu Babs, um ihr die Neuigkeit mitzuteilen.

„Vielen Dank, Wolfi, ich wünsch dir eine gute Zeit, bis irgendwann", sagte ich lächelnd und ließ es über mich ergehen, dass er mich zum Abschied umarmte und auf eine Wange küsste.
Ich ging auf dem nächsten Weg zur verabredeten Pizzeria und setzte mich an einen kleinen Tisch. Während ich bei einem Glas Wein auf Babs wartete, wanderten meine Gedanken in die Vergangenheit. Ich fand es erschreckend, dass ich mich überhaupt nicht an Sabine erinnern konnte. Aber noch erschreckender fand ich, dass es Sabine anscheinend genauso erging. Ich war damals neu an diese Schule gekommen und für die alteingesessenen Schüler eine willkommene Abwechslung im tristen Schulalltag. Zudem war ich keine graue Maus gewesen, sondern sehr modisch gekleidet mit auffallender Frisur nach dem neusten Trend. Aber ein Schuljahr, und das in unterschiedlichen Kursen, konnte schon jegliche Erinnerung auslöschen. Immerhin lagen auch noch fast zwanzig Jahre dazwischen. Genau dasselbe meinte auch Babs, als ich ihr von der Neuigkeit berichtet hatte.
„Das wäre schon etwas viel verlangt, wenn sie sich nach so einer kurzen, kontaktarmen Zeit noch an dich erinnern könnte. Alles ganz normal, sag ich dir. Zum Wohl!"
Wir prosteten uns zu und ließen uns eine kleine Pizza mit gemischtem Salat schmecken. Ich versuchte nicht weiter darüber nachzudenken und erzählte Babs von Saschas neu erworbener Abneigung gegen alle Arten von Dinos. Sie hatte auch dafür eine Erklärung parat.
„Er muss den Film ‚Jurassic Park' zu sehen bekommen haben. Vielleicht bei Sabine. Es könnte doch sein, dass er, technikbegeistert, wie er ist, den Fernseher und das Videogerät eingeschaltet hat, während sie ihm Kakao wärmte. Da reicht schon eine einzige Verfolgungsszene mit anschließender Dinomahlzeit, um ein Kind dauerhaft unter Schock zu setzen."
„Ja, du hast Recht. Und Sascha will es mir wahrscheinlich

nicht sagen, weil er weiß, dass er mächtig Ärger bekommt, wenn er bei seiner Gastgeberin einfach den Fernseher einschaltet!" Diese Version überzeugte mich und ich fand es gut, eine Freundin zu haben, die mich immer wieder auf die richtige Spur bringen konnte.

Doch bereits auf dem Heimweg fingen die Gedanken wieder an zu bohren. Sollte ich Sabine auf unser gemeinsames Schuljahr ansprechen? Warum auch nicht? Es war bestimmt spannend, wie sie reagieren würde. Ich brannte förmlich darauf, das Jahresberichtsheft von der zwölften Klasse zu suchen, in dem Fotos von den Leistungskursen abgedruckt waren. Vielleicht konnte ich mich dann an sie erinnern.

Da Alex an diesem Abend beim Squashspielen war, hatte ich genügend Zeit, im Speicher in dem großen Karton mit der Aufschrift „Isabel–Erinnerungen" zu kramen. Ich musste nicht lange suchen, bis ich das entsprechende Jahresberichtsheft fand. Aufgeregt blätterte ich darin und kam endlich zu der Seite mit dem Leistungskurs Deutsch. Auf dem Foto waren zehn Jungen und acht Mädchen abgebildet und ich erkannte als Erstes Wolfgang, der auch in diesem Kurs gewesen war. Wo war Sabine? Auf den ersten Blick konnte ich sie nicht entdecken, deshalb ordnete ich die darunter stehenden Namen den entsprechenden Personen zu. Hier war sie! Sabine Wolf. Sie trug eine Brille, hatte mittellange Haare, in der Mitte brav gescheitelt, war kaum geschminkt und etwas bieder mit Stoffhose und karierter Bluse bekleidet. Ich musste Wolfgang Recht geben. Ihr heutiges Aussehen hatte nicht viel gemeinsam mit dem Mädchen vor nunmehr 20 Jahren. Sie hatte sich im Vergleich zu damals zu einer attraktiven Frau entwickelt.

Ich freute mich schon auf das Gesicht, das sie machen würde, wenn ich ihr von unserer gemeinsamen Schulzeit erzählen würde. Leider musste ich mich damit noch bis nach den Osterferien gedulden.

Jan hatte mich vor zwei Tagen angerufen, um mir mitzuteilen, dass er von seinem Urlaub mit Sabine am Gardasee wieder zurück war, und sie für drei Tage zu ihren Eltern nach Ulm gefahren war. Er lud mich ein ihn abends zu besuchen. Ich kämpfte dagegen an zuzustimmen, doch die Aussicht, einen Abend alleine mit ihm zu verbringen, ihm alles, was mich bewegte, erzählen zu können, war so verlockend, dass ich alle Vorsätze, mich von ihm fernzuhalten, über Bord warf und zustimmte. Er kannte ja meine Einstellung zu einer außerehelichen Beziehung. Außerdem nahm ich mir fest vor, mich auf nichts mehr einzulassen. Beim letzten Besuch hatte es schließlich auch funktioniert.

KAPITEL 25

Bevor ich aus dem Auto stieg, warf ich noch einmal einen prüfenden Blick in den Rückspiegel und fragte mich zum tausendsten Mal, warum ich immer wieder zu Jan ging. Warum zum Teufel konnte ich nicht bei einem konsequenten Nein bleiben? Wieso riskierte ich jedes Mal wieder meinen Status quo? Mit Jan verhielt es sich wie mit einer Tüte Gummibären. War sie außer Sichtweite, verspürte ich nie das Verlangen, welche zu naschen. Doch lag sie geöffnet vor mir, konnte ich nicht widerstehen, obwohl ich wusste, dass sie ungesund sind. Nach der ersten Portion bekam ich jedes Mal Lust auf mehr und griff sooft in die Tüte, bis sie leer war. Prompt meldete sich dann das schlechte Gewissen und ich ärgerte mich über meine Willensschwäche.

Jans abendliche Einladung war so eine verführerische Tüte mit bunten Gummibärchen, direkt vor meiner Nase. Und die Gefahr war sehr groß, sie wieder bis zum letzten Gummitier auszukosten.

„Nein!", sagte ich laut. „Dieses Mal nicht."

Dieses Mal sollte es ein rein freundschaftlicher Besuch werden. Zu Alex hatte ich gesagt, dass ich zu einem Frauenabend mit Babs und ihren Bekannten gehen würde, und er hatte die Lüge brav geschluckt.

Jan empfing mich im lässigen, über der Jeans hängenden Streifenhemd. Er sah unverschämt gut aus mit seinem leicht gebräunten Teint und dem Dreitagebart, der keineswegs ungepflegt, sondern sexy wirkte. Freudig lächelnd umarmte er mich und gab mir einen Kuss. Ich leistete keinerlei Widerstand. Die erste Portion Gummibären schmeckte einfach zu gut. Es durfte aber keine zweite nachfolgen, deshalb sagte ich nach dem langen Kuss etwas ermattet: „Jan, wir sollten das nicht tun. Ich glaube, es ist besser, wenn ich wieder gehe."

„Ach nein, bleib bitte. Ich bin jetzt auch ganz brav. Du musst doch meine neue Spaghettisauce probieren."

Er schob mich vor sich her zu seiner Essecke, wo der Tisch bereits schön gedeckt war.

„Setz dich, ich bringe gleich das Essen." Während Jan laut scheppernd in der Küche hantierte, sah ich mich um. Für seine Begriffe war es ziemlich sauber aufgeräumt, was aber nur an meinem Besuch lag. Ich hatte ihn einmal unangekündigt aufgesucht und da hatte das kreative Chaos, wie er es nannte, geherrscht.

Auf dem Sideboard lag ein Fotoalbum, das ich zur Hand nahm. Es waren ältere Bilder von Jan beim Bergwandern und -klettern. Auf der letzten Seite befand sich ein Foto, auf dem sein Abiturjahrgang abgebildet war. Wie ein Blitz flammte plötzlich in meinem Gedächtnis das Bild von Sabine auf, als sie am Anfang des Schuljahres über mein Album gebeugt die Fotos von meinem Abiturjahrgang angesehen hatte – die Fotos, die auch ihre ehemaligen Klassenkameraden zeigten. Jeder normale Mensch hätte bei dieser Erkenntnis freudig überrascht reagiert, doch sie hatte verschwiegen, dass sie bis zur zwölften Klasse dazugehört hatte. Ich verstand jetzt überhaupt nichts mehr und ließ das Album auf meinen Schoß sinken. Bisher hatte ich angenommen, dass wir uns auf Grund der äußeren Umstände nicht aneinander erinnern konnten, doch jetzt war eindeutig klar: Sabine wusste seit Schuljahresbeginn, dass wir zusammen in dieselbe Schule gegangen waren. Wie vom Donner gerührt saß ich da, als Jan mit zwei dampfenden Schüsseln hereinkam. Er stellte sie auf die Untersetzer und forderte mich auf etwas zu nehmen. Ich sah ihn nur an und reagierte nicht.

„Isabel, wo bist du mit deinen Gedanken? Ist dir nicht gut?"
„Doch, doch. Wie heißt denn deine Sauce?", heuchelte ich Interesse. Er nannte einen Namen, doch ich war nicht fähig die Information aufzunehmen.
„Ah, du hast dir meine Fotos angesehen! Bist du etwa so geschockt davon, wie ich als Jüngling ausgesehen habe? Eigentlich dachte ich immer, es sei nicht so schlimm. Ich war als Frauenbetörer jedenfalls allseits bekannt", scherzte er.
Ich verzog meinen Mund zu einem Lächeln. „Kann ich mir

gut vorstellen. Jetzt lass uns deine neue Kreation probieren."
Während des Essens überlegte ich immer wieder, ob ich Jan von meiner Entdeckung erzählen sollte. Ich kam zu dem Schluss, dass es keine gute Idee wäre. Es würde ihn nur unnötig verunsichern und wirklich helfen könnte er mir auch nicht. Ich musste Sabine selbst fragen, warum sie nichts gesagt hatte.
„Isabel, hallo, Erde an Mars! Also irgendwie wirkst du heute so abwesend. Ist wirklich alles in Ordnung?"
Er fasste quer über den Tisch hinweg meine Hand und streichelte sie.
„Willst du mir nicht sagen, was dich bedrückt? Ich kenne dich inzwischen lange genug. Irgendetwas beschäftigt dich, ich sehe es in deinen Augen."
„Nein, es ist wirklich nichts. Ich habe nur etwas Bauchgrummeln. Deine Kreation arbeitet fleißig. Ich muss mal wohin", sagte ich schnell und verschwand im Bad. Als ich wieder herauskam, fiel mein Blick auf das kleine Bord mit wirr durcheinanderliegenden Schlüsseln. Wie von einem Magnet angezogen ging ich hin und betrachtete den Wust von Schlüsseln. Ich entdeckte einen mit Anhänger, auf dem mit rotem Filzstift „Sabine" stand.
„Isabel, alles klar bei dir?", rief Jan, der inzwischen in der Küche das schmutzige Geschirr in die Maschine stopfte.
„Ja, alles klar", rief ich zurück, nahm ohne nachzudenken den Schlüssel und steckte ihn in meine Hosentasche. Rasch ging ich in die Küche und schnappte mir einen Lappen, um die Arbeitsfläche abzuwischen.
„Wie war es eigentlich am Gardasee?", fragte ich, während ich eifrig wienerte.
„Das Wetter war ganz schön und Sabine war auch guter Dinge. Weißt du, sie hat Phasen, in denen kommst du nicht im Entferntesten an sie ran, und dann gibt es wieder Zeiten, in denen sie die verrücktesten Dinge tun will. Sie kann so euphorisch sein, dass ich kaum mithalten kann. Ich frage

mich manchmal, ob sie nicht manisch-depressiv ist."
„Hast du sie schon einmal darauf angesprochen?"
„Ja, aber sie blockt total ab und will nichts davon wissen. Sie gibt zu, dass sie launisch ist und dass es ihr leidtut, mehr aber nicht."
„Vielleicht hängt es wirklich, wie du sagst, mit der Scheidung von ihrem Mann zusammen. Für manche gibt es eben nur *die* eine große Liebe. Weißt du eigentlich inzwischen, warum es zur Scheidung gekommen ist?"
„Darüber will sie nicht reden. Als ich sie einmal darauf angesprochen hatte, hielt sie mir vor, ich mische mich in Dinge ein, die mich nichts angingen und die sie verdrängen will. Wenn sie mit mir darüber reden würde, könnte sie niemals einen Neuanfang schaffen. Sie bat mich, niemals mehr danach zu fragen, und das war es dann. Ich weiß genauso wenig wie du. Ich werde einfach nicht schlau aus ihr."
Ich auch nicht, wollte ich beinahe sagen, schwieg aber klugerweise. Ich konnte den Schlüssel in meiner Hosentasche spüren und in diesem Augenblick verstärkte sich mein Entschluss, heimlich Sabines Wohnung zu durchforsten. Wonach ich suchen wollte, wusste ich zwar nicht so genau, aber vielleicht würde ich irgendetwas finden, das mir neue Erkenntnisse verschaffen konnte.
Jan umarmte mich von hinten und gleich darauf spürte ich seine Lippen auf meinem Nacken. Die Berührung elektrisierte mich bis in die Zehenspitzen. Behutsam öffnete er ein paar Knöpfe meiner Bluse, schob sie zur Seite und bedeckte meine Schulter mit zärtlich hingehauchten Küssen. Ich stieß einen leisen, wohligen Seufzer aus. Lass dich nicht darauf ein, mahnte mein Gewissen. Ich ignorierte es und gab mich genüsslich den Liebkosungen hin. Jan schlang seine Arme fester um mich und wir wiegten uns Wange an Wange geschmiegt sanft zur Musik von Santanas „Samba pa ti". Dabei sprachen wir kein Wort. Wir schwelgten beide in diesen romantischen Augenblicken, von denen wir dachten, dass

es sie für uns nicht mehr geben würde. Ich war kurz davor, mir die nächste große Portion Gummibären einzuverleiben, wenn ich nicht sofort etwas unternahm. Es kostete mich große Überwindung, mich aus seiner innigen Umarmung zu lösen, damit ich ihm in die Augen sehen konnte. Ich erschrak, als ich sein übermächtiges Verlangen in seinem Gesicht erkannte.
„Ich liebe dich. Du weißt nicht, wie sehr", sagte er mit belegter Stimme, nahm meinen Kopf zwischen seine Hände und küsste mich wild und wie berauscht. Mein Wille, mich dagegen zu wehren, wurde immer schwächer, bis er nicht mehr zu spüren war. Nur noch dieses eine Mal, dachte ich und ergab mich den leidenschaftlichen Gefühlen, bis Jans Handy seine Klingeltonmelodie abspielte. Mich ernüchterte der Ruf aus der Realität schneller als Jan. Ich wehrte mich gegen seine Küsse und forderte ihn auf ranzugehen. Doch er wollte nichts davon wissen.
„Lass es klingeln. Wird schon nicht so wichtig sein", meinte er etwas gereizt und küsste weiter meinen Hals. Doch die elektronische Musik dudelte immer weiter und weiter, bis ich es nicht mehr aushielt. Energisch wand ich mich aus seinen Armen und holte sein Handy. „Sabine ruft an" war auf dem Display zu lesen. Ich drückte es in seine Hand und wollte, dass er abhob. Entnervt warf er mir einen Blick zu und gab endlich nach.
„Hallo Sabine, bist du gut bei deinen Eltern angekommen?", begrüßte er sie, um einen freundlichen Ton bemüht. Ich hörte, wie er sich mit einer dünnen Ausrede für das lange Klingeln entschuldigte. Sie tauschten noch einige Belanglosigkeiten aus, während ich meine Bluse wieder zuknöpfte. Der Zauber der vergangenen Minuten war verschwunden und mein gesunder Menschenverstand hatte sich wieder eingeschaltet. Dieser befahl mir, sofort zu verschwinden, bevor ich wieder der Naschsucht verfiel. Ich zog meinen Blazer an, warf meine Handtasche über die Schulter und wartete, bis Jan mit dem Telefonieren fertig war. Ein großer Fehler, wie sich herausstellen sollte.

Er kam mit entsetztem Gesichtsausdruck auf mich zu und nahm meine Hände. „Du willst doch jetzt nicht etwa gehen!"
„Ich hätte gar nicht kommen sollen."
„Unsinn! Wir genießen doch nur den Augenblick!"
„Ja, das tun wir immer, aber das könnte fatale Folgen haben. Diese Diskussion hatten wir doch schon tausendmal. Ich kann nicht hierbleiben, weil ich in deiner Nähe immer so entsetzlich schwach werde. Verdammt, ich will das alles gar nicht, verstehst du! Ich muss gehen, bevor die Tüte mit Gummibärchen leer ist."
Er sah mich verständnislos an. „Gummibärchen??"
Ich grinste und sagte: „Das kann ich dir nicht erklären. Ich fahre jetzt heim, das ist das Beste."
Als ich in Richtung Haustür ging, kam Jan mir zuvor und lehnte sich mit dem Rücken gegen die Tür. In seinen Gesichtszügen war kein Flehen, keine Traurigkeit zu erkennen, sondern nur wildes Verlangen und männliche Entschlossenheit. Seine Hand legte sich wie eine Klammer um meinen Hinterkopf und zog mein Gesicht ganz nah an seines heran.
„Küss mich ein letztes Mal. Jetzt, sofort", raunte er heiser und im nächsten Moment küssten wir uns so leidenschaftlich wie nie zuvor. Die Handtasche fiel zu Boden, während Jan meinen Blazer hastig von mir abstreifte. Erregt und dementsprechend ungeduldig zerrte er an meinen Blusenknöpfen herum und ich zog seine Gürtelschnalle auf. Wir küssten uns währenddessen fast unentwegt. Es war wie im Rausch und es gab jetzt auch kein Halten mehr. Irgendwann landeten wir auf dem Wohnzimmerteppich und liebten uns leidenschaftlich, bis wir schließlich beide ausgelaugt, wie nach einem Marathonlauf, nebeneinanderlagen. Ich sah schwer atmend zur Zimmerdecke und konnte nicht glauben, was soeben geschehen war. Zwischen Jan und mir bestand zweifellos eine Amour fou, jenseits jeglichen Verstandes und jeglicher Vernunft. Nie hätte ich gedacht, dass mir so etwas passieren könnte.
„Verdammt!" Leise kam dieses Wort über meine Lippen.

„Was?"
„Verdammt, Jan. Ich wollte nicht, dass es wieder passiert."
„Mach dir doch nicht immer so viele Gedanken. Solange niemand davon weiß, ist es in Ordnung. Gefühle kann man nicht ausschalten und du solltest sie einfach mal zulassen."
„Ich fühle mich aber jedes Mal entsetzlich schlecht. Das wird sich nie ändern!"
Er strich mir eine Haarsträhne aus der Stirn. „Genieß doch diesen Moment. So viele sind uns davon leider nicht vergönnt."
Ich sagte nichts mehr, schloss meine Augen und ließ mich willenlos von der Woge des Wohlgefühls, das seine Liebkosungen in mir entfachte, treiben. Sie trug mich in Sphären weit weg von der rauen, unbarmherzigen Realität und ließ mich vollkommen entspannen, bis das Schlagen der Kirchturmuhr in mein Bewusstsein drang. Ich sah auf meine Uhr und erschrak: „Schon zwölf! Ich muss jetzt gehen", rief ich und stand auf, um meine im Flur verstreuten Klamotten einzusammeln. Jan zog seine schwarzen Boxershorts an und sah mir beim Anziehen zu.
Ich machte nur ein paar Knöpfe meiner Bluse zu, da ich keine Geduld hatte, die gesamte, dicht gesetzte Reihe zu schließen. Ich überprüfte unauffällig, ob Sabines Wohnungsschlüssel noch in der Hosentasche war, und warf zum zweiten Mal an diesem Abend meinen Blazer über. Lässig am Türrahmen lehnend sah mich Jan mit einem Ausdruck von Liebe, Zärtlichkeit, Sehnsucht und einem Hauch von Resignation in seinen blauen Augen an.
„Es war schön. Ich bereue nichts."
„Ja, es war schön. Aber ich werde dich trotzdem nicht mehr alleine zu Hause besuchen. Ich dachte immer, wir könnten irgendwann wie gute Freunde miteinander umgehen. Seit heute weiß ich, dass das nie der Fall sein wird."
„Wir können keine Freunde sein, weil du mich liebst, so wie ich dich", sagte er beschwörend.

War es tatsächlich Liebe oder war es vielmehr dieser besondere Reiz des Verbotenen und nicht Alltäglichen, den heimliche Liebhaber besaßen? Man verbrachte nicht den gesamten, mit allerlei Tücken versehenen Alltag miteinander, musste sich nicht auf die Launen des Partners einlassen. Nur die schönen Momente zählten.

„Auch wenn es so ist, es darf nicht sein. Ich könnte alles verlieren. Im schlimmsten Fall auch das Sorgerecht für Sascha. Das könnte ich nicht ertragen."

Ich fasste nach seinen Händen und sah ihn direkt an. „Ich empfinde mehr für dich, als mir guttut. Als uns guttut. Wir müssen diese Affäre beenden, Jan. Es ist doch nur eine Frage der Zeit, bis alles auffliegt."

Ich küsste ihn noch einmal kurz und innig und verharrte für einen Moment in seinen Armen, den Kopf an seine Schulter geschmiegt. Mühsam kämpfte ich gegen die aufsteigenden Tränen an.

„Es fällt mir wirklich schwer", sagte ich mit gepresster Stimme, „aber es gibt keine andere Möglichkeit."

„Das ist alles so ein verdammter Mist. Ich liebe dich und kann nicht ohne dich sein. Wie soll ich es da schaffen, mich von dir fernzuhalten?", entgegnete Jan mit verzweifelter Stimme.

„Du musst!", antwortete ich nur und löste mich von ihm. Bevor er mich aufhalten konnte, lief ich ins Treppenhaus und nach draußen. Ein tiefer Schmerz bohrte in meinem Inneren und löste einen kurzen heftigen Tränenschwall aus. Ich setzte mich ins Auto, atmete ein paar Mal tief durch und schwor beim Leben meines Kindes, das Spiel mit dem Feuer endgültig aufzugeben. Ich wollte endlich wieder Ruhe und Normalität in mein Leben bringen.

Sorgfältig versteckte ich Sabines Schlüssel, den ich einer spontanen Eingebung folgend bei Jan hatte mitgehen lassen, in meiner Nachttischschublade. Der Gedanke, in ihre Wohnung einzudringen und herumzuschnüffeln, erschien mir sehr verwerflich und dennoch reizte er mich. Nur so konnte ich vielleicht etwas in Erfahrung bringen, das sie geheim zu halten versuchte. Ich musste nur den richtigen Zeitpunkt dafür finden und verschob dieses Vorhaben auf den Tag X. Ein unbestimmtes Gefühl sagte mir, dass der Schlüssel mir einmal gute Dienste leisten könnte.

Die restlichen Ferientage verbrachte ich mit Alex in der Schweiz. Ich hatte ihm diesen Spontanurlaub vorgeschlagen und er hatte auch gleich zugesagt, da er sich nach einem Tapetenwechsel sehnte. Sascha war bei meinen Eltern gut aufgehoben und es bot sich geradezu an, wegzufahren. Für mich war der Ortswechsel das einzige Mittel, meine Schuldgefühle zu unterdrücken und den Gedankenkreis um Sabine zu unterbrechen. Wie immer fanden wir in diesen Tagen wieder die Nähe, die uns beiden guttat. Wir ließen uns in den Tag treiben, wanderten bei prächtigem Wetter und genossen abends in entspannter Atmosphäre unser Glas Rotwein.

Auf dem Rückweg holten wir Sascha bei meinen Eltern ab. Sie erzählten mir, dass er ein paar Mal nachts laut aufgeschrien hätte. Meine Mutter wunderte sich außerdem, dass er den Dinosaurier, der in seiner Sammlung noch gefehlt hatte und den ihm sein Opa zur Begrüßung schenkte, noch kein einziges Mal zur Hand genommen hatte. Ich erzählte ihr, dass er wohl bei einem Freund einen schrecklichen Film über Dinos zu sehen bekommen und seitdem das Interesse daran verloren hatte. Ich sagte nichts davon, dass mir die Beaufsichtigung an jenem Nachmittag aus der Hand geglitten war und er deswegen wohl nachhaltig Schaden genommen hatte.

Auf dem Heimweg und zu Hause erzählte Sascha fast ununterbrochen von seinen Ausflügen mit seinem Opa und wie er sich mit den Nachbarsenkeln, die ebenfalls zu Besuch waren, angefreundet hatte. Das war der Sascha, den ich kannte. Nur seine Dinosammlung beachtete er immer noch nicht, als er in sein Zimmer ging. Auch das neue Modell fasste er nicht an und ich musste es zu den anderen in den Schrank stellen. Ich drängte ihn nicht, mir den Grund dafür zu sagen, sondern beschloss, mich in Geduld zu üben. Irgendwann würde er mit mir darüber reden.

Der erste Schultag fing im Lehrerzimmer mit der üblichen Begrüßung und Fragen nach dem Verlauf der Ferien an. Ich hatte mich unvorsichtigerweise auf ein Gespräch mit Inge eingelassen und musste mir nun, ob ich wollte oder nicht, einen Reisebericht von ihrem Bodenseeurlaub mit Hubert anhören. Meine Gedanken schweiften dabei zu Sabine. Ich war gespannt, ob sie sich immer noch distanziert verhalten würde. Während Inge mir detailliert von den schönen Frühlingsblumen-Arrangements auf der Insel Mainau erzählte, ließ ich meinen Blick durch das Lehrerzimmer schweifen. Dabei sah ich, wie Sabines Augen, die neben Jan und Renate stand, auf mir ruhten. Ich spürte, dass sie mich nicht zufällig angesehen hatte. Ihr Blick war nachdenklich und strahlte eine gewisse Kälte aus. War sie immer noch wegen meiner angedeuteten Kritik sauer? Oder schöpfte sie etwa aus irgendeinem Grund Verdacht in Bezug auf Jan und mich?

Mit einigen Sekunden Verzögerung bemerkte sie, dass mein Blick auf sie gerichtet war, worauf sie mich sofort anlächelte und mir verhalten zuwinkte. Mir fiel ein Stein vom Herzen, denn das bedeutete, dass sie von unserer Affäre nichts ahnte. Ich musste aufhören jede Regung ihrerseits auf die Waagschale zu legen und falsch zu interpretieren. Unser Umgang miteinander würde sonst nur noch von Misstrauen regiert werden und auf diese Art käme ich gar nicht mehr an sie heran. Als ich sie so stehen sah, chic gekleidet und lebhaft gestikulierend, die kastanienbraunen, mit blonden Strähnchen durchsetzten, halblangen Haare in den Nacken

werfend, verließ mich plötzlich der Mut, sie direkt zu fragen, warum sie unsere gemeinsame Schulzeit verschwiegen hatte. Ich hatte es mir fest vorgenommen sie gleich am ersten Schultag darauf anzusprechen. Aber jetzt verschob ich mein Vorhaben ganz feige auf einen unbestimmten Zeitpunkt.
„Und wo wart ihr?", hörte ich Inge fragen.
„Wo wir waren?", fragte ich erstaunt.
„Na, im Urlaub!"
„Ach so. In der Schweiz", antwortete ich kurz und war froh, dass es Zeit war, sich in die Klassenzimmer zu begeben. Mir stand der Sinn jetzt nicht nach einem persönlichen Reisebericht über die schneebedeckten Schweizer Berge.
Der Vormittag verlief wie immer am ersten Schultag nach den Ferien. Die Kinder durften in einem Stuhlkreis über ihre Ferienerlebnisse berichten, danach besprachen wir den Aufsatz, den sie vor den Ferien geschrieben hatten. Dabei musste ich meinen Hampelmännern, unter anderem Janina, nahebringen, dass sie jetzt wieder ruhig zu sitzen hatten und nicht ungefragt reden konnten.
Nach dem Unterricht, ich räumte gerade meine Tasche ein, kam Sabine in mein Klassenzimmer. „Na, wie waren die Ferien?", fragte sie und sah mich, wie mir schien, dabei eindringlich an. Alles nur Einbildung, sagte ich mir.
„Danke, ganz erholsam." Ich erzählte von unserem Kurztrip in die Schweiz.
„Schön, dass ihr Urlaub ohne Kind machen konntet. Wie geht es denn Sascha übrigens?", fragte sie und sah mich dabei wieder mit so einem Blick ohne Wimpernschlag an. Ich wurde immer unsicherer.
„Dem geht es hervorragend. Ferien bei seinen Großeltern genießt er immer sehr."
„Schön für ihn. Hast du Jan mal besucht?"
Wie ein Messerstich durchfuhr es meinen Magen. In Bruchteilen von Sekunden musste ich entscheiden, ob ich sie anlügen sollte oder nicht. Ich entschied mich für die Wahrheit.

Mit mühsam aufgesetztem Pokerface sah ich ihr in die Augen.
„Ja, er hatte mich eingeladen, um mir seine selbst kreierte Spagettisauce zu präsentieren. Hat er dir nicht davon erzählt?", sagte ich bemüht obenhin.
„Doch, hat er", sagte sie in unterkühltem Ton, „aber erst nachdem ich diesen Knopf unter der Flurkommode gefunden habe. Der gehört doch zu deiner Taifun-Bluse, nicht wahr? Ich erkannte ihn sofort, da ich diese besonderen Knöpfe schon immer bewundert habe."
Sie hielt mir mit der flachen Hand den Knopf unter die Nase. Verdammt! Er musste bei Jans leidenschaftlichem Entkleidungsakt abgesprungen sein! Ich schlug kurz die Augen nieder, um mein Entsetzen zu verbergen. Gelassen bleiben hieß jetzt die Devise.
„Ach danke, dass du ihn mir gebracht hast. So einen gibt es gar nicht zu kaufen. Das kommt davon, wenn man immer zu faul ist, lose Knöpfe anzunähen. Einmal Mantel ausziehen und schon ist es passiert!", sagte ich locker und sah ihr dabei freimütig ins Gesicht. Ich hasste mich beinahe für meine grenzenlose Scheinheiligkeit.
„Ja, so schnell kann es gehen. Also dann mache ich mich jetzt auf den Weg", meinte sie. Ihr Gesichtsausdruck wirkte etwas entspannter. Meine lockere und arglose Art, den Besuch bei Jan zuzugeben, hatte sie wohl von unserer Unschuld überzeugt. Ich war heilfroh nicht gelogen zu haben.
Frag sie jetzt nach unserer gemeinsamen Schulzeit. Frag sie, frag sie, hämmerte es hinter meiner Stirn. Doch mein Mund war wie zugeschweißt. Ich sah tatenlos zu, wie sie aus dem Klassenzimmer ging, und rief nur noch ein lahmes „Tschüss" hinterher.
Vor was hatte ich eigentlich Angst? Sie war es doch, die aus irgendeinem Grund unsere gemeinsame Vergangenheit verschwieg. Sie war auch diejenige, die sich dafür rechtfertigen musste.
Bei der nächsten Gelegenheit würde ich sie damit kon-

frontieren. Und die gab es beim gemeinsamen Schulausflug in drei Tagen.

Wir saßen im Reisebus, den wir für unsere beiden Klassen gemietet hatten, nebeneinander. Die Schüler unterhielten sich lautstark im Hintergrund und ab und zu musste man eingreifen, wenn es zu lebhaft wurde. Immer wenn ich dachte, ich könnte jetzt die auf meiner Seele brennende Frage stellen, wurde unsere Aufmerksamkeit durch streitende Schüler abgelenkt. Oder sie kamen abwechselnd, um etwas zu fragen, und manche brauchten Hilfe beim Öffnen ihrer fest zugeschraubten Trinkgefäße. Irgendwann verwarf ich mein Vorhaben und unterhielt mich mit ihr nur noch über Belanglosigkeiten. Dabei musste ich mir eingestehen, dass ich insgeheim froh war, das Ganze noch einmal aufschieben zu können.

Als wir einen Waldspielplatz erreicht hatten, half ich einem Schüler, der sich das Knie aufgeschürft hatte. Nachdem ich ihm ein Pflaster verpasst hatte, stand ich auf und sah mich nach Sabine um. Sie stand in einigen Metern Entfernung und starrte mich seltsam eindringlich an. Das Gleiche passierte, als wir auf den Bus warteten, der uns nach Hause brachte. Sie stand in einiger Entfernung in ein Gespräch vertieft mit der Elternbeirätin ihrer Klasse, die zur Verstärkung mitgekommen war. Doch als ich unverhofft zu ihr hinsah, traf mich ein Blick, in dem so viel Kälte lag, dass man damit eine ganze Tiefkühltruhe auf Minusgrade hätte herunterkühlen können.

Was war los mit ihr? Sie hegte wohl doch den Verdacht, dass ich eine Affäre mit Jan hatte. Immer hatte ich Angst davor gehabt, dass es auffliegen würde, und jetzt war genau das passiert. Ich hatte den Bogen überspannt und hätte mich nachträglich dafür ohrfeigen können, dass ich zu Jan gegangen war. Ihre bösen Blicke, die sie sofort mit einem Lächeln zu kaschieren versuchte, sobald ich sie beim Anstarren ertappte, ließen mich frösteln. Das Vorhaben, heimlich in ihre Wohnung zu gehen, um mehr über ihre Person zu erfahren, kam mir wieder in den Sinn. Die Verschlossenheit in Bezug auf ihre Vergangenheit und ihre feindselige Haltung spornten mich geradezu an, die Aktion in die Tat umzusetzen. Babs müsste mir dabei helfen und aufpassen, dass sie mich nicht erwischte. Das Schwierigste war, einen geeigneten Zeitpunkt zu finden. Ich versuchte jedes Wochenende unauffällig von Jan zu erfahren, ob Sabine bei ihren Eltern in Ulm war, um dann sofort aktiv werden zu können.

Drei Wochen später war es dann endlich so weit. Jan sprach von seinem Strohwitwerdasein ab Freitagnachmittag und sah mich dabei bedeutungsvoll an, als wir gerade auf dem Schulparkplatz neben meinem Auto standen.

„Und was machst du am Wochenende? Keine Lust, bei mir vorbeizuschauen?"

Ich konnte fast nicht glauben, dass er diese Frage ernsthaft stellte. „Hat es dir eigentlich nicht gereicht, beinahe entdeckt worden zu sein?"

„Ach du meinst wegen des Knopfes! Keine Angst. Sie hat keinen Verdacht. So einen Knopf kann man immer verlieren, auch ohne Sex. Ein Ohrring oder Slip im Bett wäre wesentlich verhängnisvoller gewesen", meinte er lapidar und grinste auch noch dabei. Ich musste an mich halten, um nicht die Augen zu verdrehen. Männer waren wirklich Weltmeister im Verdrängen von Tatsachen.

„Wach endlich auf, Jan! Ich habe dir doch erzählt, wie sie mich aus heiterem Himmel mit diesem vermaledeiten Knopf konfrontierte. Und der lauernde Blick, mit dem sie mich dabei bedachte, war gänsehautfördernd. Auf dem Ausflug kurz danach hat sie mich auch immer so merkwürdig angesehen. Sie ahnt etwas, sag ich dir."

„Nein, das glaube ich nicht. Ich finde, sie verhält sich wie immer."

„Na ja, vielleicht hat sie sich inzwischen ja beruhigt. Aber trotzdem habe ich ein komisches Gefühl. Hat sie dir eigentlich

erzählt, dass wir für ein Jahr gemeinsam an derselben Schule waren?"
Jan sah mich erstaunt an. „Was? Nein, davon wusste ich nichts. Wie kommst du darauf?"
Ich erzählte ihm von dem zufälligen Treffen mit Wolfgang.
„Und sie hat nie etwas gesagt, obwohl sie die Fotos gesehen hatte? Das ist aber seltsam." Jan war plötzlich alles andere als unbekümmert.
„Ja, das ist allerdings seltsam", bestätigte ich.
„Hast du eine Ahnung warum sie nichts sagt?"
„Nein, ich habe nicht die leiseste Ahnung. Ich hatte damals so wenig mit ihr zu tun, dass ich mich nicht einmal an sie erinnern kann. Aber ich werde schon herausfinden, warum sie nicht darüber spricht."
„Soll ich sie fragen?", fragte er naiv in der Absicht, mir zu helfen.
„Um Gottes willen, bloß nicht. Das muss ich schon selbst machen. Sie kommt übrigens gerade zur Schultür raus. Ich fahre jetzt besser. Schönes Wochenende!", sagte ich hastig und setzte mich ins Auto, um so schnell wie möglich zu verschwinden. Ich verspürte in letzter Zeit immer weniger Lust auf eine längere Unterhaltung mit ihr. Die Gespräche wurden ständig von der unterschwelligen Angst begleitet, ich könnte mich irgendwie verraten, was meine Affäre mit Jan betraf. Es war nur eine Frage der Zeit, dass dies passieren würde.
Ich fuhr nicht sofort nach Hause, sondern hielt vor Babs' Galerie. Sie freute sich wirklich mich zu sehen, doch als ich ihr mein Anliegen schilderte, schwand die Freude im Eiltempo dahin.
„Wie bitte? Habe ich richtig gehört? Ich soll Schmiere stehen, während du Hausfriedensbruch begehst? Das verlangst du nicht ernsthaft von mir!"
„Komm schon, es ist so wichtig. Mit Sabine stimmt irgendetwas nicht und ich kann nur herausfinden, was es ist,

wenn ich mich in ihrem persönlichen Bereich umsehe."
"Das kannst du nicht bringen, was ist nur in dich gefahren?"
"Weißt du eigentlich, wie viel ich in den letzten Monaten durchgemacht habe? Ich muss jede noch so kleine Spur verfolgen."
Babs schüttelte verständnislos den Kopf. "Du willst in eine Wohnung einbrechen, nur weil sie vergessen hat zu sagen, dass ihr vor Urzeiten mal die Schulbank miteinander gedrückt habt? Und weil sie dich ein paar Mal schräg angesehen hat? Du und Jan habt sie schändlich hintergangen und da wunderst du dich, dass sie feindselig reagiert!? Ich wäre an ihrer Stelle genauso sauer."
"Kann schon sein. Aber ich glaube, sie hat Geheimnisse. Zum Beispiel schweigt sie hartnäckig, wenn man sie nach dem Grund für die Scheidung von ihrem Mann fragt", versuchte ich sie zu überzeugen.
"Manche können und wollen über so ein persönliches Thema nicht reden. Es geht ja auch niemanden etwas an. Das ist wirklich nichts Außergewöhnliches!" Babs gingen die überzeugenden Argumente nicht aus.
"Egal, ich muss jetzt einfach in ihre Wohnung. Wenn ich nichts finde, ist es umso besser, aber ich muss mir sicher sein."
"Nur gut, dass ich an diesem Wochenende einen geschäftlichen Termin in Berlin habe, sonst würde ich mich womöglich noch zu dieser schwachsinnigen Aktion überreden lassen", sagte sie und sortierte Bilder in eine große Mappe ein.
"Was? Wieso lässt du mich die ganze Zeit um Hilfe betteln, wenn du ganz genau weißt, dass du sowieso nicht kannst", rief ich ehrlich empört.
"Ich wollte dich nur vor einem großen Fehler bewahren. Du bekommst Riesenstress, wenn du erwischt wirst."
"Ich lasse mich eben nicht erwischen. Sie ist doch in Ulm und Jan wird schon nicht in ihre Wohnung gehen. Schließlich habe ich seinen Schlüssel – sofern er ihn nicht schon hat nachmachen lassen."

Babs schüttelte den Kopf. „Belle, das ist total verrückt. Was kann ich nur tun, um dich davon abzuhalten? Ich weiß: Ich sage es am besten deinem Mann."

„Wenn du das tust, kündige ich dir meine Freundschaft. Alex würde mich dieses Mal in Handschellen zu seinem Psychokollegen schleppen. Du willst doch nicht unsere Ehe gefährden!"

Ich bereute es zutiefst, sie in mein Vorhaben eingeweiht zu haben. Jetzt konnte ich meine Zeit damit verschwenden, sie von einer Denunziation abzuhalten. Das nannte sich nun wahre Freundschaft.

„Also vergiss, was ich dir über mein Vorhaben erzählt habe. Du sagst zu niemandem etwas, in Ordnung?!"

Ich sah sie eindringlich an. Meine Worte und mein flehender Blick zeigten die gewünschte Wirkung, denn sie sagte: „Na gut, du hast mein Wort. Aber versprich mir, dass du es dir noch einmal gründlich überlegst, ob du dieses Detektivspiel tatsächlich durchziehen willst. Ich meine es wirklich nur gut mit dir."

Zu Hause wartete Sascha schon auf mich. Aufgeregt teilte er mir mit, dass um 18 Uhr abends seine Theateraufführung sei und ob ich sein Kostüm schon fertig genäht hätte. Hatte ich natürlich nicht!

„Und morgen will Papa mit uns in den Zoo gehen. Das hat er ja schon lange versprochen. Freust du dich auch so?"

„Na und wie, mein Schatz!"

Es gelang mir sogar, so etwas Ähnliches wie ein Lächeln auf mein Gesicht zu zaubern.

Verdammt! Beide Tage waren voll ausgebucht. Es blieb also nur noch der Samstagabend, um zu Sabine zu gehen. Am Sonntag wäre es zu spät, da ich nicht wusste, wann sie heimkommen würde.

Als Alexander gegen fünf Uhr nach Hause kam, nachdem ich endlich Saschas Kostüm fertig genäht hatte, eröffnete ich ihm

gleich, dass ich den Samstagabend mit Babs verbringen wollte.
„So, mit Babs! Ihr Mann erzählte mir, dass er sie am Wochenende zu einem geschäftlichen Termin nach Berlin begleiten wird. Wie kannst du dich dann mit ihr treffen?"
Sein Blick ließ die Alarmglocke, die in ihm schrillte, deutlich erkennen.
„Oh, sagte ich Babs? Ich meinte natürlich Sabine, meine nette Kollegin, haha. Vor lauter Stress bringe ich jetzt schon die Namen meiner besten Freundinnen durcheinander."
Alex sah mich immer noch misstrauisch an. „Soso, Sabine also. Mit der hattest du ja in letzter Zeit nicht mehr viel am Hut, oder täusche ich mich?"
„Gerade deshalb wollen wir ja wieder einmal etwas zusammen unternehmen. Sie war viel mit Jan unterwegs. Du weißt ja, dass die beiden sehr ineinander verliebt sind." Wie leicht mir diese dicke Lüge über die Lippen kam!
„Ach Jan, der edle Ritter, ich weiß. Meinetwegen kann er auch in einen Kanarienvogel verliebt sein, Hauptsache er lässt die Finger von meiner Frau. Übrigens kommt an diesem Abend Paul zu einem Oldtimerplausch zu uns."
„Na das passt ja gut. Aber jetzt musst du dich umziehen, Saschas Aufführung fängt in einer Stunde an", sagte ich und ging in die Ankleide, um mir ein Kostüm anzuziehen.
Die Aufführung war ein großer Erfolg. Mein Sohn spielte die Rolle des Robin Hood so beherzt, dass er am Ende den meisten Applaus bekam. Mächtig stolz auf seine Leistung kam er zu uns in die Aula seiner Schule und verkündete uns, dass er einmal ein berühmter Schauspieler werden wolle. Alex und ich bestätigten ihn in seiner Euphorie, obwohl wir natürlich auch wussten, dass sich die meisten Kinderträume regelmäßig änderten.
Auf der Heimfahrt musste ich wieder an mein Vorhaben denken. Nach Babs' Reaktion war ich nicht mehr so sicher, ob ich es umsetzen sollte.
Der versprochene Tag im Zoo verschaffte mir noch

Handlungsaufschub. Doch abends, als Sascha hundemüde im Bett lag und sofort einschlief, konnte ich nichts mehr verschieben.

Ich zog mich ausgehfertig an und packte eine Schirmmütze, eine Pilotenjacke und sportliche Sneakers in eine Tasche, um mich später im Auto zwecks Tarnung umzuziehen.

Ich gab Alex, der sich gerade im Schlafzimmer umzog, einen flüchtigen Abschiedskuss und fuhr zu Sabines Wohnung. Mein Auto parkte ich in einer Parallelstraße, um auf Nummer sicher zu gehen, dass niemand meine Anwesenheit vermuten konnte. Umständlich zog ich die mitgenommenen Sachen an und saß danach unentschlossen hinter dem Steuerrad. Es dauerte etwa fünf Minuten, in denen ich nervös mit Sabines Schlüssel spielte, bis ich mich aufraffen konnte und zur Tat schritt. Die Haare unter der Mütze versteckt, die ich tief in die Stirn gezogen hatte, lief ich zum Haus. Mit zittriger Hand sperrte ich die große Haustür auf und stieg langsam die Treppen bis zum zweiten Stock hoch. Niemand begegnete mir und aus den Wohnungen, an denen ich vorbeikam, drang kaum ein Laut. Noch konnte ich umkehren und ein reines Gewissen behalten. Aber eine unbekannte Macht trieb mich dazu, den Schlüssel im Schloss zu versenken. Er ließ sich zwei Mal drehen. Leise öffnete ich die Tür und trat ein. Kaum hörbar machte ich sie wieder zu und schloss zwei Mal von innen ab, falls dem Nachbarn plötzlich einfiel Sabines Fische füttern zu müssen. Nichts sollte auffällig sein. Die Wohnung war sauber aufgeräumt und roch ganz eigen nach Sabine. Es war ein Gemisch aus Parfüm, Drogerieartikeln, Kochdüften und Körperausdünstung. Jedes Haus, jede Wohnung bekam im Laufe der Zeit einen ganz individuellen Duftstempel und man konnte mit geschlossenen Augen erraten, in welchen Räumen man sich befand.

Im Wohnzimmer war alles penibel aufgeräumt. Ich musste folglich aufpassen, dass ich alles wieder an Ort und Stelle zurücklegte, damit sie nichts von meiner Schnüffelei bemerkte.

Ich fing bei ihrer mit Einzelelementen gestalteten Schrankwand an. In den Schubläden fand ich Briefpapier und Briefe von ihren Eltern, Kartenspiele und eine Schmuckschatulle. Alles war wie mit dem Lineal abgemessen angeordnet und ich musste mich sehr konzentrieren, dass ich die Gegenstände wieder exakt einordnete. Dieser übermäßige Ordnungssinn erschwerte mein Unterfangen enorm und kostete außerdem viel Zeit.

In einem Schrank befanden sich Vasen, Kerzen und Kerzenständer sowie alle Sorten von Gläsern. In einem anderen lagerte sie Videokassetten und DVDs. Ich nahm eine Videokassette nach der anderen heraus und stellte sie wieder genauso hinein. Die letzte war eine über London. Ich drehte und wendete sie, bis ich den Registrierungsaufkleber von unserer Lehrerbibliothek entdeckte. Ich konnte einfach nicht glauben, was ich sah! Es war genau die Kassette, die ich damals verzweifelt gesucht hatte und die mir erheblichen Ärger eingebracht hatte. Sabine hatte sie verschwinden lassen, nicht wie vermutet Hans! Ich musste diese Kassette mit Geld ersetzen und Sabine hatte das mitbekommen.

Mein Herz fing wie wild zu schlagen an. Wieso hatte sie das gemacht? Meine Nerven befanden sich jetzt in hellem Aufruhr und ich spürte, wie mein Gesicht immer heißer wurde. Es gab nur eine Erklärung. Sie musste etwas von unserer Affäre mitbekommen haben und hatte sich dann auf diese perfide Weise gerächt. Der Fund der Kassette spornte mich an, mit Nachdruck nach weiteren Spuren zu suchen. Als ich die DVDs durchsah, hielt ich plötzlich „Jurassic Park" in den Händen. Ich verspürte Übelkeit in mir aufsteigen. Sascha hatte die hässlichen Szenen also bei ihr zu sehen bekommen, und das womöglich in voller Absicht, um ihm zu schaden! Sie wusste genau, dass sie mich damit am meisten treffen konnte.

Wie sehr musste sie mich hassen! Und ich hatte ihr die ganze Zeit alles, was mich bewegt hatte, anvertraut. Mir lief ein

Schauer über den Rücken, wenn ich daran dachte, wie sie sich verstellt und die verständnisvolle Freundin gemimt hatte. In Wahrheit hatte sie sich jedoch an meiner Seelennot ergötzt. Ich riss mich aus meiner Erstarrung und zwang mich weiterzusuchen. Im Wohnzimmer durchstöberte ich mit fliegenden Fingern ihren Zeitungsständer, fand aber nur ein paar Zeitschriften und zwei Kataloge.

Danach begab ich mich in das Arbeitszimmer, das ebenso ordentlich aufgeräumt war wie all die übrigen Räume. Auf dem Schreibtisch befanden sich nur eine gummierte Schreibunterlage, ein kleiner Notizblock, eine längliche Schale mit verschiedenen Stiften und ein grünes Brillenetui. Ich öffnete es und fand darin eine Brille mit dicker schwarzer Einfassung. Noch nie hatte sie diese Brille getragen, was auch nicht verwunderlich war. Dieses Modell sah sicherlich nicht vorteilhaft an ihr aus. Dann fing ich an eine Schreibtischschublade nach der anderen aufzuziehen. Ich hasste mich selbst für dieses schäbige Tun, aber es musste sein. Ich fand nur die üblichen Schreibutensilien, Stifte, Klebstoff, Büroklammern und ähnlichen Kram. Im untersten Fach befand sich ein übereinander gestapelter Haufen Fotos. Ich blätterte sie in Windeseile durch. Es waren Fotos von ihrem Aufenthalt bei ihren Eltern und von Jan und ihr am Gardasee. Sorgfältig legte ich den Stapel wieder zurück und öffnete die Schublade, die sich direkt unter der Schreibklappe befand. Hier hatte sie Bastelpapier, Bastelanleitungen und Scheren untergebracht. Ich hob den Stapel Buntpapier an und entdeckte darunter ein Foto. Ich stutzte und nahm es zur Hand, um es genauer zu betrachten. Es war das Bild von Jan und mir vor der Bibliothek, das auch Alex bekommen hatte. Ich selbst war darauf mit tiefschwarzen Filzstiftstrichen durchgestrichen worden. Fassungslos saß ich da und fühlte mich wie erschlagen. Das war der Beweis. Sabine wusste von unserer Affäre! Sie hatte uns damals gesehen, das Bild geschossen und Alex zugesandt.

Plötzlich vernahm ich ein Geräusch. Ich erstarrte augenblicklich und horchte angestrengt nach draußen. Jemand sperrte die Wohnungstür auf und ließ sie dann ins Schloss fallen! Mir blieb fast das Herz stehen! Das war doch nicht möglich! Ich saß in der Falle und es gab kein Entrinnen! Voller Panik steckte ich das Foto in meine Jackentasche und sah mich im Zimmer nach einem Versteck um. Die Couch war die einzige Rettung!
Blitzschnell hechtete ich zum Lichtschalter, knipste das Licht aus und kroch im Dunkeln zur Couch, um mich darunterzulegen. Zum Glück gehörte sie nicht zu der Sorte Mensch, die dieses Möbelstück als willkommenen Lagerplatz missbrauchte und alles darunter schob, was ihr im Weg war. Die Decke auf der Sitzfläche hing etwas herunter und bot mir Sichtschutz. Mein Herz klopfte heftig bis zum Hals. Lieber Gott, lass es den Nachbarn sein, der das Fische füttern vergessen hat! Ich hörte das Klappern der metallenen Kleiderbügel im Flur und gleich danach das typische Rollgeräusch eines Trolleykoffers. Verdammt! Es war Sabine!! Wieso war sie schon hier? Oh mein Gott, was, wenn sie mich entdeckte?! Wie sollte ich hier unbemerkt wieder herauskommen? Mein Atem ging vor Aufregung immer schneller.
„Du musst jetzt ganz ruhig bleiben, sonst bist du verloren!", versuchte ich mich selbst zu beruhigen.
Sabines Stimme erklang plötzlich im Flur. Sie telefonierte mit Jan. Dann wurde die Tür zum Arbeitszimmer aufgerissen und das Licht angeknipst. Mein Atem stockte, als ich ihre Füße ganz nah an der Couch vorbeigehen sah und ihre Stimme vernahm.
„Ach weißt du, meinem Vater geht es wieder besser. Ich muss noch dringend etwas für die Schule machen und habe mich deshalb spontan entschlossen nach Hause zu fahren. Wie sieht's aus? Kommst du heute Nacht zu mir?"
„Sag nein!", schrie ich innerlich. „Sag, dass sie zu dir kommen soll!!"

„Schön, freut mich, also dann bis später!", sagte Sabine, legte den Hörer auf den Schreibtisch und setzte sich auf den Stuhl. Verflucht noch mal, Jan! Warum musstest du heute unbedingt noch kommen? Und Sabine hatte nichts Besseres zu tun, als sich gleich wieder hinter den Schreibtisch zu klemmen! Resigniert schloss ich die Augen. Wenn sie wenigstens Musik eingeschaltet hätte, dann wäre es nicht so verdammt still im Raum. Ich wusste gar nicht, wie anstrengend es sein konnte, keinen Mucks von sich geben zu dürfen. Mühsam schaltete ich auf Flachatmung um und betete, dass sie bald das Bedürfnis nach einer Dusche bekam. Doch Sabine blieb sitzen und blätterte irgendetwas, während ich vollkommen starr unter ihrer Couch verharrte.

Entsetzlich lange fünf Minuten später erhob sie sich endlich und verließ den Raum, ohne das Licht auszuschalten. Ich pumpte zuerst einmal kräftig nach Luft und wechselte meine Liegeposition, um keinen Krampf zu bekommen. Wie lange musste ich das noch aushalten? Hätte ich nur auf Babs gehört! Jetzt befand ich mich in derselben misslichen Lage wie einst Grace Kelly in Hitchcocks „Das Fenster zum Hof", als sie in der Wohnung des Mörders herumschnüffelte und dieser unverhofft auftauchte. Ich war damals bei dieser Szene fast weggestorben, und jetzt passierte mir dasselbe, nur mit dem Unterschied, dass Sabine keine Mörderin war. Aber dazu mutieren könnte, wenn sie mich entdeckte!

Sehnsüchtig wartete ich darauf, dass sie ins Bad zum Duschen verschwand, aber Frau Penibel räumte zuerst ihren Koffer aus. Sie rannte im Schlafzimmer auf und ab und immer wieder kam sie in den Flur, um etwas im Schrank zu verstauen. Schließlich ging sie ins Arbeitszimmer zurück und blieb direkt vor der Couch stehen. Gebannt hielt ich den Atem an.

Was wollte sie denn? Plötzlich sah ich den Koffer, den sie vor die Couch legte. In letzter Sekunde rückte ich geistesgegenwärtig bis zur Wand und machte mich ganz dünn, bevor sie ihn mit

Schwung unter die Couch schob. Auch das noch! Jetzt hatte ich gar keine Bewegungsfreiheit mehr! Ich sah ihre Füße, die sich keinen Millimeter bewegten. Hatte sie etwas gemerkt? Mein Herz fing wieder schneller zu klopfen an.
Fühl dich dreckig und geh duschen!, flehte ich in Gedanken.
Sie machte zwei Schritte und blieb dann wieder stehen. Angstvoll presste ich die Lippen aufeinander und starrte auf ihre Füße. Gleich würde sie sich herunterbeugen, die Decke hochheben und mich entdecken. Ich musste bei diesem Gedanken an mich halten, um keinen Laut des Entsetzens von mir zu geben. Nach endlos erscheinender Zeit setzten sich ihre in goldenen Ballerinas steckenden Füße in Bewegung. Ich schloss vor Erleichterung die Augen und ließ die angehaltene Luft aus mir herausströmen. Das war ja die pure Hölle hier! Sobald sie unter der Dusche stand, musste ich auf der Stelle verschwinden. Noch mehr solcher Situationen konnten meine Nerven nicht verkraften. Zu meinem Leidwesen musste ich jedoch feststellen, dass sie nicht dem allgemein herrschenden Duschwahn verfallen war, sondern in der Küche mit Geschirr klapperte. Kurz darauf klingelte es auch noch zu allem Übel. War Jan geflogen?! Sie öffnete per Knopfdruck die Haustür.
„Hallo Jan!", rief sie, als er hereinkam, und gleich darauf vernahm ich das schmatzende Geräusch eines Kusses. Himmel, ich wollte das nicht hören!
„Hallo Schatz! Wie war es in Ulm?"
„Gut, ich hatte sogar Zeit einkaufen zu gehen. Sag mal, hast du meinen Wohnungsschlüssel immer noch nicht gefunden?"
„Leider nein, ich habe alles durchsucht, ohne Ergebnis."
„Komisch. Er lag doch immer auf deinem Schlüsselbord."
„Ja, dachte ich auch, aber du weißt ja, wie schlampig ich manchmal sein kann. Ich lass dir einen nachmachen, versprochen."
Es war auf einmal sehr still, bis auf die typischen Kussgeräusche. Ein befremdendes Gefühl ergriff mich. Jan, der eigentlich mich liebte, küsste die Frau, die mich zutiefst

hasste und irgendein Geheimnis mit sich herumtrug. Noch befremdender aber war es, genau zu wissen, wie sich diese Küsse anfühlten.

Ich setzte meine ganze Hoffnung darauf, dass sie bald in der Dusche oder im Schlafzimmer verschwanden, damit ich mich endlich aus dieser misslichen Lage befreien konnte. Aber zu meiner großen Ernüchterung gaben sie sich erst einmal im Esszimmer kulinarischen Genüssen hin. Ich musste, um zur Wohnungstür zu gelangen, direkt daran vorbei und lief Gefahr, gesehen zu werden. Es war inzwischen zehn Uhr geworden. Sachte schob ich den Koffer etwas nach vorn, um mehr Platz zu gewinnen. Dieses Versteck sollte ich wohl nicht so schnell verlassen können.

Ich lag Ewigkeiten, wie es mir vorkam, unter dieser Couch, horchte nach draußen und versuchte alle Geräusche zu interpretieren, die die beiden verursachten. Sie klapperten mit Besteck auf ihren Tellern herum, und das ziemlich lange. Konnten sie nicht wenigstens heute von der Etikette abweichen und ihr Essen schnell hinunterschlingen? Immer wieder hörte ich jemanden in die Küche gehen. Geschirr wurde abgestellt, der Wasserhahn lief ab und zu, die Geschirrspülmaschine wurde gefüllt und zu guter Letzt eine Weinflasche entkorkt und mit lautem Rascheln eine Tüte aufgerissen. Die beiden machten es sich so richtig gemütlich! Meine letzte Hoffnung war, dass sie den richtigen Ort dazu wählten, nämlich das Schlafzimmer. Aber Frau Saubermann wollte sicherlich nicht auf Rotweinflecken und Knabbergebäckbröseln schlafen. Ich sollte Recht behalten. Ihre Stimmen klangen immer noch ziemlich nahe, doch ich wusste nicht, ob sie in der Essecke oder auf der Wohnzimmercouch saßen. Das hieß, dass ich mein Versteck auf gar keinen Fall verlassen durfte.

Ich musste warten, bis sie endlich schlafen gingen. Mit mir wäre Jan schon längst entweder unter der Dusche oder im Bett verschwunden. Die benahmen sich ja wie ein altes Ehepaar und ich musste dafür büßen. Wenn sie wenigstens in letzter

Konsequenz den Fernseher einschalten würden, dann hätte ich mehr Chancen zu verschwinden. Aber sie redeten nur, wobei nicht einmal Musik lief. Genau dieser Umstand sollte mir zum Verhängnis werden. Sabine mit ihren Luchsohren hörte nämlich mein Handy klingeln. Ich erschrak entsetzlich, als es die mir so bekannte Melodie abspielte. Hektisch kramte ich in meiner Jackentasche und bekam es vor Aufregung kaum zu fassen. Ich las nur „Alex ruft an" und drückte ihn sofort weg. Meine Finger zitterten derart, dass ich es kaum schaffte das Gerät auszuschalten. Gleich darauf hörte ich Sabine fragen: „War das dein Handy?"
„Nein, ich glaube nicht, aber ich schau mal nach."
Ich hörte, wie er in den Flur ging und in seiner Jackentasche kramte. „Meines war es nicht, ich habe keinen Anruf erhalten."
„Ich auch nicht. Komisch, ich habe aber ganz deutlich etwas gehört", rief sie und kam dann ebenfalls in den Flur.
„Vielleicht war es ja eine Klingel im Treppenhaus."
„Könnte auch sein. Oh da fällt mir ein, ich habe die schönsten Fotos vom Gardasee entwickeln lassen."
Beide gingen ins Arbeitszimmer und blieben direkt vor der Couch stehen. Ich getraute mich kaum zu atmen.
„Setz dich!", sagte Sabine und gleich darauf gab es eine Riesenbeule in der Sitzfläche, die mir auf die Hüfte drückte. Das konnte nur ein Albtraum sein. Sie wollten doch jetzt nicht ernsthaft auf dieser Couch in Urlaubserinnerungen schwelgen!
Eine Schublade wurde aufgezogen und kurz danach erschien die zweite Sitzbeule. Ich verspürte von dem Staub, der dadurch freigesetzt wurde, ein Kitzeln im Hals, das mich zum Husten reizte. Mit aller Macht kämpfte ich dagegen an, bis es verschwand. Schweißtropfen rannen mir von der Stirn. Vorsichtig wischte ich sie weg, während die zwei sich über Urlaubserlebnisse amüsierten.
Die klaustrophobische Situation presste mir die Luft im Brustkorb zusammen und ich bekam das Gefühl, nicht mehr

richtig atmen zu können. Wenn sie nicht bald verschwanden, lief ich Gefahr durchzudrehen. Jetzt geht doch endlich dorthin, wo ihr hingehört, ins Bett!, schrie ich sie innerlich an. Irgendwie musste Jan parapsychologische Schwingungen verspürt haben, denn er sagte plötzlich: „Sollen wir nicht mal in die Heia gehen? Ich bin ganz schön müde."
„Ja, ich auch. Geh schon mal vor. Ich komme gleich."
Die Sitzbeulen verschwanden und nach einer weiteren Minute war das Zimmer leer. Ein Felsbrocken fiel mir von der Seele. Ich atmete tief durch. Die Aussicht, bald aus der Falle herauszukommen, weckte meine lahmgelegten Lebensgeister. Nach etwa zehn Minuten hörte ich das erlösende Klacken der ins Schloss fallenden Schlafzimmertür. Mit letzter Kraft kroch ich aus meinem Versteck und stand auf. Das ewige Ruhigliegen und die ständige Anspannung schienen alles an mir in Pudding verwandelt zu haben. Ich hatte Mühe gerade zu stehen. Ein paar tiefe Atemzüge und Streckbewegungen später schlich ich leise in den Flur hinaus und lauschte. Leises Kichern drang aus dem Schlafzimmer. Schnell ging ich zur Wohnungstür und huschte hinaus. Ganz vorsichtig und nahezu geräuschlos zog ich die Tür ins Schloss und rannte die Treppe hinunter. Draußen angekommen, sog ich die frische Nachtluft gierig ein und lehnte mich erschöpft gegen die Hauswand. Ich fühlte mich so schrecklich kraftlos, als hätte ich einen Marathonlauf hinter mir. Meine Knie zitterten wie Espenlaub und es kostete enorm viel Kraft, mich bis zu meinem Auto in die Nebenstraße zu schleppen. Endlich saß ich auf dem Fahrersitz und konnte mein Glück kaum fassen, heil aus dieser Sache herausgekommen zu sein. Ich lehnte mich zurück und schloss ermattet die Augen. Das Foto vor der Bibliothek tauchte wieder vor meinem geistigen Auge auf. Ich kramte es aus der Jackentasche und sah es noch einmal genauer an. Aber das konnte nicht sein! An der Stelle, an der meine Augen waren, prangten zwei schwarze Löcher! Ein eiskalter Schauer lief über meinen Rücken. Sabine hasste mich abgrundtief!

Rasende Eifersucht musste sie dazu getrieben haben und ich ahnungsloses, naives Schaf hatte nicht den leisesten Verdacht gehabt. Mir wurde immer heißer vor Aufregung. Hatte sie etwa auch das Rattengift vor das Gartentor gelegt und mich in der Bibliothek eingesperrt? Jedes Mal hatte sie mir geraten zur Polizei zu gehen! Sie war wirklich grandios im Verstellen gewesen. Es war nur schauderhaft, daran zu denken, wie ich sie stets ins Vertrauen gezogen hatte, während sie nur darauf aus war, mir in irgendeiner Weise zu schaden.

Mit beiden Händen fuhr ich über mein Gesicht, so als ob ich damit die schreckliche Wahrheit wegwischen könnte. Wie sollte ich mich jetzt ihr gegenüber verhalten? Ein Gefühl des Grauens ergriff mich bei dem Gedanken, dass diese vertraute Person mir so viel Hass entgegenbrachte. Ich war unfähig weiter darüber nachzudenken. In meinem Kopf herrschte ein schrecklich dumpfes Gefühl, als hätte ich einen Schlag erhalten. Ein fürchterliches Frösteln ergriff meinen Körper und ich wollte nur noch nach Hause.

Ich fasste an meinen Hals, um das Tuch enger zu binden, doch ich griff ins Leere. Wie von der Tarantel gestochen sprang ich aus dem Auto und suchte auf dem Sitz und dem Boden, aber ich fand es nirgends. Es gab nur eine Erklärung. Das Tuch musste mir in Sabines Wohnung vom Hals gerutscht sein! Die Gedanken flogen wie aufgescheuchte Vögel durch meinen Kopf. Wo befand es sich? Im Wohnzimmer, im Arbeitszimmer, unter der Couch? Wo?! Die Katastrophe wäre perfekt, wenn Sabine es entdecken würde, denn sie selbst hatte es mir zu Weihnachten geschenkt. Mir wurde abwechselnd heiß und kalt. Was sollte ich jetzt tun? Ich konnte es drehen und wenden, wie ich wollte, ich kam immer zu demselben Schluss. Ich musste noch einmal zurück in die Höhle des Löwen! Allein der Gedanke daran ließ mich bis in die Knochen erschaudern. Am besten ich brachte es gleich hinter mich, um dieser albtraumhaften Nacht ein Ende zu setzen.

Mit klopfendem Herzen und innerlich fluchend über

meine Achtlosigkeit, ging ich durch die menschenleeren Straßen zurück zu ihrem Haus. Im Treppenhaus herrschte vollkommene Stille. Ich schlich auf Zehenspitzen bis zu ihrer Tür. Millimeterweise schob ich den Schlüssel ins Türschloss, um keine Geräusche zu verursachen, und sperrte vorsichtig auf. Ich öffnete die Tür nur einen kleinen Spalt und horchte, ob alles ruhig war. Erst als ich mir sicher war, dass beide im Bett lagen, ging ich hinein. Ein übermächtiges Angstgefühl ergriff von mir Besitz und ich musste mich zusammenreißen, um nicht dem Fluchtreflex in mir nachzugeben.
Reiß dich zusammen, es muss einfach sein, dachte ich und schlich auf Zehenspitzen ins Wohnzimmer. Mit der Taschenlampe, die ich klugerweise aus dem Auto mitgenommen hatte, leuchtete ich im Raum umher, konnte das Tuch aber nicht entdecken. Also musste es im Arbeitszimmer sein. Ich knipste die Lampe aus und ging gerade an der Küche vorbei, als ich hörte, wie eine Tür geöffnet wurde. Der Schreck, der durch meine Glieder fuhr, ließ alles um mich drehen. Wo sollte ich hin? In meiner Not huschte ich eiligst in die Küche und versteckte mich in der dunklen Nische zwischen Küchenschrank und Tür. Schritte kamen immer näher. Ich schloss die Augen und betete inständig, dass mich niemand entdeckte.
Das Schlurfen der Schritte war jetzt ganz nah und ich konnte durch den Spalt erkennen, dass Sabine hereinkam und zum Spülbecken ging. Mein Herz klopfte so laut, dass ich befürchtete, sie könnte es hören. Licht fiel vom Flur in die Küche und ich konnte beobachten, wie sie ein Glas nahm und unter den Wasserhahn hielt. Gierig trank sie es leer und stellte es dann neben einem Messerblock ab. Mit beiden Händen stützte sie sich an der Arbeitsplatte ab und atmete schwer. Was war los mit ihr? Warum ging sie nicht wieder zu Bett? Langsam richtete sie sich auf und sah Richtung Tür. Ich wurde stocksteif vor Angst. Konnte sie mich sehen?
Was dann geschah, brachte mich einer Ohnmacht nahe. Sie

zog langsam ein Messer aus dem Block und hielt es zitternd in der Hand. Hatte sie mich entdeckt? Mit schreckgeweiteten Augen drückte ich mich gegen die Wand und hörte fast auf zu atmen. Gleich würde sie die Tür schließen, mich sehen und dann … Mir war ganz schwindlig und übel vor Angst. Sie stand immer noch regungslos mit dem Messer in der Hand da. Doch plötzlich setzte sie die Spitze auf ihrem Innenarm an und ritzte die Haut etwa fünf Zentimeter lang auf. Blut rann ihren Arm entlang, doch sie unternahm nichts. Mit aller Kraft presste ich vor blankem Entsetzen meine Hand gegen den Mund, um nicht loszuschreien.

„Verdammt!", fluchte sie plötzlich mit unterdrückter Stimme und warf dann das Messer in die Spüle. Sie riss ein Küchentuch von der Rolle und presste es gegen die selbst beigefügte Wunde. Augenblicklich färbte sich das Tuch rot und mir schwanden bei diesem Anblick fast die Sinne. Wie groß musste ihre Seelennot sein, dass sie so etwas fertigbrachte. Ich spürte den fast unüberwindlichen Drang, diesen Ort des Horrors auf der Stelle zu verlassen.

Heftiges Schluchzen drang an mein Ohr und gleich darauf lief der Wasserhahn. Sabine fing mit ihren Händen Wasser auf und schüttete es sich ins Gesicht. Schwer atmend stand sie dann über das Waschbecken gebeugt, während sie den Wasserhahn wieder abdrehte. Nachdem sie sich das Gesicht abgetrocknet und ihre Wunde mit einem Pflaster versorgt hatte, verließ sie die Küche. Kein Schluchzen, kein lautes Atmen war mehr zu hören. Es war, als wäre nichts Außergewöhnliches geschehen. Ich schloss die Augen und holte tief Luft, um den Beinaheohnmachtszustand zu vertreiben.

Das Erlebte war so irreal, ich konnte mich nur in einem Albtraum befinden. Ich stand wie gelähmt da und das Gesehene lief immer wieder wie ein Film vor meinem geistigen Auge ab.

Die Tür zum Schlafzimmer klackte leise ins Schloss. Jetzt kroch sie wieder zu Jan ins Bett, küsste ihn womöglich und er ahnte nichts von ihren abwegigen Handlungen. Jan saß in der Falle und wusste es nicht. Ich musste ihn aus ihren Fängen retten, aber nicht heute. Jetzt musste ich mich erst einmal selbst retten. Nur mit großer Mühe konnte ich mich dazu überwinden, mein Versteck zu verlassen. Wie in Trance ging ich ins Arbeitszimmer und ließ den Taschenlampenstrahl im Zimmer umherwandern. Das Tuch war nirgends zu sehen. Schnell leuchtete ich unter die Couch. Ganz nah an der Wand entdeckte ich mein Tuch und fischte es mit der Taschenlampe zu mir her. Gott sei Dank, dass ich nicht noch länger suchen musste. Als ich mich aufrichtete, fiel der Lichtstrahl auf das Bücherregal und einen Bilderrahmen. Ich konnte nur erkennen, dass es ein kleines Hochzeitsbild war. Neugierig griff ich danach, um es mir genauer anzusehen.

Genau in diesem Augenblick ging das Licht an! Im nächsten Moment umschlang ein Arm fest meinen Oberkörper und eine Hand presste sich mit Gewalt auf meinen Mund. Sabine! Das war das Ende! Gleich würde sie mir ein Messer in den Rücken jagen. Mein Herz stockte, ich bekam fast keine Luft mehr und drohte zu Boden zu sinken, doch der Arm hielt mich erbarmungslos fest.

„So, hab ich dich erwischt!", zischte eine Männerstimme in mein Ohr.

Jan! Gott sei Dank!! Ich wehrte mich heftig und quiekste wie ein gequältes Meerschweinchen in seine Hand, bis er plötzlich losließ, mich mit Schwung zu sich drehte und meine Schirmmütze vom Kopf riss.

„Isabel?!?!!", rief er entgeistert mit unterdrückter Stimme.

Grenzenlose Verblüffung stand in seinem Gesicht. Er schloss kurz die Augen, schüttelte den Kopf und sah mich fassungslos an.

„Was in aller Welt machst du hier?!" Er brachte es fertig, fast tonlos zu schreien. Ich meinerseits stand nur kraftlos taumelnd da und starrte ihn an, unfähig auch nur ein Wort zu sagen. Mein Adrenalinspiegel war bis zum Anschlag hochgeschnellt. und durch meine Adern floss nur noch matschiger Brei. Er nahm den letzten, kläglichen Rest Kraft, den ich noch besessen hatte, mit sich fort und ich musste mich schnell am Schreibtisch abstützen, um nicht zu Boden zu fallen.

„Bist du wahnsinnig?", kam es mühsam über meine bebenden Lippen.

„Das könnte ich eher dich fragen. *Was tust du hier*!" Er betonte jedes einzelne Wort mit Nachdruck, aber dennoch leise.

„Ich kann nicht mehr", lallte ich tonlos. „Ich muss weg. Sie bringt uns um, wenn sie mich hier sieht."

Beschwichtigend legte Jan beide Hände auf meine Schultern und zwang mich ihn anzusehen.

„Was faselst du denn da? Sag mir, dass ich träume. Wieso schleichst du wie ein Einbrecher durch die Wohnung?", flüsterte er immer noch aufgeregt.

„Bitte Jan, lass mich gehen, bevor sie uns entdeckt. Ich erkläre dir alles später. Kein Wort zu ihr, dass du mich gesehen hast!", flehte ich wispernd.

„Was ist denn passiert? Sag doch etwas, damit ich es verstehe", beschwor er mich.

„Bitte, ich muss gehen. Sie kann jeden Augenblick aufwachen und dann … Oh mein Gott", flüsterte ich und schob Jan, der unmittelbar vor mir stand, mit sanfter Gewalt zur Seite. Er wollte mich am Arm festhalten, doch die Stimme Sabines, die aus dem Schlafzimmer drang, ließ ihn zurückzucken. Für mich gab es jetzt kein Halten mehr. Ich rannte auf leisen Sohlen und ohne mich ein einziges Mal umzudrehen, aus der Wohnung hinaus, das Treppenhaus hinunter und in die Nebenstraße zu meinem Auto. Ich schloss auf, ließ mich auf den Fahrersitz fallen und verließ fluchtartig den Ort des Grauens.

KAPITEL 27

Babs hielt das Foto in der Hand und konnte ihren Blick nicht davon abwenden.
„Das glaub ich jetzt nicht. So was gibt es doch nur im Film!", rief sie und schüttelte entgeistert den Kopf.
Noch in derselben Nacht hatte ich ihr eine SMS geschrieben, dass sie mir mitteilen solle, wann sie wieder zu Hause sei. Am Sonntagnachmittag fuhr ich sofort zu ihr, nachdem sie sich gemeldet hatte.
„Weiß Alex eigentlich davon?" Sie sah mich mit großen, fragenden Augen an. Seit sie die abenteuerliche Geschichte meines nächtlichen Ausflugs gehört hatte, hielten sich bei ihr Neugierde und Erschütterung die Waage.
„Aber wo denkst du hin! Soll ich sagen, Sabine würde mich und meine Familie am liebsten abmurksen, weil ich mit ihrem Jan schlafe? Ich kann unmöglich mit ihm darüber reden. Deshalb sitze ich ja jetzt bei dir."
„Wie war dann gestern die Begegnung mit Alex nach diesem Horrortrip? Er muss doch gemerkt haben, dass du Unglaubliches erlebt hast."
„Ich bin ihm gar nicht begegnet, da ich noch in einer Nachtvorstellung im Kino war. Ich war ja angeblich mit Sabine unterwegs. Am Morgen hat er mir leider angesehen, dass ich ziemlich fertig war. Ich konnte nämlich die ganze Nacht kein Auge mehr zumachen."
Bilder dieses unerfreulichen Morgens tauchten vor meinem geistigen Auge auf. Als Alex zum Frühstück kam, war er bei meinem Anblick spürbar zurückgezuckt. Trotz meterdicker Schminke waren die Augenringe und die blasse Haut noch sichtbar gewesen. Am schlimmsten mussten meine rot unterlaufenen Augen auf ihn gewirkt haben.
„Sag´ mal, habt ihr gestern Abend eine Sauftour gemacht?! Du siehst ja richtig mitgenommen aus. Ich glaube, das solltet ihr besser den Männern überlassen", hatte er teils amüsiert, teils besorgt gemeint.
„Also hör´ mal, ich saufe nicht. Ich habe nur sehr schlecht

geschlafen", hatte ich empört erwidert, mir Kaffee eingeschenkt und gehofft, er würde das Thema wechseln. Doch er hatte sich über den Tisch gelehnt und mir zweifelnd ins Gesicht gesehen.

„Was war los gestern? Wenn du mit Babs unterwegs bist, siehst du nie so fertig aus!"

Manchmal konnte es auch von großem Nachteil sein, wenn der Ehemann seine Frau intensiv wahrnahm und sich auch noch Gedanken über ihren Zustand machte!

„Ich habe das Frühstücksei vergessen. Willst du noch eines?", hatte ich abzulenken versucht.

„Ich will kein Ei. Ich will wissen, was ihr gestern gemacht habt."

„Aber ich will eines!" Alex hatte mich schnell am Armgelenk festgehalten, als ich aufstehen wollte.

„Vergiss dieses blöde Ei und sprich mit mir. Was war gestern los!"

„Ach, Sabine hat mir vom Grund ihrer Scheidung erzählt. Das hat mich so mitgenommen, dass ich danach sehr schlecht geschlafen habe.", hatte ich überzeugend gelogen und war auf seinen Schoß geklettert. „Wenn ich mir vorstelle, dass du mich auch wegen einer anderen verlassen könntest... schrecklich."

Mein Gesicht an seinem Hals vergraben, hatte ich seinen Nacken liebkost.

„Aber Schätzchen, warum sollte ich das tun, solange du mir keinen Grund dafür gibst!"

„Können wir jetzt das Thema wechseln?"

Das Gespräch hatte begonnen in eine für mich ungünstige Richtung abzudriften. Alex war daraufhin auch nicht mehr gewillt, weiter darüber zu philosophieren und hatte sich zu meiner Erlösung in seine Zeitungslektüre vertieft.

„Ach Babs", jammerte ich, „sag mir, was ich jetzt tun soll! Bei dem bloßen Gedanken, dass ich ihr morgen wieder in der Schule begegne, wird mir schlecht! Babs versuchte mich zu beruhigen.

„Du gehst ihr möglichst aus dem Weg. In eurem Job ist das ja kein Problem. Und halte dich vor allem von Jan fern!"
„Hoffentlich bringt er das Hochzeitsfoto mit!"
„Welches Hochzeitsfoto?"
„Als Jan mich entdeckt hatte, wollte ich es gerade aus ihrem Bücherregal nehmen. Ich habe ihm eine SMS geschrieben, dass er es mitbringen soll. Ich muss jetzt alles über diese Irre wissen."
Babs stöhnte auf. „Bitte nicht! Hast du eigentlich schon einmal daran gedacht, dass diese Irre heimlich seine Nachrichten lesen könnte?"
„Oh Gott, du hast Recht. In Zukunft muss ich vorsichtiger sein. Glaubst du denn, dass sie mich umbringen will?"
„In Gedanken hat sie es bestimmt schon tausend Mal getan. Du darfst sie nicht mehr reizen, indem du dauernd mit Jan zusammengluckst", beschwor sie mich.
Ich verdrehte die Augen. „Das ist doch klar, dass unsere Geschichte zu Ende sein muss. Ich werde auch in der Schule auf Distanz zu ihm gehen."
„Ja, aber nicht zu übertrieben. Der Umgang zwischen euch muss ganz ungezwungen sein."
Gesagt, aber nicht getan. Nach einer Nacht mit fürchterlichen Alpträumen von Sabine, die mit einem bluttriefenden Messer im Klassenzimmer auf mich wartete, fuhr ich mit flauem Gefühl im Magen zur Schule. Als sie mit strahlendem Lächeln das Lehrerzimmer betrat, bekam ich bei ihrem Anblick Herzrasen. Ihre Fassade als dynamische, engagierte Lehrerin, die auf jeden offen zuging, war perfekt. Niemand konnte vermuten, dass sie von nagenden Eifersuchtsgedanken getrieben zu beinahe allem fähig war. Keiner ahnte auch nur im Entferntesten, dass sie sich mitten in der Nacht selbst Schnittwunden zufügte. Nur ich wusste, dass dieses Lächeln schablonenhaft war, dass sich dahinter eine labile Persönlichkeit verbarg. Ich musste herausfinden, warum sie wegen unserer Affäre dermaßen überreagierte.

Es musste noch etwas anderes dahinterstecken, sonst hätte sie auch unser gemeinsames Schuljahr nicht verschwiegen. In diesem Moment wurde in mir die Idee geboren, sie bei nächster Gelegenheit direkt damit zu konfrontieren, ganz nach dem Motto „Mach dir den Feind zum Freund". Damit könnte ich weitere hinterhältige Anschläge gegen mich und meine Familie verhindern. Jan müsste natürlich dabei sein, denn eine Aussprache unter vier Augen könnte lebensgefährlich für mich sein.

Bevor Sabine mich wahrnahm, verschwand ich aus dem Lehrerzimmer. Ich ignorierte dabei, dass Hans mich gerufen hatte, um etwas mit mir zu besprechen. Er lief mir hinterher.

„Sag mal, hast du Tomaten auf den Ohren?", schnauzte er mich an.

„Hallo Hans, hast du mich gerufen? Wie konnte ich nur meinen Lieblingskollegen überhören! Entschuldige, vielmals!", sagte ich mit ironischem Unterton.

„Ich brauche den Termin für deine nächste Englischarbeit. Wenn du ihn mir nicht bis heute Mittag in mein Fach legst, setze ich meine Termine fest und du musst dich dann eben irgendwo dazwischenquetschen", sagte er unfreundlich.

„Geht in Ordnung."

„Nur zu deinem Besten. Tschüss!", raunzte er und ging weiter.

„Tschüss!" Du mich auch, dachte ich. Wenigstens wusste ich jetzt, dass von Hans keine wirkliche Bedrohung ausging. Mit seinem sonderlichen Wesen kam ich schon irgendwie zurecht. Die Hauptsache war, dass er mir nicht gefährlich werden konnte. Wie oft hatte ich ihn in Verdacht gehabt, als all die merkwürdigen Dinge passierten, und in Wirklichkeit ...

Ich wurde von Schülern meiner dritten Klasse abgelenkt und war sehr froh darüber, denn so war ich nicht mehr gezwungen über Sabine nachzudenken.

In der großen Pause hatte ich vor, in die Bibliothek zu gehen. Als ich am Lehrmittelraum vorbeikam, öffnete sich die Tür, eine kräftige Männerhand packte mich am Arm und zog mich in das Zimmer. Es ging alles blitzschnell und bevor ich schreien konnte, sah ich, dass Jan vor mir stand und die Tür zuschlug.

„Spinnst du? Wie kannst du mich so erschrecken?", rief ich ehrlich erbost. Von traumatischen Erlebnissen hatte ich im Moment wahrlich genug.

„Entschuldige, aber ich muss unbedingt mit dir sprechen. Du hast ja die ganze Zeit dein Handy ausgeschaltet. Also, kommen wir gleich zur Sache. Samstagnacht. Was wolltest du in Sabines Wohnung? Wie bist du überhaupt hineingekommen?"

Ich setzte mich und Jan positionierte sich auf auf einem Stuhl mir gegenüber. Er sah mich eindringlich an.

„Jetzt sag schon, sonst platz ich noch."

„Ich habe den Schlüssel bei meinem letzten Besuch bei dir mitgenommen. Weißt du, ich fand es einfach merkwürdig, dass sie sich nicht als meine ehemalige Schulkameradin zu erkennen gegeben hat. Außerdem hat sie sich in letzter Zeit sehr merkwürdig verhalten. Ich musste einfach in ihrer Wohnung auf Spurensuche gehen, verstehst du?"

„Nö!"

„Stell dir vor, ich habe die ‚Jurassic Park'-DVD und das Londonvideo bei ihr gefunden!"

Ein personifiziertes Fragezeichen namens Jan saß vor mir.

„Verstehe leider nur Bahnhof, geht es auch etwas genauer?"

In Kurzversion erklärte ich ihm, was es mit den Filmen auf sich hatte.

„Und das hier habe ich auch noch gefunden." Ich zog das Bibliotheksfoto heraus, das ich zufällig in meiner Jackentasche hatte, und zeigte es ihm. Als er mich wieder ansah, war sein Blick wie versteinert und seine Gesichtsfarbe war plötzlich aschfahl geworden.

„Das ist ja ekelhaft", sagte er und starrte das Foto bestürzt an. „Sie weiß also von unserem Techtelmechtel. Aber dass sie deswegen so ausflippt, haut mich um. Was … was sollen wir jetzt tun?" Echte Verzweiflung lag in seiner Stimme.

„Vielleicht wäre es das Beste, wenn wir mit ihr reden. Sie verrennt sich da in etwas."

Das dünne rote Rinnsal auf ihrem Unterarm tauchte vor meinem geistigen Auge auf.

„Wir müssen ihr sagen, dass unsere Affäre vorbei ist."

„Ist sie das?" Jan lehnte sich nach hinten und warf mir einen Blick zu, in dem Verzweiflung, Wehmut und Sehnsucht standen.

„Natürlich ist sie das. Sie hätte schon längst zu Ende sein müssen. Sie hätte gar nicht beginnen dürfen. Begreifst du nicht, in welcher Gefahr wir schweben?!"

„Ich habe nur eines begriffen: dass ich dich liebe."

Ich war der Verzweiflung nahe. „Wenn du jetzt mit ihr Schluss machst, dann weiß ich nicht, was geschieht. Wir müssen sie aufklären, dass zwischen uns nichts mehr läuft, und dann Gras über die Sache wachsen lassen, wenn die Angelegenheit nicht eskalieren soll."

Ich sah auf die Uhr. Noch zehn Minuten bis zum Ende der Pause.

„Hast du das Hochzeitsfoto dabei?"

„Ja, hier. Ich weiß zwar nicht, was dir das bringen soll, aber bitte schön." Er holte den kleinen silbernen Bilderrahmen aus der Innentasche seiner Lederjacke und reichte es mir.

Auf dem Bild war Sabine in einem bodenlangen weißen Brautkleid und einem kurzen Brautschleier neben ihrem Bräutigam unter einer großen Eiche stehend zu sehen. Kitsch pur.

„Das gibt es doch nicht!", entfuhr es mir spontan, als ich den Mann genauer betrachtete.

Die dunkelblonden Haare, das etwas unsichere Lächeln, die schlanke Figur! Ja, er war es wirklich! Der Bräutigam war Tom! Es war unfassbar! Sabine und Tom! Ich verstand überhaupt nichts mehr.

Sabine war mit Tom verheiratet gewesen, meinem Exfreund. Nein, das konnte einfach nicht sein. Nicht Tom und Sabine!

Nie hatte sie auch nur ein Wort davon erwähnt. Stets hatte sie ein Geheimnis aus ihrer Ehe gemacht. Nicht einmal mit Jan hatte sie darüber gesprochen. Warum nur? Die Frau wurde mir immer unheimlicher.
Meine Finger legten sich krampfhaft um den Bilderrahmen, so als könnte ich das Geheimnis, das sich darin verbarg, herauspressen.
„Isabel, was hast du denn?", rief Jan und setzte sich aufrecht hin.
Ich starrte auf das Bild und konnte keinen klaren Gedanken fassen. Sabine und Tom, Sabine, die sich ritzt, Sabine mit Mordgedanken, Tom und Sabine, Sabine und Tom, Jan und ich, Tom und Sabine. Die Gedanken kreisten immer schneller und ungeordneter.
Ich spürte Jans Hand auf meiner Schulter.
„Kennst du ihren Mann etwa?", versuchte er mit besänftigender Stimme etwas aus mir herauszubekommen.
Aufgeregt sprang ich vom Stuhl auf. „Ja! Ich fass es nicht! Das ist Tom, mein Exfreund aus meiner Schulzeit."
„Wie bitte? Was es für Zufälle gibt!"
„Zufälle? Sie hat es die ganze Zeit gewusst. Seit sie mein Fotoalbum mit den Bildern aus meiner Schulzeit gesehen hat, wusste sie es. Sie hat auch Fotos von mir und Tom gesehen und sagte kein Wort dazu. Verstehst du das?"
Natürlich verstand er es ebenso wenig wie ich.
„Was glaubst du, wie sie reagiert, wenn ich sie darauf anspreche?", fragte ich. Jan war mit der neuen Erkenntnis sichtlich überfordert.
„Ich glaube, ähm, ich denke … ach, keine Ahnung." Vom großen Frauenversteher Jan war nicht mehr viel zu erkennen.
„Ich muss herausfinden, warum sie ihre Vergangenheit permanent verleugnet. Und warum sie mich so abgrundtief hasst. Und du musst mir dabei helfen, okay?"
Die Schulglocke ertönte. „Oh, wir müssen", sagte er nur und wollte sich schon zum Gehen wenden, doch ich hielt ihn an

seinem Jackenärmel fest.

„Hey, was ist jetzt. Hilfst du mir?"

Sein Blick wirkte zutiefst verunsichert. „Ja, ich werde dir helfen. Aber ich muss das Ganze erst einmal verdauen. Ich bin jetzt schon so lange mit ihr zusammen und finde es einfach nur erschreckend, wie wenig ich sie wirklich kenne."

Es klingelte zum zweiten Mal. Jan nahm mich in den Arm und sagte: „Vielleicht finde ich bald etwas heraus, aber du musst mir Zeit geben."

Ich nickte und er drückte mich ganz fest an sich. Dann löste er sich mit einem Seufzer und sah mir noch einmal in die Augen. In seinem Blick lag so viel Wehmut und Schmerz, dass es mir das Herz zusammenschnürte. Wortlos drehte er sich um und verließ leicht gebeugt und mit weniger beschwingtem Schritt als üblich den Raum.

Ich sah ihm traurig nach. Beide wussten wir, dass wir uns zum letzten Mal so nahe gewesen waren. Das Ende dieser Affäre wäre mir leichter gefallen, wenn ich gewusst hätte, dass er mit Sabine glücklich werden könnte. Aber unter diesen Umständen konnte es keine gemeinsame Zukunft für die beiden geben.

Ich war so durcheinander, dass die anschließende Englischstunde fast zum Fiasko geriet. Es war mir kaum möglich, mich auf den Unterricht zu konzentrieren, und die Schüler nützten dies weidlich aus. Sie redeten ungeniert miteinander und mit der Zeit wurde es immer lauter. Auch Patrick fiel wieder in alte Verhaltensmuster zurück und missachtete sämtliche Regeln. Ich wies ihn ein paar Mal scharf zurecht, aber ohne Angst, er könnte sich dafür rächen. Angst musste ich nur vor einer Person haben, und das war Sabine.

Nach Schulschluss fuhr ich noch zu Babs' Galerie, da Sascha zum Mittagessen bei Max eingeladen war. Sie sah mich erstaunt an, als ich den Raum betrat.

„Hallo, was machst du denn hier? Gibt es Neuigkeiten?"

„Allerdings. Stell dir vor, Sabine war mit Tom, meinem Ex,

verheiratet!"

„Wie bitte? *Dein* Tom war mit Sabine verheiratet? Das gibt es doch nicht."

„Doch, es ist wahr. Ich kann es ja auch kaum glauben, aber es ist so."

Babs kam hinter ihrer Servicetheke hervor und führte mich zu einem Bistrotisch, wo wir uns beide hinsetzten.

„Bist du sicher? Wie hast du denn davon erfahren?"

„Jan hatte mir das Hochzeitsfoto, das ich bei meinem Einbruch in der Hektik nicht mehr mitnehmen konnte, heute in die Schule gebracht. Auf dem Bild stehen Tom und Sabine romantisch-kitschig unter einem Baum. Aber ein glücklicher Bräutigam sieht anders aus, finde ich."

„Was sagt denn Jan dazu?"

Ich machte eine wegwerfende Handbewegung. „Sozusagen gar nichts. Nur dass er die Tatsache, Sabine auch nach so langer Zeit noch nicht zu kennen, erst einmal verdauen muss."

„Dann kannst du im Moment wohl nicht auf ihn zählen. Sabine muss doch wissen, dass ihr damals ein Paar wart, oder nicht?"

„Natürlich weiß sie es. Sie hat ja in meinem Album mit den Abiturfotos geblättert und da waren einige von Tom und mir als Paar dabei. Das war letzten September und seitdem tat sie so, als seien wir uns hier an dieser Schule zum ersten Mal begegnet. Das ist schon mehr als befremdlich."

„Befremdlich ist ja wohl leicht untertrieben!", ereiferte sich Babs lauthals. „Unheimlich ist das! Denk doch, sie hat dein Londonvideo verschwinden lassen und Sascha schlaflose Nächte bereitet! Womöglich beinahe vergiftet!!" Babs verfiel zusehends in Hysterie. „Und nicht zu vergessen, das Bibliotheksfoto! Auf dem sie dich massakriert hat! Wer weiß, ob sie dich nicht auch in der Bibliothek eingeschlossen hat! Die ist doch verrückt! Nächstes Mal bringt sie dich um!"

Eigentlich war ich in der Absicht gekommen, mich von ihr beruhigen zu lassen, doch dank ihrer Ausführungen fühlte

ich mich jetzt noch schlechter.
„Du sollst mich aufmuntern, nicht einschüchtern. Sag mir lieber, was ich tun soll. Ich kann gar nicht mehr klar denken. Auf gar keinen Fall will ich irgendetwas provozieren."
In diesem Moment kam eine Kundin herein und Babs stand unwillig auf, um sie zu bedienen.
Fünf Minuten wartete ich, doch als nach einem genervten Seitenblick von Babs feststand, dass die Entscheidungsfindung etwas länger dauern würde, zog ich meinen Mantel an und signalisierte Babs, dass ich gehen wollte. Sie kam zu mir her.
„Tut mir leid. Wir telefonieren. Bleib jetzt ganz ruhig, auch wenn es beängstigend ist. Leg doch ein Küchenmesser unter dein Kopfkissen!"
„Ja vielleicht. Tschüss, mach's gut."
In Gedanken versunken fuhr ich nach Hause. Bei der Unterrichtsvorbereitung konnte ich mich kaum auf das Wesentliche konzentrieren. Immer wieder sah ich dieses Hochzeitsbild vor mir. Tom hatte Sabine geheiratet, doch nichts davon gesagt, als ich ihn vor fünf Jahren getroffen hatte. Wenn ich so über diese Begegnung nachdachte, kam sie mir im Nachhinein ziemlich merkwürdig vor. Ich hatte ihn damals als sehr deprimiert empfunden und es war mir aufgefallen, dass er es strikt vermieden hatte, über seine Ehe zu sprechen. Ich begründete es damit, dass er unglücklich verheiratet war und deshalb nicht darüber reden wollte.
Vielleicht war es wirklich das Beste, sie eiskalt mit meinen Erkenntnissen zu konfrontieren, um diesem unwürdigen Rätselspiel ein Ende zu setzen.
Ich spürte zwei Hände auf meinen Schultern und schrie entsetzt auf.
„Aber Liebling, es ist nur meine Wenigkeit, dein Mann und kein Einbrecher. Hast du mich denn nicht gehört?"
„Nein, ich war so konzentriert. Sag bitte nächstes Mal etwas, bevor du mich berührst. Ich erschreck immer fast zu Tode, wenn ich nicht darauf gefasst bin."

„Wieso bist du noch nicht umgezogen? Heute ist doch Theaterabend."
Das hatte ich vollkommen vergessen. Die Gedanken waren immer nur um Sabine gekreist. Mein Entschluss stand fest. Ich musste die ganze Wahrheit über sie erfahren, um in mein normales Leben zurückkehren zu können. Den richtigen Zeitpunkt dafür zu finden war das Schwierigste dabei. Doch er sollte sich von ganz allein ergeben.

KAPITEL 28

Drei quälend lange Wochen vergingen bis zum Beginn der Pfingstferien. Drei Wochen, in denen Sabine und ich uns belauerten. Wir waren wie zwei Raubkatzen, die geduckt ihre Kreise zogen, ohne sich dabei aus den Augen zu lassen, jederzeit zum Angriff bereit. Nur wenn es sich nicht vermeiden ließ, redeten wir miteinander. Zwar schenkte sie mir immer wieder ein Lächeln, aber das war so echt wie ein Zirkoniastein. Sobald sie mich nicht mehr beachtete, gefror es sofort zur starren Maske.

Ich hatte es nicht geschafft, sie zur Rede zu stellen, da sich nie die richtige Gelegenheit gefunden hatte. In der Schule war jede mit ihrer Klasse beschäftigt und die Pausen waren zu kurz, um solch ein brisantes Thema anzusprechen. Privat hatten wir keinen Kontakt, da sie nicht mehr zum Lehrervolleyball kam und ich jedes Wochenende mit meiner Familie unterwegs war. Abends wollte ich nicht alleine mit ihr ausgehen, denn das erschien mir zu gefährlich. Die Angst davor, wie sie reagieren könnte, war größer als der Wunsch, die Wahrheit zu erfahren. Ich sprach Jan einmal darauf an, ob wir uns nicht zu dritt treffen könnten, doch er wich mir aus.

„Diese Woche habe ich keine Zeit, nächste Woche vielleicht", meinte er.

Doch in der folgenden Woche kam wieder eine Absage und mir wurde klar, dass er sich vor einer Aussprache zu dritt drückte. Seit unserem Treffen im Lehrmittelraum war er sehr schweigsam und in sich gekehrt. Ich suchte vergeblich nach dem lockeren, fröhlichen Jan, der das Leben immer von der guten Seite betrachtete und für alles eine schnelle Lösung parat hatte. Sabines Probleme konnte auch er nicht im Vorbeigehen lösen. Er kämpfte einen einsamen Kampf. Ich fand mich damit ab, dass ich auf mich allein gestellt war.

Am ersten Ferienwochenende hatte Alex geplant, mit seinem Freund Paul zu einem Oldtimertreffen an den Bodensee zu fahren. Er hatte sich im März einen alten Mercedes SL gekauft und brannte darauf, eine längere Ausfahrt damit zu

unternehmen. Ich lehnte es kategorisch ab mitzufahren, denn diese Freaks redeten ein ganzes, langes Wochenende nur vom heiligen Blech und was sonst so dazugehörte. Frauen waren dabei nur schmückendes Beiwerk, wenn sie überhaupt wahrgenommen wurden. Das hatte ich ein einziges Mal mitgemacht und mir geschworen, es nie wieder zu tun.
Andererseits fand ich die Aussicht auf ein leeres Haus nicht gerade ermutigend. Es war Freitagmittag und ich saß einsam und allein an meinem Schreibpult im verwaisten Klassenzimmer, als mir die glorreiche Idee kam, Babs zu mir einzuladen.
„Ja gerne", stimmte sie meinem Vorschlag zu, „ich kann aber erst morgen gegen neun Uhr abends kommen, da ich vorher in Köln mit einem Galeristen verabredet bin."
„Schön, ich freue mich. Aber sieh zu, dass du rechtzeitig kommst. Du weißt ja, wie gerne ich allein zu Hause bin. Sascha ist bei Max. Er wollte unbedingt mit Alex mitfahren, aber bei dieser Aktion will der von seiner Familie überhaupt nichts wissen. Wenn du mal größer bist, hat er zu ihm gesagt. So bin nur noch ich übrig. Also dann bis Samstagabend."
Als sie zugesagt hatte, fühlte ich mich gleich um einiges besser und packte meine Sachen in die Aktentasche.
„Du bist auch noch hier. Ich wollte dir nur schöne Ferien wünschen", sagte Jan, der ins Klassenzimmer kam.
„Jan, wie schön, dich noch einmal zu sehen. Wie geht es dir?", fragte ich und blickte zu ihm hoch. Sein Gesichtsausdruck war Antwort genug. Er litt höllische Seelenqualen.
„Ehrlich gesagt, nicht gut. Ich weiß nicht, wie das mit Sabine und mir weitergehen soll. Es hat sich nichts geändert. Ich komme nach wie vor nicht an sie ran."
Er setzte sich auf die Kante des Schreibtisches und verschränkte die Arme vor seinem Körper.
„Hast du keine Angst, dass sie uns hören könnte?", sagte ich und deutete mit dem Kopf zur Tür, die einen Spalt breit offen stand.

„Nein, sie ist schon vorausgefahren. Wir können also reden."
„Gut. Hast du irgendetwas herausgefunden?"
Er warf mir einen resignierten Blick zu und sah dann wieder in die Ferne. „Ähm, eigentlich nicht, nicht direkt."
„Was heißt nicht direkt. Hast du nun oder hast du nicht?" Ich zupfte ungeduldig an seinem Pulliärmel.
„Ich habe nicht wirklich etwas erfahren. Ich sagte doch, sie gibt nichts preis."
Entnervt stöhnte ich auf. „*Eigentlich nicht, nicht direkt, nicht wirklich,* das heißt für mich, du weißt irgendetwas! Raus mit der Sprache!"
Anstatt mir zu antworten warf er einen Blick auf seine Armbanduhr. „So leid es mir tut, aber ich muss jetzt gehen."
Hurtig schnellte ich von meinem Stuhl empor und stellte mich mit zehn Zentimeter Abstand vor ihn hin.
„Wage es nicht, auch nur einen Schritt in Richtung Tür zu gehen, bevor du nicht gesagt hast, was du mit ihr beredet hast. Also!"
Herausfordernd blickte ich ihn an. Jan richtete seinen Blick zum Fenster und meinte allen Ernstes: „Heute und morgen soll es noch ganz schön stürmisch werden. Die Wolken hängen schon ziemlich tief."
Ich musste tief Luft holen, um meine Selbstbeherrschung zu behalten. „Verdammt noch mal, Jan. Ich will nicht wissen, wie das Wetter wird, sondern was du mit Sabine besprochen hast. Hör endlich auf mich auf die Folter zu spannen!"
Verlegen blickte er zu Boden, die Hände in den Hosentaschen seiner Jeans vergraben, und trat von einem Fuß auf den anderen.
„Ja also, ich habe sie nur gefragt, woher sie ihren Exmann kannte." Er hielt seinen Blick weiter auf den Boden gerichtet.
„Und weiter!", drängte ich ungeduldig.
„Na ja, sie hat in der üblichen abweisenden Art geantwortet, dass sie ihn während ihrer Referendarzeit kennengelernt hatte.
„Aha und das war alles?"

„Ähm, nicht ganz." Unsicher sah er mich durch seine braunen Stirnlocken hindurch an. Mein Nervenkostüm war zum Zerreißen gespannt.
„Nicht ganz. Jetzt lass dir doch nicht jedes Wort aus der Nase ziehen!"
„Na ja, irgendwie kamen wir dann auf das Thema Schule zu sprechen und da habe ich sie noch etwas gefragt."
Ich musste an mich halten, um nicht vor Ungeduld zu schreien. „Was hast du gefragt?!?"
„Wir sprachen von ihrer Schulzeit und irgendwann fragte ich sie, ob es nicht sein könne, ähm, dass ihr zusammen auf die Schule gegangen seid."
Dieser Satz traf mich wie ein Keulenschlag. Entsetzt starrte ich ihn an.
„Sag, dass das nicht wahr ist", hauchte ich tonlos.
„Doch, es ist wahr. Aber so schlimm wird es schon nicht sein."
Sein flehentlicher Blick sollte mich milde stimmen.
„Du solltest doch nur durch die Blume fragen und nicht so direkt! Und wie hat sie reagiert?" Vor Aufregung war meine Stimme jetzt ziemlich laut geworden.
„Na ja, zuerst ist sie irgendwie erstarrt, dann fragte sie, wie ich auf diese Schnapsidee käme. Ich sagte ihr, dass ich auf deinem Jahrgangsfoto ein Mädchen gesehen hätte, das ihr ähnlich sähe. Sie bestritt, dass sie mit dir zur Schule gegangen war. Ziemlich wütend riet sie mir, sie mit diesem Schnee von gestern in Ruhe zu lassen, und verließ dann türenknallend das Zimmer. Die Stimmung war den ganzen Abend auf dem Tiefpunkt."
Innerlich total aufgewühlt ging ich mit schnellen Schritten zum Fenster und wieder zurück.
„Weißt du eigentlich, was du da getan hast? Wieso hast du sie nicht gleich gefragt, warum sie ihre Ehe mit meinem Ex verschwiegen hat?" Am liebsten hätte ich ihn am Kragen gepackt und heftig durchgeschüttelt.
„Ja okay, ich habe es gründlich vermasselt. Es tut mir ja auch leid. Aber ich konnte die Sache noch einigermaßen

zurechtbiegen, indem ich ihr sagte, dass mir die frappierende Ähnlichkeit auf dem Foto aufgefallen sei."
Ich lachte kurz auf. „Frappierende Ähnlichkeit?! Die damalige Person gleicht der heutigen genauso wie eine Banane einem Apfel. Sie hat dir bestimmt kein einziges Wort geglaubt. Ihr ist vielmehr bewusst geworden, dass ihr Geheimnis aufgeflogen ist. Ich will mir gar nicht vorstellen, was sie als Nächstes gegen mich unternimmt."
Nervös strich ich meine Haare aus dem Gesicht und tigerte zwischen Schreibtisch und Fenster hin und her.
„Also ich glaube, dass sie meine Erklärung akzeptiert hat", sagte Jan. „Ich versicherte ihr auch, dass ich nicht mit dir darüber gesprochen habe. Sie wird sicher nichts gegen dich unternehmen."
„Überleg doch, was sie mir schon alles angetan hat! Mittlerweile würde sie mich wahrscheinlich am liebsten umbringen! Das sagt Babs auch!"
Als ich das von mir gab, lief ich zum x-ten Mal an ihm vorbei. Er fasste mich am Arm und zwang mich ihn anzusehen.
„Jetzt komm, beruhig dich. Es ist wahrscheinlich alles nur halb so schlimm, wie du jetzt annimmst. Sie ist nur so wütend wegen unserer Affäre, aber die ist ja nun endgültig vorbei. Sabine war jedenfalls am nächsten Tag wieder ganz die Alte."
„Ja, nachdem sie sich eine neue Vernichtungsstrategie gegen mich ausgedacht hat."
„Entschuldige, dass du jetzt wegen mir Angst bekommen hast. Ich wollte dir doch nur helfen und habe es wohl falsch angefangen."
Etwas untertrieben, dachte ich, zwang mich aber dennoch zu einem Lächeln. „Schon gut, jetzt ist es passiert und wir können nur hoffen, dass du Recht hast und sie nicht weiß, dass ich weiß …"
Mit einer sanften Handbewegung strich Jan über mein Haar und murmelte: „Es ist ganz sicher so!"

KAPITEL 29

Während der Sturmwind draußen heulend um die Hausecke tobte und die Baumwipfel zum Tanzen brachte, wirbelten im Haus meine zwei Männer unkontrolliert durch die Gegend. Ständig fragte einer, wo was zu finden sei, was nicht auf Unselbstständigkeit gründete, sondern auf Faulheit. Bevor sie auch nur ansatzweise auf die Idee kamen, nach dem gewünschten Gegenstand zu suchen, fragten sie erst einmal mich Allwissende.
„Liebling, wo ist denn mein dünner grauer Pulli? Und hast du mein Handy gesehen?"
„Mama, ich finde meine Baseballmütze nicht! Und mein kleines ferngesteuertes Auto auch nicht!", plärrte Sascha dazwischen, bevor ich Alex eine Antwort geben konnte.
„Wo hast du denn schon gesucht?", fragte ich mit stoischer Ruhe.
„Weiß nicht!", antwortete mein Söhnchen achselzuckend.
„Aha, also nirgends", stellte ich resignierend fest.
„Weißt du nun, wo mein Handy ist?"
„Es liegt in deinem Arbeitszimmer zum Aufladen. Das war ganz leer gelutscht."
„Ohne meine Mütze und das Auto kann ich nicht zu Max fahren, Mama", drängte mich Sascha ungeduldig. Ich hob entnervt den Blick gen Himmel. Es widerstrebte mir einerseits diese Bequemlichkeit zu unterstützen, doch um schneller meine verdiente Ruhe zu bekommen, half ich schließlich beiden, ihre Siebensachen zusammenzutragen.
„Danke, Liebling, dass du mir hilfst, so komme ich schneller aus dem Haus", schnurrte mein großer Kater dankbar.
„Genau, du hast es erfasst. Vergiss nicht deinen Kulturbeutel mitzunehmen."
„Kommst du alleine zurecht? Du hast doch keine Angst, oder?", fragte Alex mit besorgtem Gesicht.
„Nein, das ist schon in Ordnung, außerdem will Babs zum Übernachten kommen."
„Ah, das ist gut. Dann bin ich beruhigt. Aber seit diesem

mysteriösen Überfall ist es eigentlich ziemlich ruhig geworden, nicht wahr?", meinte er, während er seinen Rasierer einpackte.

„Ja wirklich, sehr ruhig", erwiderte ich und war froh, dass er mich dabei nicht anblickte. Mein Gesichtsausdruck hätte ihn sicher vom Gegenteil überzeugt. Bei dem Gedanken an Sabine und Jans kürzliche Unterredung musste ich schwer schlucken.

„So, ich glaube, jetzt habe ich alles", sagte Alex. Es klingelte an der Haustür.

„Ah, Paul ist schon da. Also mein Liebling, mach's gut. Lass keine fremden Leute herein und schon gar keine Männer!", sagte er von einem Ohr zum anderen grinsend und gab mir einen innigen Kuss. Dann schnappte er seine Tasche und öffnete die Tür. Paul kam kurz herein, um mich zu begrüßen und ein paar Belanglosigkeiten auszutauschen. Schließlich verließen beide das Haus und fuhren in ihren Oldtimern hintereinander aus unserer Hofeinfahrt. Ein Gefühl der Verlassenheit beschlich mich, als ich ihnen winkend nachsah, bis sie verschwunden waren. Mit einem mulmigen Gefühl betrat ich das Haus. Die Erlebnisse in den Herbstferien drängten sich mit aller Macht in mein Bewusstsein und ließen sich nicht so einfach verscheuchen.

Nur gut, dass Babs heute bei mir ist, sonst könnte ich das nicht aushalten, dachte ich und setzte mich an den Frühstückstisch. Nachmittags brachte ich Sascha zu Max und fuhr dann in die Stadtmitte, um einkaufen zu gehen. Der Wind wehte noch kräftiger als heute Morgen und inzwischen hatte es auch noch angefangen zu regnen. Ich war froh, als ich am Abend wieder nach Hause zurückkehrte, und machte mir gleich etwas zu essen. Mein Handy klingelte. Es war Babs, die ganz aufgeregt klang.

„Hallo, Belle! Du glaubst nicht, was hier auf der Autobahn los ist! Wir sind noch keine zehn Kilometer weit gekommen und es steht alles. Wirklich! Hier geht gar nichts mehr."

„Und was heißt das jetzt?", rief ich nichts Gutes ahnend.
„Jetzt reg' dich nicht auf, vielleicht schaffen wir es ja noch. Ich gebe dir Bescheid, wenn ich was Neues weiß. Bis dann!"
Frustriert ließ ich mich auf den Küchenbarhocker sinken. Die Aussicht auf eine einsame, stürmische Nacht vermieste mir den letzten Rest guter Laune. Missmutig aß ich ein paar Happen und sah dabei immer wieder nervös auf die Uhr. Babs musste es gelingen zu kommen.
Um mir ein gewisses Gefühl der Sicherheit zu verschaffen, verriegelte ich die Haustür und den Zugang zum Keller und ließ sämtliche Rollläden herunter. Der Sturmwind heulte ununterbrochen um das Haus und rüttelte beängstigend laut an den Rollläden. Eine Stunde war seit Babs' Anruf vergangen und ich fühlte mich einsamer als jemals zuvor. Mein Bedürfnis, mit jemandem zu reden, wurde immer größer und ich wählte kurz entschlossen Alex' Handynummer. Ganz entfernt im Haus vernahm ich eine Melodie, ohne gleich zu begreifen, was das bedeutete. Doch dann fiel es mir wie Schuppen von den Augen. Es war Alex' Handy, das in seinem Arbeitszimmer am Akkugerät hängend klingelte. Er hatte doch tatsächlich das Kunststück fertiggebracht, es liegen zu lassen.
„Verflixt noch mal!", fluchte ich und drückte auf „Beenden". Ich hatte dafür gesorgt, dass es geladen wurde, und mein Gatte vergaß es einfach! Es war sehr beklemmend, die Gewissheit zu haben ihn nicht erreichen zu können. Das Gefühl der Verlassenheit umschlang mich mit beiden Armen und drohte mich zu erdrücken.
Ohne zu überlegen wählte ich Jans Telefonnummer, doch es erklang nur eine synthetische Frauenstimme, die mir mitteilte, dass er nicht erreichbar sei. Einerseits war ich etwas enttäuscht, andererseits wieder froh darüber, denn ich musste mir eingestehen, dass dieser Anruf sehr leichtsinnig gewesen war. Nicht auszudenken, wenn Sabine es mitbekommen hätte. Zunehmend unruhiger werdend lief ich durch das Wohnzimmer, beseitigte Staub und räumte penibel auf, bis es

so steril wirkte wie im Ausstellungsraum eines Möbelhauses. Dann hielt ich es nicht länger aus und rief Babs an. Sie meldete sich sofort.

„Hey, Süße! Das war Gedankenübertragung! Gerade wollte ich dich anrufen. Ich stehe immer noch im Stau! Ein Schwertransporter ist samt Ladung umgekippt und wird laut Verkehrsdurchsage die Straße noch eine ganze Weile blockieren. Es sieht ganz so aus, als ob ich nicht mehr zu dir kommen kann."

„Oh nein, ich habe mich so darauf verlassen, dass du kommst! Was mache ich denn jetzt? Alleine fürchte ich mich zu Tode!"

„Tut mir wirklich so leid. Was ist mit deinen Eltern oder Schwiegereltern?"

„Alle im Urlaub. Bleibt eigentlich nur noch Jan."

„Jan?!! Du tickst wohl nicht mehr ganz richtig. Mit dem hat doch alles angefangen!! *Piep!* Oh mein Akku ist gleich leer! *Piep!* Also, sperr alle Türen zu und ... *Piiieeep!*" – und weg war meine Freundin, auf die ich diese Nacht alle meine Hoffnungen gesetzt hatte.

Verzweifelt warf ich mein Handy auf die Couch und verfluchte Babs samt ihrer Galerie und ihren wichtigen Geschäftsterminen. Keiner war erreichbar, weil der eine sein Handy zu Hause liegen gelassen, der andere es ausgeschaltet hatte und der dritte zu blöde war, um an genügend Saft für sein Gerät zu denken. So viel zum Thema „Segen der neuen Kommunikationstechnik".

„Reiß dich zusammen und geh duschen. Eine schöne heiße Dusche zur Entspannung ist jetzt genau das Richtige. Irgendwie werde ich diese Nacht auch ohne Babs überstehen", redete ich mir selbst Mut zu und ging nach oben ins Badezimmer. Nach einer Blitzentkleidung stieg ich in die Dusche und drehte den Hahn auf. Warmes Wasser prasselte auf mich herunter, doch die erhoffte Entspannung blieb aus. Ich fühlte mich plötzlich schutzlos und ausgeliefert in meiner Nacktheit. Und dazu noch diese unerträgliche Stille, die nur

durch das Platschen des Wassers und das Heulen des Windes durchbrochen wurde. Ich verspürte das dringende Bedürfnis, menschliche Stimmen zu hören.
Triefend verließ ich die Duschkabine und schaltete das Radio ein. Während ich meine Haare wusch, versuchte ich mitzusingen, um meine Beklemmung, die das leere, sturmumtoste Haus in mir auslöste, zu vertreiben. Doch mehr als ein klägliches Krächzen brachte ich nicht zustande. Auch die Musik konnte mich nicht beruhigen. Das laut plärrende Radio übertönte alle anderen Geräusche. Plötzlich kam mir der unbehagliche Gedanke, dass ich es nicht einmal hören könnte, wenn jemand versuchen würde ins Haus einzudringen. Jetzt fühlte ich mich noch unsicherer. Die bloße Vorstellung, hinterrücks überfallen zu werden, ließ mich eilig mit eingeschäumtem Kopf aus der Dusche springen und die Musik ausschalten. In Rekordzeit beendete ich den Waschvorgang und zog mir rasch meinen baumwollenen Hausanzug an. Immer wieder drängten sich die Bilder von Sabine, die mich mit eisigen Blicken bedacht hatte, die zerstochenen Augen auf dem Foto, der verräterische Blusenknopf in ihrer Hand und das Blut an ihrem Unterarm in mein Gedächtnis und ließen mich erneut erschauern. Ich versuchte mich abzulenken, indem ich daran ging, meine Fußnägel zu lackieren. Während ich einem Nagel nach dem anderen ein dunkles Rot verpasste, summte ich leise vor mich hin.
Ein fernes, dumpfes Geräusch ließ mich erschrocken zusammenzucken. Wie erstarrt saß ich mit dem Lackierpinsel in der Hand da und horchte nach draußen. Außer dem Heulen des Windes und dem Geklapper der Rollläden konnte ich jedoch nichts Außergewöhnliches mehr hören.
Schnell lackierte ich die Nägel zu Ende und ging zur Tür. Langsam öffnete ich sie und streckte vorsichtig meinen Kopf hinaus. Die obere Etage lag im Dunkeln. Ich fingerte mit der rechten Hand an der Wand entlang, bis ich endlich den

Schalter fand. Mit einem Klick wurde der Flur in helles Licht getaucht und ich wagte es, das Badezimmer zu verlassen. Schnell blickte ich mich nach allen Seiten um und ging zur Treppe, wo ich wieder stehen blieb und mich am Geländer festhielt. Ich hatte plötzlich keinen Mut mehr nach unten zu gehen, wo mich nur leere Räume erwarteten.

„Jetzt hör endlich auf dich so maßlos hineinzusteigern!", ermahnte ich mich in Gedanken. „Ich habe alles abgeschlossen, niemand kann hereinkommen."

Etwas zuversichtlicher ging ich die Treppe hinunter und schaltete in sämtlichen Räumen das Licht ein. Nachdem ich alles inspiziert hatte, begab ich mich in die Küche, holte mir ein Glas Orangensaft und machte es mir mit einer weichen Decke auf dem Sofa bequem. Da mein Seelenzustand gerade krimiuntauglich war, zappte ich mich in die Komödie „Pretty Woman".

Es gelang mir sogar, mich dabei einigermaßen zu entspannen. Doch ich konnte es nicht lassen, immer wieder die Stummtaste zu betätigen, um mich zu vergewissern, dass alles wie gewöhnlich war. Mein Zuhause, in dem ich mich stets wohl fühlte, war plötzlich ein Ort der stummen Bedrohung geworden. Ich kauerte in die Decke eingehüllt auf der Couch, ständig begleitet von dem Gefühl, dass jeden Moment etwas Schreckliches passieren könnte, auch wenn ich mir immer wieder selbst einredete, dass das Unsinn war.

Gegen Ende des Films hörte ich plötzlich wieder ein Geräusch. Hastig drückte ich die Stummtaste und lauschte angestrengt. Nur das Heulen des Windes, der die Rollläden unaufhörlich klappern ließ, und der prasselnde Regen waren zu hören. Es waren Geräusche, die alles andere als eine beruhigende Wirkung besaßen. Das Verlangen, Alex jetzt bei mir zu haben, war plötzlich unendlich groß und ich wollte sofort mit ihm sprechen. Aber er hatte ja erfolgreich dafür gesorgt, dass seine Fachsimpelei über Oldtimer nicht durch ängstliche Anrufe seiner Frau gestört werden konnte.

Große Unruhe breitete sich in mir aus und ich war nicht mehr fähig, mich auf das Ende des Films zu konzentrieren. Spontan schaltete ich den Fernseher aus, holte eine Zeitschrift aus dem Ständer und blätterte nervös darin herum, ohne irgendetwas vom Inhalt wahrzunehmen. Meine Gedanken schweiften ständig ab.

Wer war damals in den Herbstferien ins Haus geschlichen? War es Lena gewesen? Sie hatte ja einen eigenen Schlüssel und war zu dieser Zeit sehr schlecht auf mich zu sprechen gewesen. Aber war sie tatsächlich das Risiko eingegangen, wegen dieser Aktion ihren Arbeitsplatz zu verlieren? Kann ich mir eigentlich nicht mehr vorstellen, überlegte ich.

Vielleicht war es ja auch Sabine?!, schoss es mir plötzlich durch den Kopf. Mein Herz fing laut zu klopfen an.

Nein, Unsinn, sie und Jan waren damals noch kein Paar und unsere Affäre hatte erst in jener Nacht begonnen. Außerdem besaß sie ja keinen Schlüssel, versuchte ich mir diese schreckliche Vorstellung sofort auszureden. Mein Blick fiel auf meine Arbeitstasche, die ich unter den Glastisch gelegt hatte. Schlagartig löste dieser Anblick eine Erinnerung in mir aus. Als ob jemand einen Schalter betätigt hätte, lief in meinem Kopf ein Film ab.

Ich sah mich wieder in der Lehrerbibliothek sitzen, die Tasche auf meinem Schoß, und entsetzt feststellen, dass jemand meine Brieftasche durchwühlt hatte. Erst zu Hause hatte ich bemerkt, dass mein Hausschlüssel verschwunden war. Auf einmal war ich mir ganz sicher, dass es nicht Patrick oder Lena gewesen war, wie ich damals fest glaubte, sondern niemand anderes als Sabine.

„Oh nein, sie hat die Schlüssel nachmachen lassen!", rief ich laut und sprang entsetzt vom Sofa auf. Sie konnte also jederzeit hereinkommen, womöglich war sie schon hier!

Das Entsetzen, das mich packte, war so unendlich groß, dass ich kaum atmen konnte. Die Gedanken schwirrten wie ein aufgescheuchter Bienenschwarm in meinem Kopf. Was

sollte ich jetzt tun? Mich verstecken? Mich vor der Haustür postieren? Mich bewaffnen? Die Polizei rufen? Was?? Wo war das Telefon? Wie ein gehetztes Tier sah ich mich um und entdeckte es auf dem Beistelltisch. Gerade als ich es in die Hand nehmen wollte, ertönte das Klingelzeichen und ich ließ es vor Schreck beinahe fallen. Mit bebenden Fingern drückte ich auf Empfang und hauchte nur ein zittriges „Ja?" hinein.
„Hallo Schatz, ich wollte nur …" Die Verbindung brach ab und gleichzeitig erlosch das Licht.
„Alex?! Alex! Halloooo!", schrie ich verzweifelt. Keine Antwort. Die Leitung war tot! In höchster Panik rannte ich im Dunkeln in Richtung Lichtschalter, doch ich konnte noch so oft drücken, es blieb dunkel. Hektisch öffnete ich die Wohnzimmertür und wollte im Flur das Licht einschalten, doch auch hier blieb es dunkel. Stromausfall! Offenbar hatte der Sturm die Stromversorgung unterbrochen. Was für ein Albtraum!, dachte ich verzweifelt. Ich muss die Taschenlampe holen!
Mit bebenden Händen griff ich in den hohen Wandschrank im Flur und tastete hastig darin herum, bis ich die Lampe fand. Aufgeregt schwenkte ich den Lichtkegel durch den Raum. Alles war wie immer. Ganz langsam, jeden Winkel ausleuchtend, bewegte ich mich in Richtung Flur. Der Lichtschein tastete den Einbauschrank und die Garderobe ab. Die auf Kleiderbügeln hängenden dunklen Jacken wirkten gespenstisch. Innerlich schüttelnd vor Grusel, drehte ich mich auf dem Absatz um und bewegte mich in Richtung Küche. Ich brauchte eine Waffe, um mich im Ernstfall wehren zu können. Akribisch tastete ich mit der Lampe den gesamten Raum ab, bevor ich ihn betrat. In dem Moment, als ich die Hand ausstreckte, um ein großes Messer aus dem Holzblock zu ziehen, hörte ich hinter mir ein Geräusch. Als ich mich umdrehen wollte, presste sich eine Hand auf meinen Mund. Ich erschrak fast zu Tode. Mein Herz stockte und für einen Augenblick wurde ich von einer tiefen Schwärze umfangen.

Gleich darauf spürte ich, wie zwei Arme mich unsanft vom Boden hochzogen.
„Du wirst jetzt nicht ohnmächtig, du Miststück!", hörte ich eine Frauenstimme wie aus weiter Ferne. Sabine! Entsetzliches Grauen ergriff mich. Ich wollte laut hinausschreien, doch die Hand presste sich noch brutaler auf meinen Mund. Sie würde mir gleich die Zähne eindrücken! Mein Schreien endete in ein paar hilflosen, unterdrückten Lauten.
„Schrei, so viel du willst! Hier kann dich sowieso niemand hören! Also lass es einfach!", schrie sie mich an. Im nächsten Augenblick spürte ich etwas Kaltes, Metallenes an meinem Hals.
Tödliches Grauen lähmte mich und ich verstummte in der nächsten Sekunde. Das war das Ende! Sabine wollte mich umbringen! Ich konnte mich weder bewegen noch einen Ton von mir geben.
„So ist es brav. Jetzt fällt selbst dir dummer Schnattergans nichts mehr ein. Los, geh ins Wohnzimmer", befahl sie mit schneidender Stimme und schob mich mit Nachdruck vor sich her, das Messer immer noch an meinen Hals haltend. Dann gab sie mir einen groben Stoß, so dass ich vor dem Sofa unsanft auf den Knien landete. Ich gab einen jammernden Laut von mir.
„Setz dich hin und hör bloß auf zu jammern, du elende Memme!"
Ich bot meine ganze verbliebene Kraft auf und zog mich ächzend am Sofa empor, bis ich zum Sitzen kam. Sabine stand, mit der Taschenlampe in der einen und dem Messer in der anderen Hand, mir gegenüber. In dem Schatten werfenden Lichtkegel wirkte ihr Gesicht furchterregend. Ihre Augen waren zwei schwarze Flecken, die kaum einen Ausdruck erkennen ließen. Nur der verkniffene Zug um den Mund spiegelte ihre fatale Seelenlage wider. Ich starrte sie wie paralysiert an. Das war alles so unwirklich. Es konnte nur einer meiner Alpträume sein!

„Was starrst du mich so an! Du kannst es ruhig glauben. Ich bin wirklich hier und wir werden uns jetzt gut miteinander unterhalten", zischte sie spöttisch.

Mein Mund war trocken und ich schluckte schwer. „Was willst du von mir?", kam es krächzend aus meinem Mund.

„Mit dir reden, mit dir abrechnen, mir Genugtuung verschaffen. Nenn es, wie du willst", sagte sie gefährlich leise säuselnd und drehte dabei das Messer in der Hand.

Ich war gnadenlos in die Falle geraten. Mir gegenüber saß eine verwirrte Frau im seelischen Ausnahmezustand, die augenscheinlich zu unberechenbaren Handlungen fähig war. Und es bestand nicht die geringste Aussicht, dass mir jemand helfen konnte. Ich musste strikt vermeiden sie in irgendeiner Weise zu reizen.

All meinen Mut zusammennehmend sagte ich so sanft wie möglich: „Worüber willst du mit mir reden?"

Ein kurzes höhnisches Lachen durchschnitt die Stille des Raumes. „Als ob dich das wirklich interessieren würde. Du bangst doch nur um deine eigene kostbare Haut."

Sabine ließ sich auf dem Sessel nieder, ohne mich aus den Augen zu lassen.

„Aber nein, ich will wirklich ..."

„Halt's Maul, du falsche Schlange. Jetzt rede ich!", herrschte sie mich so rüde an, dass ich erschrocken zurückzuckte.

„Ständig mimst du die nette, liebe Kollegin und Freundin, die immer zur Stelle und stets hilfsbereit ist. Du kotzt mich so an, du mit deinem Zahnpastalächeln. Dabei bist du die Falschheit in Person, die Hexe, die Leben zerstört. Ich kann deinen Anblick kaum ertragen, so widerst du mich an", schleuderte sie mir hasserfüllt entgegen und schnellte wieder empor. Krampfhaft hielt sie das Messer in der Hand und stierte mich an.

Diese geballte Wut, die sie mir entgegenbrachte, jagte einen Schauer nach dem anderen über meinen Rücken. Ich war rettungslos verloren! Sie sah aus, als ob sie jeden Moment die

Nerven verlieren könnte und sich mit dem Messer auf mich stürzen würde. Todesängste überwältigten mich und ich fühlte mich einer Ohnmacht nahe. Ich musste sie sofort dazu bringen, ruhiger zu werden, sonst wäre mein Ende besiegelt. Irgendwie schaffte ich es, ihr in die Augen zu sehen. „Bitte, Sabine, beruhige dich und leg das Messer weg. Bitte!"
„Nein!", schrie sie.
„Dann sag mir wenigstens, warum du mich so hasst. Ich will es wirklich wissen."
„Dich übertrifft an Scheinheiligkeit so schnell niemand. Du willst doch nur, dass ich hier verschwinde, aber diesen Gefallen tue ich dir nicht. Nicht bevor ich mit dir abgerechnet habe", sagte sie verächtlich und setzte sich wieder hin.
Behutsam rückte ich bis an die Lehne zurück und spürte plötzlich etwas Hartes in meinem Rücken. Mein Handy! Ich hatte es nach Babs' Anruf entnervt dorthin geworfen. Das könnte meine Rettung sein! Es musste mir gelingen, das Gerät unbemerkt in meine Hosentasche zu stecken. Doch ich durfte diese Aktion nicht überstürzt ausführen und unternahm deshalb zunächst nichts.
„Babs wird heute Nacht noch kommen", startete ich einen kläglichen Versuch, sie zu verunsichern.
„Du lügst schon wieder. Niemand wird kommen. Ich habe gehört, wie du mit ihr telefoniert hast!"
Ich konnte trotz des schummrigen Lichts der Taschenlampe erkennen, wie sie sich an meinem Entsetzen ergötzte. Sabine war den ganzen Abend über hier gewesen und ich hatte nichts bemerkt! Ein Frösteln ergriff mich, als ob Eis anstatt Blut durch meine Adern fließen würde. Ich konnte es fast körperlich spüren, wie mich der letzte Rest Mut verließ.
„Ja, ich bin schon länger hier, als du denkst. Du solltest dich jetzt mal sehen, was für eine ängstliche, jämmerliche Figur du abgibst. Tja, dieses Mal eilt dir auch kein Jan zu Hilfe, wie dumm."

Sie stand abrupt auf, kam zu mir herüber und setzte sich ganz nah neben mich, das Messer immer in meinem Sichtfeld.
Über meinen gesamten Körper breitete sich Gänsehaut aus. Am liebsten wäre ich weggerückt von ihr, aber dann hätte sie mein Handy entdeckt. Also blieb ich wie anwurzelt sitzen.
„Hat dich dein Held Jan damals gut beschützt? Und dir noch eine wohlige Körpermassage obendrein verpasst? Es hatte eigentlich alles so gut geklappt …"
„Was … was hat geklappt?", unterbrach ich sie stotternd.
„Dich Memme in einen Ausnahmezustand zu versetzen. Ein paar Anrufe, ein laufender Fernseher und eine offene Terrassentür hatten schon genügt, dich fast durchdrehen zu lassen.
Wie sollte ich auch ahnen, dass du so ein Riesenfeigling sein würdest und mitten in der Nacht Jan zu dir holst? Ich habe ihn dir in die Arme getrieben und du hast es auch gleich schamlos ausgenutzt", fauchte sie und spielte wie nebenbei mit dem Messer.
„Du warst das?! Oh mein Gott, wie konntest du nur!", rief ich entsetzt.
„Oh mein Gott, wie konntest du nur!", äffte sie mich nach.
„Aber was du getan hast, zählt natürlich nicht. Du hast ihn mir weggenommen, einfach so. Obwohl du glücklich verheiratet bist. Du hast mich unglücklich gemacht, nur damit du zwischendurch dein Vergnügen hattest."
„Aber so war das nicht! Ich wusste nicht, dass du in ihn verliebt warst, außerdem wart ihr damals noch kein Paar. Ich hätte das sonst nie gemacht, das musst du mir glauben!", flehte ich sie an.
„Halt deinen dummen Mund, sonst bring ich dich zum Schweigen!", rief sie erbost und sprang abrupt auf. Energisch stieß sie den Tisch von sich weg und ging dann unmittelbar vor mir auf und ab, das Messer immer zum Angriff bereit.
„Spiel doch nicht die Ahnungslose! Du hast doch genau gesehen, dass da etwas zwischen uns war! Wir waren uns

schon so vertraut ... aber dann musstest ja du kommen! Mit deinem blöden ‚Ich will endlich wieder arbeiten und brauche dringend Unterstützung'-Getue! Aus jeder Kleinigkeit hast du ein Riesenproblem gemacht und Jan ist auf deine hilflose Tour auch noch hereingefallen. Auf einmal hat er sich immer mehr um dich und deine blöden Belange gekümmert!"
Meine Güte, sie steigerte sich immer mehr hinein. Was sollte ich nur tun? Ich setzte an, um etwas zu sagen, doch sie unterbrach mich sofort wieder.
„Streng doch mal dein Erbsenhirn an. Damals bei mir, als ihr übernachtet habt, hast du es doch schon darauf angelegt! Er hat dich umarmt und beinahe geküsst, ich habe es genau gesehen! Und bei meiner Geburtstagsfeier, da hast du dich doch auch so billig an ihn rangeschmissen! Die ganze Zeit habt ihr die Köpfe zusammengesteckt! Erinnerst du dich noch an den Rotwein auf deinem ach so schicken Armanifetzen?"
Sie beugte sich gefährlich nahe zu mir herunter und legte langsam ihre kalten Finger um meinen Nacken. Ich erstarrte und wagte kaum zu atmen. Mit einem Ruck zog sie mich ganz nah zu sich her und flüsterte mir ins Ohr: „Das war ich ..."
Warm und feucht spürte ich ihren Atem an meinem Hals. Mir lief es heiß und kalt über den Rücken. Ich schloss innerlich bebend die Augen. Jäh stieß sie mich grob in die Kissen zurück und schleuderte mir verächtlich entgegen: „Aber als Arztgattin hat man natürlich noch fünf andere Anzüge in petto! So kann man sich ja auch unbekümmert weiter mit anderen Männern amüsieren! Ich hätte dich damals schon umbringen sollen ..."
Sie blieb vor mir stehen und richtete den Taschenlampenstrahl direkt auf mein Gesicht. Geblendet schloss ich die Augen und drehte den Kopf zur Seite. Das Herz sprang mir vor Angst fast aus der Brust. Jeden Augenblick erwartete ich, dass sie zustach.
„Sabine, bitte ...", sagte ich mit zitternder Stimme. „Sabine, bitte ...! Hör auf damit, das ist ja so erbärmlich, wie du um dein Leben winselst. Das wird dir nicht helfen, nicht nach dem,

was du mir angetan hast. Du hast dich lustig über mich gemacht. Weißt du noch? Jan hatte mich zum Essen eingeladen, aber nur weil du wegen der verfrühten Rückkehr deines Mannes nicht kommen konntest. *Wenn Sabine wüsste, dass sie nur als Ersatz für mich einspringen durfte*, hast du gesagt!"
Sie spuckte mir die Worte aus zusammengepressten Lippen förmlich entgegen. Meine Augen weiteten sich vor Bestürzung.
„Woher ... woher wusstest du das!", stammelte ich erschrocken.
„Woher? Kurz vor Weihnachten war ich bei deiner tollen Freundin in der Galerie. Ihre Freisprechanlage war sehr aufschlussreich gewesen. Deine Stimme hatte ich sofort erkannt und ich hörte mir an, was du deiner Busenfreundin so Tolles mitzuteilen hattest. Es war wie ein Schlag in die Magengrube zu erfahren, dass du und Jan etwas miteinander hattet. Weißt du eigentlich, was das für ein Gefühl ist, nur lausiger Ersatz sein zu dürfen? Keine Ahnung hast du!! Und ich in meiner Naivität hatte bis zu diesem Zeitpunkt wirklich geglaubt, endlich das große Glück gefunden zu haben. Du Miststück hast es mir zerstört! Du hattest dein Glück doch schon längst gefunden! Warum konnte dir das nicht genügen? Wie ich dich hasse!!"
Während ihres Monologs war sie aufgeregt hin und her gegangen, den Strahl der Taschenlampe unruhig durch den Raum wandern lassend. Ihre Stimme steigerte sich dabei immer mehr in Wut. In höchster Verzweiflung griff ich möglichst unauffällig nach dem Handy.
In dem Moment, als ich es in die Gesäßtasche schieben wollte, blieb Sabine direkt vor mir stehen und beugte sich ganz nahe zu meinem Gesicht herunter. Ich wich erschrocken zurück und hielt den Atem an. Gleich würde sie zustechen!
„Na, was ist das für ein Gefühl, deine Freundin verraten zu haben? Quälen soll es dich, Tag und Nacht! Ich wünsche dir, dass ..."

Sie konnte ihren Wunsch nicht aussprechen, denn plötzlich gingen die Lichter im Wohnzimmer an. Der Strom war wieder da! Unmerklich zuckte Sabine zusammen und legte etwas konsterniert die Taschenlampe beiseite. In dem hellen Licht konnte ich erst das Ausmaß ihres Zustandes richtig erkennen. Sie sah furchtbar aus. Die Haare waren ungewohnt zerzaust und die Augen blutunterlaufen. In ihrem Gesichtsausdruck spiegelte sich der pure Hass wider. Diese Person hatte nichts mehr mit der freundlichen, hilfsbereiten Freundin zu tun, der ich stets alles anvertraut hatte und die mich immer bereitwillig in allem unterstützt hatte. Diese Person gab es nicht mehr. Hier stand jemand, der zutiefst verzweifelt war und in seiner Hilflosigkeit nicht mehr wusste, was er tat. Sie war zu einer lebensbedrohlichen Gefahr geworden.

Es musste mir unbedingt gelingen, die Polizei zu alarmieren! Ich war wild entschlossen bei der nächsten Gelegenheit in Alex' Arbeitszimmer zu flüchten. Doch dazu musste sie weiter von mir entfernt sein. Ich unterdrückte meine immense Angst und flehte sie an: „Sabine, das tut mir alles so leid, glaube mir. Ich wollte nicht …"

Sie fiel mir kreischend vor Zorn ins Wort. „Hör sofort auf mit diesem Mitleidsgesäusel. Es gibt keine Entschuldigung. Du hast ja keine Ahnung, wie es ist, in dieses schwarze Loch der Bedeutungslosigkeit zu fallen! Du ahnst nicht im Entferntesten, wie dreckig es mir danach ergangen ist!" Für einen kurzen Augenblick stockte sie und atmete schwer. „Ich konnte weder deinen noch Jans Anblick ertragen. Mein einziger Gedanke war nur noch, wie ich dir schaden könnte. Ich hatte leichtes Spiel mit dir, weil du die personifizierte Naivität bist." Sie lachte kurz und schrill auf.

„Was meinst du denn damit?"

Das Messer in der Hand drehend, sah sie mich mit dem Ausdruck tiefster Verachtung an.

„Du hast dich in meiner Gegenwart immer so sicher gefühlt. Fast jeden in deinem Umfeld hast du verdächtigt und es mir immer schön mitgeteilt. Dein Vertrauen in mich war grenzenlos. Alles, was ich dir erzählte, hast du mir geglaubt, weil du eben so naiv bist.

Nach dem Telefonat konnte ich niemanden mehr ertragen. Ich bin zu dir gegangen und habe dir etwas über meine Grippeerkrankung erzählt. Du hast es geglaubt. Ich machte dir weis, dass ich Sascha zufällig an der Haltestelle gesehen hätte, aber es war alles geplant gewesen. Dein Handy hatte ich vor deiner Exkursion verschwinden lassen, damit es glaubhaft sein würde, warum wir dir nicht Bescheid sagen konnten. Du hast es brav geschluckt. Der Alkopop in Saschas Limo und der Dinofilm hatten übrigens eine bessere Wirkung, als ich dachte!" Sie brach in hämisches Gelächter aus.

Übelkeit und Schwindel ergriffen mich. Bestürzt starrte ich sie an. Ich konnte kaum begreifen, was sie mir erzählte.

„Und ... und das mit dem Rattengift, das warst du?!", würgte ich mühsam hervor.

Sie nickte mit dem Kopf und verzog ihre Mundwinkel zu einem spöttischen Grinsen.

„Ja, es war eine Wonne zu beobachten, wie du deswegen fast durchgedreht bist. Es gab am nächsten Tag kein anderes Thema für dich."

Fassungslos sah ich ihr in die Augen, die Hass und Spott ausdrückten und mir plötzlich so fremd geworden waren. Meine angebliche Freundin hatte meinem Kind Schaden zugefügt!

„Wie kann man nur einem unschuldigen Kind so etwas antun", sagte ich leise und sah sie dabei ungläubig an. Sabine ging schnell auf die andere Seite des Tisches und setzte sich auf die Couch, sichtlich erschöpft von ihren Wutattacken.

„Mime hier nicht den Moralapostel! Was du getan hast, ist viel schlimmer!"

„Was kann schlimmer sein, als einem Kind etwas anzutun! Das kannst du doch nicht mit einer Affäre vergleichen!"

Langsam regten sich meine Lebensgeister wieder.
„Noch ein Wort und ich weiß nicht, was ich tue", fauchte sie und lehnte sich zurück. Offensichtlich kämpfte sie mit einem Schwächeanfall, war jedoch sehr bemüht, es sich nicht anmerken zu lassen.
Das ist die Gelegenheit, dachte ich. Jetzt oder nie! Sekundenschnell schob ich das Handy in meine Hosentasche und sprang fast gleichzeitig in die Höhe. Im Sturmschritt rannte ich durch das Wohnzimmer und zur Tür hinaus in Richtung Arbeitszimmer. Sabine kreischte hinter mir, ich solle stehen bleiben. Unbeirrt rannte ich weiter, bis ich die Türklinke ergriff.
Doch zu meinem größten Entsetzen war die Tür verschlossen. Das war Alex' fatales Werk, der wieder einmal nicht wollte, dass Sascha ungefragt mit seinen Automodellen spielte. In höchster Panik lief ich weiter zur Treppe. Zwei Stufen auf einmal nehmend stürmte ich empor und erreichte laut keuchend das obere Stockwerk.
„Du Miststück, ich kriege dich!", hörte ich Sabine ganz nah hinter mir fauchen.
Ich rannte zu meinem Arbeitszimmer, riss die Tür auf und stürzte hinein. Schnell wollte ich die sie hinter mir zuschlagen, doch Sabine hatte es geschafft, die Türklinke zu ergreifen, und stemmte sich mit aller Macht dagegen. Ich muss diese verdammte Tür zuschließen, sonst bin ich verloren, dachte ich panisch. Mit letzter Kraft drückte ich mit beiden Händen gegen die Tür, doch ich schaffte es nicht, sie zuzudrücken. Ich hörte, wie Sabine ächzte und fluchte.
„Du feiges Luder, du entkommst mir nicht!"
Bei dem aussichtslosen Kampf verloren meine Füße an Bodenhaftung. Ich rutschte nach hinten weg, und so gelang es ihr, mit einem einzigen kräftigen Stoß die Tür aufzudrücken. Ich verlor das Gleichgewicht und fiel zu Boden. Sabine kam zu mir hergestürmt und packte mich grob an den Haaren. Ich schrie laut auf vor Schmerz.

„Aaauuu, lass sofort los, du tust mir weh!", schrie ich gellend laut, doch sie zog mich unbarmherzig an den Haaren nach oben, bis ich zum Stehen kam. Kalt und hart presste sich die Klinge an meinen Hals und ich wurde stocksteif vor Schreck.
„Bitte, Sabine, tu mir nichts. Ich wehr mich auch nicht mehr, versprochen", flehte ich leise und verzweifelt.
„Wenn du das noch einmal versuchst, dann bringe ich dich um, das schwöre ich dir!", zischte sie mir böse ins Ohr. Dann gab sie mir einen heftigen Stoß in den Rücken. Ich stolperte durch die Tür bis zum Geländer, an dem ich mich gerade noch abfangen konnte, sonst wäre ich die Treppe hinuntergestürzt.
„Geh ganz langsam und mach keinen Blödsinn!"
Sie riss mein Handy aus der Gesäßtasche. „Das könnte dir so passen!", fauchte sie.
Während ich die Stufen mit wachsweichen, zitternden Knien hinabstieg, drohte mich die Verzweiflung zu übermannen. Wie sollte ich je aus dieser ausweglosen Situation herauskommen? Keiner ahnte, in welch großer Gefahr ich gerade schwebte. Sabine schien in ihrem Zustand zu allem fähig zu sein. Ich war ihr rettungslos ausgeliefert und durfte mir jetzt keinen Fehler mehr erlauben. Es war der blanke Horror!
In dem Moment, als ich das Wohnzimmer betrat, läutete das Telefon. Alex!
Reflexartig lief ich rasch in die Richtung, aus der das Klingeln kam, doch Sabine war schneller und nahm den Apparat an sich.
„Du bist heute für niemanden zu sprechen, außer für mich!", höhnte sie und ließ es weiter klingeln, bis es endlich verstummte.
Oh Alex, wenn du wüsstest!, dachte ich resigniert.
„Setz dich hin und rühr dich nicht vom Fleck. Wage es nicht noch einmal zu fliehen, sonst weiß ich nicht, was ich tue. Ich meine es wirklich ernst", sagte sie und setzte sich mir gegenüber.
„Warum tust du das? Wir waren doch Freundinnen. Ich habe

die Affäre mit Jan beendet, um deinem Glück nicht im Wege zu stehen."
Sabine bedachte mich mit einem Blick, in dem tödlicher Hass geschrieben stand.
„Nimm nie wieder das Wort Freundinnen in Bezug auf uns in den Mund! Du hast die Affäre eben nicht beendet! In den Weihnachtsferien war ich nicht krank und zu Besuch bei meinen Eltern, sondern kerngesund in meiner Wohnung. Am Neujahrsmorgen war ich bereit, mich wieder auf Jan einzulassen, also wollte ich ihn überraschen. Und wessen Auto sah ich da wohl vor seinem Haus stehen? Deines, du Schlampe!!"
„Aber ich wollte das gar nicht, ich …"
Sie fiel mir unwirsch ins Wort: „Hör bloß auf dich zu verteidigen! Du wolltest es genauso wie er! Jedes Mal! Und er war dir verfallen! Ich Trottel wollte es nur nicht wahrhaben und ich wollte nicht kampflos aufgeben. Also gab ich uns noch eine Chance und machte mit Jan einfach weiter. Doch dir wollte ich das Leben so unangenehm wie möglich machen. Ich hatte nur einen einzigen Gedanken: Wie konnte ich dir schaden! Und es fiel mir eine ganze Menge ein. Ich ließ zum Beispiel das Londonvideo verschwinden und wieder einmal hast du dich von Jan trösten lassen. Doch dein Pech war, dass ich es gesehen habe. Mit dem Fotohandy habe ich die rührende Szene festgehalten. Ich nehme an, dass dein Mann es gar nicht rührend gefunden hat!" Sie lachte kurz und verächtlich auf.
„Ich habe deine kleine, heile Welt ganz schön ins Wanken gebracht, nicht wahr? Ich kann dir gar nicht sagen, wie sehr ich jeden Augenblick deines jämmerlichen Zustands genossen habe. Es war so eine Genugtuung für mich, dich Strahlefrau verzweifeln zu sehen. Es spornte mich förmlich an, mir noch größere Untaten zu überlegen. Am besten war die Sache mit der Bibliothek. Du hast geschrien wie aufgespießt, nur weil du in einem dunklen Raum eingesperrt warst und ein paar niedliche Tierchen gestreichelt hast. Du musst schon zugeben, dass du die Tapferkeit nicht gerade mit Löffeln gefressen hast."

Während sie sprach, hatte sie mich keine Sekunde aus den Augen gelassen. Sie wollte meine Reaktion testen. Doch ich war so schockiert, dass ich nur wie erstarrt dasaß und einfach nicht fassen konnte, was ich gerade erlebte.
„Da fällt dir jetzt nichts mehr ein, du Hasenfuß!", rief sie spöttisch und fuhr in schmeichlerischem Ton fort: „Soll ich dir Baldriantabletten, dein Wundermittelchen bringen? Meine Güte, tonnenweise hast du sie nach dem Überfall geschluckt! Jeden Tag ein paar mehr! Ich war wirklich zufrieden mit meinem Werk. Eigentlich hatte ich mir vorgenommen dich nach dem Drohbrief gegen Sascha in Ruhe zu lassen. Das wollte ich wirklich, bis zu dem Tag, an dem ich hörte, was Jan zu dir im Lehrmittelraum sagte."
Der Schreck fuhr mir durch sämtliche Glieder. Meine Erstarrung war schlagartig verschwunden. „Wie konntest du das hören?", fragte ich entsetzt.
„Tja, zufällig war ich im Medienraum nebenan. Ich habe jedes Wort mitbekommen. Wie er dir sagte, dass er dich immer noch liebt, dass er sich deswegen nicht auf mich einlassen kann, dass er überlegt mit mir Schluss zu machen. Ich habe dich nach diesem Tag noch mehr gehasst als vorher. Am liebsten hätte ich euch beide auf der Stelle umgebracht."
Ich musste meinen Blick abwenden. Dieser wutverzerrte, anklagende Blick war unerträglich. Ich wollte nur noch weglaufen. Ich wollte kein einziges hasserfülltes Wort mehr aus ihrem verbitterten Mund hören. Ich wollte zurücklaufen in mein altes, beschauliches Leben. Ich wollte vergessen.
„Sieh mich an. Kannst du dir nur im Entferntesten vorstellen, in welch tiefes Loch ich damals gestürzt bin? Kannst du das!", schrie sie mich an.
„Es tut mir so leid, wirklich! Ich wollte nicht, dass…"
„Spar' dir deine Papageiensprüche, verdammt! Warum hast du damals nicht gehandelt, wenn du es nicht wolltest? Warum hast du Jan nicht in Ruhe gelassen, als du wusstest,

dass wir ein Paar sind? Du bist so egoistisch, gehst einfach über die Gefühle anderer hinweg. Mein Hass auf dich war so groß! Ich wollte dir den größtmöglichen Schaden zufügen und mit Sascha konnte ich dich am meisten quälen!"

„Das war das Allerletzte. Du hast ihm Alkohol gegeben und einen Horrorfilm ansehen lassen! Weißt du was er durchmachen musste und ich mit?"

Mein verletztes Mutterherz ließ mich wieder mutig werden.

„Aber klar! Du hast mir ja genügend vorgejammert und mir Vorwürfe gemacht. Mein Plan hatte zu hundert Prozent funktioniert. Man konnte dich so einfach überlisten. So einfach!"

Ihr triumphierender Blick ruhte auf mir. Sie weidete sich sichtlich an ihrem Erfolg mich so hintergangen zu haben. Widerstand regte sich in mir.

„Du ekelst mich an! Meinem Kind bewusst Schaden zuzufügen! Warum hast du nicht mit mir über die ganze Angelegenheit gesprochen!", schrie ich aufgebracht und stand zugleich auf. Sabine schnellte fast zeitgleich empor und richtete das Messer gegen mich.

„Setz dich sofort hin!" Sie stürzte mit böse funkelnden Augen auf mich zu und stieß mich grob auf die Couch zurück. „Wage es nicht, dich auch nur einen Zentimeter fortzubewegen. Du hörst dir gefälligst an, was ich dir zu sagen habe, verstanden? Oder ich sorge dafür, dass du nie wieder einen Ton von dir gibst!", schrie sie mich erbost an.

Erschrocken drückte ich mich gegen die Lehne in der Hoffnung, sie möge mich verschlucken und vor dieser wütenden Person beschützen. Ich erkannte resigniert, dass ich gegen Sabine nicht die geringste Chance haben würde. Je mehr ich mich wehrte, desto ungehaltener und unberechenbarer verhielt sie sich. Wenn ich diesen Wahnsinn hier überleben wollte, durfte ich sie nicht mehr reizen.

„Schon gut, ich höre dir zu. Aber gib mir wenigstens die Chance, etwas richtigzustellen", sagte ich deshalb in

besänftigendem Ton.
„Was gibt es da richtigzustellen, wenn du wissentlich mein Liebesglück zerstörst? Immer wieder! Auch in den Osterferien! Spagettisauce probieren! Dass ich nicht lache! Zwei Blusenknöpfe habe ich im Flur gefunden! Zwei! Hast du wohl noch nicht gemerkt! Die verliert man nicht einfach so beim Mantelausziehen, sondern wenn der Lover einem die Bluse vor lauter Ungeduld vom Leibe zerrt! Du dachtest wohl, du kannst mich mit deiner billigen Ausrede abspeisen! Dein Fehler war, dass du mich immer für dümmer gehalten hast, als ich bin."
Es war schauderhaft zu erfahren, dass Sabine die ganze Zeit über von unserem fatalen Verhältnis gewusst hatte. Ich wunderte mich, warum sie trotzdem so krampfhaft an der Beziehung zu Jan festgehalten hatte, getraute mich aber nicht zu fragen. Ich in ihrer Situation hätte mich jedenfalls schon lange von ihm getrennt.
„Was starrst du so?", herrschte sie mich an.
„Du willst ja nicht, dass ich etwas sage!", erwiderte ich.
„Ja, und ich will auch nicht, dass du mich so durchdringend ansiehst. Andererseits wäre es vielleicht doch ganz interessant, was du so denkst. Ich glaube auch zu wissen, welche Frage dir auf den Nägeln brennt. Na los, stell sie schon!"
Ich war verunsichert und zögerte.
„Stell die Frage! Ich kenne sie ohnehin, ich will sie nur aus deinem Mund hören! Also los!", kommandierte sie barsch.
„Also, ich frage mich halt, warum du – ähm – warum hast du Jan nicht verlassen?"
Sie lachte laut und böse auf. „Du bist der Grund, warum er mich nicht lieben kann, und ausgerechnet du fragst, warum ich trotzdem bei ihm bleibe! Du scheinheiliges Luder! Du kotzt mich an!"
Wie eine Raubkatze im Käfig lief sie in höchster Erregung hin und her. Ich verhielt mich ganz ruhig und beobachtete sie ängstlich. Sabine war ein wandelndes Pulverfass. Jede

unbedachte Äußerung konnte sie in ihrem aufgewühlten Zustand zum Äußersten treiben.
Ich wagte in meiner Verzweiflung dennoch einen Versuch, sie zu beruhigen. Schnell wie ein Wasserfall sprudelte ich los: „Bitte lass mich auch etwas dazu sagen. Ich wollte dir Jan nicht wegnehmen. Ich habe ihm immer wieder gesagt, dass ich euch nicht im Wege stehen will. Und ich bin ihm aus dem Weg gegangen, so gut es eben ging. Aber die Drohbriefe und die Geschehnisse haben mich fürchterlich durcheinandergebracht. Jan zeigte so viel Verständnis, du weißt doch am besten, wie er sein kann. Ich bin einfach schwach geworden. Es war nie meine Absicht gewesen, euer Glück zu zerstören. Das musst du mir glauben!"
Während meines Monologs hatte sie sich wieder hingesetzt. Fast unmerklich schüttelte sie den Kopf, als sie mir zuhörte. Sie hob die Hand. „Schluss jetzt. Das höre ich mir nicht länger an. Was willst du eigentlich? Absolution? Darauf kannst du bis zum Sankt Nimmerleinstag warten. Du bist schuld an meinem unglücklichen Leben. Aber nicht nur im Hier und Jetzt."
„Was meinst du damit?"
Ihre Augen verengten sich zu Schlitzen. „Genau dieses unschuldige Getue bringt mich zur Weißglut. Natürlich erinnerst du dich nicht mehr daran, wie du damals in die 12. Klasse an meine Schule kamst und alle von dir eingenommen waren. Du bist in unsere Idylle eingebrochen. Du warst die Neue, die Hilfe brauchte, die alle in ihren Bann zog, einschließlich meinen damaligen Freund."
Sie hielt plötzlich inne und beobachtete mich wie die Schlange ihr Opfer, das sie gleich zu verschlingen bereit war.
„Wer war dein Freund?", fragte ich vorsichtig, obwohl ich die Antwort schon kannte …
„Tu nicht so ahnungslos!", fauchte sie erbost. „Du weißt ganz genau, von wem ich spreche!"
Hasserfüllt blickte sie mich an. Ihre Hand verkrampfte sich

so sehr um den Messergriff, dass sich die Fingerknöchel weiß verfärbten.

Ich schluckte schwer, bevor ich das Unfassbare aussprach. „Tom? Du meinst Tom?"

Sie nickte nur und kämpfte für einen kurzen Augenblick krampfhaft gegen aufsteigende Tränen an. „Aber – aber das gibt es doch gar nicht. Tom hatte mir nie von einer Freundin erzählt!"

Sabine ballte jetzt auch ihre andere Hand zu einer Faust. Gewaltsam unterdrückte Wut ließ ihre Stimme beben. „Siehst du, da ist es wieder, das unschuldige, unwissende Getue. Du konntest ja wie immer nichts dafür! In Wahrheit interessierten dich doch andere überhaupt nicht, außer wenn sie dir von Nutzen waren. Du kamst und spieltest das hilflose, zarte Wesen. Und Tom ist gleich darauf angesprungen, hatte nur noch Augen für dich. Ich war noch nicht lange mit ihm zusammen, aber es hätte eine innige Beziehung werden können. Wegen dir zog er sich immer mehr von mir zurück. Ich war so machtlos. Gegen deine charmante Art hatte ich nicht den Hauch einer Chance.

Als du dann als Lehrerin an meine Schule kamst, erlebte ich das gleiche böse Spiel noch einmal. Jan geriet in deinen Bannkreis und plötzlich war ich wieder die Nummer zwei.

Irgendwie kamst du mir gleich bekannt vor, aber erst als du von deiner Schulzeit erzählt hast, kam mir der Verdacht, dass du meine Erzfeindin aus Jugendtagen sein könntest."

„Warum hast du mich nicht gefragt?"

„Ich hätte mir lieber die Zunge abgebissen, als das zu tun! Aber der Zufall kam mir ohnehin bald zu Hilfe. Niemals werde ich diesen furchtbaren Augenblick vergessen, als ich dein Fotoalbum durchblätterte. Die Gewissheit, dass du tatsächlich meine Rivalin aus der Schulzeit warst, brachte mich fast um. Weißt du noch, wie es mir übel geworden war? Du hast es auf den alten Rührkuchen geschoben. Hast mich mit deinen Heilmittelchen gefüttert. Dabei warst du selbst das

Brechmittel! Am Tag darauf habe ich dann deine Aktentasche durchwühlt und zur Bestätigung deinen Geburtsnamen auf dem Personalausweis gelesen. Ab diesem Zeitpunkt gab es kein Halten mehr. Ich nahm deinen Schlüssel mit und ließ ihn nachmachen."

Sie blieb stehen und bedachte mich mit einem spöttischen Blick. „Du warst so unglaublich durch den Wind! Hast deinen armen Schüler Patrick gleich unter Generalverdacht gestellt. Tja, den Brief an deinem Auto vor den Herbstferien hatte tatsächlich Patrick geschrieben! Deine Hysterie brachte mich auf die Idee, dich nachts mit Anrufen zu erschrecken und dir einen kleinen Besuch abzustatten. Für dich kam ja nur Patrick als Täter in Frage."

Ich schüttelte fassungslos den Kopf. „Wieso hast du mich damals schon so gehasst? Dass man sich gegenseitig die Freunde ausspannt, ist doch in der Jugend nicht so außergewöhnlich! Abgesehen davon, wusste ich nichts von eurer Beziehung. Ich hätte Tom dann natürlich in Ruhe gelassen!"

Laut und schrill lachte sie auf. „In Ruhe gelassen!", höhnte sie. „Genau wie bei Jan, was?! Oh nein, du hättest damals kein bisschen anders gehandelt als jetzt nach 20 Jahren. Egomanen handeln nun mal nur zu ihrem Vorteil! Was ich an dir hasste, war deine grenzenlose Unbekümmertheit und Naivität, mit der du alles zerstört und tiefe Narben aufgerissen hast.

Als mir angeblich von deinem Rührkuchen übel geworden war, hattest du die bodenlose Frechheit besessen, mich nach einer eventuellen Schwangerschaft zu fragen! Ausgerechnet du, die schuld ist, dass es mein Kind nicht gibt!"

Die Benommenheit, die sich vor geraumer Zeit meiner bemächtigt hatte, war mit einem Schlag weg.

„Kind? Welches Kind?", rief ich konsterniert.

„Toms und mein Kind. Ich war schwanger. Als ich es feststellte, war Tom dir schon verfallen. Wir hatten nur einmal auf einer Party miteinander geschlafen. Wir waren beide ziemlich

alkoholisiert. In meiner Dummheit dachte ich, dass ich ihn damit fester an mich binden könnte. Aber das Gegenteil war der Fall. Er fühlte sich so von dir angezogen, dass er es bereute, mit mir ins Bett gegangen zu sein. Er sagte mir direkt ins Gesicht, dass es keine Bedeutung für ihn gehabt hatte."
Ihre Lippen fingen zu zittern an. Sie rang verzweifelt um Fassung. Mit tränenerstickter Stimme sprach sie weiter: „Bevor du aufgetaucht bist, sind wir uns sehr nahegestanden. Aber du in deinem grenzenlosen Egoismus hast ihn für dich vereinnahmt, ohne Rücksicht auf Verluste! Und tu nicht so, als ob du nichts davon gewusst hättest. Du wolltest es einfach nicht sehen! Ich war damals zu schüchtern, um dich zur Rede zu stellen. Für dich war ich doch nur Luft! Genauso wie du mich ignoriert hast, als du immer wieder mit Jan geschlafen hast!"
Warum konnte dieser Albtraum nicht endlich aufhören!
„Sabine, du musst mir einfach glauben. Ich wusste wirklich nicht, dass er eine Freundin hatte. Als ich ihn fragte, sagte er, dass er wieder solo sei, und ich glaubte ihm. Du hättest an meiner Stelle auch nicht anders gehandelt."
Sabine funkelte mich an. „Lass es. Ich will jetzt nichts mehr hören von deinen Unschuldsbeteuerungen. Das macht doch alles keinen Sinn."
Mit einer müden Handbewegung strich sie sich eine Haarsträhne aus dem Gesicht. Sie wirkte sehr erschöpft und ich sah meine Chance, das Gespräch in eine vernünftigere Bahn zu lenken.
„Hat Tom von deiner Schwangerschaft gewusst?", fragte ich so sanft wie nur möglich.
Die Wut, die die ganze Zeit aus Sabines Augen gesprüht hatte, wich einer tiefen Seelenqual. Ihr Blick wirkte plötzlich seltsam leer und entrückt.
„Ja, ich habe es ihm gesagt. Tom war entsetzt. Für ihn gab es nur eine Lösung, die Abtreibung. Er bot mir an, die Kosten zu tragen. Als ob es mir um Geld gegangen wäre! Ich wollte,

dass er zu mir steht, mich seelisch unterstützt. Er aber wollte die Sache so schnell wie möglich regeln und daran bist nur du schuld. Ohne dich hätte er gewiss nicht so gefühllos reagiert. Aber er war so vernarrt in dich. Ich hatte nicht die geringste Chance, ihn noch für mich zu gewinnen."

Fast emotionslos sah sie durch mich hindurch und sprach monoton weiter. „Ich sagte ihm, dass ich ihn angelogen hätte und nicht schwanger sei. Seine grenzenlose Erleichterung, dass er jetzt frei war, frei für dich, traf mich bis ins Mark. Ich hatte endgültig verloren."

Sie schwieg und presste krampfhaft die Lippen aufeinander. Eine Welle des Mitleids erfasste mich und tief berührt fragte ich: „Wie haben deine Eltern reagiert?"

„Die haben mich geohrfeigt. Sie sind beide streng katholisch und eine Abtreibung kam nicht in Frage. Aber sie wollten auch nicht mit der Schande eines unehelichen Kindes leben, also sollte ich es austragen und dann zur Adoption freigeben. Sie meldeten mich bei einem Internat an, das Schülerinnen als werdende Mütter akzeptierte. Verstehst du, sie versteckten mich, keiner sollte mich in meiner Heimatstadt mehr sehen, mich und meine Schande. Ich war damals so schwach, emotional und finanziell vollkommen von ihnen abhängig. Ich war nicht stark genug, für die Abtreibung zu kämpfen, und schon gar nicht, allein für ein Kind zu sorgen. Es blieb mir nichts anderes übrig, als der Adoption zuzustimmen.

Das Kind wuchs in mir heran und je mehr ich davon spürte, desto angewiderter war ich. Ich sollte dieses Wesen austragen, um es dann sofort wegzugeben. Für mich war es unmöglich, irgendein Gefühl zu entwickeln. Wie sollte ich auch. Es war das Kind von dem Jungen, der mich nicht genug geliebt hatte, der mit mir geschlafen und sich dafür entschuldigt hatte und der plötzlich einer anderen verfallen war. Dir! Alles wäre anders gekommen, wenn du nicht gekommen wärst. Alles! Selbst eine Abtreibung wäre besser gewesen als das, was dann geschah!"

Ich verspürte den großen Drang, mir die Ohren zuzuhalten, nur um nicht noch mehr von diesen Ungeheuerlichkeiten zu hören. In meinem Kopf drehten sich die Gedanken im Kreis. Ein Kind von Tom! Streng katholische Eltern, keine Abtreibung, Adoption als Lösung, meine Schuld – nein, es war nicht meine Schuld! Wie hätte ich das auch nur ahnen sollen! Toms Kind, Internat, keine Abtreibung ... Sabines Stimme stoppte mein Gedankenkarussell.
„Verspürst du so etwas wie Schuldgefühle? Das solltest du nämlich, denn du bist an allem schuld. Nur wegen dir habe ich so unüberlegt mit ihm geschlafen, um ihn von dir weg zu bringen. Doch er hat sich trotz allem immer weiter von mir entfernt. Die Schwangerschaft war eine einzige Katastrophe. Dass ich nicht abtreiben durfte, quälte mich fürchterlich. Ich fing an meinen sich verändernden Körper zu hassen. Im Internat war ich die Außenseiterin, die nicht zu Partys eingeladen wurde. Niemand hatte mich je gefragt, ob ich ins Eiscafé mitgehen wollte. Keine wollte neben mir sitzen oder freiwillig ein Referat mit mir vorbereiten. Ich war unter vielen Leuten und doch einsamer als je zuvor. Kannst du dir vorstellen, wie sehr ich gelitten habe?!"
Ich konnte vor Entsetzen nur im Flüsterton sprechen: „Es tut mir so unendlich leid. Was ist mit dem Baby geschehen?"
„Als im fünften Monat das Baby anfing sich in mir zu bewegen, verspürte ich einen immer größeren Ekel. Verstehst du? Ich ekelte mich vor meinem eigenen Kind, das in mir heranreifte! Ich wollte es nicht spüren und ich wollte es nicht auf die Welt bringen. Wenn Tom sich nicht dir zugewendet hätte, wäre ich nicht so verletzt gewesen. Ich hätte bestimmt Gefühle für dieses Kind entwickeln können. So aber fing ich an, meinen Zustand zu hassen und schließlich zu ignorieren. Ich trieb exzessiven Sport, fuhr zig Kilometer Rad, joggte und schwamm 1000 Meter am Stück, obwohl mir alle davon abrieten. Sie informierten meine Eltern, die mir den Sport verboten, doch ich machte einfach weiter, bis zu dem Tag, an

dem das Baby im siebten Monat tot zur Welt kam."
Sabine saß ganz still da und sah mit einem gläsernen Blick durch mich hindurch. Ich war so schockiert, dass ich unfähig war darauf zu reagieren. So etwas passiert nicht in der Realität. Nur in schlechten Träumen entstehen derartig schreckliche Szenarien.
Doch Sabines Stimme, die sich wieder erhob, war knallharte Realität. „Begreifst du, was ich getan habe? Ich habe mein Kind umgebracht! Und du bist schuld!"
Ihr eiskalter Blick bohrte sich in mich hinein, ich konnte ihn fast körperlich spüren.
Mühsam schluckte ich den Kloß hinunter, der sich in meinem Hals gebildet hatte.
Niemals würde ich ihr begreiflich machen können, dass hinter meinen Handlungen keinerlei böse Absicht gestanden hatte. Ich hatte mich vollkommen ahnungslos auf die Annäherungen Toms eingelassen. Er hatte Sabine nicht einmal mit Namen erwähnt. Tom hatte mit mehreren Mädchen lockeren Kontakt gehabt. Wie hätte ich also das Drama, das sich im Verborgenen abspielte, auch nur erahnen sollen? Und 20 Jahre später passierte Ähnliches mit Jan! Ihr Hass auf mich musste unvorstellbar groß sein. Dieser Hass hatte sie zu den Untaten getrieben und gipfelte jetzt in Tötungsgedanken. Ich konnte mich nur retten, indem ich vor ihr floh. Doch bevor ich auch nur ansatzweise einen klaren Gedanken fassen konnte, war sie wieder aufgesprungen und lief, während sie hektisch weitersprach, nervös auf und ab.
„Ich fühlte gar nichts, als ich das Baby verlor! Weder Trauer noch Freude. Ich wollte mit niemandem darüber sprechen und verdrängte die Angelegenheit, bis ich Tom nach drei Jahren zufällig traf. Er war ein seelisches Wrack, depressiv, dem Alkohol zugetan, von dir schmählich verlassen wegen eines anderen. Obwohl er die ganze Zeit den Boden unter deinen Füßen geküsst hatte. Na, bist du stolz darauf? Wieder einmal hast du erfolgreich ein Leben zerstört, du Ignorantin!

Als er von dem Baby erfuhr, brach er fast zusammen. Er bereute sein Handeln von damals zutiefst und wollte alles wieder gutmachen. Ich verzieh ihm, wir kamen uns näher und heirateten schließlich. Wir wollten beide einen Neuanfang und das Vergangene vergessen. Doch jetzt weiß ich, dass er die Trennung von dir nie wirklich überwunden hatte. Unsichtbar bist du immer zwischen uns gestanden. Leider habe ich das viel zu spät begriffen."

Abrupt blieb sie stehen, sah mich voller Abscheu an, drehte das Messer in ihrer Hand. Ich musste weg hier. Je mehr sie redete, je mehr negative Gedanken an die Oberfläche kamen, desto gefährlicher wurde sie in ihrem übersteigerten Hass. Irgendwie musste sie meine Gedanken erraten haben, denn sie herrschte mich wütend an: „Bleib sitzen, du feige Kuh! Hör dir gefälligst zu Ende an, was ich dir zu sagen habe. Du bist so erbärmlich, dass du nicht einmal die Größe besitzt, dich dem Unrecht, das du uns angetan hast, zu stellen!

Du sollst erfahren, wie schwer seine depressiven Phasen auszuhalten waren. Ständig musste ich Angst haben, dass er alkoholsüchtig wird. Die Ehe mit ihm war ein einziger Kampf gegen seine Dämonen. Ich litt furchtbar darunter und verfiel selbst auch immer wieder in Depressionen. Ich fing zu ritzen an, falls dir das ein Begriff ist. War deswegen sogar in Behandlung. Ich musste eine weitere Fehlgeburt durchstehen! Man teilte mir danach mit, dass ich durch die erste Totgeburt Schaden genommen hatte und keine Kinder mehr bekommen konnte. Was das für eine Ehe bedeutet, muss ich dir wohl nicht erklären!"

„Bitte sprich nicht weiter!", flehte ich. „Das ist ja furchtbar, aber ich wusste von all dem nichts. Ich bin nicht das eiskalte, egoistische Luder für das du mich hältst! Ich habe nach unserer Trennung nach Tom gesucht, doch er war unauffindbar! Von seinen Eltern und Bekannten ließ er sich verleugnen. Was sollte ich denn tun?"

Wutentbrannt fauchte sie mich an: „Wenn du es wirklich

gewollt hättest, hättest du ihn auch gefunden. Vor ein paar Jahren hast du es ja auch geschafft, ihn wieder zu treffen!"
„Aber doch nur aus purem Zufall!"
„Mag ja sein", rief sie aufgebracht, „aber dass du ihm wieder den Kopf verdreht hast, war wohl kein Zufall!"
„Hör auf damit!", rief ich verzweifelt. „Ich habe mich doch nur mit ihm unterhalten! Wir hatten uns nach der Trennung nie mehr gesehen! Findest du es da nicht normal, dass man ein längeres Gespräch führt?"
„Ja klar, alles war für dich wieder ganz normal!", höhnte sie. „Denkst du, ich habe nicht mitbekommen, wie er sich ab diesem Zeitpunkt immer mehr zurückzog? Du hattest ihn weggeworfen wie einen gebrauchten Gegenstand, ihn dem Elend überlassen, hast ihn eingetauscht gegen einen Traummann, doch er musste dir verfallen gewesen sein! Nur so lässt sich erklären, warum er sich immer mehr von mir distanzierte. Unsere Ehe zerbrach Stück für Stück. Weißt du eigentlich, wie es ist, um die Liebe eines Mannes kämpfen zu müssen? Nein, natürlich nicht! Du führtest ja inzwischen dein glamouröses Leben in deiner Nobelvilla. Als ich sah, welch glückliches Leben du mit deinem Mann und deinem Sohn hattest, während meines sich, dank dir, immer mehr zur Katastrophe entwickelt hatte, war meine Wut auf dich noch größer als früher. Als du dann aber auch noch meine Beziehung zu Jan aus reiner Vergnügungssucht zerstört hast, verspürte ich nur noch tödlichen Hass. Du hast alles gehabt, was man zum Glücklichsein braucht, alles!! Aber die gnädige Frau brauchte ja das kribbelnde Abenteuer mit einem Geliebten. Das gilt in euren Kreisen wahrscheinlich als chic! Und ich war das verdammte Opfer. Jan konnte mich deinetwegen genauso wenig lieben wie damals Tom!"
„Das wollte ich nicht!", fiel ich ihr schnell ins Wort. „Ich wollte keine Affäre mehr mit Jan haben, deinetwegen. Es tut mir …"
„Verdammt!", schrie sie hysterisch. „Hör auf mit deinem ewigen ‚Es tut mir leid'-Gewinsel! Du hast die Finger nicht

von ihm lassen können, obwohl ich mit ihm glücklich war! Und du wusstest das! Jeden Tag habe ich dich in Gedanken dafür getötet, aber vorher wollte ich dein perfektes Leben zerstören, dich leiden sehen. Und du hast gelitten! Ich hatte wirklich höllisches Vergnügen daran!"
Ihre Stimme überschlug sich, als sie schrie: „Ich hasse dich, ich hasse dich so sehr!! Du sollst für alles büßen, was du mir angetan hast, du elendes Miststück!"
Im selben Moment schnellte sie von ihrem Sitz hoch und sprang auf mich zu. Blitzschnell schoss ich empor, duckte mich vor ihr weg und stolperte in höchster Panik in Richtung Wohnzimmertür.
„Bleib stehen!", kreischte sie ganz nah hinter mir.
Oh mein Gott, gleich wird sie mich töten! Ich muss raus hier!, schrie ich in meinen Gedanken. Ich riss die Glastür auf und eilte mit großen Schritten zur Haustür. Zitternd ergriff ich den im Schloss steckenden Schlüssel, doch im selben Moment legte sich Sabines Hand wie eine Eisenkralle um meinen Oberarm. Mir blieb fast das Herz stehen.
„Das könnte dir so passen!", schrie sie.
In höchster Panik drehte ich mich um und stieß sie mit aller Kraft von mir weg. Sabine, von diesem Angriff überrascht, verlor das Gleichgewicht, taumelte, mit den Armen wild rudernd, nach hinten und fiel zu Boden. Das war meine Chance! Mit der rechten Hand ergriff ich den Schlüssel, doch ich zitterte so sehr, dass ich ihn nicht drehen konnte.
„Komm schon, komm schon!", zischte ich in heller Aufregung. Endlich gab der verdammte Schlüssel nach! Gewaltsam stieß ich die Tür auf und stürzte nach draußen. Heftiger Sturmwind und peitschender Regen schlugen mir erbarmungslos entgegen. Ich kämpfte mich mit dem Mut der Verzweiflung über den Hof und schrie gellend um Hilfe. Doch meine Schreie gingen kläglich im tosenden Wind unter. Plötzlich vernahm ich wie aus weiter Ferne Sabines Stimme. Ich drehte mich um und sah sie zu meinem großen Entsetzen

immer näher kommen.
Ich hastete weiter Richtung Tor.
„Bleib stehen!", schrie sie mit sich überschlagender Stimme.
Wie ein gehetztes Tier rannte ich weiter. Nur noch wenige Meter trennten mich vom Tor, als Saschas Skateboard mich brutal zum Stolpern brachte und ich bäuchlings auf dem gepflasterten Boden landete! Verdammt, das war mein sicheres Ende! Vor Angst bebend drehte ich mich um und sah, wie sie mit dem Arm ausholte und mit Schwung das Messer in meine Richtung warf. Im letzten Augenblick gelang es mir, mich zur Seite zu drehen. Das Mordinstrument fiel laut klirrend knapp neben meinem Kopf zu Boden und sprang durch die Wucht des Aufpralls ein Stück seitwärts. Ich musste es mir schnappen! Mit allerletzter Kraft robbte ich ächzend vorwärts. Sabines Schritte kamen bedrohlich näher! Ich streckte meine Hand nach dem Messer aus und berührte es mit den Fingerspitzen. In diesem Augenblick stürzte sich Sabine schreiend auf mich und umklammerte mich rüde.
Ich bekam kaum noch Luft. Sabine streckte ihre Hand nach dem Messer aus. Mit dem unbändigen Willen, diesen Wahnsinn zu überleben, und mit der letzten Kraft, die ich aufbringen konnte, schlug ich nach hinten aus, bäumte mich auf, so dass sie zur Seite fiel, und ergriff blitzschnell das Messer. Ich stürzte mich auf sie, setzte mich auf ihren Bauch und legte die Klinge an ihre Kehle. Sabine wurde plötzlich ganz steif und starrte mich entsetzt an.
„Ich lass dich erst wieder los, wenn du vernünftig geworden bist!", schrie ich laut keuchend.
Ihr Brustkorb hob und senkte sich heftig, während sie mich immer noch mit wirrem Blick anstarrte. Der Regen peitschte mir ins Gesicht, die Haare hingen klatschnass über meinen Augen und Wangen. Doch ich spürte weder die Kälte des Windes noch die Nässe. Ich spürte nur, wie die Todesangst, die mich umfangen hatte, allmählich nachließ, als ich Angst in Sabines Gesicht zu erkennen glaubte. Der teuflische Glanz

des Hasses in ihren Augen war gänzlich erloschen. Nur noch nackte Verzweiflung und Furcht glaubte ich zu sehen.

„Bring mich um, dann ist es vorbei!", rief sie mit bebenden Lippen. Ich konnte nicht glauben, was sie da sagte. In welchem Ausnahmezustand musste sich ein Mensch befinden, um so etwas von sich zu geben! Immer noch schwer keuchend, konnte ich nur den Kopf schütteln.

„Oh mein Gott! Was habe ich getan?! Ich wollte dich umbringen! Ich will nicht mehr leben! Hilf mir bitte!", rief sie laut jammernd und brach plötzlich in Tränen aus.

Die Hand, in der ich das Messer hielt, fing heftig zu zittern an. Verzweifelt versuchte ich sie unter Kontrolle zu bringen. Was tat ich hier eigentlich? Ich saß rittlings auf dem Bauch dieser zutiefst verzweifelten Frau, die nur noch sterben wollte und hielt ihr bebend eine Messerklinge an die Kehle! Die Situation fing an mich zu erdrücken. Ich wusste genau, dass ich sie niemals würde töten können!

Unfähig auch nur ein Wort über meine Lippen zu bringen, sah ich zu, wie die Tränenströme unaufhaltsam aus ihr herausquollen, sich auf ihrem Gesicht jahrzehntelange Seelenqual abzeichnete. Nein, ich hasse diese Frau nicht. Sie hatte fast meine Ehe zerstört, mein Kind in Gefahr gebracht, mich gepeinigt und beinahe umgebracht, aber dennoch: Ich konnte sie nicht hassen. Dieses Gesicht, in dem so unendlicher Lebensüberdruss geschrieben stand, ließ mich plötzlich Mitleid empfinden. Dennoch verspürte ich immer noch Angst vor ihr, davor, dass alles nur ein fatales Schauspiel war und sie mich wieder in ihre Gewalt bringen könnte. Ich nahm all meinen Mut zusammen und rief ihr zu: „Komm, wir gehen ins Haus. Hier draußen holen wir uns noch den Tod!"

Wäre die Situation nicht so dramatisch gewesen, man hätte über den letzten Satz beinahe lachen können.

Sabine nickte nur schwach, während weiterhin Tränen wie Sturzbäche aus ihren Augen quollen und sich auf den Wangen mit den Regentropfen vermischten. Ganz vorsichtig nahm ich

das Messer von ihrem Hals, behielt es aber weiterhin fest in meiner Hand. Konnte ich ihr trauen? War diese Tränenflut echt? Nach dem, was ich heute Nacht gehört und erlebt hatte, musste ich mit allem rechnen.
Mühsam rappelte ich mich auf, versuchte auf butterweichen Knien zum Stehen zu kommen. Mit dem Messer in der einen Hand streckte ich ihr schließlich helfend die freie Hand entgegen. Ihr Oberkörper zuckte unter ihrem heftigen Schluchzen und gequält hob sie eine Hand ein paar Zentimeter. So einen elenden Zustand konnte man doch nicht vorspielen! Entschlossen, mein Misstrauen zu ignorieren, beugte ich mich zu ihr hinunter, packte mit dem kläglichen Rest an Energie, der mir geblieben war, ihre Hand und zog kräftig daran, bis sie endlich wankend zum Stehen kam. Ich schob sie vor mir her, zurück ins Haus. Wir waren beide bis auf die Haut durchnässt. Triefend standen wir uns im Flur gegenüber. Sabine hatte zu weinen aufgehört. Ihr Gesichtsausdruck war jetzt merkwürdig leer und emotionslos. Es war mir unmöglich, auch nur zu erahnen, was sie gerade dachte. Ich musste versuchen sie zum Sprechen zu bringen.
„Sollen wir nicht unsere Sachen ablegen?", fragte ich ganz vorsichtig.
Sabine sah mich durch ihre nassen Haarsträhnen, die ihr über das Gesicht hingen, eindringlich an. Nicht einmal ein angedeutetes Kopfnicken konnte ich wahrnehmen. Sag doch was, bitte sag doch endlich was, flehte ich innerlich.
„Hast du verstanden, was ich gesagt habe?", fragte ich, mühsam das Zittern in meiner Stimme unterdrückend. Die Szenerie hatte etwas Gespenstisches, wie wir uns so gegenseitig belauernd und tropfnass gegenüberstanden. Ich kämpfte gegen den Kloß in meinem Hals an und versuchte es noch einmal: „Wir sollten wirklich unsere nassen Sachen ablegen, sonst verbringen wir die Ferien im Bett!"
Mein enormer Selbsterhaltungstrieb brachte mich dazu, diesen Satz in einem harmlosen Plauderton von mir zu geben.

Endlich nickte sie apathisch.
„Komm mit ins Bad, dort gebe ich dir einen Bademantel."
Immer noch schweigend und sich wie in Trance bewegend, ging Sabine vor mir her. Ich betete im Stillen zu Gott, dass sie nicht plötzlich wieder ausrastete, und behielt das Messer vorsorglich in der Hand, auch als wir uns auszogen. Während ich mich meiner Kleider entledigte und in meinen Bademantel schlüpfte, behielt ich sie stets im Auge. Erschrocken stellte ich nebenbei fest, dass meine beiden Knie und Handinnenflächen blutig aufgeschürft waren. In meinem Angstschockzustand hatte ich es nicht bemerkt und auch keine Schmerzen verspürt. In ihren Bademantel gehüllt bedachte Sabine mich mit einem Blick, in dem sich grenzenlose Müdigkeit abzeichnete, und sagte schließlich mit kraftloser Stimme: „Du kannst das Messer weglegen. Ich will dich nicht mehr umbringen. Ich will nur noch nach Hause."
Nichts auf der Welt wäre mir lieber gewesen, aber ich konnte sie nicht gehen lassen. Nicht solange sie sich in diesem psychischen Ausnahmezustand befand. Ich musste erst sicher gehen, dass sie wieder normal handeln und denken konnte und sagte deshalb schweren Herzens: „Aber du musst dich erst ausruhen. Komm, lass uns nach unten gehen!"
Wir stiegen zusammen die Treppe hinunter, ich mit dem Messer in der Manteltasche zwei Schritte hinter ihr. Mein Mund fühlte sich von der Aufregung ganz strohig trocken an und ich brauchte unbedingt etwas zu trinken. Deshalb dirigierte ich sie in die Küche, um sie nicht aus den Augen lassen zu müssen. Sie setzte sich auf einen Küchenstuhl.
„Kannst du uns einen Tee kochen?", fragte sie mit schwacher Stimme.
Argwöhnisch sah ich sie an. Tee kochen? War das eine Falle? Ich war mir fast sicher, dass sie vorhatte mich mit kochendem Wasser zu verbrühen. Sabine bemerkte meine zögerliche Haltung und sagte in ungeduldigem Ton: „Was ist denn? Ist dir das zu viel Arbeit?"

Um sie nicht noch mehr zu reizen, verneinte ich gleich vehement. „Aber nein, natürlich nicht, ich mache gleich einen!"
Während sich das Wasser im Kocher aufheizte, steckte ich meine rechte Hand in die Manteltasche, ergriff unauffällig das Messer und ließ Sabine keinen Augenblick aus den Augen. Sie saß bewegungslos auf ihrem Stuhl und gab keinen Ton von sich.
Schließlich nahm ich mit zwei dampfenden Teetassen in der Hand ihr gegenüber Platz. Vielleicht würde sich die Anspannung durch das Trinken dieser wohltuenden heißen Flüssigkeit etwas legen. Mein einziges Ziel war, zur Normalität zurückzukehren.
Stillschweigend tranken wir Schluck für Schluck die Tassen leer. Unter höchster innerer Anspannung suchte ich nach den richtigen Worten, um ins Gespräch zu kommen. Doch bevor ich etwas sagen konnte, fragte Sabine in ruhigem Tonfall: „Wirst du mich jetzt anzeigen?"
Diese Frage traf mich unerwartet wie ein Faustschlag. Was sollte ich darauf antworten? Ja, natürlich mache ich das. Du sollst bestraft werden für das, was du mir und meiner Familie angetan hast! Doch wie würde sie reagieren? Ich war so konsterniert, dass ich mich außerstande sah ihr zu antworten. Sabines Stirn legte sich in zornige Falten, als sie mich ungehalten anherrschte: „Starr mich nicht so an! Wieso sagst du denn nichts? Bist wohl zu feige, es mir ins Gesicht zu sagen, dass du genau das vorhast!"
Ihre Stimmung begann wieder ins Aggressive abzurutschen. Ich durfte jetzt keinen Fehler mehr machen und musste alles tun, um sie zu beruhigen! Obwohl ich sie am liebsten rausgeworfen hätte, nur um dieser verfahrenen, hochexplosiven Situation zu entkommen, riss ich mich zusammen und antwortete so beschwichtigend wie nur möglich: „Nein, was hätte ich davon, wenn du bestraft wirst? Ich will doch nur eines, dass wir vernünftig über alles reden

können, dass du mir zuhörst."
„Worüber sollten wir denn noch reden?", sagte sie mürrisch und blickte mich gleichzeitig resigniert an. „Darüber, dass mein Leben kaputt ist? Dass ich keine Hoffnung mehr auf ein besseres haben kann? Glaubst du, ich will mir anhören, wie du mir gebetsmühlenartig versicherst, dass du nichts dafür kannst, dass es dir so leidtut? Fakt ist, dass du mir Tom und Jan genommen hast und nichts auf dieser gottverdammten Erde kann sie mir je wieder zurückbringen."
Sie vergrub das Gesicht in ihren verschränkten Armen und fing wieder zu weinen an.
Der Anblick ihrer zuckenden Schultern, ihr herzzerreißendes Schluchzen erweckten plötzlich Mitleid in mir. In einer hilflosen Geste strich ich ihr über die Haare und sprach weiter.
„Aber ich kann nichts anderes sagen, als dass mir alles unendlich leid tut, auch wenn du es nicht hören willst. Ich würde alles dafür tun, wenn ich es ungeschehen machen könnte."
Sabine hob ihr Tränen überströmtes Gesicht empor.
„Warum hast du mit Jan eine Affäre angefangen? Warum nur?"
„Es ist einfach passiert. Ich hatte nie die Absicht etwas mit ihm anzufangen.
Damals in den Herbstferien hatte ich so große Angst. Die anonymen Anrufe, der Drohbrief und die merkwürdigen Dinge, die passierten. Ich dachte wirklich, dass mich jemand umbringen will. Ich brauchte einen Beschützer und Jan kam als Einziger in Frage. Danach wollte ich die Affäre sofort beenden, vor allem, als ich merkte, dass ihr zwei zusammen wart. Aber Jan schaffte es leider, mich noch zweimal zu verführen. Ich war zu schwach mich dagegen zu wehren. Ich hasse mich ja selbst dafür."
Sabine wischte sich mit beiden Händen die Tränen vom Gesicht und sagte in erbittertem Ton.
„Wenn ich dir nur glauben könnte. Aber wie sollte ich das

können? Tom hast du mir ja auch einfach genommen! Du musst doch gewusst haben, dass er schon eine Freundin hatte!"
„Aber nein, er sagte er hätte gerade mit seiner Freundin Schluss gemacht und das habe ich ihm geglaubt. Wenn ich das von euch gewusst hätte und dass du ein Kind … Also ich hätte mich niemals zwischen euch gedrängt. Tom hatte sich damals förmlich an mich geklammert. Er war die ganze Zeit um mich herum, hat mich bei allem unterstützt und ich war natürlich sehr dankbar dafür. Neu an eine Schule zu kommen, so kurz vor dem Abitur, war für mich damals sehr belastend. Aus Freundschaft ist dann irgendwann Liebe geworden, wie ich dachte.
Als ich später mit ihm zusammenlebte, hat er mir keinen Freiraum mehr gelassen. Ich war sein Besitztum. Keinen Schritt konnte ich tun, ohne dass ich unter seiner Kontrolle stand. Das war keine Liebe! Das war wie im Gefängnis! Deshalb hatte ich Schluss gemacht und nicht, weil ich gerade Lust auf einen anderen hatte. Es war Zufall, dass ich Alex zu dem Zeitpunkt kennengelernt hatte, als mein Entschluss, mich von Tom zu trennen, sowieso schon feststand."
„Du weißt nicht, was du ihm mit der Trennung angetan hast. Tom hatte sie nie wirklich verkraftet. Leider habe ich das erst zu spät begriffen. Ich dachte ich könnte alles Versäumte nachholen, auch das verlorene Kind."
Sabines Blick wanderte ins Leere, biss sich an einem nur für sie sichtbaren Bild fest. Es erschien mir wie eine Ewigkeit, dass sie so gänzlich der Realität entrückt dasaß. Ich wagte nicht sie anzusprechen. Das Trauma ihrer Jugend wog so schwer, es wären immer die falschen Worte gewesen, die ich an sie gerichtet hätte. Nach unendlich langer Zeit sprach sie mit zitternder Stimme endlich weiter.
„Dich als glückliche Mutter an der Seite deines Traummannes zu sehen war mehr, als ich verkraften konnte. Ich hatte wegen dir meinem Kind das Leben verweigert, ein abscheuliches

Gefühl. Es verfolgt mich bis heute. Ich habe deswegen zu ritzen begonnen, war in Therapie. Die Fehlgeburt, die Tatsache, dass ich kein Kind mehr bekommen konnte, waren wie eine Strafe Gottes für mich. Und du hattest alles, wovon ich nur träumen konnte. Ich habe dich so sehr dafür gehasst. Du hast nicht im Entferntesten eine Ahnung, was für Seelenqualen ich deinetwegen durchlitten hatte. Ständig hast du mir irgendetwas von Sascha erzählt. Und ich konnte plötzlich an nichts anderes denken als daran, wie mein erstes Kind wohl geworden wäre oder das, was ich danach verloren hatte. Dein vorgelebtes Glück mit deiner Kleinfamilie erzeugte in mir eine so entsetzliche Leere. Bevor du ins Kollegium kamst, hatte ich mich mit der Situation einigermaßen arrangiert. Aber dein Auftauchen hat sämtliche Wunden aufgerissen."

Sie sah eine Weile an mir vorbei in die Ferne. Dann richtete sie ihren bohrenden Blick auf mich und redete mit beherrschter Stimme weiter.

„Deine Affäre mit Jan war einfach zu viel für mich. Endlich hatte ich den Mann gefunden, der mir Liebe geben konnte, der mir zuhörte, der mich hätte glücklich machen können. Nach all den verlorenen Jahren mit Tom und anderen gefühllosen Männern. Das Glück war zum Greifen nah, bis du in deinem Unverstand alles zerstört hast. Niemals vorher habe ich jemanden so gehasst, wie dich, als ich von eurer Affäre erfahren habe. Ich wollte dich nur noch vernichten. Deine perfekte Welt sollte ins Wanken kommen. Ich wollte dir nur einen Bruchteil von dem Schmerz, den ich erlitten hatte, zukommen lassen. Ohne diese Racheaktionen hätte ich deine Anwesenheit nicht tagtäglich ertragen können. Je schlechter es dir ging, desto besser fühlte ich mich. Ich werde dich niemals dafür um Verzeihung bitten. Ich will nur eines: dass du verstehst, warum ich dir das alles angetan habe. Sag, dass du es verstehst, und du wirst nichts mehr von mir zu befürchten haben."

Die stoische Ruhe, die in ihrem Blick lag, wirkte beinahe

beängstigend. Noch vor einer knappen Stunde war sie wie eine blutrünstige Bestie auf mich losgegangen und hatte versucht mich umzubringen. Jetzt saßen wir uns bei einer Tasse Tee gegenüber und sie redete in glasklaren Worten und in einer so selbstverständlichen Art über Hass, Liebe, Eifersucht, Kindstod, Verzweiflung und Racheaktionen, als ob wir bei einem normalen Kaffeeklatsch irgendwelche belanglosen Frauenthemen besprechen würden. Nichts war mehr von ihrer Verwirrtheit und ihrem von Hass geprägtem Fanatismus zu spüren.
Ihr Gesinnungswandel erfüllte mich immer noch mit Misstrauen. Ich war mir nicht sicher, ob ich dieser gelassenen Ruhe, die sie umfangen hatte, wirklich trauen konnte. Es könnte genauso gut einer ihrer Tricks sein, mich hinters Licht zu führen, bis sie zum nächsten fatalen Schlag ausholen würde.
Sabine musste meine Gedanken erraten haben, denn sie verzog spöttisch den Mund und sagte verächtlich: „Du glaubst mir wohl nicht? Jämmerliche Angstliese! Ich werde ganz bestimmt nicht riskieren deinetwegen im Gefängnis zu landen! Du hast mein Leben bisher genug zerstört. Es war eine große Genugtuung für mich, dass du wegen mir ein paar Mal durch die Hölle gehen musstest. Du hast dein Lehrgeld bezahlt und ich bin es leid, gegen dich zu intrigieren. Weißt du, ich sehe jetzt auch so einiges klarer."
Fragend zog ich meine Augenbrauen in die Höhe. Sie nahm einen Schluck aus ihrer Teetasse und sagte: „Es sind die Männer."
„Was meinst du damit?"
„Dass die Männer am Unglück der Frauen schuld sind. Sie reden von Liebe, vom ewigen Glück und wenden sich dann irgendwann einer anderen zu, eine, die angeblich besser zu ihnen passt. Aber zugeben können sie das nicht! Nein! Sie machen einem ständig etwas vor und belügen sich selbst. Das Schlimmste dabei ist, dass sie keine Entscheidung treffen

können, sondern die alte und die neue Beziehung am Köcheln halten, bis der Zufall irgendwann einmal alles aufdeckt. Ach, Männer sind so feige! Sie haben keinen Mut, klar Stellung zu beziehen. Tom hatte so gehandelt und Jan wieder. Wie viel Unglück wäre mir erspart geblieben, wenn Tom sich gleich offen und ehrlich zu dir bekannt hätte. Immer wieder hatte er mir Hoffnung gemacht, war zu mir gekommen. Doch ich hatte genau gespürt, wie er sich mir gleichzeitig immer mehr entzog. Aber er log mir ins Gesicht, sagte, dass er nichts von dir will, sondern dir nur hilft. Rigoros hatte er meinen verliebten Zustand ausgenutzt. Leider habe ich sein perfides Spiel erst erkannt, als es zu spät war!"

Sabine nahm wieder einen Schluck Tee. Ihre Hand zitterte bedenklich. Über den Tassenrand hinweg warf sie mir einen prüfenden Blick zu. Tapfer hielt ich ihm stand und nickte nur zustimmend. Sabines Tasse fand laut scheppernd wieder ihren Platz auf dem Unterteller. Erschrocken zuckte ich zusammen, während sie weiterredete.

„Und wie übel Jan mit meinen und wohl auch deinen Gefühlen gespielt hat, darüber könnte man ein ganzes Buch schreiben. Er hat alles darangesetzt dich immer wieder zu verführen, obwohl du es angeblich gar nicht wolltest. Und ich? Ich war so verliebt in ihn, dass ich nach dem ersten Schock beschlossen hatte, um ihn zu kämpfen. Ich konnte und wollte ihn nicht aufgeben und wegen dir einen Rückzieher machen. Diesen Fehler wollte ich nicht noch einmal begehen. Aber es hat alles nichts genützt. Es ist so ein verdammter Mist!"

Vorsichtig legte ich meine Hand auf ihre und redete sanft auf sie ein: „Ich glaube nicht, dass alles verloren ist. Du solltest eurer Beziehung noch eine Chance geben. Unsere Affäre ist definitiv beendet. Er liebt dich, ist nur zu verblendet, um es zu erkennen. Wenn es nicht so wäre, hätte er sich doch schon längst von dir getrennt. Er hat mir öfter erzählt, wie schön es mit dir sein kann. Nur mit deiner zeitweiligen Verschlossenheit kommt er nicht zurecht. Ich bin mir ganz

sicher, dass ihr wieder zueinander findet."
Sie lehnte sich abrupt zurück und sagte in härterem Ton: „Glaubst du das wirklich? Du willst mich doch nur mit schönen Worten ruhig stellen! Er liebt dich, ich bin nur seine zweite Wahl. Also hör auf mir einzureden, dass wir noch glücklich werden könnten. Das ist so schäbig!"
Das Gespräch begann schon wieder in die falsche Richtung zu laufen!
„Aber nein, ich würde das nicht zu dir sagen, wenn ich nicht davon überzeugt wäre!", sagte ich schnell, um sie zu beruhigen. „Du musst nur offener zu ihm sein!"
„Was meinst du mit offener?" Ihr Blick verdüsterte sich.
„Du hast mit ihm nie über Tom und den Grund für eure Scheidung reden wollen."
Sie atmete einmal kurz und tief durch.
„Ich habe deshalb nicht darüber gesprochen, weil es keine Scheidung gab. Tom ist tot."
Die letzten drei Worte trafen mich wie Pistolenschüsse. *Tom ist tot.*
Was redete sie denn da?! Tom konnte doch nicht tot sein! Ich saß wie schockgefroren da, konnte nicht sprechen, konnte sie nur fassungslos ansehen. Es kostete sie große Überwindung weiterzusprechen.
„Auch für mich war sein Tod ein großer Schock und ich konnte ihn nur überwinden, indem ich das Geschehene verdrängte. Ich ertrug es nicht mehr, dass jedes Mal die Wunden von neuem aufgerissen wurden, sobald mich jemand danach fragte. Deshalb habe ich, als ich an die Münchner Schule kam, gesagt, ich sei geschieden."
„Genau wie Jan", gab ich mechanisch von mir.
„Ja, genau wie Jan. Er wollte auch nicht mit mir über seine Vergangenheit sprechen, aber meine Verschlossenheit kann er wiederum nicht verstehen. Dabei müsste er es eigentlich am besten verstehen."
Ich nickte schwach.

„Was ... was ist denn mit Tom passiert?", fragte ich zaghaft, während ich mich langsam aus der Starre löste. Sabine spielte nervös mit ihren Fingern und in ihren Augen bildete sich wieder ein schimmernder See.

„Ich kann nicht darüber sprechen!", sagte sie schließlich leise und senkte ihren Blick.

„Entschuldige, ich will dich nicht bedrängen. Vielleicht kannst du es mir ja später einmal erzählen."

Ich nahm wieder ihre Hand und drückte sie aus ehrlichem Mitgefühl. Willig ließ sie es geschehen und sagte dann unter Tränen: „Und du meinst wirklich, dass wir noch einmal von vorn beginnen können, wenn ich ihn mehr an meinem Seelenleben teilhaben lasse?"

Vom Ehrgeiz gepackt, ihr nach diesem ganzen Wahnsinn eine neue Perspektive zu bieten und damit den Umgang miteinander auf ein Normalmaß zu bringen, drückte ich ganz fest ihre Hand.

„Aber natürlich, ich bin überzeugt davon. Überrede ihn, mit dir ein paar Tage wegzufahren. Dann könnt ihr in angenehmer Urlaubsatmosphäre in Ruhe über alles sprechen und wieder zueinanderfinden. Du wirst sehen, das kann ein Neuanfang für euch sein. Du darfst jetzt auf keinen Fall aufgeben. Versprich es mir."

Sie nickte und wischte sich die Tränen aus den Augen.

„Ja, vielleicht hast du Recht und ich sollte es noch ein letztes Mal versuchen. Ich kann ihn nicht so einfach aufgeben, dazu liebe ich ihn trotz allem, was er mir angetan hat, zu sehr."

Die Hoffnung auf einen Neubeginn verlieh ihren Augen einen schimmernden Glanz, ihre verhärmten Gesichtszüge entspannten sich und wirkten plötzlich entrückt.

Ich sah ihr direkt in die Augen, doch sie nahm mich nicht wahr. Ihre Gedanken waren in eine mir nicht zugängliche Traumwelt abgedriftet und ich hätte alles dafür gegeben, sie zu erraten. Es war schon beinahe beängstigend zu beobachten, welch extremer Sinneswandel sich in ihr vollzogen hatte. In einer desolaten psychischen Verfassung, von Hass- und Mordgedanken getrieben, war sie in unser Haus eingedrungen und jetzt nahm sie von ihrer Todfeindin Ratschläge zur Rettung ihrer Beziehung entgegen, als wäre nichts geschehen. Die Situation wirkte auf einmal so irreal. Doch ich war zu erschöpft, um weiter darüber nachzudenken. Mein einziges Ziel war gewesen die Angelegenheit auf Normalniveau herunterzuschrauben, und das war mir jetzt offensichtlich gelungen.

Ihre Stimme riss mich aus meinen Gedanken.

„Ich werde jetzt nach Hause fahren und Jan einen Urlaubstrip vorschlagen. Vor den Ferien hat er selbst davon gesprochen, gemeinsam wegzufahren, aber ich war nicht in der seelischen Verfassung, darauf einzugehen. Ich wollte ja nur eines, wie du weißt, nämlich dich ins Jenseits befördern. Aber ich habe ja zum Glück den Abend anders ausklingen lassen", meinte sie beiläufig und lächelte selbstironisch.

Ich konnte beim besten Willen nichts Lustiges daran finden, knapp einem Meuchelmord entgangen zu sein, und brachte nur ein gequältes Lächeln zustande.

„Tja, ich hatte schon nettere Abende mit Freundinnen erlebt. Aber das Wichtigste ist, dass wir wieder vernünftig miteinander reden können und du mit Jan glücklich wirst. Das wünsche ich dir von ganzem Herzen."

Sabine zuckte mit den Schultern.

„Es fällt mir verdammt schwer dir das zu glauben, aber ich tue es trotzdem. Hoffentlich ist es für Jan und mich noch nicht zu spät. Nochmals eine Abfuhr könnte ich nicht verkraften."

Ihre letzten Worte erschreckten mich und ich sagte schnell:„Versprich´ mir, dass du gleich mit mir redest, wenn etwas schief läuft!"

Sabine nickte nur kurz, erhob sich mit langsamen, gequälten Bewegungen von ihrem Stuhl und ging schleppenden Schrittes zur Tür. Ohne sich umzudrehen, sagte sie mit monotoner Stimme:

„Ich ziehe meine Sachen an und fahre nach Hause. Untersteh dich, ein Taxi zu rufen, ich kann selbst fahren."
Hilflos und wie gelähmt sah ich zu, wie sie mühsam die Treppe emporstieg. Konnte ich es verantworten sie schon gehen zu lassen? Ihr körperlicher und seelischer Zustand schien mir instabiler zu sein, als ich vermutet hatte. Als sie, bekleidet mit ihren feuchten Klamotten, wieder nach unten kam, bedrängte ich sie ein Taxi zu holen. Ungeduldig winkte sie ab.
„Ich sagte doch, dass ich es alleine schaffe. Es geht mir gut, wirklich. Also hör auf mich zu bemuttern."
Für ein paar Augenblicke, die mir wie eine Ewigkeit vorkamen, standen wir uns unschlüssig im Flur gegenüber. Es war zu spüren, dass jede noch etwas sagen wollte, aber nicht die richtigen Worte fand. Verlegen trat ich von einem Fuß auf den anderen.
„Sabine, ich muss dir noch einmal sagen, wie sehr ich alles bedauere. Ich hoffe, dass wir den heutigen Abend vergessen und irgendwann ganz normal über alles sprechen können. Ich drücke dir die Daumen, dass du mit Jan klarkommst. Versprich mir Bescheid zu sagen, wie es dir im Urlaub ergangen ist."
Ich sah in ihre Augen und suchte nach Bestätigung, konnte den verschleierten Blick, mit dem sie mich bedachte, aber nicht deuten. Er hatte für einen Moment etwas merkwürdig Unzugängliches. Plötzlich lösten sich ihre Gesichtszüge und sie brachte sogar ein Lächeln zustande.
„Ja, vielleicht gibt es noch einen Neuanfang für uns alle, wer weiß. Du hörst von mir."
Spontan umarmte sie mich. Mit solch einer Gefühlsregung hatte ich nicht gerechnet und war deshalb zu erstaunt, um zu reagieren. Sie ließ mich gleich wieder los, als ob sie selbst über ihre Reaktion erschrocken wäre, öffnete sachte die Haustür und ging durch den Hof zum Gartentor. Der Sturm hatte, wie als Symbol für den Verlauf dieser Nacht, merklich

nachgelassen. Ich stand in der geöffneten Tür und sah ihr nach, bis sie verschwunden war. Sie hatte sich kein einziges Mal mehr umgedreht und ich fragte mich, welchem Schicksal sie wohl entgegengehen würde. Ich wünschte ihr so sehr die Chance auf ein glücklicheres Leben, auch aus eigennützigen Motiven. Wir könnten dann endlich ein ruhiges Leben ohne weitere emotionale Ausnahmezustände führen. Ich ging ins Haus zurück und schloss die Tür hinter mir. Kraftlos lehnte ich mich dagegen und rutschte ganz langsam in die Hocke. Ich umschlang meine Knie und weinte hemmungslos.

KAPITEL 30

Es war gar nicht so einfach gewesen, die Spuren der vergangenen, verrückten Nacht zu übertünchen. Unter meinen Augen hatten sich tiefe dunkle Ringe eingegraben, und trotz Make-up war mein Gesicht leichenblass. Mein äußerer elender Zustand war auch nicht weiter verwunderlich, denn die Ereignisse hatten mich so sehr mitgenommen, dass mich in der Nacht ein plötzlicher, heftiger Fieberschub überfiel, der meine Sinne umnebelte. Wirre, sich ständig wiederholende Gedanken kreisten unablässig in meinem Kopf. Hitzeattacken und Schüttelfrostanfälle hielten sich die Waage und ließen erst gegen Morgen allmählich nach. Vollkommen erschöpft und schweißgebadet lag ich auf dem Bett, den Blick starr an die Decke geheftet. Ich konnte wieder etwas klarer denken und wurde von der Last des Geschehenen beinahe erdrückt. Es war für mich nur schwer zu verkraften, dass ich, wenn auch unabsichtlich, den Grundstein für Sabines vermurkstes Leben gelegt hatte. Bilder aus der Vergangenheit waren plötzlich vor meinem geistigen Auge aufgetaucht, Bilder aus der Schulzeit, die plötzlich eine ganz andere Bedeutung bekamen. Jetzt verstand ich erst Toms zeitweilig fahriges Wesen und sein unsicheres Verhalten mir gegenüber. Ich war damals so sehr mit mir selbst beschäftigt gewesen, dass ich dem keine Bedeutung beigemessen hatte. Aber was mich noch mehr beunruhigte, war die Frage, ob ich Alex von Sabines Überfall erzählen sollte. Einerseits konnte ich es kaum erwarten, mir alles von der Seele zu reden, andererseits wurde mir auch klar, dass es ein Fehler wäre. Ich könnte mein Versprechen, nichts gegen sie zu unternehmen, nicht einhalten. Wenn Alex hörte, dass ich beinahe umgebracht worden wäre, würde er sofort die Polizei einschalten. Die Konsequenzen, die für Sabine entstünden, könnten verheerende Folgen haben. Ich wollte ihr die Chance geben, ihr Leben in geordnete Bahnen zu lenken, und damit die Fehler der Vergangenheit ein Stück weit wieder gutmachen.

Doch im Falle einer Anzeige würde dies unweigerlich zur Utopie geraten. Zudem käme zwangsweise das unliebsame

Thema Jan und Seitensprung zur Sprache. Da ich aber ein für allemal beschlossen hatte, mein Vergehen niemals preiszugeben, blieb mir nichts anderes übrig, als schweren Herzens zu beschließen meinem Mann wieder einmal alles zu verschweigen. Mir graute davor, so zu tun, als sei nichts Besonderes gewesen. Bis vor ein paar Monaten hatten wir uns die geringste Kleinigkeit mitgeteilt und besprochen. Und jetzt? Jetzt konnte ich ihm noch nicht einmal erzählen, dass er um ein Haar als Witwer heimgekehrt wäre. Aber ich war mir sicher, dass es so das Beste wäre.

Bis zum Abend hatte ich noch Zeit, mich zu regenerieren. Körperlich völlig ausgelaugt und mit pochenden Kopfschmerzen schleppte ich mich durch den Tag und versuchte im Zehn-Minuten-Abstand Jan anzurufen, doch er meldete sich nicht. Als ich auf meinem Handy nachsehen wollte, ob er eine SMS geschrieben hatte, musste ich feststellen, dass es wie vom Erdboden verschluckt war. Ich erinnerte mich, dass Sabine es an sich genommen hatte, aber nicht daran, was sie dann damit gemacht hatte. In meiner Verzweiflung schrieb ich ihm schließlich eine E-Mail, in dem ich ihn vor Sabines Zustand warnte und hoffte, dass sie es nicht zu lesen bekommen würde. Nach einem spärlichen Mittagessen ohne Appetit, mobilisierte ich meine letzten Kraftreserven und fuhr zu Jan. Ich klingelte Sturm, doch niemand öffnete.

„Wo steckst du, Jan?", jammerte ich leise und entmutigt. Ich hätte mich gleich nachdem Sabine verschwunden war mit ihm in Verbindung setzen müssen, doch mein schockartiger Seelenzustand mit Fieberwahnfantasien hatte dies zu meinem Leidwesen verhindert.

„Ich muss ihn finden!", dachte ich. Mit dem Mut der Verzweiflung fuhr ich zu Sabines Wohnung, doch auch dort konnte ich sein Auto nirgends entdecken.

Ohne einen weiteren Gedanken zu verschwenden, ob mein Tun richtig oder falsch war, klingelte ich entschlossen und wartete vergeblich auf Einlass. Wo steckten die beiden bloß?

Resigniert fuhr ich nach Hause. Eine große Müdigkeit ergriff mich und zwang mich ins Bett, wo ich in einen tiefen Schlaf fiel. Als ich nach mehreren Stunden benommen erwachte, waren zwar meine Kopfschmerzen endlich verschwunden, doch mein Kreislauf war im Keller und ich konnte mich nur mit großen Schwierigkeiten auf den Beinen halten. Aufgeregt bibberte ich Alex' Ankunft entgegen, denn ich wusste nicht, wie ich meinen desolaten Zustand vor ihm kaschieren sollte.

Kurz nach sechs Uhr hörte ich, wie die Haustür aufgesperrt wurde. Gut gelaunt kam Alex mir entgegen. Doch als er mich erblickte, verschwand sein Lächeln augenblicklich.

„Was um Himmels willen ist denn mit dir los? Du siehst ja elend aus! Bist du krank?"

Er warf seine Reisetasche achtlos von sich und nahm mich in die Arme. Ich schmiegte mich dankbar an seine Brust und genoss seine beschützende Wärme. Wie gerne hätte ich ihm jetzt alles anvertraut! Ich musste mir krampfhaft auf die Lippen beißen, um nicht gleich loszulegen. Alex strich mit der Hand über meinen Kopf.

„Aber Liebling, du zitterst ja! Ist was passiert?"

Er schob mich sanft mit beiden Armen von sich und forschte mit besorgter Miene in meinem Gesicht nach einer Antwort.

Reiß dich bloß zusammen!, befahl ich mir energisch.

„Ich glaube, ich habe mir eine leichte Lebensmittelvergiftung zugezogen. Die halbe Nacht hing ich über der Kloschüssel!", log ich so überzeugend wie nur möglich.

Alex schüttelte entsetzt seinen Kopf.

„Du meine Güte, was hast du denn gegessen? Mein armer Liebling! Und ich war nicht da!"

Meiner Meinung nach sehr glaubhaft erzählte ich ihm irgendetwas von einem überfälligen Fleischsalat und versuchte dann schnell vom Thema abzulenken, indem ich mich nach seinem Wochenende erkundigte. Doch er ging nicht darauf ein.

„So eine Lebensmittelvergiftung darf man nicht auf die leichte Schulter nehmen! Sollen wir noch ins Krankenhaus fahren?

Hast du danach genügend Flüssigkeit zu dir genommen? Und Salzletten gegessen?"

„Ja, habe ich, Herr Doktor, und jetzt hör auf dir Sorgen zu machen, mir geht es wieder gut. Also, wie war das Oldtimertreffen?"

„Es war einfach toll! So viele schöne Autos auf einem Haufen zu sehen ist schon etwas Besonderes. Eigentlich schade, dass du nicht dabei warst, dann wäre es dir besser ergangen."

Wie wahr, dachte ich. Alex nahm meine beiden Hände und senkte den Kopf, um die Innenflächen zu küssen, als er plötzlich abrupt innehielt.

„So, jetzt ist aber Schluss mit der Lügerei. Wieso sind deine Hände aufgeschürft? Raus mit der Sprache, was ist passiert?!", sagte er in strengem Ton.

Ich biss mir auf die Unterlippe und suchte nach der nächsten Ausrede.

„Ich bin im Hof über Saschas Skateboard gefallen, als ich die Blumenstöcke vor dem Sturm retten wollte. Meine Knie sehen genauso aus."

„Du meine Güte, dich kann man aber auch keine paar Stunden alleine lassen! Zum Glück war Babs bei dir."

„War sie nicht. Sie stand im Stau und hatte es nicht mehr geschafft zu kommen."

„Auch das noch! Ich konnte dich telefonisch auch nicht erreichen. Lag wohl an dem Sturm gestern Nacht."

„Und daran, dass du dein vollgeladenes Handy liegen gelassen hast, du Autonarr. Ich bin fast gestorben hier, einsam und allein und ohne jede Aussicht auf Hilfe."

„Oh mein armes Schätzchen, so schlimm war es? Komm her, lass dich trösten. Ab jetzt pass ich auf dich auf, wenn du es schon nicht kannst." Er nahm mich in die Arme und wiegte mich hin und her.

„Behandle mich nicht wie ein dummes, kleines Kind. Es kamen eben zwei blöde Sachen auf einmal zusammen, das verdorbene Essen und Saschas verfluchtes Skateboard."

„Schon gut, ich wollte dich nicht auf den Arm nehmen. Ich bin nur etwas schockiert, dass mich statt der gewohnten Strahlefrau ein weißgesichtiges, lädiertes Wesen empfangen hat."
Seine Nähe, die mir das Gefühl unendlicher Geborgenheit vermittelte, tat mir so gut. Jede einzelne Sekunde dieses wohligen Gefühls sog ich gierig ein wie ein Verdurstender ein Glas mit kostbarem, heiß ersehntem Wasser. Irgendwann lösten wir uns aus der Umarmung und gingen ins Wohnzimmer. Dort machten wir es uns auf der Couch bequem, auf der ich gestern noch um mein Leben bangen musste. Die Anwesenheit von Alex ließ die Ereignisse plötzlich so unwirklich wie einen Albtraum erscheinen. Schreckliche Bilder tauchten auf, Bilder von Hass und Gewalt, vom Kampf ums Überleben und Bilder der Resignation und tiefster Verzweiflung.
Während Alex von seinen Erlebnissen berichtete, wovon ich kaum etwas auffassen konnte, kämpfte ich gegen das große Verlangen an, ihm von meinen zu erzählen. Es kam mir auf einmal so seltsam vor, meinem Mann, mit dem ich Tisch und Bett teilte und mit dem ich ein Kind großzog, dieses schreckliche Ereignis zu verschweigen. Aber wenn ich dann wieder an Sabine dachte, wie sie mit dieser verzweifelten Hoffnung auf einen Neubeginn mein Haus verlassen hatte, besann ich mich sofort eines anderen. Alex würde kein Pardon kennen mit einer Person, die seine geliebte Frau umbringen wollte. Vielleicht würde ich es ihm in ein paar Jahren anvertrauen, wenn genügend Gras über die Sache gewachsen wäre. Vorerst musste ich mich damit begnügen, es nur Babs zu erzählen, und ich brannte förmlich darauf.
Am Sonntag hinterließ ich entnervt die Nachricht auf der Mailbox und dem Anrufbeantworter, dass ich sie ganz dringend sprechen musste. Prompt kam abends ein Anruf.
„Hallo, was gibt es denn so Wichtiges? Hat es mit Jan zu tun?", fragte sie sofort voll brennender Neugier.
„Ja, auch. Es wird dich jedenfalls vom Hocker hauen. Wann können wir uns treffen?"

„Morgen Abend in meiner Galerie. Aber jetzt sag doch, um was es geht! Nur ganz kurz, bitte!"
„Nein, das kann ich nicht am Telefon, morgen erfährst du alles!", vertröstete ich sie und legte gleich auf, da Alex ins Zimmer kam. Den gesamten Montag über war ich viel zu aufgeregt, um im Haushalt oder für die Schule irgendetwas in gewohnter Manier erledigen zu können. Immer wieder saß ich einfach nur da und ließ die Ereignisse von Samstag Revue passieren. Je größer der zeitliche Abstand wurde, desto unwirklicher erschienen mir die Geschehnisse. Und ich stellte mir immer öfter die Frage, ob ich richtig gehandelt hatte. Ich musste unbedingt mit jemandem darüber reden, aber vor allen Dingen musste ich Jan von dem Vorfall erzählen. Er hatte noch nicht auf meine E-Mail geantwortet und auch telefonisch war es unmöglich, ihn zu erreichen. Fast stündlich probierte ich es und hinterließ immer wieder eine Nachricht mit der dringenden Bitte um Rückruf. Auch Sabine meldete sich nicht und schließlich kam ich zu dem Schluss, dass sie schon in Urlaub gefahren sein mussten.
Endlich war es Abend und ich fuhr zu Babs' Galerie. Sie sperrte sofort die Tür hinter mir zu, um von keinem verspäteten Kunden mehr gestört zu werden, und schob mich zu einem Bistrotisch.
„Setz dich. Also was willst du mir so dringend erzählen? Ich platze fast vor Neugier!"
„Hol erst mal etwas zum Trinken. Du wirst es nötig haben, wenn du meine Geschichte hörst", sagte ich bedeutungsvoll.
„Macht es dir eigentlich Spaß, mich so zu quälen?", fragte sie gespielt jammernd und holte aufgeregt zwei Gläser und eine Rotweinflasche.
„Na ja, verdient hast du es", meinte ich etwas vorwurfsvoll, „nachdem du mich so sträflich im Stich gelassen hast. Wenn du am Samstag bei mir übernachtet hättest, wäre bestimmt alles anders gekommen."
„Kannst du bitte aufhören in Rätseln zu sprechen! Das ist ja unerträglich! Jetzt erzähl schon, was ist passiert!", drängte sie mich und schenkte Rotwein in die Gläser.

Ich fing an die Geschehnisse schonungslos bis ins grausamste Detail zu erzählen. Babs hing an meinen Lippen und wurde immer blasser, je mehr ich ihr erzählte. Immer wieder schüttelte sie fassungslos den Kopf und schlug ihre Hand entsetzt auf den Mund. Als ich zu Ende erzählt hatte, sah sie mich mit schreckgeweiteten Augen an.

„Das gibt es doch gar nicht! Ist die Frau völlig übergeschnappt? Ich kann das alles nicht glauben. Wäre ich bloß etwas früher heimgefahren! Oh Belle, entschuldige tausend Mal, dass ich dich im Stich gelassen habe!" Sie kam zu mir und umarmte mich in aufrichtigem Mitgefühl.

„Ja, ich habe mich so darauf verlassen, dass du kommst!", sagte ich jammernd. „Ich hätte dich in der Luft zerreißen können, als du gesagt hast, du schaffst es nicht zu kommen. Verlass dich auf jemanden und du bist verlassen! Das waren die schrecklichsten Stunden meines Lebens!"

Die Erlebnisse, die bedrohliche Atmosphäre waren plötzlich wieder so präsent und ließen mich erneut erschauern. Schnell nahm ich einen Schluck Rotwein. Babs drückte mich noch einmal fest und setzte sich dann wieder.

„Wenn ich das geahnt hätte! Ich wünschte, ich könnte es rückgängig machen, du Ärmste. Was hat die Polizei unternommen?"

„Polizei? Ich habe die Polizei nicht gerufen!"

Entsetzt riss Babs die Augen auf. „Was!!", schrie sie beinahe. „Das glaube ich jetzt nicht! Du hast sie einfach gehen lassen?! Warum denn, zum Kuckuck?"

„Weil es falsch gewesen wäre."

„Was bitte ist falsch daran, eine Verrückte dingfest zu machen!", empörte sie sich lauthals und sprang von ihrem Stuhl auf. „Du meine Güte, was hast du bloß getan! Sie läuft wegen dir noch frei herum!"

Ihre Stimme erreichte ziemliche Höhen, während sie neben unserem Tisch auf und ab ging. „Wer weiß, was sie als Nächstes plant! Diese Frau ist doch unberechenbar!"

Entschlossen hielt ich sie am Arm fest. „Jetzt beruhige dich und setz dich hin! Wenn du hier wie ein Tiger im Zookäfig hin und her läufst, macht mich das ganz nervös. Hör mir einfach zu, dann wirst du es verstehen."
Widerwillig kam sie meiner Aufforderung nach und ich versuchte ihr so ruhig wie möglich meine Beweggründe nahezubringen. Im Detail schilderte ich ihr die Wandlung von Sabines Gemütszustand, wie ich ihr helfen wollte und ihr gesagt hatte, dass ich auf eine Anzeige verzichte.
„Verstehst du, ich konnte sie noch zur Vernunft bringen und normal mit ihr über die Angelegenheit sprechen. Sie war zum Schluss voller Hoffnung, dass sie mit Jan eine gute Beziehung haben kann."
Babs zog die Augenbrauen zusammen. „Weißt du eigentlich, was du da redest? Diese Frau hat massive psychische Probleme! Sie wird nicht fähig sein zu einem normalen Umgang mit einem Mann."
„Doch, wird sie. Es war ihr Schicksal, dass ich ihr immer in die Quere kam. Ich habe ihr Glück mit Jan zerstört. Aus einer Laune heraus! Hätte ich keine Affäre mit ihm gehabt, wären sie jetzt das glücklichste Paar. Man muss ihr einfach diese Chance geben."
Babs beugte sich über den Tisch zu mir herüber und sah mich eindringlich an.
„Belle! Du siehst nicht mehr klar! Sie hat dich über ein halbes Jahr terrorisiert, sie hat dich beinahe umgebracht! Und du denkst ernsthaft, sie kann jetzt so einfach zur Tagesordnung übergehen?!"
Ich fing an zu bereuen, dass ich sie eingeweiht hatte. „Ja, so sehe ich das und es wird auch so sein! Sie will einzig und allein ihr verloren gegangenes Glück einfangen."
Sie lehnte sich zurück und fuhr sich, ganz gegen ihre Gewohnheit, mit den Fingern nervös durch ihre perfekt gestylte Frisur.
„Du bist vollkommen verblendet! Weißt du, was dein Problem ist? Du leidest unter massiven Schuldgefühlen. Du redest dir alles schön und merkst es nicht. Du willst an ihr wieder etwas

gutmachen und denkst, es kann alles wieder gut werden, wenn sie mit Jan zusammen ist."
Was wollte Babs eigentlich? Wieso verstand sie mich nicht?
„Das ist ja auch so. Wenn Jan sich wirklich von ihr trennen wollte, hätte er es doch schon längst getan. Ich glaube ganz fest daran, dass sie wieder zusammenfinden. Die Angelegenheit zwischen mir und Sabine ist jetzt geklärt, was soll also noch schiefgehen?"
Sie schloss für einen kurzen Moment entnervt die Augen. „Ja natürlich, träum weiter, Belle! Ich wusste gar nicht, wie naiv du sein kannst! Was ist, wenn Jan, ganz gegen deine Voraussage, sich nun doch von ihr trennen will? Hast du darüber schon einmal nachgedacht?"
Nochmals eine Abfuhr könnte ich nicht verkraften, hallten Sabines Worte in meinen Gedanken wider.
„Ja klar habe ich das!", verteidigte ich mich lautstark. „Dann werde ich sie beobachten. Ich kenne jetzt meinen Feind. Sollte sie sich wieder auffällig mir gegenüber verhalten, werde ich sie anzeigen. Aber sie wird mir jetzt nichts mehr antun. Das hat sie mir sehr überzeugend versichert."
Babs stöhnte: „Meine Güte, Belle, bis du merkst, dass sie wieder gegen dich vorgeht, kann es zu spät sein! Deine angeblich gute Freundin ist bei dir eingebrochen, um dich zu töten, schon vergessen? Sie ist eine Weltmeisterin im Verstellen. Sie ist die freundliche Hexe im Pfefferkuchenhaus!" Sie fuhr sich wieder mit den Händen durch ihre Haare und sah schon ziemlich zerzaust aus.
„Sag mal, hast du mir eigentlich zugehört?", erwiderte ich gereizt. „Ich denke sie hat ihren seelischen Ausnahmezustand überwunden und will nur noch in Ruhe gelassen werden. Sie will einfach einen Neuanfang mit Jan haben und den werde ich ihr, nach allem was war, bestimmt nicht verwehren. Punkt aus! Ich glaube, es ist besser, wenn ich jetzt gehe."
Ich schnappte meine Jacke und eilte Richtung Tür.
„Weiß Alex eigentlich davon?"
Abrupt blieb ich stehen und drehte mich zu Babs um, die mich

mit Argusaugen beobachtete.

„Du hast ihm also nichts gesagt, das darf doch nicht wahr sein!", rief sie kopfschüttelnd. „Wieso verschweigst du ihm so etwas? Er ist doch dein Mann!"

„Ja, genau aus diesem Grund kann ich ihm ja nichts sagen. Er würde ausflippen, ihr bei der ersten Begegnung an die Gurgel gehen und die Polizei alarmieren. Er würde dafür sorgen, dass sie in psychiatrische Behandlung kommt. Sabine wäre erledigt. Das könnte sie nicht verkraften. Ich habe ihr versprochen nichts zu unternehmen", versuchte ich sie zu überzeugen.

Babs nahm einen großen Schluck von ihrem Wein.

„Also es ist zum Jungekriegen mit dir! Wie kannst du nur ihre mörderische Attacke so verharmlosen! Wenn ich mir bloß vorstelle, wie sie dir die Klinge an den Hals gedrückt hat … schrecklich! Sascha hat sie auch bedroht und vielleicht ist demnächst dein Mann an der Reihe! Also ich werde jetzt sofort Alex Bescheid sagen! Der kann wenigstens noch klar denken! Und er wird diesem ganzen Wahnsinn ein Ende setzen!"

Sie griff nach dem Telefon. Hastig lief ich zum Tisch und entriss ihr wütend den Hörer.

„Wenn du das tust, dann ist unsere Freundschaft beendet! Die kleinste Andeutung und ich werde dich nicht einmal mehr grüßen. Was bist du nur für eine Freundin!"

„Eine gute Freundin! Ich will dich doch nur schützen. Dir fehlt leider die nötige Distanz, aber *mir* nicht. Hast du dich mit Jan in Verbindung gesetzt?"

„Natürlich habe ich das!"

Babs lehnte sich aufatmend zurück. „Gott sei Dank!"

„Ich habe ihn aber noch nicht erreicht."

Sie schnellte wieder nach vorn. „Wieso nicht? Belle, du *musst* ihn erreichen, unbedingt! Er muss wissen; mit wem er es zu tun hat!"

„Ja, ich weiß, ich habe es schon x-mal probiert, aber er meldet sich nicht. Jan ist immer sehr schwer zu erreichen. Er war auch nicht in seiner Wohnung. Wahrscheinlich sind sie schon weggefahren."

„So schnell?!"

„Ja, ach ich weiß auch nicht", sagte ich ungeduldig und sah auf die Uhr. „So spät schon! Ich muss jetzt gehen."

Hektisch streifte ich meine Jacke über und ging zur Tür. Dort drehte ich mich, die Hand auf der Türklinke, noch einmal zu ihr um.

„Übrigens bin ich nur noch über Festnetz erreichbar. Seit diesem schrecklichen Abend kann ich mein Handy nicht mehr finden. Bestimmt hat Sabine es weggeworfen oder mitgenommen", sagte ich und öffnete die Tür. Babs war mir schnell nachgelaufen und umarmte mich.

„Belle, ich habe Angst um dich. Mir ist gar nicht wohl bei dem Gedanken, dass Sabine frei schalten und walten kann. Du musst etwas unternehmen."

Ich befreite mich aus ihrer Umarmung. „Jetzt mach dir doch nicht so viele Gedanken: Das Schlimmste ist vorbei. Dieser Abend hatte dieselbe reinigende Wirkung wie ein Gewitter. Sie ist jetzt wahrscheinlich mit Jan im Urlaub. Ich bin mir sicher, dass es beiden helfen wird zueinanderzufinden."

Babs verdrehte die Augen. „Das wahre Leben ist aber kein Liebesroman mit garantiertem Happyend! Wo ist dein Realitätssinn abgeblieben? Sabine könnte sich auch selbst etwas antun. Versuch´ Jan zu erreichen und pass auf dich auf. Das Beste wäre, wenn Alex Bescheid wüsste!"

„Nein, verdammt! Wenn Alex davon erfährt wird für alle Beteiligten nur noch das Chaos herrschen. Die Affäre mit Jan wird auffliegen und du weißt was das für mich bedeuten würde. Also, wenn dir etwas an mir liegt, dann halte deinen Mund, bitte!", flehte ich sie an.

Sie stand da, die pure Verzweiflung in ihrem Blick und fuhr sich mit beiden Händen durch die Haare.

„Sehr ungern! Ich habe so ein schrecklich ungutes Gefühl dabei."

„Du brauchst dir wirklich keine Sorgen zu machen. Alles wird so kommen, wie ich es gesagt habe."

Babs tätschelte meinen Oberarm. „Ich hoffe nur, dass du

Recht behältst. In was für eine verrückte Sache bist du da bloß hineingeraten! Gib mir sofort Bescheid, wenn sich etwas Neues ergibt. Versprochen!!"
„Versprochen! Bis dann!"
Auf der Heimfahrt drehten sich meine Gedanken ständig im Kreis. Das Gespräch mit Babs hatte mich zutiefst verunsichert. Ich sah mich hin und her gerissen zwischen Hoffnung und Zweifel. Immer wieder rief ich mir die Bilder von Sabine ins Gedächtnis, kurz bevor sie das Haus verlassen hatte. War ihr Verhalten authentisch gewesen oder hatte sie mir nur ein großartiges Schauspiel geboten? *Sie ist eine Weltmeisterin im Verstellen!* hörte ich Babs' besorgte Stimme. Wenn ich doch nur mit Alex darüber reden könnte! Aber jeder Gedanke daran war überflüssig.
Zu Hause probierte ich noch einmal vergeblich, Jan zu erreichen. Es war zum Verzweifeln! *Bis du merkst, dass sie wieder gegen dich vorgeht, kann es zu spät sein!*, meldete sich wieder Babs' eindringliche Stimme.
„Sie wird mir nichts mehr tun!", sagte ich laut.
„Hallo Schatz!", hörte ich Alex' Stimme im Flur. „Führt meine allein gelassene Gattin Selbstgespräche oder hast du Besuch?"
Schelmisch grinsend kam er in die Küche und gab mir einen zärtlichen Begrüßungskuss.
„Ach, ich habe nur geflucht, weil ich mein Handy nicht finden kann", antwortete ich zwischen Lüge und Wahrheit.

In der Nacht quälten mich fürchterliche Alpträume. Sabine überraschte mich und Sascha in der Küche. Sie riss mein Kind an sich und wollte ihm die Kehle durchschneiden. Ich schrie aus vollem Halse, wollte mich auf sie stürzen, doch ich konnte mich keinen Zentimeter vorwärts bewegen. Voller Panik schrie ich, so laut ich konnte, versuchte sie mit den Armen zu erreichen, doch es gelang mir nicht. Ich weinte und schrie fast gleichzeitig, bis zwei Arme mich packten und schüttelten.
„Schatz, wach auf!", drang Alex' besorgte Stimme zu mir durch.

Er küsste mein tränenüberströmtes Gesicht. „Was ist denn los, mein Liebling?"
„Gott sei Dank, du bist es", seufzte ich erleichtert.
„Was hast du denn geträumt? Das muss ja wirklich schlimm gewesen sein!"
Wie gut, dass er keine Gedanken lesen konnte.
„Ja, es war schlimm, mir ist etwas von einem Film, den ich am Samstag angesehen habe, untergekommen. Es geht schon wieder. Schlaf ruhig weiter."
„Ich sag doch immer, du sollst anfangen Filme mit netterem Inhalt anzusehen. Es wäre für unser beider Nervenkostüm besser!", meinte er und strich zärtlich über meine verschwitzte Stirn.
Liebevoll zog er mich zu sich heran und ich kuschelte mich in seine Arme. Ich fühlte mich unendlich geborgen. In diesem Moment wurde mir bewusst, wie glücklich ich mich schätzen konnte, solch eine gute Beziehung zu haben. Und wie leichtfertig ich sie riskiert hatte. Bei dem Gedanken an Jan wünschte ich mir sehnlichst, dass er und Sabine genauso glücklich werden konnten. Genüsslich schmiegte ich mein Gesicht an Alex' Schulter. Im selben Moment erhob sich wieder Babs' warnende Stimme: *Sabine ist die freundliche Hexe im Pfefferkuchenhaus! Vielleicht ist demnächst dein Mann an der Reihe!*
„Lass mich in Ruhe", zischte ich und war froh, dass Alex sich schon im Tiefschlaf befand. Die Quelle an Ausreden erschöpfte sich allmählich.

KAPITEL 31

Briefkästen besitzen ähnliche Eigenschaften wie Wundertüten. Bevor man sie öffnet, verspürt man eine eigenartige Spannung. Was würde man wohl gleich in Händen halten: erfreuliche Post von seinen Liebsten, Urlaubsgrüße von Freunden, unliebsame Briefe vom Finanzamt oder Rechnungen aller Art. Seit ich die mysteriösen Briefe von Sabine erhalten hatte, sperrte ich das Türchen jedes Mal mit ängstlicher Anspannung auf. Obwohl ich mir jetzt sicher sein konnte, dass der Spuk vorbei war, verspürte ich am Dienstagmorgen trotz allem wieder dieses mulmige Gefühl. An diesem Tag fand ich in dem Kasten eine abonnierte Zeitung, eine Ansichtskarte von meinen Eltern und zwei Briefumschläge. Während ich wieder ins Haus ging, las ich amüsiert die Urlaubserlebnisse meiner Eltern in Kurzform. Erst als ich mich an den Küchentisch setzte, um gemütlich zu frühstücken, sah ich mir die Briefe genauer an. Einer beinhaltete die Rechnung vom Gärtner, auf dem anderen, einem DIN-A5-Umschlag stand auf der Vorderseite in krakeliger, also bestimmt männlicher Handschrift meine Adresse, aber kein Absender. Augenblicklich war sie da, diese unheilschwangere Atmosphäre, dieses beklemmende Gefühl, das mich bei jedem Drohbrief ergriffen hatte. Ich drehte den Umschlag um, doch auch dort stand kein Absender. Was hatte das nun wieder zu bedeuten? Aufgeregt öffnete ich mit dem Frühstücksmesser den Umschlag. Ich zog ein Blatt heraus und suchte sofort nach der Abschiedsfloskel. Der Brief war von Jan! Telefonisch und elektronisch hatte diesen Kerl wohl das Universum verschluckt und jetzt hielt ich einen Brief von ihm in meinen Händen. Er hatte ihn genau an dem Tag verfasst, als Sabine mir ihren unerfreulichen Besuch abstattete. Begierig las ich, was er mir mitzuteilen hatte.

Liebste Isabel, *Sa., 7.6.12*
da staunst du, was? Ja, diese Art der Kommunikation rückt leider immer mehr in den Hintergrund. Aber dieser Brief ist nicht von romantischer Natur, vielmehr von mysteriöser. Nachdem wir Sabines

Geheimnis um ihre Ehe mit deinem Ex Tom herausgefunden hatten, ließ es mir keine Ruhe. Ich habe, als ich einmal längere Zeit in ihrer Wohnung alleine war, in ihren persönlichen Sachen gewühlt und etwas Erstaunliches gefunden. Einen Brief von Tom, an dich adressiert, der aber nie abgesendet worden ist. Schon eigenartig, dass er ihn nicht weggeschickt hat! Und wieso befindet er sich noch bei Sabines Sachen? Hätte mich ja brennend interessiert, was er dir geschrieben hat, aber ich konnte meine Neugierde gerade noch zügeln. Du wirst mir den Inhalt bestimmt in einer ruhigen Minute einmal verraten. (Siehst du mich mit einem Auge zwinkern?) Sabine hatte sich heute ziemlich eigenartig verhalten. Sie war sehr nervös und geistig abwesend, außerdem wollte sie mich nur kurz sehen und die Nacht getrennt verbringen. Wieder eine ihrer zahllosen Launen. Manchmal frage ich mich, wie lange ich dieses ewige Auf und Ab und ihre Geheimniskrämerei noch aushalten soll. Meine Leidensfähigkeit ist bald erschöpft und das Beste wäre wirklich eine Trennung. In den Ferien werden wir genügend Zeit haben, um über alles in Ruhe zu reden. Meine Gedanken sind viel öfter bei dir, als mir lieb sein kann. Während ich diesen Brief schreibe, sehe ich dich genau vor mir, wie du mich charmant anlächelst, und ich verspüre so etwas wie Sehnsucht. Okay, ich bin ja schon ruhig. Du gibst deine Familie niemals auf, das hast du mir schließlich mehr als einmal deutlich gemacht. Und ich wäre der Letzte, der dein Familienglück zerstören wollte. Auf irgendeine verrückte Weise liebe ich Sabine ja auch, aber eben nicht in dem Maße wie dich.
Ich denke gerne an unsere gemeinsamen, aber zu seltenen Stunden und freue mich auf ein baldiges Wiedersehen mit dir. Bin gespannt, ob du aus Toms Brief schlau wirst.
Es wird mir immer etwas an dir liegen!
Dein Jan

Ich ließ den Papierbogen auf meinen Schoß sinken und kramte hektisch Toms Brief aus dem Umschlag. Ein befremdendes Gefühl beschlich mich, als ich meine Adresse in Toms Handschrift las. Es war wie eine Botschaft aus dem Reich der Toten. Ehrfurchtsvoll hielt ich den Umschlag in meiner Hand, der fein säuberlich an der Oberkante aufgeschlitzt worden war. Sabine musste ihn abgefangen und versteckt haben, bevor Tom ihn wegschicken konnte. Ein leichtes Frösteln überlief meinen Rücken. Nach einigem Zögern überwand ich mich schließlich den Briefbogen herauszuziehen und ihn zu entfalten.

Liebe Isabel, 4. Sept. 2006
du wunderst dich sicher, dass ich dir einen Brief schreibe, aber nach unserem überraschenden Wiedersehen hatte ich einfach das Bedürfnis, dir meine Gefühle mitzuteilen. Die Erinnerungen an unsere gemeinsame schöne Zeit sind in mir wieder lebendig geworden. Ich habe dir nie verzeihen können, dass du dich damals wegen eines anderen von mir getrennt hast. Du hast mir keine Chance gegeben, mich zu ändern und somit unsere Beziehung zu retten. Deine Trennung war so abrupt, so endgültig und so schmerzhaft für mich. Ich war am Boden zerstört und habe meinen Kummer im Alkohol ertränkt. Ich weiß, was du jetzt denkst, Alkohol ist ein schlechter Seelentröster. Aber das sagt sich so leicht, wenn man nicht in solch einer Krise steckt wie ich damals. Ich war auf dem besten Weg, zum Alkoholiker zu werden. Morgens zitterten mir schon die Hände, bis ich meine Ration Alkohol konsumiert hatte. Mein Glück war, dass ich Sabine getroffen habe, die mich in meinem Elend aufgefangen hat. Sie hat sich wirklich für mich aufgeopfert, ohne sie wäre ich rettungslos verloren gewesen. Ich war und bin ihr immer noch sehr dankbar dafür. Schließlich habe ich sie geheiratet, aus Dankbarkeit, aus Schuldgefühlen heraus und, wie ich damals glaubte, auch aus Liebe. Du musst wissen, dass ich sie während der Schulzeit deinetwegen verlassen hatte, obwohl sie ein Kind erwartete, wie ich später erfuhr. Ich habe den Kummer in ihren Augen nicht erkannt, alle Anzeichen für ihre schlechte seelische Verfassung ignoriert. Mit euch beiden habe ich ein falsches Spiel getrieben, indem ich dir vormachte, ich sei ungebunden, und gegenüber Sabine leugnete, dass ich für dich mehr als Freundschaft empfunden habe. Ich habe euch belogen, ich habe mich selbst belogen. Als ich Sabine heiratete, machte ich mir vor, sie sei die Frau fürs Leben. Bis zu unserem zufälligen Treffen neulich habe ich mit dieser Lebenslüge gelebt und selbst daran geglaubt. Doch jetzt

weiß ich ganz genau: Ich habe für sie nie dasselbe empfunden wie für dich. Wahrscheinlich habe ich mit der Heirat unterbewusst nur etwas gutmachen wollen, was ich ihr in der Jugend angetan hatte. Du warst jedenfalls vom ersten Augenblick an meine Traumfrau, mit dir wollte ich mein Leben verbringen, eine Familie gründen. Als ich dich wieder traf, ist mir das erschreckend klar geworden, mein emotionales Kartenhaus ist bei deinem Anblick wie durch einen Windstoß eingestürzt.
Wenn ich jetzt Sabine in die Augen schaue, sehe ich dich und wünsche mir, du wärst bei mir. Sie spürt, dass mich etwas quält, dass ich mich von ihr ungewollt distanziere. Wir hatten über zehn Jahre Zeit zueinanderzufinden, doch unsere Beziehung war nicht einfach. Mein labiler psychischer Zustand und die latente Gefahr, wieder dem Alkohol zu verfallen, überschattete ständig das Zusammensein. Sabine stürzte in eine schwere Krise, als sie die Fehlgeburt erlitt und erfuhr, dass sie höchstwahrscheinlich keine Kinder mehr bekommen konnte. Wir verbrachten viel Zeit damit, uns gegenseitig zu stützen. Das war keine wirkliche Liebe, wie ich jetzt erkannt habe. Es war emotionale Abhängigkeit, ein gegenseitiges Bewahren vor dem endgültigen Absturz. Sabine redet immer von Liebe. Sie will es nicht wahrhaben, dass es viel weniger ist als das. Jetzt, da mir meine Gefühle klar geworden sind, kann ich nicht mehr länger mit dieser Lüge leben. Ich kann und will ihr nichts mehr vormachen. Die Wahrheit ist unsere einzige Rettung. Du bist die Einzige, der ich dies anvertraue. Ich bin fest entschlossen mich von Sabine zu trennen. Dieser Schritt kann für uns beide die Chance auf ein neues, glücklicheres Leben bedeuten. Sie wird es nicht verstehen, aber ich bin mir sicher, dass ich es ihr in langen, ruhigen Gesprächen klarmachen kann. Vielleicht sehen wir uns einmal wieder. Ich melde mich bei dir und hoffe auch von dir zu hören. Ich habe nie aufgehört dich zu lieben.
Tom

Ich war unbeschreiblich ergriffen, konnte gar nicht realisieren, was ich gerade gelesen hatte. Es war die Lebensbeichte eines Mannes aus dem Jenseits. Ein Brief voller ehrlicher Emotionen, ein Hilfeschrei, der mich nie erreicht hatte. Was wäre geschehen,

wenn Sabine ihn nicht zurückgehalten hätte? Hätte ich mich mit Tom in Verbindung gesetzt, ihm die Trennung ausgeredet?
Es war erschreckend für mich zu erkennen, wie sehr Tom mich glorifiziert hatte. Er hatte in mir stets die perfekte, ideale Frau gesehen und in seiner Verblendung nicht erkannt, dass wir viel zu verschieden waren und überhaupt nicht zusammenpassten. Er hatte etwas gesehen, das nicht existierte. Wenn ich den Brief erhalten hätte, wäre es mir möglich gewesen, seinen Irrglauben zu korrigieren. Vielleicht hätte das sein und Sabines Schicksal beeinflussen können!
Ich fragte mich, warum er bei unserem Treffen nichts von Sabine erzählt hatte. Angestrengt versuchte ich mich an das Gespräch zu erinnern. Mir fiel nur ein, dass ich die meiste Zeit geredet hatte, was ich immer tat, wenn sich mein Gesprächspartner als wortkarg herausstellte. Ich hatte ihn zwar nach seiner familiären Situation gefragt, doch er war mir stets ausgewichen. Warum nur hatte ich nicht hartnäckiger nachgefragt? Alles wäre vielleicht anders gekommen. Doch mein Unterbewusstsein hatte mich in die falsche Richtung gelenkt. Die Tatsache, dass er nach mir eine Ehe eingegangen war, hatte mir genügt, um meine Schuldgefühle wegen der Trennung einzudämmen. Seine ausweichenden Antworten waren mir ganz gelegen gekommen, denn ich wollte damals nicht wirklich wissen, ob die Ehe glücklich war. Dann hätte ich mich ja für sein Unglück verantwortlich fühlen müssen! Ich hatte damals genau gespürt, dass er mir etwas vormachte, zog aber den für mich passenden Schluss daraus, dass seine melancholische Seite die Oberhand gewonnen hatte. Wie oberflächlich war ich gewesen, nur darauf bedacht, nichts Problematisches in meine schöne, heile Welt eindringen zu lassen! Ich war zwei Stunden lang einem Menschen gegenüber gesessen, der dringend meiner Hilfe bedurft hätte, doch ich hatte eine unsichtbare Wand zwischen uns aufgebaut. Jetzt hasste ich mich dafür. Vor meinem geistigen Auge sah ich, wie er mir seine Telefonnummer gab, die ich dann achtlos in meine Handtasche zu meinem übrigen Krimskrams steckte. Angerufen hatte ich

ihn nie, war viel zu sehr mit meinem Leben beschäftigt gewesen und nicht gewillt, die unschöne Vergangenheit wieder aufleben zu lassen.

Ich nahm den Bogen noch einmal zur Hand. 4. September 2006. Etwa einen Monat davor hatte ich ihn getroffen. Ich legte meinen Kopf in den Nacken und überlegte angestrengt mit geschlossenen Augen. Tom war schon seit einigen Jahren tot. Ich hörte auf einmal Sabines Stimme, wie sie am Anfang des Schuljahres sagte, sie sei seit fünf Jahren geschieden. In Wirklichkeit hatte sie damit ihre Witwenschaft gemeint. Bestürzt riss ich die Augen auf. Der Brief war auf 2004 datiert! Genau fünf Jahre bevor ich an Sabines Schule kam!

Ich hatte Tom also kurz vor seinem Tod getroffen! Ein eiskalter Schauer lief mir über den Rücken. Was war damals mit Tom geschehen? Ich wusste noch nicht einmal, wie er zu Tode gekommen war! Sabine hatte sich geweigert darüber zu sprechen, weil es sie immer noch fürchterlich schmerzte. Ein schrecklicher Gedanke schoss mir plötzlich in den Kopf und ließ mich nicht mehr los. Ich musste unbedingt die Todesursache und den Todeszeitpunkt herausfinden. Die Frage war nur, wie!

Ich legte beide Briefe auf den Tisch und stützte meinen Kopf mit den Händen ab. Wer wusste noch über Tom Bescheid? Es fiel mir nur sein Freund ein, aber von dem hatte ich natürlich keine Adresse. Da fiel es mir plötzlich wie Schuppen von den Augen. Wolfgang, mein damaliger Sitznachbar im Englischkurs! Er hatte mich darauf gebracht, dass Sabine eine Klassenkameradin von mir war. Vielleicht wusste er auch etwas von ihrer Ehe mit Tom. Aber wo war seine Visitenkarte, die ich damals von ihm bekommen hatte? Sie musste noch in einer meiner Handtaschen stecken, denn ich war nicht der Typ, der alle neuen Adressen und Telefonnummern sofort dokumentierte und archivierte. Schon gar nicht von Leuten, zu denen ich sowieso keinen Kontakt zu pflegen gedachte.

Ich ging schnell in mein Schlafzimmer, stellte eine Handtasche nach der anderen auf den Kopf und entleerte sie bis zum kleinsten Nebenfach. Bei der vierten Tasche schwand allmählich die Hoffnung, noch fündig zu werden.

„Hallo Mama, was machst du da?", hörte ich plötzlich Sascha hinter mir. Ich erschrak fürchterlich.

„Musst du dich immer so anschleichen! Ich suche nach meinem Lieblingslippenstift."

„Kann ich dir helfen?", rief Sascha und fing gleich eifrig an in meinen Utensilien und Eintrittskarten zu kramen.

„Nein, Finger weg, du bringst mir sonst alles durcheinander. Wenn ich ein Bonbon finde, dann gehört es dir, versprochen!", wimmelte ich ihn kurzerhand ab. Schulterzuckend und mit enttäuschter Schmolllippe zog Sascha von dannen, doch ich rief ihn nicht zurück. Ich war emotional viel zu aufgewühlt, um geduldig zuzusehen, wie er in meinen Sachen kramte und mir dabei ein Loch in den Bauch fragte. Doch auch in der nächsten Tasche fand ich nichts außer Eintrittskarten von Kino und Theater, Erfrischungstücher, Kugelschreiber, eine lang vermisste Bürste sowie andere unwichtige Kleinigkeiten.

Ich verdammte halblaut meinen mangelhaften Ordnungssinn und leerte dann eine große Beuteltasche aus. In einem Reißverschlussfach fand ich einen kleinen Ledergeldbeutel, den ich öffnete. Da war die Visitenkarte! Äußerst gespannt und mit klopfendem Herzen nahm ich das Mobiltelefon zur Hand und wählte die Nummer, doch es meldete sich nur der Anrufbeantworter. Obwohl ich es hasste, mit dem Apparat zu sprechen, überwand ich meinen Widerwillen und hinterließ ihm eine Nachricht. Ich bat ihn eindringlich um einen Rückruf.

Nachmittags versuchte ich noch einige Male vergeblich, Jan auf dem Handy zu erreichen. Ich musste unbedingt mit ihm über Sabine und Toms Brief reden. Doch er war nicht erreichbar. Wo steckte er nur? Meine Nervosität stieg von Stunde zu Stunde.

Wenn Sabine sich wenigstens melden würde! Je mehr Zeit verging, desto unsicherer wurde ich, ob die Entscheidung richtig gewesen war, Sabine und Jan ihrem Schicksal zu überlassen. Erhebliche Zweifel kamen in mir auf, ob Sabine nach dem Überfall schon fähig gewesen war, klar zu denken, geschweige denn zu handeln. Meine einzige Hoffnung war, dass Jan sie nicht aufgab, dass er ihr die erhoffte Nähe gab. Er musste es einfach tun! Ein paar Worte von mir würden schon genügen ihn zu überzeugen, aber immer hieß es, dass der gewünschte Gesprächspartner zurzeit nicht erreichbar sei. Wie ich diese synthetische Stimme inzwischen hasste! Wolfgang hatte sich auch noch nicht gemeldet. Unruhig lief ich im Haus umher, räumte mal hier, mal dort auf, befreite die Möbel von Staub und probierte immer wieder vergeblich Wolfgang oder Jan zu erreichen. Sascha und Max, der zu Besuch gekommen war, schickte ich in den Garten zum Spielen. Ich konnte an diesem Tag keinen Kinderlärm im Haus ertragen. Meine Gedanken kreisten unablässig um Jan und dann wieder um Tom. Beide Männer liebten mich, redeten sich ein ohne mich nicht leben zu können. Beide waren auf ihre Art Traumtänzer, die die Realität verleugneten und damit sich selbst und ihrem Glück im Wege standen. Bei Tom hatte es das Schicksal nicht gewollt, dass ich ihn auf den richtigen Weg bringen konnte, doch bei Jan musste es mir gelingen. Ich musste nur ein paar Worte mit ihm reden, aber das schien im Moment so unrealisierbar zu sein, wie ein Urlaubstrip zum Mond.

Als Alex abends nach Hause kam, lagen meine Nerven dementsprechend blank. Ich lachte nur höflichkeitshalber zu seinen üblichen lockeren Sprüchen und war nicht in der Lage, mich auf das zu konzentrieren, was er mir erzählte.

„Was ist los mit dir? Du wirkst so angespannt", meinte er schließlich.

Ich machte eine wegwerfende Geste. „Das schwüle Wetter tut mir nicht gut. Ich habe etwas Kopfweh und brauche nur meine Ruhe. Komm mit auf die Terrasse, ich habe dort gedeckt."

Das Telefon nahm ich mit und legte es auf den Beistelltisch. Während des Essens schielte ich immer wieder hin und hoffte, dass es endlich klingelte. Ich bekam kaum einen Bissen hinunter und war sehr froh, dass Alex von den beiden Jungs in Beschlag genommen wurde und dadurch von mir abgelenkt war. Ich wollte gerade einen Schluck trinken, als es klingelte. Erschrocken fuhr ich zusammen und ließ beinahe das Glas fallen.

„Das ist für mich!", rief ich sofort, als Alex zum Hörer greifen wollte. Ich sah seinen fragenden Blick, ignorierte ihn aber, schnappte das Telefon und hob ab.

„Hallo, hier ist Wolfgang! Wie schön, dass du dich meldest!"

„Ja, ich dachte, es wird mal Zeit!", log ich, während ich ins Haus ging. Als ich mich außer Hörweite befand, ging ich sofort in medias res.

„Wir hatten doch damals bei unserem Treffen festgestellt, dass Sabine aus unserer Kollegstufe zufällig meine Lehrerkollegin ist. Kannst du dich erinnern?"

„Ja, das war ..."

„Weißt du, dass sie mit Tom verheiratet war?"

„Wusste ich nicht, aber ich habe erst vor kurzem zufällig Toms damaligen Schulfreund Gerd getroffen und wir kamen darauf zu sprechen. Wie sich die Kreise manchmal schließen! Lustig, nicht war?" Er lachte blöde.

„Ansichtssache!", raunte ich entnervt. „Tom starb ja vor etwa fünf Jahren, weißt du eigentlich, was passiert ist?"

„Gerd hat es mir erzählt. Ganz tragisch bei einem Unfall. Es war ein Schock für Sabine."

„Autounfall?"

„Nein, bei einer Bergwanderung. Tom und Sabine machten Urlaub in Südtirol. Er ist auf einem Klettersteig ausgerutscht und in die Tiefe gestürzt. Sabine musste hilflos zusehen. Anscheinend hat sie ihn noch kurz zu fassen bekommen, konnte ihn aber nicht halten. Sie war ganz allein mitten in den Bergen. Was für eine schreckliche Vorstellung! Tragisch, nicht?"

„Ja allerdings!" Ich schluckte schwer und kämpfte gegen einen aufkommenden Schwindel an.

„Hallo, bist du noch dran?", rief Wolfgang.

„Ja natürlich. Sag mal, kennst du das genaue Datum, an dem das passiert ist?"

„Ähm, nein. Aber Gerd war bei der Beerdigung, der müsste es

wissen. Wieso interessiert dich das denn so?"
„Längere Geschichte. Ich erzähle es dir bei Gelegenheit einmal. Kannst du mir seine Telefonnummer geben?"
„Also irgendwie klingst du nervös. Ist etwas passiert? Du hast mich ganz schön neugierig gemacht!", sagte er in jovialem Ton und lachte in seiner unsympathischen, vulgären Art.
Von der Terrasse her hörte ich laute Kinderstimmen und wie Alex meinen Namen rief.
„Bitte gib mir schnell die Nummer, ich habe jetzt keine Zeit für Erklärungen. Diese Woche rufe ich dich an und erzähle dir alles, versprochen."
Alex rief noch mal meinen Namen und klang jetzt schon näher.
„Ja und wann rufst du mich an? Letztes Mal ..."
„Wolfgang, die Nummer!", unterbrach ich ihn ungeduldig.
„Die muss ich erst suchen, Moment!"
Ich biss nervös auf meiner Unterlippe herum, während ich auf dem Stuhl wippend auf Wolfgangs Information wartete. Die Tür wurde aufgerissen.
„Die beiden Jungs haben sich gestritten. Sascha hat Max einen Schubs gegeben und jetzt blutet sein Ellenbogen. Wie lange telefonierst du denn noch?"
Ich musste tief ein- und ausatmen, um nicht die Nerven zu verlieren. „Pflaster, sind im Apothekenschrank. Sag Sascha, er soll sich benehmen, sonst bekommt er Ärger mit mir. Du kannst übrigens auch einmal deine Autorität zum Besten geben. Und jetzt lasst mich bitte in Ruhe."
Ich schob Alex schnell zur Tür hinaus, denn Wolfgang hatte sich wieder zurückgemeldet.
„Hallo, hallo, bist du noch dran? Also hier ist die Nummer."
Ich notierte sie und schaffte mir Wolfgang mit dem Versprechen, ihn bald anzurufen, vom Hals. Von der Terrasse klang Alex' laute Stimme. Er war gerade dabei, Sascha beizubringen, dass Gewalt der falsche Weg war, um an sein Ziel zu gelangen. Gut so. Ich konnte jetzt keine Erziehungsarbeit leisten, mich interessierte nur Toms Todestag. Aufgeregt wählte ich Gerds Nummer. Ich

konnte mich ganz dunkel an ihn erinnern. Er war nach dem Abitur ein paar Mal in unserer Studentenwohnung gewesen. Zu meiner großen Erleichterung meldete er sich nach kurzer Zeit. Etwas umständlich erklärte ich ihm, wer ich war.
„Ach du bist es, Isabel. Tom hat mir ja ständig von dir erzählt."
„Ach ja, dann muss ich dir ja gar nicht so viel erklären."
„Oh doch", unterbrach er mich unwirsch. „Zum Beispiel warum du ihn einfach sitzen gelassen hast, du fiese Ratte."
Ich atmete kurz tief durch. „Also ich denke, es steht dir nicht zu, so über mich zu urteilen. Schließlich hast du gar keinen Einblick, warum es zur Trennung kam. Du hast ja nur Toms Version gehört."
„Denkst du das! Ich sehe die Angelegenheit völlig anders. Tom war so aus der Bahn geraten, dass ich Angst hatte, er könnte sich etwas antun. Und du bist nicht einmal gewillt etwas dazu zu sagen. Du bist tatsächlich so eiskalt, wie er damals behauptete."
Dieses Gespräch würde zu nichts führen, wenn ich es nicht sofort auf eine andere Spur brachte.
„Sag mal, was fällt dir eigentlich ein, nach so vielen Jahren derart rüde den moralischen Zeigefinger zu erheben! Unglaublich! Außerdem lässt sich so etwas nicht am Telefon besprechen. Vielleicht bietet sich ja einmal die Gelegenheit für einen persönlichen Austausch", versuchte ich den Dialog umzulenken.
„Hm, ja, entschuldige meine direkte Art, aber das lag mir schon seit ewigen Zeiten auf dem Herzen. Wieso hast du mich eigentlich angerufen?"
Na endlich sagte er das Richtige!
„Sabine hat um Toms Tod ein Geheimnis gemacht. Ich wusste nicht, dass er bei einem Unfall in den Bergen umgekommen ist. Kannst du mir sagen, an welchem Tag genau das passiert ist?"
„Ja, das war schrecklich. Eine Tragödie! Es passierte am 8. September 2006, dem siebten Geburtstag meiner Tochter. Während ich ein fröhliches Kinderfest feierte, stürzte mein Freund in den Tod. Es war ein Riesenschock, als Sabine am nächsten Morgen bei mir anrief und es mir mitteilte."

Schweigen am Ende der Leitung.

„Gerd? Alles in Ordnung?"

„Ja, die Gefühle übermannen mich immer noch, wenn ich an diesen Tag denke. Ich bin zu Sabine gefahren und habe ihr bei den Formalitäten geholfen und die Überführung veranlasst. Sie war kaum ansprechbar, saß die meiste Zeit mit leerem Blick da. Sie stand unter Schock. Auch Medikamente konnten sie nicht aus dieser Lethargie befreien. Das Schlimmste war, sie konnte nicht ein einziges Mal weinen. Wie versteinert wanderte sie umher, hat alles in sich hineingefressen. Nicht einmal bei der bewegenden Trauerfeier hat sie ihren Tränen freien Lauf gelassen. Es war unerträglich mit anzusehen, wie sehr sie gelitten hat. Vielleicht hat sie nur geweint, wenn sie unbeobachtet war, ich weiß nicht. Es gibt eben Menschen, die in der Öffentlichkeit nicht weinen."

„Was ist eigentlich genau passiert?"

„Sabine war kaum fähig darüber zu sprechen. Sie erzählte nur, dass Nieselregen aufkam und der Klettersteigweg ziemlich rutschig wurde. Tom hatte plötzlich den Halt verloren, sie bekam den Jackenärmel noch zu fassen, konnte ihn aber nicht halten. Tom stürzte vor ihren Augen zig Meter in die Tiefe. Mehr weiß ich auch nicht."

Wir schwiegen beide ergriffen. Gerd fing als Erster wieder zu reden an.

„Wir sollten uns wirklich einmal treffen. Wolfgang meinte auch, dass er dich bald besuchen möchte, dann fahre ich mit ihm mit. Was hältst du davon?"

„Ja, macht das!", sagte ich mechanisch, ohne mir der Tragweite dieser Aussage bewusst zu sein. „Ich würde mich sehr freuen. Also bis irgendwann. Tschüss!"

Ich legte den Hörer auf den Schreibtisch. 8. September, vier Tage nachdem Tom den Brief an mich verfasst hatte, passierte der Unfall. Vier Tage nachdem Sabine den Brief gelesen haben musste, in dem stand, dass er sie verlassen würde. Übelkeit stieg in mir auf. Sabine war mit Tom mutterseelenallein auf diesem Klettersteig gewesen. Es gab keinen Augenzeugen, kein Mensch konnte sagen, wie es wirklich passiert war, niemals würde man den wahren Hergang rekonstruieren können. Ich spürte, wie Wasser in meinem Mund zusammenlief und der Brechreiz immer stärker wurde. Hatten die beiden gestritten? War sie in Wut geraten und hatte ihm einen Stoß versetzt?

Das Schlimmste war, sie konnte nicht ein einziges Mal weinen, hörte ich Gerds Stimme. Geschah dies aus Trauer, aus Schock oder innerer Abgebrühtheit? Mein Magen verkrampfte sich, der Würgereflex ergriff meine Kehle. Ich rannte panisch ins Bad und übergab mich. Nachdem ich das Gesicht gewaschen hatte, fiel mein Blick in den Spiegel.

„Nein, das hat sie nicht getan, niemals!", beschwor ich mein Spiegelbild.

Ich musste an Jan denken. Sabine wollte mit ihm in den Urlaub fahren, um die Beziehungskrise zu beenden. Jan spielte mit dem Gedanken, mit ihr Schluss zu machen, das hatte er in seinem Brief angedeutet. Genau wie Tom. Genau wie Tom!!

„Hör auf, Gespenster zu sehen!", ermahnte ich mich energisch. Aber sie hatte doch versucht mich umzubringen! Das war eine Tatsache!, schrie meine innere Stimme. Ich musste mit Jan sprechen! Er sollte sofort die Wahrheit über Sabines Vergangenheit erfahren. Aber es war vergebens. Ich erreichte ihn nicht.

Völlig ausgelaugt sank ich in den Sessel und starrte die Decke an. Ich wusste nicht, was ich tun, was ich denken sollte. Das Wichtigste war, Kontakt zu Jan zu bekommen. Ich hatte gerade beschlossen einen Reiseruf über das Radio zu veranlassen (mit wenig Aussicht auf Erfolg, da ich nicht einmal ihren Zielort kannte), als Sascha lauthals nach mir schrie. Widerwillig ging ich zu ihm hinunter in die Küche.

„Schau mal, wir haben im Garten unter einem Busch ein Handy gefunden, gehört das dir?", rief Sascha und hielt es mir entgegen. Es war tatsächlich mein Handy! Mit freudiger Erregung riss ich es ihm aus den Händen und murmelte ein Dankeschön. Vielleicht hatte Jan eine Nachricht hinterlassen!

Ich befreite das Display von Schmutz und sah, dass der Akku noch nicht leer war. Aufgeregt rief ich die neuen Nachrichten auf der Mailbox ab und fand, wie erhofft, eine von Jan, abgesendet am Sonntagmorgen um 6 Uhr. Ich war so erleichtert, endlich ein Lebenszeichen von ihm in Händen zu halten. Mit klopfendem Herzen hörte ich mir seine Mitteilung an.

Hey Isabel! Ich wollte mich noch einmal melden, bevor ich mit Sabine wegfahre. Sie hat sich ja ganz spontan entschlossen doch mitzugehen. Du glaubst gar nicht, wie ich dieses Sprunghafte hasse. Unsere Beziehung ist zu kompliziert, um zu funktionieren. Ich werde jetzt reinen Tisch machen und mich von ihr trennen. – Kurze Pause – Die einzige Frau, die ich wirklich will, bist du, ma belle. Das mit Sabine und mir ist nicht dasselbe wie zwischen uns. Ich habe es satt, ihr ständig etwas vorzumachen. Eine Trennung ist für uns alle wahrscheinlich die beste Lösung. Also, wünsch mir, dass ich die richtigen Worte dafür finde. Ach ja, schönes Wetter kannst du mir beim Klettern in den österreichischen Bergen übrigens auch wünschen. Ich freue mich auf unser Wiedersehen nach den Ferien! Bis dann! – Ich ... ich liebe dich!

Das Handy entglitt meinen Fingern. Laut krachend fiel es auf den gefliesten Küchenboden und zerbarst in seine Einzelteile. Dieses Geräusch, Symbol der vollkommenen Zerstörung, war das Letzte, was ich hörte, bevor ich ohnmächtig zusammenbrach, und würde mich für den Rest meines Lebens begleiten.

Epilog

Zeitungsnotiz
Österreich, *Dachstein – Bei einer Bergtour im Dachsteingebirge kam am Montag ein Deutscher ums Leben. Nach Medienberichten war der 39-jährige Lehrer aus München auf einem Hang abgerutscht und 60 Meter in die Tiefe gestürzt. Die Leiche wurde per Rettungshubschrauber ins Tal gebracht. Seine gleichaltrige Begleiterin steht unter Schock und wird in einer Klinik behandelt.*

Trau deinen Augen nicht.
Was immer sie dir zeigen,
es ist nur Begrenztheit.
Trau deinem Verstand,
hebe ins Bewusstsein, was in dir ist,
und du wirst wissen.

Richard Bach

Ursula Großmann, geb. 1958, wuchs in der Dreiflüssestadt Passau auf. Nach dem Abitur studierte sie in Regensburg und Esslingen Pädagogikwissenschaften für das Lehramt an Grund- und Hauptschulen. Die geborene Bayerin lebt mit ihrer Familie in der Nähe von Schwäbisch Gmünd.